Library
Foundation
of Los Angeles

Fuego imperial

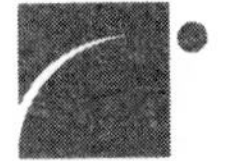

Fuego imperial

Robert Lyndon

Traducción de Ana Herrera

S

Rocaeditorial

Título original: *Imperial fire*

Primera edición: marzo de 2015

Av. Marquès de l'Argentera 17, pral.
08003 Barcelona
info@rocaeditorial.com
www.rocaeditorial.com

Impreso por Liberdúplex, s.l.u.
Crta. BV-2249, km 7,4, Pol. Ind. Torrentfondo
Sant Llorenç d'Hortons (Barcelona)

ISBN: 978-84-9918-762-4
Depósito legal: B. 5.220-2015
Cídgo IBIC: FV

RE87624

Para Sam y Caoileann, Andrew y Jane. Y James…

Una breve cronología

1044 Primera mención de la «pólvora» en un manual militar chino.

1066 *Octubre*. El duque Guillermo de Normandía derrota al ejército inglés en Hastings, y en diciembre es coronado rey de Inglaterra. Algunos guerreros ingleses despojados de sus tierras viajan a Constantinopla y se unen a la Guardia Varangia, la escolta de élite del emperador bizantino.

1071 *Agosto*. Un ejército selyúcida turco derrota a las fuerzas del emperador bizantino en Manzikert, en lo que ahora es el este de Turquía.

1076 China prohíbe la exportación de azufre y nitrato potásico, dos de los ingredientes de la pólvora.

1077 Suleimán ibn Kutulmish, un emir selyúcida, establece el sultanato independiente de Rum en el oeste de Anatolia.

1078 A cambio de la ayuda de Suleimán contra el emperador bizantino, un rival al trono imperial permite a los selyúcidas establecerse en Nicea (la moderna Iznik), a menos de cien millas de Constantinopla.

1081 *Abril*. Alejo Comneno usurpa el trono de Bizancio.

1081 *Mayo*. Robert Guiscard, el duque normando de Apulia, invade territorios de Bizancio en la costa adriática. Captura Corfú y pone sitio a la ciudad portuaria de Dirraquio, que ahora forma parte del territorio de Albania.

1081 *Octubre*. El duque Robert derrota a un ejército dirigido por el emperador Alejo en Dirraquio.

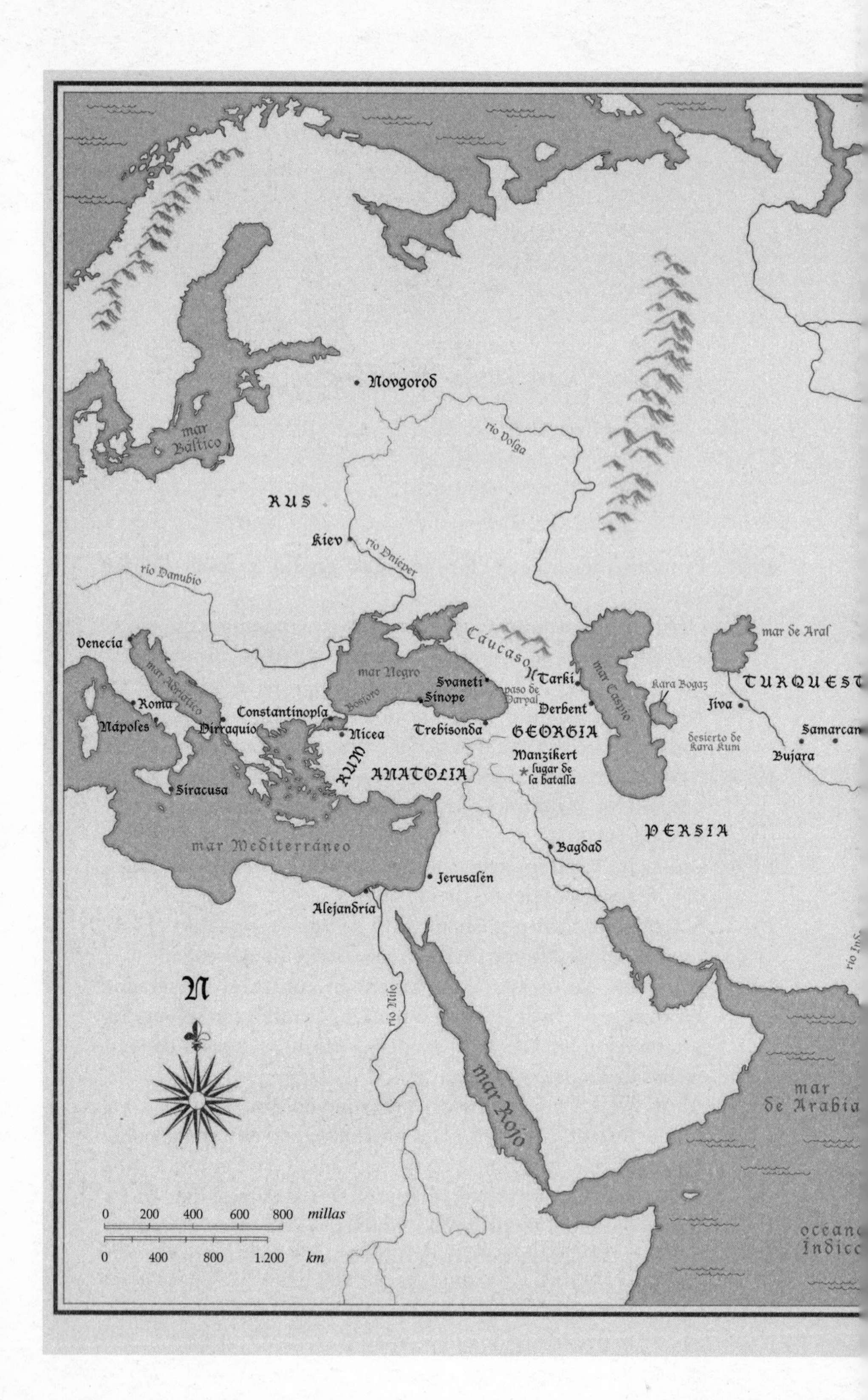
Novgorod
mar Báltico
río Volga
RUS
Kiev
río Dniéper
río Danubio
Cáucaso
mar de Aral
Venecia
mar Negro
Svaneti
Tarki
paso de Daryal
mar Caspio
Kara Bogaz
TURQUEST
mar Adriático
Roma
Bósforo
Constantinopla
Sinope
Derbent
Jiva
Nápoles
Dirraquio
Nicea
Trebisonda
GEORGIA
desierto de Kara Kum
Samarcan
Bujara
RUM
ANATOLIA
Manzikert
lugar de la batalla
Siracusa
PERSIA
mar Mediterráneo
Bagdad
Jerusalén
Alejandría
N
río Nilo
mar Rojo
mar de Arabia
0 200 400 600 800 millas
0 400 800 1.200 km
océano Índico

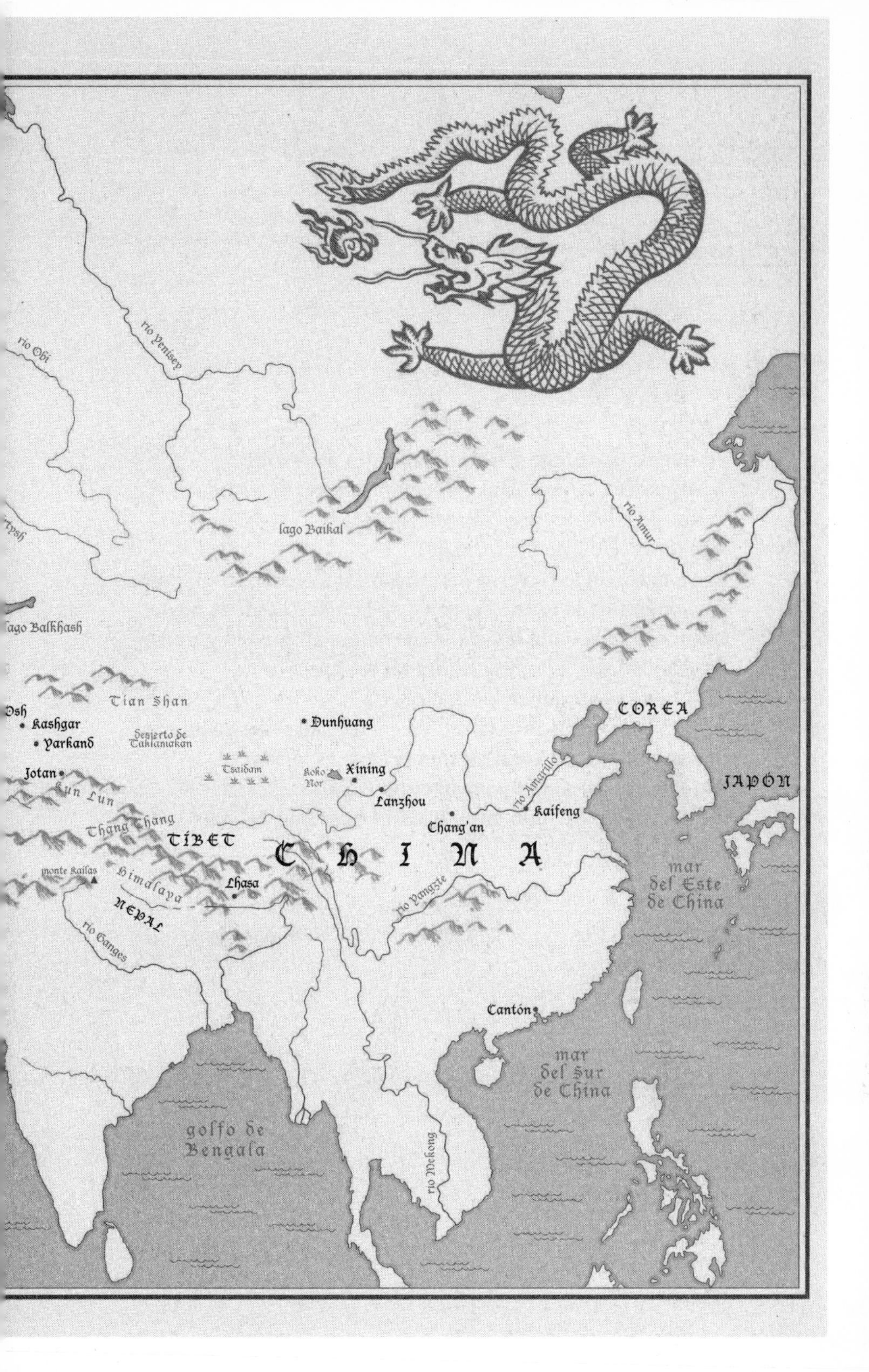
río Obi
río Yenisey
lago Baikal
río Amur
lago Balkhash
Tian Shan
Osh
Kashgar
Yarkand
Desierto de Taklamakan
Dunhuang
Tsaidam
Koko Nor
Xining
Lanzhou
Jotan
Kun Lun
Chang Thang
TÍBET
CHINA
Chang'an
río Amarillo
Kaifeng
COREA
JAPÓN
monte Kailas
Himalaya
Lhasa
NEPAL
río Ganges
río Yangzte
mar del Este de China
Cantón
mar del Sur de China
golfo de Bengala
río Mekong

El que está avezado a las comodidades de la vida
y, orgulloso y sonrojado con el vino, sufre
pocas penalidades viviendo en la ciudad,
apenas creerá que yo, cansado,
haya tenido que convertir los senderos del océano en mi hogar.
La sombra de la noche crece, viene la nieve desde el norte,
encadenando con la helada la tierra; cae al suelo el granizo,
la cosecha más fría. Pero ahora mi sangre
está agitada porque debería probar
los arroyos de las montañas, las encrespadas olas saladas;
los anhelos de mi corazón siempre me espolean
para que emprenda un viaje, visite el país
de un pueblo extraño, muy lejos, al otro lado del mar.

De «El navegante», en el *Libro de Exeter*,
Inglaterra, siglo X

DIRRAQUIO, 1081

I

El escuadrón de Vallon alcanzó la Via Egnatia hacia el mediodía. Recorrieron el camino empedrado hacia el oeste. Cabalgaban con decisión, con los ojos inyectados en sangre, mirando hacia delante fijamente. Tres días más tarde (el decimosexto de octubre), al anochecer, detuvieron sus caballos, reventados, en un risco boscoso por encima de la costa del Adriático. Vallon se inclinó hacia delante, atisbando en la luz vespertina. El sol ya se había hundido en el mar, y había dejado una avenida de cobre bruñido que se abría hacia el puerto de Dirraquio. Desde aquella distancia, la ciudad no era más que un borrón diminuto, demasiado lejano para distinguir las posiciones normandas o el daño infligido por las armas de asedio.

Vallon se fijó en lo que tenía más cerca. Examinó el campamento bizantino que estaba situado a unas cuatro millas tierra adentro, atrincherado en un ancho rectángulo a lo largo de un río serpenteante. Una nube de polvo de media milla de longitud se elevaba de él.

Miró a Josselin, uno de sus centuriones.

—Parece que somos el último recurso del Ejército imperial.

Josselin asintió.

—A juzgar por el tamaño de esos terraplenes, yo diría que nuestras fuerzas superan los quince mil hombres.

Vallon estudió el terreno, intentando averiguar dónde tendría lugar la batalla. En la llanura que quedaba al norte de la ciudad, decidió.

Solo quedaba un atisbo de sol por encima del horizonte, y el mar se había oscurecido hasta adquirir un color violeta oscuro e índigo. Miró hacia atrás, hacia sus filas. Sus tropas de turcomanos dormían en las mismas sillas de montar. La mayor parte del resto del escuadrón había desmontado: los soldados estaban sentados, apoyados en los alcornoques, con los ojos rojos y hundidos en unos rostros cubiertos de polvo. En las últimas dos semanas habían cabalgado cuatrocientas millas campo a través por los Balcanes, desde la frontera búlgara del Danubio, y ahora parecían los supervivientes de una batalla, más que unos guerreros que se estuvieran preparando para entrar en acción.

Desde la colina de abajo llegaba el repicar de las esquilas de las ovejas, y el suave borboteo del agua que corre. Algunos de los soldados ya traían odres y barriles para sus camaradas y sus sedientas monturas. Los tres centuriones de Vallon detuvieron sus caballos, esperando sus órdenes. Él intentó aclararse el polvo de la garganta.

—Será un infierno si llegamos al campamento después de oscurecer. Interminables preguntas, de columna a puesto de guardia. Tendremos suerte si encontramos un alojamiento antes de que amanezca. Descansaremos aquí esta noche y bajaremos antes de que salga el sol. Repartid las provisiones que nos quedan. —Se volvió hacia Conrad, un germano de Silesia que era el segundo al mando—. Capitán, coge diez hombres, adecéntalos un poco e informa al cuartel general de nuestra llegada. Llévate a los heridos en uno de los carros de suministros. Pide o coge toda la comida que puedas. Averigua lo que está pasando y envíame un informe.

—Sí, conde.

El rango de Vallon no era tan elevado como parecía. Como *kome* de un *bandon,* mandaba sobre un escuadrón de caballería ligera y mediana que contaba con doscientos noventa y seis hombres, según el recuento de aquella misma mañana. Eran veinte menos que cuando partieron de Constantinopla hacia la zona fronteriza con el país búlgaro, siete meses antes. Los llamaban los irregulares, mercenarios reclutados por todo el Imperio bizantino y más allá.

Las sombras se espesaban entre los árboles cuando el grupo de Conrad partió. Las ruedas de la carreta se bamboleaban y chirriaban en su gastado eje, con cinco heridos vendados tendidos en su lecho. Vallon tiró de su caballo hacia la fuente, cojeando un poco (se había desgarrado un ligamento en un combate a espada nueve años antes). A los treinta y nueve años, estaba empezando a resentirse incluso de las heridas y golpes más leves sufridos en más de veinte años de campaña.

El agua de la fuente surgía burbujeante de la base de una antigua encina cuyo tronco se separaba de las raíces y formaba una hendidura que albergaba una estatua pintada de la Virgen con el niño Jesús. Iconos y campanillas colgaban de las ramas. Había un viejo con la cara como una bolsa vacía sentado junto a la fuente, con los brazos cruzados por encima del pecho. Un chico le ayudaba, con una mano colocada en el hombro del patriarca.

Vallon le hizo una seña.

—Dios os guarde, padre.

—Vuestros hombres me están robando el agua.

Vallon se arrodilló junto a su caballo.

—A mí me parece que no hay ni una gota menos que cuando llegamos.

El viejo se balanceaba hacia atrás y hacia delante, resentido. Tenía los ojos nublados.

—La fuente es sagrada. Deberíais pagar por su agua.

Vallon se inclinó encima de la poza, se echó atrás el pelo y se llevó un poco de agua a la boca reseca. Cerró los ojos, extasiado ante la deliciosa sensación del líquido frío deslizándose por su garganta.

—Toda agua es sagrada para los hombres que tienen sed. Pero ¿a quién pagarla? ¿Al que la creó, o al hombre que la custodia? De buena gana ofreceré mis plegarias por ambos.

El viejo refunfuñó para sí.

Vallon se secó la boca y señaló hacia la llanura, donde las hogueras empezaban a destacar en la creciente oscuridad.

—¿Sabéis lo que está pasando ahí abajo?

El viejo escupió:

—Crímenes, violaciones, robos... Todos los males que siguen a un ejército.

Vallon sonrió.

—Os diré qué es lo que voy a pagar. —Sacó unas cuantas monedas de su bolsa y las colocó en la arrugada palma—. Algunos de mis hombres tienen el mal de los pantanos, por haber pasado demasiado tiempo en la llanura del Danubio. No pueden digerir las duras raciones. Si pudierais conseguirles una cesta de huevos, algo de leche y pan fresco...

El chico cogió las monedas y examinó las cabezas imperiales.

—Son buenas, abuelo.

El viejo guiñó sus ojos sin vista.

—Vos no sois griego.

—Soy franco. Arrojado por las tormentas de la vida a esta costa lejana.

El hombre intentó ponerse en pie.

—Francos, ingleses, rusos, turcos..., todo el imperio está infestado de soldados extranjeros.

—Que luchan para defender sus fronteras, mientras vuestros señores nativos se dedican a pavonearse con la última moda en el Hipódromo.

El chico guio a su abuelo colina abajo. Vallon cenó unas pasas y galleta, se echó una manta por encima de los hombros y se durmió con el tintineo de las campanillas.

Al volver, el chico lo despertó.

—Aquí tenéis huevos y pan, señor.

Vallon se frotó los ojos y miró hacia la colina.

—Capitán Josselin, algo de comida para los enfermos.

Cuando el oficial se marchó, Vallon se inclinó hacia delante y examinó las hogueras del ejército imperial, dispuestas en forma de cuadrícula; las hogueras de los normandos formaban un collar ardiente en torno a la ciudad sitiada. Lo único que sabía de las fuerzas normandas es que las dirigía Robert Guiscard, *el Astuto,* duque de Apulia y Calabria, un general con talento que había recorrido Italia como simple aventurero y que en quince años había conseguido un ducado y había convertido al papa en incondicional aliado suyo.

Una antorcha parpadeaba entre los árboles, acercándose al camino. Se oyeron unos cascos. A la luz de la tea azotada por el viento, Vallon distinguió a un jinete en un caballo de carga. El jinete se acercó más aún. Era un hombre robusto. Lenguas de fuego se reflejaron en una barba trenzada color bermellón, una cabellera amarilla con entradas y una túnica roja con medallones de oro.

Unas sombras salieron al paso del jinete.

—¡Alto! ¿Quién anda ahí?

—Beorn, *el Vergonzoso, primikerios* de la Guardia Varangia. ¿Sois hombres del conde Vallon? Bien. Llevadme ante él.

Vallon sonrió y se puso de pie.

—Aquí estoy, junto a la fuente.

Beorn se bajó del caballo, fue andando entre los árboles y acogió a Vallon en un abrazo perfumado. La impresión de corpulencia no era falsa. El hombre tenía que pasar de lado por las puertas, y su pecho medía casi tanto de profundo como de ancho, aunque en cuanto a su acicalamiento era de lo más remilgado.

—¿Qué haces aquí, sumido en la oscuridad?

—Llevamos semanas cabalgando mucho, y me he quedado dormido de puro cansancio.

—Casi te pierdes la fiesta... Y eso me recuerda que he dado con tu centurión germano, que me ha dicho que lleváis un mes viviendo prácticamente de gusanos. He traído algo de comida. No se puede luchar con el estómago vacío.

Vallon cogió las manos de Beorn.

—Mi querido amigo...

Beorn era un exiliado, como él, un conde inglés, veterano de las batallas de Stamford Bridge y Hastings, que había perdido sus propiedades en Kent ante los normandos. Habían trabado amistad durante la campaña en Anatolia. Se salvaron la vida el uno al otro, y el vínculo quedó reforzado cuando Beorn descubrió que Vallon había hecho un viaje a Inglaterra, hablaba su lengua y había ido recorriendo el norte más lejano con un compañero inglés.

El varangio se volvió a los centinelas.

—Desatad esos cestos. Traedlos aquí.

Los centinelas casi se doblaban bajo el peso de la carga. Beorn abrió uno de los cestos y rebuscó en su interior.

—No, este no. Acercadme el otro. —Buscó en el otro, lanzó un gruñido de satisfacción y sacó un pollo asado—. He traído tres.

—No puedo llenarme la tripa de carne mientras mis hombres comen galleta rancia.

—El mismo viejo Vallon de siempre… He enviado al maestre del campamento a ver a tu capitán germano. Tus hombres tendrán toda la comida que deseen a medianoche. Nos guardaremos un ave para nosotros, y puedes hacer lo que quieras con las demás. —Sacó también un frasco—. Pero esto es para nosotros dos. El mejor Malmsey de Chipre. Diles a tus hombres que enciendan una hoguera. Tú y yo tenemos mucho de que hablar, y quiero verte la cara mientras tanto.

Vallon se echó a reír y llamó a sus centuriones. Se llevaron la comida. Los soldados se apresuraron reuniendo astillas y ramas.

Vallon tendió las manos cuando el fuego empezó a crepitar.

—Así que vamos a entrar en combate, decididamente…

Beorn arrancó un muslo del pollo y se lo tendió a Vallon.

—Ruego a Dios que así sea. El emperador llegó ayer. Otros dos días más, y os habríais perdido la acción.

—¿Será el mismo emperador que cuando salimos? —Vallon vio que las cejas de Beorn se alzaban—. Alejo es el cuarto al que he servido en nueve años.

Beorn arrancó un bocado de pollo con los dientes.

—El mismo, pero Alejo es diferente de los demás. Es un emperador soldado. Con catorce años luchó en su primera batalla contra los selyúcidas, y no ha estado en el bando perdedor ni una sola vez desde entonces. Es astuto tanto en la guerra como en la diplomacia.

Vallon hizo un gesto hacia las hogueras que parpadeaban en la llanura.

—Ni siquiera estoy seguro de lo que ha provocado este enfrentamiento. Ya me había ido del norte cuando Alejo fue coronado. Solo recibí órdenes de cabalgar hacia Dirraquio hace dos semanas. Las noticias llegan muy despacio al Danubio.

Beorn levantó una de sus pobladas cejas.

—¿Lo habéis pasado mal en la frontera? He visto heridos en tu carreta.

—Los pechenegos nos acosaron cuando nos retirábamos. Enviar a mi escuadrón para defender la frontera contra esos nómadas es como poner a un perro a cazar moscas. La mayoría de nuestras pérdidas han sido por enfermedad, más que por combate.

Beorn masticó un muslo.

—La cosa se ha ido cociendo durante años, desde que el emperador Miguel fue derrocado, después de ofrecer la mano de su hijo a la hija del duque Robert. Eso le proporcionó al duque la excusa que necesitaba para invadir. Salió en barco de Brindisi, en mayo, tomó Corfú sin luchar, y marchó hacia Dirraquio. Su flota le siguió, pero les atrapó una tormenta y perdieron varios barcos.

—¿Es muy grande su ejército?

Beorn arrojó el hueso de pollo al fuego.

—Treinta mil originalmente; compuesto, sobre todo, por chusma mezclada, sin consideración alguna hacia la edad o la experiencia militar. Cuando Alejo se enteró de la invasión, fue muy astuto y formó una alianza con el dux de Venecia. Lo último que quiere el dux es que los normandos controlen las vías de acceso al Adriático. Él se encargó personalmente del mando de la flota veneciana, cogió a los barcos normandos desprevenidos, destruyó algunos y dispersó a los demás. Luego navegó hacia el puerto de Dirraquio. Cuando llegó el ejército bizantino, se unieron a los venecianos y derrotaron a la flota normanda que los sitiaba.

—No es el principio más prometedor para la campaña de Robert.

—Y hay más. Robert sitió la ciudad, pero está bien defendida por el *strategos* Jorge Paleólogo.

—Serví a sus órdenes en el este. El comandante más valiente que jamás existió.

—Tienes razón. No solo ha aguantado contra las catapultas y torres de asedio de Robert, sino que también ha emprendido la lucha contra el enemigo, haciendo incursiones desde la ciudad y destruyendo uno de sus ingenios de asalto. Durante un asalto recibió una flecha en la cabeza y estuvo todo el día luchando con la punta clavada en el cráneo.

—Con Paleólogo amenazando la retaguardia de los normandos nuestra tarea será mucho más fácil, aunque nos doblen en número.

—Menos que eso. La peste atacó al ejército de Robert durante el verano, y se llevó a cinco mil hombres, incluidos centenares de sus mejores caballeros.

Vallon se echó a reír.

—Casi haces que me dé pena ese hombre. ¿Qué fuerzas tiene Bizancio?

—Unos diecisiete mil. Cinco mil de los *tagmata* macedonios y tracios, mil *excubitores* y *vestiaritae* y mil varangios. Además de las tropas nativas y de un regimiento de vasallos serbios, contamos con unos diez mil auxiliares turcos, la mayoría de ellos suministrados por nuestro viejo amigo el sultán selyúcida de Rum.

Vallon hizo una mueca.

—No esperaría demasiado de ellos.

—No te preocupes. La contienda la decidirán la caballería pesada y mis varangios. Hemos esperado mucho tiempo para vengar nuestra derrota en Hastings.

—¿Sabes cuál es el plan de batalla?

Beorn señaló hacia las hogueras distantes.

—Dirraquio está en una punta de tierra que corre paralela a la costa y separada de ella por una marisma. La ciudadela está al final de esa punta, conectada con la llanura por un puente. Por lo que he podido averiguar, el emperador se propone enviar a parte de sus fuerzas a través de la marisma para atacar a los normandos desde atrás. El resto del ejército ocupará la llanura al otro lado del puente.

Vallon bebió un sorbo de vino.

—He oído que el hijo de Guiscard es su segundo al mando.

—Bohemundo —dijo Beorn—. Un enorme hijo de puta, un camorrista, y también un soldado de primera. Y no es el único de esa especie que lucha en el bando de Guiscard. Su mujer Sikelgaita cabalga a su lado en la batalla.

Vallon tosió.

—Estás de broma...

—Tan cierto como que estoy vivo. Es más alta que la mayoría de los hombres y más fiera que un león. Una pelea amorosa con ella sería algo digno de recordar.

Vallon pensó en su mujer, Caitlin, que también tenía un temperamento temible y era orgullosa.

—¿No has tenido noticias de casa?

Beorn se sirvió otra copa.

—Perdóname. Tendría que habértelo dicho lo primero de todo. Estuve en tu casa en agosto. Lady Caitlin está más majestuosa cada vez que la veo, y tus hijas no tendrán problema alguno en contraer matrimonios muy favorables. Aiken crece en su compañía y sus logros aumentan cada día.

Tres años antes, Beorn le había pedido a Vallon que se llevase a su casa a su hijo, entonces de trece años, como escudero o portaescudos.

La madre de Aiken había muerto, y Beorn quería que su hijo se criara aprendiendo a hablar griego y adoptando las costumbres griegas. Los varangios anglosajones seguían manteniendo su lengua y sus costumbres, e incluso se dirigían al propio emperador en inglés. No fueron solo los ruegos de Beorn los que hicieron que Vallon aceptase. Caitlin había visto lo solo que estaba el muchacho, por lo que le convenció para que le acogiera bajo sus alas. Sería el hijo que ella no había sido capaz de darle.

Casi con timidez, Beorn sacó una carta de debajo del manto y se la pasó por encima de las llamas.

Vallon la leyó y sonrió.

—Pobre Aiken. Está aprendiendo a bailar, con mi hija mayor como pareja.

—Eso está muy bien, ¿no? Un guerrero aprendiendo a hacer florituras en un salón…

—Claro que sí. La vida no consiste únicamente en rebanar las cabezas de tus enemigos. Y, además, no solo está aprendiendo a bailar. Escribe en griego con buena mano, y dice que sus tutores están muy complacidos con su progreso en matemáticas y lógica.

Beorn le señaló con un dedo.

—Pero su destino es ser soldado. Cumplió dieciséis años el mes pasado. Cuando salgas en tu próxima campaña, te llevarás a Aiken contigo.

Vallon dudó.

—No todos los jóvenes de dieciséis años son igual de duros.

Beorn se inclinó hacia delante.

—Algunos no se endurecen hasta que se templan con el fragor de la batalla. Prométeme que te llevarás a Aiken contigo en tu próxima campaña. Sé que no le expondrás a riesgos graves hasta que esté preparado para enfrentarse a ellos.

—Me gustaría hablar antes con él y ver cuáles son sus deseos.

Beorn desdeñó esa posibilidad.

—Solo hay un camino para mi hijo: el camino del guerrero juramentado. Dame tu palabra, Vallon. Dentro de dos días vamos a la batalla. Podrían matarme. Me enfrentaré a ese destino serenamente si sé que Aiken va a seguir mis pasos.

Vallon hizo una mueca.

—Dentro de dos días podría ser yo el muerto, y entonces sería mi señora la que te llamara a ti para que la protegieras.

Los rasgos de Beorn adoptaron unas arrugas complicadas. Se quedó mirando las llamas.

—He esperado este encuentro mucho tiempo. Todavía me avergüenza no haber muerto con mi rey en Hastings. Esta vez aplastaremos al duque Robert o pereceremos en el intento.

Vallon levantó la mano y tocó el hombro de Beorn.

—Esa no es la actitud que hace ganar batallas.

Beorn levantó la vista, con los ojos rojos a la luz del fuego. Se echó a reír.

—Siempre has sido el más astuto, el que vive para luchar otro día. —Le tendió una mano—. Si muero, júrame que convertirás a Aiken en guerrero.

Vallon extendió su mano.

—Lo juro.

Beorn se puso en pie de un salto y le dio una palmada en la espalda.

—Te he apartado del sueño durante demasiado rato. Estarás ansioso por la batalla que se avecina, ¿verdad?

—No especialmente.

Beorn lanzó una carcajada estruendosa.

—Bien. El destino siempre respeta al guerrero que no está condenado.

Vallon consiguió esbozar una débil sonrisa.

—Mi viejo amigo Raúl, el germano, solía decir lo mismo.

Beorn bajó la vista, con su rostro brutal algo suavizado.

—Y decía la verdad.

Al romper el día, Vallon condujo su escuadrón hasta el campamento bizantino. Pendones y estandartes resplandecían entre el polvo que levantaban miles de caballos. Conrad, el centurión, se reunió con ellos en la fortificación exterior y los guio a través del caos controlado hasta el cuartel general del gran doméstico, el mariscal de campo del emperador. Un general griego recibió a Vallon con una sospecha mal disimulada.

—Habéis tardado mucho. Deberíais haber recibido órdenes de marchar a principios de septiembre.

—Me llegaron hace dos semanas nada más, y los pechenegos se resistían tanto a dejarnos partir que nos persiguieron la mitad del camino, hasta Nicópolis.

El general guiñó los ojos ante la sutil insubordinación de Vallon.

—Confío en que vuestro escuadrón esté en buena forma para luchar.

Vallon sabía que no tenía sentido explicar que sus hombres y sus caballos estaban exhaustos.

—Llevaré a cabo las órdenes con diligencia.

La forma de asentir el general, con un gesto lento y vago, dejaba claro que no estaba muy convencido.

Vallon se aclaró la garganta.

—Solicito permiso para explorar las posiciones enemigas. Mi escuadrón será mucho más efectivo si conocemos la disposición del terreno.

El general seguía examinando a Vallon con suspicacia. Como la mayoría de los comandantes nativos de Bizancio, estaba molesto por que los defensores del imperio fueran sobre todo mercenarios extranjeros.

—Muy bien. Aseguraos de volver mucho antes del anochecer. Después de ponerse el sol, el campamento queda sellado. Nadie sale y nadie entra.

—¿Has oído eso? —dijo Conrad, cuando salieron—. Eso debe de querer decir que el emperador se propone dar batalla mañana.

Vallon cogió a sus tres centuriones y un pelotón de arqueros a caballo para el reconocimiento, y cabalgó hasta una loma baja que estaba a una milla de la ciudad. Desde allí pudo ver las brechas que las catapultas normandas habían abierto en las murallas de la ciudadela. También pudo distinguir el canal pantanoso a través del cual el emperador se proponía enviar a parte de su ejército.

—Si Alejo ha pensado en esa estratagema, podéis estar seguros de que Guiscard habrá hecho lo mismo. Caballeros, creo que deberíamos estar preparados para ver algo de acción.

Pasó largo rato examinando las particularidades del terreno y memorizándolas. La temporada había sido seca, y los bizantinos habían prendido fuego a los campos para negar comida a los invasores, dejando una llanura desnuda y ondulante, ideal para la caballería.

Volvió al campamento con una luz de miel. Ya estaba desmontando cuando Beorn corrió hacia él y le cogió del brazo.

—Ven. El emperador está manteniendo su último consejo antes de la batalla.

Se dirigieron hacia el estandarte con el águila doble que se agitaba encima del cuartel general imperial, un pabellón grande de seda rodeado por tres filas de guardias. Otro muro de guardias dejaba fuera a una multitud de oficiales que presionaban en torno al cordón interior.

Uno de los guardias alzó una mano para detener a Vallon.

—El conde viene conmigo —dijo Beorn, y la muralla de soldados se abrió ante su corpulencia.

Vallon le siguió a través del apelotonamiento de oficiales, ignorando sus negras miradas, hasta que vio claramente al emperador. Alejo I Comneno estaba de pie en un estrado, discutiendo con sus comandantes de mayor rango. No era una figura imponente a primera vista: la cara pálida, casi eclipsada por una barba negra e hirsuta, pecho de palomo. Si le despojabas de su corona y su uniforme de desfile, un peto de armadura dorado, de escamas, sobre una túnica púrpura y oro, nadie habría imaginado jamás cuál era su elevado rango, su título.

Vallon reconoció a algunos de los generales. El hombre rubio que llevaba una túnica rojo granza y un manto sujeto por una fíbula enjoyada en un hombro era Nabites, *el Comecadáveres*, el comandante sueco de los varangios. El hombre corpulento que estaba a su derecha era el gran doméstico. Uno de los generales, delgado, demacrado y serio, parecía discutir con el emperador.

Vallon hizo una seña a Beorn.

—Ese es Paleólogo, el comandante de la ciudadela.

—Sí. Se escabulló de Dirraquio cuando llegó el emperador y volverá esta noche, para poder coordinar su ataque a los normandos. —Beorn se frotó las manos—. Todo está a nuestro favor.

Vallon vio que Paleólogo daba un paso atrás y sacudía la cabeza, mortificado.

—Él no comparte tu optimismo.

Alejo se volvió y miró hacia la multitud, y sus ojos azules y penetrantes cambiaron la impresión que se había hecho Vallon del hombre. Levantó la mano para pedir silencio, calculando su discurso a la perfección.

—Las palabras han terminado, hemos acordado nuestras tácticas. Descansad bien esta noche, porque mañana echaremos al mar a esos invasores. —Mostró una sonrisa encantadora—. A menos que alguno de vosotros tenga algo más que añadir, que pueda cambiar mi decisión.

Los suspiros de alivio o de ansiedad dejaron paso a un pesado silencio.

Vallon no sabía que iba a hablar hasta que las palabras salieron de su boca.

—No veo ninguna razón imperiosa para arriesgarnos a la batalla.

Beorn le cogió el brazo. Las caras se volvieron hacia él con expresión de incredulidad. Un general salió de la multitud, con la cara amoratada de furia.

—¿Quién demonios eres tú para cuestionar a su majestad imperial?

—No le estaba cuestionando —dijo Vallon.

—Al emperador no le interesa la opinión de ningún mercenario pusilánime.

Alejo levantó su cetro enjoyado.

—Dejadle hablar —dijo, en un refinado griego ático. Se inclinó hacia delante, con las negras cejas arqueadas, como interrogando educadamente—. ¿Quién eres?

—El conde Vallon, comandante del escuadrón forastero. —Él hablaba en un demótico torpe, y oyó a los hombres murmurar la palabra *ethnikos*, «extranjero», acompañada de una gran variedad de epítetos insultantes.

Alejo se inclinó más hacia él.

—Explica la razón de tu timidez. —Levantó su cetro para acallar el furioso escándalo en torno a Vallon—. No, por favor. Me gustaría oír la respuesta del franco.

—No es la cobardía lo que me impulsa a hablar —contestó Vallon. Casi veía a un escriba registrando sus palabras. Cogió aliento—. Se acerca el invierno. Dentro de un mes, los normandos no podrán avanzar, aunque capturen la ciudad. Ni tampoco se pueden retirar a Italia. Ya han sufrido graves reveses: la destrucción de su flota, el azote de la plaga. La mayoría de su ejército lo componen reclutas forzosos. Dejemos que se vayan pudriendo.

Paleólogo asentía. Alejo miró a su alrededor para interceptar las significativas miradas de otros comandantes antes de volverse hacia Vallon. Daba la impresión de ser un hombre abierto a la discusión.

—Algunos de mis generales comparten tu opinión. —Su expresión se endureció, su voz se alzó y su mirada azul abrasó a la audiencia—. Te lo diré…, os diré a todos vosotros lo que les dije a ellos. —Dejó que se expandiese un silencio tenso antes de romperlo—. Es cierto que los normandos han sufrido reveses. Si nos retiramos, es muy posible que intenten volver a Italia a pasar el invierno. Pero la primavera que viene volverán, con una armada y un ejército mayores, y toda la estación de campaña en la cual hacer progresos. En cuanto a nosotros, ya hemos retirado a nuestros ejércitos de los lugares que nos quedan en Anatolia, con lo que los hemos dejado expuestos al ataque de los selyúcidas. No, ahora es cuando estamos más fuertes. Ahora es el momento de atacar.

Cientos de puños se alzaron en el aire en torno a Vallon. El rugido de los saludos al emperador se extendió de tal modo que los normandos, a cuatro millas de distancia, seguramente no dudaron de que se había dado la orden de batalla.

Beorn se llevó de allí a Vallon, apartando a un oficial que agarró al franco y le escupió en la cara. Cuando Beorn se hubo apartado de la aglomeración, se volvió hacia Vallon.

—¿Qué demonio te ha poseído para insultar así al emperador? Te has cargado tu carrera y has arruinado mis oportunidades de promocionarme a comandante de los varangios.

—He dicho la verdad tal y como la veía. Como sabe muy bien Paleólogo, por muchos meses de experiencia.

Beorn apretó la mandíbula. Su aliento salía entrecortado.

—Idiota. La verdad es lo que el emperador quiere que sea verdad.

Todavía jadeando, incrédulo, desapareció entre la multitud y dejó solo a Vallon. Un oficial bizantino se abrió paso a empujones hacia él y otros se acercaron mascullando entre dientes observaciones sobre su cobardía. Ceñudo y con la mano apoyada en la espada, fue a reunirse de nuevo con su escuadrón, sin saber que el destino había posado su indiferente mirada sobre Beorn y que jamás volvería a hablar con él.

II

No había luna justo antes de la batalla. Nada se veía excepto el neblinoso resplandor de las fogatas normandas que ardían en torno a la ciudad. Solo el entrechocar de metales y el crujido de los arneses de los caballos le decían a Vallon que su escuadrón estaba preparado a su alrededor. Los cascos golpeaban el suelo ante él, y luego se detuvieron. Oyó un intercambio de santo y seña, y al cabo de un rato Conrad llegó a su lado.

—Teníais razón, conde. Los normandos han dejado la ciudad y han avanzado hacia la llanura.

—Envía noticia al gran doméstico.

La niebla se amontonaba espesa en toda la costa, y la luz del día tardaba en romper, tentadoras formas se insinuaban entre la oscuridad y luego se retiraban, hasta que al final salió el sol por detrás de las colinas, y se alzaron los vapores, revelando el ejército normando dispuesto en una formación que abarcaba una milla de llanura, perfectamente quieto, con los estandartes flácidos y sus cotas de malla plomizas a la débil luz. Tras ellos, Vallon pudo ver la flota de barcos venecianos y bizantinos del bloqueo anclados en el exterior de la bahía, al sur de Dirraquio.

El resonar espeluznante de miles de pies y cascos anunciaba que el ejército bizantino se aproximaba. Según una tradición probada en combate, estaba dividido en tres formaciones, con el emperador en el centro y un regimiento dirigido por su cuñado a su derecha. A la izquierda, junto a Vallon, estaba el *tagma* dirigido por el gran doméstico, sus tropas ataviadas con brillantes corazas de cuero, glebas y yelmos con golas de cota de malla que les protegían el cuello, y los caballos vestidos con gualdrapas acorazadas de escamas hechas de piel de buey, y tocados con yelmos con viseras de hierro, de modo que hombres y bestias parecían máquinas, y no seres de carne y hueso. Los propios hombres de Vallon vestían cotas de malla sencillas o armaduras de cuero oxidadas y manchadas por la larga exposición a los elementos.

El ejército imperial se detuvo en línea con la posición de Vallon, a menos de una milla del frente normando. El gran doméstico había colocado el escuadrón de Vallon en el flanco izquierdo, junto a la costa. La intervención de Vallon le había significado como demasiado poco fiable para ocupar una posición más central. Pero él no estaba preocupado. Sus hombres eran corredores y aptos para escaramuzas. Ya fuese la batalla bien o mal, él quizá no viese acción aquel día. Como había dicho Beorn, el encuentro lo decidiría la caballería pesada y la infantería.

Un movimiento en la retaguardia bizantina anunció la llegada de la Guardia Varangia a caballo, con sus hachas de doble filo brillando al sol. Desmontaron y formaron un cuadrado de cien metros ante el estandarte del emperador. Unos mozos se llevaron sus caballos y un escuadrón de caballería ligera se acercó al trote al hueco entre los varangios y el centro imperial. Eran valdariotes, arqueros de élite a caballo reclutados entre los magiares cristianizados de Macedonia.

Los sacerdotes bendijeron los regimientos; el incienso de sus incensarios se elevó por toda la llanura. El escuadrón de Vallon se unió al canto del Trisagio, el himno de los guerreros. «Dios santo, Dios todopoderoso, Dios inmortal, ten misericordia de nosotros...» Sus soldados musulmanes y paganos cantaban tan fervientemente como sus camaradas cristianos.

Entonces el sol bajo de otoño relampagueó en las líneas de los normandos e iluminó los brillantes estandartes que llevaban las unidades bizantinas. Vallon echó un vistazo a su propio estandarte; sus cinco pendones triangulares se agitaban en la brisa matutina. Una nota de clarín agitó su sangre. Las trompetas tocaron y sonaron los tambores, y las notas retumbaron en su pecho. Con un grito que daba escalofríos, los varangios empezaron a avanzar. La respuesta de los normandos se elevó débil y fantasmagórica al otro lado del campo de batalla. Por encima de la cabeza de Vallon una bandada de golondrinas se dirigió hacia el sur, cazando insectos.

Los varangios avanzaron a paso ligero, cantando su himno de batalla, con las enormes hachas colgadas atravesando el hombro izquierdo y los escudos superfluos a la espalda. Vallon no pudo evitar admirarlos. Y sentir ansiedad, también. ¿Cómo podía la infantería, por muy valiente y hábil que pudiera ser, soportar una carga de los lanceros montados? Se cerró el casco, levantó la mano y la dejó caer.

—Avanzad.

Fueron cabalgando al paso, al nivel de los varangios. Cuando la distancia entre los dos ejércitos hubo disminuido hasta la mitad, un destacamento de la caballería normanda se separó del centro y cargó contra los varangios directamente. La guardia se detuvo y cerraron filas.

—Es una finta —dijo Vallon.

Al sonido de una trompeta, la falange varangia se dividió en dos, abriendo un pasillo para los vardariotes. Estos avanzaron por allí al galope; cuando llegaron al final, soltaron sus flechas hacia la caballería y luego dieron la vuelta y volvieron hacia atrás pasando junto a los flancos de los varangios.

El cuadro se volvió a cerrar y siguió avanzando. La caballería normanda los rodeó y cargó de nuevo, y los varangios y vardariotes hicieron el mismo movimiento que antes. Los normandos hicieron un amago más, y esta vez los vardariotes cabalgaron en torno a los varangios, descargaron sus flechas en la caballería desde una distancia de no más de cincuenta metros. Vallon vio que caían jinetes, como se desplomaban algunos caballos.

—Esto les ha escocido —dijo Conrad.

Directamente frente a la posición de Vallon, el ala derecha de Guiscard azuzaba a sus caballos para que avanzaran, clavando las espuelas a los animales para que se pusieran al trote, y atravesando en ángulo el campo de batalla.

—Ahí vienen —dijo Vallon.

Con la garganta tensa, vio que la formación cargaba a un trote ligero, y luego al galope, dirigiéndose hacia el flanco izquierdo de los varangios. Las flechas de los arqueros a caballo no podían detenerlos. Vallon hizo una mueca cuando la masa de caballos chocó contra la formación varangia, se agarró la cabeza cuando vio que se doblaban en dos, se inclinó hacia delante en los estribos cuando se dio cuenta de que la caballería iba más lenta y empezaba a dar la vuelta. A través de esa suerte de palestra polvorienta, llegó el tumulto de la guerra: entrechocar de hierros, impacto carnoso de pesadas hachas que incidían en carne y huesos, chillidos espantosos, relinchos de animales heridos, gritos de hombres moribundos.

Se echó hacia atrás en la silla.

—Están aguantando el terreno.

—Escaramuza por la derecha —dijo Conrad.

La atención de Vallon se dirigió hacia el frente bizantino y luego volvió hacia la contienda truculenta del centro. El ataque al flanco izquierdo de los varangios había quedado detenido. Aquellas terribles hachas habían desatado una gran confusión, formando una montaña de caballos muertos. La caballería no encontraba un lugar por donde pasar, y mientras giraban y retrocedían, los vardariotes hacían llover flechas sobre ellos a corta distancia.

Conrad se volvió.

—¿Por qué Guiscard no hace adelantar el centro?

Vallon se pasó un nudillo por los dientes.

—No lo sé. Eso me preocupa.

Incapaces de romper el cuadro varangio, indefensos contra los arqueros, los jinetes de la caballería normanda dieron la vuelta a sus caballos y empezaron a alejarse, al principio poco a poco y al final formando una gran marea, levantando una nube de polvo que oscureció las formaciones.

Vallon se incorporó en sus estribos.

—¡No!

Borrosos entre la neblina, los varangios perseguían a sus enemigos, corriendo como sabuesos en pos de su odiado enemigo. Vallon reconoció a Beorn por su barba color bermellón; era él quien dirigía aquella imprudente carga. Vallon espoleó a su caballo y galopó hacia el regimiento del gran doméstico, agitando el brazo como señal de que no había tiempo que perder:

—¡Seguidlos!

Unos pocos hombres de la caballería le miraron antes de encarar de nuevo a donde se desarrollaba la acción, como si aquello no fuera más que un drama representado para su entretenimiento.

Vallon volvió a toda prisa a su formación.

—¡Tras ellos! —gritó—. No luchéis sin que os dé la orden.

Su escuadrón picó espuelas en los flancos y galopó tras los normandos que huían y los varangios que los perseguían. Aquí y allá pequeños grupitos de la caballería se habían vuelto hacia sus enemigos y fueron rodeados y derrotados.

Conrad llegó a su nivel.

—No es una finta. Es una desbandada.

Vallon se quedó pensativo.

—Por ahora, sí.

Y durante un rato fue así. En el pánico de la guerra, el ala derecha normanda huyó hasta el mar. Algunos de ellos se quitaron la armadura y se sumergieron, intentando llegar a sus barcos. El resto corrieron por la orilla, sin saber muy bien hacia donde volverse. Un destacamento de la caballería normanda y unos ballesteros se interpusieron entre ellos y los varangios, dirigidos por una figura cuyo pelo rubio sobresalía por debajo de su casco. Allá iba ella, arriba y abajo, golpeando a los cobardes, exhortando a la chusma para que se reagrupase y se uniera contra el enemigo.

—Es verdad —dijo Vallon—. Es Sikelgaita, la mujer de Guiscard.

La intervención de la mujer cambió el sentido de la contienda. De uno en uno, de dos en dos, y luego de diez en diez y de veinte en veinte, la caballería se reagrupó y dio la vuelta. Los varangios estaban repartidos a lo largo de media milla de llanura. Habían combatido brutalmente y seguían avanzando con sus pesadas armaduras para exterminar al antiguo enemigo. Estaban dispersos y exhaustos, incapaces de ofrecer ninguna defensa concertada al contraataque normando.

Incrédulo y furioso, Vallon vio la carnicería que siguió. Una y otra vez, Beorn le había contado que los normandos fingieron huir en Hastings y atrajeron el muro de escudos ingleses hacia su destrucción. Y ahora estaba volviendo a ocurrir otra vez.

Conrad iba brincando al lado de Vallon.

—Nosotros podemos representar la diferencia…

—No.

Algunos de los varangios, incluido Nabites, su comandante, consiguieron escapar de vuelta a las líneas bizantinas. Otros se abrieron camino luchando con los normandos, recogiendo a otros supervivientes, y se dirigieron a una diminuta capilla aislada, no lejos del mar. Cuando llegaron al edificio debían de ser unos doscientos, una cuarta parte de la fuerza que había iniciado la marcha tan valientemente menos de una hora antes.

La capilla era demasiado pequeña para que cupieran todos. De hecho, hubo tantos que se vieron obligados a refugiarse en su tejado que la estructura entera se derrumbó, por lo que cayeron encima de sus camaradas. Los normandos ya estaban incendiando el edificio, apilando maleza en torno a los muros y arrojando ramas ardiendo a los aleros. Las llamas lamieron primero el edificio y luego se alzaron como estandartes humeantes. Los maderos crujieron. Vallon oyó los gritos de los hombres que se quemaban vivos.

De repente, la puerta se abrió, y de allí salieron una docena de varangios, dirigidos por Beorn, que tenía la barba quemada hasta la raíz y la frente llena de ampollas y quemaduras. Rebanó a un normando con un mandoble que lo hizo doblarse en dos como una bisagra, justo antes de que diez hombres lo machacaran, golpeando su cuerpo como si fuera una rata que se saca de un almiar en tiempos de cosecha.

—Aquí viene Paleólogo —dijo Conrad.

Su guarnición salió cabalgando de la ciudadela. Casi de inmediato se encontró una feroz oposición, por lo que su intento quedó en nada.

—Demasiado pocos, y demasiado tarde —dijo Vallon.

Un coro de rugidos de guerra anunció una carga del regimiento de Guiscard hacia el centro expuesto del emperador.

—¡Atrás! —chilló Vallon.

Dirigida por Guiscard, la caballería normanda aniquiló el estandarte real, echando a un lado a los arqueros vardariotes que disputaron su avance. Con sus armaduras incómodas, las fuerzas imperiales avanzaron torpemente para enfrentarse al ataque, y los dos lados colisionaron con un feroz estrépito.

El polvo arremolinado oscurecía la lucha. Vallon llevó a su caballo hacia la nube, esforzándose por distinguir ambos lados.

—¡Los normandos han roto el centro! —gritó.

Habían dividido la formación bizantina, introduciendo en ella una profunda cuña.

Vallon comprobó que su escuadrón estuviera con él y llevó su caballo hacia la izquierda.

—¡Más cerca! ¡Mantened la formación!

Se dirigió hacia el estandarte real, el único punto fijo del campo de batalla. Pero luego se dio cuenta de que no estaba fijo. Le habían dado la vuelta y se estaba retirando. Y por encima del flanco derecho se alejaba otra formación bizantina.

—¡Traición! —gritó Conrad—. Los serbios están desertando.

No eran los únicos. Detrás de la pesada caballería bizantina, los selyúcidas (los diez mil) volvieron grupas y huyeron antes de haber dado un solo golpe.

—Calamidad —gruñó Vallon—. Desastre completo.

—¡Mirad detrás! —chilló Conrad, dando la vuelta a su caballo.

Vallon giró y vio un escuadrón de lanceros normandos que salían del polvo, con las cotas de malla aleteando en torno a sus piernas, las lanzas inclinadas hacia abajo.

—¡Aguantad y entablad combate! —chilló—. ¡Arqueros!

Con la primera andanada desarzonaron a la mitad de los enemigos. Los poderosos arcos compuestos colaron sus flechas a través de armaduras y cotas de malla.

Vallon levantó una maza.

—¡Jabalinas!

Puñados de proyectiles formaron un arco hacia la caballería. Pocos alcanzaron su objetivo. Y luego el enemigo se cernió sobre ellos. Vallon se fijó en un individuo que corría cabalgando desordenadamente hacia él. Su atacante iba dando tumbos en la silla. Solo su lanza permanecía firme. Esperando hasta el último momento, Vallon se apartó de la punta e, inclinándose con todo su peso sobre el estribo derecho, golpeó con su maza la cabeza cubierta de cota de malla del normando, con una fuerza tal que le envió dando volteretas hacia atrás, por encima de la cola de su caballo.

Sangre y sesos salpicaron la mano de Vallon. Él miraba a derecha e izquierda, sopesando la situación. Algunos de los normandos habían cargado hasta atravesar su escuadrón y desaparecían entre el polvo. Otros habían sacado la espada para enzarzarse en el cuerpo a cuerpo. Mientras la mayoría del escuadrón luchaba mano a mano, los arqueros a caballo rodeaban la refriega, disparando a los blancos a medida que estos se presentaban. El asalto a espada y flecha era más de lo que podían soportar los normandos. Al final se alejaron. Uno de ellos tiró de su caballo tan violentamente que el animal perdió pie y cayó, desarzonando a su jinete con tanta fuerza que le rompió la pierna. El hombre no pudo contener un terrible grito. Al caer, perdió el casco y se le deslizó la toca por el cuello. Con un ojo cerrado, lleno de un dolor agónico, vio acercarse a Vallon y su propia ejecución.

Vallon se agachó y le partió el cráneo.

—Dios tenga piedad de tu alma.

Aunque corta, la escaramuza le había desorientado. El polvo arremolinado hacía imposible encontrarle sentido alguno a lo que estaba ocurriendo. Lo único que sabía con seguridad era que los bizantinos habían perdido. Si el emperador estaba muerto, quizás hubiesen perdido un imperio.

Blandió su maza.

—¡Seguidme!

Respondió menos de la mitad de su escuadrón; el resto permaneció invisible por el polvo o desperdigado por la escaramuza. Vallon no llegó a la altura de las fuerzas principales normandas hasta que hubieron pasado el campamento imperial, galopando sin sentido por el mismo lugar donde la noche anterior Alejo les había prometido la victoria.

Dando ventaja a los normandos, las fuerzas de Vallon dejaron atrás al enemigo. Un angustiado caballero bizantino que huía de la refriega le cortó el paso.

—¿Dónde está Alejo? ¿Está vivo?

—No lo sé.

Vallon debió de galopar una milla más antes de dar con la retaguardia bizantina, enfrascada en una lucha desesperada por contener la persecución normanda. Pero eso iba a resultar imposible. Su papel era empujar al enemigo en formación cerrada, y aplastarlos mediante el peso de sus armas y armaduras. Al retirarse, aquel material tan bellamente cincelado (los petos, grebas, hombreras y guardabrazos) pesaba dos veces más que la cota de malla normanda, lo que les reducía a blancos torpes.

Vallon cabalgó entre ellos. Al fin consiguió ver a un grupo de rezagados de la Guardia Imperial. Llegó a la altura de un oficial.

—¿Vive el emperador?

El oficial señaló hacia delante. Vallon picó espuelas, adelantando por igual a amigos y enemigos. Los normandos estaban tan desesperados por coger a Alejo que apenas se fijaron en el franco que pasaba hasta que uno de ellos, muy robusto, montado en un caballo de bella estampa y que vestía la faja de comandante en jefe, oyó que Vallon gritaba una orden en francés y se dirigió hacia él.

—Vos sois franco. Debéis de estar lamentando el transcurso de este día.

Vallon clavó sus espuelas.

—Azares de la guerra.

El caballero no podía mantener su paso.

—¿Cuál es vuestro nombre?

—Vallon.

—No vayáis tan deprisa, señor.

Vallon miró hacia atrás y vio que el hombre se levantaba la visera del yelmo, dejando ver una atractiva cara rojiza.

—Soy Bohemundo. Si sobrevivís a la carnicería, pedidme un puesto. Me encontraréis en el palacio de Constantinopla.

Vallon espoleó a su caballo. La multitud de jinetes ante él se aclaró un poco y dejó ver a un grupito de la Guardia Imperial que estaba apelotonado en torno a un jinete ataviado con una espléndida armadura y un manto de seda acolchada. Unos cincuenta caballeros normandos intentaban abrirse paso a la fuerza a través del cordón.

Vallon galopó tras ellos, se colgó el escudo a la espalda, se guardó la maza y sacó sus dos espadas: la bella hoja toledana que le había arrebatado a un capitán moro en España, y el *paramerion* parecido a un sable que solía colgar de su cadera izquierda. Los normandos, resueltos y exultantes, no esperaban que los atacasen por detrás, y no le vieron llegar. Entrenado desde la niñez para sujetar armas con ambas manos, fue cabalgando entre dos de los normandos que iban a la zaga, dejó caer las riendas y ensartó primero a uno y luego al otro en el tiempo de un suspiro.

El audaz ataque le hizo perder el equilibrio. Tuvo que desechar el *paramerion* para poder recuperar su asiento y sus riendas. Ya no era un joven ágil, y no intentaría de nuevo aquel movimiento.

Un oficial normando le señaló con gestos violentos; una docena de jinetes con cotas de malla se cernieron sobre Vallon. Él miró hacia atrás para ver cuántos de su escuadrón permanecían todavía con él. No eran más de veinte.

—¡Contenedlos! —gritó Vallon. Sus ojos se posaron en Gorka, un vasco que mandaba a cinco de los soldados—. Tú, quédate cerca.

El terreno que tenía ante él quedó casi despejado. Vallon pudo ver que los normandos habían roto la pantalla defensiva del emperador. Tres de ellos atacaban al emperador simultáneamente desde la derecha. Alejo, montado en el mejor caballo que el oro podía comprar, no pudo, sin embargo, evitar sus armas. Uno de los normandos incrustó su lanza en el flanco del caballo cubierto de cuero. Los otros dos dirigieron sus armas hacia el costado del propio emperador, y la fuerza del impacto le lanzó hacia la izquierda, en un ángulo imposible.

A cincuenta yardas de distancia, impotente y sin poder intervenir, Vallon esperó que el emperador cayese. «Y así acaba el imperio.»

Pero Alejo no cayó. Su pie derecho se había quedado enredado en el estribo, y de alguna manera consiguió enderezarse. Otros dos normandos cargaron desde la izquierda para asestar el golpe de gracia. Apuntaron con parsimonia y ambas lanzas alcanzaron a Alejo en la parte izquierda de las costillas.

Si Vallon no lo hubiese visto por sí mismo, jamás lo habría creído. Como en el ataque anterior, las puntas no penetraron en la armadura. Pero la fuerza de los golpes sacudió al emperador y lo tiró hacia atrás en la silla. Siguió avanzando, con los astiles de las lanzas colgando de hombre y montura, con las puntas de hierro atrapadas entre las placas de escamas.

Vallon no vio el atentado final contra la vida del emperador hasta que fue demasiado tarde. Un normando se acercó a él en ángulo, con la maza de pinchos levantada, decidido a ganarse la gloria. Azuzando a su caballo para que hiciera un esfuerzo, Vallon quiso alcanzarle. El emperador volvió su cara ensangrentada cuando el normando echaba atrás la maza para aplastarla.

Gorka pasó como un rayo con la espada en ángulo por detrás de su hombro.

—¡Es mío! —gritó, y con un solo y potente golpe mandó la cabeza del normando hacia la llanura, donde cayó rebotando.

Vallon había tomado la delantera al enemigo; el río estaba a menos de un cuarto de milla. Se colocó junto al emperador. La sangre fluía de una herida en la frente de Alejo.

—¡Cruzad el río y estaréis a salvo!

Alejo levantó una mano como reconocimiento. Vallon se acercó más al emperador. Juntos entraron al galope en el río y atravesaron la corriente. Al otro lado, una fuerza bizantina lo bastante grande para repeler la persecución normanda se unió en torno al emperador. Hombres que un momento antes solo pensaban en su propia vida levantaron a Alejo del suelo, exultantes ante su liberación. Los cirujanos corrieron a atenderle. De la frente le colgaba un trozo de piel ensangrentado. Vallon desmontó y se apartó mientras los cirujanos hacían su trabajo.

Un oficial pasó a toda prisa y le dio unas palmadas en la espalda.

—¡Alabado sea Dios! ¡El emperador vivirá!

Vallon reconoció al hombre que le había escupido en la cara la noche antes. Después de los horripilantes acontecimientos del día, perdió la razón. Levantó un brazo, agarró al hombre y lo sacudió.

—¡No gracias a ti! —dijo.

Y luego, dominado por la emoción, tiró al hombre al suelo de un golpe y se inclinó sobre él con la espada desenvainada.

—¡Es muy fácil parlotear sobre el valor y el honor en el campamento, pero no tan fácil convertir las palabras en actos frente a guerreros endurecidos en el combate, a quienes no importa nada vuestro noble linaje!

El oficial quiso ponerse en pie y sacar la espada. Vallon la apartó de un manotazo y dio con su escudo en la cabeza del hombre, volviéndolo a tirar al suelo.

—¡Levántate si te atreves!

Unas manos agarraron a Vallon y se lo llevaron a rastras. Un soldado griego echó atrás su espada para ensartarle.

—¡Alto! —gritó una voz—. ¡Soltad a ese hombre!

Vallon vio a un general bizantino a caballo, mirando a su alrededor.

—Uno de los capitanes mercenarios ayudó al emperador en su huida. Que se adelante.

Vallon sonrió al oficial al que había golpeado y volvió a meter la espada en su vaina.

—Creo que se refiere a mí.

Cuando se acercó, Alejo levantó la cara demudada y se echó a reír.

—Tenía que haberlo imaginado. Parece que solo has venido a ayudarme para decirme que tenías razón...

Vallon inclinó la cabeza.

—No, majestad. Vuestra táctica habría funcionado si los varangios no hubieran sufrido una sangría semejante. Doy gracias a Dios por haberos ayudado a conservar la vida, y ruego continuar sirviendo en defensa del imperio.

Alejo clavó en él su desconcertante mirada azul, y luego permitió que los cirujanos le apoyaran de espaldas en los cojines. Hizo girar una mano y cerró los ojos.

—Vallon, el franco. Tomad nota de ese nombre y borrad todo lo demás del registro.

CONSTANTINOPLA

III

Vallon dejó a su escuadrón en el cuartel de invierno de Hebdomon, a siete millas al sur de Constantinopla, y fue solo hacia su casa. Atravesó la triple línea de defensas de la ciudad por la puerta Dorada, pasando bajo un arco triunfal repleto de estatuas de emperadores, relieves escultóricos y un carro tirado por cuatro elefantes colosales. Su ruta le llevó por el Mese, la amplia avenida pavimentada de mármol que empleaban los emperadores que se embarcaban o volvían de sus campañas. Había nevado, y Vallon tenía toda la carretera casi para él solo. La ciudad se veía apagada y melancólica bajo el cielo oscuro de noviembre. Fue trotando por plazas vacías, caballo y jinete empequeñecidos por las majestuosas estatuas de emperadores muertos cuya actitud triunfante hacía más humillante aún la derrota de Dirraquio. En el foro de Constantino se volvió hacia la izquierda y se dirigió hacia abajo, a la bahía de Prosforio, en el lado sur del Cuerno de Oro. Allí cogió una embarcación hacia la orilla norte, subió de nuevo a su caballo y fue cabalgando hacia el suburbio de Galata.

Su villa enmurallada estaba junto a la cima de la colina. Frunció el ceño al ver que la puerta del jardín estaba abierta de par en par. Pasó por ella y entró, respirando con cansado placer por estar de nuevo en casa. Durante unos momentos se quedó allí, disfrutando de aquel aire. Hacía cuatro años que tenía aquella villa, y en todo ese tiempo solo había pasado once meses en total bajo su techo.

Desde un recinto junto al establo llegó el ruido de espadas entrechocadas. Vallon condujo a su caballo hacia allí y encontró a Aiken practicando con Wulfstan, su guardia vikingo. Vallon los miró, posponiendo el momento de tener que darle la noticia a Aiken.

Como siempre, le sorprendió lo poco que se parecía el muchacho a su padre.

Aiken era ligero, de estatura media, con un cabello liso y de un castaño desvaído, y con los ojos grises. En el corpachón de su padre habrían cabido dos como él. Aun teniendo en cuenta la herencia de la sangre materna, era increíble que Beorn le hubiese engendrado; sin embargo, el varangio jamás había mencionado aquel asunto, y en todos los aspectos trataba al muchacho como si fuera carne de su carne.

Wulfstan bajó la espada.

—¡No! Sigues cerrándote. No eres un caracol y no tienes concha. Lo único que consigues así es que tu oponente vea que tienes miedo.

—Es que tengo miedo. ¿Quién no lo tendría?

—Escucha. No hay motivo para temer morir en una batalla. Si recibes un golpe mortal, la conmoción y el dolor te impedirán pensar en la muerte. Y una vez muerto, ya no pensarás en nada.

—Qué dialéctica más falsa. Según Platón…

—Escucha, chico, quizá yo no sepa tanto de libros como tú, pero sí que sé una cosa: un hombre que tiene miedo de la muerte teme también a la vida, y a un hombre que teme a la vida más le valdría estar muerto.

Vallon se aclaró la garganta.

Wulfstan se dio la vuelta en redondo y su cara barbuda se iluminó. Liberó el muñón de su mano izquierda del encaje que llevaba atado a la parte de atrás del escudo.

—¡Lord Vallon! Bienvenido a casa, señor…

—Qué bien estar de vuelta —dijo Vallon, sin apartar los ojos de Aiken.

Wulfstan supo al momento lo que significaba aquella mirada.

—El Señor nos guarde. No me digáis que…

Vallon le tendió las riendas de su caballo.

—Está cansado. Dale de comer y de beber, y cepíllalo.

—Sí, señor —dijo Wulfstan, abatido.

Aiken corrió hacia él, con una sonrisa infantil iluminándole el rostro. Cuando vio la expresión de Vallon, la sonrisa se le borró.

Vallon no intentó suavizar el golpe.

—Siento traerte esta terrible noticia. Tu padre murió en Dirraquio. Murió con valentía, dirigiendo una carga contra los normandos y cantando su himno de batalla. No sufrió.

Aiken tragó saliva. Algo chasqueó en su garganta.

Vallon le cogió las manos.

—Antes de la batalla, tu padre y yo hablamos mucho de ti. Me dijo que estaba muy orgulloso de tus logros. Y yo también. Dispondremos que se celebre una misa para rogar por su ascenso a los

Cielos. Necesitarás un periodo de duelo y reflexión, pero después deseo adoptarte. Sé que ya tienes también un lugar en el corazón de lady Caitlin.

Una lágrima tembló en las pestañas de Aiken.

—Qué desperdicio... —Se soltó y se apartó de él, tambaleándose.

Se abrió la puerta de la villa y salieron corriendo las hijas de Vallon, resbalando en el barro.

—¡Papá! ¡Papá!

Él cogió a cada una con un brazo y las levantó.

—¡Zoe! ¡Helena! Cómo habéis crecido... y qué guapas os habéis puesto...

Por encima de sus cabezas vio a Caitlin, que corría hacia la veranda, seguida por Peter, su sirviente. Le temblaban los labios. Su propia boca también tembló; su corazón se ensanchó. A los treinta y tres años, estaba tan hermosa como el día que la conoció..., más aún gracias a los cuidados de doncellas, peinadoras y costureras.

Se recogió las faldas y echó a correr hacia él.

—¡Tendrías que haber avisado de que venías! ¡Habría preparado una celebración!

—Me temo que no hay nada que celebrar.

Solo entonces Caitlin vio a Aiken apoyado contra la pared, en el rincón del patio, con los hombros sacudidos por los sollozos. Sus ojos se abrieron, llenos de horror.

—¿Beorn ha muerto?

Vallon asintió.

—Junto con la mayoría de la Guardia Varangia. —La detuvo con una mano—. Déjale un poco de tiempo a solas.

Ella le quitó la mano, corrió hacia Aiken y apretó su cabeza contra su pecho.

—¿Qué pasa, papá?

Vallon miró las caritas de sus hijas. Intentó sonreír.

—Os he traído regalos.

El regreso a casa de Vallon raramente transcurría con tanta alegría como había imaginado. Siempre había una distancia que salvar, una fricción que costaba algo de tiempo suavizar. La muerte de Beorn y sus consecuencias convirtieron aquel regreso en el más tenso de todos. Cenando, Caitlin intentó mostrar interés por las actividades de Vallon durante su ausencia de siete meses. Él llenaba los silencios con preguntas sobre temas domésticos, las niñas, la vida social de Caitlin. Aiken se había retirado a su habitación.

Cuando los sirvientes se llevaron los platos, Caitlin miró la mesa vacía.

—¿Qué será de él?

—Tal y como te he dicho, adoptaremos al chico.

—Quiero decir, ¿qué vida le espera?

—Se unirá al ejército bajo mi tutela.

Caitlin arrugó su servilleta.

—¡No!

—Aiken será mi escudero. Es su deber.

—Ese chico no es un soldado. No tiene las aptitudes necesarias. Pregúntale a Wulfstan. Lo que tiene es un don para las lenguas y la filosofía.

—Caitlin, no tengo elección en este asunto. Se lo prometí a su padre.

—Un idiota escandaloso que se hizo matar igual que todos esos guerreros insensatos que perecieron en Hastings.

—Beorn murió defendiendo el imperio.

—Por lo que me has contado, parece más bien que desperdició su vida intentando saldar una antigua deuda de sangre.

Vallon rechinó los dientes.

—Señora, creo que estás tan acomodada en los lujos de Constantinopla que has olvidado los sacrificios que se han hecho para salvaguardar tu estilo de vida.

Ambos se quedaron mirando la mesa. Al final, Caitlin rompió el silencio.

—Pero no querrás llevarte a Aiken en tu próxima campaña...

—Eso haré.

—Pero si solo tiene dieciséis años, es un niño.

—Tiene la misma edad que tenía yo cuando inicié mi servicio militar. No te preocupes. Le iré dirigiendo con suavidad.

Caitlin le miró sin mirarle, luego se levantó y se dirigió hacia la puerta.

—¿Adónde vas?

Ella se dio la vuelta, con los ojos encendidos.

—¿Adónde crees?

Vallon se quedó en la mesa, maquinando justificaciones para la decisión que había tomado. Su incomodidad aumentaba mucho al darse cuenta de que Caitlin probablemente tenía razón. La dulce anticipación de volver a casa se había amargado. Dio un puñetazo sobre la mesa, recogió la botella de vino y dos vasos, y se fue al alojamiento de Wulfstan, junto a la puerta.

—No te estaré quitando el sueño, ¿verdad?

—Claro que no, señor.

—Pensaba que podíamos beber por mi regreso, y por el viaje de Beorn a la otra vida.

El vikingo despejó un banco con la mano que tenía. Se bebió el vaso de un solo trago y se inclinó hacia delante, con los ojos brillantes.

—Contadme lo de la batalla, señor.

Vallon bebió un poco de vino y su mirada volvió a concentrarse en aquel día caótico.

—Fue un desastre total…

Al concluir su relato estaba medio borracho. Levantó la vista y vio la mirada de Wulfstan, absorta y distante. Las aletas de la nariz del vikingo se ensancharon.

—Dios, habría dado cualquier cosa por combatir en otra batalla.

—¿No te bastó con perder una mano?

Wulfstan miró su muñón y se echó a reír.

—Todavía puedo sujetar una espada.

Vallon se despejó un poco.

—¿Crees que Aiken será buen soldado?

Wulfstan se quedó pensando, serio.

—Bajo vuestra tutela, cualquier chico podría serlo.

—Y ahora dime la verdad.

—Maneja bastante bien la espada.

—Pero carece de fuego y de garra.

Wulfstan había bebido dos veces más que Vallon.

—El problema de Aiken es que piensa demasiado. La imaginación es enemiga de la acción.

—Eso quiere decir que yo pienso demasiado poco.

Wulfstan lanzó una risita ebria.

—En absoluto. Recuerdo el día que luchasteis contra Thorfinn, *Aliento de Lobo*, en los bosques del norte de Rus. Por Dios, qué pelea. —Bebió un poco más de vino—. Al amanecer, antes del combate, estabais sentado solo, al borde de la palestra, y Thorfinn, que llevaba toda la noche metiéndose cerveza de abedul en el gaznate y alardeando de que desayunaría con vuestro hígado, os vio y dijo: «¿Es que no puedes dormir?». Y vos replicasteis, tan frío como el rocío de otoño: «Solo un idiota se queda despierto rumiando sus problemas. Cuando llega la mañana, está cansado y los problemas siguen siendo los mismos». —Wulfstan dio un golpe en la mesa—. Entonces supe que le derrotaríais.

—No me acuerdo —dijo Vallon. Intentó ponerse en pie—. Hice un juramento que en realidad no deseaba hacer. No quiero obligar a

Aiken a seguir un camino que él mismo no haya elegido. Esperaré unas semanas y dejaré que decida por sí solo.

Vallon y Caitlin se reconciliaron, como hacían siempre. Compartieron lecho, hicieron el amor con placer, se sentaron juntos durante las largas tardes, cómodos en compañía el uno del otro, apartando la vista de vez en cuando de sus actividades privadas para intercambiar sonrisas.

Una fría tarde, poco después del inicio del año, Vallon estaba trabajando en el informe de su campaña, junto a la chimenea, cuando sonó la campanilla del jardín. Caitlin levantó la vista de su bordado.

—¿Esperamos alguna visita?

—No —dijo Vallon.

Se acercó a una ventana que daba al jardín y abrió los postigos. Wulfstan había abierto la puerta. A través del hueco, Vallon vio a un grupo de hombres armados con espadas.

El vikingo se dirigió a la casa, seguido por un oficial.

—Soldados de la Guardia Imperial —dijo Vallon a Caitlin.

Wulfstan abrió la puerta, dejando entrar una ráfaga de aire frío.

—Un pelotón de los Vestiaritai. Su capitán quiere veros. No me ha dicho por qué.

—Hazle entrar.

Caitlin se acercó.

—¿Qué querrán?

Vallon sacudió la cabeza y se dirigió a la puerta. Unas botas resonaron en el suelo con precisión militar. Entró un joven oficial que vestía un manto de pieles para protegerse del frío. Saludó a Vallon e hizo una reverencia a Caitlin.

—John Chlorus, comandante de cincuenta en los Vestiaritai. Traigo órdenes para el conde Vallon, el franco.

Vallon esbozó un saludo.

—Conozco tu cara.

—Y yo la vuestra, señor. Luchamos juntos en Dirraquio. Vos sois uno de los pocos mercenarios a los que reconozco. A la mayoría de los otros solo les conozco la espalda.

—¿Y el motivo de vuestra visita?

—Mis órdenes son escoltaros al Gran Palacio. Será mejor que os abriguéis bien. Vamos a viajar en barco.

Era un viaje de dos millas. Habría oscurecido antes de que alcanzaran el palacio.

—¿Y cuál es el propósito de tal viaje?

—Eso no puedo decíroslo, conde.

—¿No podéis o no queréis?

Chlorus vaciló.

—Mis órdenes son acompañaros a palacio. Eso es todo.

Caitlin se interpuso entre ellos.

—La noche ya está cayendo. ¿Realmente pensáis que podéis llevaros a mi marido en medio de la oscuridad sin saber con quién se va a reunir?

Chlorus había intentado no mirarla desde que entró.

—¿Y bien? —exigió Caitlin.

—Son órdenes del logoteta tou dromou.

Vallon entrecerró los ojos. El título se traducía más o menos como «auditor de las carreteras», pero las responsabilidades del logoteta iban mucho más allá de mantener en buen estado las carreteras del imperio. Supervisaba también el servicio postal bizantino y el cuerpo diplomático, controlaba de cerca las actividades de los extranjeros en Constantinopla y dirigía una red de espías e informadores que abarcaba todo el imperio. En realidad era el ministro de Exteriores del emperador, un consejero personal que gozaba de una enorme influencia encubierta.

—En ese caso, no haré esperar al ministro un instante más de lo necesario. Excusadme un momento mientras me pongo presentable. Mi guardia doméstico os dará algo de vino para que entréis en calor. —Vallon arrojó una mirada cargada de intención al vikingo que permanecía detrás del oficial con la mano en la espada y la cara llena de desconfianza—. Wulfstan, esos soldados deben de estar ateridos. Invítalos a entrar.

Caitlin corrió detrás de Vallon mientras él se dirigía a su dormitorio. Le cogió del brazo.

—¿Qué pasa?

—No tengo ni idea —respondió Vallon, intentando quitarse el batín.

Caitlin le vio vestirse.

—Debe de tener algo que ver con que salvaras la vida del emperador.

—No hables de eso. Según el relato oficial, Alejo luchó solo y se liberó después de matar a veinte normandos, y subió con su caballo por un precipicio de cien pies.

Con creciente impaciencia, Caitlin vio que Vallon se ponía una túnica.

—Por el amor de Dios, no te pongas eso. Déjame.

Dejó que le ayudara con su atuendo y luego se ciñó la espada. Su esposa se apartó un poco y le miró con afecto.

—Bueno, así no nos dejarás en ridículo. Estoy segura de que el emperador intentará recompensarte.

Vallon la cogió entre sus brazos y la besó. Sus labios se demoraron un poco. Ella le acarició el cuello.

—Vuelve pronto, querido marido. Quiero demostrarte lo mucho que te amo.

—En cuanto pueda —murmuró él—. Te recordaré tu promesa.

Rompió el abrazo, se volvió y encaró su destino con una sonrisa neutra.

—¿Vamos?

Un bote con ocho remeros los llevó a través del Bósforo, acelerado su paso por un viento cortante del norte. La escolta de Vallon hablaba poco y solo entre ellos. Un crepúsculo sombrío se convirtió en una noche sin estrellas. Protegido por un cortavientos, Vallon observaba las antorchas en las altas murallas marítimas que pasaban a estribor. Se preguntó cómo volvería a casa, y se le ocurrió entonces que aquel podía ser un viaje de ida solamente. Los oficiales que se distinguían en el combate no eran arrancados de la lumbre del hogar una noche fría de invierno.

Pasaron junto al faro, que proyectaba su llama muy lejos, mediante espejos, hacia el mar, y fondearon en el puerto de Bucoleón, la bahía privada del emperador, situada al sur del complejo del Gran Palacio. El corazón de Vallon latía con fuerza. La escolta formó a su alrededor y marcharon a través de una poterna custodiada por leones de bronce. Cruzaron una serie de espacios abiertos, iluminados por linternas cuyas llamas intermitentes iluminaban jardines y estanques con peces, pabellones y terrenos de recreo. Vallon no había estado nunca en el interior del complejo, y no tenía ni idea de adónde le llevaba la escolta. Giraron a la izquierda, hacia un edificio macizo iluminado por algunas luces al azar, que aparecían en alguna de las ventanas.

—¿Qué palacio es este?

—Dafne —dijo Chlorus. Subieron por una monumental escalinata que conducía a la entrada—. Me temo que tengo que pediros que me entreguéis vuestra espada, y someteros a un registro.

Vallon se quedó de pie, inmóvil, mientras los hombres le cacheaban en busca de armas ocultas. Chlorus llamó a las puertas, que se abrieron y avanzaron a la luz de los candelabros. Un chambelán con un cetro de plata los recibió y les dirigió por pasillos y salas sustentadas por columnas de ónix y porfirio, a través de cámaras de altos techos, decoradas con mosaicos polícromos y tapices, y sobre unos pavimentos con pavos reales y águilas de oro incrustados, junto a fuentes que manaban agua por la boca de delfines de bronce. En cada puerta, guardias y eunucos permanecían inmóviles y atentos.

Entraron en una habitación sencilla, con una puerta en el extremo más alejado, custodiada por dos soldados. Uno de ellos abrió la puerta. Vallon se encontró en una especie de pasillo o túnel iluminado solo por unas antorchas en sus soportes. Sus pasos hacían eco en las paredes desnudas, chorreantes por la condensación. El pasillo debía de tener unos cincuenta metros de largo, y las antorchas parpadeaban debido a una corriente helada que procedía del fondo.

El chambelán se detuvo ante una abertura que daba al aire libre.

—Esperad aquí.

Se alejó tras dedicarle una gran reverencia, murmuró algo inaudible y recibió la respuesta en una voz más baja todavía. Se volvió e hizo señas a Chlorus de que se adelantase. El oficial puso hasta la última fibra de su ser en aquel saludo.

—Allagion Chlorus presentándose con el conde Vallon.

—Que entre el conde —dijo una voz—. Tú y tus hombres, retiraos.

Vallon entró en un balcón cubierto que daba a un lago de oscuridad, rodeado por el débil resplandor de la ciudad. Le costó un momento darse cuenta de que aquel recinto en forma de U que se encontraba debajo era el Hipódromo, y que estaba mirando hacia allí desde el palco imperial. La carne pareció congelarse en torno a sus huesos.

Tres figuras envueltas en capas de piel ocupaban la tribuna, sentadas en torno a unos braseros que arrojaban solo la luz suficiente para sugerir las formas, pero no revelar los rasgos. Vallon tuvo la impresión de que una de aquellas figuras llevaba un velo y de que posiblemente era una mujer.

Una de las formas ocultas se levantó.

—Una perspectiva interesante —dijo—. Mirar desde arriba la ciudad, mientras duerme.

Vallon intentó encontrar las palabras adecuadas.

—Sí, es cierto.

—Soy Teoctisto Escilites, logoteta tou dromou. Me disculpo por haberos sacado de vuestro hogar en una noche tan cruda.

Vallon decidió que una reverencia era respuesta suficiente. No se le había ofrecido asiento alguno y, evidentemente, el ministro no tenía intención de presentarle a las otras figuras. Vallon señaló hacia el estadio.

—Es extraño verlo vacío. La última vez que estuve en el Hipódromo debía de haber al menos sesenta mil espectadores.

Una brisa sopló sobre los carbones, dando algo de relieve al rostro barbudo del logoteta. Este portaba lo que parecía un documento ligado.

—Le he hablado al emperador de los viajes que emprendisteis desde las tierras bárbaras del norte a Constantinopla.

A Vallon se le puso la carne de gallina al oír aquel «le he hablado». Su mirada viajó al instante hacia las otras dos figuras. ¿Sería el emperador? No, claro que no.

—Sí —dijo el logoteta—, he pasado dos días estudiando el informe que escribisteis para mi predecesor.

Vallon consiguió hablar por fin.

—No lo redacté yo mismo. Fue escrito hace nueve años, antes de que dominase el griego. El relato de nuestros viajes lo escribió un compañero, Hero de Siracusa.

—Pues muy bien. Parece que tiene un don para la exposición literaria.

—Tiene muchos dones.

—Y una imaginación fértil.

—¿Milord?

El logoteta dio unas palmaditas al libro.

—Muy interesante, absolutamente fascinante... —hizo una pausa—, si fuera verdad.

—Decidme qué parte del relato os parece falsa e intentaré despejar vuestras dudas.

Teoctisto se echó a reír y se dio un golpe con el documento en la rodilla.

—Todo el maldito cuento. ¿Me estás diciendo que viajasteis desde Francia a Inglaterra, luego navegasteis hasta Última Thule, y que después volvisteis al sur a través de la tierra de Rus y cruzasteis el mar Negro hasta Rum?

—Sí, señor.

—Y todo para entregar un rescate de halcones exigido por ese bribón de Suleimán.

—En esencia, así es, señor.

El logoteta se lo quedó mirando.

—Sois un hombre notable, Vallon.

—Notablemente afortunado. Si tuve éxito, fue porque me sirvió una compañía valiente e ingeniosa.

Una de las otras figuras se inclinó hacia el logoteta y susurró algo. El ministro asintió.

—Vallon, ya llegamos al propósito de todo esto. Quiero que emprendáis otro viaje para el imperio.

Vallon sintió que las tripas se le retorcían.

—¿Puedo preguntaros adónde os proponéis mandarme?

El logoteta no respondió hasta al cabo de unos momentos.

—En el relato que hicisteis, describisteis a un antiguo diplomático bizantino, notable viajero, conocido como Cosmas Monoftalmos.

Vallon recordó vivamente la imagen del oscuro ojo de aquel griego.

—Sí, ciertamente, señor. Aunque le conocí cuando ya se estaba muriendo, me causó tal impresión que no he podido olvidarlo.

—Entonces recordaréis que Cosmas viajó nada menos que hasta Samarcanda, en el este.

—Para mí no es más que un nombre.

—Samarcanda se encuentra más allá del Oxus, en las tierras salvajes en las que nacieron los turcos selyúcidas y otras hordas de nómadas a caballo que asuelan nuestras fronteras orientales.

—¿Queréis que dirija una misión a Samarcanda?

—Pasaréis por allí. Calculo que ese será el punto medio de vuestro viaje.

A pesar del frío, el sudor empezó a empapar la frente de Vallon.

—Lo siento, señor. Mi conocimiento de esa parte del mundo es muy escaso.

El brillo del brasero dio un siniestro relieve al rostro del logoteta.

—¿Habéis oído hablar de un imperio llamado China? Se conoce también por otros nombres, como Cathay, aunque algunos informes indican que Cathay y China son imperios distintos. Sus propios ciudadanos, súbditos del emperador Song, lo llaman Reino Medio o Celeste Imperio, nombres que, según parece, proceden de que se cree que ocupa una posición muy alta entre el Cielo y la Tierra.

—He oído rumores de un reino muy rico en el extremo oriental del mundo. No tengo ni idea de cómo llegar allí.

El logoteta señaló hacia el túnel que salía de la tribuna.

—Muy sencillo. Siguiendo el sol naciente, lo alcanzaréis más o menos dentro de un año.

¡Un año! Vallon estaba tan asombrado que se perdió parte de los comentarios del logoteta. Finalmente, se espabiló.

—Ni siquiera Alejandro Magno viajó tan lejos.

—Seguiréis la Ruta de la Seda, una ruta comercial muy conocida, viajando por etapas, deteniéndoos y descansando en los caravasares.

Vallon se puso tenso. Un año le parecía un peso muy grande, pero representaba solo el periodo del viaje de ida. Un año para llegar a China, otro año para volver, y Dios sabe cuánto tiempo transcurrido entre los dos viajes. Se sintió muy viejo antes siquiera de haber dado el primer paso.

—¿Podría preguntar cuál es el propósito de la expedición?

El logoteta extendió las manos.

—Constantinopla es el espejo de la civilización occidental. En todos los sentidos, China disfruta de la misma importancia y resplandor en oriente. —Unió las manos—. Es natural que los dos polos de la civilización establezcan relaciones diplomáticas. La vuestra no será la primera misión bizantina a China. He examinado los registros y he descubierto que el imperio ha enviado ya siete embajadas hasta allí, a lo largo de los siglos.

—Con el resultado de beneficios para Bizancio, espero.

El aliento del logoteta se condensó en el aire helado.

—Se ha creado un reconocimiento y un respeto mutuo.

O sea, que no habían conseguido absolutamente nada, pensó Vallon.

—Ya es hora de construir sobre esos cimientos —dijo el logoteta—. Una alianza con China nos proporcionaría recompensas prácticas. —Se ajustó la capa sobre los hombros—. Vallon, no tengo que contaros los apuros que estamos viviendo. Los selyúcidas están a un día a caballo del Bósforo, los normandos acosan nuestras posesiones en los Balcanes, los árabes amenazan nuestras vías marítimas. Bizancio está bajo asedio por todas partes. Necesitamos aliados, necesitamos amigos.

—Estoy de acuerdo, pero no consigo ver cómo un poder extranjero que está a un año de viaje hacia oriente puede ofrecer algún socorro.

—China también está amenazada por los bárbaros de las estepas. Si formamos una alianza con ellos, podremos aplastar a nuestro común enemigo, cosa que nos permitirá concentrarnos en los enemigos que tenemos más cerca de casa. Otros beneficios se derivarían también de establecer un paso hacia oriente. Con nuestras rutas comerciales cerradas o en competencia con Venecia y Génova, abrir una vía hacia China nos proporcionaría una cuerda de salvamento que nos es muy necesaria.

Vallon sabía que estaba al borde de un remolino y que acabaría absorbido si no se apartaba enseguida.

—Señor, yo no soy el hombre adecuado para cumplir esos objetivos. El año que viene cumpliré los cuarenta. Mi salud ya no es tan robusta como cuando hice el viaje al norte. Tengo…

El logoteta dio un golpe con el documento.

—Sois astuto y lleno de recursos, firme y valiente. No creáis que vuestros actos en Dirraquio no han sido observados. Tenéis años de experiencia de campaña contra los nómadas. Empleáis a soldados turcomanos en vuestro propio escuadrón.

Vallon abrió la boca y luego la cerró. Se había tomado una decisión al más alto nivel: nada de lo que dijera podría cambiarla.

El ministro volvió a ocupar su asiento.

—Hay también otros tesoros que buscar en China.

La respuesta de Vallon sonó apagada a sus propios oídos:

—¿Como cuáles?

El logoteta miró hacia la palestra vacía.

—Sabéis que la seda es el producto de exportación más valioso de Constantinopla.

—Sí, milord.

—¿Sabéis de dónde obtuvimos el secreto de su manufactura?

—De un lugar llamado Seres, en algún lugar de oriente, más allá del río Oxus.

El logoteta mostró cierta sorpresa.

—Estáis mejor informado de lo que imaginaba.

—Me lo dijo Hero de Siracusa. A él se lo había dicho Cosmas. Ambos estaban sedientos de conocimientos sobre lugares lejanos.

—Me gustaría conocer a ese tal Hero de Siracusa.

Vallon se mordió la lengua. Al cabo de unos momentos de inquietante silencio, el logoteta continuó:

—Seres y China son lo mismo. Hace quinientos años, un funcionario que ostentaba un puesto similar al mío envió a un par de monjes nestorianos a una ciudad en la que se fabricaba seda, al este de Samarcanda. Estos se trajeron unos gusanos ocultos en unos bastones huecos. —El logoteta buscó bajo sus pieles y acarició su traje—. La seda ha sido el puntal de nuestra riqueza desde entonces, pero ahora los árabes y otros han aprendido cómo producirla, y han roto nuestro monopolio. Es hora de descubrir nuevos secretos de China…, nuevos metales, ingeniosas máquinas de guerra. —Observó a Vallon—. Sin duda habéis visto el fuego griego usado en la batalla.

—Sí. Nunca lo he empleado yo mismo porque no conozco su fórmula.

—Me alegra mucho oír eso. El fuego griego es el arma secreta que forma el baluarte entre Bizancio y sus enemigos.

—Que nos preserve durante mucho tiempo —dijo Vallon, en el tono de quien recita una letanía.

El logoteta se acercó más y habló con un susurro perfumado:

—Supongamos que os diga que China posee un arma más poderosa incluso que el fuego griego...

Vallon resistió el impulso de retroceder.

—Sería un tesoro digno de poseerse.

El logoteta se apartó.

—Hace tres años, unos esclavistas de Turquestán capturaron a un mercader chino que al final acabó en Constantinopla. El hombre había sido soldado e ingeniero. Al interrogarle, contó que los alquimistas chinos habían formulado un compuesto llamado «droga de fuego», una sustancia que hace ignición con una chispa y explota cuando se aprieta dentro de un recipiente. Y ahora, Vallon: habéis visto una botella sellada de aceite caer en un fuego. ¡Puf! Alarma y puede herir a los que están muy cerca. —La cara del logoteta se inclinó a la luz del fuego—. En las mismas circunstancias, una botella de droga de fuego haría saltar en pedazos a cualquiera que estuviera a veinte yardas de distancia.

Vallon se acarició la garganta. El logoteta se apartó y comenzó a andar por la tribuna, dando palmadas en la barandilla con la mano.

—Metida en cilindros, la droga de fuego propulsa las flechas dos veces más rápido que cualquier arco. Introducida en esferas de hierro, explota con una fuerza que puede destrozar un barco y convertirlo en astillas.

—Un ejército equipado con un arma semejante no necesitaría caballeros, solo ingenieros.

—Precisamente —dijo el logoteta—. Pero lo más extraño es que los chinos no explotan esa capacidad incendiaria terrible para fines militares. Al parecer, solo la usan para expulsar a los malos espíritus. —Hizo una pausa—. Queremos obtener la fórmula de ese compuesto tan destructor.

—Señor, Bizancio ha poseído el fuego griego desde hace siglos, y durante todo ese tiempo hemos guardado para nosotros el secreto de su manufactura. Los ingenieros de Cathay protegerán su fórmula con el mismo celo.

—Estoy seguro de que encontraréis una forma de descubrir el secreto.

—De robarlo, queréis decir... Si se descubre el robo, cualquier avance diplomático quedaría borrado de inmediato.

—Eso no ocurrirá. Usaréis la astucia y el ingenio.

Vallon notó el tono tajante del logoteta. Suspiró entrecortadamente.

—¿Y cuándo partirá la expedición?

—La próxima primavera, en cuanto lo permitan el viento y el tiempo.

—Señor, si la embajada es tan importante, no entiendo por qué elegís a un conde extranjero para dirigirla.

—Para dirigirla no. Para escoltarla. Encabezarán la misión diplomáticos profesionales. Ya los conoceréis a su debido tiempo. Pero tenéis razón. Vuestro rango debe concordar con la importancia de vuestra misión. —Hizo una reverencia—. Felicidades, *strategos*.

General. Nunca un ascenso había sido tan poco deseado. Vallon se limitó a hacer una reverencia y a agradecer el honor.

—Debo hacer hincapié en que la expedición es secreta —dijo el ministro—. Vuestro ascenso será anunciado como reconocimiento por vuestro valor en Dirraquio.

—Entiendo —dijo Vallon.

El logoteta volvió a su asiento. Los braseros humeaban en un remolino de aire. Sonó una áspera voz femenina.

—Nos han dicho que vuestra esposa es una belleza.

La visión nocturna de Vallon se había agudizado. Un velo cubría el rostro de la que hablaba, pero estaba seguro de que era la emperatriz madre, Anna Dalasenna, la intrigante más artera de toda Constantinopla, la mujer que había conspirado para que su hijo se apoderase del trono. Eso implicaba que la tercera figura oculta bajo sus pieles tenía que ser Alejo.

—Mi esposa es de Islandia —dijo Vallon—. Esa isla da una raza muy buena.

—Y vivís en Galata, según tengo entendido. Nunca he estado allí. Por supuesto, cuando volváis, debéis encontrar un hogar mucho más cerca de palacio. —Su mano describió un círculo pequeño—. Y quizá también una pequeña propiedad en la costa de Mármara.

Vallon hizo una reverencia antes de volverse al logoteta.

—¿A cuántos hombres mandaré?

—Cien hombres de caballería, elegidos de vuestro propio escuadrón, todos ellos seleccionados por su valor, lealtad y versatilidad con las armas. Nuestro embajador irá acompañado por sus propios guardias y su personal. Con mozos de cuadras, muleros, cirujanos, cocineros… Casi doscientos hombres en total.

—Doscientos son pocos para combatir en una batalla, y demasiados para alimentarlos a lo largo de un año de marcha por tierra.

—No preveo ningún combate grave. Ya hemos dado algún paso

para preparar un salvoconducto seguro a través de los territorios selyúcidas de Armenia y Persia. Una vez que hayáis pasado por esas tierras, no os encontraréis con nadie más temible que los bandidos nómadas.

«¿Y tú qué sabes? —quería gritarle Vallon a su anfitrión—. Así es como despreciasteis a los turcos selyúcidas que derrotaron a la flor y nata de los militares bizantinos, y capturaron al emperador solo hace diez años.» Respiró con fuerza.

—Mis hombres son mercenarios. No puedo obligarlos a seguirme a China.

—No se lo diréis hasta que estéis a bordo. Hasta entonces, debéis convencerlos de que van a pasar otra temporada en la frontera búlgara. Solo entonces, cuando llevéis tres días de navegación desde Constantinopla, revelaréis vuestras órdenes. Para suavizar cualquier dificultad que pueda presentarse, estáis autorizado a decirles a vuestros hombres que se les pagará un salario doble durante toda la expedición.

Ninguno de ellos verá ni un céntimo, pensó Vallon. Todos perecerán en un desierto sin nombre, sin una sola moneda para cerrarles los ojos bajo el sol.

—Lo siento, milord. No pienso mentir a mis hombres. Son un grupo muy variopinto, que procede de muchas tierras diferentes, y mi mayor orgullo es que confían en mí. No traicionaré su confianza. Solo llevaré voluntarios que sepan a qué azares se enfrentan.

En el exterior de los muros del Hipódromo, los perros ladraban y sonaba la campana de una iglesia distante. Los gases siseaban en los braseros. La tercera figura (que tenía que ser Alejo) se acercó y cogió la manga del logoteta. El ministro se inclinó y luego se irguió de nuevo.

—Muy bien. Debéis decírselo a vuestro escuadrón en el último momento, sin informarlos con precisión sobre su destino. Es por precaución, nada más. Llevaréis una gran cantidad de tesoros.

Vallon se irguió a su vez.

—Me siento muy honrado de que me contempléis como un igual para llevar a cabo esta tarea. Humildemente aseguro que habéis sobrestimado mis talentos y ruego que me liberéis de ella.

—Vuestra petición queda denegada, general. Tenéis tres meses para prepararos. Durante este tiempo, os reuniréis con los diplomáticos y aprenderéis todo lo que podáis sobre China.

—¿Y si me niego?

—Sería traición, y el castigo por la traición es ser cegado y azotado, y pasear por la ciudad de espaldas a lomos de un asno. —El logoteta hizo una señal; Chlorus apareció desde el túnel—. Su majestad imperial ha ascendido al mando de general a Vallon el franco, y un oficial de tal rango no debería exponerse a otro accidentado viaje por el Bósforo. Encontraréis un carruaje esperándoos en la puerta Chalke.

La escolta de Vallon le condujo directamente de vuelta a su villa, y volvieron a caballo al transbordador. Él dudó antes de llamar a la puerta, consciente de que aquella podía ser una de las últimas veces que entrase en su hogar. Hacia el sur, la metrópolis dormía bajo una burbuja resplandeciente. Al otro lado del Bósforo, unas pocas luces aisladas marcaban la costa asiática. Tiró de la campanilla y Wulfstan le hizo entrar, mirándolo con los ojos como platos, llenos de preguntas que no se atrevía a hacer. Caitlin, que estaba junto a la chimenea, saltó al verle.

—¿Tenía razón? ¿Ha recompensado tu valor el emperador?

Vallon se sentó y se frotó los ojos.

—En cierto modo. Me han ascendido a general.

—Entonces, ¿por qué pareces un hombre a quien han sentenciado a muerte?

—Me han ordenado que dirija una expedición a China.

—¿Y dónde está eso?

Vallon esbozó una sonrisa seca, sabiendo que oiría la misma pregunta muchas veces en los meses venideros.

—Ya me he metido en problemas. Tengo órdenes estrictas de no hablarle a nadie de la misión.

—Tonterías, Vallon. Yo no soy una de esas griegas cotillas. Nunca hemos dejado que los secretos nos separen.

—Solo te advierto que no debes repetir nada de lo que te cuente.

—Claro que no.

Vallon hinchó las mejillas.

—China es un imperio situado al otro lado del mundo, un año de viaje de ida, un año de vuelta. Me haré viejo antes de poder volver…, si es que vuelvo.

Caitlin le cogió ambas manos.

—Estás helado. —Se volvió y llamó a una doncella—. Trae vino caliente para el amo. —Caitlin le llevó a un diván, le hizo sentar y se arrodilló ante él, masajeándole las manos—. No podré soportar una separación tan larga.

Vallon se encogió de hombros.

—La única forma de evitar la misión sería huir de Bizancio.

—¿Y adónde iríamos?

Él volvió a encogerse de hombros.

—Yo podría aceptar la oferta del sultán selyúcida y unirme a su ejército. —Vallon se echó a reír—. Me tropecé con el segundo al mando de los normandos en el campo de batalla, y me hizo una oferta similar. Podría ir allá donde quisieran emplear a un mercenario que ya se está haciendo viejo.

Caitlin miró a su alrededor, su confortable habitación.

—Eso significaría abandonarlo todo y empezar de nuevo en un país extranjero. Las niñas tendrían que aprender un nuevo idioma...

Vallon se irguió.

—No, no permitiré que mi familia pierda sus raíces. Cumpliré las órdenes, aunque nunca vuelva a ver a mis seres queridos. Siento mucho que tú tengas que hacer un sacrificio similar.

La doncella volvió con el vino. Vallon cogió la copa con las dos manos. Caitlin se levantó y se sentó junto a él.

—Si alguien puede hacer el viaje y volver sano y salvo a casa, ese eres tú.

Vallon se llevó la copa a los labios y la vació de un solo trago, consciente de que Caitlin había ofrecido solo una resistencia simbólica ante lo que en realidad era una sentencia de muerte contra su marido.

—¿Y cuánto tiempo te queda antes de partir? —le preguntó.

—Tres meses.

—Entonces aún hay esperanza. El emperador podría cambiar de opinión. Cada semana llegan noticias de nuevas alarmas en la frontera. No te enviarán a una expedición tan remota si hay que luchar más cerca de casa.

Vallon consiguió sonreír. Apretó la mano de Caitlin.

—Tienes razón.

Ella adoptó una expresión pensativa.

—Si vas, ¿le pedirás a Hero que te acompañe?

Vallon se volvió en redondo.

—Claro que no. Ni se me había ocurrido. En cuanto a hacerle llamar... Es un físico distinguido en Italia. No tiraría por la borda su carrera para perseguir una loca aventura. Que el Cielo no lo permita.

Caitlin se inclinó hacia el fuego.

—¿Y Aiken?

Vallon examinó el perfil del rostro de su mujer, las llamas que le doraban la piel. Le acarició una mejilla con la mano.

—No. El desafío es demasiado duro. El chico se quedará aquí y continuará sus estudios.

Caitlin cerró los ojos aliviada y besó a Vallon en los labios.

—Gracias, marido. —Se levantó con un gracioso movimiento y extendió la mano—. Creo que es hora de que nos retiremos.

Vallon se llevó la mano de ella a los labios.

—Me temo que mis pensamientos están demasiado perturbados como para dedicarte la consideración que mereces.

Caitlin rozó la cabeza de Vallon con la mano y se retiró.

Él la vio salir de la sala, lleno de pensamientos oscuros, abatido. Mucho más tarde, sus sirvientes le encontraron mirando el fuego, examinando las pulsátiles brasas como si fueran un anticipo de su destino, abierto a cualquier interpretación.

IV

Hero estaba de pie en la proa, y una cálida brisa del sur le echaba el pelo a la cara. Las primeras golondrinas de la primavera rozaban la superficie en torno al barco, y en el cielo las cigüeñas se elevaban en perezosos giros, de vuelta a sus territorios de anidamiento. Por delante, el mar de Mármara formaba un embudo y se introducía en el Bósforo, el estrecho de una milla de ancho moteado de velas. La ciudad de Constantinopla empezaba a aparecer entre la neblina de la costa occidental. Con el corazón henchido, Hero vio aproximarse la metrópolis; sus murallas marítimas se perfilaban con su forma maciza; mansiones, palacios y casas salpicaban todo el promontorio.

Miró a su alrededor sonriendo, queriendo compartir su placer, y su mirada cayó en un joven que contemplaba la ciudad a la que se aproximaban con una mezcla de maravilla y aprensión. El chico era franco, de unos dieciséis años, pero alto y bien formado, con un rostro que le recordaba al joven emperador Augusto: la misma nariz prominente, de elevado puente, el pelo rizado, las orejas salientes y una boca truculenta y sensible a la vez. Había atraído la atención de Hero poco después de embarcar, en Nápoles. En parte porque estaba solo y era franco, un joven intentando proyectar una imagen de seriedad que no correspondía a sus años. Obviamente, era pobre. Vestía con una túnica llena de remiendos y unos zapatos mal reparados. Como toda comida, llevaba un saco de lo que parecían gachas frías, que iba cortando con un cuchillo y masticaba con repugnancia. Hero intentó trabar conversación con él, y el chico le rechazó. El joven se apartaba de toda compañía, quizá porque no hablaba griego. Y entonces, viendo el nerviosismo apenas disimulado del muchacho, Hero decidió hacer otra intentona.

—Qué vista más maravillosa, pero al principio intimida. Imagínate. Medio millón de almas se alojan detrás de esas murallas.

El joven franco le miró, sorprendido al ver que se dirigían a él en francés, y luego apartó la vista.

—Es mi segunda visita —dijo Hero—, pero esta imagen todavía me acelera el pulso como ninguna otra. Te señalaré los hitos principales, si lo deseas. Las murallas de tierra fueron construidas por Teodosio, hace más de seiscientos años. Son de casi cuatro millas de largo y ningún ejército las ha quebrado todavía. Esas espléndidas columnas y fachadas que se ven por encima de las murallas del mar forman parte del Gran Palacio. Detrás está la cúpula de Santa Sofía. Dentro de poco se podrá ver toda la estructura, la catedral más hermosa de toda la cristiandad.

—No estoy aquí para admirar las vistas.

—Ya me imaginaba que no. Supongo que viajas a Constantinopla para unirte al ejército.

—Asumid lo que queráis.

Santa Sofía resplandecía con todo su esplendor.

—Me llamo Hero de Siracusa. Algunas personas piensan que es nombre de chica. —Señaló hacia el mar de Mármara—. Como la doncella cuyo amante, Leandro, cruzaba a nado el Helesponto cada noche para estar con su amada. De hecho, mi padre me puso el nombre por el inventor de las matemáticas: Hero de Alejandría.

El joven ignoró la mano tendida de Hero.

—Nunca he oído ese nombre y no me interesa.

Hero hizo un último esfuerzo.

—Todavía queda un rato antes de que lleguemos a puerto. Esta brisa me abre el apetito. ¿Querrás compartir mi desayuno? Tengo un poco de pan, higos y queso. Y un frasco de vino decente.

El joven se volvió hacia él.

—Mirad, ya conozco a los de vuestro tipo. Me he tenido que enfrentar a gente así desde que dejé Aquitania…

—¿Aquitania? Qué interesante. Resulta que…

—No me digáis más. Resulta que tenéis un buen amigo de Aquitania, así que, ¿por qué no cenamos todos juntos tranquilamente? No sois el primero que lo habéis intentado.

Hero retrocedió un paso.

—Ya veo que desconfías de los desconocidos. ¿Conoces a alguien en Constantinopla? Tengo un amigo en la ciudad que podría darte consejo si quieres unirte al ejército. De hecho, voy a visitarle.

—No aceptáis un no por respuesta, ¿verdad? No quiero compartir vuestra comida. No quiero conocer a vuestro amigo.

Hero enrojeció.

—Atribuyes motivos retorcidos demasiado rápido. Es un rasgo que no te llevará muy lejos, en Constantinopla. La ciudad tiene la reputación de devorar a los extranjeros. —El barco se acercaba ya al Cuerno de Oro—. No quiero imponerte nada más. —Le dio unas monedas—. No, no las rechaces. Sé que las necesitas. Me despido de ti y te deseo buena suerte.

Desconcertado por aquel encuentro, Hero recogió su equipaje y se preparó para desembarcar. Al tocar tierra, un oficial de aduanas anotó su nombre, su lugar de origen y el propósito de su visita, y le hizo señas de que pasara hacia el muelle, que estaba abarrotado de gente. Al momento le rodeó una docena de porteadores, que le preguntaban a gritos adónde quería ir y le ofrecían tarifas que competían unas con otras, antes incluso de que respondiera. Dejó que los chillidos fueran cesando antes de anunciar su destino.

—Voy al hogar del conde Vallon, oficial franco del Ejército imperial.

Uno de los porteadores empujó a sus competidores a un lado.

—Conozco a Vallon. Ahora es general. —El hombre señaló a través del Cuerno de Oro, hacia una zona residencial montañosa—. Vive en Galata, justo en la cima.

El porteador cogió el equipaje de Hero y se apresuró hacia un transbordador. A la orilla del agua, Hero miró hacia atrás y vio que los pasajeros se habían dispersado. El joven franco se había quedado solo en el muelle. Sus ojos se encontraron, y luego el porteador cogió el brazo de Hero y le ayudó a subir a la barca. Cuando los dos remeros se pusieron a remar, se volvió por última vez y vio al joven franco encaminarse hacia las puertas de la ciudad, perseguido por los vendedores. Un carro cargado le ocultó de la vista y, cuando pasó, el franco había desaparecido, engullido por la ciudad.

Al ver acercarse la costa, Hero experimentó un pinchazo de agradable anticipación. Habían pasado nueve años desde la última vez que vio a Vallon, y aunque habían intercambiado algunas cartas, no sabía qué cambios habría obrado el tiempo en su antiguo camarada. Le deleitó mucho enterarse de que ya era general, un ascenso que le debían desde hacía mucho tiempo. La correspondencia de Vallon arrojaba muy poca luz sobre su carrera militar. Sus cartas, escritas en un griego laborioso, trataban sobre todo de su familia y de las observaciones que había hecho en sus viajes.

A pesar del placer ante la perspectiva de reunirse de nuevo con su amigo, Hero no pudo evitar un asomo de resentimiento. La petición (más bien una orden) de viajar a Constantinopla suponía dejar su próspero consultorio médico y una plaza muy cómoda en la Universidad de Salerno. Lo que más le dolía era la formalidad de la carta, que no era una petición personal del propio Vallon, a la cual habría respondido sin vacilación alguna, sino una exigencia formal del logoteta tou dromou. Le explicaba que Vallon estaba a punto de realizar una importante empresa imperial y que había insistido en que Hero se reuniese con él sin tardanza.

El transbordador alcanzó la otra orilla. El porteador hizo un gesto hacia la colina.

—Seguramente necesitarás una mula…

—Llevo dos semanas en la mar. Prefiero ir andando. —Hero vio la decepción del porteador—. Por supuesto, tú debes alquilar una mula que lleve mi equipaje.

Entraron en Galata a través de una puerta y subieron bordeando bonitas villas rodeadas por muros y plumosos cipreses negros y nudosas moreras que crecían en jardines interiores.

—¿Puedo preguntar de dónde sois? —dijo el porteador—. Habláis griego como un caballero, pero no sois de Constantinopla. Eso seguro.

—Me crie en Siracusa, y ahora vivo en Salerno.

—Habéis viajado un poco, diría. Os oí hablar árabe con uno de los porteadores.

Hero sonrió.

—Sí, un poco.

—¿Adónde, señor? Me gusta oír hablar de sitios distintos. He conocido a gente de todas partes… España, Egipto, Rus. Yo no he ido nunca más allá del mar Negro.

Hero hizo una reverencia al pasar junto a una respetable pareja.

—Bueno, he estado en la tierra de los francos, y he visitado Inglaterra.

—Dios mío, eso tuvo que ser espantoso.

Los recuerdos soltaron la lengua a Hero.

—Desde allí navegué hasta Islandia, y luego bajamos hacia el sur a Anatolia, y a la corte del emir Suleimán, ahora sultán del Rum. Eso fue hace nueve años.

El porteador le miró con los ojos muy abiertos.

—¿Conocisteis al demonio de Suleimán? Increíble… Perdonadme por preguntaros, señor, pero, si fue hace tanto tiempo, vos debíais de ser muy joven.

—Tenía dieciocho años.

El porteador tuvo que apartar la vista.

—Me gustaría oíros contar más cosas, señor, pero ya hemos llegado a la residencia del general Vallon.

Hero se detuvo ante la puerta y cogió aire con fuerza. El porteador tiró de la campanilla. Se descorrieron unos cerrojos. Se abrió la puerta y un hombre fornido con mostacho como alas apareció en ella. Ambos se quedaron mirándose el uno al otro, y luego Hero retrocedió.

—¡Tú!

Wulfstan le envolvió en un abrazo.

—¡Hero, mi viejo amigo!

Hero se soltó.

—Tú no eres amigo mío… ¿Qué estás haciendo aquí? ¿Cómo es posible…? —Calló, confuso. La última vez que había visto a Wulfstan fue en el río Dniéper, cuando el vikingo y sus compañeros desertaron de la compañía de Vallon para perseguir un barco esclavo ruso. La conmoción hizo jadear a Hero—. Nos abandonasteis a la muerte. Prometisteis esperarnos en el estuario.

Wulfstan se rascó la cabeza e hizo una mueca.

—Supongo que debió de parecer eso. Volvimos a buscaros, encontramos vuestro campamento, con el fuego aún caliente. Os perdimos por cuestión de horas.

—Pero ¿cómo has entrado al servicio de Vallon?

—Es una larga historia.

Wulfstan cogió el equipaje de Hero de manos del porteador, que estaba boquiabierto. Solo entonces el siciliano se dio cuenta de que el vikingo había perdido la mano izquierda y su brazo acababa en un muñón. Ese brazo lo pasó por la espalda de Hero y lo condujo hasta el patio. Él miró lo que le rodeaba, aturdido, pero con aprobación. La villa encalada dibujaba una C con los lados cuadrados, rodeada por una galería revestida con una vid que corría a lo largo del alojamiento principal. En el jardín, árboles frutales cubiertos de flores formaban una neblina rosa y blanca.

Wulfstan guiñó el ojo a Hero.

—No puedo esperar a ver la cara del general cuando te vea. —El vikingo se llevó la mano a la boca para que se le oyera mejor—: ¡General Vallon! ¡Mirad quién está aquí!

Vallon salió de la villa seguido por un hombre joven. Se detuvo en seco y abrió la boca.

—¡Dios mío! —dijo. Y luego corrió escaleras abajo—. ¡Hero, mi querido Hero! Qué sorpresa más maravillosa.

Cogió las manos de Hero y quedaron mirándose el uno al otro, sonrientes, examinándose. El tiempo no había sido cruel con Vallon. El mismo cuerpo delgado y esbelto, la nariz más aquilina, el rostro con más arrugas, el cabello castaño rojizo que empezaba a ponerse canoso por las sienes.

Vallon hizo que el joven se adelantase.

—Me has oído hablar de Hero muchas veces. Bueno, pues aquí está, y con un aspecto de lo más distinguido. Hero, te presento a Aiken, mi hijo adoptivo. Es inglés. Su padre era un compañero de armas.

Hero estrechó la mano de Aiken. El joven tenía un rostro agradable e inteligente, y unos modales tranquilos y corteses.

—Es un gran honor conoceros, señor.

Vallon se echó a reír.

—Todavía no puedo creerlo. Caitlin se quedará desolada por no haberte visto. Ella y las niñas están visitando a unos amigos en el campo. Volverán mañana. —Pasó un brazo por el hombro de Hero—. ¿Qué te trae a Constantinopla? ¿Por qué no me has escrito para hacerme saber que venías?

—La carta no os habría llegado a tiempo. Me embarqué en cuanto recibí la llamada.

Vallon se detuvo.

—¿Llamada? Yo no te he llamado.

—Del logoteta tou dromou. Me pidió que me uniera a vosotros en Constantinopla cuanto antes.

La mano de Vallon cayó del hombro de Hero. Su mirada se dirigió a la lejanía. Se llevó la mano a la boca.

—Ay, Dios mío…

—¿Qué pasa?

Vallon aspiró con fuerza y se preparó.

—Hablaremos mientras cenamos. Debes de estar muy cansado por el viaje. —Se volvió hacia Wulfstan—. Enséñale a Hero su habitación. —Dos sirvientes, un hombre de mediana edad y una chica joven, habían aparecido en la veranda—. Peter, Anna, procurad la comodidad de nuestro huésped. Viene nada menos que de Italia.

Wulfstan hablaba sin parar mientras le conducía a una habitación muy luminosa que daba al Bósforo. Peter empezó a deshacer el equipaje de Hero.

—Wulfstan, mi llegada parece que ha sorprendido mucho a Vallon.

—A los dos nos ha sorprendido.

—En el caso de Vallon, no agradablemente.

—Pero ¿qué dices? Está encantado de verte.

—¿Hay algo que le preocupe?

—Muy al contrario. Tiene la promoción que se merecía. ¿Sabes por qué? Porque en Dirraquio salvó la vida del emperador. —La frente de Wulfstan se arrugó—. ¿Qué pasa?

Hero esbozó una sonrisa forzada.

—Nada. Nada en absoluto. Volver a ver a los viejos amigos después de una larga ausencia siempre produce agitación emocional.

—Para mí no supone ningún esfuerzo. Nunca sentí más que respeto por ti..., la forma que tenías de usar tus artes curativas con cualquiera que lo necesitara, aunque fuera enemigo tuyo... Si necesitas algo, llámame. Lo que sea.

—Gracias. Ahora mismo, lo que quiero es descansar.

Wulfstan hizo una mueca.

—Qué historias podemos contar...

Levantó la mano y salió de la habitación como un trol benigno. La doncella todavía estaba preparando la cama, ahuecando las almohadas. Peter arregló el equipaje de Hero. Un cuenco de fruta había aparecido en la mesa junto a la ventana, y una jarra de agua y toallas limpias le esperaban en un lavabo. Peter hizo una reverencia.

—Tendréis un baño preparado cuando lo dispongáis. ¿Deseáis algo más?

—No. Muchas gracias.

Solo al fin, Hero fue a la ventana y miró hacia el Bósforo, esa carretera marina cruzada por barcazas y botes, dromones y barcos de pesca. Desde allí, en la costa asiática, a un viaje de no más de dos semanas a caballo hacia el sudeste, Wayland y Syth vivían su vida. ¿Qué habría sido de ellos? ¿Seguirían manteniendo su lengua inglesa y sus costumbres, o habrían adoptado las turcas? La fatiga diluyó las especulaciones de Hero. Se dejó caer en la cama, se quedó sentado un rato, en trance, con la boca abierta, luego se desnudó, se metió bajo las sábanas y se quedó dormido en cuanto su cabeza tocó la almohada.

Se despertó con la cabeza embotada, en plena oscuridad. Una figura entró en su cuarto y encendió una lámpara. Hero se incorporó y se frotó los ojos.

—¿Qué hora es?

—Las campanas de la iglesia acaban de tocar a vísperas —respondió Peter—. El amo dice que no debéis moveros hasta que hayáis descansado a gusto. Ha insistido mucho en esto. Si tenéis hambre, puedo traeros la cena a vuestra habitación.

—Decidle al general Vallon que me gustaría unirme a él. Quizá después de tomar un baño.

—Me he tomado la libertad de prepararlo.

Un mosaico de fantásticas criaturas marinas decoraba los baños. Después de sumergirse en agua caliente, Hero se dio un chapuzón en agua fría y salió con la cabeza despejada. Peter lo esperaba con ropa limpia. El sirviente le condujo a un salón con frescos de escenas bucólicas inspiradas por las historias de Ovidio. Vallon se levantó de la mesa.

—¿Tienes hambre?

—De lobo.

Mientras cenaban unos sencillos salmonetes a la parrilla y una ensalada de brotes, Vallon le explicó cómo había llegado a adoptar a Aiken.

—Te estaría muy agradecido si pasaras algo de tiempo con el chico. Creo que encontrarás su compañía mucho más agradable que la mía. Sus maestros dicen que tiene dotes para la lógica y la retórica.

Hero notó que había cierta tensión en la relación.

—Estaría encantado. —Miró a su alrededor y bajó la voz—. ¿Qué está haciendo aquí ese rufián traidor de Wulfstan?

Vallon sonrió.

—Le encontré pidiendo por la calle. Después de llegar a Constantinopla, él y los demás nórdicos se unieron a la marina bizantina y sirvieron contra los árabes en el Mediterráneo. Ahí fue donde perdió la mano.

—Sí, pero después de abandonarnos como lo hizo...

—Si yo hubiera estado en su lugar, quizás habría hecho lo mismo. Y, al final, su conciencia superó a su codicia y les hizo volver al estuario. Pero ya nos habían dejado a merced de las olas.

Hero tembló.

—La experiencia más horrorosa de toda mi vida. Fue un milagro que nos salváramos.

Peter se llevó los platos y desapareció. Vallon echó vino en su vaso.

—No puedo disculparme lo suficiente por haberte arrastrado hasta aquí en un viaje inútil.

—No me parece que volver a veros sea algo inútil.

—¿Me creerías si te aseguro que no he tenido nada que ver con el hecho de que te llamaran?

—Claro. Pero ¿qué objetivo tenía el logoteta?

—Como no te concierne, es mejor que no lo sepas.

—Eso no vale. Nunca tuvimos secretos el uno con el otro en nuestra aventura para llevar los halcones del rescate a Anatolia.

Vallon se echó a reír.

—Sí, sí que los teníamos.

—Entonces esta vez empecemos por ser completamente sinceros.

Vallon frunció los labios y miró su vaso.

—El emperador se fijó en mí en Dirraquio, y el logoteta examinó los motivos que me trajeron a Constantinopla. Leyó tu relato sobre nuestros viajes. Entonces, teniendo en cuenta ese documento y mis experiencias militares, decidió que yo era el hombre adecuado para escoltar otra expedición.

—¿Adónde?

Vallon apretó las mandíbulas.

—Bueno, como el logoteta ha creído falsamente que te unirías a mí, no puede protestar mucho si te cuento cuál es nuestro objetivo. —Levantó la mirada, dejando que la luz de la lámpara cincelara sus rasgos—. China, el reino del emperador Song.

Hero dejó escapar el aliento en un largo silbido.

Vallon sonrió a su manera.

—Esa fue exactamente mi primera reacción..., o lo habría sido, si hubiera tenido la libertad de expresarme abiertamente. El logoteta llevó a cabo la entrevista en presencia del emperador Alejo y la emperatriz madre. Una fría noche de invierno, en el palco imperial del Hipódromo.

Hero se irguió en su asiento.

—¿Y por qué quiere enviaros el emperador a China?

—Para establecer relaciones con la corte Song. Personalmente, no veo qué ganará Bizancio intercambiando cortesías con un potentado pagano que vive en una tierra que está a un año de viaje de distancia.

—Una alianza puede producir beneficios. La simple noticia puede aumentar el prestigio del emperador.

Vallon asintió.

—Pero hay más. En sus viajes a oriente, ¿dio acaso el maestre Cosmas con un compuesto llamado droga de fuego? Es un incendiario mucho más violento aún que el fuego griego. El logoteta cree que tiene importantes aplicaciones militares, y quiere que obtenga la fórmula.

Hero meneó la cabeza.

—Cosmas nunca mencionó tal compuesto.

—Probablemente no es más que un mito. Bueno, no importa. —Vallon levantó la mano para acallar la protesta—. Te quedarás aquí todo el tiempo que desees, y luego volverás a Italia, a expensas del logoteta. Ya he despachado una carta al ministro expresándole mi enfado por este engaño.

Hero trazó un dibujo en la mesa.

—Supongo que pensó que yo podría ser útil para la empresa. Obviamente, vos no compartís su opinión.

—El viaje de ida y vuelta costará al menos tres años. Lo contemplo casi como una sentencia de muerte.

—Supongo que vos no estáis en posición de rechazar la comisión.

—Tienes razón. Me enfrento a mi destino sabiendo que, si perezco, mi familia no sufrirá.

Hero pensó un momento.

—¿Podría beber otro vaso de ese excelente vino?

—Perdóname —dijo Vallon, cogiendo el frasco—. Todo este asunto me ha alterado. Lo que más me preocupa es la disensión que ha provocado entre Caitlin y yo. Imagínate cómo se siente ella, sabiendo que me voy a ir durante años, y que probablemente no vuelva nunca.

—¿Cuándo tenéis que partir?

—Al principio de la estación de navegación. Iremos en barco a Trebisonda, en el mar Negro, cruzaremos Armenia y luego nos adentraremos en la Persia selyúcida, armados con un salvoconducto del sultán. —Vallon lanzó una risa sarcástica.

Hero se llevó el vaso a los labios, pero no bebió.

—Cosmas me dijo que los chinos son una raza muy ingeniosa, con muchas invenciones y maravillas que los honran. Sería un privilegio singular estudiar sus artes y su ingeniería.

Vallon se bebió el vino y se sirvió otra copa. El cuello del frasco tintineó contra el borde.

—No, no permitiré que vengas. Piensa en cómo me sentiría si murieses durante el viaje.

—Pensad en cómo me sentiría yo, si os fueseis sin mí.

—Yo estoy obligado por el deber. Tú no. Tengo que pensar en mi familia. Tú no.

La boca de Hero se tensó.

—Cada uno de nosotros tiene motivos distintos. En mi caso, yo os acompañaría por decisión propia, por satisfacer mi curiosidad, por mejorar mis conocimientos. Una expedición a China sería la aventura de una vida.

—¿Tanto desprecias tu profesión que la dejas atrás por una marcha hacia lo desconocido?

—Solo tengo veintisiete años. Tengo una vida entera en la que practicar la medicina.

Vallon dejó el vaso con un golpe y juró.

—Hero, no puedes venir. Hablemos de otros asuntos. Insisto.

Hero no bebió más que un par de sorbitos.

—¿Creéis que Wayland habrá recibido una llamada semejante?

Vallon miró a su alrededor como si esperase ver a alguien agazapado en las sombras.

—No, gracias a Dios. Ni siquiera la influencia del logoteta se extiende hasta la corte de Suleimán, y Wayland no abandonaría a Syth y a los niños para ir a recorrer el fin del mundo siguiendo una supuesta orden de un ministro.

—Habéis dicho «niños». Eso quiere decir que la familia ha aumentado.

—Una niña, nacida hace tres años. Tengo la carta en mi estudio. Trae tu vino y la leeremos juntos.

Vallon llevó a Hero a una pequeña habitación amueblada con una mesa llena de papeles. Vallon señaló hacia ellos con desdén.

—Todavía estoy intentando completar mi informe de la última campaña. —Revolvió en un cofre donde guardaba su correspondencia personal—. Aquí está —dijo—. Wayland domina el árabe escrito tan mal como yo.

Hero sonrió mientras intentaba comprender la carta.

—Dice que, además de ostentar el cargo de halconero mayor del sultán, le han honrado con el título de maestro de caza. No me sorprende. Wayland puede hechizar a los animales, realmente.

Un ruido en la puerta hizo que Vallon se acercase a la ventana. Hero miró por encima del hombro de él.

—¿Podría ser Caitlin?

—Es muy improbable.

Wulfstan entró.

—Carta para vos, general. Entregada directamente por el mensajero imperial. No se requería respuesta.

Vallon rompió el sello y leyó la misiva. Sus labios se apartaron de los dientes.

—Es otra orden: me convoca para que me presente en el palacio Magnaura dentro de cuatro días para conocer al embajador imperial al que escoltaré a China. —Se volvió a Hero, todavía con una mueca—. ¿Y sabes qué? El logoteta se ha enterado de tu llegada y te pide encarecidamente (en otras palabras, te ordena) que me acompañes.

V

Viendo que el transbordador se llevaba a Hero, Lucas sintió una punzada de vergüenza por su conducta grosera. Sospechaba que había juzgado mal a aquel hombre. Al verle embarcar en Nápoles había supuesto, por su vestidura sobria y sus modales tranquilos, que era un monje. Quizá lo fuese, aunque no estaba tonsurado, como los sacerdotes romanos, ni lucía barba, como los clérigos orientales. Llevaba el pelo negro largo, echado hacia atrás y dejando a la vista una frente amplia. Sus ojos saltones, su nariz ganchuda y sus labios gruesos, casi femeninos, tendrían que haber producido un efecto casi cómico, pero de hecho proyectaba una imagen de gran dignidad. Ciertamente, era un erudito, con un increíble dominio de las lenguas. Lucas le había oído conversar con sus compañeros de viaje en griego, francés, árabe, italiano y una lengua desconocida que bien podía ser inglés.

Uno de los vendedores que le acosaban le tiró de la manga. Lucas se volvió hacia él.

—Quítame las manos de encima.

El vendedor calculó el nivel de resistencia, movió los dedos ante la cara de Lucas y se alejó, murmurando. Lucas suspiró con fuerza y entró por la puerta del puerto a una calle atestada con muchos edificios altos, sorteando carros que avanzaban lentamente y porteadores encorvados bajo sus fardos. La ciudad asaltó sus sentidos. Comerciantes de docenas de tierras distintas pregonaban sus mercancías. Especias y artículos de piel perfumaban el aire. Por encima de su cabeza, los vecinos mantenían conversaciones a gritos desde balcones cercanos, que casi bloqueaban la visión del cielo, y sus voces casi quedaban ahogadas por el estrépito que se oía por delante. Un hombre sin piernas iba arrastrándose en un carrito, pidiendo limosna. Putas con vestidos muy escotados, que mostraban sus pechos, sacaban la cadera y formaban obscenos círculos con sus labios.

El estruendo aumentó hasta llegar a ser ensordecedor, y Lucas se encontró en la confluencia de una avenida repleta de gente que se movía: hombres, mujeres y niños que iban todos en una misma dirección, salmodiando lo que parecían gritos de batalla. Algunos llevaban tabardos verdes o azules, y cuando las facciones distintas se encontraban, las caras de ambos partidos se contorsionaban, llenas de furia, y se señalaban con el dedo unos a otros y se gritaban insultos. Soldados a caballo blandían estacas y látigos para mantener apartados a los grupos rivales.

Alguien le empujó desde atrás hacia la multitud. Esta se lo llevó. Incapaz de resistirse, se dirigió con mucho esfuerzo a un pasaje cubierto con columnas a un lado de la avenida. Los comerciantes habían colocado allí puestos y tenderetes bajo los arcos. Un hombre agitaba una ficha ante su rostro.

—No lo entiendo. ¿Adónde va todo el mundo?

El hombre le apartó y cogió a otro de los que pasaban con la multitud. Un zapato raspó el talón de Lucas, que se tambaleó y casi se cae. Una mano le sujetó. Al volverse vio a un hombre que llevaba en los hombros a un niño pequeño y gritaba, formando bocina en torno a la boca con la mano, en un éxtasis orgulloso.

—¿Qué ocurre? —gritó Lucas—. ¿Es una procesión religiosa?

El hombre señaló hacia delante. Lucas oyó la palabra «hipódromo», y entonces lo comprendió: la multitud iba a las carreras.

Siguió con la marea, viendo los edificios que pasaban a ambos lados. Algunos de ellos eran bonitas mansiones con balcones drapeados, ocupados por figuras vestidas de seda que miraban hacia abajo, a la bullente humanidad, con un desdén patricio.

La multitud debió de arrastrar a Lucas casi una milla antes de desembocar en un foro, el río dividiéndose en torno a un elevado pilar de mármol color morado, coronado por una estatua imperial. Los edificios que se encontraban por todos lados eran los más espléndidos que había visto jamás, con resplandecientes fachadas blancas y nobles pórticos. La muchedumbre desembocó en una avenida más amplia todavía. Por encima de las cabezas amontonadas se elevaba un enorme muro con arcos similar al Coliseo en ruinas que había visto al pasar por Roma. Se extendía casi hasta el horizonte. Lentamente, la gente se fue moviendo hacia delante. Una mano tocó la cintura de Lucas, pero, cuando se volvió, comprobó que los rostros de su alrededor exhibían miradas indiferentes. Él se tocó la bolsa que llevaba debajo de la túnica.

La multitud se fue encauzando hacia una enorme puerta coronada por cuatro caballos de bronce de tamaño natural, erguidos sobre dos patas. Unos ayudantes ordenaban la entrada. A Lucas le pareció ver que había dinero cambiando de manos, y buscó su bolsa; todavía estaba buscándola para sacar unas monedas cuando la gente le empujó hacia delante. Un empleado tendió una mano, pero Lucas no sabía cuánto costaba la entrada, no sabía la tasa de cambio para su dinero italiano, no sabía el valor de las monedas que Hero el griego le había dado. No sabía nada.

—*¡Diploma!* —le gritaba el hombre. Lucas le tendió unas pocas monedas. El ayudante siguió tendiendo la mano, irritado.

—¡No lo entiendo! —gritó Lucas, intentando resistir a la multitud que le empujaba desde detrás.

Incapaz de echar a Lucas hacia atrás, el ayudante cogió las monedas de su palma y le empujó hacia delante. Entró tambaleándose por la puerta a un anfiteatro enorme, iluminado por un sol cegador. Nunca había visto tanta gente en un solo sitio. El estadio podía haber albergado a la población de Roma entera, y aún habría sobrado sitio. Todos los asientos de primera fila estaban ocupados, y los espectadores iban subiendo por las gradas. Él subió treinta escalones y fue dando la vuelta al hipódromo hasta encontrar una parte menos ocupada, por debajo de la curva en forma de U y en un extremo de la pista de carreras. Los cajones de salida estaban en el otro extremo, casi a un cuarto de milla de distancia. Abajo, en medio de la carrera, separando los dos tramos rectos, corría un zócalo de piedra atestado de obeliscos, estatuas y figuras de bronce de animales y cocheros. Sonaba una música intermitente interpretada por una orquesta reunida en el centro de la palestra. Lucas se fijó en que algunos de los músicos tocaban órganos. Los fuelles los manejaban grupos de niños.

Su vecino percibió su asombro y llamó la atención de sus compañeros hacia él. Sonrieron todos con la bonachona condescendencia de los cosmopolitas que presumen de su sofisticación ante un paleto extranjero. Habían llegado muy preparados para pasar el día, con cojines para mullir los asientos de piedra, parasoles, cestas de comida y frascos de vino. Lucas tuvo que apartar la cara al ver toda aquella abundancia. No había comido decentemente desde hacía tres semanas, y su estómago se había encogido tanto que casi le tocaba la espalda.

En esos momentos el hipódromo estaba casi lleno, y la multitud emitía un zumbido de expectación. Luego el ruido se fue elevando hasta convertirse en un rugido que rebotó en los tímpanos de Lucas. Todo el mundo se puso a saltar. El tipo que tenía al lado le hizo levantarse, señalando hacia el extremo oriental del hipódromo. En un palco cubierto apareció una fila de figuras como dioses. El palco debía de estar a más de doscientas yardas de distancia, pero Lucas podía distinguir el brillo de la seda, el resplandor del oro, el relampagueo de las joyas.

Una de las figuras, con barba negra y vestida de rojo y morado, avanzó hasta el borde del palco y levantó una mano. La multitud aulló, saludándole.

Poniéndose la mano en torno al oído para evitar el estruendo, Lucas se inclinó hacia su vecino.

—¿Es el emperador?

El hombre se santiguó.

—Basileo Alejo, que Dios le conserve.

El emperador dejó caer un paño blanco como señal de que habían empezado los juegos. De los establos, en el extremo más alejado del hipódromo, salieron rodando seis carros, cada uno de ellos tirado por cuatro caballos. Sus jinetes daban puñetazos al aire; la multitud respondió con vítores y abucheos. Los carros se alinearon en los compartimentos, una bandera se agitó y cayó, y los caballos salieron disparados hacia delante. Galopaban rectos hacia Lucas, y hasta que dieron la primera vuelta, directamente por debajo de él, no apreció la velocidad a la que iban. Los carros se desviaron y patinaron, las ruedas salpicaron arena, cogieron la siguiente curva en un borde y siguieron serpenteando hacia delante.

El vecino de Lucas le tocó, tendiéndole un puñado de frutos secos. Lucas los devoró, pero esos pequeños bocados no hicieron más que aumentar el hambre que sentía.

En la tercera vuelta, dos de los carros compitieron por el lado interno y chocaron entre sí. Uno de ellos siguió corriendo, pero el otro perdió una rueda, su eje se clavó en el suelo y lo hizo volcar, arrojando a su conductor diez yardas por el aire. Unos ayudantes corrieron enseguida; mientras se llevaban a la figura inmóvil, otros cogieron los caballos y alisaron bien los huecos que habían quedado. Cuando los carros volvieron a dar la vuelta, el camino estaba totalmente despejado.

Lucas calculó que la carrera había recorrido más de dos millas antes de que el ganador cruzase la línea de meta bajo el palco imperial, entre el aplauso de sus partidarios y los gruñidos de la gente que había apostado por el equipo equivocado.

Entre carrera y carrera, músicos y tropas de acróbatas actuaron para los espectadores. El sol caía a plomo, y Lucas notaba la cabeza cada vez más ligera.

—¿Cuántas carreras faltan? —preguntó por señas.

Su vecino levantó siete dedos. Lucas no podía pasar el día entero en las carreras. Tenía que comer; si no, se desmayaría. Tocando el hombro del hombre que tenía al lado para darle las gracias, se levantó, con las piernas entumecidas, y se dirigió hacia la salida.

Fuera, la calle estaba casi vacía. Fue caminando por el foro y se dirigía de vuelta hacia el puerto cuando una niña se colocó delante de él, frunciendo su bonita cara en una mueca, como llamándole. Le habló e hizo aletear las pestañas, acariciándole los brazos y el pecho. No podía tener más de doce años y, sin embargo, estaba claro que se le ofrecía. Él la apartó a un lado y siguió andando. Ella gimió, intentando seducirle y siguiéndole a su mismo paso, y luego le cogió el codo y se echó a llorar.

Por alguna palabra y los gestos, Lucas comprendió que era huérfana y se estaba muriendo de hambre. No pensaba dejarle. Buscó dentro de su túnica y sacó una moneda. Ella la cogió y, deslumbrada por su generosidad, le echó ambos brazos al cuello y le besó.

Él se soltó.

—No hay necesidad de hacer eso. Yo tenía una hermana de tu edad, y sé lo que es tener hambre.

Ella echó a correr y él la olvidó, decidido a encontrar un puesto donde vendieran comida. Un aroma celestial le llevó hasta una tienda que ofrecía kebabs y pan sin levadura. El olor del cordero asado le hacía desfallecer. Delante de él, un cliente recogía su pedido, servido en el hueco del pan y coronado con una buena ración de olorosa salsa de pescado. El cliente pagó con dos monedas que parecían similares a aquellas que le había dado el griego a Lucas. Él se adelantó.

—Tomaré lo mismo.

Viendo cómo se tostaba el cordero, apenas podía contener el hambre, imaginándose que hincaba los dientes en la carne y el pan recién hecho por primera vez desde hacía semanas. Cuando el vendedor le tendió el fragante paquete, él no podía hablar por la saliva que inundaba su boca.

El vendedor tendió la otra mano para recibir el pago.

Lucas buscó su bolsa, frunció el ceño, se tocó la cintura y, con creciente desesperación, que habría parecido cómica a alguien que no conociera qué sucedía de verdad, se toqueteó cada pulgada del cuerpo.

—¡Mi bolsa! —dijo—. ¡Ha desaparecido!

El vendedor le quitó la comida.

Lucas comprendió de repente, y miró hacia la calle por la cual se había ido la niña.

—¡Me han robado!

Corrió hacia aquella calle y miró a ambos lados. Se llevó la mano al cuchillo y entonces descubrió que también se lo habían quitado.

El vendedor le había seguido y le golpeaba en el pecho, empujándolo. Lucas, mareado, no opuso resistencia. Estupefacto por la incredulidad, empezó a andar, tan conmocionado que no se dio cuenta de que tomaba la dirección equivocada hasta que vio el puerto debajo de él, y el mar de Mármara que se abría hacia el horizonte.

Se sentó en un banco junto a una iglesia e intentó pensar qué podía hacer. Sin duda estaba en un aprieto: sin dinero, sin amigos, sin saber hablar aquel idioma... Mendigar iba en contra de su naturaleza, y, por lo que había visto, los pobres e inválidos de aquella ciudad prácticamente formaban un sindicato. Nadie daría limosna a un joven extranjero alto y fuerte. Tenía que encontrar un trabajo. Eso no sería difícil en una ciudad tan grande como Constantinopla, y el puerto era el mejor lugar para buscar, sin duda. Sintiéndose mejor, bajó a la orilla del agua y fue recorriendo el muelle semicircular, preguntando a cualquier persona que le parecía adecuada dónde podía encontrar empleo. La mayoría le despedía sin más, y algunos hacían como si fuera invisible.

Vio una columna de porteadores que se inclinaban bajo pesados fardos, transportando grano desde un barco a un granero. Un capataz vigilaba al grupo, dándose golpecitos en el zapato con un bastón. Lucas se presentó y señaló hacia los hombres atareados, y luego hacia sí mismo. El hombre le miró de arriba abajo, examinándolo como si fuera una bestia de carga, y luego se volvió y lanzó un grito. Uno de los estibadores más viejos dejó la carga y se acercó, lleno de ansiedad. El capataz lo despidió con un gesto de la mano, señaló con la barbilla a Lucas y luego a la carga.

Debía de ser a primera hora de la tarde cuando empezó a trabajar, e iba tambaleándose sobre sus piernas derrengadas, con la espalda resbaladiza de sudor, la garganta y los ojos enrojecidos por el polvo del granero, cuando el silbato del capataz señaló el final de su turno. El grupo se detuvo como una máquina que se hubiera parado. Al principio, Lucas solo podía moverse encorvado, dolorido. Se aproximó al capataz y le tendió la mano. Este lo apartó con su bastón.

Lucas señaló hacia su boca y luego se tocó el estómago.

—Por favor. No he comido en todo el día.

Una sonrisa remota iluminó la cara de aquel tipo. Hizo amago de alejarse.

Lucas le sujetó y le retuvo.

—Dame lo que me debes.

El capataz echó atrás su bastón. Lucas siguió sujetándole.

—Lo que me he ganado. Eso es todo.

Quizás el capataz viera en la mirada de Lucas la beligerancia que había hecho retroceder al hombre del muelle. Con cierto disgusto, le tendió cuatro monedas diminutas y se alejó. Las monedas prácticamente no pesaban nada.

El sol se estaba escondiendo detrás de los tejados cuando Lucas se fue del puerto. Sació su sed en una fuente pública y se dirigió hacia el centro, buscando algún puesto de comida.

La noche llegó rápido. En un momento, las calles estaban muy animadas, llenas de gente que iba y venía, y comerciantes que desmontaban sus puestos; al momento siguiente, casi estaban vacías. Lucas giró en un sentido equivocado y se encontró encerrado entre oscuros callejones que serpenteaban entre cañones de sólida mampostería. Los otros peatones con los que se tropezaba iban en grupos y se movían con rapidez, como si tuvieran miedo de no respetar algún siniestro límite horario. Las autoridades debían de haber impuesto un toque de queda.

No estaba totalmente oscuro. Aquí y allá, alguna lámpara ardía en una ventana, y unas antorchas gorgoteaban en sus soportes por encima de poternas cerradas con barras de hierro. Algunas veces se encontró con vigilantes armados que hacían la ronda en parejas.

Lucas caminaba en dirección contraria, bajando la colina hacia las murallas del mar. Giró hacia la izquierda y se detuvo a mitad del callejón, porque tenía el paso bloqueado por dos perros con orejas de murciélago que gruñían comiendo una carroña. Se retiró, dio otro giro y se detuvo, con la vaga sensación de amenaza cosquilleándole los sentidos. La calle que tenía detrás giraba hacia la oscuridad. Un niño gritó y se oyó ruido de cazuelas en algún lugar, procedente del interior de algún edificio. Siguió subiendo por un callejón, por unos escalones de poca altura, mirando hacia atrás de vez en cuando.

Casi había llegado al final de la calle cuando un hombre dobló la esquina como alguien que tiene una cita. La poca luz que había se reflejaba como fríos añicos de cristal en su cuchillo. Lucas dio la vuelta en redondo y vio a otro hombre que salía de las sombras solo a unas cincuenta yardas por detrás de él.

No había entrada alguna ni sitio donde esconderse. Maldiciendo a la niña que le había robado el cuchillo, Lucas se quitó la túnica y se la envolvió en torno al brazo izquierdo. Retrocedió de espaldas hacia la pared y se deslizó hacia el borde del escalón, dirigiendo la mirada a sus asaltantes. Estos se detuvieron a poca distancia, y uno de ellos habló, haciendo gestos de que se acercarse.

A Lucas le temblaba la voz.

—Os habéis equivocado al seguirme. No tengo dinero. —Lanzó una risa rota—. Alguien me lo ha quitado antes que vosotros.

Lentamente los dos hombres se acercaron, con los cuchillos prestos, los ojos alerta a cualquier movimiento. Lucas se esforzó por mantenerse quieto. Quizá cuando descubrieran que solo tenía unas miserables monedas le dejasen ir. Pero eso era hacerse demasiadas ilusiones. Le cortarían la garganta por puro despecho. El aliento le raspaba la garganta, impelido por la rabia, tanto como por el miedo. Ninguno de los dos hombres le igualaba en altura. El que tenía detrás pareció dudar, esperando que fuese su cómplice el que tomase la iniciativa. «Ve hacia él antes. Recuerda lo que sabes, usa los pies.»

Más cerca, más cerca cada vez. Lucas estaba de pie en el borde del escalón, preparado para saltar, cuando un rugido hizo girar en redondo a todos los presentes. Una figura achaparrada bloqueaba la entrada al callejón, con una espada enorme en la mano. Rugió de nuevo y entró en tromba en el callejón. Los asaltantes intercambiaron una mirada y echaron a correr; el que estaba colina arriba pasó junto a Lucas como si este ya no existiera. Él se apretó contra la pared, con las piernas temblorosas, y parpadeó al ver a su salvador.

—Gracias.

El hombre dijo algo. Unos dientes rotos y cavernosos brillaron entre su barba negra y descuidada. Cogió la barbilla de Lucas y su sonrisa se amplió. Levantó la espada para que Lucas la admirase. Era una cuchilla como las que usan en los mataderos. El hombre apestaba a carne rancia y a vino agrio.

—Ven —dijo. O eso pensó Lucas que decía. El hombre no hablaba griego, ni ninguna otra lengua que reconociese. Pasó un brazo musculoso en torno a la cintura de Lucas—. Ven.

El tipo no dejaba de hablar mientras recorrían aquellas calles vacías. Lucas estaba demasiado conmocionado para hacer otra cosa que seguirle. Se puso la túnica y se levantó, tambaleante y confuso, cuando el hombre se detuvo junto a la entrada de un edificio muy deteriorado. El hombre lo abrió y le hizo señas.

—Ven.

Lucas le siguió hasta unas escaleras sucias. Dudó cuando el hombre abrió una puerta.

—Ven.

La habitación estaba asquerosa. La atmósfera estaba tan cargada que Lucas se tocó la garganta. El hombre dejó la cuchilla encima de una mesa y encendió una vela. En un rincón había un catre con ropas arrugadas; parecía que alguien se las hubiera arrancado a un cadáver que llevase una semana en la tumba. Un icono colgaba torcido en la pared. Algo se movió en un rincón. Lucas vio unos ojos de un rojo ardiente en un agujero. Unos pies pulgosos rozaron el suelo tras él. El hombre sonrió a Lucas. Parecía que esa era la única expresión que tenía en su repertorio. Destapó una botella, llenó dos vasos de barro y le tendió uno de ellos.

Lucas hizo una mueca.

—Vino en un estómago vacío no es buena idea. —Se tocó el vientre para que se entendiera lo que decía.

La mueca del hombre adoptó un aire expectante. Lucas bebió un poquito, y el brebaje sulfuroso le hizo escupir.

El hombre se echó a reír y se tomó su bebida de un trago. Volvió a mirar a Lucas y su sonrisa se ablandó un poco y se convirtió en algo que parecía ardiente especulación. Lucas esbozó una sonrisa forzada.

El hombre se tocó el pecho.

—Krum —dijo, y luego hizo un gesto hacia Lucas, con expresión interrogante.

—Me llamo Lucas.

Krum, o como se llamase, estaba señalando hacia un lugar detrás de Lucas. El franco se volvió y vio que el hombre señalaba el catre. Una sensación de frío intenso recorrió la médula espinal de Lucas.

—No estoy cansado. Estoy hambriento. Vamos a buscar algo para comer.

La expresión del hombre cambió de nuevo, fija en una expectación anhelante. Levantó una mano, con el dorso lleno de pelos negros, la puso encima del hombro de Lucas e intentó llevarle hacia el catre. El chico se resistió, vacilando sobre sus talones. El hombre le empujó más fuerte. Lucas le cogió la mano y se la apartó.

—Mira, te estoy muy agradecido, pero creo que tengo que irme.

El hombre murmuró algo para sí y empezó a desabrocharse los pantalones. Lucas midió la distancia hasta la puerta. Ya estaba preparándose para salir corriendo cuando el hombre le miró a los ojos y vio sus intenciones. Tan rápido como el pensamiento, cogió la cuchilla y apuntó al entrecejo de Lucas.

Lucas levantó las manos.

—Vale, vale. Pero primero tomemos otra bebida. Vamos, déjame.

Se esforzó por controlar el temblor de sus manos mientras servía la bebida. El hombre le miraba, con la cuchilla amenazante. El chico se bebió el contenido del vaso, tosió e hizo una mueca. El hombre tendió la mano libre con ternura y cogió los genitales de Lucas.

Este estrelló el vaso en la cara de aquel tipo. Luego quiso darle una patada en las pelotas, pero apenas le rozó; a continuación se lanzó con toda su alma contra él, intentando pasar por el arco de la cuchilla y bloquear el brazo del hombre con el codo. No lo consiguió del todo y notó un dolor lacerante en el cuero cabelludo, en el lugar donde le cortó la cuchilla. Consiguió coger la muñeca derecha del hombre antes de que este pudiera asestarle otro golpe, y ambos cayeron revolcándose sobre la mesa. Lucas oyó que la cuchilla caía al suelo y resonaba. Su asaltante fue a cogerla, a gatas. El chico se arrojó hacia él desde detrás, envolvió el brazo izquierdo en torno al cuello de su adversario y formó una llave cogiéndose el bíceps con la mano derecha. Aplicó presión en la nuca de su enemigo. Lucas notaba que la sangre le corría por la mejilla. El hombre yacía de costado, agitando los miembros para liberarse de la llave. Lucas sabía que si le aplicaba la presión suficiente a las arterias, el hombre se desmayaría enseguida. Su sujeción era errónea, sin embargo, porque la mayoría de la presión estaba aplicada contra la nuez de su oponente. Con gran esfuerzo, el hombre se puso de pie e hizo dar la vuelta a Lucas. El franco se agarró a él y le arrojó hacia la pared, con la cabeza por delante. El hombre giró, intentando liberarse de Lucas. Este metió un pie bajo su tobillo y ambos cayeron con estruendo al suelo. En su enorme esfuerzo por mantener su presa, Lucas se había mordido el labio inferior. Se agarró con fuerza, con los ojos cerrados, apretado contra su oponente para evitar que le cogiera. El hombre hizo otro esfuerzo gigantesco, retorciéndose y sacudiéndose como un pez en la playa. Lucas mantuvo su presa. El tipo dejó de luchar y emitió un quejido gorgoteante. Lucas no veía su rostro, y mantuvo su llave, apretando sin parar hasta que el hombre se quedó flácido bajo su cuerpo, y sus músculos ya no pudieron soportar más el esfuerzo. Cuando soltó su presa, el hombre no se movió. Lucas se puso de pie tambaleante, cogiendo aire con fuertes silbidos. La sangre que le corría por la barbilla salpicaba el suelo. Con el pecho agitado, dio la vuelta al hombre, para ponerlo de cara. Yacía muerto, horrible, con los ojos saltones y la cara ennegrecida.

Unos puños golpearon en la puerta. Se oyeron gritos. Lucas recogió la cuchilla, corrió hacia la puerta y abrió el cerrojo. Se encontró con unas caras que le miraron aterrorizadas. Una mujer chilló. Él se abrió paso entre la multitud y bajó las escaleras a trompicones, hacia la calle. Dobló la primera esquina que pudo. Cuando hubo doblado dos más y las hubo dejado atrás, tiró la cuchilla.

Fue aminorando la marcha poco a poco, exhausto, agarrándose las costillas, y cojeando como si tuviera una pierna más larga que otra. Todavía le sangraba la cabeza. Cuando se tocó el cuero cabelludo notó el hueso expuesto por la brecha. «Acabas de matar a un hombre», pensó. ¿Qué se sentía? Asco. Pero era muy sencillo. Lo único que hizo falta fue la desesperación. Los acontecimientos del día se agolpaban en su mente, y todos conducían hacia aquel hecho horrible, en aquella asquerosa habitación. Si aquella niña no le hubiese robado, si aquel capataz no le hubiese engañado, si aquellos dos ladrones no le hubieran amenazado..., nunca habría conseguido reunir la rabia animal necesaria para estrangular a aquel hombre. Se apoyó, sacudido por las arcadas, tosiendo bilis. Se había imaginado que mataba a alguien, pero solo en un glorioso enfrentamiento en el campo de batalla, con las trompetas sonando y los estandartes ondeando, con un oponente valeroso preguntándole su nombre, mientras enfrentaban sus caballos.

Lucas se apoyó en una pared, echó atrás la cabeza y gimió. Tenía la mente vacía. Un agudo silbido hizo que se enderezase. Ahí estaba otra vez, procedente del lugar donde había matado a ese hombre. Los vecinos le habían visto, tenían su descripción. Su herida era la única prueba que necesitaban. Se apartó y siguió recorriendo las calles vacías, dando vueltas al azar.

Una de ellas le condujo hasta la plaza de un mercado, iluminada por una sola luz en el extremo más alejado. El dulce olor a verduras podridas invadió sus sentidos. Aun herido y dolorido, no podía negar su hambre. Avanzó, examinando el terreno, y luego se detuvo, alertado por débiles crepitaciones y chillidos. Aquel sitio no estaba vacío. Estaba rebosante de ratas, una horda innumerable que se apelotonaba formando coágulos, montículos y corrientes.

Atrapado en una pesadilla aun estando despierto, anduvo como un fantasma a través de la ciudad silenciosa, única alma viviente en la calle en Constantinopla. Debía de haber recorrido media milla cuando un grito hizo que se volviera. Vio a un vigilante con la espada desenvainada y una antorcha encendida, en medio del paso. Apareció otra silueta. Lucas salió de estampida. Sonaron unos silbatos y unos pies corrieron, persiguiéndole. Se dirigió a toda prisa hacia un callejón.

La pared de un lado tenía unos ocho pies de alto. Estaba reforzada por unos contrafuertes con un ángulo inclinado a unos tres pies del suelo. El ruido urgente de los hombres que le perseguían se acercaba. Se alejó hasta la pared opuesta para coger impulso, saltó hacia delante, hacia un escalón, y pasó los brazos por encima de la parte superior del muro. Con un empujón desesperado consiguió izarse justo mientras uno de los vigilantes corría hacia la entrada del callejón. Sollozando por el esfuerzo, Lucas logró saltar el muro y cayó al suelo.

Desde el otro lado venían voces y ruido de metal que entrechocaba. Lucas se apretó contra la pared. Las voces se desvanecieron. Lucas esperó. No podía saber en qué tipo de lugar se encontraba. Quizás en un jardín privado, o en un patio pavimentado. Se fue adentrando en la oscuridad y había recorrido unas veinte yardas cuando el suelo se abrió a sus pies. Bajó trastabillando un par de escalones antes de recuperar el equilibrio. Estaba totalmente a oscuras, incapaz de ver una mano ante su rostro. El agua goteaba con ecos cavernosos. Fue bajando a tientas las escaleras, hasta que llegó al nivel del suelo. La atmósfera era fría y acuosa. Tocó a su alrededor hasta encontrar un guijarro. Lo arrojó ante él y oyó que salpicaba en el agua.

Era una cisterna, uno de los depósitos subterráneos de Constantinopla. Retrocedió y chocó contra un pilar. Se deslizó junto a él, demasiado exhausto para hacer otro movimiento cualquiera. Le temblaba la mandíbula inferior por el frío. Se rodeó el pecho con los brazos, mirando hacia la goteante oscuridad.

Durmió sobresaltado, a ratos. Cuando al fin abrió los ojos, la cisterna estaba llena de una luz espectral lo bastante intensa para mostrar la lacada superficie del agua y unas columnatas que se alzaban hasta unas bóvedas sombreadas.

Le latía el cráneo. Se tocó el cuero cabelludo. Ya no sangraba, y tenía el pelo apelmazado y pegajoso. Se arrodilló al borde del agua y metió dentro la cabeza. El dolor le hizo chillar. Tres veces sumergió la cabeza hasta que se hubo limpiado bien toda la porquería. El cuello y el hombro de su túnica tenían también sangre reseca. Se los quitó y los aclaró, y luego los retorció bien. Temblando de frío, se volvió a poner la ropa húmeda, y luego subió los escalones. Acababa de amanecer. El patio que había en torno a la cisterna estaba vacío. Un débil susurro le dijo que la ciudad empezaba a despertarse. Por aquel lado, el muro no ofrecía lugar alguno donde apoyarse. La mirada de Lucas se fijó en una choza de techo plano construida en uno de los ángulos del recinto. El alféizar de la ventana podía ser un punto de apoyo. Fue hacia el muro y vigiló. Se agachó cuando pasó un hombre. La siguiente vez que miró, la calle estaba desierta. Se subió al parapeto, bajó por el otro lado y se puso a caminar en cuanto sus pies tocaron el suelo.

Un trabajador que caminaba hacia él dio un respingo, alarmado, dejándole todo el espacio que pudo. Lucas miró hacia atrás y vio que el hombre seguía mirándole. Lo comprendió cuando se miró la ropa: su túnica estaba manchada de rosa; los pantalones, de rojo. Se le había vuelto a abrir la herida. La sangre le caía por el cuello. Mantuvo la cabeza baja.

Pasó junto al taller de un herrero, donde los trabajadores dejaron de martillear al verle pasar. Se encontró en una avenida amplia, donde los comerciantes estaban colocando sus puestos. No los miró a los ojos y siguió andando. Subió por una colina y vio, a través de un hueco entre los edificios, la cúpula de Santa Sofía a la derecha. El tráfico cada vez era más intenso, e intentó mezclarse con él…, como un trabajador más que se encaminara a sus tareas diarias.

Tres soldados pasaban entre la multitud, por delante de él. Se detuvo. Todavía no le habían visto, pero cuando lo hicieran… Por aquel entonces la noticia del crimen habría circulado. Giró en redondo y se retiró un poco del camino cuando el resplandor del hierro le indicó que había más soldados. A su derecha vio una taberna, unas pocas mesas bajo un toldo y una sombreada sala abierta a la calle. Entró. Las caras se levantaron de los platos y de los tableros de backgammon. Mientras se dirigía hacia la barra, el propietario le miró, con el ceño fruncido. Lucas sonrió e hizo una mueca, frotándose la cabeza para indicar que su horrible aspecto era consecuencia de una noche de desenfreno que había acabado mal. Sacó las cuatro miserables monedas que había ganado en el puerto.

El dueño de la taberna las miró y luego observó a Lucas con incredulidad. Meneó la cabeza lentamente.

—Es todo lo que tengo, por el amor de Dios, he trabajado duro para ganármelo.

El tabernero ahuecó la mejilla con la lengua y examinó de nuevo a Lucas, antes de hacerle señas de que se dirigiera a una mesa en el rincón. El chico se sentó de espaldas a la entrada. Dos jóvenes y curvilíneas sirvientas pasaban entre las mesas, con los brazos llenos de platos, sonriendo y charlando con los clientes habituales. Al cabo de un buen rato, una de ellas apareció ante Lucas y le puso delante media rebanada de pan blanco, una tortilla y una jarra de vino. La sonrisa de la chica era tan agradable que él casi se echa a llorar.

Se abandonó al hambre. Hizo lo que pudo para resistirse y no desgarrar el pan y atragantarse al metérselo en el gaznate a grandes trozos. Cuando acabó, notaba como si la cabeza le flotara sobre los hombros.

—Espero que al otro tipo le hayas dejado un buen recuerdo tuyo.

Lucas se despertó de golpe. Un hombre se había dejado caer frente a él. Le había hablado en francés.

Llevaba un palillo entre los dientes. Señaló la cabeza de Lucas.

—Has estado en la guerra, amigo mío.

Lucas intentó esbozar una sonrisa atribulada, pero su boca no le obedecía.

—Me asaltaron unos ladrones.

—Supongo que eres nuevo en la ciudad.

—Llegué ayer —dijo Lucas, en voz baja.

El hombre era un veterano. Una cicatriz que le iba desde la sien a la ceja y un nudo de cartílagos allí donde tenía que haber estado el ojo derecho parecían indicar que había estado en el ejército. El cómico mohín de su boca suavizaba su aire de guerrero.

—¿Has venido a combatir para el emperador?

Lucas asintió.

—¿Tienes algún amigo en Constantinopla?

—No —contestó el chico, y luego levantó la vista—. Pero busco a un oficial franco llamado Vallon.

El veterano se quitó el palillo de la boca.

—¿Vallon?

—¿Le conoces?

—Por su reputación. Nunca he servido con él. ¿Qué tienes con él?

—Alguien a quien conocí me dijo que podía encontrar un lugar entre sus filas. ¿Sabes dónde puedo encontrarle?

El veterano se llevó la mano a la frente.

—Creo que vive en Gálata.

—¿Y dónde está eso?

—Dios mío, no puedo creerlo. —El veterano puso las manos en la mesa y miró a Lucas—. Gálata está al otro lado del Cuerno. Justo en el lado opuesto de donde desembarcaste.

—Ah.

El veterano le miró. Meneó la cabeza.

—Vallon es demasiado poderoso como para perder el tiempo con gente como tú. Es general, le han ascendido después de lo que hizo en Dirraquio.

—El hombre a quien conocí dijo que Vallon es de Aquitania. Igual que yo.

El veterano se echó a reír, echó hacia atrás el banco y se puso de pie.

—Adelante, es todo tuyo, muchacho. Cuando Vallon te dé una patada en el culo, vuelve aquí, a la taberna del Azulejo, y pregunta por Pepin. Si lo que quieres es ser soldado, puedo encontrarte todo lo que quieras.

—Gracias.

El veterano soldado le miró de nuevo.

—No puedes ir por la calle en ese estado. La guardia pensará que has matado a alguien.

Lucas le miró y tragó saliva lentamente. Pepin entrecerró el ojo bueno.

—No lo habrás hecho, ¿no?

—Era él o yo. Lo juro por Dios.

—Por todos los diablos —murmuró Pepin—. Quédate aquí.

Habló con el tabernero, que le miró de reojo. Pareció consternado al enterarse de que estaba dando cobijo a un asesino. Seguro de que el propietario llamaría a alguien para que lo detuvieran, Lucas se levantó. Quería salir de allí cuanto antes. Pepin llegó a su lado justo a tiempo.

—Tranquilo, chico. Por aquí.

Condujo a Lucas a un patio trasero, en el que unas pocas gallinas picoteaban entre el polvo.

—Quítate la túnica —dijo.

Cogió un cubo de agua y empezó a limpiar la cara y el pelo de Lucas con un trapo. El agua se puso rosa. Pepin la cambió.

—Esa herida te la tendrá que coser un físico. —Al final, se echó atrás y evaluó su trabajo—. Puedes pasar.

Cuando Lucas se hubo secado del todo, Pepin le pasó una túnica limpia y un gorro.

—No sé cómo darte las gracias —susurró Lucas.

—Nosotros los *frangoi* tenemos que ayudarnos. ¿Tienes algo de dinero?

Lucas meneó la cabeza.

Pepin buscó en su bolsa.

—Con esto aguantarás un par de días.

Lucas miró las monedas.

—No sé lo que valen.

—Tu ignorancia no tiene límite, ¿verdad? Son folles. Doscientos ochenta folles equivalen a un sólido de oro. Una comida debe costarte dos folles. Esas monedas que has entregado antes no valen nada, son nummis. Pero el propietario es antiguo soldado, y se ha compadecido de ti.

—¿Y cuánto cuesta la travesía hasta Galata?

—Cuatro folles, si eres el único pasajero; si compartes, menos. —Pepin miró a Lucas—. Supongo que tampoco tienes ningún sitio donde alojarte. —Suspiró—. Vale, cuando hayas acabado de perder el tiempo con Vallon, vuelve aquí y lo arreglaremos. Mañana te presentaré a un par de mis antiguos compañeros de armas.

Lleno de gratitud, Lucas salió a la calle. Con su túnica limpia y el gorro que ocultaba su herida, nadie le miraba. Fue andando hasta el puerto, se acercó a un barquero y le señaló el otro lado del canal. Solo hizo un débil intento de regatear y acabó pagando el doble de lo que le había dicho Pepin. Cruzando el Cuerno, los nervios le consumían. ¿Qué haría si veía a Vallon? ¿Qué diría?

El transbordador llegó a tierra. Lucas miró hacia el poblado, lanzó un suspiro tembloroso y se puso en marcha. La zona estaba rodeada por unas murallas. Un soldado le detuvo a la puerta y le preguntó qué hacía allí. Al oír que Lucas buscaba a Vallon, el soldado le miró, escéptico, pero le dejó seguir su camino.

Los almacenes dejaron paso a limpias y amplias calles con bonitas villas detrás de muros con jazmines y glicinas. Cuanto más alto trepaba Lucas, menor era su decisión, hasta que se limitó a ir poniendo un pie detrás de otro. Pepin tiene razón. Vallon no recibirá jamás a un campesino de Aquitania. «Ni siquiera podré pasar más allá del portero. Averiguaré dónde vive y luego volveré a la taberna, y ya pensaré después qué hacer».

Había poca gente por la calle. Y nadie contestó a sus ruegos de que le indicaran la dirección. Llegó a un cruce en lo alto de la colina y giró a mano derecha, pasando junto a un prado ocupado por unos jóvenes ociosos. Uno de ellos llamó la atención de sus compañeros hacia Lucas. Todos se pusieron de pie y se arreglaron las túnicas. Por sus bonitos trajes, supuso que serían venecianos, hijos de ricos mercaderes. Sus miradas y sonrisas sugerían que en Lucas habían encontrado a alguien con quien divertirse aquel día.

Se cruzaron en su camino, todos juntos. Lucas fue aminorando la marcha. Enseguida adoptó un paso confiado, con los hombros erguidos.

—Buenos días —dijo, rompiendo la barrera.

Una mano cayó en su hombro. Los otros tres jóvenes se acercaron.

—¿Adónde crees que vas? —dijo el que le sujetaba el hombro.

Lucas meneó la cabeza y siguió andando. El joven le retuvo.

—Te he hecho una pregunta.

—Busco la casa del general Vallon.

Levantaron las cejas.

—Tú eres franco —dijo uno.

—De Aquitania.

Le iban siguiendo como perros. Uno de ellos dijo algo que provocó un estallido de risas. Otro corrió por delante de Lucas, dibujó en el aire la forma de un reloj de arena, se agarró el paquete y lo empujó adelante y atrás, en una lasciva pantomima.

Lucas lo apartó.

—No sé de qué estáis hablando.

Uno de los jóvenes le quitó el sombrero, escupió en él y luego invitó a Lucas a volvérselo a poner. Este se detuvo, con la sangre alzándose en su interior en una marea que amenazaba con ahogar la razón. Procuró dominar su rabia.

—No quiero problemas.

—No quiero problemas —le imitaron los otros.

Sus risas murieron y sus rápidas miradas y expresión endurecida mostraron que estaban dispuestos para atacar. Uno de ellos golpeó con la palma a Lucas en el pecho.

—No queremos mendigos francos por aquí. —Le dio otro empujón—. Vuélvete a tu puta casa.

Lucas mantuvo el terreno e intentó apartar a sus perseguidores.

—Mirad, no hay necesidad de esto.

Una mano le cogió y él se soltó. Entonces le propinó un puñetazo en la cara a quien le había tocado.

—¡Cogedle! —gritó alguien.

Los demás se arrojaron sobre él, dándole puñetazos y patadas. Lucas se mantuvo erguido unos pocos segundos, antes de que la fuerza del número le derribase. Y entonces empezó todo. Un pie golpeó su nariz, rompiendo huesos y cartílagos. Otro pie se estrelló contra sus costillas, y se retiró para darle otra patada. Apenas consciente, Lucas lo agarró por el tobillo, clavó sus dientes en los tendones y los desgarró como una bestia. Resonó un espantoso chillido, seguido por un golpe en el ojo que le hizo ver el universo el día de la creación, antes de que todo se pusiera negro.

Volvió la conciencia. Jadeando y escupiendo sangre, rodó de lado y vio una imagen de violencia que sucedía por encima de él: un bárbaro de cabello leonado, con un mostacho como las alas de un ángel vengador y un muñón donde tendría que haber estado la mano izquierda. Agarró con su mano buena a uno de los atacantes, dejándolo inmovilizado al momento. Los otros habían huido y ahora se detenían, condenados a presenciar la escena final de la obra que habían improvisado tan descuidadamente.

Lucas miró hacia arriba entre la rendija emborronada que aún le permitía ver algo.

—¿Vallon?

El hombre bajó la vista.

—¿Has venido a buscar a Vallon?

Lucas asintió. El dolor palpitaba en el lugar donde antes estaba su nariz.

El joven capturado luchaba por soltarse. El hombre le sujetaba sin mayor esfuerzo. Por la expresión de su cara parecía estar pasándoselo bien. El joven gimió. Su captor se lo colocó delante. Frente a frente y con una expresión beatífica, como uno que levanta los ojos hacia un santo, lleno de devoción, echó la cabeza atrás y golpeó al chico en plena cara. Se oyó un sonido desagradable. Cuando lo soltó, su víctima cayó como si le hubieran noqueado, y se retorció mientras la sangre manaba entre sus manos extendidas.

Lucas apenas fue consciente de que otras personas corrían hacia él. Vio a una niña pequeña, a una mujer que se llevaba las manos a la garganta y que llamaba a una figura muy alta, vestida de un gris de clérigo, que se inclinaba hacia Lucas. Su rostro familiar borraba todo lo demás. Lo último que recordaba Lucas era que unas manos lo levantaban y que algo se desgarraba en su pecho, como si se le abriera algún órgano vital.

Se despertó a la luz de una lámpara. La cabeza parecía que le estuviera a punto de estallar. En cuanto recuperó la conciencia, vomitó. Unas manos guiaron un cuenco bajo su boca. Él se echó hacia atrás. Las figuras aparecían y desaparecían: la dama alta y pelirroja que le miraba sin simpatía alguna; el clérigo del barco, que le tomaba el pulso y le miraba los ojos; un joven que se cubría la boca al ver las heridas que Lucas tenía en la cara. Y luego (quizá lo hubiese soñado) había un hombre alto y severo, que le examinó inexpresivo y que luego se apartó. La propia mirada de Lucas era vacua, el mundo giraba en torno a un túnel, pero entonces, en su último momento de lucidez, supo que al fin había encontrado lo que había ido a buscar.

«Es él. Vallon. Guy de Crion. Mi padre. El hombre que mató a mi madre y trajo la ruina y la muerte a mi familia.»

VI

Lucas se despertó apoyado en unas almohadas, con la cabeza vendada, la nariz sujeta también con vendas, una mano astillada, la visión reducida a un ojo que era como una rendija. La luz de una ventana con postigos se difuminaba a través de la pequeña y desnuda habitación. Una figura situada a los pies de la cama le examinaba con una indiferencia forense. Era el joven que había ayudado a llevarle dentro.

—¿Estás despierto?

Lucas parpadeó.

—¿Puedes hablar?

Él entreabrió los labios y emitió un sonido de tragar.

El joven vertió agua en un vaso y se lo acercó a Lucas a la boca. La mayor parte del contenido del vaso se le cayó por la barbilla. El joven sujetó el recipiente.

—Tienes la cabeza hinchada y mide el doble de su tamaño normal —dijo—. Ni tu propia madre te reconocería.

Lucas se tocó la cara. Un dolor lacerante en el costado le hizo dar un respingo.

—Son tus costillas. Tienes dos rotas. También la nariz, y uno de los dedos. La herida de la cabeza ha requerido dieciséis puntos. Maese Hero te dio también dos puntos en el labio. Estabas inconsciente y no sentiste nada.

—¿Dónde estoy?

—En la casa del guarda de la residencia del general Vallon.

—¿Cuánto tiempo llevo aquí?

—Dos días. Has estado dormido casi todo el tiempo. ¿Cómo te llamas?

—Lucas.

—Yo soy Aiken, hijo de Vallon.

Lucas entrecerró los ojos. Por lo que parecía, tenían más o menos la misma edad.

—No, no lo eres.

—No soy su hijo de verdad. Vallon me adoptó cuando murió mi padre. —Aiken se sentó en el borde de la cama, con movimientos casi remilgados—. ¿Qué te ha traído hasta aquí?

—He venido a oriente a unirme al ejército bizantino.

—Quiero decir qué te ha traído a casa de Vallon. Wulfstan dice que pronunciabas el nombre del general.

—Conocí a un veterano franco en una taberna. Cuando le dije que era de Aquitania, me sugirió que me uniera al regimiento de Vallon.

Cuando Aiken se levantó, el lecho crujió.

—No creo que el general reclute a alguien que ha recibido una paliza en su primer día en Constantinopla.

—¿Cómo es?

—Es un general. ¿A ti qué te parece?

Lucas se arriesgó.

—El veterano dijo que Vallon huyó de Francia tras ser condenado y quedar fuera de la ley.

—¿Ah, sí? Si yo fuera tú, me guardaría para mí esas calumnias.

Aiken cerró la puerta tras él. Con una lentitud de anciano, Lucas extendió una mano hacia el agua. Después de beber, se quedó echado, pensando en su situación. Desde que abandonó Francia, había ensayado su enfrentamiento con Vallon incontables veces, imaginando la conmoción en la cara de aquel hombre cuando le dijese que era su hijo. A veces no iba más allá de eso, antes de hundir la espada en el vientre de Vallon…, hundirla una y otra vez: «Esta por mi madre, y esta por mi hermano, y esta por mi hermana. Y esta última por mí».

Ahora, sin embargo, no era el momento de la venganza. Quería estar plenamente curado, para poder saborear todos los detalles. El tiempo sazonaría el plato, y disponía de mucho tiempo. Vallon no tenía ni idea de que era su hijo. Nadie lo sabía. Esperaría y aprendería a usar ese secreto para causarle el máximo dolor. Mientras se dormía, Lucas tuvo la intuición de que Aiken podía serle muy útil. Aunque, en realidad apenas habían hablado, ya le odiaba.

Espantosos sueños se sucedían. Lucas salió de una pesadilla asfixiante con un grito y descubrió que alguien le estaba secando la frente.

—Tranquilo —dijo Hero—. Tu cuerpo y tu alma están en guerra, y debemos dejar que hagan las paces. —Sujetó una compresa aromática debajo de la nariz de Lucas—. ¿Te acuerdas de mí?

El extravagante aspecto físico de Hero expulsó los demonios del cráneo de Lucas. Tosió y bufó.

—Si hubieras sido menos engreído, te habrías ahorrado un montón de problemas y de dolor.

—Siento haberos rechazado en el barco.

—No te culpo por sentir prevención ante los extraños. ¿Qué tal te encuentras?

—Como sería de esperar.

Hero le tomó el pulso, examinó el ojo que no llevaba tapado y le auscultó el pecho.

—¿Qué tal tu vista?

—Os veo.

—¿Cuántos dedos estoy levantando?

—Uno.

—¿Y ahora?

—Cuatro. ¿Sois físico?

—Afortunadamente para ti, lo soy. —Hero pasó un brazo bajo el hombro de Lucas y le llevó a los labios una infusión amarga—. Bébetelo.

El chico hizo un esfuerzo por tragar, temblando al notar aquel sabor.

Hero lo dejó en los cojines.

—Aiken dice que te llamas Lucas.

—Lucas de Osse.

—No te ha costado mucho meterte en problemas, ¿no? Más de una vez, parece ser. Esos patanes venecianos no fueron los que te hicieron la herida de la cabeza.

—Me atacaron unos ladrones la noche antes.

—Qué extraño que, solo un día después de que hablásemos, acabaras en la casa del hombre al que precisamente me ofrecí a presentarte.

—Un veterano al que conocí…

—Ya lo sé. Aiken me lo ha contado. Pero, aun así, sigue siendo una notable coincidencia.

Lucas se quedó rígido bajo la mirada de Hero. No se relajó hasta que el físico se levantó.

—Mañana tendrás la oportunidad de presentar tu petición al general Vallon —dijo Hero—. Buenas noches.

El corazón de Lucas saltaba en su pecho.

—Antes de que os vayáis, señor, ¿puedo preguntaros algo?

Hero se detuvo con la mano en el cerrojo.

Lucas se retorció hasta quedar semierguido.

—¿Cómo conocisteis a Vallon?

Hero se echó a reír.

—Costaría toda la noche contártelo, y ocuparías mucho mejor todo ese tiempo durmiendo.

—No estoy cansado.

Hero volvió y se sentó a los pies de la cama.

—Hace nueve años, cuando era todavía un estudiante, me nombraron compañero de viaje de un diplomático bizantino que llevaba una petición de rescate para la familia de un caballero normando cuyo hijo había sido capturado en Manzikert.

—He oído hablar de esa batalla.

—Mi amo murió en los Alpes. Yo me habría vuelto por donde vine, de no haber conocido a Vallon. Él viajaba hacia el sur con la intención de ofrecer sus servicios a la Guardia Varangia.

—¿Por qué? Quiero decir, ¿por qué dejó Francia?

—¿Y qué te importa a ti eso?

—Solo me lo preguntaba...

—No estás en situación de preguntarte nada del hombre que te ha acogido en su casa. —Después de un momento de pensativa cautela, Hero continuó—: Vallon accedió a acompañarme a casa de aquel caballero normando en Northumbria, donde entregamos los términos del rescate. Todavía los recuerdo: «cuatro gerifaltes blancos tan pálidos como los pechos de una virgen o las primeras nieves del invierno».

—¿Qué es un gerifalte?

—Son los halcones blancos que viven bajo la Estrella Polar, a muchas semanas de viaje al norte de Britania. Desde allí, los llevamos hacia el sur, pasando por Rus y a través del mar Negro hasta Anatolia. El viaje nos llevó casi un año entero, y muchos de los compañeros que nos acompañaban no llegaron al final.

—Pero vos sí. Conseguisteis vuestro objetivo.

—Una parte de mí quiere creer que sí lo hicimos. Otra parte me dice que el sacrificio no valía la pena.

Lucas se recostó en las almohadas.

—No me estáis contando ni la mitad, ¿verdad?

—No. Nunca habría podido compartir la alegría y el dolor de aquella odisea con nadie que no fueran Vallon y Wayland.

—¿Quién es Wayland?

—Un inglés muy notable, un halconero que duerme ahora en la

corte del sultán Suleimán con su mujer, Syth, y que recorrió con nosotros todas y cada una de las millas de ese largo viaje.

Lucas quería saber más de su padre.

—¿Es buen comandante el general Vallon?

Hero bajó la vista.

—No soy el más apropiado para juzgar las proezas marciales. Lo único que puedo decir es que sin el liderazgo de Vallon, su astucia y su valor, yo sería un montón de huesos deshechos en algún lugar distante y salvaje.

—¿Y cómo es con las armas?

—Yo diría que está en su mejor momento, que no hay un solo hombre vivo que pueda derrotarle.

Lucas yacía quieto, asimilando aquella información.

—Parece que le admiráis.

—Yo aborrezco la violencia, pero Vallon es un guerrero honorable. Nunca le he visto matar a nadie por capricho. Y nadie más podría habernos conducido a través de las tierras salvajes del mundo. Es el único hombre a quien seguiría al fin de la Tierra. —Hero apagó la lámpara—. Aunque, claro, en realidad ya lo he hecho.

Mañana, le había dicho Hero. Todo el día, con la lluvia azotando los postigos, Lucas se preparó para la aparición de Vallon. Todavía seguía esperando, con náuseas debido a la anticipación y al temor, cuando la vela se apagó y lo sumió en la oscuridad.

El golpe de la puerta en sus goznes le despertó de golpe. Percibió la presencia de una figura. Abrió del todo la puerta, protegiendo una lámpara de la corriente. Su luz se estabilizó, iluminando a medias la cara de Vallon.

—¿Te he despertado?

Lucas se atragantó con la respuesta. Vallon se sacudió la lluvia del manto, se sentó en un taburete demasiado pequeño para él y puso la lámpara en una mesa. Su luz formaba ángulos y surcos en su rostro. Lucas apenas podía respirar. Toda su valentía había desaparecido. El general no se parecía en nada al monstruo sanguinario que guardaba en su memoria, sino que más bien parecía un asesino…, un matarife profesional exhausto. Su mirada era directa y parecía indiferente a lo que veía. La comisura de sus labios se curvó de una manera que sugería un humor sombrío.

—Bueno —dijo—, he venido para saber algo más del cuco que ha venido a mi nido. Tengo entendido que has viajado desde Aquitania.

Lucas se alegró de que las vendas le cubrieran el rostro.

—Desde Osse, en los Pirineos.

—Reconozco tu acento. Los tuyos deben de ser granjeros.

—Pastores y criadores de caballos, milord.

—Basta con que me llames señor. No habrás recorrido todo este camino para alistarte en el ejército... ¿Por qué no has buscado alguno que estuviera más cerca de casa?

—Yo... preferiría no decirlo. El caso es que no podía quedarme en Francia.

Otro gesto irónico de la boca.

—Bueno, no serías el primer fuera de la ley que busca empleo a mi mando. ¿Cómo viajaste a Nápoles?

—Fui andando, milord..., señor. Me costó seis meses, parando muchas veces para ganarme el pan con mi trabajo.

Vallon se inclinó hacia delante. Su sombra trepó por la pared.

—Un esfuerzo innecesario. Si es la vida de soldado la que anhelas, podrías haberla encontrado en Italia. Los normandos están peinando la península en busca de reclutas. Me sorprende que no te hayan atrapado en sus redes.

—Lo que vi de los normandos no me granjeó su cariño.

Vallon se inclinó hacia atrás.

—¿«Granjear»? Hablas con mucho refinamiento para ser el hijo de un pastor.

—No éramos campesinos, señor. Uno de mis tíos era sacerdote, y procuró que yo tuviese una educación.

—¿Sabes leer y escribir?

—Aceptablemente bien. Es decir, mal, según vuestro nivel.

—Mmm. Ese veterano te indicó mi dirección. ¿Cómo se llama?

—Pepin, señor. Hablaba muy bien de vos. Decía que vuestro regimiento había conseguido una notable victoria en Dir..., Dir...

—Dirraquio, y no era un regimiento, y no ganamos esa batalla. —Vallon miró al techo—. El único Pepin que sirvió a mis órdenes perdió la vida en Castilla, hace muchos años. —Vallon bajó la vista—. Criadores de caballos, decías.

—Sí, señor. Y sé domarlos.

—¿Tienes experiencia con las armas? Supongo que sabrás usar una honda...

—Sé manejar la espada, señor.

—¿Ah, sí, de verdad? No creo que muchos pastores de Osse puedan decir lo mismo.

—Un antiguo soldado que había luchado contra los moros me instruyó. Desde muy joven he querido seguir su llamada.

Vallon gruñó.

—Bueno, ya veremos cómo manejas la espada de verdad, cuando se te hayan curado las costillas. Si lo que veo es prometedor, te encontraré un puesto en uno de los regimientos de infantería.

—Mi ambición es servir en una unidad de caballería.

—No tienes medios. Un caballo de guerra cuesta el salario de dos años, y luego están las armas, la armadura. Hay que comprarlo todo. Ningún comandante vestiría a un joven sin formar, que no ha visto acción alguna.

—No estoy tan verde como pensáis.

—Interpreto eso como que al menos has arrebatado la vida a un hombre.

Lucas apartó de su mente la sórdida imagen de los espasmos de muerte de Krum.

—Pensaba que podría empezar como mozo de cuadras vuestro.

La frente de Vallon se arrugó.

—¿Qué te hace pensar que puedo encontrar sitio para ti en mi escuadrón?

—Vos me habéis acogido en vuestro hogar.

—No por elección. ¿Por qué estás tan deseoso de servir conmigo?

—El maestro Hero me contó la expedición que condujisteis al norte. Su relato sobre cómo lograsteis vuestro objetivo me ha convencido de que quiero servir en vuestros forasteros.

Vallon cogió la lámpara.

—No, no puede ser. Además, entonces fue entonces. Y ahora es ahora.

VII

Caitlin no levantó la vista del bordado cuando Vallon volvió de su visita a Lucas. Hero rompió el incómodo silencio.

—¿Qué tal va nuestro inválido?

—Es un caso curioso. En un momento dado parece un campesino engreído. Al momento siguiente en cambio da la sensación de alguien que procede de un origen más elevado.

Caitlin dio una puntada con rabia y dejó a un lado el bordado.

—En cuanto se ponga mejor, quiero que se vaya de aquí.

—No causa ningún problema.

—¿Que no causa problemas? Las familias de los chicos a los que atacó amenazan con quejarse al magistrado.

—Fueron los venecianos los que empezaron la pelea.

—Eso no importa. Sus familias son de muy buena posición, y ese mocoso no es nadie. —La agitada voz de Caitlin amenazaba con elevarse en un registro superior—. ¿Y cómo se le ocurre a Wulfstan romperle la nariz a Marco?

—No pensaba nada. Marco atacaba a un visitante de nuestro hogar. Solo tuvo lo que se merecía.

—A ti te parece muy bien tomarte este asunto a la ligera. Apenas estás aquí. Yo tengo que convivir con los vecinos. Tengo que cultivar su amistad, hacer alianzas, pensar en posibles matrimonios…

—Zoe apenas tiene ocho años.

—La misma edad que la hija de Teodora, y ya está comprometida.

Vallon cerró los ojos un momento.

Hero había ido siguiendo aquella conversación, mirando sucesivamente a Vallon y a Caitlin. Se aclaró la garganta.

—Lucas estará lo suficientemente bien para irse el domingo.

Vallon gruñó.

—Bien.

—¿Le llevaréis en vuestro escuadrón?

Vallon negó con la cabeza.

—Necesito guerreros experimentados, que puedan suministrar su propio caballo y sus armas. Ese chico no tiene ni una moneda.

—Parece un joven muy decidido... y también orgulloso. En el barco, comía alimentos que yo no habría dado ni a un cerdo, pero no mendigó ni una sola vez. Y alguien que es capaz de ir andando desde Aquitania a Nápoles debe de tener recursos. —Hero dudó—. ¿Cuánto cuesta un caballo?

—El más barato no baja de veinte sólidos. —Frunció el ceño Vallon—. No estarás pensando en equiparle tú, ¿verdad?

Hero se sonrojó.

—De alguna manera me siento responsable. Si en el barco me hubiera dirigido a él con más tacto, le habría ahorrado una buena paliza.

Vallon convirtió su sorpresa en un encogimiento de hombros.

—Bueno, no estoy en posición de aconsejarte cómo gastar tu dinero. Él afirma que sabe domar caballos y que sabe manejar una espada. Ya veremos.

Caitlin se levantó entre un remolino de seda.

—No escuchas ni una palabra de lo que te digo. Estás a punto de embarcarte en otro viaje y de lo único que hablas es de un desconocido que no significa nada para nosotros. —Recogiéndose las faldas, salió de la habitación.

Vallon se pasó la lengua por el interior de la mejilla y miró al suelo.

—Mi dama se está tomando muy mal mi partida.

—Tiene toda mi simpatía.

Vallon estiró las piernas.

—Mañana el logoteta me presentará al embajador imperial.

—Y yo iré con vos.

—Ya hemos pasado por esto —dijo Vallon—. No hay necesidad de que asistas. No estás sujeto a los dictados del ministro.

—Vallon, no he viajado todo este camino para perderme la oportunidad de visitar el Gran Palacio. Hay príncipes que pagarían por tal privilegio. ¿Quién es el embajador?

—El duque Miguel Escleros, que no está relacionado con una sola casa noble, sino con dos. Su madre era una Focas, una familia en la que ha habido dos emperadores, incluido el último. Su fortuna, sin embargo, no es pareja con su rango. Las propiedades de la familia estaban en Capadocia, y las perdieron ante los selyúcidas después de Manzikert. Ah, y me han dicho que es más feo que un pecado. Lo raro es que el logoteta no ha considerado oportuno presentarnos hasta ahora. Deduzco, por tanto, que Escleros no era su primera elección. Sospecho que tanteó a otros nobles que, con bastante sensatez, rechazaron la empresa.

—Será un encuentro interesante.

—Prométeme algo: no te comprometas a hacer el viaje, y no dejes que el ministro te convenza con sus halagos.

—Me considero demasiado maduro para eso.

—No le conoces. Es una araña. Caes en su red sin pensar siquiera en la criatura que la ha tejido. Cuando notas que los hilos tiemblan y se van estrechando, ya es demasiado tarde.

Un carruaje y una escolta de caballería espléndidamente pertrechadas les esperaban en el muelle de Prosforio. Fueron avanzando por las calles; los jinetes despejaban el camino y los ciudadanos miraban hacia el carruaje y saludaban de una manera que hacía que Hero se sintiese importante. La puerta Chalke se abrió ante ellos como por arte de magia, con sus guardias uniformados, que se pusieron firmes al momento. Luego pasaron velozmente a través de unos jardines inmaculados y se detuvieron ante la entrada Magnaura. Un eunuco con el paso ágil de una cigüeña enérgica los condujo a través de salones enormes. Hero, asombrado, miraba la lujosa decoración y las estatuas. Sonrió a Vallon.

—Solo esto ya hace que mi viaje valga la pena.

—Recuerda mi advertencia.

El eunuco abrió de par en par unas puertas forradas de marfil y anunció a los visitantes con una voz aflautada. A veinte yardas de distancia, en una sala con el suelo de mosaico exquisito, una docena de nobles dejaron sus conversaciones y miraron a los recién llegados con un interés precavido, o con pura y simple suspicacia.

El logoteta, vestido con un caftán azul y plata, avanzó con los brazos abiertos. Tenía el rostro blanco y aterciopelado, y unas cejas negras y ondulantes que se reunían encima de una nariz displicente y una boca roja y carnosa, enmarcada por una barba sedosa. Hero se preguntó si sería un eunuco barbudo.

—General Vallon, qué placer volver a veros. —Sonrió a

Hero—. Y estoy encantado de conocer a tan distinguido físico y estudioso.

Vallon intervino sin consideración alguna hacia el protocolo.

—Hero ha respondido a vuestra invitación solo por respeto a vuestro elevado rango. De ninguna manera su presencia significa que desee unirse a la empresa.

El logoteta hizo un gesto ambiguo. Concentró su mirada límpida en Hero.

—Me disculpo por el malentendido. Por la forma entusiasta en que Vallon se refirió a vos cuando hablamos de la misión, supuse que estaría encantado de teneros a su lado.

Vallon habló con los dientes apretados.

—Milord, nada de lo que dije pudo dar esa impresión.

El logoteta seguía con la mirada clavada en Hero.

—Como diplomático, es mi misión buscar el sentido auténtico que se esconde tras las palabras. Por lo que Vallon me dijo, ciertamente me formé la opinión de que él valoraría muchísimo vuestra presencia en una empresa de semejante importancia. —Se volvió a mirar a Vallon—. ¿Estoy equivocado?

—Sabéis lo mucho que admiro a Hero, pero…

—Bien. Parece que mi juicio era correcto. —El logoteta se volvió hacia Hero—. Por supuesto, la decisión es solo vuestra. Si declináis, os haremos volver a Italia a nuestras expensas, y con algo que compense los inconvenientes que habéis sufrido. Por otra parte…

Vallon le interrumpió en inglés.

—Acepta la oferta. Puedes estar de vuelta dentro de una semana.

Se alzaron algunos murmullos de los espectadores que los miraban. Ya comprendiera el logoteta o no el inglés, sí que pareció comprender el sentido de las palabras de Vallon y frunció el ceño como rechazo.

—Si me permitís continuar… —sonrió a Hero—, naturalmente, si decidís uniros a la embajada, os recompensaríamos bien, más de lo que significaran los ingresos que podíais haber obtenido mediante vuestra profesión.

Vallon intentó hablar:

—Milord…

—General, un caballero de la inteligencia de Hero seguramente podrá decidir por sí mismo.

Hero evitó los ojos de Vallon.

—Me gustaría conocer todos los detalles antes de tomar una decisión.

—Excelente —dijo el logoteta—. Y, después de nuestra charla, quizá queráis acompañarnos a una comida informal. Me gustaría mucho preguntaros algunos detalles de vuestros viajes al norte, especialmente el tiempo que pasasteis en Rus.

—Con mucho gusto.

El logoteta, tras dedicarle una mirada triunfal a Vallon, se volvió hacia los otros invitados.

—Su excelencia el duque Miguel Escleros, embajador imperial ante la corte del emperador Song. Permitidme que os presente al general Vallon, comandante de vuestra escolta, y a su compañero, Hero de Siracusa.

Hero apenas pudo ocultar su conmoción. «Feo» era una palabra que no hacía justicia a Escleros. Su aspecto era repulsivo: un cuerpo gordo y atrofiado, con la cabeza desproporcionadamente grande, sin cuello aparente, con unos ojos diminutos de topo y el labio inferior colgante, ancho de caderas y corto de piernas. Espantoso. Hero tendría que haber sentido compasión por alguien tan poco favorecido, pero, de alguna manera, aquel hombre hacía que sintiera una oscura amenaza sobre sí.

Vallon hizo una reverencia.

—Me honra servir a tan distinguido servidor del imperio.

Escleros extendió una de sus manos, rechoncha y bien cuidada, como si esperase que Vallon se la besara.

—General —dijo. A Hero solo le dedicó un gesto con la cabeza y agitó los dedos.

El logoteta se frotó las manos.

—General, no hemos permanecido ociosos desde nuestra última reunión. Hemos recibido las garantías de salvoconducto a través del territorio selyúcida. Estamos reuniendo suministros, y hemos solicitado transportes para el viaje por el mar Negro. Viajaréis hasta Trebisonda en cuatro barcos. Uno llevará vuestra escolta militar, el segundo al duque Escleros y su séquito, y los otros los caballos y los suministros. —Chasqueó los dedos y un escribiente se apresuró a colocar unos documentos en manos de Vallon y de uno de los componentes del séquito del duque Miguel—. Inventarios. Examinadlos con cuidado. Si observáis alguna omisión o deficiencia, hacédmelo saber inmediatamente.

Durante la conversación que siguió, Vallon se acercó con cuidado a Hero.

—Confío en que tu encuentro con el embajador haya hecho que se desvanezcan tus ilusiones.

—Ciertamente, tiene un aspecto muy desafortunado. Imaginaos pasar los tres años siguientes junto a ese ser pretencioso e hinchado...

El logoteta dio unas palmadas. Se abrieron unas puertas dobles.

—Seguidme, si no os importa.

Detrás del séquito del duque, Hero entró en una antecámara hábilmente iluminada que mostraba un montón de tesoros amontonados sobre una mesa.

—Estos son los regalos para el emperador Song.

La compañía rodeó la mesa, murmurando su apreciación. Hero no sabía dónde posar su mirada. Un traje de seda teñida de púrpura con múrex y bordado con metales preciosos y perlas. Un reloj de agua montado sobre un bastidor de bronce dorado. Iconos representando a Jesucristo y a la Virgen María pintados con encáustica por un maestro. Un plato de plata con el monograma nielado del emperador. Dos bandejas de loza vidriada, una con un dromón pintado, la otra con una escena de caza...

El logoteta se inclinó hacia Hero.

—Adecuados para un emperador, ¿no os parece?

Hero se pasó una mano por los ojos.

—Son objetos maravillosos.

El logoteta se inclinó más aún hacia él.

—Pero... No temáis hablar.

Uno por uno, todos se volvieron hacia Hero, que se convirtió en el centro de atención.

—Mi preocupación es que el emperador de China posea ya tesoros sin precio. —Hero tocó el vestido, una tela tan maravillosa que un hombre rico podía trabajar toda su vida y no ganar nunca lo suficiente para poseerla—. ¿Seda? Fue en China donde se empezó a tejer con seda. —Señaló hacia los iconos—. Los chinos adoran a sus propios dioses y antepasados. —Cogió uno de los vasos—. ¿Oro y joyas? Sí, ningún gobernante tiene suficientes. El problema es: ¿estáis dispuestos a entregar los suficientes para satisfacer el apetito del emperador de Cathay? El reloj es muy bonito, pero, si creemos al maestro Cosmas, los chinos tienen sus propios relojes, incluidos cronómetros movidos por la fuerza del agua tan altos como una casa, y que pueden seguir a los planetas, al mismo tiempo que dan la hora. Cosmas también me dijo que la nobleza de Cathay come en cerámicas mucho más bellas y finas que ninguna de las que hacen nuestros alfareros. —Hero dudó—. Siento haber menospreciado vuestros tesoros.

El logoteta lanzó una sonrisa tensa a sus invitados.

—No, precisamente por eso os hemos traído aquí. —Hinchó el pecho—. Entonces, ¿qué tiene que ofrecer Bizancio a un emperador que, al parecer, lo posee todo?

—¿Envidia? —dijo Vallon.

El logoteta esbozó una amarga sonrisa.

—No sabía que teníais sentido del humor, general.

Hero ahogó una risa. No era habitual que Vallon gastase una broma. Recompuso sus rasgos.

—Se me ocurre que el emperador de Cathay quizás apreciase regalos de una naturaleza mucho más práctica.

El logoteta abrió mucho los ojos.

—Nombradlos.

—Manuales de ingeniería y medicina, del arte de la guerra y el gobierno. Y también... —Lanzó una mirada a Vallon—. El general me dijo que esperabais obtener de China la fórmula de un asombroso incendiario.

—La droga de fuego. ¿Sabéis algo de ella?

—No, pero, si es tan importante, quizá deberíais considerar el hecho de obtenerla a cambio del fuego griego.

El logoteta meneó la cabeza, cerrando los ojos para hacer más énfasis.

—Eso no se contempla.

—Pero esperáis que los chinos compartan con vosotros su tecnología militar.

—Si no la divulgan de buen grado, podéis recurrir a otros métodos. —El logoteta hizo un gesto vago—. Ya he hablado de todo esto con Vallon.

—Y yo comparto las dudas del general —dijo Escleros—. Cualquier beneficio diplomático que obtengamos podría verse anulado si los chinos descubren que uno de nuestros objetivos es robar un secreto como ese. Incluso nuestras vidas podrían estar en peligro.

El logoteta agitó una mano como si alejase de sí algo obsceno.

—Yo no dije «robar». Simplemente, os pedí que usarais las estratagemas que consideraseis oportunas para obtener la fórmula. Sin duda, implicará un intercambio de dinero. —Los oscuros ojos del logoteta se pasearon por los presentes—. Solo añadiré esto. Volved con el secreto de la droga de fuego, y el emperador os recompensará con veinte mil sólidos, que se compartirán entre el duque y el general en proporción de dos a uno.

Los invitados se miraron entre sí. Hero se quedó atónito. Veinte mil sólidos eran más que doscientas libras de oro. Volvió su mirada hacia Vallon y encontró la expresión del general tan dura como la piedra.

—¿Iremos armados con el fuego griego? —preguntó Vallon.

—Solo para atravesar el mar Negro. No creo que queráis llevar a cuestas barriles, calderos y sifones todo el camino hasta China.

Vallon se volvió hacia Escleros.

—Tengo entendido que vuestro séquito lo compondrán unas cuarenta personas.

Escleros le lanzó una mirada, antes de dirigirse al logoteta.

—Como nos habéis animado a hablar con claridad, permitidme que me exprese de ese modo. No pretendo faltar al respeto al general Vallon, pero nuestra embajada tendría un prestigio mucho mayor si el comandante y sus tropas fueran griegos. Después de todo, vos como ministro de Asuntos Exteriores estaríais menos inclinado a tomar en serio una embajada si la mayoría de su partida fueran mercenarios extranjeros.

La boca del logoteta se abrió, anticipadamente.

—¿Tenéis una alternativa?

En el labio inferior de Escleros se formó una burbuja.

—Sí, la tengo. Justin Bardanes es un noble de distinguido expediente militar y que conoce todas las sutilezas de la diplomacia.

El logoteta pareció entristecerse.

—Bardanes conspiró contra el emperador y no ha destacado en nada en el campo de batalla, excepto en demostrar lo ágilmente que puede retirarse. No veo nada que pueda recomendarle, excepto el hecho de que es vuestro primo.

Escleros enrojeció. Sin darle tiempo para protestar, el logoteta señaló con un dedo en dirección a Vallon.

—Mientras las credenciales del general no admiten duda alguna. Ya conocéis sus extraordinarios viajes, y el valor ejemplar que mostró en Dirraquio. Si tenéis reservas sobre su nombramiento, hacédselas llegar a su majestad imperial. Os concertaré una audiencia con él, si lo deseáis. —La voz del logoteta bajó de volumen—. Pero debéis saber esto: fue nuestro emperador, el grande y santo Alejo Comneno, quien seleccionó personalmente a Vallon para esta misión.

Escleros se echó atrás.

—No diré nada más.

El logoteta sonrió ampliamente a la compañía.

—Entonces vamos a almorzar.

Y

El logoteta sentó a Hero a su izquierda y le interrogó sobre diversos temas relacionados con su viaje al lejano norte. El ministro desplegó entonces unos impresionantes conocimientos de geografía y asuntos exteriores. La conversación versó luego sobre medicina y ciencia, y de nuevo el ministro demostró grandes conocimientos sobre esta materia. Después de escuchar el relato de Hero en relación con su trabajo como físico, hizo un gesto que incluía a la parte del palacio que tenía tras él.

—El Magnaura tiene una hermosa biblioteca que contiene muchos textos médicos raros. Quizá queráis explorar sus tesoros.

—Sería un sueño hecho realidad.

—¿Hay algún autor en particular cuyas obras queráis estudiar?

—Uno de los físicos a los que más admiro es Hunain ibn Ishaq. Escribió un texto llamado *Diez tratados del ojo*, y llevo años intentando encontrarlo.

Las cejas del logoteta formaron una línea sinuosa.

—El nombre me resulta familiar. Perdonadme, voy a investigar. —Una mínima inclinación hizo que un escribiente se precipitara a su lado. La conversación que mantuvieron en voz baja culminó con una sonrisa dirigida a Hero.

—Tenemos dos ejemplares…, ambos en el árabe original, uno de ellos pergeñado por el propio Hunain. Con mucho gusto podéis copiarlo, o, si lo preferís, asignad esa tarea a uno de mis *antiquarii*.

—Preferiría traducirlo yo mismo. Hasta el más sabio de los escribas tiende a cometer errores de interpretación cuando se trata de temas especializados.

—Entiendo.

La conversación versó sobre otros asuntos. A Hero le pareció que el logoteta era un anfitrión muy interesante y estimulante, y se sintió muy decepcionado cuando el ministro se levantó como señal de que la reunión había concluido. El ministro le escoltó hasta la puerta.

—Me gustaría hablar mucho más con vos. Desgraciadamente, tengo que ensayar una recepción formal para el embajador veneciano. Nos veremos de nuevo cuando gustéis. Mientras tanto… —El logoteta tendió a Hero un pequeño códice encuadernado en marfil.

Hero lo abrió. En la página inicial vio la firma de Hunain ibn Ishaq, con una fluida caligrafía sobre papiro. La mirada asombrada de Hero se elevó hacia el ministro.

—Un regalo —dijo el logoteta—. Consideradlo una pequeña

recompensa por cualquier malentendido que pueda haber causado. —Levantó una mano—. No, no, insisto.

—Gracias —dijo Hero—. Gracias. —Miró a su alrededor con deleite, pero su sonrisa se marchitó al notar la mirada cínica de Vallon. Se llevó una mano a la boca y susurró en inglés—: Sé lo que estoy haciendo.

—... le dijo la mosca a la araña.

VIII

Hero movió la mesa para captar la luz temprana de la mañana y abrió el libro.

Admiraba desde hacía mucho tiempo a Hunain ibn Ishaq por la amplitud de sus conocimientos, pero hasta aquel momento solo había podido leer una fracción de sus obras, y en traducciones muy malas. Hunain, que era cristiano nestoriano nacido en Iraq a principios del siglo IX, había estudiado medicina en Bagdad, y dominaba el griego y el persa, de modo que pudo traducir tratados científicos escritos en esas lenguas. Pero no era un simple copista. Interpretó y afinó, aplicando su experiencia práctica a los libros que traducía al árabe o al sirio, y también escribió unas cuantas obras originales, incluyendo los *Diez tratados*. Su reputación era tan alta que el califa le nombró físico personal suyo, y le colocó a cargo de la Casa de la Sabiduría, una escuela dedicada a la transmisión del conocimiento clásico.

Hero hojeó las páginas y dio con un dibujo detallado del ojo humano, ilustrado en todas sus partes. Lo examinó un rato y luego volvió al principio.

Peter le interrumpió para preguntarle si quería unirse a los demás para desayunar, pero Hero estaba tan absorto que declinó la invitación sin levantar siquiera los ojos de la página. Había leído casi la mitad del libro cuando alguien llamó a su puerta. Cubrió el texto con la mano.

—Adelante.

Era Vallon, que le dio los buenos días y fue hasta la ventana. Se quedó mirando el estrecho.

—He arreglado tu pasaje de vuelta. Un barco mercante sale dentro de tres días. Subirás a bordo justo antes de que zarpe. Estarás lejos del alcance del logoteta antes de que descubra que te has ido.

Hero se frotó los ojos.

—Siento haberos causado molestias innecesarias. Espero que no hayáis pagado por anticipado.

Vallon se volvió.

—Irás a bordo de ese barco, aunque te tenga que llevar yo mismo.

Hero le dirigió una mirada rápida.

—¿Habéis notado algo raro en mis ojos?

Vallon frunció el ceño.

—Sé que tu vista no es muy aguda.

—Examinad mi ojo izquierdo. Más de cerca. ¿No lo veis…, un velo sobre el iris? Esa nube la causa lo que los antiguos llaman «catarata», o «agua espumeante». Cada mes se hace más y más gruesa. No se cura solo. Se vuelve más agudo con el tiempo, y normalmente se extiende al otro ojo. Si no lo trato, calculo que dentro de cinco años estaré ciego.

La garganta de Vallon se estremeció.

—Más motivo aún para pasar esos años en provechoso estudio, en lugar de desperdiciarlos en una aventura extranjera.

Hero continuó como si el otro no hubiese hablado.

—Aparte de la compañía de los amigos, leer es mi mayor placer. Sin libros, no puedo adquirir los conocimientos que necesito para mejorar mis habilidades médicas. Sin una visión clara, no podré practicar esas habilidades. En breve, si pierdo la visión, perderé mi razón de ser.

Vallon se puso una mano en la cara.

—Hero…

—Ya llego al meollo del asunto. El libro que me dio el logoteta habla de las enfermedades de los ojos y de su tratamiento. Cosmas me dijo que los físicos de China han perfeccionado una operación para eliminar las cataratas mediante cirugía. Ahí lo tenéis. ¿No es un motivo lo suficientemente bueno para hacer el viaje?

Vallon tragó saliva.

—Lo siento. No lo sabía.

—Así que ya estoy decidido, aceptémoslo. En realidad me decidí el mismo día que llegué.

—Si estás seguro… —dijo Vallon, con voz ronca.

—Completamente seguro. Mis motivos son egoístas, pero espero que las habilidades que he adquirido como físico resulten útiles en un viaje que sé que será difícil.

Vallon agachó la cabeza.

—Oh, Hero… No sabes lo mucho que tu… —Calló, y su mano fue a la cadera donde tendría que haber llevado la espada.

Hero oyó un grito. Vallon abrió la puerta de par en par y apareció Wulfstan, que casi se cae, lleno de alegría.

—¿Qué demonios te pasa? —exclamó Vallon.

—Os ruego que me perdonéis —jadeó Wulfstan—. Ha llegado un muchacho con un mensaje. Un inglés y su familia, todos vestidos con ropas selyúcidas, acaban de desembarcar en el puerto de Teodosio, y aseguran que conocen a Vallon el franco.

Hero y Vallon se miraron el uno al otro.

—No puede ser…

—Sí lo es —dijo Wulfstan—. El chico no ha dicho el nombre, pero decía que el hombre tenía el pelo del color del maíz, y que su mujer tenía el pelo tan claro como el lino. Y que con ellos iban un perro gigante y dos niñitos. Los guardias del puerto no les dejan ir.

Vallon pasó junto a Wulfstan y salió al vestíbulo.

—¡Señora, ven rápido! Noticias sorprendentes…

—¿Qué pasa ahora? —preguntó Caitlin—. Ya está bien de tantas alarmas…

—¡Wayland y Syth han llegado a la ciudad! Vamos a recogerlos.

Caitlin se llevó las manos a la boca y gritó.

—¡Voy contigo! —Corrió hacia la puerta—. Pero ¿y las niñas?

—Tráelas. Y a Aiken también. Wulfstan, pide un bote. Será más rápido que ir a caballo.

El trayecto por el Bósforo lo hicieron febriles por la especulación sobre lo que podía haber traído a Wayland y a su familia a Constantinopla.

—El logoteta habrá enviado a buscarle —dijo Hero.

—No. Wayland no trasladaría a toda su familia solo porque se lo pidiera el ministro. —Vallon hizo un gesto hacia Wulfstan y se llevó un dedo a los labios—. Esperemos y veamos.

El puerto de Teodosio, en la costa de Mármara, era el puerto más grande de Constantinopla, construido para manejar las importaciones de grano de Bizancio de su antigua colonia egipcia. El grupo de Vallon corrió por el muelle, esquivando a los estibadores y pescadores que descargaban sus capturas.

—¡Esos tienen que ser ellos! —gritó Wulfstan, señalando un cordón de soldados.

Su oficial se adelantó y saludó.

—¿General Vallon?

—Creo que tenéis detenida a una familia inglesa.

Detrás de los soldados, un hombre alto y rubio, con los ojos azules como un vikingo, salió de detrás de un fardo. Tras él vio a una esbelta dama, que llevaba de cada mano a un niño y una niña de pelo rubio; el niño llevaba un arco en miniatura; la niña tenía los ojos hinchados por las lágrimas y apretaba una muñeca contra el pecho. Junto a ellos había un perro pastor anatolio de largos miembros con la cintura estrecha y una pelambrera desaliñada color crema y gris.

—¡Syth! —chilló Caitlin, y corrió a estrecharla entre sus brazos. Vallon avanzó con rapidez, sonriendo de oreja a oreja.

—Wayland…

El inglés sonrió perezosamente. Años de mirar al sol habían trazado un abanico de líneas en torno a sus ojos. Parecía cansado. Además, su túnica acolchada estaba sucia por el viaje.

Syth le mostró aquella encantadora sonrisa que todavía aparecía en los recuerdos de Vallon. Los dos hijos no habían estropeado nada su figura, y sus ojos seguían siendo tan claros como los cielos del norte.

Wayland besó a sus antiguos compañeros.

—Capitán Vallon, qué alegría veros de nuevo después de todos estos años…

—Ahora es general —anunció Hero.

—No hay rangos entre nosotros —dijo Vallon.

—Hero, a menudo he pensado en ti y estoy encantado de ver que pareces más listo aún que cuando nos separamos. —Wayland vio a Wulfstan y se echó a reír—. Eres la última persona a la que esperaba ver…

Wulfstan sacó pecho.

—Soy el guardia personal del general. Me he reformado. Incluso voy a la iglesia. ¡Ven aquí, hijo de puta, y déjame que te abrace!

Vallon presentó a Aiken.

—Este es mi hijo adoptivo. Es inglés. Su padre era oficial de la Guardia Varangia.

Aiken estrechó la mano de Wayland.

—Es un honor conocerte.

Hero formuló la pregunta que todo el mundo quería hacer.

—¿Qué os trae a Constantinopla?

—Más tarde —dijo Vallon. Pasó su brazo en torno a los hombros de Wayland—. Os llevaremos a casa y nos pondremos al día de los años pasados.

—Lo siento, general —intervino el oficial—. El inglés ha servido en la corte del sultán del Rum. Me temo que no lo puedo soltar hasta que los hayamos examinado adecuadamente.

—Al demonio. Yo respondo de ellos.

—Necesitaré algo más que vuestra palabra, general.

—Si con ella no vale, puedo responder por ellos ante el logoteta tou dromou.

—Estoy esperando a sus oficiales precisamente.

—Entonces decidles que pueden encontrarnos en mi villa, pero mañana, como muy pronto. Mis amigos necesitan descanso.

Caitlin ya se llevaba a Syth y a los niños hacia el transbordador, apartando a un soldado que hizo un intento medio desganado de detenerla.

—Muy bien —dijo el oficial.

Wulfstan cogió el brazo de Vallon cuando embarcaron en el esquife:

—Ahora ya estamos todos juntos de nuevo. Como en los viejos tiempos.

—No. Aquellos días se fueron y ya no volverán —dijo Vallon en un tono triste.

En el viaje de vuelta por el Bósforo, Caitlin sacó algo de comer de una cesta. Los niños, que se llamaban Brecc y Averil, miraban a los demás con silenciosa fascinación. Luego se quedaron dormidos en brazos de su madre. Toda la familia parecía exhausta.

—Os han preparado vuestras habitaciones —dijo Vallon, cuando llegaron a la villa—. Dormid todo lo que queráis. Si lo deseáis, podéis uniros a nosotros para cenar. Normalmente cenamos al anochecer.

Caitlin les mostró su habitación a los huéspedes. Hero esperó hasta que se hubieron ido. Entonces se volvió hacia Vallon.

—Será difícil mantener en secreto la expedición.

—Les diremos sencillamente que vamos a hacer otra incursión de reconocimiento, y que tú me acompañarás para observar las costumbres de los nativos.

Hero no dijo nada más sobre el tema. Fueron al estudio, para leer el inventario que les había dado el logoteta. Ocupaba dieciséis páginas: tantos caballos, tantas mulas, jabalinas, cotas de malla y armadura de escamas, sacos de galleta…

Vallon se puso a escribir.

—Nos llevaremos unos ciento treinta caballos y animales de carga, y cada uno necesitará veinte libras de pienso cada día. El viaje a Trebisonda costará dos semanas, de modo que necesitaremos… —Empezó sus cálculos, tachando con frecuencia y mesándose el cabello hasta dejarlo de punta.

—Unas treinta y cinco mil libras —dijo Hero.

Vallon levantó la vista y le miró ceñudo.

—¿Cómo haces eso de memoria?

—Con la ayuda del signo cero. Es muy sencillo. Os puedo enseñar cómo funciona en menos de una hora.

Vallon levantó la mano.

—No, otra vez eso no. Ya sabes que no lo entiendo. Soy demasiado viejo para aprender esas cosas nuevas.

—Le he enseñado a Aiken ese concepto y lo ha captado enseguida. ¿Por qué no dejáis que os ayude él con el inventario?

—No es mala idea... Eso le enseñará que el arte militar no consiste solo en matar y que te maten.

—¿Cómo conseguiremos provisiones una vez lleguemos a Trebisonda? ¿Nos estará esperando el gobernador?

—No, y va a llevarse una sorpresa muy desagradable cuando le muestre las órdenes imperiales que le exigirán que abra sus graneros y sus almacenes para nosotros. Después tendremos que pagar para conseguir provisiones. Llevaremos cincuenta libras de sólidos de oro; el logoteta asegura que es moneda de cambio aceptable a lo largo de toda la Ruta de la Seda. Además de todo eso estará la paga del escuadrón: ciento treinta hombres, con un promedio de dos sólidos por cabeza, cada mes, durante un año, y el resto se les pagará con atrasos a los pocos afortunados que consigan volver a casa. —Vallon guiñó un ojo—. ¿Cuánto suma todo eso?

Hero entrecerró los ojos unos momentos.

—Cuarenta y cinco libras.

—Así que cien libras de oro más los regalos para el emperador Song. Esperemos que los piratas no huelan la fortuna que llevaremos con nosotros.

Todavía estaban ocupándose del inventario a última hora de la tarde cuando un grito infantil interrumpió sus cálculos. Fueron a la veranda y encontraron a Zoe sentada a espaldas del perro, y conducida por todo el patio por Brecc, mientras Caitlin los miraba, aprensiva. Wayland estaba junto a ella de pie, recién bañado; vestía una túnica de seda azul que Vallon le había dejado.

—¿Seguro que podemos estar tranquilos con ese perro? —preguntó Caitlin.

—No os preocupéis. Si los niños le agobian demasiado, se irá a algún lugar más tranquilo.

—No me preocupa el bienestar del perro... Lo que quería decir es: ¿están a salvo mis hijas con ese animal?

—Ha crecido junto a mis propios hijos, y nunca les ha dado ni un solo mordisco.

—¿Cómo se llama?

—*Batu*. Significa «fiel».

—¿Es el perro que Syth recogió en el campamento del emir?

—Es su hijo. Al viejo *Burilgi* lo mató un oso hace dos años.

La voz de Caitlin sonaba muy aguda.

—Creo que no quiero oír nada más. Wulfstan, no apartes los ojos de mis niñas ni un solo momento. Voy adentro a ver a Syth.

Las mujeres y los niños cenaron aparte, como era costumbre en Constantinopla. La velada era cálida, por lo que los hombres comieron en el jardín, con los murciélagos recorriendo caminos erráticos a través de la luz de la lámpara.

Vallon esperó hasta que sirvieron el primer plato.

—No nos has contado cuál ha sido el motivo de tu huida.

Un eco de risas femeninas resonaba en la casa. Wayland puso las manos encima de la mesa.

—Vivíamos con comodidad en el Rum, pero en realidad nunca nos adaptamos a las costumbres de los selyúcidas. Los frenos que ponen a las mujeres son difíciles de tolerar para los ingleses. Las cosas se precipitaron cuando uno de los sobrinos del sultán pidió tomar a Averil como esposa. No podíamos negarnos a su petición, pero decidimos que nuestra hija debería elegir marido por sí misma, cuando llegase a la edad adecuada. Hablamos de ello largamente, sin saber qué hacer, hasta que el propio sultán nos ordenó que enviásemos a Averil a la casa de su sobrino. Falsificamos unos documentos y nos unimos a una caravana que viajaba a Sinop, donde tomamos un barco hacia Constantinopla. No fue tan sencillo como parece.

—Imagino que vuestro viaje fue muy peligroso.

—Ha sido duro para los niños.

—¿Y qué vais a hacer ahora?

—Volver a Inglaterra. No carecemos de medios. Tengo el oro suficiente para pagar el viaje y comprar una parcela de tierra decente. —Claramente incómodo, Wayland cambió de tema—. Y tú, Hero, ¿qué te ha traído a Constantinopla?

Vallon respondió antes de que el otro pudiese hablar.

—Una feliz coincidencia. Hero decidió hacerme una visita. Cuando le dije que mi próxima misión me ha de llevar a la frontera del Danubio, insistió en acompañarme.

Hero miró su plato.

—Dentro de unas semanas, Vallon y yo nos vamos a una misión en China.

Vallon cogió el borde de la mesa tan fuerte que la vajilla tintineó.

—Te he dicho que no debías decir ni una palabra de este asunto...

—No puedes guardar el secreto. Probablemente Caitlin ya se lo ha dicho a Syth. ¿Cómo se sentiría Wayland si nos escabullimos y se entera de que nos hemos ido al otro lado del mundo? Expliquémosle lo que vamos a hacer, y dejemos bien claro que no hay lugar en esta expedición para un hombre casado con dos niños pequeños. Cualquier otra cosa sería una traición para nuestra amistad.

Vallon se tranquilizó.

—Tienes razón. —Sonrió a Wayland—. Ningún hombre en su sano juicio preferiría acompañarme. Y como comandante de la expedición, yo rechazaría a cualquiera que se ofreciera, por loco.

La respuesta de Wayland fue templada.

—Hero no es ningún loco.

—Hero tiene buenos motivos para hacer el viaje, y además no tiene familia.

—Aiken, ¿y tú? ¿Irás? —le preguntó Wayland tras volver la mirada lentamente.

Aiken miró a Vallon.

—Sí.

Vallon se atragantó por la sorpresa. Tosió y se golpeó el pecho.

—Habíamos acordado que te quedarías y continuarías tus estudios. Pensaba que era eso lo que querías.

—He cambiado de opinión.

—¿Se lo has dicho a Caitlin?

—Todavía no.

Vallon se pasó una mano por el pelo y miró a su alrededor, furioso.

—Ya hablaremos más tarde.

—En ese caso, ¿me perdonaréis? Tengo que acabar un ejercicio de gramática.

Vallon miró incrédulo al joven mientras se alejaba.

—¡Por la sangre de Cristo! Me siento como si fuera el único hombre medio cuerdo en un manicomio...

—Aiken es un estudiante muy prometedor —dijo Hero—. Habla griego tan bien como yo, y tiene una impresionante facilidad para la lógica.

—No lo dudo —replicó Wayland—. Solo he tenido una conversación con él, pero me ha sorprendido la forma en que te va llevando de una frase a otra para dejarte en un lugar donde no esperabas estar.

Vallon estaba encorvado sobre su bebida, con expresión anonadada.

—Caitlin nunca me perdonará si me lo llevo.

—¿Por qué no? —dijo Wayland. Su mirada viajó de Vallon a Hero—. Será mejor que me cuentes algo más de esta empresa de locos.

Vallon se lo contó, insistiendo en todos los aspectos negativos. Cuando hubo terminado, Wayland se quedó sentado con una sonrisita en el rostro. La casa se había quedado tranquila, solo con una ventana iluminada. Wayland ahogó un bostezo.

—Bueno, desde luego, parece un viaje muy lejano, pero estoy demasiado cansado para hacerme cargo de todo esto. —Se levantó de su asiento—. ¿Os importa que me retire?

Vallon se puso en pie.

—Antes de irte, quiero que brindemos. —Levantó su copa de vino—. Por los buenos amigos y los leales compañeros. Y por la próxima generación. Que reciban tantas bendiciones de la fortuna como sus padres.

Vallon siguió a Wayland hacia la casa y entró en la habitación de Aiken.

—¿A qué demonios estás jugando? Primero no quieres venir, luego sí. Explícate.

Aiken dejó la pluma y pareció pensar diversas respuestas antes de elegir la más conveniente para sus objetivos

—He decidido ver adónde me podría llevar una decisión irracional.

El rostro de Vallon dejó ver lo confuso que se sentía.

—¿Cómo?

—Vais a viajar a un imperio distante. Vuestras oportunidades de volver son escasas. Así pues, sería una tontería viajar con vos. Al mismo tiempo, si me quedo, no pasará un solo día sin que me preocupe por vos y me sienta culpable por no estar a vuestro lado…, un deber que juré a mi padre. Tengo que decidir entre la lógica y la emoción. Debería ser fácil, pero no lo es. En este caso, el sentimiento sobrepasa a la razón. O más bien se equilibran ambos. Lo que decanta la balanza es la presencia de Hero en la expedición. Sé que podría aprender de él mucho más que de mis profesores de la academia, así que elijo seguir mi camino con él. —Aiken recogió la pluma—. Confío en haber respondido a vuestra pregunta, general.

—Llámame «padre».

—Se me hace tan raro como si vos me llamáis «hijo». Tenía el mismo problema con Beorn. Me dirigía a él como «padre», aunque sabía que no lo era.

—Él te amaba y te trataba como a un hijo. Eso es lo que cuenta.

—Y yo le debo gratitud eterna. —Aiken apartó la vista, sonriendo ligeramente—. Para satisfacer vuestra curiosidad, mi padre auténtico era un sacerdote inglés, de Canterbury. Mi madre me lo confesó antes de morir, y también me dijo que no era la única mujer a la que había seducido.

Vallon se frotó la nuca.

—¿Le has hablado a lady Caitlin de tu decisión?

—Todavía no. La informaré antes de que se vaya a dormir.

La respuesta de Vallon fue débil, casi suplicante.

—Déjalo hasta mañana. Mi señora ha tenido un día muy agitado.

—No, las decisiones se anuncian mejor en cuanto se toman. —Aiken manejó su pluma—. Y ahora tengo que terminar este ejercicio, de verdad.

La ansiedad de Vallon se convirtió en furia.

—A partir de ahora, los únicos ejercicios que harás serán en el campo de Marte —señaló con un dedo tembloroso—. Te unirás a mi escuadrón en Hebdomon y se te tratará como a otro recluta cualquiera.

Aiken siguió escribiendo.

—No esperaba otra cosa.

—Pasadme el vino —dijo Vallon cuando volvió. Bebía como si no pudiera tragar lo bastante rápido—. No puedo creerlo —farfulló—. Aiken dice que viene con nosotros para poder estar contigo.

Hero hizo ademán de levantarse.

—Voy a tener unas palabras con él.

—No —exclamó Vallon—. Ha tomado una decisión. Que apechugue con ella.

Hero movió la copa en círculo.

—Nos queda Wayland...

Vallon golpeó su copa en la mesa.

—No, eso no. Yo soy el comandante de la expedición. Yo decido quién se une a ella, y eso no incluye a Wayland.

Una polilla chocó contra la lámpara. Hero la rescató, pero el insecto volvió hacia la mecha y se golpeó contra el cristal, hasta que sus alas quedaron abrasadas y cayó retorcida sobre la mesa. Levantó la vista hacia el cielo nocturno.

—Las estrellas brillan mucho hoy. Me recuerdan a los cielos de Islandia o a la aurora boreal de Rus.

Vallon se sirvió más vino.

—Yo recuerdo que vomité en el mar del Norte y comí sopa de musgo en los bosques de Rus.

—Yo recuerdo bajar por el Dniéper y ver aparecer la ciudad de Kiev en un amanecer dorado.

—Y yo recuerdo las ampollas en las manos, y los intestinos sueltos, y enterrar a compañeros en tumbas excavadas de cualquier manera, a miles de millas de casa.

—Ya lo sé, y lo extraño es que cuanto más en peligro estábamos, más vivo me sentía.

Vallon ladeó la cabeza.

—No…

—Id a dormir, señor. Ha sido un día muy largo.

—Sí. Me disculpo por mi discurso inmoderado. Retírate. Me gustaría quedarme un rato a solas y pensar.

La voz de Hero llegó desde la oscuridad.

—Wayland tomará la decisión que crea conveniente.

—No, no lo hará. Ya la he tomado yo por él.

Vallon se quedó en el jardín después de que la lámpara se hubo apagado. Las constelaciones cubrían con un vidriado glacial las tejas del tejado. En algún lugar en la distancia, una mujer cantaba un triste estribillo acompañada de un laúd. Vallon apuró una última copa y miró a su alrededor con un bufido.

—Wulfstan, deja de esconderte entre las sombras y ven a compartir el vino que queda.

El vikingo apareció, saliendo de la oscuridad con delicadeza, y rozó el suelo con un pie.

—General, permitidme que os pida algo, de corazón.

—Petición denegada.

—Pero no la habéis oído aún…

—Sí, la he oído. Quieres unirte a nosotros, como los demás lunáticos. Bueno, pues no puede ser. Tu lugar está aquí, atendiendo a mi familia.

Wulfstan se enderezó.

—Con todos los respetos, señor, podéis encontrar a mil hombres para que custodien la casa y traten con comerciantes que venden baratijas.

Vallon dio una palmada en el banco.

—Siéntate y llénate una copa. —Bebió de la suya—. Mi próxima misión será la más difícil de toda mi carrera.

—Motivo de más para que deba estar a vuestro lado.

—Ya estuviste a mi lado en el Dniéper y me dejaste en la estacada.

Wulfstan hizo una mueca.

—Nunca volveré a abandonaros. Mi palabra ante Dios. Además, Aiken me necesita. No entiendo muy bien a ese chico, pero me he encariñado con él, y quiero estar ahí, vigilándole. —Vallon debió de mirar su muñón—. No os preocupéis por esto. Aun con una sola mano, soy mejor soldado que la mayoría.

—No es eso. Esta no es una campaña militar normal y corriente.

—Ya lo sé.

—¿Cómo?

—La expresión preocupada que tenéis desde que volvisteis de palacio, en invierno. Las lágrimas de vuestra señora. Eso de que Hero apareciese de repente. Las horas que habéis pasado vos y él encerrados. Y ahora la llegada de Wayland.

Vallon hizo un violento gesto, como si apartara algo.

—Wayland no forma parte de esto. Tiene que cuidar a su familia.

—Pero yo no..., yo no tengo a nadie.

Vallon levantó los ojos empañados.

—¿Realmente quieres venir?

—Sí, señor. Aunque amo mucho a vuestra familia, me voy a volver loco como portero. Quizá sea cristiano; me encantan los salmos en la iglesia. Pero también sigo siendo un vikingo.

Vallon suspiró.

—Ay, Dios. Bueno, ¿por qué no?

Wulfstan estrechó las manos de Vallon.

—Gracias, general. Me encontraréis dispuesto.

—Mi señora necesitará otro que se ocupe de la casa...

—Ya he encontrado a uno: Pepin, el veterano que trajo a Lucas a vuestra puerta.

Vallon miró hacia la entrada.

—Casi me había olvidado de Lucas. Bien, que venga a verme Pepin.

Se fue andando de una manera bastante insegura hacia la casa. Se encontró a Peter, que esperaba dentro con una lámpara cubierta.

—Todo el mundo duerme —le susurró el sirviente—. Vuestros invitados ingleses están muy cansados.

Vallon siguió la luz de Peter, entró en su dormitorio y con gran sigilo se metió entre las sábanas. El camisón de Caitlin le acarició la piel. Cerró los ojos y ya casi estaba dormido cuando se dio cuenta por las pequeñas vibraciones que ella emitía que estaba llorando. Se incorporó y se inclinó hacia ella.

—Aiken te lo ha dicho…

Ella se dio la vuelta y le echó los brazos al cuello. Las lágrimas le mojaron las mejillas.

—Estoy embarazada, y esta vez sé que es un chico.

—Pero eso es maravilloso, es un motivo de celebración.

Ella negó con la cabeza, y su pelo rozó las mejillas de Vallon.

—Sé que no vivirás para verlo… Y Aiken me dice que quiere ir contigo… Me estás robando todo lo que más quiero.

IX

Hero quitó el vendaje de la cabeza de Lucas y examinó la herida.

—Ya se pueden quitar esos puntos. Te curas rápido, y tienes la cabeza dura. ¿Qué tal tus costillas?

—Soldando bien. He visto a Wayland. Es exactamente tal y como lo imaginaba. Con los ojos como llamas azules.

—¿Y por qué sonríes así?

Lucas se reclinó en sus almohadas.

—He estado pensando. Primero llegáis vos de Constantinopla, y después, una semana más tarde, aparece Wayland.

—¿Y qué?

—Es obvio. Vais a partir para otra aventura.

Hero torció el gesto.

—Para ser un huésped no invitado, muestras una familiaridad increíble. Y además estás equivocado. Wayland se va a volver a Inglaterra con su familia.

Lucas miró a Hero, que se dirigía hacia la puerta.

—Sé que está pasando algo. Nunca había visto tan animado a Wulfstan, cantando himnos todo el día. Y ayer le vi afilar su espada y pulir su armadura. Se está preparando para ir de campaña.

Hero parecía a punto de hablar, aunque se lo pensó mejor y salió. Lucas sonrió.

Pocos días más tarde, Lucas miraba por la ventana, aburrido y quejoso, cuando Wulfstan metió la cabeza por la puerta.

—¿Estás dispuesto para montar a caballo?

—Claro que sí. No hay una sola montura que yo no sepa manejar.

—No seas tan gallito. Al general no le gusta, y es a él a quien tienes que impresionar.

—Quieres decir que…

—No te prometo nada, pero demuestra que eres buen jinete, y quizá Vallon podría encontrarte un lugar en su escuadrón.

A pesar de las fanfarronadas de Lucas, se acercó al establo con una horrible inquietud. La mirada casual de Vallon le golpeó como un puñetazo. Era la primera vez que el general veía su rostro. Seguramente había captado algún parecido familiar.

Vallon apenas acusó su presencia y señaló a una yegua zaína de aspecto plácido.

—Veamos si tus habilidades igualan a tu jactancia.

Lucas se subió a la silla con un solo movimiento y esperó a que Vallon montase con rígido decoro. Ambos fueron deambulando por el campo abierto más allá de Gálata. Vallon tiró de las riendas.

—Muéstrame los pasos. No lo fuerces. Ten consideración con tus costillas.

Durante la media hora siguiente, Lucas trotó, galopó, dio la vuelta, se detuvo y retrocedió, y finalmente obligó a su caballo a galopar en círculos, quedando apenas a tres pies del general.

—Estoy acostumbrado a monturas más fieras —jadeó.

—¿Cuándo aprendiste a montar?

—Antes que a andar.

—Eso explicaría que te sientas tan bien. Me gusta que no confíes demasiado en los estribos.

—No cabalgué con estribos hasta los ocho años.

Vallon vio un águila ratonera que se alzaba en una corriente de aire.

—¿Estás lo bastante recuperado para empuñar una espada en serio? Si no es así, dilo. No te lo echaré en cara.

—Creo que sí lo estoy, señor.

Sin decir una palabra más, Vallon hizo dar la vuelta a su caballo y regresó a la villa. Lucas siguió lanzándole miradas aviesas, y las palabras surgían imparables antes de ahogarse en su garganta.

—¿Hay algo que te molesta? —dijo Vallon, sin volverse.

—No, señor. —Lucas notaba la lengua seca. No era aquel el momento. Sabría elegirlo cuando llegase.

A la mañana siguiente, Wulfstan llegó con un traje acolchado de borra, un casco y una espada de prácticas de madera.

—¿Contra quién lucharé?

—Aiken.

—¡Aiken! Lucha como una niña.

Los ojos de Wulfstan se abrieron, alarmados.

—¿Preferirías cruzar tu espada conmigo?

—Sería una lucha más igualada.

El vikingo le dio un coscorrón a Lucas.

—Eres un descarado. Aun con una sola mano, puedo acabar contigo en seis movimientos. Eso será otro día. Vamos. Vallon está esperando.

En el patio que servía de palestra, Aiken deambulaba en círculos nerviosos. Vallon y Hero estaban a cierta distancia.

—Poneos los cascos —indicó Wulfstan.

—Yo no lo necesito —dijo Lucas—. No es como si usáramos espadas de verdad.

Wulfstan se puso furioso.

—He visto a hombres morir con la cabeza abierta por espadas de prácticas. Póntelo. —Se retiró unos pasos—. Saludad, tocad las espadas y empezad.

Durante un rato, Aiken mantuvo su puesto, contraatacando con elegantes movimientos e incluso amenazando con ataques por el flanco. Una vez que Lucas rompió su guardia, sin embargo, las defensas del joven inglés se desmoronaron. Se vino abajo y se redujo a agitar la espada torpemente en un débil intento de rechazar a su oponente. Lucas dejó caer sobre él una lluvia de golpes, cada uno de ellos asestado con precisión, uno a cada lado y luego un un-dos a la cabeza que hizo tambalearse a su oponente. Lucas empezó a jugar con su rival, caminando en estrecho círculo a su alrededor y diciendo el nombre del lugar donde le golpearía a continuación.

—¡Ya basta! —dijo Wulfstan. Agarró el brazo de Lucas—. ¡He dicho que ya basta!

El chico bajó la espada y pasó su peso de un pie al otro, jadeando y sudando.

—Todavía no he recuperado toda mi fuerza.

Aiken, rojo por la humillación, agitó la espada con desgana y luego se alejó.

Wulfstan y Vallon hablaron en un aparte. Lucas esperó su veredicto, seguro de que había dado una paliza a un oponente que había recibido entrenamiento profesional. Su sonrisa se apagó cuando Vallon le hizo señas de que se acercara.

—Tu maestro te ha enseñado bien, pero aún tienes mucho que aprender. Para empezar, no se juega con el oponente. Si este presenta una apertura, tienes que ir a matar. Es tu trabajo. Presumir es poco profesional, vano y feo. No lo permitiré bajo mi mando.

Lucas se puso rojo y bajó la vista.

—¿Significa eso que me dejaréis servir a vuestras órdenes?

—Mañana te unirás a los forasteros en Hebdomon. Aiken irá contigo. Los dos seréis los miembros más jóvenes del escuadrón. Confío en que cuidaréis el uno del otro, como verdaderos compañeros de armas.

El pecho de Lucas se hinchó por la emoción.

—Gracias, señor.

—Solo hay veinte francos en el escuadrón. El resto procede de todo el imperio y más allá. Por eso se llaman los forasteros. Servirás junto a tracios, macedonios, búlgaros, serbios, polacos, húngaros, rusos, armenios, pechenegos, cumanos, selyúcidas... Si es hijo de Dios, está en mi escuadrón. Y lo importante es que es un equipo muy unido, gente dura y presta, pero siempre leales entre ellos. Si entras bien, te defenderán hasta la muerte. Si les muestras la actitud desdeñosa que has utilizado con Aiken, te ahogarán debajo de tu colchón la primera noche.

Lucas se miró los pies.

—Estás a punto de entrar en la torre de Babel —continuó Vallon—. El griego es nuestra lengua común. Tomarás lecciones cada día, y dentro de dos semanas espero que sepas comprender las instrucciones básicas. ¿Tienes algo que decir?

Lucas levantó los ojos. La expresión de Vallon transmitía una impaciencia profesional. Lucas contempló de nuevo el suelo.

—No os decepcionaré —dijo. Y luego, avergonzado ante la traición a su madre y a sus hermanos asesinados, añadió «señor» en un tono que hizo que Vallon le mirara de reojo antes de retirarse.

—Tus modales podrían mejorar —dijo el general—. Procura cuidarlos.

Lucas y Aiken viajaron juntos al cuartel en un esquife: Aiken, con la cara metida en un libro todo el viaje; Lucas, desdeñoso, pero intrigado de que las palabras escritas en una página pudieran resultar tan absorbentes.

—¿Qué estás leyendo? —preguntó al fin.

—La *Geometría,* de Euclides.

—¿Y de qué trata?

Aiken no levantó la vista.

—Si tienes que preguntarlo, es que no lo entenderías.

Lucas hinchó las mejillas y sonrió ante un público invisible. Luego estiró las piernas.

—Te crees muy listo.

Aiken desvió solo un poco su atención del libro.

—Sé que lo soy. Es una de las pocas cosas de las que estoy seguro.

Lucas dobló las piernas y se inclinó hacia delante.

—Tus conocimientos de los libros no te servirán de mucho en el ejército.

—Ya me doy cuenta.

Lucas bufó.

—Supongo que crees que ser hijo de Vallon te facilitará las cosas.

Una desdeñosa mirada por parte de Aiken.

—Eso demuestra lo poco que conoces al general.

Lucas pronunció las siguientes palabras con mucho cuidado.

—Nunca te he oído llamarle «padre».

—Porque no lo es.

—¿Desearías que lo fuese?

Aiken dejó el libro.

—Me gustaría haber conocido a mi verdadero padre. No era Beorn, como supongo que ya te habrán dicho.

Su franqueza hizo que Lucas no supiera qué decir.

—¿Y tu familia? —preguntó Aiken.

—Muerta. Todos excepto mi padre. Desapareció en una campaña cuando yo tenía cinco años.

Los ojos de Aiken se encontraron con los suyos.

—Lo siento.

Durante un momento, los dos jóvenes se enfrentaron a través del vacío de sus vidas. Lucas rompió el silencio con una risa rota.

—Sé que todavía está vivo. Tengo pruebas. Algún día le encontraré, y cuando lo haga... —Lucas volvió la cabeza y miró hacia el agua brillante.

—Ojalá ese día llegue pronto —dijo Aiken. Volvió a enfrascarse en el libro—. Si no te importa... Sospecho que, en el cuartel, no tendré mucho tiempo para leer.

El fuerte Hebdomon, en la costa de Mármara, albergaba cuatro escuadrones. Cada uno de ellos ocupaba un complejo de forma cuadrada con tres barracones, una casa de baños lo bastante grande para servir a cien hombres, un establo, un campo de entrenamiento, graneros, almacenes y una armería. Fuera del perímetro, un campo de maniobras descendía hasta el mar.

El guardia de la puerta condujo a Lucas y a Aiken a los cuarteles de los oficiales de servicio. Los soldados que estaban fuera de sus barracones les siguieron con relativa curiosidad. Vallon tenía razón: venían de todos los rincones y culturas. Lucas vio gigantes de ojos azules y llenos de tatuajes, procedentes de los reinos de la niebla y la nieve, turcos de ojos de ágata, delgados como husos, pequeños hombres oscuros de refugios montañosos desconocidos, guerreros con cicatrices tribales. Algunos llevaban barba; otros iban afeitados. Solo se parecían en una cosa: el uniforme de un verde apagado y un aire natural de dureza.

El guardia condujo a los dos jóvenes al interior de uno de los barracones, se detuvo en el exterior de un despacho y saludó.

—Los nuevos reclutas se presentan para el servicio, señor.

Un hombre esbelto, de estatura media, se levantó de detrás de una mesa cubierta de documentos. Sus dedos estaban manchados de tinta, y sus ojos acusaban el esfuerzo de la escritura. Un roel de oro bordado en su túnica indicaba su rango.

—Me llamo Josselin —dijo en francés—. Segundo centurión de los forasteros. Vosotros estaréis destinados a mi *hekatontarquia*. Vuestra paga será de seis sólidos al año, y pasarán a nueve al cabo de un año de servicio. La paga se entrega cada cuatro meses. Soldado de caballería Lucas, la mitad de vuestra paga se os retendrá para cubrir el coste de vuestro caballo y de vuestro equipo. A ese paso, pagaréis la deuda en tres años..., a menos que consigáis una promoción, o compartáis algún botín de guerra. Es importante que aprendáis a hablar griego. Ya os he preparado unas lecciones: una hora diaria, después de vuestros deberes ordinarios.

El centurión Josselin los aleccionó entonces sobre la higiene y les advirtió de los peligros del juego y las relaciones con ambos sexos.

—El castigo para faltas menores puede ser desde la retirada de vuestra ración de vino a veinte millas de marchas forzadas con todo el equipo. Las faltas más graves merecen unos latigazos. A Vallon no le gusta que se azote a los hombres; prefiere despedir a quien se tercie. Por traición o deserción, la sentencia es la muerte. En seis años hemos tenido solo dos ejecuciones. ¿Lo habéis entendido todo?

Lucas escuchaba como si estuviera en una nube. Lo único que pensaba es que iba a ingresar en una unidad de caballería y que le iban a pagar y a alimentar.

Él y Aiken efectuaron la ceremonia de juramento.

—Juramos por Dios padre, Jesucristo y el Espíritu Santo, y por la majestad del emperador (que después del Señor debe ser amado y adorado como comandante suyo en esta tierra) que nos esforzaremos por hacer todo lo que el emperador mande, que nunca desertaremos del servicio ni rehusaremos morir por el estado bizantino.

—Ahora ya sois miembros de los forasteros —dijo Josselin. Hizo una seña al guardia que los esperaba—. Muéstrale su alojamiento a estos hombres.

Ocho hombres ocupaban dos habitaciones blanqueadas en uno de los barracones. La cámara exterior era una sala común. Algunos soldados fuera de servicio jugaban a los dados. Tres suboficiales se pusieron de pie para recibir a los nuevos reclutas. Un hombre con los dientes separados se echó a reír.

—Quizá deberíamos cambiarnos el nombre y llamarnos «las niñeras».

—Sí, eso estaría bien —dijo el suboficial de mayor rango, alto y con los hombros caídos. Examinó a los nuevos reclutas—. Yo soy Aimery, vuestro *dekarcos*, líder de diez. —Hablaba en voz baja y tenía unos modales amables. Hizo un gesto hacia los otros soldados—. Esos son vuestros compañeros de escuadrón. Comeréis, dormiréis y haréis la instrucción con ellos. En campaña, compartiréis la tienda y en batalla lucharéis como una unidad. Vuestros lechos están en la otra habitación. Debéis tenerlos inmaculados.

—¿Qué les ocurrió a los hombres a los que reemplazamos? —preguntó Aiken.

La expresión de Aimery no se alteró.

—Uno murió de fiebres en el Danubio; al otro lo mataron los normandos en Dirraquio.

Llevó a los reclutas al dormitorio, que tenía el suelo tan limpio que se podría comer en él. Aiken echó dos pesados petates en su catre. Lucas apenas poseía unos pocos efectos personales que llevaba en un zurrón.

Aimery se volvió hacia uno de sus suboficiales.

—Gorka, lleva al soldado Lucas a los almacenes. Gorka es mi *pentarcos*, líder de cinco. Estará a cargo de vuestro entrenamiento básico.

Antes incluso de que dijera su nombre, Lucas había sospechado que Gorka era vasco: las gruesas cejas que formaban una línea recta, los largos lóbulos de las orejas, el pecho amplio. De camino hacia el almacén de la intendencia, Lucas se preguntó si debía hacer alguna observación sobre su país natal, que ambos compartían, pero por la expresión de Gorka dedujo que era mejor dejar de lado tales trivialidades.

Gorka se dejó caer sobre un fardo de tiendas, mientras el intendente equipaba a Lucas. Le tendió dos túnicas que llegaban a la altura de las rodillas, dos pares de pantalones, todos de lino, con un amplio cinturón de cuero. Para el frío le proporcionó una túnica de lana que llegaba hasta los tobillos y un manto de lana sujeto con una fíbula en forma de halcón en vuelo. Vio el mismo motivo tejido en la parte derecha del pecho de las túnicas. Un sombrero de fieltro y dos pares de sandalias completaban la ropa de diario de Lucas.

—Esperaba que el uniforme tuviera más colores… —dijo Lucas.

Gorka se levantó del fardo.

—Colores… —dijo. Miró a un lado y a otro como si dudara de lo que acababa de oír—. Somos exploradores y asaltantes. Debemos confundirnos con el paisaje. No vamos por ahí revoloteando como si fuéramos mariposas.

Lucas apartó la vista. Los ojos de Gorka, de un castaño verdoso, parecían indicar que aquel tipo albergaba dentro de sí una maldad infinita. Se dirigió hacia la puerta con los andares de un luchador. Lucas le siguió. Sería mejor mantener la boca cerrada.

A continuación fueron a la armería, una sala rodeada por un laberinto de huecos y nichos que exhalaban olores de cuero, hierro y cera. Un veterano con una sola pierna y tres ayudantes presidían aquel emporio marcial. El armero, que iba con muletas, examinó a Lucas y dijo algo. Un ayudante rebuscó en uno de los huecos y sacó una chaqueta acolchada muy pesada que había visto tiempos mejores. Sobre ella colocó un baqueteado casco de hierro con una gorguera de piezas de cuero hervido, que daba algo de protección al cuello. También sacó un par de botas de cuero que le llegarían hasta las rodillas. Lucas se sintió decepcionado. Había soñado con recibir una cota de malla o, mejor aún, una armadura de escamas.

Gorka le leyó la mente.

—Olvídalo. Todavía estarías pagando las mallas o las escamas cuando te retirases. La única forma que tienes de obtener una armadura decente es quitársela a un enemigo muerto.

Los ayudantes del armero habían desaparecido en las entrañas del depósito. Uno volvió con un arco corto curvado, una funda de lona y tres cuerdas de arco enrolladas. El segundo, con una lanza y dos jabalinas. El tercero, con un escudo y una espada.

Gorka cogió el arco.

—¿Has usado uno de estos?

—No, con esa forma no.

—Es turco y está diseñado para disparar desde el lomo del caballo.

Lucas abrió la boca.

—¿Algo que decir?

—No esperaba actuar como arquero. Los normandos no...

Al cabo de un momento, el pecho de Gorka tocaba el suyo.

—Nosotros no luchamos como normandos. Todo hombre de mi escuadrón debe ser hábil con la espada, el arco y la lanza.

—Sí, señor.

—No tienes por qué llamarme «señor». Llámame «jefe».

—Sí, señor..., jefe.

Gorka mostró cómo el arco encajaba en su funda.

—Debes mantener la cubierta bien impermeabilizada con cera y sebo. —Dio unos golpecitos en una bolsa que había al costado—. Las cuerdas van aquí. No hay excusas para un arco o una cuerda flojos.

El armero miró la mano derecha de Lucas y le examinó el pulgar. Vació encima del mostrador una caja de anillos de cuerno muy curiosos. De los gruesos aros sobresalía una parte curvada por un lado, plana por el otro. Eligió uno de los anillos y se lo metió en el pulgar a Lucas. Demasiado grande, al parecer. El siguiente, demasiado pequeño. Probó tres más hasta que al final encontró uno que encajaba perfectamente en el pulgar.

—Tu instructor de arquería te enseñará para qué sirve —dijo Gorka—. No lo pierdas.

Lucas miró la espada con su vaina; la empuñadura estaba envuelta en cuero raspado y manchado de sudor; el pomo era un remate de hierro apenas trabajado. Miró a Gorka pidiéndole permiso para empuñarla. Cuando el vasco asintió, sacó la hoja. Un arma utilitaria, que había sido muy usada, con el metal lleno de marcas y melladuras en ambos bordes. Aun así, sonrió cuando la movió hacia la luz. Cogió el escudo circular, cubierto de cuero y con base de mimbre. En la parte delantera había pintado un halcón en un campo verde. Parecía magnífico. Metió la mano en el soporte y se puso en guardia.

—Debes mantener el equipo impecable —dijo Gorka—. El centurión Josselin pasa una inspección semanal, y pobre de ti si fallas. Puedes empezar sacando brillo a tu yelmo. Y también veo que algunas de las puntadas del peto se están saltando. Y esa botas necesitan un buen lustrado. Ya recogerás tu equipo más tarde. Ahora vamos a ver el caballo.

—¿Por qué no viene Aiken con nosotros? —preguntó Lucas, de camino al establo.

—Su equipo lo enviaron antes.

Claro. Vallon habría proporcionado a Aiken un equipo completamente nuevo; todo de la mejor calidad y de su gusto. Aquel amargo pensamiento desapareció de su mente cuando se acercaba a los establos. «Por favor, Dios mío, que no me den un jamelgo hecho polvo», rogó.

El jefe de los mozos de cuadra los condujo entre dos filas de apartados. Lucas aspiró los aromas especiados del caballo, el estiércol y los arreos. No sabía adónde mirar. No había ni un solo caballo en aquel establo que no admirase. El mozo se detuvo ante un compartimento donde había un caballo castrado y moteado de gris. Solo con echar una ojeada a su cabeza, a sus ojos grandes e inteligentes, Lucas supo que no era un animal de segunda. Miró por encima del compartimento y emitió una especie de quejido. Luego se volvió con los ojos brillantes.

—¿Para mí?

Gorka bufó.

—El general dice que no eres mal jinete. Se llama *Aster*. Tiene cinco años. Trátalo bien.

Lucas acarició el hocico de *Aster* y murmuró su nombre. El caballo le sopló en el rostro y su corazón se desbordó. Habló para disimular sus emociones.

—¿Y los oficiales llevan sementales?

Gorka se rio.

—Nuestros caballos son nuestros amigos. A diferencia de los normandos, no queremos estar combatiendo con ellos eternamente.

De vuelta a su alojamiento, Lucas reunió el valor suficiente para hacer una pregunta:

—Señor..., jefe..., ¿puedo visitar los establos en mi tiempo libre?

Gorka le echó una mirada.

—¿Tiempo libre? Chico, tú no vas a tener tiempo libre.

Y, si había que guiarse por el ejemplo de aquel día, tenía razón. Lucas cayó en la cama mucho después de que los demás soldados hubiesen abandonado sus juegos, después de pasar una hora con su profesor de griego y dos horas más puliendo su espada y su casco. Aiken dormía a su lado, y por encima de su cama colgaba una magnífica armadura.

—Puedo ayudarte con lo del griego —dijo Aiken.

Lucas, que ya estaba medio amodorrado, se despertó.

—Ya me las arreglaré.

—¿Te gusta tu caballo?

—No está mal —dijo Lucas—. Mejor de lo que esperaba.

—Hero te lo ha comprado.

—¿Hero? ¿Y por qué ha hecho eso?

—Porque es amable. He decidido venir sobre todo por él.

Lucas se echó hacia atrás.

—¿Sabes lo que vamos a hacer mañana?

—Van a probar nuestra habilidad con las armas —dijo Aiken, con cierto temblor en la voz—. Ya lo estoy temiendo.

Después del toque de diana y de las abluciones, Aimery inspeccionó su unidad y luego todos se dirigieron hacia la cantina y desayunaron gachas de mijo, pan de trigo y vino aguado. Luego fueron a barrer y limpiar bien sus cuartos, bajo el escrutinio implacable de Gorka.

—Traed vuestras armas —dijo este—. Hoy voy a averiguar cuánto sufrimiento me vais a causar. —Dirigió el camino hacia el campo de entrenamiento y se detuvo en un espacio rodeado por docenas de soldados que practicaban artes marciales—. Primero, una sesión de entrenamiento con espadas de prácticas. —Frunció el ceño—. ¿He dicho algo divertido?

Lucas sabía que se estaba arriesgando.

—Ya me he enfrentado a Aiken y le he dado una paliza. Creo que debería enfrentarme a un adversario mejor.

Cuando Gorka lo miró, Aiken se puso rojo.

—Es cierto.

Gorka se volvió hacia Lucas con una sonrisa irónica.

—Así que te consideras un buen espadachín.

—El propio general Vallon dijo que prometía.

Gorka lo miró con cierta maldad, antes de examinar la palestra. Se puso las manos alrededor de la boca haciendo bocina.

—¡Sargento Stefan, me pregunto si tendríais un momento!

Hasta ellos se acercó un serbio bajito y muy curtido, con la espada de prácticas apoyada en el hombro. Gorka señaló a Lucas con un dedo.

—Nuestro nuevo recluta piensa que necesita una oposición más dura de la que puede ofrecer su compañero de armas. A lo mejor vos podéis complacerle.

Stefan esbozó una agradable sonrisa y levantó la espada. Lucas se puso en guardia.

Un movimiento rápido y se encontró mirando con los ojos bizcos la espada de Stefan, cuya punta amenazaba de cerca su garganta.

—No estaba preparado… —dijo.

Gorka se echó a reír.

—Los adversarios de Stefan habrían dicho lo mismo, si todavía estuvieran vivos y pudieran hablar.

De nuevo, Lucas se puso en guardia. Stefan frunció las cejas, inquisitivo. Lucas asintió, y cambió el peso de un pie a otro. Esta vez, casi hizo contacto con la espada de Stefan antes de que la hoja amenazase de nuevo su cabeza.

Dio un salto hacia atrás.

—No estoy acostumbrado a este estilo.

—Oh, pobrecillo —dijo Gorka—. No es su estilo. —Bajó la cabeza y gritó a la cara de Lucas—: ¡El enemigo no te pregunta con qué estilo prefieres manejar la espada antes de enzarzarse en combate! —Esbozó una sonrisa maligna—. Pero, bueno, el chico es joven. Sargento, que luche tal y como está acostumbrado.

Lo que siguió fue una gran humillación. Lucas consiguió parar unos cuantos golpes, pero siempre iba un movimiento por detrás, y lo cogía a contrapié. Stefan consiguió asestarle dos golpes en las costillas, que dolieron a pesar del acolchado, seguidos por uno en el casco que hizo que Lucas viera las estrellas. Al final, acabó dándole en la muñeca con un gancho que le dejó el brazo entumecido hasta el codo.

Casi llorando de dolor y vergüenza, recogió su espada caída.

—Gracias, sargento —dijo Gorka—. Ha sido un placer mirar. —Guiñó los ojos a Lucas—. En el futuro haz exactamente lo que yo te diga. —Se dio la vuelta—. Y ahora coged vuestros caballos. Os adiestraremos con la lanza y la jabalina.

Lucas se redimió en parte en esos ejercicios, en los que había que arrojar una jabalina a un maniquí de paja desde un caballo y apuntar con una lanza al estafermo. Aiken no mostraba ninguna aptitud: era incapaz de dar en el blanco, aunque fuera solo al trote. Por su parte, Lucas acertó al estafermo en su primera pasada y solo falló por un pelo con la jabalina.

Gorka le miró guiñando los ojos.

—Otra vez, y ahora al trote largo.

Lucas acertó en los dos blancos. Aiken recibió un golpe en la espalda del estafermo cuando este giró en redondo, debido a sus esfuerzos poco entusiastas.

Gorka se puso las manos en las caderas.

—Ahora al galope.

Lucas se alejó trotando, se volvió, dio unas palmadas en el cuello a *Aster* y le espoleó para que avanzase. Echó atrás la jabalina y la lanzó, y le dio con la punta de pleno en el pecho. Volvió a trotar, recogió la lanza, dio la vuelta y una vez más galopó hasta el estafermo: le pegó con tal fuerza que este dio dos vueltas sobre su eje.

Gorka le miró.

—Tú ya habías hecho esto antes...

—Muchas veces, pero solo en mi imaginación.

A continuación pasaron a la arquería, bajo la supervisión de un pechenego llamado Gan, un jinete nómada reclutado en las estepas del norte del Danubio. Llevaba el pelo recogido en largas trenzas detrás de las orejas, y sus ojos eran como rendijas en forma de media luna, por encima de unos pómulos salientes. No hablaba francés, y Gorka tuvo que traducir.

—Mostradle a Gan cómo lo tensáis —les dijo a los reclutas.

Lucas se lo demostró. Aventuró una mirada hacia Gorka.

—Estoy acostumbrado a un arco más pesado.

—Necesitas un arco ligero para desarrollar la técnica correcta. Tendrás que aprender un nuevo método de soltar. ¿Tienes el anillo del pulgar?

Lucas lo sacó. Gan extrajo también uno y les enseñó cómo usarlo, deslizándolo por encima de la primera articulación del pulgar con el lado plano del saliente hacia abajo. Gorka transmitió las instrucciones.

—Mirad cómo engancha el anillo en la cuerda y lo sujeta en su lugar, agarrando la punta del pulgar con el índice. Así la cuerda no toca el dedo..., menos tensión y no hay pellizcos, de modo que la precisión es mayor.

Tres veces Gan realizó toda la secuencia de movimientos preliminares antes de soltar la flecha. La hizo girar en la cadera, apuntó con el arco por encima de su cabeza, y luego, extendiendo el movimiento, lo bajó y lo soltó sin apuntar, al parecer, a un blanco a unas sesenta yardas de distancia. Lucas parpadeó al ver que daba en el blanco, parpadeó de nuevo cuando Gan soltó otra flecha. El arquero no se detuvo ahí. En el espacio de un minuto disparó doce flechas con una fluidez que quitaba el aliento. Todas las flechas dieron en el blanco.

—Gan es igual de preciso a caballo, a todo galope —dijo Gorka. Retrocedió unos pasos—. Ahora probad vosotros.

La técnica parecía muy básica, pero Lucas, por mucho que se concentraba, no le cogía el tranquillo. En sus primeros intentos ni siquiera pudo ensartar la flecha. Se le caía una y otra vez. Cuando tiraba, no calculaba bien el momento de soltar. Al sexto intento, el arco le cogió la punta del pulgar, le arrancó el final de la uña y le dejó el dedo ensangrentado.

—Lo sueltas demasiado despacio —dijo Gorka—. Imagínate que estás dando un golpecito a una canica.

Cuando acabó la sesión, Lucas se había despellejado la muñeca izquierda y su mejor disparo no había llegado ni siquiera a cinco pies del blanco. Lo más mortificante es que Aiken había colocado dos flechas en el blanco.

—Hay que practicar —dijo Gorka—. Practicar, practicar y practicar. —Asintió a algo que le dijo Gan y tradujo—: Si abandonas el tiro al arco durante un día, él te abandonará durante diez.

Caminando de vuelta al dormitorio, Lucas se juró que acabaría por dominar aquellas técnicas. Sabía que nunca llegaría al nivel de los arqueros turcos que empezaban a disparar con apenas cinco años, pero lo haría lo mejor posible.

—Has impresionado mucho a Gorka con tu habilidad de monta —dijo Aiken.

Lucas decidió que podía hacer una concesión.

—Y tú has manejado mejor el arco.

Aiken se encogió de hombros.

—Llevo años usando el aro para el pulgar. Dentro de una semana tú me superarás.

—No parece que te importe.

—En realidad, no.

—Entonces, ¿por qué te has unido a la caballería?

—Porque Beorn lo deseaba, y porque Vallon insiste en que honre su deseo.

—¿Y qué preferirías hacer en realidad?

—Estudiar filosofía y ciencias naturales.

—Qué raro eres…

Lucas no fue más allá a la hora de arreglar las cosas con Aiken. A lo largo de los días siguientes cada vez le molestaba más el hecho de que, aunque superaba a Aiken en el manejo de todos los tipos de armas, Gorka pasaba por alto las deficiencias y torpezas del joven y le trataba con un respeto que bordeaba la deferencia, solo porque era el hijo adoptivo de su comandante. Mientras tanto, machacaba a Lucas por cada error que cometía.

El rencor se desbordó la mañana que Josselin debía inspeccionar su centuria. Lucas se puso su destartalada armadura. No solo era de segunda mano, sino que parecía que se la hubiesen quitado a un muerto en combate; tenía dos manchas imposibles de quitar que estaba seguro de que eran de sangre. Cogió el yelmo y examinó la nueva abolladura que le había hecho Stefan. Todo el pulimento del mundo no podía hacer que aquello pareciese otra cosa que una vieja cazuela. Cuando acabó de vestirse, miró con agria envidia a Aiken, que se estaba poniendo su traje. Por encima de un jubón interior acolchado se puso un peto de armadura de escamas hecha de placas de acero azul superpuestas, con los bordes redondeados hacia arriba. También se puso hombreras y brazales haciendo juego.

—Es un desperdicio que tengas todo eso —dijo Lucas.

Gorka metió la cabeza por la puerta.

—¿No estáis preparados todavía? Si llegáis tarde, os caerá una buena.

Con la cara roja y sudando, Aiken se sentó en la cama, intentando abrocharse las grebas de hierro en torno a las pantorrillas. Echó una mirada desesperada a Lucas.

—¿Puedes echarme una mano?

Lucas casi se niega. Que llegase tarde a la inspección y sufriese las consecuencias. De mala gana, Lucas se arrodilló y le abrochó las grebas.

—Supongo que es Vallon quien te ha pagado todo esto.

—Con el dinero que heredé de mi padre.

—No comprendo por qué gasta tanto oro en alguien con tan pocas aptitudes militares.

—Precisamente porque carezco de tales aptitudes más necesito la armadura. Es lo único que me protege.

—Y tú esperas que yo luche a tu lado…

Aiken bajó la vista, sonriendo.

—Ah, yo no confiaría mucho en mí. Probablemente huya en cuanto vea al enemigo.

Lucas dio un tirón de la última correa con un movimiento violento.

—Incluso alardeas de tu cobardía…

El *dekarcos* le oyó. Aimery entró con una expresión pensativa en el rostro. Sus pensamientos siempre parecían estar a muchas millas de distancia.

—Pareces bien preparado hoy, soldado.

Lucas se puso firmes.

—Señor…

—¿Conoces nuestra bonita ciudad?

—No mucho, señor. Solo pasé una noche en ella y alguien intentó matarme.

—No me sorprende. ¿Sería quizá porque tienes la habilidad de irritar a la gente?

—Señor…

Aimery se quedó de pie con las piernas separadas y las manos a la espalda.

—Como no tienes oportunidad de disfrutar de las vistas, tengo un encargo para ti. Corre en torno a las murallas de la ciudad, hasta el Cuerno de Oro. Me han dicho que la puerta de Charisio es muy bonita. Me gustaría mucho que me la describieras a tu vuelta.

El trayecto de ida y vuelta eran veinte millas; cuando Lucas llegó renqueando al cuartel después de anochecer, sentía los músculos de las pantorrillas tan acalambrados que tenía que caminar hacia atrás. Después de lavarse los pies, llenos de ampollas, cayó en el catre y se quedó mirando al techo.

—Toma —dijo Aiken, tendiéndole una rebanada de pan.

Lucas no le dio las gracias.

—Si hubieras hecho tú la broma, nadie te habría castigado.

Aiken se incorporó sobre un codo.

—No entiendo tu animosidad. Desde que nos conocimos me has tomado ojeriza. ¿Qué daño te he hecho yo? ¿Y bien? Responde.

Lucas se dio la vuelta.

—Ya lo averiguarás.

Dos días más tarde, Vallon entró a caballo en el cuartel, lo cual provocó mucha agitación y actividad.

—¡Todo el mundo a la plaza de armas! —exclamó Aimery—. ¡A paso ligero!

Lucas oyó órdenes similares que se gritaban en los demás barracones.

—¿A qué viene todo este jaleo?

—Es el principio de la temporada de campañas —dijo Gorka—. Vallon nos va a dar nuestras órdenes de marcha.

La unidad salió un bello día de abril. Vallon y sus centuriones estaban subidos a sus bonitos caballos. El mar, tras ellos, era del color del jacinto, bajo un cielo sin nubes. Por primera vez, Lucas puso los ojos en los otros centuriones. Conrad, el germano de rostro curtido y cabeza afeitada, que era el segundo al mando, parecía tallado en piedra. Otia, el georgiano, con su pelo color negro azabache, la barba ondulada y unos bonitos ojos oscuros, parecía un santo melancólico. Lucas había oído decir que en la vida normal Otia era un hombre de lo más corriente, pero que en combate se volvía loco.

—Escuadrón, formen filas —ordenó Conrad.

Los hombres formaron en tres filas. La unidad de Lucas se colocó a la derecha de la fila posterior.

Vallon elevó la voz.

—¿Me oye todo el mundo?

—¡Sí, señor! —gritó el escuadrón.

La brisa agitó un rizo del cabello de Vallon sobre su rostro. Él se lo echó atrás.

—Sin duda os estaréis preguntando adónde os llevará vuestra próxima misión. Bueno, pues yo no voy a volver a la frontera del Danubio por ahora. —Vallon levantó una mano para acallar los vítores—. Mi comisión me lleva mucho más lejos, a una expedición ordenada por su majestad imperial. No puedo deciros adónde, solo que pasarán al menos dos años hasta que vuelva a ver mi hogar y a mi familia.

No se oyó ni una mosca entre los forasteros; todos ellos se esforzaban por oír las siguientes palabras del general.

—No me voy a llevar a todo el escuadrón —anunció Vallon—. Tengo órdenes de selecionar a cien voluntarios. Podemos reducir el número si excluimos a todos los hombres casados y que tengan más de cuarenta años. Aun así quedan doscientos. Espero encontrar las suficientes almas valientes entre ese número para proporcionar una fuerza suficiente.

Lucas vio que la emoción se reflejaba en las caras de sus compañeros.

—Aquellos que se unan a mí recibirán doble salario. Los afortunados que regresen, obtendrán de nuevo la misma paga. Para las familias de aquellos que no consigan volver habrá pensiones generosas. Eso os indica algo de los peligros a los que nos enfrentaremos. Quiero que reflexionéis sobre todo esto antes de tomar una decisión.

La emoción agitó a todo el escuadrón.

Conrad adelantó un paso.

—¡Silencio en las filas!

La plaza de armas quedó en silencio. En su nido en el tejado, una cigüeña hizo chasquear el pico con un sonido como de redoble de tambor. Afuera, en el mar, los barcos se escoraban contra la brisa.

—Primera fila, los primeros —dijo Vallon—. Todos aquellos que deseen unirse a la expedición, que den dos pasos al frente.

Un croata de pelo canoso levantó una mano.

—¿Tengo permiso para hablar, general?

—Concedido.

—¿Qué les ocurrirá a los hombres que dejéis aquí?

—Se unirán a un nuevo escuadrón comandado por el centurión Conrad, y se dirigirán a la frontera del Danubio.

Los de la primera fila se miraron entre sí, menearon la cabeza y dieron todos un paso al frente.

Vallon se frotó las cejas.

—He dicho que no me llevaré a hombres casados.

—Permiso para hablar de nuevo —dijo el croata.

—Si es necesario... En tu caso no supondrá ninguna diferencia. Creo recordar que, por lo menos, tienes una mujer y cuatro hijos.

El croata miró a sus compañeros, que se reían.

—General, preferiría arriesgarme a lo desconocido que volver a esos pantanos llenos de fiebres. En cuanto a mi mujer y mis hijos, saben que la fortuna de un soldado es incierta. Durante los últimos ocho años han vivido todos los días con el temor de que no volviera a casa.

Un murmullo de asentimiento corrió por todas las filas.

—¡Silencio! —gritaron los tres centuriones.

La mirada de Vallon examinó los rostros.

—En esta expedición, el hecho de no volver no solo es posible, sino que además es bastante probable. —Hizo una pausa—. Me halaga mucho que me tengáis tanta fe, pero no os pido lealtad porque sí. Repito que la expedición será extremadamente peligrosa. Muchos de los que salgan conmigo no volverán. Sus cuerpos serán devorados por bestias salvajes en tierras que ningún cristiano ha hollado jamás. —Dejó que el silencio resonara de nuevo—. Lo intentaremos con la segunda fila, como antes. Todos aquellos que deseen ofrecerse voluntarios, que den...

Con impresionante unanimidad, toda la segunda fila dio un paso al frente.

Vallon habló con sus centuriones y luego se dirigió de nuevo al escuadrón.

—Tercera fila.

Lucas dio dos pasos al frente, con la cara muy alta y el pecho tenso. No, no todos los hombres se habían ofrecido voluntarios. Lucas vio un hueco a su izquierda y se dio cuenta de que Aiken se había quedado atrás. Vallon también lo notó y procuró salvar la vergonzosa situación.

—Aiken no tiene que ofrecerse voluntario. Como hijo y escudero mío, su lugar está a mi lado.

Otia, el centurión georgiano, tendió la mano.

—Ese hombre de ahí. ¿De qué te ríes?

Lucas levantó la cabeza.

—De nada, señor.

Vallon se frotó de nuevo la frente y suspiró.

—Ya veo que no puedo hacer otra cosa que elegir yo mismo.

Formó un corrillo con los centuriones y pasaron unos minutos hasta que se enfrentó al escuadrón.

—Os llevaría a todos vosotros si pudiera. Ningún hombre que se quede aquí debe tomárselo como un menosprecio a su valor, lealtad e integridad.

Vallon desmontó y empezó el largo proceso de selección. Desde donde se encontraba Lucas, vio que el general hablaba con todos y cada uno de los hombres a los que se dirigía, y también tenía con ellos gestos afables. Después de que hubiera pasado, algunos de los soldados apretaban los puños a los costados y otros se ponían blancos ante la conmoción del rechazo. Un hombre se puso a sollozar. Lucas vio rostros contraídos y lágrimas en otros.

Él fue el último en oír cuál era su destino. Estaba tan tenso que temblaba cuando el general se puso de pie frente a él.

—Recluta Lucas, según todos los informes, serás un excelente soldado llegado el momento. Manejas muy bien las armas, y tienes un don natural con los caballos. Pero eres demasiado joven y estás verde para esta aventura. Sería un crimen exponerte a los peligros que todavía no estás preparado para afrontar. Además, tu griego tampoco es bueno.

Aquello le sentó como una patada en el estómago. Vallon ya se había vuelto cuando consiguió hablar.

—General, vos habéis dicho que estaríais fuera dos años.

—Por lo menos.

—En ese tiempo me habré hecho hombre y habré adquirido las necesarias habilidades militares —dijo con voz temblorosa—. Mi entrenamiento va bien, y mi profesor de griego está contento con mis progresos.

Vallon miró hacia atrás.

—Estoy seguro de que, cuando vuelva, no me decepcionarás.

—¡General!

Gorka cogió el brazo de Lucas.

—¡Calla! Vallon ya ha oído tu alegato. Ha rechazado a otros que lo merecían mucho más.

Lucas se soltó, con las facciones convulsas.

—¡No podéis dejarme!

La mano de Gorka se clavó en su brazo.

—Por tu bien, contente.

Vallon se volvió, asombrado. A su alrededor todos parecían expectantes. Por encima del mar, las gaviotas giraban y graznaban.

—Me acogisteis en vuestro hogar —jadeó Lucas—. Me pusisteis en vuestro escuadrón con Aiken. Para que fuéramos compañeros de armas, dijisteis. No podéis separarnos ahora.

El centurión Josselin movió la barbilla.

—Lleváoslo. Está arrestado. Por no obedecer las órdenes.

—Espera —le dijo Vallon a Gorka, que se llevaba a rastras a Lucas. Se acercó más a él y habló solo para que le oyera el franco—. Sí, tenía la ilusión de que Aiken y tú os convirtierais en compañeros. Por desgracia, he oído decir que tu actitud hacia él es cualquier cosa menos amistosa. El rencor no es una cualidad que admire precisamente —dio la vuelta en redondo—. Que rompan filas.

Lucas intentó soltarse, pero Gorka le retuvo.

—Ya has dicho bastante —le amenazó—. Te has ganado unos buenos latigazos.

Pálido y mareado, Lucas supo lo que tenía que hacer, qué debía decir: «Vallon, soy tu hijo, el hijo de la esposa a la que tú mataste, hermano de tu hijo más joven y de la hija que tuve en mis brazos antes de que muriera, hace dos años. Soy el único superviviente de una familia desgraciada, reducida a buscar bellotas en las montañas».

Abrió la boca dispuesto a lanzar un grito: «¡Padre!».

—Dejad que Lucas venga —intercedió Aiken—. A diferencia de lo que sucede conmigo, parece que su vida dependa de ello. No me gusta, ni yo le gusto a él. Pero eso no importa. Me interesará mucho ver cómo se adapta a la realidad de la vida de campaña.

Vallon hizo que los mirones se alejaran.

—Gorka, tú has estado a cargo del entrenamiento de Lucas. ¿Qué opinas?

El vasco aflojó su presa.

—Bueno, general, las cosas son así. El recluta Lucas tiene que recorrer un largo camino antes de que pueda llamarse soldado, pero he tratado con material peor. El caso es que me toca las narices y me resulta odiosa la idea de que ande por ahí holgazaneando bien cómodo mientras mis compañeros y yo luchamos contra quien tengamos que luchar. Así que... estoy de acuerdo con el recluta Aiken. Que venga y que tenga su oportunidad.

Lucas llevaba dos horas firme. La cara de Vallon pareció eclipsarse, pero la oscuridad no procedía de la noche, sino de la negrura absoluta de un mundo donde jamás brillaba el sol. Más tarde, no recordaba cómo Gorka lo había cogido justo antes de caer al suelo.

Y

Se cancelaron todos los permisos. Durante los diez días siguientes, la fuerza expedicionaria trabajó desde el alba hasta el anochecer. Pasaban la mayor parte del tiempo en una sección acordonada del puerto, cargando suministros en los dromones, *Cigüeña* y *Pelícano*, y en los dos barcos de carga. Vallon y Hero a veces aparecían en el muelle para controlar el progreso. Fue en una de esas ocasiones cuando Lucas, haciendo rodar unos barriles para que subieran por la pasarela del *Pelícano*, se cruzó con el siciliano. Se secó la frente.

—Estos barriles pesan como si llevaran lingotes. ¿Qué contienen?

Hero sonrió.

—Nada tan precioso como el oro, me temo. Es un mineral llamado cobalto, que se extrae en las minas de Persia. Los alfareros lo usan para producir un vidriado azul en la cerámica.

—¿Y es valioso?

—No estoy seguro. No sé lo que querrán nuestros clientes.

—Pero ¿quiénes son? ¿Adónde vamos?

—Vallon os lo dirá cuando estemos en el mar. Lo único que puedo decir es que, cuando vuelvas, tendrás ya la estatura de un hombre.

—Señor…

Hero ya se había dado la vuelta para retirarse.

Lucas pronunció la siguiente frase a toda prisa.

—Gracias por comprarme el caballo. Os lo devolveré.

Hero se sonrojó.

—Se suponía que no debías saberlo.

—No importa. Estoy muy agradecido…, no solo por *Aster*, sino por la forma en que tratasteis mis heridas. Ruego que me perdonéis por mi conducta grosera en el barco.

La expresión de Hero se ablandó.

—Perdonado, sin reservas. Ya sé lo que es ser forastero en tierra extraña. No era mucho mayor que tú cuando conocí a Vallon. —Al ver que Lucas estaba a punto de seguir hablando del tema, su tono se volvió más rápido—: Si quieres mostrar algo de gratitud, hazlo con Aiken. Estos últimos meses no han sido fáciles para él.

—¡Lucas! —gritó Gorka—. Nadie te ha dado permiso para charlar. ¡Vuelve al trabajo!

Y

Lucas yacía en la cama aquella noche, dándole vueltas a lo que había dicho Hero, desgarrado entre lo que el físico le había pedido y su propio resentimiento. El resentimiento ganó, alzándose como una marea amarga. Así que Aiken no lo había pasado bien los últimos meses. ¿Y él qué? Llevaba diez años sufriendo un gran dolor. De nuevo recordó la imagen de Vallon entrando en el cuarto de los niños, manchado con la sangre de su esposa, con la espada levantada para matar a sus hijos. Lucas tenía entonces seis años. Y, desde aquel momento, no había pasado ni un solo día en que no se le viniera a la cabeza aquella imagen tan espantosa.

—¡Aaaargh!

Se despertó de golpe con un respingo. La cara de Gorka se inclinaba hacia él, con los rasgos grotescos a la luz de una vela.

—Basta de bonitos sueños, chico. Vamos a coger un barco y salir a explorar el mundo.

—Queréis decir que…

—Eso es. Para cuando se despierte la ciudad ya habremos partido. Entonces, todos y cada uno de nosotros seremos solamente un recuerdo.

EL MAR NEGRO Y EL CÁUCASO

X

Las estrellas se multiplicaban en el este cuando el escuadrón de Vallon empezó a subir a bordo del *Pelícano.* Era más de medianoche cuando todo el mundo ya había encontrado una litera y había guardado sus cosas. Todavía no había señal alguna del duque. Vallon no podía enviar a nadie a averiguar qué era lo que le estaba retrasando porque el logoteta había ordenado que se sellara el muelle. El general estaba por momentos más y más impaciente. Las estrellas ya palidecían cuando Escleros y su séquito aparecieron con tanta prisa como un grupo de compadres que vuelven de una buena cena. Algunos estaban bebidos. Vallon apenas pudo contener su ira.

—Milord, el ministro dio claras instrucciones de que partiéramos a cubierto de la oscuridad.

El labio inferior del duque se puso mustio.

—Mi querido general, ¿creéis de verdad que nuestra partida habría pasado inadvertida después de todo el bullicio de la última quincena?

—Milord, llevamos suficientes tesoros para atraer a todos los piratas del mar Negro. Toda medida de seguridad es poca.

—Bah, dejad de inquietaros —dijo Escleros. Bostezó y miró a su alrededor—. Y ahora, si no os importa, necesitaré a algunos de vuestros hombres para que se ocupen de nuestros caballos.

A Vallon le ardía la garganta con la ira contenida.

—Ese caballero aprenderá que no se juega conmigo —le dijo a Josselin.

—Gracias a Dios viajamos en barcos separados.

Lucas estaba entre la partida que cargó las monturas del duque. Josselin le había asignado a uno de los buques de carga por su habilidad para tratar a los caballos. A pesar de su mal humor, Vallon observó con cuanta destreza convencía a un corcel fuera de sí para que subiera al barco.

El sol ya aparecía por encima de la silueta de Asia cuando Josselin se acercó.

—Todo el mundo a bordo y todo cargado, señor.

Vallon miró a su alrededor, al muelle vacío. Nadie había acudido para verles partir. No apareció sacerdote alguno para bendecir la empresa con agua bendita. No hubo banderas orgullosas agitándose en el palo mayor. Vallon había recibido las últimas instrucciones del logoteta la mañana anterior, y se despidió de su familia tras un servicio privado en Santa Sofía. Una última mirada y subió por la pasarela.

—Soltad amarras.

Los miembros de la tripulación lo siguieron. Un grupo de estibadores empezó a soltar las amarras. El *Pelícano* casi estaba flotando con libertad cuando una conmoción en el extremo más alejado del embarcadero atrajo la atención de Vallon.

—¡Aguantad! —gritó Wulfstan.

Pero Vallon ya había visto al hombre alto y rubio corriendo por el muelle con un arco atravesado al hombro, un perro a su lado y un porteador que empujaba un carrito de mano corriendo tras él.

—¡Adelante! —gritó a los estibadores.

—¡No, esperad! —gritó Hero—. No podemos zarpar sin decirle adiós.

Wayland se quedó de pie junto al barco y sonrió torcidamente a Vallon.

—Has sido muy taimado... Decirme que no ibais a zarpar hasta la semana que viene...

—Actuaba por tu interés.

—Yo decidiré lo que es bueno para mí.

—¿Quién te ha dicho que nos íbamos? —le preguntó Vallon. Giró en redondo—. Wulfstan, ¿has sido tú?

—He sido yo —confesó Hero.

Vallon le lanzó un gruñido.

Wayland inclinó la cabeza.

—¿Vais a bajar la pasarela o tendré que saltar? No soy tan ágil como antes, y no he aprendido a nadar mejor desde que dejé Inglaterra.

—No quiero que vengas porque te sientas obligado.

—Lo haré por mi propia voluntad.

—¿Y lo sabe Syth?

—Hemos discutido casi toda la noche. No le hace feliz mi decisión, pero está de acuerdo en que es lo correcto. No hay prisa para volver a Inglaterra. Ella y los niños se quedarán en Constantinopla con vuestra familia. Se consolarán unos a otros en nuestra ausencia.

Alguien del buque del duque quiso saber cuál era el motivo del retraso. Vallon miró a Hero. La sonrisa y los ojos brillantes lo decían todo. Detrás de él, Wulfstan sonreía como un chiflado.

Vallon se volvió hacia la tripulación que estaba esperando.

—Bajad la pasarela.

Cuando Wayland llegó a bordo, ambos hombres se abrazaron.

—Siempre has seguido tu propio camino —murmuró Vallon—. Rezo para que no hayas elegido el equivocado. —Calló y se alejó sin mirar atrás.

El viento soplaba a favor de la flotilla. Cuando el *Pelícano* hubo salido del puerto, se abrieron las dos hileras de remos de bajo cubierta, a cada lado, y ciento veinte remeros se pusieron ante los remos. Un tambor marcó un ritmo sonoro, y los remos se levantaron. Cuando se estableció la cadencia, sonó un silbato y los remos se sumergieron todos al mismo tiempo. Se alzaron de nuevo, el agua relampagueando a la luz del sol, y volvieron a bajar, con sus guiones de quince pies de largo flexionándose por el esfuerzo. El *Pelícano* cogió impulso. El ritmo de los remos se aceleró, hasta que el agua empezó a espumear cayendo por la proa.

Vallon miró hacia atrás, al *Cigüeña*. El *Pelícano* era el más grande de los dromones, un buque de guerra muy marinero de casi ciento cincuenta pies desde la proa hasta la popa, y de solo veinticinco pies de manga. Su tripulación constaba de ciento cuarenta personas, más unos setenta del escuadrón de Vallon que sustituían a los cincuenta marineros que normalmente llevaban. Dos palos sostenían las velas latinas arrizadas que daban mayor maniobrabilidad que las velas cuadras que Vallon había aprendido a manejar en su viaje al norte. Para el combate, iba equipado con un ariete reforzado con metal que se proyectaba desde la proa, y un castillo de madera acorazado en medio del barco, para los arqueros y las catapultas. A proa y a popa se habían colocado unos sifones de bronce para rociar fuego griego. La cabina de popa, cuyo techo también funcionaba como plataforma de combate, solo acomodaba a una docena de pasajeros, incluidos el capitán y sus oficiales más importantes, a Vallon, a sus centuriones y a Hero. El resto de los forasteros, más los marineros fuera de servicio, dormían bajo unos toldos de lona en la cubierta.

Los buques de suministros, *Tetis* y *Delfín*, eran un tipo de dromón llamado *chelandia;* habían adaptado unos anchos cascos para conducir caballos y carga. Tripulados por un centenar de hombres, eran más lentos que los dromones de lucha ya fueran a vela o a remo. Treinta hombres del escuadrón de Vallon, junto con los muleros y otros no combatientes, se habían repartido entre los transportes. Habían quedado en encontrarse en el extremo norte del Bósforo, antes de dirigirse en convoy a través del mar Negro. Ya estaban en la boca sur del estrecho. Vallon veía aproximarse Gálata. Incluso pudo ver su villa. Supo que Caitlin estaría allí con las niñas, diciéndoles que no debían llorar: «Callad. Vuestro padre volverá pronto a casa».

¡Tres años!

Vio a Wayland mirando hacia tierra con una expresión ausente que se convirtió en una sonrisa forzada cuando se dio cuenta de que su amigo lo estaba mirando.

—Habría sufrido más dolor si no me hubiera unido a vos.

—Y tu dolor ablanda el mío. Wayland, no puedo decirte lo mucho que me alegro de teneros a ti y a Hero a mi lado.

—No os olvidéis de mí —dijo Wulfstan.

La risa de Vallon pareció un sollozo.

—Y a ti también, maldito vikingo…

Wayland golpeó suavemente el brazo de Vallon y se alejó. Constantinopla desaparecía tras ellos.

El *Pelícano* y el *Cigüeña* alcanzaron el mar Negro a media tarde. Echaron el ancla junto al cabo Ancyreo, llamado así, según le contó Hero a Vallon, porque allí fue donde Jasón embarcó una piedra como ancla para el *Argos*, durante su búsqueda del Vellocino de Oro. Los barcos de suministros no les alcanzaron hasta que el sol ya azotaba los suaves y negros contornos de la costa tracia. Durante la noche, el viento cambió hacia el oeste. Al amanecer, la flota izó las velas y se dirigió hacia Trebisonda. Era el vigésimo sexto día de abril.

Cuando la costa desapareció de la vista, Vallon reunió a su escuadrón y les contó cuál era su destino. Se tomaron la noticia con calma, incapaces de hacerse cargo de la empresa a la que se enfrentaban, de lo lejos que estaba su destino. Para la mayoría de ellos, el reino de China era un lugar tan abstracto como el Cielo… o el Infierno. Aquel primer día sencillamente se alegraron de alejarse del cuartel y de dirigirse a un imperio misterioso donde los nativos hablaban como gatos, las concubinas caminaban con afectación sobre los pies vendados y los dragones eran tan comunes como los cuervos.

Unas brisas cálidas los empujaron hacia el este todo el día. Cuando Vallon se despertó a la mañana siguiente, el mismo viento favorable los seguía impulsando. Él permaneció en la proa, contemplando a los peces voladores que saltaban sobre las olas.

Hero se unió a él.

—A esta velocidad, alcanzaremos Trebisonda dentro de una semana.

—Y nuestro viaje apenas habrá comenzado.

—Admitidlo, en parte estáis emocionado por iniciar una aventura tan grande.

—Eso hace que me sienta culpable. Siempre es mucho más difícil para los que se quedan atrás. ¿Y tú, Hero? ¿Hay alguien que llore tu ausencia?

—Mis colegas me echarán de menos, espero. Aparte de ellos, solo mis hermanas.

—Las Cinco Furias, solías llamarlas.

—El matrimonio las ha ablandado bastante. Ahora soy el orgulloso tío de siete sobrinos y cinco sobrinas. Este viaje me ahorrará una fortuna en regalos.

Vallon notó que Hero no se sentía cómodo hablando de asuntos personales, por lo que cambió de tema.

—Echemos un vistazo más de cerca a los sifones de fuego griego. Solo los he visto en acción a distancia, y me gustaría comprender mejor cómo funcionan.

Iannis, el capitán del barco, se mostraba reacio a hacer una demostración.

—General, los sifones solo se usan en combate, y en situaciones límite. El fuego griego supone casi tanto peligro para el buque que lo lanza como para el objetivo.

Vallon insistió.

—Como comandante militar, necesito saber cuál es nuestra capacidad de combate.

Mientras los marineros arrizaban las velas y un equipo preparaba el lanzallamas de proa, Vallon y Hero examinaron su mecanismo. El compuesto incendiario era proyectado desde un barril de bronce giratorio con una boca forjada en forma de león rugiente. Desde la parte trasera del lanzallamas, un tubo de cobre, equipado con una válvula para regular el flujo de aceite, conducía al depósito de combustible: una cámara de hierro soldado presurizada con una bomba de émbolo de bronce. Bajo este depósito, montado sobre unas ruedas, había un brasero de carbón avivado por unos fuelles para calentar el combustible.

Eran necesarios diez hombres para manejar aquella máquina. Iban vestidos con trajes de cuero y delantales que se habían preparado contra el fuego con vinagre y alumbre. Vallon observó que varios de ellos tenían cicatrices de llamas en el rostro. Su líder explicó las funciones que cumplía cada cual. Uno atendía el brasero y encendía el chorro de aceite caliente en la boca. El líder del pelotón apuntaba el sifón, mientras otro hombre operaba la válvula; dos más manejaban la presión de la bomba. El resto de ellos apagaban los fuegos, equipados con cubos de arena y mantas de piel de buey. Antes de que el equipo se pusiera a trabajar, extendieron una capa de arena en torno al arma y se santiguaron.

Encendieron el brasero. Cuando los carbones estuvieron al rojo, el hombre que los lideraba comenzó a manejar los fuelles. El depósito emitió unos ominosos chasquidos cuando el metal se expandió.

—General, por favor, apartaos —dijo el capitán—. La caldera podría explotar. Ya ha pasado antes.

—Yo mismo he visto cómo ocurría, señor —dijo Wulfstan detrás de Vallon—. Mató a toda la tripulación del ingenio. Todavía noto el olor a tostado…

Vallon miró al vikingo y dio unos cuantos pasos atrás.

El líder del equipo tomó el control del sifón. Los dos hombres de la bomba empezaron a crear presión en el depósito. El fogonero se colocó en su posición con una antorcha llameante en las manos. El operador de las válvulas se preparó. Con el extraño atuendo que llevaban, más parecían agentes de Satán preparándose para incinerar a los pecadores en las calderas del Infierno que otra cosa.

El líder pareció buscar el momento apropiado a partir de los sonidos producidos por el tanque de combustible. Su rostro se arrugó, concentrado. El tanque lanzó otro chasquido agudo. El aire a su alrededor pareció vibrar, temblar. Vallon dio otro paso atrás.

—¡Ahora!

El operador de la válvula abrió el suministro de aceite y un chorro de combustible caliente salió de la boquilla. El hedor de aquel compuesto se agarró a la garganta de Vallon e hizo que le escocieran los ojos. El fogonero, estirándose al máximo, encendió el chorro con una antorcha. *Fuaaaaaaa*. Un chorro humeante de llamas rojas y amarillas saltó a veinte pies del barril, y pronto llegó hasta los treinta pies. Los hombres que manejaban la bomba se esforzaban más y más. El chorro formó un arco invertido, pues, en parte, el combustible vaporizado se curvaba hacia abajo antes de elevarse. Formó un abanico de fuego rugiente que cayó al mar y que, todavía ardiendo, pasó más allá del casco del dromón y dejó terribles charcos.

—¡Ya basta! —gritó el capitán, moviendo los brazos.

Cerraron la válvula de suministro. Las llamas se fueron acortando y luego se extinguieron, dejando goterones y chorros de aceite apestoso siseando en la alfombra de arena. Una nube espesa y negra se alejó en la dirección que marcó el viento. Los hombres se apartaron del brasero y abrieron una válvula de alivio de la presión en el depósito, mientras el resto de la tripulación se mantenía alerta con sus mantas contra el fuego. Cuando el artilugio quedó bien asegurado, se miraron unos a otros y resoplaron, como si solo la gracia divina hubiese evitado el desastre.

Vallon inclinó la cabeza hacia el capitán.

—Ha sido impresionante y bastante terrorífico. Ahora comprendo el poder de esta arma. No volveré a poner en peligro nunca más vuestro barco solo para satisfacer mi curiosidad.

Cuando el arma se hubo enfriado, Vallon y Hero la inspeccionaron más de cerca.

—¿Te has enterado de algo más acerca de la fórmula? —preguntó Vallon.

En el salvaje territorio del norte de Rus, Hero improvisó un líquido incendiario para destruir el dragón de los vikingos.

—Creo que el ingrediente principal es una sustancia llamada aceite de roca, que se filtra del suelo en algunos lugares de Persia y del Cáucaso. En cuanto a lo que hace que se adhiera a todo lo que toca…, imagino que usan resinas de plantas: sangre de dragón sería una elección adecuada. También podría estar implicada la cal viva. ¿Habéis observado que el fuego ardía con aún más intensidad cuando tocó el mar?

Hero examinó la bomba.

—Muy ingenioso —dijo—. Es de doble acción, y extrae aire tanto al subir la manivela como al bajarla. Debo hacer un dibujo.

Vallon se echó a reír.

—No hay una sola rama de la ciencia que no puedas dominar si centras tu mente en ella. —Apretó el hombro de su amigo—. Habría sido un mando mucho más solitario sin tu compañía.

Vallon fue paseando por la cubierta, conversando con sus hombres. Parecían estar todos de buen humor, disfrutando del buen tiempo después de meses encerrados en sus cuarteles de invierno. Apoyó las manos en la borda y examinó el convoy. Los dromones navegaban bajo una lona reducida, para permitir que los barcos de suministros mantuvieran su paso. El *Pelícano* surcaba las olas a cuarenta yardas de distancia del *Delfín*. Vallon vio a Lucas entrenándose con otro recluta en la cubierta de proa.

Wulfstan se unió a Vallon y observó a los reclutas que lanzaban mandobles y los paraban.

—Al chico no se le da mal.

—Es muy bueno —dijo Vallon—. Mira con cuánta suavidad se mueve.

Lucas esquivó un ataque, saltó hacia atrás, atacó el escudo de su oponente con la derecha y luego, con tiempo de sobra, le golpeó con un revés desde la izquierda.

—¿Qué os parece? —dijo Wulfstan—. ¿Creéis que os podrá superar?

—Dentro de un año incluso tú me superarás. Se llama «hacerse viejo». —Vallon se puso las manos huecas en torno a la boca—. ¡Bien hecho —gritó—, pero no te fíes demasiado del borde de tu espada! No es buena, y contra una armadura existen muchas posibilidades de que haga un corte poco hondo. Usa mejor la punta. —Vallon sacó su propia espada e hizo una demostración con unos cuantos movimientos—. ¿Lo ves? El golpe es más mortal. Hasta ese hierro tuyo tan malo puede pinchar a través de la cota de malla si echas el peso detrás de él. —Contuvo el aliento—. Y otra cosa: luchar con el objetivo de matar con la punta hace que tu cuerpo esté más centrado, y expones menos el brazo y el flanco. Prueba.

Lucas retrocedió y levantó la espada. Wulfstan lanzó una risita.

—Cumplidos y consejos del patrón..., hoy has tenido un buen día.

Vallon se volvió de nuevo hacia Lucas, tras pensar un momento.

—¿Qué tal tu griego?

—*Etsi ki etsi, kyrie.*

—Bien. Sigue mejorando.

El viento y el tiempo en general eran tan benignos que hasta Vallon tuvo que recordarse a sí mismo que la travesía del mar Negro era solo la primera y más breve etapa de su viaje. En cuanto llegaran a Trebisonda, tendrían que emprender una marcha por tierra de cuatro mil millas a través de un territorio desconocido y probablemente hostil. ¿Lo aguantarían los caballos y los animales de carga? No, tendrían que encontrar nuevas monturas y alquilar camellos. ¿Se mantendría la resolución y disciplina de los hombres cuando llegaran el aburrimiento, la enfermedad y las inevitables distracciones que proporcionarían alcohol y mujeres? No, casi seguro que no. Alguna escaramuza ocasional sería incluso una bendición, y ayudaría a mantener la moral. Sin embargo, con una fuerza de combate de solo cien hombres, Vallon no podía permitirse perder a ninguno de ellos en una batalla. Y luego estaba el duque, cargar con él era una responsabilidad terrible. Un mar de preocupaciones flotaban en su ánimo, pero el cielo azul parecía disiparlas. Pocas expediciones habrían tenido jamás un inicio de trayecto tan placentero.

Hacia el mediodía del sexto día, cuando solo una jornada les separaba de Trebisonda, el *Cigüeña* maniobró a sesenta pies del *Pelícano*. Uno de los hombres del duque llamó a Vallon por una bocina.

—¡Su excelencia os invita a comer a vos y al maestre Hero, para brindar por nuestro buen progreso!

—Es demasiado pronto para celebrarlo. Estaré encantado de alzar una copa cuando lleguemos a Trebisonda.

El duque Escleros, que vestía con varias capas de ropajes de seda, cogió la bocina.

—Vallon, tuvimos un mal comienzo, y me temo que la culpa es mía. En Trebisonda todo serán banquetes formales y discursos vacíos. Hablemos de hombre a hombre. Os prometo un buen almuerzo.

Las olas se balanceaban con suavidad, la brisa soplaba solo lo suficiente para llenar las velas. Vallon vio que el capitán Iannis esperaba desde el castillo del buque.

—¿Podéis transportarme con seguridad?

—Sí, general.

Unos cuantos oficiales gritaron algunas órdenes. Equipos de marineros arrizaron la vela hasta que el *Pelícano* redujo la velocidad lo suficiente para que pudieran gobernarlo con el timón. Unos hombres bajaron un esquife por el costado y dejaron caer una escala de cuerda hacia él. Con cuidado, tanteando con su tobillo rígido, Vallon bajó, alegrándose de que unas manos fuertes le sujetaran.

A bordo del *Cigüeña,* Escleros acompañó a sus huéspedes a su camarote, donde estaban reunidos media docena de hombres de su séquito. Cristal y plata brillaban sobre la mesa. En un rincón estaban los baúles con los regalos para el emperador Song, cerrados.

—Un brindis antes de comer —dijo Escleros—. Por un viaje seguro y exitoso.

Vallon y Hero levantaron sus vasos.

—Seguridad y éxito.

Unos criados sirvieron el plato principal: escribanos hortelanos asados que habían sido capturados con una red en su migración primaveral, cegados, alimentados a la fuerza con mijo e higos hasta alcanzar cuatro veces su tamaño normal, ahogados en vino y luego cocinados con todas las tripas; solo les habían quitado las plumas. Escleros se comió cuatro. Dejó las carcasas mondas y se limpió la grasa que le corría por la barbilla. Su conversación era intrascendente. Parloteaba sobre ciertos cotilleos de la vida de algunos cortesanos. Fue sirviendo a sus invitados un fuerte vino tracio.

Después de llenar las copas por segunda vez, Vallon puso una mano sobre su vaso.

—No quiero más, gracias. Hace falta una cabeza y unas piernas firmes para volver.

—Bueno, general —dijo Escleros, vaciando el último vaso—, decidnos qué pensáis de nuestras posibilidades.

—¿De llegar a China? —Vallon miró a la compañía—. No hay que preocuparse por los peligros desconocidos. Ya tendremos tiempo de hacerlo cuando demos con ellos…, que daremos. Es la logística lo que más me preocupa. Encontrar comida suficiente, pienso y agua. Tenemos mucho oro, pero no estoy seguro de lo lejos que nos llevará, cuando lleguemos a los desiertos de Turquestán.

Escleros empezó a comerse a cucharadas un flan de limón especiado, que introdujo por encima de su pendulante labio inferior.

—Tengo toda la fe del mundo en vos y en vuestros hombres.

—Debo decir, excelencia, que vuestra actitud es notablemente confiada.

Escleros hizo girar una mano, dando prioridad al siguiente bocado. En cuanto se lo hubo tragado (tras masticar solo lo mínimo), miró a Vallon con aquellos ojos tan pequeños.

—Soy un estoico, general. Las vicisitudes que he sufrido me impiden abrazar cualquier otra filosofía. —Levantó una mirada interrogativa más allá de Vallon, y pareció asentir.

Vallon se volvió y atisbó una figura que se escabullía detrás de la puerta. Un sirviente la cerró.

Escleros siguió hablando.

—Sí, Vallon, la fortuna me ha asestado algunos golpes duros. Mis propiedades en Capadocia eran tan grandes que necesitabas un buen caballo para recorrerlas todas en un solo día. Todo desaparecido, perdido ante los viles selyúcidas. No puedo mirar a esos mercenarios paganos vuestros sin sentir un acceso de rabia. Tomad otro poco de flan. Animaos.

Alguien tocó el tobillo de Vallon por debajo de la mesa. Hero componía una mueca mirándole e indicando la puerta.

—Creo que deberíais echar un vistazo fuera —dijo en inglés.

Escleros se echó a reír.

—Así que hablando en una lengua extranjera... Vamos, vamos. Eso no es educado. Compartid con nosotros lo que tengáis que decir.

Vallon hizo una mueca como disculpándose.

—Lo siento. Hero me estaba recordando que había pedido probar la catapulta de la nave esta tarde.

—Canceladlo. Estaremos en Trebisonda mañana.

—No, mis hombres me esperan. Siento abandonar este festín tan espléndido, pero tengo que volver.

Los ojos de Escleros se movieron furtivamente. Sus hombres parecían nerviosos, expectantes, como si esperasen una señal.

—Insisto —dijo—. Tenemos temas importantes que discutir.

Vallon se levantó.

—Tendrán que esperar hasta que lleguemos a Trebisonda.

Escleros arrugó su manchada servilleta y la arrojó sobre la mesa.

—Ah, pues muy bien, pero debo decir que vuestros modales me parecen algo descorteses.

Vallon salió a la cegadora luz del sol y vio que el *Pelícano* navegaba a un tiro de flecha a estribor del *Cigüeña*. Wayland y Josselin estaban de pie en la torre, señalando hacia el sur.

—¿Qué pasa? —preguntó Escleros.

—No lo sé —dijo Vallon—. Traedme esa bocina.

Josselin ya había encontrado una.

—Buque al sudoeste. Parece uno de los nuestros.

Vallon miró poniéndose la mano sobre los ojos para hacerse sombra. Vio la punta de una espina blanca pinchando el horizonte.

—¿Qué rumbo?

—Hacia nosotros.

Wayland dijo algo a Josselin.

—¡Dos dromones! —gritó el centurión—. ¡Tres palos! Wayland cree que llevan la bandera imperial.

—¿Cuánto tiempo pasará hasta que nos alcancen?

Josselin consultó al capitán del *Pelícano*.

—No más de media hora. Deben alcanzar dos veces nuestra velocidad. —Josselin señaló hacia las rechonchas chalupas que oscilaban en la estela de los dromones.

Vallon se sintió molesto, inseguro. Casi con toda seguridad los buques que se acercaban eran bizantinos, pero eso no significaba que fuesen embarcaciones amigas. Desde que los selyúcidas habían conquistado gran parte de Anatolia, los griegos desposeídos habían establecido varias bases piratas en la costa del mar Negro. Si el *Cigüeña* y el *Pelícano* se ponían al pairo entonces, para dejarlo volver a su barco, el retraso permitiría que los buques que se acercaban los atrapasen. Por otra parte, después del extraño comportamiento del duque, no quería estar en el *Cigüeña* cuando llegasen. Miró por encima del hombro y vio que Escleros y sus hombres formaban en el exterior de la cabina, esperando a ver por dónde bajaba él.

—Excusadme —dijo Vallon. Condujo a Hero adonde no podían oírlos—. ¿Crees que le han hablado de los barcos al duque mientras estábamos en la mesa?

—No veo qué otra cosa podía haber sido.

—Entonces, ¿por qué no nos ha dicho nada?

—Quizás estaba demasiado entretenido atracándose de comida.

Vallon examinó los barcos que se acercaban. Al barco que iba en cabeza ya se le veía el casco, y sus dos velas formaban una muesca en el horizonte.

—O esperaba a los barcos y quería mantenernos a bordo hasta que los interceptaran.

—No podía saber que estarían en este lugar y en este momento.

—No, pero, si había apostado un vigía en el mastelero, habría sido capaz de avistar a los barcos mucho antes de que los vieran nuestros hombres. Con el tiempo suficiente para asegurarse de que estábamos todavía en su barco cuando dieran con nosotros.

—Pero ¿por qué iba a hacer tal cosa?

—No lo sé. Quédate cerca de mí.

Josselin le llamó de nuevo.

—Definitivamente, están izando la doble águila.

Vallon se llevó la trompeta a la boca.

—Mantened el rumbo. No os separéis de los barcos de suministros. Que los hombres se preparen para el combate.

—Eso es ridículo —farfulló Escleros—. Anulad vuestra orden.

Vallon le ignoró. Majestuoso, a toda vela, el buque insignia se había acercado a menos de dos millas. Otra bandera subió por el palo mayor.

—Nos ordenan que nos pongamos al pairo —gritó Josselin.

—Haced lo que dicen —dijo Escleros. Agitó una mano al capitán—. Ocupaos.

Vallon dio un paso al frente.

—Esperad.

El capitán dudó, mirando alternativamente a sus dos superiores.

—Tengo órdenes de no detenerme ante nadie —dijo Vallon.

—General, no podéis ignorar una señal del almirante del mar Negro. Esa es su bandera, la que se agita en el palo mayor. —El tono de Escleros se endureció—. Haced lo que os digo, capitán.

—¡Seguid mis órdenes! —exclamó Vallon—. El logoteta me

aseguró que la flota del mar Negro tiene órdenes de no entorpecer nuestro paso.

—Quizá traigan algún mensaje que afecte a nuestra misión.

—Tenemos unas condiciones de navegación ideales desde que salimos de Constantinopla. Para alcanzarnos, esas galeras han tenido que abandonar el puerto menos de un día después de nuestra partida.

—No sé nada de barcos ni de navegación. Pongámonos al pairo y resolvamos el misterio.

—¿Por qué iba a despachar el logoteta dos barcos para llevar un mensaje?

—General, no tengo ni la menor idea. Actúo según lo que ven mis ojos, no en función de lo que teme mi imaginación. Veo un dromón imperial que nos hace señas de detenernos. Así pues, por última vez —el duque se dirigió hacia el capitán, mientras unas manchas amoratadas invadían sus mejillas—, exijo que obedezcáis sin demora.

—¡Yo soy el que está a cargo de la seguridad, maldita sea!

Pero el título del duque tenía más peso. Las órdenes del capitán de ponerse al pairo ya habían llegado a su destino. Los cabos vibraron, las vergas crujieron, las velas orzaron.

—Hero y yo volvemos al *Pelícano* —le dijo Vallon a Escleros. Levantó la voz—: Bajad un bote.

Nadie se movió. Se giró en redondo.

—¿No me habéis oído?

Uno de los hombres del duque tocó el pomo de su espada. Eso confirmó lo que ya había intuido: traición. Sin embargo, él ya había sacado su propia espada antes de que el hombre pudiera reaccionar. Sus ojos relampagueaban.

—¿Qué está pasando aquí?

—Os estáis comportando como un lunático —dijo Escleros—. Mostrad un poco de dignidad. Los dromones estarán aquí antes de que podáis alcanzar vuestro barco.

Josselin había notado que algo iba mal.

—¿Necesitáis ayuda, general?

—¡Mandad dos pelotones! Transferid a todos los hombres al *Pelícano* y ordenad que los transportes desplieguen las velas! ¡Quedaos donde estáis, preparado para recibir mis instrucciones!

Cuando los dos esquifes bajaron, se desató una actividad frenética. Veinte soldados se amontonaron en ellos y remaron con todas sus fuerzas hacia el *Cigüeña*. Los barcos de suministros empezaron a acercarse al *Pelícano*.

El duque agitó los brazos.

—¡Ordenad que vuelvan! ¡No pienso dejar que vuestros matones suban a mi barco!

—No os queda elección —dijo Vallon—. Ni se os ocurra resistiros. No tenéis más que veinte soldados en vuestra compañía, y sospecho que ha pasado mucho tiempo desde que alguno de ellos alzó su espada por última vez.

Escleros apeló al capitán del *Cigüeña.*

—¡Esto es un motín! ¡Llamad a las armas a los soldados!

Vallon alzó su espada.

—Capitán, habéis desobedecido una de mis órdenes. Desobedeced otra y juro que os arrepentiréis.

Descompuesto, el hombre se retiró, murmurando a sus oficiales y agitando los brazos, desesperado ante el caos que se había cernido sobre el barco.

Aimery fue el primero en subir a bordo. Vallon le tendió la mano para ayudarle y le susurró al oído:

—Sospecho que hay juego sucio. Ve delante de mí.

A continuación subieron Gorka y Wulfstan, que trepó por la escalerilla con una sola mano y el cuchillo entre los dientes. Vallon fue hacia la escalerilla y luego se volvió, sonriendo.

—Excelencia, he olvidado daros las gracias por vuestra hospitalidad.

Aún con la sonrisa en la boca, avanzó hacia el duque, le cogió del brazo, le hizo dar la vuelta en redondo y apoyó el filo de su espada en la garganta del hombre. Sus hombres no tuvieron tiempo de reaccionar antes de que los soldados de Vallon los amenazaran.

—Coged a tantos como quepan en los botes —ordenó Vallon. Señaló con la mano libre a los de mayor edad del séquito del duque—. Ese, ese y aquel otro.

—Iréis a la hoguera por esto —murmuró Escleros.

—Coged el tesoro —le dijo Vallon a Gorka—. Está en el camarote.

Uno de los hombres del duque intentó bloquear la puerta, pero Gorka lo aporreó con el pomo de la espada y lo echó a un lado. Vallon empujó a Escleros hacia un lado y se lo entregó a un selyúcida achaparrado que tenía cara de luna llena, más impresionante aún por su impasibilidad.

—Vigílalo de cerca.

El buque insignia estaba a menos de una milla a estribor. La espuma salpicaba desde su proa. Gorka y sus hombres salieron tambaleantes del camarote, cargados con los baúles del tesoro. Los hombres del duque se quedaron clavados en su sitio.

—Josselin, ordena a esos barcos que se mantengan a distancia. Diles a sus comandantes que estamos en una misión imperial, y que todo intento de acercamiento lo consideraremos un ataque. Diles que tengo al duque en custodia.

Vallon esperó hasta que todos los hombres estuvieron en los botes para ocupar su sitio. Habían subido a bordo de uno de ellos a seis hombres de la compañía del duque, y la embarcación iba muy baja. Wulfstan se balanceaba en uno de los botes. Exhortaba a los remeros a esforzarse con una retahíla de improperios de una intensidad casi poética. No cantaba himnos. En aquel momento estaba en su elemento, y parecía que se regodeaba.

El casco del *Pelícano* impedía que Vallon viese los buques de combate, que se acercaban.

—Josselin, ¿qué están haciendo?

—Reducen vela, señor. Saben que algo falla.

El casco del *Pelícano* se alzaba imponente sobre los barcos.

—Coged al duque primero. Luego iré yo.

Dos hombres subieron a Vallon a cubierta. Cogió a Escleros y corrió hacia el otro lado mientras una voz amplificada resonaba desde el dromón.

—Dungarios del mar del Este, trayendo despachos imperiales para el duque Miguel Escleros.

El duque se retorció, sujeto por Vallon.

—Os lo he dicho…

—¿Qué órdenes? —aulló Vallon.

—Solo son para el duque.

—¿De dónde venís?

—Trebisonda.

Vallon hizo girar al duque.

—¿Trebisonda? No hay buque que pueda haber navegado desde Constantinopla a Trebisonda, y luego volver a la mar a tiempo para interceptarnos. El único motivo por el que nos esperáis es porque conocíais nuestro viaje por anticipado.

Escleros había recobrado la compostura.

—Es muy posible —dijo—. Habéis vivido el tiempo suficiente en Constantinopla para saber lo difícil que es guardar secretos. Una orden imperial susurrada en un armario de palacio será la comidilla de las tabernas a medianoche.

—No —dijo Vallon—. Esto es obra vuestra.

La cara del duque se inflamó más aún.

—¡Cómo os atrevéis! ¡Recordad a quién os estáis dirigiendo!

La actitud de Vallon era implacable.

—Habéis sido vos.

—Tonterías. ¿Qué pruebas tenéis? Yo podría haceros la misma acusación a vos.

—No he hablado con nadie.

—¿Ni siquiera con vuestra esposa?

Vallon le soltó y le empujó.

—Pronto sabremos quién tiene la culpa.

El oficial del buque de guerra levantó la bocina.

—Transferid al duque al barco del almirante para recibir instrucciones concernientes a vuestra misión.

—Si le queréis, tendréis que venir a buscarle.

Escleros tiró de la manga de Vallon.

—Solo conseguiréis empeorar las cosas. Esos barcos llevan seiscientos hombres y marineros. Es inútil resistirse. No podéis salvar vuestra carrera, pero aún tenéis la oportunidad de salvar vuestra vida.

Los labios de Vallon se curvaron.

—Pensaba que no sabíais nada de asuntos militares; sin embargo, parece que conocéis perfectamente las fuerzas del enemigo.

El duque miró a su alrededor, meneando la cabeza. Luego clavó una mirada trágica en Vallon. Lanzó un suspiro cansado.

—Sois un loco, un idiota. Si os hubierais quedado un rato más en la mesa, podríamos haberlo arreglado para que todos quedáramos satisfechos. Pero no. Nada más entrever una vela, salís corriendo como un perro rabioso.

Un escalofrío recorrió la espina dorsal de Vallon.

—Así que tengo razón. Habéis saboteado nuestra expedición.

—He hecho que nos salváramos de una muerte cierta —susurró Escleros. Se echó hacia atrás—. Admitidlo, Vallon, a vos no os apetece esta aventura más que a mí. Lo vi en vuestro rostro el día que nos conocimos. —Se acercó más—. Pero yo tengo pruebas fehacientes de la locura del emperador. —Asintió, agitando un dedo regordete, y su voz bajó hasta convertirse en un intenso susurro—. No somos la primera expedición que parte hacia China. El emperador depuesto por Alejo envió una delegación la primavera pasada. Una paloma mensajera nos trajo noticias de su destino en diciembre. Habían perdido a tres cuartas partes de sus hombres y se habían quedado sin comida y sin agua. Desde entonces no hemos sabido nada más de ellos. Han muerto. ¿Queréis encontrar vos el mismo destino?

Vallon miró los buques de guerra. Había cientos de hombres armados a su alrededor.

—Esos buques no forman parte de la Flota del Este. No llevan a ningún almirante. ¿Quién los comanda?

—Parientes cercanos y amigos de confianza.

—¿A qué acuerdo habéis llegado?

—Permitirles acercarse y escoltarnos hasta Trebisonda.

—Y luego ¿qué? Me llevarán de vuelta a Constantinopla y me ejecutarán por traición.

—Ninguno de nosotros puede volver a la capital. Tendréis que quedaros en Anatolia. En realidad, el ducado es independiente. En Trebisonda estaréis fuera del alcance del emperador.

La situación estaba empezando a escapar del control de Vallon.

—Mi esposa y mi familia están en la capital.

—Y también la mía, esperando mis instrucciones para unirse a nosotros. En cuanto lleguemos a puerto, enviad un mensaje a vuestra dama. Un barco esperará. Ya lo he dispuesto. Dentro de una semana o dos podréis reuniros con vuestra familia.

—¿Y perder mi hogar y mi carrera?

El aliento carnoso de Escleros impactó en su rostro.

—Yo he perdido mucho más. Los dos podemos construirnos una vida nueva en Trebisonda. Mejor que morir entre bárbaros, a miles de millas del hogar.

—¿Y mis hombres?

—Trebisonda necesita soldados. Encontrarán empleo. —Escleros había tomado la iniciativa—. Escuchad, Vallon: ¿por qué creéis que el emperador os ha elegido para esta misión?

—Por mi experiencia de viaje en tierras hostiles.

Escleros tiró del brazo de Vallon.

—Sí, sí, todo eso. Pero hay algo más...

El general frunció el ceño.

—¿Por salvar la vida del emperador?

Escleros emitió una risa jubilosa.

—Y algo más, antes de eso... Vos os plantasteis ante sus generales y les dijisteis que sería una imprudencia enzarzarse con los normandos. Y teníais razón. Y cuando se demostró que teníais razón, aún echasteis más sal a la herida rescatando al emperador de su propia vanagloria. Vos no os movéis en los círculos cortesanos, como yo, pero, creedme, en los banquetes privados y las casas de baños, hombres importantes susurran vuestro nombre y sonríen ante la ironía. No se han olvidado (ni tampoco lo ha hecho Alejo) de que Basilio, el macedonio, uno de nuestros mejores emperadores, empezó su carrera como general extranjero.

—¿Y cuál es vuestro crimen?

—Mi nombre. Soy un Focas, primo del emperador depuesto por Alejo y de su madre, esa zorra intrigante.

Vallon se sentía confuso. Meneó la cabeza.

—Alejo no perdería una fortuna solo para librarse de uno de sus generales y un duque traidor.

Cuando Escleros sonrió, sus ojos desaparecieron.

—Qué poco sabéis de la política bizantina. —Hizo una seña hacia los cofres del tesoro—. Ese oro vale menos de lo que le costaría a Alejo construir una capilla privada en la cual confesar sus pecados. —Levantó un dedo y su voz se convirtió en un susurro—. Pero para nosotros, general, es una fortuna, unos sólidos cimientos sobre los cuales reconstruir nuestras vidas.

Las pocas esperanzas de Vallon se venían abajo, hechas una ruina. Escleros observó su consternación y siguió:

—Y otra cosa más. Tenéis una mujer muy bella. Habéis pasado más tiempo en servicio en el extranjero que en casa. —Escleros hizo una mueca y levantó una mano tranquilizadora—. No me malinterpretéis. No he oído nada que sugiera que vuestra dama es otra cosa que una compañera fiel. Pero en las cenas a las que he asistido he oído hablar a diversos caballeros ricos y bien relacionados a los que les gustaría mucho separaros de vuestra amada. —Le cogió con más fuerza aún—. Tres años, Vallon. Ese es el tiempo que estaremos ausentes, quizá más. Todo ese tiempo, vuestra esposa tendrá que soportar un lecho vacío.

Vallon sintió frío.

—¿Y qué papel representa en esto el logoteta?

Escleros aflojó su presa.

—¿Quién sabe? Él hace y deshace, mezcla a santos y pecadores en su trama y su urdimbre.

Vallon emitió un suspiro tembloroso.

—Tengo que consultar con mis oficiales.

—No hay nada que consultar. La expedición ha terminado. Aunque pudierais escapar, perderíais los barcos de suministros.

Vallon miró a Escleros como si le viera por primera vez.

—Pensaba que erais un idiota, un glotón perezoso sin un solo pensamiento en la cabeza, salvo aquel que os hace pensar en de dónde vendrá vuestra próxima comida.

El duque se reía disimuladamente.

—Hombres más sabios que vos han cometido el mismo error. —Adoptó un tono formal y abrió mucho los ojos, con falsa sinceridad—. No os lo tendré en cuenta. Sois un simple soldado que intenta cumplir con su deber.

—Sí —dijo Vallon—. Un simple soldado.

—De modo que perdono el trato tan rudo que me habéis dispensado. Y ahora haced lo que os ordeno y recibiréis una parte del oro y del tesoro.

—¿Cuánto?

Escleros inclinó la cabeza como un pájaro a punto de comerse un gusano.

—Una cuarta parte sería lo justo, creo.

Vallon retrocedió.

—Pensaré detenidamente en todo lo que me habéis dicho.

Su escuadrón le contemplaba en perplejo silencio mientras se dirigía hacia la torre. Les hizo señas al capitán del *Pelícano*, a Otia y al centurión georgiano para que se reunieran con él. Subió a la plataforma y miró a sus oficiales. Wulfstan se escabulló y se colocó a su lado.

—Esos son barcos piratas —anunció Vallon, serio—, y el duque está aliado con ellos. Dice que, si le seguimos a Trebisonda, seremos libres de empezar una nueva vida, con una parte del oro.

Wulfstan escupió.

—Bueno, ha sido una expedición muy corta.

—No le creo. Si hubieran querido que fuésemos a Trebisonda, simplemente habrían esperado a que llegásemos. Creo que esperaban abordarnos sin levantar sospechas, desarmarnos y matarnos a todos. Habrían matado a la tripulación y habrían hundido los barcos, sin dejar huellas de su crimen.

—¿Entonces vamos a pelear con ellos? —preguntó Josselin.

Vallon se aclaró la garganta y se enderezó.

—Solo si no tenemos más remedio. Capitán, ¿puede escapar el *Pelícano* de esos barcos?

—General, yo no voy a…

—Os he hecho una pregunta.

Iannis tragó saliva.

—Somos más ligeros y más ágiles. Apostaría a que podemos ser más veloces que ellos, mientras se mantenga la brisa. Si cae, su velocidad bajo remo sería mayor.

—¿Y adónde huiríamos? —preguntó Josselin—. Sinop es el puerto amistoso más cercano, pero debe de estar a más de un día contra el viento. Si viajamos hacia el norte, caeremos en manos de los señores de la guerra de Rus, o de los nómadas de la estepa. Si vamos hacia el este, acabaremos en Armenia o en Georgia.

Las ideas de Vallon estaban empezando a cuadrar.

—No encontraremos un puerto seguro en Armenia. Está en manos selyúcidas, y tiene estrechas relaciones con Trebisonda. Los documentos que nos garantizan un salvoconducto no valdrían ni la tinta con la que están escritos. —Vallon indicó hacia el este—. Capitán, ¿estamos muy lejos de Georgia?

—Si se mantiene esta brisa, deberíamos ver la costa mañana por la mañana.

Vallon miró a Otia.

—Es tu país. ¿Qué tipo de recibimiento podríamos esperar?

—Nada amistoso. Solo han pasado cuarenta años desde que Bizancio fue a la guerra con Georgia, y mis compatriotas tienen buena memoria.

—No vamos a invadirlos, solo queremos un sitio donde desembarcar con seguridad y donde planear nuestro próximo movimiento. Capitán, ¿podéis encontrar un lugar tranquilo para llevarnos a la costa?

Iannis contempló el horizonte oriental.

—La boca del río Fasis. La costa es plana y pantanosa. Allí solo viven pescadores.

—Pues vamos hacia allí.

Josselin señaló los buques de guerra hacia barlovento.

—¿Y cómo nos libramos de ellos?

Los ojos de Vallon se clavaron en el trabuquete, con un brazo que arrojaba maderos de veinte pies de largo. El extremo corto contrapesado por una cesta de arena debía de pesar cerca de una tonelada. Miró a Wulfstan.

—Tú usaste trabuquetes en el Mediterráneo. ¿Qué puede hacer esta cosa?

Wulfstan estudió la máquina.

—Yo diría que puede arrojar una roca de treinta libras a más de quinientos pies.

—¿Y hasta qué distancia podría arrojar al duque?

Wulfstan se echó a reír. Hasta el rostro de Otia se retorció con una sonrisa.

—Calculo que caería mucho antes de la galera, pero provocaría una buena salpicadura.

Hero estaba conmocionado.

—Vallon, espero que estéis bromeando…

—Traedle.

El guardaespaldas selyúcida subió a Escleros a cubierta. El duque miró las caras de aquellos que le rodeaban y no encontró consuelo alguno en ellas. Su voz tembló.

—Confío en haber conseguido que recapacitaseis…

Vallon asintió, fingiendo sentirse derrotado.

—Sí, después de considerar todos los aspectos de nuestra situación, me doy cuenta de que nuestra posición es casi desesperada.

Escleros suspiró, aliviado.

—Bien. Sabía que erais un hombre práctico en el fondo. Recordad...

—«Casi» desesperada —exclamó Vallon—. Una posición con la cual, tristemente, me siento familiarizado. —Miró a Wulfstan—. Atadle al bao. —Se volvió hacia el capitán—. Izad la vela. Josselin, cualquier movimiento por parte del enemigo debe ser respondido con una andanada de flechas.

Cuatro hombres arrastraron a Escleros al trabuquete. El duque no paraba de patalear y chillar. Le alzaron hasta el bao. El oficial del barco de combate levantó su bocina.

—General, ¿qué estáis haciendo? Si le hacéis algún daño al duque, lo pagaréis con la vida.

—¿Cómo os llamáis? —preguntó Vallon—. Cuando alguien me amenaza, me gusta saber con quién estoy tratando.

—Thraco —dijo el oficial—. Soy primo del duque Escleros.

—Me pedisteis que os lo entregase, y como él ha confesado sus crímenes y ya no lo necesito más, os lo devuelvo del modo más rápido posible. —Miró de costado, y vio al duque sujeto por brazos y piernas a caballo del bao, Wulfstan se preparó para soltar el dispositivo que impulsaría al proyectil humano con la velocidad de una flecha que sale disparada—. A mi orden...

—¡No! —chilló Escleros—. ¡Por favor, Dios mío!

—Que sea rápido —dijo Wulfstan—. Su señoría se ha cagado encima.

Vallon levantó de nuevo la bocina.

—Parece que el duque ha cambiado de opinión y quiere quedarse en el *Pelícano*. Si deseáis salvarle, os dejaremos alejaros sin obstáculo. Recordad que tenemos seis hombres más de los suyos para practicar el tiro con ellos. Estoy seguro de que no querréis ver tanta sangre azul derramada.

—Vallon, si le pasa algo al duque...

Vallon levantó un brazo mientras el *Pelícano* empezaba a moverse. Su cabeceo y sus salpicaduras se fueron suavizando hasta deslizarse. Casi estaba fuera del alcance del oído cuando le llegaron las últimas palabras de Thraco:

—¡Vallon, solo estáis retrasando lo inevitable! Estáis acorralado. No podéis defender a vuestros barcos de suministros. Sin comida ni caballos... —La distancia hizo que su mensaje se perdiera.

Vallon lanzó un suspiro.

—Soltad al duque y limpiadlo.

Bajó de la cubierta. El primero con el que se encontró fue con Aiken. Tenía los labios apretados en un gesto de repugnancia.

—No me mires así. Tú decidiste venir, pasándote de listo. Esto es la guerra: no tiene lógica ni razón.

Aiken se retiró y Vallon se situó en la proa. Al anochecer todavía seguía allí de pie.

—Las galeras de guerra han capturado los barcos de suministros —dijo Josselin tras él.

—No estoy ciego.

Josselin vaciló.

—General, ¿podéis decirme cuáles son vuestros planes? Los hombres están ansiosos y…

—Estoy en ello. En cuanto haya encontrado una salida, os lo diré.

—Muy bien, general.

Estaba casi totalmente oscuro cuando Hero se acercó al lado de Vallon. Contemplaron la noche que se acercaba. Venus parpadeaba al este.

Hero rompió el silencio.

—¿Realmente habríais disparado al duque con la catapulta?

—Si no me hubiese quedado más remedio… —contestó Vallon—. Pero me temo que solo habría sido un aplazamiento. Con la cantidad de tesoros que llevamos, los piratas podrían decidir que valía la pena sacrificar a Escleros y a todos los demás nobles.

—Encontraréis una solución —dijo Hero—. Recuerdo que, cierta vez, me dijisteis que un buen comandante es aquel que en una situación imposible es capaz de hallar una salida.

Cuando Vallon se volvió, Hero se había ido y él seguía solo bajo la noche estrellada.

XI

En un desesperado intento de dejar atrás los barcos de guerra, la tripulación del *Tetis* y el *Delfín* habían cogido los remos, pero las galeras corrieron tras ellos y sus proas acorazadas destrozaron los bancos uno por uno, como si fueran mondadientes. Partidas de abordaje se habían apoderado de los transportes, y ahora todos estaban más abajo del horizonte, vigilados de cerca por uno de los dromones enemigos. La otra galera de guerra estaba una milla por detrás de la popa del *Pelícano*. Se acercaba con la intención de luchar; solo se retiró cuando Vallon amenazó con arrojar el oro y el tesoro por la borda, junto con el duque Escleros.

Lucas contemplaba las velas de la galera alzarse rojas contra el sol poniente; luego se desvanecían en la noche antes de aparecer de nuevo como triángulos de pergamino bajo la luz de la media luna.

Estaba limpiando la bodega del *Delfín* cuando avistaron los dromones. Trepó a la cubierta para contemplar el espectáculo de los barcos que venían hacia ellos. Como todos los demás, supuso que Vallon había planeado aquella cita. Entonces, cuando llegó la orden de evacuar, tuvieron que arrastrarle. Pataleó y gritó hasta que lograron alejarle de *Aster*. Fue uno de los últimos en la cubierta del *Pelícano*. Debido a lo rudimentario que era su griego, le costó mucho rato averiguar qué estaba ocurriendo. Incluso después de que Josselin hubiese reunido a los hombres y les hubiera hablado de la traición del duque, hubo algunos que pensaron que los buques de guerra eran barcos bizantinos, de verdad, enviados para impedir que el general se largara con el oro del emperador. Los hombres hablaban de que Vallon se proponía establecer una colonia en alguna costa extranjera. Corrían rumores y más rumores.

A medianoche, las velas enemigas todavía estaban a la vista. A cada lado de la popa, el agua chapoteaba más allá de los remos de gobierno gemelos. Lucas estaba exhausto, pero, aun así, no podía dormir. Haber perdido a *Aster* todavía le dolía. Aimery le había dicho que al día siguiente bajarían a tierra y que existía la posibilidad de que debieran combatir. Lucas bostezó.

—Vaya con nuestra gran expedición. Se ha acabado antes de empezar, y sin posibilidad alguna de volver a casa.

Lucas parpadeó. Aiken estaba frente a él.

—Yo no tengo casa.

—Es como si estuviéramos muertos —dijo Aiken—. Nos superan en tres a uno, y tienen nuestros caballos.

—Todavía no comprendo por qué nos han atacado. Seguíamos órdenes del emperador.

—También el duque, ¿y veis lo que ha hecho Vallon con él? Le ha atado a la catapulta y ha amenazado con arrojarle al mar. ¿Qué tipo de hombre puede imaginar semejante crueldad?

—Aimery me ha dicho que era todo una treta para intimidar al enemigo, un truco para ganar tiempo.

—¿No crees que Vallon lo habría hecho? —preguntó Aiken. Acercó más la cara—. Un hombre que mató a su propia esposa...

Oírselo decir a otro era como notar una fría hoja clavada entre las costillas de Lucas. Apenas pudo conseguir que las palabras salieran de su garganta.

—¿Dónde has oído decir eso?

—Fuiste tú el que dijo que Vallon había huido de Francia porque habían puesto precio a su cabeza. Se lo pregunté a Hero y reconoció que era verdad. Te sorprende, ¿verdad? No es lo que esperabas oír del gran Vallon.

Lucas cogió la túnica de Aiken.

—Dime por qué.

Aiken quitó la mano de Lucas y habló con tono desenfadado.

—Su mujer tomó un amante cuando él hacía campaña en España. Él los mató en el lecho conyugal.

—¿Y qué ocurrió con sus hijos? —preguntó Lucas sin pensárselo.

Pero Aiken estaba demasiado alterado como para preguntarse cómo es que Lucas sabía que Vallon tenía hijos.

—Probablemente también los mató. Y aunque no lo hiciera, los condenó a la pobreza y la deshonra. El duque de Aquitania se apoderó de las propiedades de Vallon y le declaró proscrito. Ese es el hombre que has venido a servir desde tan lejos.

Cuando Aiken se fue, Lucas empezó a recordar: la noche de invierno, dos años antes, cuando tuvo a su hermana moribunda entre sus brazos, su aliento como jadeos entrecortados; las carreteras bloqueadas por la nieve y ni siquiera un sacerdote para administrarle los últimos sacramentos. Dos años antes, su hermano envenenado por un endrino, hilos rojos que subían por sus brazos, las glándulas de la axila hinchadas hasta el tamaño de manzanas, delirante en sus horas finales, y luego tan pacífico en la muerte. Y antes, mucho antes, el demonio que entró tambaleándose en el cuarto infantil como un ogro ebrio de sangre, con la sangre goteando de su espada..., la misma hoja que Vallon llevaba aquel día.

—Tranquilo, chico. Todavía no estamos acabados.

Lucas se limpió las lágrimas de los ojos y miró el rostro sereno de Aimery.

—No es eso.

—Sean cuales sean los temores que te acosan, te enfrentarás mejor a ellos con el estómago lleno. El cocinero ha preparado un caldo excelente. Toma algo. Ven —dijo Aimery, tendiendo una mano—. Te necesito dispuesto y fuerte. Hoy puede ser un día movido.

—¡Tierra a la vista! —gritó el vigía.

Lucas corrió con todos los demás hacia la proa. Lo único que se veía era un borrón gris. A media mañana, con el sol ardiente y un aire bochornoso, la perspectiva no era mejor. Llegó el mediodía antes de que los primeros contornos empezasen a adoptar formas y colores. La costa todavía estaba a millas de distancia cuando Vallon, desde el castillo, se dirigió a su escuadrón. De pie al fondo, Lucas se esforzaba por oír las palabras del general.

—Seré breve. Primero, os aseguro que los buques que nos persiguen no son buques de la flota de Bizancio. Son piratas. El único motivo de que no se hayan abalanzado sobre nosotros es porque tenemos al duque, el oro y el tesoro. ¿Adivináis qué es lo que más codician? En cuanto lleguemos a tierra se apresurarán a atacarnos. Tenemos que desembarcar rápidamente. Yo iré primero, junto con un pelotón que llevará los lingotes. A continuación, otro pelotón escoltará al duque y a los demás rehenes. Oficiales, dad instrucciones para una evacuación ordenada. Quiero que todo el mundo llegue a la costa dispuesto para el combate. Eso es todo. ¿Alguna pregunta?

El capitán Iannis intervino antes de que nadie pudiera decir nada.

—General, no podemos desembarcar directamente en esa costa. Hay muy poca agua, y nos estamos aproximando a la marea baja. El *Pelícano* embarrancaría.

—Eso no se puede evitar, y jugaría a nuestro favor. Los barcos enemigos tienen un calado superior al nuestro.

Un recluta levantó la mano.

—¿Y qué pasa con los caballos, señor? Sin ellos, el enemigo nos acribillará.

Vallon calculó la distancia. La galera de guerra insignia estaba a menos de una milla por detrás; su barco hermano y los transportes apenas a la vista.

—Tendremos que luchar sin caballo.

Lucas habló sin pensar.

—No pienso dejar a *Aster*.

—Castigad a ese hombre —dijo Vallon.

Gorka le dio un codazo a Lucas.

—Idiota...

Vallon levantó la mano.

—Nuestra situación no es tan desesperada como podríais pensar. Por lo que me han contado Otia y el capitán, los caballos no nos servirían de mucho en esta costa. Son todo marismas y lagunas durante millas tierra adentro, y solo unas pocas carreteras estrechas que corren entre ellas. No creo que el enemigo pierda tiempo llevando a los caballos a la costa. No tienen jinetes, y estarán tan ansiosos por echar mano al oro que vendrán a por nosotros como perros detrás de un ciervo. Pero no os preocupéis. Estoy decidido a recuperar nuestros suministros y caballos. Romped filas. Comed algo.

Lucas se vistió para el combate con su equipo viejo. La costa se iba definiendo: un litoral pantanoso, cortado por plácidos arroyos y lagunas, colinas de un verde brillante ante un fondo de montañas envueltas en nubes, con manchas de nieve que aparecían entre rasgaduras del cielo nublado. Al sur de la boca del río, unos cuantos barcos salían y entraban de un puerto. El resto de la costa parecía vacía.

—Gobernad hacia el norte del estuario —ordenó Vallon.

—¿Por qué no nos dirigimos a ese puerto? —le preguntó Lucas a Gorka.

—Porque los georgianos nos odian. Y aunque no fuera así, entrar en un puerto extranjero llevando un tesoro y con unos piratas pisándonos los talones no sería demasiado inteligente.

Josselin supervisó la evacuación con su calma habitual.

—Formad por escuadrón a ambos lados de la proa.

Lucas quedó casi en la última fila; solo los muleros y los mozos de cuadras estaban tras él. Con su armadura acolchada, el sudor empapaba su cuerpo.

—¡El enemigo está poniéndose a los remos! —gritó alguien.

Lucas miró hacia atrás y vio que se formaba espuma en los remos. Una ola se alzaba en la proa del dromón.

—Ordenad a vuestros hombres que hagan lo mismo —dijo Vallon al capitán del *Pelícano*.

—General, no pienso hacer naufragar mi barco.

—Vos, vuestro dromón y vuestra tripulación estáis a mi merced y disposición.

El capitán dudó. Vallon alzó la voz:

—¡Otia, toma dos pelotones y vete abajo, y haz que los remeros remen con fuerza hasta que yo dé la orden!

Los soldados corrieron abajo y Lucas notó que el *Pelícano* saltaba hacia delante cuando los remos mordieron el agua. Una mirada hacia atrás le demostró que el esfuerzo no bastaría. La galera de guerra solo estaba a media milla a popa. Se acercaba deprisa.

Vallon señaló un puñado de chozas que se encontraba junto a una laguna.

—Dirigíos hacia ese pueblo.

Lucas vio que la gente huía de aquel asentamiento. La costa no estaba a más de un cuarto de milla de distancia. El mar había adoptado el color de la cerveza clara.

—Agarraos fuerte —dijo un soldado—. Vamos a darnos un buen golpe.

—Me parece bien —dijo otro—. No sé nadar.

Vallon bajó su espada.

—¡Arriad las velas! ¡Dejad de remar!

Los remos chirriaron y se levantaron. Antes de que los marineros pudieran arrizar las velas, el *Pelícano* rozó los bancos de arena con un largo silbido. El frenazo hizo que Lucas saliera rebotado hacia delante. Estaban a apenas cincuenta yardas de la costa.

—¡Arriad los botes! —gritó Otia.

Los dos esquifes salpicaron en el mar.

—¡Pelotones de lingotes y de prisioneros!

Cuando los esquifes se hubieron alejado, los dos pelotones siguientes saltaron al mar, uno a cada lado de la proa. Vadearon con el agua hasta el pecho hacia la costa, manteniendo las armas por encima de la cabeza. La galera de guerra solo estaba a un tiro de flecha detrás del *Pelícano*, todavía corriendo como un meteoro bajo vela y remo.

—Los dos siguientes pelotones, ¡abajo! Los demás, moveos.

Lucas se tocó los labios.

—No llegaremos a tiempo...

—Calla —exclamó Gorka.

—Esos hijos de puta nos van a embestir —dijo un soldado.

—¡Preparaos para el abordaje! —gritó alguien.

Lucas se preparó y contempló el embate de la galera. Ya solo quedaban cuatro pelotones a bordo del *Pelícano*. Cuarenta hombres contra cientos.

—Los dos siguientes pelotones, ¡abajo!

Los primeros hombres que salieron ya habían alcanzado la costa y corrían hacia el pueblo. Lucas se concentró en la galera que llegaba. Todavía estaba decidida a seguir el rumbo de colisión. Los soldados se apelotonaban en la cubierta de proa y golpeaban sus escudos.

Cayeron como bolos cuando el casco se hundió en el lecho marino y el barco se detuvo. Los palos gemían por el esfuerzo. Los estáis vibraban.

—El enemigo está arriando botes...

Una flecha rebotó en el yelmo de Lucas y enterró su punta en la cubierta. Él miró a su alrededor, desconcertado. Gorka le cogió del brazo.

—¿A qué esperas? Vamos. Somos los siguientes.

Lucas se enfrentó a la costa, cogió aire y se dispuso a saltar. Josselin le contuvo.

—No tan deprisa. Ya hemos tenido un par de accidentes. —Esperó lo que le pareció una eternidad antes de darle un empujón—. Ve.

Lucas cayó al mar, se sumergió bajo la superficie y volvió a salir escupiendo agua salada. Fue chapoteando por el agua, gruñendo como un animal. Llegó tambaleante a la orilla, tropezando con las dos jabalinas que llevaba consigo. Gorka le incorporó.

—¿Quién ha dicho que podías descansar?

Entorpecido por las armas y por el peto empapado de agua, Lucas pasó corriendo por la aldea y se dirigió hacia un camino elevado un par de pies por encima de la marisma.

—¿Cuál es el plan? —jadeó.

Gorka le arrojó una mirada.

—Si lo supiera, sería general. Tú sigue corriendo.

Lucas recuperó el aliento. Los pantanos se extendían a lo lejos hacia un horizonte emborronado por la niebla. Alrededor había un mundo acuático de lagos, arroyos, ciénagas, cañaverales e islas cubiertas por espesos bosquecillos de alisos y sauces, robles y fresnos. Detrás de él, Gorka gruñía y se agarraba las costillas.

—¿Necesitas que te eche una mano, jefe? Te llevaré el escudo si quieres.

La mirada de Gorka podría haber cuajado un vaso de leche.

Lucas levantó las rodillas y aumentó el ritmo de su paso.

—Solo tienes que decirlo, jefe.

A media milla por el camino elevado, Wayland y su perro salieron de un bosquecillo pantanoso. Los saludó al pasar.

—Ya no estamos lejos.

El camino que surgía del bosque daba un giro pronunciado; luego cruzaba un lago amplio y poblado de juncos. A un estadio por el camino, Vallon estaba organizando dos pelotones en formación defensiva. Levantó la mano para detener al pelotón de Aimery.

—¿Cuánto tiempo tenemos?

Aimery se inclinó hacia delante, con las manos en las rodillas.

—No estoy seguro, señor. No habían llegado a tierra cuando dejamos la costa.

—Formad detrás del muro. ¿Veis a Wayland?

—Sí, señor.

—Allí hay tres pelotones, escondidos entre los árboles. Llevaremos al enemigo hacia ese muro y les bloquearemos el paso. —Vallon señaló a un pelotón de arqueros turcos que iban más adelante por el camino—. Ellos os harán más fácil el trabajo. Cuando hayáis detenido el ataque enemigo, los pelotones del bosque entrarán en acción, cortándole la retirada al enemigo. —Entrelazó los dedos—. Los aplastaremos entre nosotros.

—Comprendido, señor.

Vallon se fijó en Lucas.

—No esperaba que vieses acción tan rápido. ¿Estás seguro de que estás preparado?

—Quiero estar con mi pelotón.

—Buen chico. Compórtate con valentía y olvidaré tu insubordinación. —Dio unas palmadas—. ¡Vamos!

El pelotón de diez hombres que iba en cabeza se dispuso en forma de *foulkon*, una formación defensiva que normalmente usaba la infantería contra la caballería. La primera fila de cinco echó rodilla a tierra y puso los escudos descansando en el suelo, ante ellos, con el mango de las lanzas clavado y la punta en ángulo hacia delante, para resistir el ataque. Bloqueaban completamente la estrecha carretera. La segunda fila se quedó de pie, con los escudos unidos con los de sus compañeros y las lanzas a la altura del pecho. Para un atacante, aquella muralla de escudos debía resultar intimidante. Los hombres tras ella resultarían completamente invisibles e invulnerables. Lucas solo había practicado aquella formación una vez, arrodillado en la posición subordinada. Le pareció muy incómoda, ya que los escudos que quedaban por encima se enganchaban en el suyo y no le dejaban espacio para maniobrar.

El segundo y tercer pelotón formó en filas de cuatro en fondo, con los escudos superpuestos, cada hombre armado con dos jabalinas: una en la mano; la otra con la parte de atrás clavada en el suelo de turba.

Gorka colocó a Lucas en posición en la retaguardia de la formación.

—No te dejes llevar. Espera la orden de Aimery para lanzar tus jabalinas. He visto a hombres ensartados por idiotas demasiado emocionados que estaban detrás de ellos.

Lucas esperó, empapado en sudor y agua de mar. Los muleros y otros no combatientes llegaron jadeando por el camino, azuzados por Josselin. Maldiciendo su tardanza, el muro de escudos se abrió para dejarles paso.

Se hizo el silencio. La carretera se extendía hacia delante, silenciosa. El corazón de Lucas latía con fuerza. Estaba muy tenso. Había soñado con el combate muchas veces, pero nunca se había imaginado en un entorno tan extraño y restringido. La aparente calma lo hacía aún más irreal; los juncos que susurraban con la ligera brisa, las ranas que croaban, las aves acuáticas que chapoteaban, una curruca que cantaba alegremente entre las juncias. Por el rabillo del ojo, Lucas vio una serpiente de un verde intenso que ondulaba a través de una capa de algas. Una garza voló majestuosamente a través del lago, con una anguila retorciéndose en su pico.

Gorka le dio un toquecito.

—¿Aguantas bien?

—Es la espera…

Gorka se echó a reír.

—Si me dieran un sólido por cada vez que he oído eso, sería más rico que el emperador.

—Ya vienen —dijo Aimery—. No hagáis ningún ruido.

Lucas se tocó la garganta. Oyó unos chasquidos metálicos, pasos de pies acolchados, alientos jadeantes. Y luego, saliendo del recodo que había en el extremo de los bosques, apareció a la vista trotando el primer enemigo. Los que corrían delante se detuvieron cuando vieron el muro de escudos; los hombres que los seguían chocaron con ellos. Un oficial levantó la mano y gritó. El enemigo se congregó detrás de él, grupo tras grupo de soldados retrocedían por el camino.

—Que no os impresione su número —dijo Aimery—. Solo pueden atacar cinco o seis en fondo.

El peso de los hombres reunidos detrás de la vanguardia enemiga empezó a empujar hacia delante. Los que iban en la retaguardia no veían cuál era el obstáculo que bloqueaba su camino; se amontonaban apretando las filas de delante. Cediendo al empujón, el líder levantó la espada, dio la orden de avanzar y dirigió a sus fuerzas hacia delante a paso ligero.

Lucas los vio venir. La masa dejó paso a rostros de hombres, retorcidos por el temor y la furia. Un grito silencioso acudió a su garganta. ¿Cómo podían permanecer callados cuando cientos de guerreros corrían hacia delante para aniquilarlos?

—Tranquilos —dijo Josselin.

Las flechas de los arqueros de atrás pasaron muy bajas por encima de la cabeza de Lucas. La fuerza atacante pareció retorcerse colectivamente. La segunda andanada les cogió en una carga precipitada. Atacando a lo largo de un frente de solo cincuenta pies de ancho, les resultaba difícil mantener la formación. Los pies se enredaban y tropezaban. Chocaban los codos. Los hombres de los flancos se veían empujados fuera del camino. Entre los gritos de guerra, Lucas oyó también maldiciones y recriminaciones.

Una tercera andanada de flechas pasó sobre su cabeza formando un arco y el oficial que conducía la carga se tambaleó y cayó al suelo a cuatro patas, escupiendo sangre. Los hombres que estaban justo detrás de él saltaron por encima. A uno de ellos se le enganchó un pie y cayó de cara, arrastrando con él a un compañero. Otro hombre se metió corriendo en el agua, agitando los brazos. El enemigo ya estaba demasiado cerca para que los arqueros apuntasen a la vanguardia. Su siguiente andanada dio en las filas que iban detrás.

Alguien lanzó un leve chillido, y todavía chillaba cuando se aproximaron los atacantes más cercanos. Lucas se quedó clavado en el sitio hasta que un grito colectivo de sus camaradas le liberó de su parálisis. El rugido que se había ido formando en su vientre se liberó. Su rostro se arrugó y frunció los labios. El pelotón que tenía ante él se inclinó hacia atrás y lanzó sus jabalinas, y buscaba ya su segundo proyectil antes de que el primero hubiese hecho blanco. Se agacharon y Gorka dio un golpe a Lucas en el pecho con el revés de la mano.

—¡Ahora!

El primer lanzamiento de Lucas falló, pero el segundo dio en el blanco. La jabalina volaba todavía cuando el enemigo se estrelló contra la muralla de escudos, y el peso de su ataque levantó gruñidos entre los defensores. El muro se combó, pero aguantó. Un soldado cayó, y un hombre de la tercera fila corrió a llenar el hueco. El estruendo era espantoso: choques de espada contra espada, escudo contra escudo, viles obscenidades y un aullido informe por parte de aquellos que no estaban todavía implicados en la refriega.

—¡Mantened el terreno! —gritaba Vallon desde detrás.

Y lo hicieron. Mejor entrenados que sus enemigos, la primera fila de los forasteros, recién regresados de la guerra y endurecidos por el combate, había destrozado a la primera oleada de atacantes. Los que ocupaban su lugar tuvieron que poner los pies entre los cuerpos caídos, no todos ellos muertos. Los que iban delante estaban apretujados entre el muro de escudos y los soldados que empujaban desde detrás, con poco espacio para empuñar sus espadas. Algunos se fueron hacia el agua, intentando rodear aquel embotellamiento. Los arqueros turcos les lanzaron flechas o los alancearon. Los atacantes tenían tan poco espacio para moverse que un soldado con la cabeza partida en dos seguía de pie, apoyado entre dos de sus compañeros, como un tocón que se balancease. Lucas vio a otro que estaba de espaldas y tenía la cabeza colgando hacia abajo entre los hombros, suspendida solo por un colgajo de piel.

Resonó una trompeta que anunció el ataque en los bosques. El pánico barrió al enemigo. Primero se retiró la retaguardia, e inmediatamente después la vanguardia. Los que quedaban del muro de escudos estaban demasiado exhaustos para seguirlos. Cuando se dejaron caer, sollozando por el cansancio, Lucas vio la carnicería que habían causado. Frente a ellos yacía una montaña de tres capas de cuerpos, algunos de ellos todavía vivos y agitando los miembros. Lucas estaba acostumbrado a ver sangre, pero nada le había preparado para la atrocidad de la guerra: la sangre acumulada en enormes charcos, los hombres agarrándose las vísceras, un soldado sujetando su pierna seccionada con una expresión que abonaría las pesadillas de Lucas durante meses…

Con espantosos chillidos, el segundo pelotón empezó a trepar por encima de la carnicería, persiguiendo a sus enemigos.

—¡Seguidlos en orden! —aulló Vallon—. ¡No os enzarcéis a menos que sea necesario! Los quiero vivos…

Gorka agarró el brazo de Lucas.

—Allá vamos. No pierdas la oportunidad.

—¿Qué?

—Es la hora del botín, idiota. Todo lo que lleven encima los enemigos nos pertenece.

Lucas empezó a correr por la carretera detrás de las tropas que huían.

Cuando encontraron su camino bloqueado por la formación en los bosques, algunos de ellos se quitaron la armadura e intentaron escapar por el lago. Reunidos por un oficial, unos pocos decididos los mantuvieron a raya.

—¡En formación cerrada! —gritó Josselin.

Antes de que el enemigo pudiera organizar un ataque, Vallon se abrió paso hacia delante.

—Otro ataque encontrará el mismo final sangriento. Estáis atrapados por delante y por detrás. Rendíos y os prometemos que os respetaremos la vida.

Más hacia delante por la carretera resonaba el mismo ultimátum. La lucha continuó un rato antes de que se extinguieran los gritos y el entrechocar de las armas. Los soldados atrapados buscaban a su alrededor como animales asustados, esperando que alguien tomase la iniciativa. Un oficial salió entre la marabunta y se dirigió a Vallon.

—¿Cómo podemos confiar en vos?

—Os doy mi palabra. Está acuñada en una moneda menos corrompida que la que reparte el duque.

—¿Lo juráis?

—Sobre la cruz.

Los enemigos se sometieron y bajaron sus espadas, muchos llorando de vergüenza y de alivio.

—Recoged sus armas —dijo Vallon—. No uséis ninguna violencia, salvo para responder a la suya.

Gorka dio un golpecito en el brazo a Lucas.

—Acabas de ganar tu primera batalla. Es hora de recoger tu recompensa.

Y así, Lucas, que no había usado su espada con ira, se encontró recogiendo las de los enemigos y tendiéndoselas a los sirvientes del equipaje. Le resultó duro enfrentarse a los rostros de los prisioneros. Al coger la espada de un prisionero que sollozaba (un hombre lo bastante viejo para ser su padre), se le ocurrió que fácilmente podía haberse dado la situación contraria. Entonces se dio cuenta de lo voluble que podía ser la suerte de la guerra. Debía convertirse en un soldado que dejase la menor cantidad de cosas posibles al azar.

Como Vallon.

En conjunto, el escuadrón había cogido a sesenta soldados y había matado o herido a más de treinta. Después de despojar de sus objetos de valor a los prisioneros, Gorka buscó entre los muertos, recogiendo todo el oro y las joyas como una urraca maligna. Lucas le acompañaba lleno de aversión. No cogió ni una sola cosa. No era así como se imaginaba la guerra.

Gorka se metió hasta las rodillas en el agua y levantó la cabeza y el torso de un oficial vestido con una armadura de escamas finamente cincelada, que había caído cabeza abajo en la carretera. La mano del vasco se abatió sobre el cuerpo y sacó un broche enjoyado.

—En Constantinopla valdrá cuarenta sólidos. Échame una mano.

Lucas ayudó a Gorka a salir a terreno firme, mirando fijamente el cadáver.

—Su armadura valdría el rescate de un conde.

—Demasiado pesada. Tú quédate con las cosas de valor que se puedan llevar fácilmente. —Gorka se dio cuenta de la inquieta fascinación de Lucas—. ¿La quieres? Parece que te iría bien…

Lucas miró hacia la carretera.

—Si no la coges tú, la cogerá otro…

—No he hecho nada para merecerla. Ni siquiera he manchado mi espada de sangre.

—Te has mantenido firme. Y eso basta. Vamos. Él ya no la necesitará nunca más.

Lucas sacó el cuerpo hasta la carretera y empezó a quitarle la armadura por la cabeza. Unas gachas de materia gris se escapaban del cráneo. La cara de Lucas adoptó la expresión de un hombre que aprieta los dientes para no vomitar.

Gorka le empujó a un lado.

—No estás toqueteando a una virgen en la primera cita. Así. —Le quitó la armadura como si fuera la piel de un conejo, la lavó en el lago y se la tendió.

Lucas la contempló, maravillado.

—Debe de valer diez veces más que tu armadura.

Gorka acarició su gastada coraza de hierro.

—Si llevas una armadura bonita, serás un blanco para cualquier campesino que pase con una podadera. En combate es mejor no sobresalir demasiado.

Lucas se echó la armadura por encima del hombro.

—No pretendo ser uno más del rebaño. Algún día llegaré a general.

—¿Tú? Escucha, chico. Pégate a mí, haz lo que yo te diga y dentro de cinco años quizá puedas llegar a comandante de cuatro.

Todavía se reía de la fantasía de Lucas cuando Vallon dio la orden de escoltar a los prisioneros de vuelta a la costa.

—¿Has matado tú al hombre que llevaba esa armadura?

Lucas, que conducía a un grupo de cautivos a punta de espada, se dio la vuelta en redondo y vio a Aiken, que tenía la cara gris como la ceniza. Aparte de eso, inmaculado. Ni siquiera se había mojado los pies.

—¿Y qué si lo he hecho?

—¿Cómo es matar a un hombre?

Un prisionero tropezó con Lucas. Se volvió, espantado. El prisionero retrocedió suplicando clemencia.

Aiken insistió.

—¿Cómo te sientes ahora?

Lucas empezó a respirar fuerte. Golpeó con la palma de la mano a Aiken, en el pecho.

—¡Eh! —exclamó Gorka.

Lucas empujó a Aiken hacia atrás.

—Tú estabas escondido en la retaguardia y ahora tienes la desfachatez de preguntarme qué se siente al enfrentarse al enemigo... Si quieres saberlo, únete al muro de escudos. —La saliva voló desde la boca de Lucas—. ¡Niño de papá!

Gorka casi lo levanta en vilo.

—¿Es que nunca aprenderás?

Lucas se quedó flácido y un sollozo sacudió su cuerpo. Levantó los ojos y encontró los de Vallon clavados en los suyos. Lanzó una risa trastornada.

—No me asustáis. Vos...

La bofetada de Gorka lanzó a Lucas hacia un lado. Trastabilló, se agarró las rodillas y vomitó, abrasándose la garganta.

—Es la conmoción —le dijo Gorka al general—. Ha sido su primer combate. Yo lo meteré en cintura.

Vallon asintió, pensativo.

—Aun así, su conducta es intolerable. Ponle en el tren de suministros durante un mes. Mantenlo lejos de Aiken y fuera de mi vista. No quiero volver a verle en todo el tiempo que dure nuestra expedición.

XII

El resto de los enemigos, todavía poderosos, permanecían alineados en formación de combate, de espaldas al mar. Ambos dromones se mecían libremente en la marea alta; la otra galera enemiga había desembarcado a los soldados complementarios y estaba a poca distancia de tierra. Thraco, el líder griego, se adelantó desde la fila delantera.

—Todavía contamos con una aplastante ventaja en número y tenemos vuestro barco, caballos y suministros. Entregad al duque, a los prisioneros y el oro, y os dejaremos continuar vuestro camino. Esa es mi oferta final.

Vallon se adelantó, seguido por dos soldados que iban arrastrando al duque, que llevaba las manos atadas.

—Si nos podéis derrotar, ¿por qué perder el tiempo hablando?

Thraco no respondió. Una brisa bochornosa agitaba los estandartes de los forasteros. Los truenos resonaban tierra adentro. Vallon avanzó un paso más.

—Estas son mis condiciones. Dejad en tierra los caballos y los suministros. Cuando eso esté hecho, dejaréis que el *Pelícano* se vaya.

—En cuanto estéis a bordo, cualquier promesa que yo haga carece de sentido. Para vosotros no hay vuelta atrás.

—¿Quién dice que nos vamos a echar atrás? Cuando el *Pelícano* haya navegado por encima del horizonte, liberaré a todos los prisioneros, excepto al duque. Negaos y los mataré uno a uno frente a vosotros. Y será mejor que decidáis rápidamente. Ya he perdido cinco hombres por culpa de vuestra traición. El mal humor amenaza con dominarme.

—Aunque los matéis a todos, seguiríamos pudiendo derrotaros.

—¿Lo habéis oído? —Vallon llamó a los soldados griegos—. Así es como valoran vuestros señores las vidas de sus camaradas. —Dejó que se hiciera el silencio—. Sea, pues. Traed al primer prisionero.

Dos turcomanos sacaron a un oficial herido de las filas, lo pusieron de rodillas y extrajeron las espadas de sus vainas. El prisionero alzó la cara ensangrentada hacia Thraco.

—¿Así es cómo recompensas a los hombres que lucharon y murieron por tu causa? ¿Somos solo peones en un juego destinado a llenar los bolsillos del duque y sus parientes?

Unos murmullos de asentimiento surgieron de las filas griegas.

—¡Thraco, vuestros hombres morirán para nada! —gritó Vallon—. Nunca conseguiréis el oro. Está oculto tierra adentro, a millas de distancia. Para llegar hasta él, tendréis que vadear entre los cuerpos de los prisioneros y de los cien soldados más a los que mataremos. Os veréis obligado a volver con las manos vacías y en compañía de trescientos hombres armados que habrán visto cómo sacrificabais a sus camaradas por vuestra codicia. Creedme, no dormiréis tranquilo en vuestro viaje de regreso a Trebisonda.

—¡Dadle lo que quiere! —chilló un prisionero.

Un par de marinos griegos más se hicieron eco de su petición antes de que los oficiales les impusieran silencio.

Vallon se echó a reír.

—Podéis acallar sus bocas, pero no podréis eliminar ese mal olor. ¿No lo notáis? Es el hedor del motín.

Thraco se tocó la boca con los dedos.

—Liberad al duque y entonces consideraremos vuestras demandas.

Vallon meneó la cabeza con decisión, lentamente.

—No. El duque jamás volverá a casa.

Escleros se retorció en sus ataduras.

—¡Dejadme ir! —suplicó—. Hablaré en vuestro favor…

—Hablaréis desde aquí —dijo Vallon—. Y en los términos más abyectos.

Escleros levantó las manos.

—Haced lo que dice…

—Más fuerte —ordenó Vallon.

Escleros hizo un último llamamiento a la venalidad.

—Fui demasiado codicioso. La mitad del oro será para vos. —Se encogió al ver los ojos llameantes de Vallon—. Tres cuartos…

—Matadle y acabemos con esto —dijo Vallon. Movió su espada—. ¡No, esperad, seré yo mismo quien le arranque la cabeza!

—¡Por favor! —chilló Escleros, que agitó las manos—. ¡Acepto plenamente las exigencias del general!

Aquella capitulación no le gustó nada a Thraco. Sin embargo, la cobardía del duque y la inquietud de las tropas no le dejaban elección.

—Lo que juro hoy no se mantendrá mañana.

—Ahora mismo soy yo quien dirige mi destino, y os ordeno que os volváis a vuestros barcos, que saquéis a vuestros hombres del *Pelícano* y que permitáis a este buque y a mis transportes que amarren. No liberaré a los prisioneros hasta que tengamos a buen recaudo nuestros suministros y todos los caballos…, el del duque también, igual que el nuestro.

Los rasgos de Thraco se retorcieron. Se volvió con aire altivo, como si acabara de perder una apuesta trivial.

Se avecinaba mal tiempo. Ya casi anochecía cuando los barcos llegaron por fin a la costa. Vallon y sus ayudantes subieron a bordo del *Pelícano* y le tendieron al capitán Iannis una carta sellada.

—Entregadla al logoteta tou dromou en persona.

—¿No volvéis con nosotros?

—No —dijo Vallon. Examinó la luz del día que quedaba—. Partid ahora. Aprovechad la noche y la lluvia para poner distancia respecto al enemigo.

Estaba en la pasarela cuando echó una mirada y su vista se detuvo en el sifón del fuego griego, a proa.

—Cogedlo —le dijo a Josselin—, junto con media docena de barriles del preparado de fuego. Y, ya que estáis, desmontad el trabuquete. Lo llevaremos también con nosotros.

—General, solo contamos con los animales de carga suficientes para llevar las raciones de una semana y otras cosas esenciales.

—No sabemos lo que es esencial en un viaje como el nuestro. Siempre podemos descartar el equipaje que no sea necesario.

Por la noche, Vallon fue pasando de un barco a otro, animando a sus hombres para que hicieran más esfuerzos. Llevaron a tierra los últimos barriles y fardos bajo una lluvia intensa. Todo quedó oscuro antes de que hubiesen cargado los suministros y el tren de equipaje estuviese listo para partir. Vallon fue caminando por la orilla del mar.

—¿Podéis oírme?

La respuesta de Thraco llegó débilmente, de lejos:

—Puedo oíros.

—Nos vamos. Encontraréis a los prisioneros en la carretera, a salvo.

La respuesta de Thraco se alzó en la húmeda noche:

—No iréis a ninguna parte. Nunca conseguiréis atravesar el Cáucaso. O bien os asesinarán los nativos, o bien lo que queda de vuestro escuadrón volverá a Trebisonda. Y os estaremos esperando.

La columna inició su fatigosa marcha por la carretera acribillada por la lluvia. Las llamas de las antorchas se reflejaban en el agua; las ranas croaban por todos lados. Los mosquitos los acosaban. Las carretas se hundieron varias veces en el fango hasta los ejes. Hubo que descargarlas para que pudieran liberarse. Las voces se alzaban llenas de quejas. ¿Por qué no habían vuelto navegando en el *Pelícano*? ¿Adónde los conducía Vallon?

Un grito de advertencia a la vanguardia de la columna les anunció el regreso de un explorador. Era Wayland. Vallon se quitó los mosquitos de la cara.

—¿En qué parte del Hades estamos? ¿Cuánto tiempo tardaremos en salir de este pantano?

—Solo una milla, pero será mucho más seguro acampar en el pantano. Los campesinos que han huido probablemente habrán dado la alarma. He encontrado un sitio con terreno firme donde podemos plantar las tiendas. Las carretas tendrán que quedarse en el camino.

Los condujo hasta aquel lugar. Vallon se bajó del caballo con los miembros rígidos. Le tendió las riendas a Wulfstan.

—Diles a mis oficiales que acudan a mi alojamiento en cuanto hayan comido.

Mientras los sirvientes se esforzaban por montar su tienda de mando, él comió galleta empapada en vino, bajo la lluvia. Debía de ser ya cerca de la medianoche cuando sus centuriones se metieron dentro, apiñados, junto con Wayland, Hero y Wulfstan.

Vallon se dio una palmada en el cuello.

—Malditos sean estos bichos nocturnos chupasangre… —Se sentó en un taburete de campaña—. Bueno, a ver qué tenéis que decirme. —Señaló a Hero y Wayland y consiguió pasar por alto a Wulfstan—. Sabéis que respeto su juicio tanto como valoro el vuestro —dijo a sus oficiales.

Josselin fue el primero que habló.

—¿Por qué no nos habéis hecho volver a Constantinopla en el *Pelícano*?

La risa de Vallon parecía proceder de un ataúd.

—Aunque eludiésemos los buques de guerra, dudo de que el emperador nos colmase de honores por abandonar nuestra misión después de poco más de una semana.

—¿Eso significa que os proponéis continuar?

Vallon miró hacia el infinito un momento.

—Eso es lo que tenemos que decidir. En algunos aspectos, nada ha cambiado. Todavía seguimos teniendo el tesoro, y los traidores no han reducido demasiado nuestras fuerzas. Me encuentro mucho mejor sin tener al duque a mi cargo. Era solo un figurón, después de todo, y además bastante desagradable. Los chinos no conocen nuestro rango ni nuestro pedigrí. Podemos concedernos a nosotros mismos los títulos que nos apetezca. —Sonrió a Otia—. ¿Te gustaría ser el embajador bizantino ante la corte Song?

Otia apenas pareció inmutarse.

—¿Y qué vais a hacer con el duque Escleros?

—Ya me ocuparé de su destino a su debido tiempo. Supongo que está bien custodiado.

—Por cuatro hombres, señor, día y noche.

Wulfstan bufó.

—Matad a ese hijo de puta, señor.

Vallon le miró de soslayo.

—No sé en calidad de qué asistes tú a esta reunión.

—Como vuestra mano derecha, señor. Leal sirviente y guardaespaldas.

Vallon lo pasó por alto.

—Ciertamente, merece ser ejecutado, pero todavía podría servir para algún propósito como rehén. —Vallon se dio la vuelta y miró a su alrededor, en aquel espacio atestado—. Los mapas —dijo—, necesito establecer nuestra posición.

Hero trasteó en un baúl y sacó un pergamino de piel de cabra. Vallon lo desenrolló en una mesa de campaña. Sujetó las esquinas con candiles de aceite.

—Estamos mucho más al norte de la línea de marcha que planeábamos seguir atravesando Persia.

En un silencio discreto, Hero dio la vuelta al mapa y lo puso en la dirección correcta. Era una copia del mapa de Ptolomeo de Alejandría del mundo conocido, actualizado con material tomado de los mejores cartógrafos árabes. Hero dio unos golpecitos.

—Estamos más o menos aquí —dijo—. Al norte de Armenia,

sur de Rusia, entre las dos cordilleras principales del Cáucaso. —Su dedo se deslizó al sudeste—. Persia se encuentra aquí.

Los otros se reunieron en torno al mapa, intentando comprender aquel mundo aplanado en dos dimensiones.

—Otia —dijo Vallon—, ¿qué ruta nos recomendarías?

Era obvio que para el centurión el mapa no tenía sentido.

—Si yo quisiera llegar a Persia, no empezaría desde aquí. La forma más fácil es desde el sur, siguiendo la costa. El problema es que ese camino nos llevaría a Armenia, solo a unos pocos días a caballo al este de Trebisonda. Es la ruta que esperarían los hombres del duque que siguiéramos, y es donde estarán esperándonos. —Dejó el mapa y señaló hacia donde imaginó que estaría Persia—. Si tomamos la ruta directa tendremos que enfrentarnos con las montañas, un callejón sin salida a cada revuelta, y con las tribus protestando a cada milla.

—Tiene razón —dijo Hero—. Esa es la ruta que tomó Jenofonte en su retirada de Persia. Perdió a cientos durante esa marcha.

Vallon hizo un gesto impaciente.

—¿Por qué no podemos dirigirnos al este y seguir la costa del mar Caspio hasta que lleguemos a Persia? Seguramente es el camino más corto…

—Sí, señor —dijo Otia—, pero nos llevaría a través de Kutaisi, la capital de Georgia. Aunque el rey nos concediese un salvoconducto, seguiríamos teniendo que pasar por Tiflis y las provincias del este…, todas ellas en manos de los selyúcidas.

Vallon se removió, irritado.

—¿Estáis diciendo que no hay forma de llegar a la costa?

Otia dudó.

—El único modo de evitar los principales bastiones georgianos y selyúcidas sería seguir el río Fasis hacia arriba, hasta Svaneti, en lo más profundo del Cáucaso. Desde allí, tendríamos que seguir los senderos de las montañas hacia el este, y luego cruzar el norte del Cáucaso por un paso alto, antes de descender hasta el Caspio.

—¿Alguien tiene una idea mejor? —preguntó Vallon—. ¿No? Entonces esa será la ruta que tomemos. ¿Por qué no lo has dicho antes, Otia?

El georgiano hizo una mueca.

—General, el Cáucaso es un país inhóspito, habitado por clanes muy salvajes. Cada valle es un mundo en sí mismo, con su propia lengua y sus costumbres. Los feudos de sangre debilitan la sociedad como una herida abierta. Lo único que tienen en común esos hombres de las montañas es una hostilidad mortal hacia los extranjeros..., y extranjera puede ser incluso la gente del valle de al lado. Y deberíais saber algo más. Muchos georgianos que han huido de los invasores selyúcidas se han refugiado en las montañas. No mirarán con buenos ojos a una fuerza con tantos turcomanos.

La lluvia había arreciado. Caía sobre la tienda con un susurro constante que al final creó un silencio.

Vallon se rascó el cuello.

—No habrías sugerido esta ruta de no haber pensado que era factible. Conoces el país y los peligros. Eso le da una gran ventaja, comparada con las alternativas desconocidas. Así pues, ¿puedes llevarnos a través de las montañas a partir de Svaneti. Quizá se puede seguir algún paso conocido por unos pocos pastores.

Otia negó con la cabeza.

—No hay sendero que pueda seguir nuestro tren de equipaje. Solo hay un camino por el Cáucaso para una fuerza tan pesadamente cargada como la nuestra. Es un paso elevado llamado el Daryal Gap, la Puerta de los Alanos.

Hero asintió.

—También conocido como Puertas Caucásicas, Puertas de Alejandro y Cerradura Escita. En realidad, Alejandro no llegó a cruzarlo nunca, pero el rey Mitrídates escapó de las legiones de Pompeyo atravesándolo. En la leyenda, el país que se encuentra más allá de ese paso era el hogar de Gog y Magog.

—Deja la historia para más tarde —le cortó Vallon. Miró el mapa—. ¿Quién controla el paso?

—Los georgianos todavía lo tenían en su poder cuando me fui, hace catorce años —dijo Otia—. Probablemente ahora lo controlen los selyúcidas. Cuando digo «control» me refiero a ocupar los fuertes del extremo sur. Las zonas más elevadas están en manos de las tribus de la montaña..., bandidos que cobran peaje a los viajeros, o sencillamente les roban y los matan.

La atmósfera húmeda y los voraces insectos estaban poniendo a Vallon de mal humor.

—No puede ser tan difícil, si los ejércitos llevan siglos cruzándolo. —Se inclinó de nuevo hacia el mapa—. La puerta de los Alanos, decías... Interpreto que eso significa que Alania está en el lado norte.

—Sí, señor.

—Nuestro último emperador estaba casado con una princesa alana —dijo Vallon—. Ella adoptó a Alejo como hijo suyo... y como compañero de cama, dicen algunos. El caso es que Constantinopla y Alania son aliados. Si llegamos allí, estaremos entre amigos.

Otia se tiró de la barba.

—Señor...

Vallon levantó la cara, con las mejillas hundidas a la luz de la lámpara.

—Sigue.

—Me temo que no tenéis en cuenta los peligros. Yo he hecho campaña contra las tribus del Cáucaso y he aprendido por sangrienta experiencia lo formidables que son. Desde el momento en que dejemos este campamento, nos convertiremos en blanco de todo bandido y señor de la guerra con el que nos encontremos. Si no conseguimos atravesar las montañas, nos perseguirán todo el camino hasta el mar. Para alcanzar un lugar seguro, debemos hacerlo por la fuerza. Incluso los pueblos más pequeños están fortificados con torres construidas para resistir a un ejército.

Vallon se enderezó.

—Entonces no debemos fracasar. —Señaló con el índice hacia el mapa—. ¿Y qué haremos tras llegar a Alania?

—Dirigirnos hacia el este, al mar Caspio, e intentar encontrar unos barcos que nos lleven hasta la costa de Persia. Desde allí hay solo un corto viaje hacia el sur para llegar a la ruta planeada.

Vallon podría haberlo dejado ahí, pero Hero sabía interpretar el mapa mucho mejor que nadie. Había pasado un tiempo considerable consultando con los geógrafos del logoteta.

—Excusadme —dijo, llevándose a Vallon a un lado. Su mano trazó una ruta alternativa a través del mar Caspio—. Tomemos la ruta que tomemos, tenemos que llegar al Turquestán y emprender la Ruta de la Seda en las tierras a través del Oxus. Aun considerando los posibles errores de aquellos que lo trazaron, el mapa muestra que Transoxiana se encuentra al este del Caspio. —Miró a Otia—. ¿Cuánto nos llevaría un viaje por mar?

—No estoy seguro —dijo Otia—. Una semana, más o menos.

—¿Solo una semana? Aunque el viaje nos llevase dos, sería considerablemente más breve que una marcha a través de Persia...

—Debe de haber un buen motivo para evitar el mar —dijo Josselin—. De otro modo, el logoteta nos habría mandado por allí.

—No con los georgianos hostiles a Bizancio e infestado de selyúcidas.

—Algunos de nuestros soldados turcomanos son de Transoxiana —apuntó Vallon—. Traed a Yeke.

El turco entró en la tienda con el rostro brillante por la lluvia. Parecía un tipo de lo más afable, pero Vallon le había visto enfrentarse al enemigo mientras llevaba sujeta entre los dientes, suspendida por el pelo, la cabeza cortada de un oponente al que había asesinado momentos antes. No sabía más griego que algunas órdenes militares. Vallon dejó que fuese Wayland quien recogiese la información. La conversación duró un buen rato. Yeke parecía estar lleno de dudas. Se rascó la cabeza varias veces.

—Yeke dice que no hay puertos en la costa este del mar Caspio —resumió Wayland—. La zona de tierra adentro está prácticamente deshabitada, nada salvo desierto durante centenares de millas..., un desierto se llama Arenas Rojas; el otro, Arenas Negras. Nunca encontraremos el camino sin guías que conozcan bien dónde se encuentran los pozos, y tendremos que movernos deprisa para cruzar los desiertos antes de que el calor del verano los vuelva intransitables.

—Pero es posible —dijo Vallon.

Wayland echó una mirada a Yeke.

—Si no perecemos de sed, un mes de viaje rápido debería conducirnos a la ciudad de Jiva, en el río Oxus. En turco se llama Amu Darya. Se encuentra en las rutas de las caravanas a Bujara y Samarcanda.

Vallon se quedó pensativo.

—Digamos tres semanas para llegar al Caspio, una semana para navegarlo y un mes para llegar a Jiva. —Frunció el ceño—. Hero, calculamos que nos costaría tres meses llegar a Bujara por Armenia y Persia.

—Al menos.

—Más otro mes para atravesar Armenia. Cuatro meses en total, comparados con los dos que tardaríamos si tomásemos la ruta del Caspio.

—El camino del mar es mi camino —dijo Wulfstan.

—Perdonadme, señor —apuntó Josselin—, me parece que estáis confiando demasiado en ese mapa y en nuestra capacidad de conseguir varios barcos.

—Confío en la interpretación de Hero y en los conocimientos de primera mano de Yeke. Hay otra consideración. Durante el viaje por Persia, nuestras vidas dependerán del salvoconducto negociado con los selyúcidas. Una protección muy poco consistente, a decir verdad. Confiaría mucho más en los recortes de las uñas de nuestro Señor compradas por cuatro sólidos a un charlatán en el mercado Neorio. —Vallon puso ambas manos sobre la mesa—. Caballeros, creo que el duque nos ha hecho un favor al forzarnos a alterar nuestro rumbo original. Otia, te pongo al mando de la partida de avanzada. Tú serás nuestro explorador y negociador. Llévate tres pelotones. —Vallon cambió al francés—. Wayland, te estaría muy agradecido si acompañaras al escuadrón de Otia.

Cada vez llovía con más fuerza. Las gotas repicaban en la tienda con una fuerza que impedía la conversación. Vallon no necesitaba que sus oficiales le dijesen lo que pensaban. Sus expresiones dejaban bien claro que estaba haciendo una apuesta terrible basada en una información mínima, una esperanza descabellada.

XIII

Wayland corrió bajo la lluvia y se metió en su tienda, con el perro tras él. Encendió una lámpara, se secó un poco y se echó en su camastro. El agua corría por el suelo. El perro se levantó con esfuerzo y se dejó caer sobre su pecho con un gruñido. De alguna manera, consiguió hacerle sitio y se echó medio fuera y medio dentro de la cama, escuchando la lluvia en el techo. El agua le caía en la cabeza. Le picaban los mosquitos.

Le había dicho a Vallon que no se había unido a la expedición porque se sintiera obligado, pero no era cierto. Después de compartir los padecimientos y los triunfos del viaje al norte, se sentía obligado a emprender aquella nueva aventura. Y no podía negar que la perspectiva de explorar nuevas tierras le hacía arder la sangre.

La traición del duque lo cambiaba todo: la expedición se había convertido en la disparatada búsqueda de unos soldados que no tenían ni idea de aquello a lo que se enfrentaban. Wayland conocía los riesgos mejor que la mayoría. Durante su larga estancia con los selyúcidas, había aprendido algo del territorio por el cual iban a pasar: extensiones de desierto abrasador donde cada oasis estaba controlado por un señor de la guerra. Cien hombres no eran más que una mota de polvo en aquella tierra salvaje, presas infieles enviadas por Alá para que los creyentes las saquearan y las desangraran.

Y también (aunque se resistía a admitirlo) su relación con Vallon había cambiado. Durante sus aventuras en el norte fueron un grupo muy unido, que lo compartía todo: comida, abrigo, decisiones. En este viaje, sin embargo, él ya no era más que un individuo aislado unido a un pequeño ejército que tenía una jerarquía bien marcada y una forma clara de hacer las cosas. Desde que salieron de Constantinopla, solo había tenido media docena de conversaciones con Vallon. No sentía rencor por ello. La responsabilidad principal del general eran sus hombres, algunos de los cuales llevaban sirviéndole casi una década. Aun así...

Gruñó cuando el perro se sentó, plantando una huesuda pata en su estómago. Hero asomó la goteante cabeza por el faldón de la tienda.

—Qué noche más horrible. ¿Puedo pasar?

Wayland apartó al perro.

—Si puedes encontrar un sitio donde sentarte...

Hero consiguió situarse en el borde de la cama y se quitó la lluvia de los ojos con ambas manos. El perro le lamió la cara. Hero se echó a reír y lo apartó.

—Tu perro, ciertamente, es mucho más amable que el bruto que nos acompañaba en el primer viaje. Nunca me atreví a acercarme a menos de diez pies de distancia de él.

—Había pasado muchos años en tierras salvajes.

—Y tú también eras así —dijo Hero—. Eras un joven muy indómito, cuando te conocimos.

—Hombre o perro, todos nos vamos ablandando con el tiempo.

—Esperaba que en la reunión dijeras algo más.

—No hablo demasiado bien el griego. Era incapaz de seguir buena parte de la discusión, pero no quería que Vallon perdiera tiempo pidiendo que me lo tradujeran.

—No es solo eso. La decisión que se ha tomado no te convence.

—No estoy en posición de decirle lo que debería hacer.

—Vallon valora tu opinión. Tú conoces a los turcomanos mejor que nadie. ¿Qué le habrías aconsejado?

Wayland dudó.

—Volver. Vallon no sería castigado por fracasar. No fue él quien eligió al duque como embajador. El logoteta o el emperador son los responsables de este desaguisado.

—No comprendes la política bizantina. Los poderosos no se castigan entre ellos por sus fracasos.

—¿Qué es lo peor que le podían haber hecho a Vallon? Despojarle de su rango de general. Al menos podría haber vuelto con su familia.

—Donde tú también preferirías estar.

Wayland no contestó.

Hero, absorto, acarició la cabeza del perro.

—Vallon siente lo mismo, aunque tiene que ocultarlo. Se ha resistido a esta orden con todas sus fuerzas. Incluso ha pensado en huir con su familia y entrar al servicio de los normandos. Pero, ahora que ha aceptado la misión, su sentido del honor no le permitiría abandonarla al primer revés.

—Verse obligado a desembarcar en una costa hostil, sin un camino claro a tomar, y enemigos detrás, no es un simple revés. Es un desastre.

Hero sonrió.

—La noche que nos conocimos en aquel castillo de Northumbria, Vallon le dijo al conde Olbec que el líder de nuestra empresa tendría que ser un hombre lo bastante valiente para despejar todos los azares y lo suficientemente ingenioso para esquivar los peligros todavía no visibles. Un hombre que, si no era capaz de encontrar un camino, lo hiciera él mismo. Vallon sigue siendo ese hombre.

—Ya lo sé. Soy yo el que ha cambiado. —Wayland se incorporó—. No me interpretes mal. Serviré a Vallon lo mejor que pueda, con todas mis habilidades. Lo que pasa es que no espero estar en el centro de sus consejos.

Al cabo de un momento de pausa, con una pregunta evidente que no formuló, Hero se dirigió hacia la entrada.

—Duerme bien, querido amigo.

Ni pensar en eso. El perro se aprovechó de la partida de Hero para echarse en la cama. Wayland lo empujó, y la lluvia cayó sobre él con gruesas gotas.

—Ay, Syth… —suspiró.

Al oír su nombre, el perro saltó extasiado y expectante. Tanto fue así que amenazó con desbaratar aquel endeble refugio. Wayland le cogió del pelaje.

—Échate, tonto…

El animal se volvió a tumbar con un gemido y clavó su mirada añorante en el rostro de Wayland. Este apagó la lámpara, pero la oscuridad no pudo extinguir su imaginación. Un eco temeroso del pasado se cernió sobre su alma. Era una voz que resonaba a través de un mar envuelto en niebla: «Vais a ir todos al Infierno».

—Despertad, maese Wayland. No es propio de vos que se os peguen las sábanas.

Wayland se levantó con esfuerzo y se protegió los ojos de la radiante luz del sol que brillaba detrás de la cara sonriente de Wulfstan.

—¿Por qué estás tan alegre?

—La lluvia ha cesado, el sol brilla, y vamos a salir en busca de una aventura digna de los héroes de antaño. ¿Qué más se podría pedir para desayunar? Os he guardado algunas tortas. Tomadlas mientras estén todavía calientes.

Wayland se arrastró hacia afuera y se puso de pie tambaleándose un poco, cegado por el calor humeante y el asombroso paisaje. Un banco de niebla perlada envolvía el pie de las colinas hacia el norte. Por encima, los picos se alzaban formando flautas y pliegues. La nieve fresca cubría los promontorios más bajos. Por lo que podía calcular Wayland, la barrera montañosa no estaba a más de tres días de distancia.

Se comió las tortas untadas con miel y oyó los comentarios de los soldados. No había quejas aquella mañana, solo el ajetreo y las chanzas de un ejército bien disciplinado que levanta el campamento. Pero Wayland sabía bien que las bromas de aquellos hombres no hacían más que enmascarar su aprensión.

Se lavó la cara y se limpió los dientes con una ramita machacada hasta formar una escobilla en un extremo.

—¿Señor?

Wayland levantó la vista y vio el rostro del que le hablaba: un chico de rasgos delicados le miraba con una timidez desmesurada. Wayland sonrió.

—Hola. ¿Quién eres?

La voz del chico oscilaba entre tiple y alto.

—Atam, señor. Maese Hero me ha dicho que necesitabais un intérprete. Yo hablo griego, georgiano y turco. Nací en Armenia y fui capturado por los selyúcidas cuando tenía cinco años.

Wayland se había encontrado con un centenar de Atams en el tiempo que había pasado con los selyúcidas: niños capturados en la guerra, a veces arrancados de los brazos de su madre muerta, normalmente tratados con amabilidad por sus captores, pero marcados para siempre por la cruel separación de sus familias.

—No soy ningún señor, así que me puedes llamar Wayland. ¿Cuántos años tienes?

—¿Quince? —dijo Atam, al cabo de un momento.

Trece como mucho, decidió Wayland.

—¿Y de dónde sales? No te había visto antes.

—Era ayudante del cocinero, señor.

—¿Tienes caballo?

—Maese Hero me encontró una mula.

—Necesitarás una montura más veloz, si quieres seguirme el paso. Yo lo arreglaré. —Wayland sintió que debía protegerlo como fuera—. Estoy seguro de que lo harás muy bien. Agradezco el detalle de Hero. Puedes empezar a probar tu valía ahora mismo. La columna partirá enseguida, y tengo que discutir mis deberes con Otia.

Su pequeño escudero se acercó al centurión con tal timidez que el oficial ni siquiera lo vio.

—Habla —dijo Wayland—. Dile al centurión que Wayland, el inglés, se presenta para saber cuáles son sus deberes.

Después de escuchar el anuncio de Atam en voz baja, Otia estrechó la mano de Wayland.

—Está encantado de teneros en su unidad —dijo Atam—. El general Vallon le ha dicho que nadie puede seguir un rastro u olfatear el peligro tan bien como vos. —Atam señaló hacia las montañas—. Lord Otia dice que necesitaréis toda vuestra astucia para detectar las trampas y salvar dificultades que nos esperan allá arriba.

Los sirvientes se habían despertado mucho antes del amanecer para preparar el tren del equipaje. Era un proceso que llevaba su tiempo. El escuadrón no empezó a moverse hasta que el sol estuvo a mitad de camino en el cielo. Los soldados cabalgaban cortos de riendas para igualar el paso de la columna de suministros. Con Atam a su lado, Wayland iba en compañía del pelotón de reconocimiento; el perro trotaba con la lengua fuera, a la sombra que arrojaba su caballo. Wayland le dejó que hiciera alguna incursión para cazar. Había muchas cosas que excitaban sus instintos de cazador, incluidas ciertas aves de larga cola con plumaje bronce y verde, y esmaltadas cabezas rojas, que acechaban desde los arbustos con paso majestuoso. Wayland no había visto nunca unas aves semejantes. Otia le dijo que se llamaban faisanes y que tomaban su nombre del río Fasis y su provincia.

En el pelotón de exploración iban tres turcomanos que lanzaron flechas a los faisanes cuando el perro los aventó. Uno de los arqueros, un cumano de las estepas del norte del mar Negro, abatió un ave mientras esta emprendía el vuelo, e invitó a Wayland a tensar su arco en amistosa competición; al parecer, había oído decir que el inglés era tan bueno como los mejores arqueros turcos. Wayland mantuvo su arco colgado. El hombre que lo había desafiado se alejó con una risotada de desprecio. Wayland recordó al joven cumano al que había matado en un duelo de arquería junto al Dniéper, nueve años antes. Desde aquella expedición no había vuelto a derramar la sangre de ningún hombre.

Dejaron las marismas y se dirigieron hacia el norte por un camino que iba entre pastos y huertos de árboles en flor. Pasaron por aldeas de adobe y cañas, tejadas con juncos. Otia tranquilizó a los habitantes, refugiados a una distancia segura. Las mujeres llevaban trajes de vivos colores, pantalones y pañuelos en la cabeza. Algunas de ellas levantaron las manos, como respuesta a los saludos de Otia. La mayoría se santiguó o hizo señales para apartar el mal de ojo. Sus hombres simplemente se quedaron mirando, suspicaces, hasta que los invasores se perdieron de vista.

Wayland condujo su caballo junto al georgiano.

—Hermosa raza. Y orgullosa.

—Espera a que lleguemos a las montañas. Entonces verás orgullo de verdad.

Con el sol desapareciendo en el horizonte, acamparon junto a un río llamado Inguri. Al día siguiente llegaron a las tierras altas. A medida que el camino se empinaba y empezaba a serpentear, los exploradores abandonaron sus vagos paseos y examinaron las suaves colinas y los márgenes de los bosques para detectar posibles emboscadas. No había pasado demasiado tiempo cuando se dieron cuenta de que habían hecho bien. En una elevación que dominaba la carretera, donde el río giraba a la izquierda, vieron una fila de jinetes en sus caballos. Otia ordenó a sus hombres que mantuvieran las espadas envainadas y se incorporó en los estribos para anunciar quiénes eran y adónde iban. Destacó que una fuerza mayor los seguía. Solo querían pasar por allí, sin hostilidad alguna. Nada más.

Y así transcurrió todo el día. Con gente que los miraba apostados entre los árboles, o que los observaba con franca hostilidad desde las alturas. Otia gritaba para tranquilizarlos hasta que la voz se le quebró y se convirtió en un ronco graznido.

En un punto estrecho de un camino algo hundido, alguien lanzó con una honda una piedra que pasó junto a Wayland y que impactó en uno de los caballos de los soldados en la grupa. El animal comenzó a bailar una suerte de salvaje zarabanda. Los hombres sacaron los arcos y se dispersaron, en busca de sus atacantes.

—Dejadlo —ordenó Otia—. Probablemente era un chico que se sentía desafiado.

Wayland pasó al sudoroso centurión un odre de agua.

—Si no fuera por ti, creo que hoy habríamos sufrido algún encuentro desgraciado.

Otia bebió con fruición antes de devolverle el odre. Se secó la boca.

—Cuando le dije al general que no podía garantizar el paso seguro, decía la verdad. Yo soy de las tierras bajas, y los esvanos desprecian a los de las tierras bajas. Por mi parte, odio a las tribus de las montañas. Cada invierno bajan de sus escondrijos para robar ganado. A la gente de estos lares le gustaría verme colgado, para luego quemarme. Y lo cierto es que, si yo tuviera la oportunidad, haría lo mismo con ellos.

Al día siguiente, Vallon ordenó a los exploradores que se mantuvieran junto a la partida principal. Toda la fuerza y su tren de suministros fue avanzando a paso de mula. El río agitado había excavado un camino por entre un hayedo con unos árboles tan gruesos que cinco hombres con las manos unidas apenas podían rodear uno de aquellos poderosos troncos. Tras dejar el bosque, la columna avanzó por un valle verde y entró en una cuenca montañosa que podría haber sido el lugar de recreo y diversión de un príncipe de las tierras salvajes. Los bosquecillos de nogales y robles se extendían hasta unos riscos herbosos, dominados por picos abruptos. Por el otro lado del río, los pinos parecían conos oscuros en un denso bosque caducifolio. Wayland vio a algunos osos que los miraban desde arriba, en un claro. Dos águilas planearon con las alas extendidas, ajustando sus alas a las corrientes de aire; el sol bruñía sus cabezas doradas. Una de ellas lanzó un grito agudo y unió sus garras a las de su compañera. Ambas se alejaron girando en el aire.

Otia señaló hacia el nordeste.

—Por ahí está Elbruz, la montaña más alta del mundo. Fue allí donde Prometeo sufrió su tormento.

El titán Prometeo había enfurecido a Zeus por crear primero al hombre, a base de arcilla e insuflándole vida. Luego había robado el don del fuego de los dioses y se lo había entregado al hombre. Por su crimen, Zeus le había encadenado a los helados promontorios de Elbruz y lo había condenado a que, eternamente, su hígado fuese picoteado por un águila.

Emocionado por el relato, Hero añadió que aquel era el reino de Cólquida, en el Cáucaso, donde Jasón culminó su búsqueda del Vellocino de Oro, que pertenecía a un carnero mágico que Zeus había enviado para rescatar a Frixo y Hele.

Otia se inclinó para tocar la muñeca de Hero.

—Siento estropear vuestra historia, docto amigo, pero el Vellocino de Oro no tiene nada que ver con los dioses. En estas montañas, la gente usa los pellejos de los animales para atrapar el oro de los ríos, sumergiéndolos debajo del agua. A veces, después de un deslizamiento de tierras o una inundación, los buscadores retiran el vellón con tanto polvo precioso pegado a él que las guedejas parecen estar hechas de oro puro.

En ese momento, el pelotón pasó al trote por encima de un risco.

Wayland tiró de las riendas, desconcertado al ver, a lo lejos, un asentamiento fortificado que parecía salido del país de las hadas. Elevadas torres de piedra coronadas con torretas se apiñaban en torno a las casas; sus torres de homenaje encaladas brillaban ante unos promontorios de un verde intenso. En un valle hacia el norte, un glaciar descendía de la cadena montañosa como una escalinata de plata.

—Prefiero la versión de Hero —dijo Wayland.

Los árboles iban clareando hasta quedar solo unos abetos salpicados; la verde curva del valle replicaba el arco azul del cielo. Pasaron ante santuarios con frescos pintados en los que se veían serafines de cuatro alas con ruedas en lugar de pies, y otras rarezas representadas en un vigoroso estilo folklórico. De los habitantes de aquella tierra tan elevada, no vieron ni rastro.

—¿Dónde está todo el mundo? —le preguntó Wayland a Otia.

—Esperándonos —respondió el centurión, que señaló hacia cuatro asentamientos fortificados apiñados al final del valle—. Ushguli. Significa: «corazón sin temor».

Wayland examinó lo que tenía ante sí: el río que caía en cascadas entre unos prados de heno, las alondras que piaban en el cielo, el aroma de la resina de pino que flotaba en la corriente… Las torres (debía de haber más de cincuenta) hacían que los asentamientos parecieran ciudades en miniatura.

—Un hombre podría vivir feliz en un lugar tan bello como este.

—Vuelve en invierno, cuando la nieve se acumula en los tejados y los lobos aúllan junto a tu puerta, cuando tienes que mirar antes de entrar en el establo por si se te ha metido dentro un oso…

Wayland oteó los promontorios.

—Así que todo el mundo está dentro de las torres.

Otia asintió.

—La noticia de nuestra llegada probablemente les llegó hace más de un día. En Svaneti, todos los extraños son posibles enemigos, y todo hogar es un castillo.

El centurión dirigió a sus fuerzas hacia uno de los asentamientos. Cuanto más se acercaba Wayland, más impresionado estaba. Alguna de las torres se erguían a más de cien pies de altura, disminuyendo en la punta hasta unos tejados muy inclinados con aspilleras en forma de arco bajo los aleros. Pero las casas y los establos que se amontonaban junto a su base eran achaparradas y sin ventanas, con bastos tejados de pizarra y rodeadas por muros de piedra seca.

—Mira qué complejo forma el pueblo, parece una colmena —dijo

Otia—. Cualquier ejército que intente penetrar, tendrá que luchar casa por casa. Los habitantes se irán retirando ante ellos. Los defensores de la torres les echarán encima una lluvia de flechas y rocas.

Wayland vio flechas que los apuntaban desde cada matacán. Otia identificó al portavoz de los defensores e inició las negociaciones. Empezaron a sucederse las preguntas y las respuestas.

Vallon se acercó.

—¿Es ese el jefe?

—Es el primero de un consejo de hombres dirigentes. Su nombre es Mochila, y se niega a dejarnos entrar. Dice que podemos acampar al final del valle y que ya vendrá a vernos antes de que oscurezca.

El campamento ofrecía la vista de un muro montañoso en el que se encontraba encajado un glaciar. Cuando el escuadrón hubo asegurado su posición, la nieve brillaba con un azul frío. La tracería de oro que subrayaba las cumbres se iba desvaneciendo. Un centinela gritó una advertencia. Wayland, al volverse, vio a treinta hombres que salían al trote de la oscuridad. A la cabeza, Mochila cabalgaba en un espléndido semental negro, ataviado con una capa de fieltro con almohadillas cuadradas en los hombros, tan anchas como si fueran alas. Bajo este atuendo llevaba una cota de malla, todo ello coronado con un yelmo de hierro puntiagudo tan antiguo que podía haber sido recogido de un túmulo funerario escita.

Él y Otia se saludaron ceremoniosamente, llevándose la mano al corazón. El centurión hizo las presentaciones entre Mochila y Vallon. Ambos hombres se examinaron el uno al otro en busca de señales de fortaleza, debilidad o malas intenciones. Mochila tenía los rasgos de un águila hambrienta.

—Victoria para ti —dijo.

—Y para ti —repitió Vallon.

Otia se dirigió a Vallon.

—General, creo que he convencido a Mochila de que no suponemos ninguna amenaza. Os invita a vos y a vuestros hombres más importantes a un festín. Sugiero que no llevéis más de media docena.

—Yo ya sé que nosotros no somos ninguna amenaza. No estoy tan seguro con respecto a estos esvanos.

—Mochila se tomaría la negativa como un insulto.

—Preferiría arriesgarme a ofender a este hombre que entregarme a él como rehén.

—General, no pasaremos por sus dominios sin su consentimiento. Aunque intentásemos pasar luchando, levantaría al siguiente clan contra nosotros.

—Entonces querrá un pago.

—Eso dejádmelo a mí. Creo que puedo negociar el salvoconducto para nosotros sin echar demasiada mano a nuestros cofres.

Vallon y Mochila intercambiaron miradas, cada uno de ellos buscando un gesto revelador. Vallon inclinó la cabeza en una reverencia muy estudiada.

—Dile a Mochila que estoy encantado de aceptar su invitación. Tú me acompañarás, claro, junto con Wayland y Hero.

Un grito hizo estremecerse a todo el mundo.

—¡Estos hombres son traidores y felones! ¡Soy el duque Escleros Focas, nombrado líder de esta expedición por el emperador Alejo Comneno! ¡Mil sólidos de oro para cualquiera que...!

Los guardias del duque sofocaron su arrebato. Mochila se acarició el labio superior con un dedo.

—¿Quién es ese? —preguntó.

—Un prisionero —replicó Vallon—. Dile que no es asunto suyo.

Mochila asintió, contemplativo, examinó por última vez a los forasteros y dirigió su partida hacia la oscuridad.

Vallon les vio irse.

—¿Crees que lo habrán entendido?

—El duque mencionó sólidos —dijo Josselin—. Incluso aquí arriba saben que eso es valioso. Os aconsejo que no os arriesguéis. Si los esvanos os hicieran prisionero, nos llevaría un trabajo infernal recuperaros. Dejadme ir a mí.

Vallon contempló Ushguli. Las estrellas coronaban sus torres. Una luna inclinada arrojaba contornos de tinta sobre los pastos.

—Esta no será la única vez que tengamos que ponernos a merced de unos desconocidos. Quédate aquí. Si no vuelvo, tú quedas al mando.

El guía que llevaba una antorcha de sebo los condujo por unos callejones donde se hundieron en excrementos de vaca hasta los tobillos. Unos mastines encadenados gruñían y se tiraban hacia ellos desde oscuros entrantes. Wayland vio unos ojos que los seguían desde detrás de unos postigos cerrados. El guía subió por una galería de madera, abrió una puerta y les introdujo en una cámara grande y sucia de hollín, nublada con el humo de una chimenea donde ardía el estiércol. Ojos y dientes brillaban a la luz de una docena de lámparas. Cuando su vista se acostumbró, Wayland contó dos docenas de rostros, viejos y jóvenes, muchos de ellos tan duros como picas. Su mirada vagó por unos paneles tallados y por baúles pintados con símbolos celestiales y otras figuras crípticas. Cruces e iconos compartían el espacio en las paredes con cuernos de uros, bisontes e íbices como trofeos, colgados junto a sillas de montar y bridas con incrustaciones de turquesa y plata. Mochila y sus acompañantes se habían quitado las armaduras y vestían camisas sueltas con cruces o triángulos bordados en el corazón. Las madreperlas embellecían las costuras de sus pantalones.

Unos sirvientes mostraron a los invitados sus lugares en unas alfombras gastadas. Wayland dobló las piernas y se sentó, colocando a Atam a su lado.

—¿Cuál es el procedimiento? —le preguntó Vallon a Otia.

—Es largo, me temo. Empezamos con un intercambio de brindis formales, luego comemos. Solo después de todo eso podemos hablar de negocios. Mochila intentará emborracharnos.

Wayland puso la boca junto al oído de Atam.

—Ve traduciéndome lo que se dice.

Un mayordomo trajo la cerveza de los invitados. Después de la segunda copa, un hombre anciano se levantó y asumió una pose teatral.

—Es el *tamada* —susurró Atam—. El maestro de brindis del clan.

El hombre declamó largamente, levantando su copa antes de cada brindis. Atam resumió:

—Dice que esta comunidad se siente muy honrada de dar la bienvenida a tan distinguidos viajeros a su tierra natal. Os pide que bebáis a la salud de la tierra natal. Ahora alza la copa bendiciendo a «vuestra» tierra natal.

La ceremonia era interminable y confusa. El maestro de brindis a veces elevaba su copa invitando a beber; a veces la elevaba como preludio a otro discurso larguísimo. Wayland se negó a que le echaran más bebida tras cuatro copas, pero el sirviente quitó su mano protectora y la llenó de cerveza hasta el borde. Cuando inclinaba la jarra sobre el vaso de Atam, Wayland cogió el brazo del sirviente y lo apartó.

—Ya basta. Es demasiado joven para una bebida tan fuerte.

Después de que hubo concluido el *tamada,* le tocó el turno a Otia. Dejando a un lado su habitual laconismo, habló con los floreos de un poeta. Dio las gracias a los esvanos por su hospitalidad. Ensalzó las virtudes de Georgia y lamentó la perspectiva de tener que abandonar Ushguli tan pronto.

En cuanto hubo terminado, otro esvano se levantó y lentamente pronunció un discurso ebrio sobre la amistad universal, influida por la protección de Dios. La voz de Atam se iba haciendo temblorosa por el esfuerzo de traducir. Wayland le tocó el brazo.

—Descansa la voz, resérvala para la parte importante.

Su vida con el sultán selyúcida había acostumbrado a Wayland a soportar larguísimas audiencias, pero hasta él estaba medio dormido cuando Atam le pinchó en las costillas.

—Ahora os toca a vos.

—¿A mí?

Los ojos le contemplaban expectantes en aquella atmósfera viciada. Se puso de pie y le preguntó a Vallon.

—¿Y qué debo decir?

—Lo que se te pase por la cabeza. Yo les he recitado el salmo treinta y tres: «Aunque camines por el valle de las sombras de la muerte…».

Wayland solo consiguió decir unos cuantos tópicos antes de que su voz se apagase.

—Recita uno de tus poemas ingleses —le apuntó Vallon.

—Ellos no entienden el inglés.

—Entonces no hay razón para ser tímido.

Wayland recordó un poema que había oído por primera vez sentado en las rodillas de su abuelo, mientras, fuera, en los bosques, arreciaba una tormenta de enero. Se le soltó la garganta.

Las tormentas se agitan sobre estos promontorios rocosos,
aguanieve y nieve caen y encadenan el mundo,
aúlla el invierno, luego viene la oscuridad,
la sombra de la noche arroja oscuridad, y trae
feroces granizos de la tierra, para espantar a los hombres.
Nada es fácil en el reino de la tierra,
el mundo bajo los cielos está en manos del destino.

Wayland se iba dando golpecitos en la palma izquierda con la derecha.

Aquí las posesiones son pasajeras, aquí los amigos son pasajeros,
aquí el hombre es pasajero, aquí los parientes son pasajeros,
todo el mundo se convierte en tierras salvajes.

Bajó la cabeza e hizo una pausa. La sala estaba pendiente de sus palabras. Señaló una cruz dorada que estaba al fondo de la sala.

—Es mejor para un hombre buscar la piedad y el consuelo del padre de los Cielos, donde hay seguridad para todos nosotros.

Fuertes aplausos y copas levantadas recompensaron su recitado. Vallon le dio una palmadita en el brazo.

—Bien hecho. ¿Crees que nuestros anfitriones beben cerveza aguada?

Wayland dio un trago de cerveza para aclararse la garganta.

—Los he estado observando. Beben los mismos meados que nosotros.

Siguió un discurso más, pronunciado por Mochila. Luego aparecieron las mujeres con la comida. La mayoría de ellas eran hermosas matronas, de rasgos fuertes y cargadas con el peso de muchos adornos de oro y tocados llenos de conchas de cauri. La que sirvió a Wayland era una doncella con las cejas arqueadas y finas, con un rostro tan ovalado como una almendra. Sus pechos sobresalían bajo el traje tejido en casa. Una luna creciente de oro en un oído ponía más énfasis aún en la perfección de sus rasgos. Cuando sus ojos de un verde grisáceo se encontraron con los de Wayland, él tuvo que apartar la mirada. Solo habían pasado dos semanas desde que se había separado de Syth, y ya estaba haciendo ojitos a otra mujer... ¿Cómo podría permanecer fiel a ella dos años? ¿Cómo le iba a ser fiel ella a él?

Con los ojos bajos entre las largas pestañas, la chica le sirvió un plato de queso cocinado con mantequilla, coronado por una capa de carne mezclada. La mezcla agridulce se quedó pegada al paladar de Wayland, pero resultaba deliciosa comparada con el pan recocinado, tan duro como un ladrillo, así que se comió el rancho con apetito. Siguió el ejemplo de sus anfitriones y usó el cuchillo para rascar los trocitos melosos que se habían quedado adheridos a la sartén. A continuación, las mujeres trajeron un caldero ennegrecido por el humo con un caldo que contenía trozos de buey. En la sala solo se oyeron entonces los ruidos de masticar y deglutir. Mochila sirvió personalmente a Vallon los bocados más selectos. Mientras tanto, no paraban de beber cerveza.

Al final, los hombres dejaron los cuencos, eructaron, se soltaron los cinturones y se echaron hacia atrás. Mochila se puso las manos en las rodillas e inclinó el rostro hacia Vallon. Sus rasgos parecían los de una calavera bajo aquella luz ahumada.

Atam tradujo con un contundente susurro:

—Pregunta cómo puede ayudaros en vuestra misión.

Vallon se masajeó el estómago.

—Ya habéis transformado nuestro viaje de fatigoso trabajo en lujoso placer. La única ayuda que requiero es consejo para llegar al desfiladero de Daryal. —Vallon hizo una pausa—. Y si pudierais proporcionarnos un hombre que nos mostrara el camino...

Mochila hizo un gesto con una mano, con un desdeñoso medio círculo.

—Nunca alcanzaréis el Daryal. Los pasos que os esperan son difíciles ya para caballos ligeramente cargados. Imposibles para vuestros carros.

—No tengo intención alguna de abandonar nuestras carretas —dijo Vallon—. Si es necesario, las vaciaremos del todo y las transportaremos por las montañas tabla a tabla, rueda a rueda. Por supuesto, nuestra tarea sería mucho más fácil si dispusiéramos de algunas manos más.

Mochila metió las mejillas y sacudió la cabeza.

—Es primavera. Todos nuestros hijos están atendiendo a los rebaños en los pastos altos, y nuestras mujeres están atareadas en los campos desde el amanecer hasta el anochecer. Habéis llegado en la estación más ocupada. En Svaneti, las nieves nos dejan solo seis meses para sembrar y cosechar.

—Naturalmente, os compensaremos.

Wayland sabía que los esvanos se habían olido el botín, por la forma que tenían de pasarse la lengua por los labios, empujando hacia afuera las mejillas con la lengua y echándose miraditas unos a otros casi sin mirarse a los ojos. Mochila permaneció inmóvil.

—¿Qué nos estáis ofreciendo?

—Para vos, milord… Preferiría discutirlo en privado.

Mochila levantó un dedo para acallar un rumor de descontento. Reanudó su discusión con Vallon. Wayland notó que la tensión aumentaba.

—Seré indulgente con vos por vuestra ignorancia respecto a nuestras costumbres. En Svaneti no hacemos tratos a espaldas de la gente de nuestro clan.

—Perdonadme, señor. Como general nombrado por el emperador, estoy acostumbrado a tratar con grandes hombres, y a recompensarles de acuerdo con su estado e influencia.

Wayland vio un brillo de avaricia que aparecía y desaparecía en los ojos de Mochila. El líder esvan volvió su copa hecha de cuerno y la miró. Su tono, cuando habló, fue pensativo.

—Yo no pido nada para mí mismo, pero es adecuado que los hombres apartados de su sustento deban ser recompensados. —Mochila se relajó sobre sus cojines—. Una expedición tan grande como la vuestra debe de llevar una gran cantidad de oro.

Vallon soltó una risa compungida.

—Ojalá tuviéramos de sobra… Pero estamos al principio de nuestro viaje y no podemos permitirnos gastar ni una simple moneda. Tengo que pagar los salarios de los hombres. Son mercenarios, guerreros endurecidos en algunas de las batallas más sangrientas de

Bizancio —añadió, antes de que Mochila pudiera responder—. Solo sirven a cambio de dinero, no por lealtad personal. Si echamos mano de sus honorarios, descargarán su ira primero en mí, y luego en las personas a las que consideren responsables de privarlos de lo que se les debe.

La expresión de Mochila se volvió taimada.

—Así pues, ¿qué estáis dispuesto a ofrecer?

—Sal.

—¡Sal! —La boca de Mochila se frunció—. ¿Qué os hace pensar que queremos sal?

—Creo que es un artículo escaso en estas montañas. He visto por mí mismo que vuestros perros nos siguen y van lamiendo nuestra orina. Por supuesto, tenemos otros bienes que podríais encontrar más de vuestro gusto: tela, aceite, granos…

Wayland vio que Mochila estaba haciendo sus cálculos.

—¿Cuánta sal?

Vallon consultó a Otia antes de responder.

—La suficiente para cubrir vuestras necesidades durante medio año.

Mochila se dio en la rodilla con una mano.

—Me pedís que os proporcione trabajo humano y a cambio me ofrecéis una recompensa para el ganado. No, honrado huésped. Volvamos al principio.

Wayland no siguió bien la mayor parte del proceso de regateo. Creyó entender que, cuando acabaron las negociaciones, los esvanos eran mucho más ricos en sal, tela y conchas de cauri. Estas últimas fueron una condición impuesta por una mujer vieja que estuvo acechando desde la puerta durante toda la velada.

La luz de las estrellas esmaltaba las cumbres cuando Wayland se perdió en la noche. La hierba crujía bajo sus pies por efecto de la helada. Absorbió una bocanada tras otra de aire puro y frío. Una mano le cogió el codo.

—¿Qué te ha parecido todo esto? —le preguntó Vallon—. Sé por experiencia que detectas enseguida una posible traición. Si Mochila te da mala espina, será mejor que nos vayamos preparando.

Wayland miró hacia atrás, al asentamiento con sus torres.

—Quiere nuestro oro, pero no tiene los hombres suficientes para arrebatárnoslo por la fuerza.

—He encontrado un momento para decirle que proveeré bien su bolsa, y que además le daré a elegir dos de los caballos del duque.

—Eso no hará otra cosa que estimular su apetito. Creo que se propone sacar algo más que unos saquitos de sal y un puñado de oro.

—He avisado al escuadrón para que estén alertas —dijo Vallon.

—Aunque consigamos huir de Svaneti, seguiremos teniendo que enfrentarnos a las sanguijuelas del valle siguiente... y del siguiente. Si Mochila da una buena medida de cómo son los habitantes de las montañas, podrían dejarnos completamente secos antes de llegar al mar Caspio.

Vallon apretó el brazo de Wayland.

—Con la ayuda de Dios, encontraremos una forma de pasar.

Y se fue para dictar órdenes a sus lugartenientes. Wayland levantó la cara hacia el firmamento, emocionado al pensar que esas mismas estrellas que estaba viendo brillaban también sobre su familia.

Una tos ronca le devolvió a la realidad. Puso una mano en el hombro de Atam.

—Lo has hecho muy bien —le dijo.

Su perro se quedó al lado de Atam, con las orejas enhiestas y los ojos brillantes.

—¿Realmente no te queda familia?

Atam rozó el suelo con el pie.

—Nadie.

—Tenemos un largo camino por delante. Y a todos nosotros nos será más fácil si tenemos amigos en los que poder confiar. Yo soy demasiado joven para ser tu padre, pero no para ser tu hermano.

Los ojos de Atam se abrieron de par en par. El perro meneó el rabo.

Wayland puso una mano en torno al hombro del huérfano.

—Es tarde. El sol asomará pronto por encima de las montañas. Sospecho que nos espera un día duro. Quédate a mi lado en todo momento.

XIV

Al escuadrón le costó todo el día siguiente y gran parte de la noche desmantelar los carros y repartir las cargas entre los porteadores esvanos. Mochila había movilizado a la mayoría de la población de Ushguli, incluidos mujeres y niños. Cuando la columna partió, los primeros rayos del sol se filtraban entre los huecos de las montañas. Mochila y su séquito los acompañaron hasta el final de los pastos de la última casa. Allí repartieron bendiciones entre los viajeros. A Wayland le pareció que parecían demasiado sinceros.

Tomaron un recodo hacia el valle. Wayland volvió su atención hacia la ruta. Abram, su guía, era un montañero fibroso, de al menos sesenta años, que llevaba dos chaquetas de borreguillo y tenía los ojos tan nublados por la exposición al viento y al resplandor de la nieve que parecía medio ciego. Los condujo a pie, con un bastón atravesado sobre los hombros y la cabeza inclinada, como un mendigo sumido en la contemplación.

Siguieron un torrente fragoroso de agua de deshielo que fluía de la lengua del glaciar, bajo la falda de la montaña. El macizo de hielo se cernía sobre ellos. Abram parecía conducirlos hacia un callejón sin salida, hasta que dobló hacia el este por un afluente. Un poco más allá, el rastro se dividía. Un camino bien marcado ascendía hacia un gran puerto de montaña, mientras que la otra línea era apenas un camino de cabras que llevaba por unos escalones hacia un valle encerrado entre precipicios.

Wayland y Atam alcanzaron al guía y le preguntaron por qué había elegido el camino más duro.

—Dice que el paso de Zagar estará bloqueado por la nieve —le tradujo Atam a Wayland—. Este camino es más empinado, pero la nieve será menos honda.

Wayland estudió al arrugado explorador, pero su nublada mirada resultaba inescrutable. Era cierto que las tormentas ennegrecían las montañas desde que abandonaron la costa. Habían dejado unos seis pies de nieve en los promontorios más elevados. Wayland miró hacia atrás, a la columna, cuyo extremo final estaba ya a una milla de distancia. Luego echó otra mirada al camino de ascenso. No podía creer que los esvanos tendieran una emboscada en un terreno tan difícil, contra una fuerza tan ampliamente dispersa.

Aun así, se mantuvo cerca del guía y vigilando con suspicacia los peñascos. La corriente saltaba y se agitaba por encima de unas rocas color rojo óxido. Perdió la cuenta de las veces que cruzaron la corriente, a veces sobre puentes de troncos, a veces sobre trozos de hielo, a veces vadeando las heladas aguas. En ciertos lugares, el camino se alzaba cien pies por encima de la corriente; en otros se hundía por debajo de diques de piedras apiladas por las riadas.

El valle se estrechaba hasta convertirse en un desfiladero. Enormes escarpaduras de roca desnuda redujeron el cielo a una rendija quebrada. Cabalgaron por un bosque de pinos que se elevaban entre enormes rocas del tamaño de una casa, forradas de musgo. Azaleas y rododendros florecían en las sombras.

El sendero trepaba por encima de la corriente, se volvía más y más empinado, y se inclinaba a lo largo de un acantilado. No era un ascenso para débiles de corazón o de mente indecisa. Los corrimientos de tierra se habían llevado fragmentos enteros del sendero. Habían dejado empinadas pendientes de piedras sueltas que había que cruzar por un paso de no más de unas pulgadas de ancho. Los esvanos seguían montados en sus caballos, mientras los más precavidos avanzaban de puntillas, moviendo los brazos. Wayland se quedó sentado en su silla, mirando hacia abajo, a la corriente que murmuraba cientos de pies por debajo.

Los esvanos señalaron unos santuarios dedicados a los viajeros que habían perdido la vida en aquel camino. Atam lo tradujo todo con indecoroso deleite. Tal viajero se había encontrado con un oso en el camino, y el animal decidió marcar su territorio. Aquel otro pobre diablo cayó trescientos pies. Cuando su hermano recuperó el cadáver, encontró el cuerpo tan hecho polvo que casi se podía meter en un zurrón.

Wayland se secó la frente y se quitó el manto. Los esvanos alardeaban de que su asentamiento era el más elevado de Georgia. Debían de haber subido al menos dos mil pies, pero la atmósfera era opresiva y cálida. El agua del deshielo salpicaba desde las alturas; las piedras liberadas por un fragmento de hielo fundido siseaban al pasar. Vio nubes negras desgarradas que corrían a través del cielo opaco. Abram gritó una advertencia. Wayland empujó a Atam al abrigo del precipicio.

El cielo se puso oscuro y empezaron a caer granizos tan grandes como uvas. Rebotaban hasta la altura de la rodilla en el suelo y dejaban dos pulgadas de hielo antes de que las nubes se desgarraran de nuevo y volviera la luz del día. El sol siseó al caer sobre el manto de granizo. Un pájaro cantó. El guía se puso en marcha de nuevo, como si estuviera condenado a una tarea eterna.

Y siguieron trepando, girando hacia aquí y hacia allá por una escalera de rocas, hasta que Wayland apenas pudo saber si iban o venían. Unas chovas volaban en espiral en el vacío; sus gritos de arpía resonaban entre los acantilados.

En un momento dado, el camino giraba cerradamente en torno a un afloramiento rocoso con los bordes afilados como cuchillos. El sendero no tenía más de tres pies de ancho. El precipicio era de esos que encogían el estómago. Wayland llevó el caballo de Atam junto a él y esperó. Los jinetes esvanos pasaron por el punto de peligro con una indiferencia que resultaba altanera. Los seguía un pelotón de turcos. Para no sentirse humillados seguían a caballo, y dejaban que fueran los animales los que sortearan el peligro.

—Tened cuidado —dijo Wayland. Los turcomanos eran jinetes excepcionales, pero para la mayoría de ellos esa era su primera experiencia en la montaña.

Un soldado selyúcida dio la vuelta al recodo, parloteando por encima del hombro con un compañero suyo. Wayland anticipó el accidente un momento antes de que ocurriera y se lanzó hacia delante.

Demasiado tarde. La punta del arco del selyúcida rozó en el acantilado, y el súbito contacto bastó para desequilibrar al caballo. Empujado de lado, este dejó caer las patas traseras por el precipicio. Se agitó buscando agarre. Su jinete arrojó todo su peso hacia delante.

—¡Salta! —gritó Wayland.

El caballo dio un último y frenético tirón para conseguir hacer pie de nuevo, y luego se deslizó con un relincho aterrorizado por encima del borde. Wayland agarró el brazo del jinete mientras este caía, y casi se ve arrastrado él mismo hacia lo más profundo. Se dio con la cara contra el repecho. Se cortó la mejilla con el borde. El peso del selyúcida casi le disloca el brazo. Desde su espantosa perspectiva veía al caballo que caía dando vueltas hacia el abismo, golpeaba un repecho con un ruido espantoso, giraba y estallaba al final, convertido en una mancha de sangre en el fondo del acantilado.

Él habría ido detrás si los compañeros del selyúcida no le hubieran sujetado las piernas y le hubiesen liberado del peso de su brazo. Así consiguieron salvarlos a los dos. Wayland se apoyó contra el acantilado, tragando aire y masajeándose el hombro retorcido. El hombre al que había rescatado se sentó con los brazos en torno a las rodillas, sonriendo como un lunático. Wayland le hizo un gesto cariñoso con la mano.

—Hemos estado así de cerca —le dijo juntando el índice y el pulgar.

El selyúcida le cogió la mano y se la besó. Los turcomanos se tocaron los labios con las manos. Dieron las gracias a Wayland y se llevaron aparte a su compañero.

—Ese idiota casi te mata —dijo Atam.

Wayland giró el brazo para comprobar que estaba bien. Se tocó ligeramente la mejilla raspada.

—Vamos. No podemos estar lejos de la cumbre.

Cruzaron por una cuenca poco honda. Los caballos hundían los cascos en la nieve blanda. Al poco llegaron a un puerto flanqueado por agujas de escarcha hechas añicos, forradas de líquenes. Wayland miró por encima de aquel caos helado la cordillera del Gran Cáucaso, que se extendía por el este y el oeste hasta donde alcanzaba la vista. A aquella altura, podía ver la mayoría de los picos. Unas pocas montañas distantes eran tan elevadas que solo aparecían sus cumbres, flotando en el éter. Debajo, el camino descendía hasta un lago de montaña helado como un ojo glauco antes de desparramarse en unos planos inclinados de bosque y de prados alpinos.

Otia, junto a él, observó toda la escena, con las manos cruzadas sobre el pomo de la espada.

—Entramos en el país de los rachuelianos.

—¿Y cómo son?

Otia se rio sin ganas.

—Te diré cómo son. Un hombre que viajaba a Oni, la ciudad principal, se encontró con un nativo de Racha. «¿Estamos lejos de Oni?», le preguntó el extranjero. «No, no estamos lejos», replicó el nativo. Caminaron dos horas más y de nuevo el extranjero le dijo: «¿Estamos lejos de Oni?». «Ahora sí», contestó el rachueliano.

Otia chasqueó la lengua y empezó a descender. Wayland y Atam encontraron un lugar para descansar en una roca en la que daba el sol. El inglés partió una pequeña cantidad de queso ahumado y pan que llevaba. Comieron mientras la columna iba pasando. Un matorral de narcisos enanos que crecían entre las rocas le recordó Northumberland. En el cielo, un buitre describía un solitario círculo. Aquello le hizo pensar que, probablemente, jamás volvería a su hogar.

Mientras tanto, los soldados y los porteadores iban pasando. La caravana debía de haberse alargado más de tres millas. Era media tarde cuando Wayland llegó al puerto. El sol dominaba los picos occidentales; las sombras iban llenando los valles. Antes de que el final de la columna llegase al campamento, se haría de noche.

Vio pasar a Lucas, que llevaba de la brida a su caballo y dirigía tres mulas con gritos entrecortados. Wayland le hizo una seña. El franco la tomó como una invitación para que se acercara.

—Maese Wayland, ¿puedo pediros un favor?

Wayland entrecerró un ojo, suspicaz.

Lucas se agachó.

—¿Qué os ha ocurrido en la cara?

—Di lo que tengas que decir.

—Vos y Vallon sois antiguos compañeros.

—Tú no, así que llámale «general».

Lucas se rascó la nariz.

—Habréis oído que me ha puesto con los suministros.

—Has salido bien librado. Por insultar a su hijo, la mayoría de los comandantes os habrían azotado o colgado.

—Hijo adoptivo..., y se lo merecía. De todos modos, no pienso pasarme el resto del viaje mirando el culo de una mula. Pensaba...

—No, no pensabas nada, o no deberías gastar el aliento. No voy a interceder en tu favor ante el general Vallon.

—Sí, pero...

—¿Es que no me has oído? El general te ha sentenciado a un mes a ir con los equipajes. No te metas en líos y volverás con tu escuadrón antes de que lleguemos al mar Caspio.

—Todo el mundo espera que los montañeses nos tiendan una emboscada antes. Si hay combate, no quiero estar con unos muleros que no hacen más que recoger mierda. Y además hay otra cosa. El capitán del tren de equipajes es un ladrón. Él y sus compañeros han ido vendiendo nuestros suministros a escondidas. Tengo pruebas.

Wayland cerró los ojos, incrédulo. Y los volvió a abrir llenos de ira.

—¿Es que no entiendes nada? Todos los capitanes de equipaje son ladrones. Yo lo sé, tú lo sabes, el general lo sabe. Delata al ladrón y se verá obligado a emprender alguna acción. ¿El resultado? Un capitán de equipaje con el cuello muy estirado y un profundo resentimiento entre sus hombres.

Lucas se levantó y miró a Wayland.

—Me parece que Vallon castiga al inocente y hace oídos sordos ante el culpable.

A duras penas, Wayland pudo contener su enfado.

—Tienes una extraña manera de mostrar gratitud a un hombre que te acogió en su hogar. —Levantó la barbilla, para despedirle—. Ocúpate de tu animal.

Lucas se puso de pie y silbó. *Aster* relinchó, trotó hacia él y metió el morro entre las manos de su amo. Lucas apoyó la cara en la cabeza de *Aster* y el caballo relinchó con placer. Lucas le guiñó un ojo a Wayland.

—Admitidlo. Se me dan bien los caballos.

—Me refería a la mula —dijo Wayland.

El animal, cargado con una rueda en cada flanco, estaba peligrosamente desequilibrado. Intentaba alcanzar un manojo de hierba situado en un empinado barranco. Lucas se inclinó, recogió una piedra y, desde una distancia de treinta yardas, la lanzó zumbando en una trayectoria plana. Le dio justo en la grupa. Con una mirada triunfante a Wayland, recogió su carga y desapareció por el otro lado del puerto, cantando una canción de pastores de los Pirineos. Sabía mantener la melodía muy bien.

Wayland meneó la cabeza.

—No sé qué hacer con ese chico.

Atam buscó una respuesta.

—Es un chico muy malo.

Wayland echó atrás la cabeza y se rio.

—Sí, es verdad.

El frío ponía un cepo en torno a la cumbre cuando los últimos caminantes llegaron pesadamente: un pelotón de contrariados forasteros que conducían a un grupo de jadeantes porteadores y de extenuadas mulas cargadas con el trabuquete desmontado. El brazo del arma de asedio colgaba entre dos pares de mulas. Wayland no entendía cómo era posible que hubiesen maniobrado para pasar por las curvas más cerradas y empinadas. Se puso de pie y se quitó el polvo del fondillo de los pantalones.

—¿Sois los últimos?

—Lo somos.

—Apresuraos pues.

Cuando el sonido de tintineantes cascos y piedrecillas que se deslizaban se hubo desvanecido, Wayland montó y se dispuso a seguirlos. Estaba a punto cuando miró hacia atrás.

—¿Habéis visto pasar al duque?

Atam negó con la cabeza.

Wayland espoleó a su caballo y bajó el promontorio, gritando a los soldados que se detuvieran.

—¡El duque! —jadeó—. ¿Dónde está el duque?

Todos se miraron entre sí y se encogieron de hombros.

—¿Y cómo quieres que lo sepamos? —dijo uno.

Wayland parpadeó. ¿Habrían pasado el duque y sus guardianes mientras él hablaba con Lucas? No. A Wayland no se le escapaba nada. Mantuvo la calma.

—El duque y su escolta iban cabalgando un poco por delante de vosotros. ¿Cuál ha sido la última vez que los habéis visto?

Los soldados sabían que había pasado algo malo, así que intentaron librarse de la responsabilidad.

—No hemos visto al duque desde que salimos de Ushguli —murmuró uno de ellos—. Estábamos demasiado ocupados empujando a esos haraganes.

—Pensad bien —insistió Wayland—. No se os echará la culpa de nada.

Un soldado tracio habló.

—La última vez que vi a la partida del duque fue antes de la granizada.

Eso debía de ser en torno al mediodía. No tenía sentido retroceder. Ya se podían ver las primeras estrellas. Seguir el rastro por la noche sería imposible. Si el duque había escapado durante la tormenta, ya podía estar de vuelta en Ushguli.

—Cuidad a Atam —dijo Wayland, que espoleó a su caballo.

Galopó como un loco por el sendero, preguntando a cada soldado que pasaba si había visto al duque. Nadie sabía nada. Cuando entró en el campamento, le quedaba poca o ninguna esperanza.

—¡El duque Escleros! —gritó—. ¿Está aquí?

Vallon salió de su tienda.

—Iba en la retaguardia.

—No, no está allí. He visto pasar a toda la columna. Ha desaparecido.

—¿Estás seguro?

—Os lo estoy diciendo.

Vallon apartó el faldón de entrada de su tienda e hizo señas con un dedo para que sus oficiales le siguieran. Wulfstan se unió a ellos. Vallon se quedó de pie, de espaldas.

—¿Cómo? —preguntó.

—Muy sencillo —dijo Wayland—. La columna estaba dispersa,

cada hombre se concentraba en el siguiente paso. Hay infinidad de sitios donde el duque pudo haberse escondido. Probablemente aprovechó la tormenta. Luego lo único que tuvo que hacer es esperar a que todo el mundo hubiera pasado.

La mano de Vallon golpeaba su muslo con ominosa lentitud.

—Sé cómo lo hizo. Lo que quiero saber es quién permitió que desapareciera.

Otia se tocó la garganta.

—Debieron de ayudarle los guardias.

Vallon no se volvió.

—¿Quiénes eran? ¿Quién los eligió?

Josselin permanecía erguido, muy tieso.

—Yo lo hice, señor. Elegí dos turnos de cuatro hombres, todos de distintos pelotones, para limitar los riesgos.

Vallon levantó una mano.

—Haz un recuento. A ver quién falta. —Se dio la vuelta—. Escleros no habría escapado a menos que estuviera seguro de que Mochila le ofrecería refugio.

—Volvamos a Ushguli y exijamos el regreso del duque —dijo Josselin—. Si es necesario, sitiaremos el lugar.

—Ya has visto sus defensas —dijo Otia—. Moriríamos de hambre mucho antes de que los esvanos siquiera se inmutaran.

—Destruyamos una torre o dos con el trabuquete. Eso obligaría a Mochila a recuperar el sentido común.

—Hacedlo —dijo Otia— y nos toparemos con enemigos en cada una de las tribus de las montañas.

Wulfstan se acarició el mostacho.

—General, si yo fuera vos...

Vallon estalló.

—¡Pero no lo eres, maldita sea! ¡Si me dices una vez más que tendría que haber matado al duque, te corto la otra mano y hago que te la tragues!

Wulfstan adoptó un aire de mártir.

—No iba a decir eso, general. Tal y como lo veo, tenemos a un centenar de esvanos a nuestra merced. Podemos mantenerlos como rehenes a cambio del regreso del duque.

—¿Otia? —dijo Vallon—. ¿Funcionaría eso?

El centurión resopló.

—Hay que considerar cómo nos ven los esvanos. Para ellos somos unos extranjeros inoportunos que llevan una carga muy rica..., una oveja dispuesta para arrancarle el vellón. Si el duque ha escapado por nuestra negligencia, la culpa no es más que nuestra.

Wulfstan iba a escupir, pero recordó en qué compañía estaba y se contuvo.

—No se sentirá tan astuto cuando colguemos a una docena de los suyos junto a Ushguli.

Wayland, al ver que Vallon parecía estar considerando tal posibilidad, dijo:

—El no tener al duque no ha arruinado nuestra misión. Habrá prometido oro a cambio de libertad, pero el oro no está en su poder.

Vallon miró a lo lejos.

—Si permitimos que los esvanos queden sin castigo, cada tribu que encontremos se lo tomará como una licencia para atacarnos.

—Y, si nos vengamos, todas las tribus nos tratarán como a enemigos.

—El duque les hablará a los esvanos de todas las riquezas que llevamos con nosotros —dijo Vallon tras unos segundos—. Lo que no comprendo es cómo espera Mochila hacerse con ellas. Estamos fuera de su territorio. Y no me imagino que quiera compartir el botín con sus vecinos.

—Creo que entregará a Escleros a los georgianos —dijo Otia—. Y lo hará por un precio nada desdeñable, desde luego. Esa es la única salida para el duque. Sin la ayuda georgiana nunca llegará a Trebisonda. A cambio les contará cuál es nuestra ruta y les hablará de la cantidad de riquezas que llevamos. Creo que podemos esperar una recepción nada amistosa en la carretera al desfiladero de Daryal.

—Mochila se dará cuenta del daño que Escleros puede hacernos. Tal vez nos pida un rescate por él.

—Un precio que valdría la pena pagar —señaló Otia—. No somos lo bastante fuertes para enfrentarnos al ejército georgiano.

Aimery entró y confirmó que el duque y sus guardianes habían desaparecido.

Vallon empezó a andar de un lado para otro. Por fin se detuvo. Todo el mundo contuvo el aliento.

—Traedme al hombre principal de Mochila.

El general esperó con las piernas separadas. Dos soldados empujaron a un guerrero esvano al interior de la tienda. Este sonrió a la compañía. Sin embargo, cuando reparó en Vallon su sonrisa se desvaneció.

—Pregúntale qué precio pide Mochila a cambio del duque.

—Asegura que no tiene ni idea de lo que estáis hablando —replicó Otia.

La espada de Vallon salió con un silbido.

—Vuélveselo a preguntar.

Siguió una larga conversación, mientras Otia presentaba las condiciones.

—Jura que Mochila no tiene al duque, pero dice que los esvanos harán todo lo que puedan para atraparlo y devolverlo a nuestra custodia. Naturalmente, Mochila espera obtener una recompensa.

—¿Cuánto?

—La mitad de nuestro oro y de nuestro tesoro.

Vallon consideró la exigencia como si fuera una base razonable para la negociación. Señaló al esvano.

—Sacadle y colgadle. Conservad a todos los de su clan que necesitemos para transportar nuestros suministros al siguiente asentamiento, y expulsad al resto.

Otia hizo una mueca.

—Las tribus de la montaña podrían ver su ejecución como una especie de declaración de guerra. Y esa sería una guerra que no podríamos ganar. Irán acabando con nosotros de uno en uno, de dos en dos, hasta que no quede nada de nosotros..., salvo quizás un vago recuerdo o un oxidado peto de armadura bizantina clavado a una pared.

—Y si no hacemos justicia, cualquier pequeño señor lo tomará como una invitación a mordernos los tobillos. —Vallon señaló con el índice—. Aunque pagásemos el rescate, Mochila nos traicionaría con los georgianos. Que me condenen si voy a dejar que se llene los bolsillos dos veces más a nuestras expensas. La sentencia sigue en pie. Ejecutadle de inmediato.

XV

En el primer pueblo de Racha, Vallon despachó a los porteadores esvanos que quedaban y ordenó a Otia que negociase con los habitantes del lugar para sustituirlos. Los montañeses siguieron en sus torres. Rechazaron todos los incentivos y se burlaron de cualquier amenaza. Las negociaciones siguieron hasta la tarde del día siguiente, cuando Otia se rindió.

—Tenemos que presionar, general. Cuanto más lo retrasemos, más tiempo estamos dando a nuestros enemigos para preparar emboscadas.

—No podemos avanzar sin animales y hombres que lleven nuestro equipaje.

Otia intercambió una mirada con Josselin.

—Señor, la única forma de llegar al mar Caspio es viajar ligeros. Abandonemos el trabuquete y el sifón de fuego.

—No sin que les demos a estos montañeses pruebas de mi ira. —La mirada de Vallon cayó sobre Wulfstan—. Tú sabes cómo manejar el trabuquete.

—Sí, señor.

—Y lo has usado para lanzar fuego griego.

—Lo he hecho, señor, con resultados devastadores.

—Te nombro capitán de artillería. Monta la máquina de sitio y dispón a un equipo para que la maneje. —Calculó la distancia que los separaba del asentamiento y señaló un trozo de terreno de unos trescientos pies que estaba situado justo delante—. Tendréis que apuntar desde ahí.

—Sí, señor.

Vallon señaló un granero que tenía un tejado de paja, fuera del asentamiento.

—Y esa es tu marca. —Se fue—. Josselin, proporciónale a Wulfstan los hombres que necesite.

Bajo la aprensiva mirada de los montañeses, Wulfstan supervisó el montaje del trabuquete. Colocó el brazo en un eje que corría a través del marco hasta arriba, lo unió a una honda de cuero en el extremo largo del brazo que servía para lanzar y cargó la horquilla del contrapeso corto con piedras. Las sombras tableaban los campos de nieve cuando el vikingo informó de que la máquina estaba lista.

—Usa barriles de agua para averiguar el alcance —dijo Vallon—. Cuando estés seguro de que das en el blanco, destrúyelo con fuego griego. ¿Puedes hacerlo?

—Puedo.

Wulfstan examinó el blanco e hizo unos ligeros ajustes antes de soltar la palanca. El contrapeso cayó y el brazo subió en un arco perezoso, tirando de la honda. El barril salió volando, describiendo una amplia curva que acabó unas treinta yardas por detrás del objetivo, ligeramente a la derecha. Wulfstan quitó algunas rocas, corrigió la puntería y lanzó otro disparo. Dispararon tres veces hasta que el barril de agua cayó por el tejado del granero. Nerviosos, los defensores de las torres lanzaron nubes de flechas. En el cielo solo quedaba una veta de luz color limón.

—Esta vez con fuego griego —dijo Vallon.

Un grupo de soldados que iban desnudos hasta la cintura manipulaban un cabrestante para bajar el brazo del aparato. Wulfstan colocó un lecho de yesca en la honda, puso un barril de fuego griego encima (como un huevo infernal), vertió más líquido incendiario encima del barril y encendió la mecha. Unas llamas humeantes empezaron a lamer el cielo oscuro.

Medio agachado, con los ojos enloquecidos ante aquel resplandor infernal, Wulfstan se tomó su tiempo.

—No, todavía no. Esperad a que prenda el fuego.

Vallon observaba, haciendo muecas cuando las llamas empezaron a carbonizar los travesaños.

—Wulfstan, si no disparas ahora, seremos nosotros los que...

—¡Ahora! —chilló Wulfstan.

El barril ardiente voló bien alto. Las llamas rugieron con la velocidad de su paso, arrastradas por la corriente de aire. No sabían bien dónde había caído. Vallon se llevó ambas manos a las mejillas.

El tejado del granero prendió en un estallido de llamas que se alzaron en la noche como el fuego del Infierno. Todo empezó a arder;

las chispas revoloteaban en remolinos de cincuenta pies de altura.

Vallon comprobó que las llamas se iban asentando.

—Vuelve la máquina hacia el pueblo. Enciende antorchas, para que los defensores no tengan duda alguna sobre dónde caerá la bola de fuego.

Los hombres tiraron del trabuquete y lo cargaron hasta que su brazo apuntó hacia el corazón del pueblo. Empezaron a maniobrar el cabrestante. De nuevo, Wulfstan cebó la honda con más yesca. Luego añadió un barril de fuego griego. Mientras levantaba su tea ardiente, una voz se alzó desde una de las torres.

—Esperad —dijo Otia—. Están dispuestos a considerar nuestras exigencias.

Vallon se dio la vuelta.

—Haz tú los arreglos.

Los forasteros montaron el campamento al día siguiente por debajo del límite de los árboles, en un campamento de verano de los pastores, ocupado por una cabaña de troncos y cuatro alojamientos primitivos que parecían colmenas de piedra aplanadas con techo de tierra. Los pastores habían hecho un corral con tres troncos, y allí fue donde los muleros guardaron a los animales de carga y amontonaron el equipaje.

Era un lugar encantador, un prado lleno de flores silvestres dividido por un arroyo burbujeante. A un lado del valle, una cascada caía formando una pluma perezosa, y el vapor de agua se elevaba formando velos a través de la oscura neblina del bosque de pinos. Al otro lado, los muros se elevaban hasta vertiginosos taludes de rocas sueltas. Había prominentes acantilados dominados por picos con toques de nieve serpenteando y alejándose de ellos.

Como solo quedaba una hora de luz diurna, tras acabar sus obligaciones, Lucas fue a dar un paseo corriente arriba. Parecía que podía haber truchas. En la primera poza dio con un pez que nadaba por el agua profunda, de un verde lechoso. Con mirada concentrada, acechó en la siguiente poza. Se puso boca abajo sobre una roca y se quedó al acecho. Dos pies por debajo de él, sacando solo la cabeza, vio una trucha suspendida en sus aletas, que eran como abanicos.

Lucas introdujo la mano derecha en el agua por detrás del pez. Con la mano hueca y los dedos abiertos, la fue llevando hacia delante hasta que entró en contacto con la cola de la trucha. Haciéndole cosquillas con los dedos, fue pasando por el vientre del animal hasta llegar a sus branquias. Con un respingo y un tirón, de un solo movimiento sacó al pez e intentó agarrarlo. Lo cogió entre las dos manos y soltó un grito de triunfo. Examinó su presa: tenía unas ocho pulgadas de largo, con el lomo de un verde musgo moteado con manchas de color coral. Una belleza.

La despachó y se dirigió hacia la siguiente poza. Era más difícil trabajar en ella y tuvo que vadearla, atento a cada posible roca o árbol caído. Perdió la siguiente trucha, pero añadió dos más a su bolsa. Cuando la luz ya casi había desaparecido, había cogido seis peces, que en total debían de pesar más de dos libras.

—No pescas mal con la mano —dijo una voz detrás de él.

Era Wayland con su perro, acompañado por Atam y Aiken.

Lucas fue chapoteando hasta la orilla.

—Cojo truchas a mano desde que tenía cinco años. La técnica es fácil. Lo importante es saber dónde se esconden los peces.

Wayland asintió.

—Yo también las pescaba así cuando era niño. Un mes de septiembre me alimenté solo de truchas, frambuesas y rebozuelos. Una comida digna de un rey. —Se echó a reír—. Nunca olvidaré una vez que pensé que tenía una trucha y saqué una rata de agua. No sé cuál de los dos se quedó más sorprendido.

Lucas se echó a reír, contento de ver que Wayland hablaba con él de igual a igual.

—Hero me ha dicho que crecisteis solo en los bosques. Un día me gustaría que me contarais vuestras experiencias.

—No hay mucho que contar. Los veranos eran fáciles; los inviernos, duros. No me gustaría volver a ese tipo de vida.

—¿Y cómo las cogéis? —preguntó Aiken—. ¿Cuál es el truco?

Lucas le ignoró. Hizo un gesto hacia los picos.

—Estas montañas me recuerdan a los Pirineos. —Señaló un quebrantahuesos que vigilaba un promontorio con la última luz—. He visto que dejan caer tortugas sobre las rocas para partir sus conchas y comerse la carne.

Wayland miró el buitre.

—Dudo de que hubiese leopardos en tu tierra.

—¿Habéis visto un leopardo?

—A una milla de aquí.

Lucas silbó.

—Ojalá lo hubiera visto yo. Un leopardo… —Siguiendo un impulso levantó su manojo de truchas—. Tengo demasiadas para cenar yo solo, y están más ricas cuando todavía tienen el sabor del río.

Wayland inclinó la cabeza.

—Gracias. Compártelas con tus compañeros de tienda.

Lucas hizo una mueca en dirección al campamento.

—Me han separado de mis camaradas... Los muleros no se merecen las truchas. Vuestro perro las apreciaría mejor que esos brutos. —Separó cuatro de los peces para Wayland—. Vamos, cogedlas.

—Gracias. Te prometo que el perro solo recibirá las sobras. —Wayland miró el cielo—. Será mejor que te quites esos pantalones húmedos. Se avecina una noche fría. No me sorprendería que tuviéramos nieve antes del amanecer.

Viéndole partir, con una mano en el hombro de Atam y la otra en el de Aiken, con el perro agitando el rabo como un látigo, Lucas sintió al principio admiración, y luego desolación. Tendría que ser él quien anduviese al lado de Wayland, no Aiken.

Se puso tenso cuando el chico se volvió. Tenía una expresión de dolorosa resolución. Lucas aspiró aire por la nariz y se dispuso a reunirse con él.

—¿Qué quieres?

Aiken habló con la cabeza gacha.

—Siento lo que te dije después de tu castigo. Hablé solo movido por el miedo y la emoción. Viéndote luchar en el camino, estaba seguro de que te matarían.

Lucas raspó un pie empapado contra una roca.

—Sí, bueno, es fácil decirlo ahora.

—Le he pedido al general que te devuelva a tu pelotón. Él se ha negado por motivos de disciplina, pero no te guarda ningún rencor. Por el contrario, dice que tienes madera para ser un excelente espadachín. Incluso Gorka decía que estaba a punto de acostumbrarse ya a ti justo cuando el general te degradó. Usó un lenguaje muy poco educado, pero está claro que te tiene cariño.

Ambos levantaron la cabeza y se miraron a los ojos un momento. En ese instante, Lucas podría haber dejado a un lado su enemistad. Sabía que el inglés no era el culpable de sus desgracias. Era Aiken, y no él, quien había perdido a un padre. Sin embargo, pudo más su peor parte y le respondió:

—No necesito tu simpatía. Una semana más y volveré con mi pelotón..., como un soldado de verdad, mientras tú te escondes en la retaguardia.

Los rasgos de Aiken se contrajeron.

—No entiendo tu hostilidad. Es como si ya me odiaras antes de conocerme. —Tragó saliva—. Así pues, como tú quieras. No pienso ofrecerte más ramas de olivo —concluyó, y se alejó corriendo.

Lucas se dejó caer en la orilla del río y miró la corriente que pasaba brillante en la oscuridad. «Podrías acabar con esto ahora mismo

—se dijo a sí mismo—. Sencillamente, entra en la tienda de Vallon y dile quién eres.» Se encogió ante aquella perspectiva. Se podía imaginar la mirada de horror en la cara de Vallon. El general tenía una nueva esposa y dos hijas. Por lo que a él respectaba, su hijo estaba muerto, y así es como quería que siguieran las cosas.

—¿Todavía estás ahí? —gritó Wayland—. Los peces se han dormido en la orilla del río y es hora de cenar. Recuerda, los leopardos acechan en estas montañas.

Ya casi había anochecido del todo. Las fogatas ardían en el suelo y el ruido del escuadrón se iba amortiguando ante el murmullo satisfecho de los hombres que están a punto de llenarse el estómago.

—¡Ya voy! —gritó Lucas, y entró orgulloso en el campamento, enseñando su captura a todo el que pasaba.

Ganado y equipaje estaban en el centro del campamento, rodeados por las chozas en forma de colmena. Lucas se alojaba con las tropas en una de esas chozas. No lo consideraba un puesto privilegiado. Su techo estaba solo a cuatro pies del suelo, cubierto con alquitrán de un cuarto de pulgada de grueso. Los piojos se cebaban con él. Además apenas pudo dormir debido a los ratones (¿o eran ratas?) que correteaban por encima de él en la oscuridad. Casi le alivió, en plena madrugada, percibir la voz de Gorka, que interrumpió su sueño.

—Lucas, tu guardia. Saca el culo de aquí.

Se levantó rascándose y bostezando. Se puso la capa por encima de los hombros. Que le hubieran degradado no implicaba que no tuviera que cumplir con sus deberes de centinela.

Arrastrándose en la oscuridad, parpadeó ante el sutil toque de la nieve en sus pestañas. Gorka le tiró del brazo.

—Por aquí.

Lucas fue detrás de él dando traspiés. La única luz que brillaba en la oscuridad era la de unos pocos lechos de cenizas que siseaban en la nieve. Una lámpara de brea ardía junto a la tienda de mando.

El campamento formaba un cuadrado con un lado protegido por el río. En el extremo superior, el rastro cruzaba un puente de leños. Allí, Gorka tiró del brazo de Lucas hacia abajo, haciendo que se detuviera.

—¿Arides? —llamó.

Una voz ahogada respondió desde algún lugar a la derecha. Gorka se inclinó en esa dirección.

—Espero que no estuvieras dormido.

—No, jefe, solo congelado.

Gorka cogió el brazo de Lucas.

—Antes de que acabe tu guardia, voy a comprobar que estás alerta. Si puedo escabullirme por aquí sin que me veas, te encontrarás en un aprieto muy grave.

A Lucas le castañeteaban los dientes.

—Pierde cuidado, jefe. Si te oigo llegar, pensaré que eres el enemigo y te atacaré.

El rancio aliento de Gorka barrió la cara de Lucas.

—No te pases de listo conmigo, inútil, mamón de franco. Si estás con los folladores de ovejas encargándote del equipaje, es porque no puedes controlar tu lengua venenosa.

—Solo una semana más, jefe.

—¿Sabes, Lucas? Cada noche, antes de irme a dormir, me pongo de rodillas y le doy las gracias a Dios porque falta un día menos para que me reúna con ese noble recluta, el puto Lucas de Osse, ese puto franco que la ha jodido tantas veces que he perdido la cuenta.

—Me alegro de saber que me echas de menos.

Con un gruñido, Gorka se fue. Lucas se encogió para evitar el frío, deseando tener dinero para comprar trajes más abrigados que la ropa heredada que había recibido. Parpadeó al ver los remolinos de nieve.

Los copos se le metieron en el cuello, sin saber cómo. El río susurraba y rugía bajo el puente, de tal modo que habría ahogado el sonido de un ejército entero que se hubiese aproximado. Hacer guardia en aquellas condiciones era inútil. Nadie atacaría el campamento una noche tan oscura y temible como aquella.

—Eh —le llamó Arides—, tú eres Lucas, ¿no? ¿El recluta al que Vallon puso en el tren de equipaje?

—No se le puede culpar. Le di un puñetazo a su hijo.

Risas ahogadas.

—¿No te parece que esto es infernal? No sé tú, pero yo casi me estoy muriendo.

—No falta mucho para que haya luz.

—Te diré una cosa... Si hubiera sabido que me iba a congelar las pelotas en estas montañas, no habría dado un paso al frente tan rápido cuando el general pidió voluntarios. Estoy empezando a pensar que habría sido mejor volver al Danubio. ¿Qué dices?

Un cierto y perverso sentido de la lealtad se impuso en su interior.

—El frío no me importa. He pasado muchas noches de invierno guardando ovejas y caballos para que no se los comieran los osos y los lobos.

—Tengo un odre de vino. Ven, te sentará bien.

La perspectiva era tentadora.

—Gracias, pero si Gorka ve que me he apartado de mi puesto, me matará.

Arides escupió.

—Bah, son todo fanfarronadas. Le he visto correr como una niña asustada en una escaramuza en Bulgaria.

Lucas se indignó. Tal vez Gorka le estuviera haciendo la vida imposible, pero era miembro de su escuadrón. Y eso era algo importante.

—¿Ah, sí? No es eso lo que he oído decir. Aimery me dijo que Gorka iba cabalgando al lado de Vallon cuando el general salvó al emperador, en Dirraquio.

—Eres joven y estás muy verde, chico. No te creas todo lo que se cuenta alrededor de las fogatas. —Un largo sonido gorgoteante y un resoplido—. Qué vino tan bueno. Te diré lo que vamos a hacer… Si estás demasiado asustado para dejar tu puesto, yo mismo te llevaré el vino. ¿Dónde estás? ¿En el puente?

—Sí.

—Ya voy.

—No, de verdad. Estoy de guardia.

—Pues entonces vete al Infierno.

A Lucas se le empezaban a entumecer la cara y los pies. Se metió las manos debajo de los sobacos y fue dando saltos de aquí para allá. Resopló como un caballo, haciendo vibrar los labios. El tiempo pasaba lentamente, como una rueda de molino.

De repente, alerta por un sonido, se dio la vuelta. Era difícil saber de dónde venía. Se frotó los ojos.

—¿Arides? —susurró.

No hubo respuesta. Otro débil sonido hizo que el corazón se le acelerara. Parecían arneses de caballo. Sacó la espada, buscó tras él y lanzó una risita nerviosa.

—Soy más listo que tú, jefe. Tendrás que pisar más ligero, si quieres cogerme durmiendo.

No hubo respuesta, ni tampoco más movimiento. Lucas atisbó entre la oscuridad.

—¿Gorka?

Un cuervo graznó, anunciando el alba que se aproximaba. Lucas miró a su derecha.

—¿Arides? —Oyó un sonido. Levantó la voz—: ¿Arides? ¿Dónde estás?

—Aquí mismo —susurró Arides, cogiéndole el brazo.

Lucas estaba tan nervioso que dio un salto cuando Arides le

tocó. Al momento siguiente se oyó un ruido siseante y una llama fría tocó su antebrazo.

—Dios mío... —dijo incrédulo, tambaleándose hacia atrás y tropezando en los troncos del puente.

Ese tropiezo le salvó la vida. Otro susurro formó un brutal semicírculo a solo unas pulgadas de su cabeza y supo que era la hoja de una espada, pero no pudo creer que Arides la empuñara, ni tampoco se imaginaba por qué. Fue a gatas hacia atrás hasta la otra orilla, demasiado asombrado todavía para gritar.

Arides lanzó una maldición y le siguió, buscando su camino al tacto y agitando la espada a derecha e izquierda. Agarrándose el brazo herido, Lucas bajó a trompicones río abajo.

—¿Arides? —susurró otra voz—. ¿Te has encargado de él?

—No lo sé. Le he dado, pero se ha escapado.

—Encuéntralo, maldito inútil.

—Encuéntralo tú. No se ve nada.

—Entonces olvídate de él. Monta, antes de que salte la alarma.

—No, hemos perdido la oportunidad.

—No podemos retroceder ahora. ¡Vamos!

Unos cascos ahogados hicieron temblar el río y unas voces hostiles se desvanecieron corriente arriba.

—Ataque enemigo... —gritó Lucas como pudo. Se masajeó la garganta, volvió a cruzar el puente y avanzó a trompicones hacia la señal luminosa que estaba en el centro del campamento—. ¡A las armas! —gritó—. ¡Ataque enemigo!

Las voces repitieron la alarma. A continuación, un verdadero caos de gritos y más gritos que se mezclaban con los sonidos de los hombres que sacaban las espadas y corrían a ciegas entre la nieve.

—¡Por aquí! —gritó Lucas.

Unas figuras espectrales surgieron en el amanecer. Uno de ellos levantó la espada y habría destrozado a Lucas si este no hubiese gritado su nombre. Los soldados se arremolinaron, buscando al enemigo. Un caballo sin jinete pasó al galope.

La voz de Vallon resonó entre todo aquel caos.

—¡Que todos se queden donde están!

Cesó todo movimiento. Siguió un extraño silencio. Lucas se tocó el antebrazo derecho y notó que brotaba sangre caliente.

Se encendieron unas antorchas.

—¿A qué viene todo esto? —preguntó Vallon—. ¿Quién ha dado la alarma?

Lucas se sintió mareado; el brazo herido le dolía hasta el hueso.

—Yo —graznó—. Lucas.

—Vaya por Dios —gruñó Gorka—. Ya me lo temía…

Se acercaron unas cuantas antorchas y apareció Vallon, con el rostro enrojecido por las llamas.

—¿Quién nos ha atacado? ¿Quién te ha herido?

—Arides, señor. Ha intentado matarme. —Lucas levantó el brazo herido, con la sangre negra y brillante en la manga.

—¿Estás loco? ¿Por qué iba a intentar matarte Arides?

La voz de Lucas se rompió.

—No lo sé, señor.

Josselin se retorció en los estribos y se quitó la nieve de los ojos.

—¿Arides? —gritó—. ¿Arides?

El único sonido que se oyó fue el chisporroteo de las antorchas. Vallon se inclinó hacia Lucas con las manos como garras.

—Si has asesinado a Arides por alguna pelea, te colgaré.

—¡Os lo juro, señor! —respondió Lucas, a punto de llorar.

—Esperad —dijo Josselin—. Alguien se acerca.

Silenciosos como las sombras, Wayland y su perro volvieron corriendo a la luz de las antorchas.

—No hay rastros que se acerquen al campamento. Tres caballos se dirigen hacia el norte. No nos han atacado. El enemigo estaba dentro.

Vallon se puso rígido, su rostro se retorció.

—Desertores. —Chasqueó los dedos—. Enviad un pelotón tras ellos. Diez sólidos por cada traidor. Traed a uno vivo.

Josselin hizo dar la vuelta a su caballo y desapareció. Hero se adelantó, cogió el brazo de Lucas y examinó la herida.

—¿Puedes mover la mano?

Lucas la flexionó.

—Bien. No se han cortado los tendones. Pero requiere atención.

Ayudado por Gorka y Wayland, Lucas siguió a Hero hasta su tienda. Se dejó caer en un camastro mientras Hero preparaba su instrumental. Limpió la herida con un ungüento resinoso, cuyos vapores volátiles se le agarraron a Lucas a la garganta.

—Esto ayudará a limpiar la herida y amortiguará el dolor mientras te la coso. ¿Estás preparado?

Lucas extendió el brazo derecho y se agarró al borde de una mesa de campaña. Gorka le sujetó la muñeca.

—Típico. Tu primera herida y te la ha infligido uno de los nuestros. —Hizo una señal a Hero—. Cosed, maestro.

Hero estaba dando a Lucas unas cucharadas de caldo cuando Wayland entró en la tienda. Saludó con un gesto a Hero y miró a Lucas.

—¿Puedes cabalgar?

Hero se levantó.

—Seré yo quien juzgue eso.

—Me temo que no. Los exploradores informan de que hay problemas por delante. Vallon quiere que estemos en el próximo paso antes de que se ponga el sol.

—Puedo cabalgar —dijo Lucas, incorporándose. De inmediato, todo a su alrededor empezó a darle vueltas. Se habría desmayado si Wayland no lo hubiese cogido. Abrió mucho los ojos y parpadeó hasta que todo volvió a la normalidad—. Estoy bien —dijo. Su voz parecía llegar desde muy lejos.

Wayland le dio unas palmaditas en el hombro.

—Tienes coraje, eso lo reconozco.

—¿Qué ha ocurrido? —preguntó Lucas.

Wayland calló.

—Arides y otros dos forasteros han desertado. Han vuelto atrás, con la esperanza de encontrar el camino hacia la costa. Vallon ha enviado a un pelotón tras ellos. No escaparán. Aunque vayan más rápido que sus perseguidores, la nieve de anoche les habrá cerrado el paso. Y si consiguen cruzarlo, les estarán esperando los esvanos.

Poco después, Wayland desapareció por el faldón de la tienda. Lucas fijó su mirada atontada en Hero.

—Están locos si creen que pueden volver al mar Negro.

—Calla —dijo Hero—. Necesitarás toda tu fuerza para el viaje de mañana.

Mucho después de que hubiese oscurecido, Lucas se despertó en la tienda de Hero. Alguien gritaba unas órdenes y una sucesión de pies corrían para ponerse en formación. Luego se hizo el silencio.

Hero fue a la entrada, miró hacia afuera y volvió con una sonrisa forzada.

—Nada que tenga que preocuparte —dijo—. Vuelve a dormir.

Lucas oyó una voz que entonaba lo que le pareció una misa solemne. Era Vallon, pero apenas podía entender qué decía. Lucas apartó las mantas y bajó las piernas al suelo. Hero intentó echarlo hacia atrás.

—No salgas. De verdad.

—Los exploradores han cogido a los desertores, ¿verdad?

Hero cerró un momento los ojos.

—Sí. Han matado a todos menos a Arides. Lo han traído para su juicio sumario y su ejecución. Quédate aquí. Hay cosas que un joven no debería presenciar nunca. En una mente tierna, las malas semillas enraízan.

Lucas le apartó.

—He presenciado cosas mucho más crueles que el ahorcamiento del hijo de puta que intentó matarme.

Salió parpadeando y vio unas llamas que parecían moverse en torno a una horca. Debajo del cadalso, Arides estaba sentado a horcajadas en un caballo, con las manos atadas a la espalda y una soga en torno al cuello. Sonrió a la compañía reunida.

—Bueno, camaradas, hemos cabalgado mucho tiempo juntos, y ahora mi viaje ha terminado. Todos vamos por el mismo camino. La única diferencia es que cuando vosotros lleguéis al final, yo os estaré esperando. Si hay vino en el Infierno, la primera ronda la pago yo.

Alguien soltó una risa sarcástica.

—Sería la primera vez.

A una orden de Josselin, dos soldados azuzaron la grupa del caballo. El animal saltó hacia delante y Arides cayó de su lomo. Se quedó colgando entre convulsiones, pataleando con los pies a solo unas pulgadas del suelo. El escuadrón le contempló en silencio hasta que su cuerpo dejó de retorcerse y quedó colgando, girando primero hacia un lado, luego hacia el otro.

—Mirad —dijo Vallon—. Ahora que Arides nos ha dejado, no sabe hacia dónde volverse. Que sirva de lección para todos vosotros. La única forma que tenemos de coronar con éxito nuestro viaje es de la misma manera que lo empezamos: como una compañía leal entre sí y hacia su comandante. El camino de vuelta es mucho más peligroso que el que tenemos por delante, y lo es más a cada día que pasa. Estamos en un puente que se va desmoronando detrás de nosotros. Nuestra única esperanza es avanzar rápido antes de que caiga. Rompan filas.

Lucas volvió a la tienda y encontró a Hero escribiendo con furia.

—¿Satisfecho? —dijo el siciliano, sin levantar la vista.

—Ha tenido lo que se merecía.

Hero clavó la punta de la pluma en el pergamino.

—Arides tenía mujer y tres hijos. Todos los desertores tienen familia. Han actuado por desesperación. Estaban convencidos de que Vallon los llevaba a una muerte segura.

Lucas no había pensado demasiado en la misión. Su magnitud se le escapaba. Apenas podía pensar en el día a día. Además, le obsesionaba vengarse de Vallon por el asesinato de su familia. Se sintió un poco idiota.

—¿Y es cierto?

Hero dejó de escribir.

—Quizá. Probablemente. He estudiado muchos textos, y en ninguno he hallado constancia de que expedición alguna haya llegado a China desde Bizancio.

—Pero Vallon, Wayland y vos hicisteis un viaje imposible a los confines de la Tierra…

Hero dejó la pluma.

—Yo tenía tu edad cuando viajé hacia el norte. Aunque vi morir a algunos amigos en aquel viaje, era demasiado joven para creer que la muerte pudiera asirme entre sus garras. Desde entonces he aprendido que la muerte no hace muchas distinciones. Se lleva a los jóvenes y a los viejos, a los inocentes y a los culpables.

Lucas se acarició el suave vello de la mandíbula.

—Sé lo cruel que puede ser la vida.

Hero echó un poco de arena en su página.

—Y por eso yo prefiero explorarla a través de los libros. A diferencia de nuestras propias palabras, la palabra escrita no muere.

—¿Qué estáis escribiendo?

—Un diario. Un registro de nuestro viaje.

—Por si no sobrevive ninguno de nosotros.

—Te he dicho que ver ese ahorcamiento despertaría en ti pensamientos morbosos. Ahora descansa. Mañana te reunirás con tu pelotón. Vendrás a verme mañana y tarde para que examine tu herida. Está curando bien.

Lucas permitió que Hero le ayudase a llegar al camastro. Consiguió esbozar una débil sonrisa cuando el siciliano lo volvió a tapar con las mantas.

—Es la segunda vez que me salváis la vida…

Hero se echó a reír.

—Exageras. Eres tan duro como los gatos que poblaban los muelles de Siracusa, donde me crie. —Dio unas palmadas en el pecho de Lucas—. Aunque lo cierto es que has gastado al menos tres vidas desde que nos conocemos. Será mejor que tengas más cuidado.

XVI

Diez días y cinco pasos más tarde, Lucas hacía trotar a *Aster* por la carretera militar que serpenteaba hacia el norte del desfiladero de Daryal. El resto de la columna los seguía poco a poco. Aquella noche acamparon en un pinar y pasaron el día siguiente volviendo a montar las carretas. Lucas estaba puliendo la armadura que le había quitado al oficial griego cuando Josselin se le acercó.

—Busco a Aimery. —Sus ojos se posaron en la armadura—. Dios mío, esa coraza es más espléndida que el *klivanion* del general…

Lucas tragó saliva, temiendo que el centurión se la confiscase.

—No pretendo llevarla hasta que me haya distinguido en combate.

—Eso está bien. No deberías brillar más que tus superiores antes de haber derramado una sola gota de sangre enemiga. ¿Qué tal está tu brazo?

Lucas lo dobló.

—Como nuevo, señor.

—No exageres…

—No, es verdad, señor —dijo Lucas. Sacó la espada e hizo una finta, luego realizó una bonita parábola y volvió a enfundarla con precisión—. ¿Lo veis?

El resto del pelotón se había ido acercando.

—Mañana cabalgaréis para reconocer el terreno —les dijo Josselin—. A unas diez millas por delante, la carretera está custodiada por un fuerte georgiano. Acercaos con la máxima precaución.

—¿Vamos a asaltarlo? —preguntó Aimery.

—Vallon espera pasar sigilosamente por la noche.

—No, eso no va a ser así —dijo Gorka—. Nos ha visto demasiada gente.

Josselin le ignoró.

—El fuerte es la última fortaleza georgiana contra los invasores del norte. En cuanto pase, volveremos a estar entre montañeses. Esta vez osetios. Cuatro marchas nos llevarán hasta el desfiladero de Daryal. Y después nuestro camino será un fácil descenso hacia el mar Caspio.

Cuando Josselin se fue, Gorka se llevó a un lado a Lucas.

—¿Qué te decía el capitán de la armadura?

Lucas improvisó.

—Decía que solo la podré llevar cuando haya matado a cinco hombres en combate.

Gorka sonrió.

—Habrá que ver ese día. Por entonces, yo ya me habré retirado a un monasterio.

—¿Tú en un monasterio?

—No creo que me dejen ingresar en un convento…

La niebla envolvía los árboles cuando el pelotón se fue desplazando, al amanecer. La condensación perlaba las ropas y el rostro de Lucas. Todos cabalgaban en silencio, observando los márgenes del bosque. Las millas iban pasando. La coraza acolchada de Lucas estaba empapada cuando tiró de las riendas de *Aster* y sacó la espada.

—¡Enemigo delante!

Los rostros se volvieron, furiosos.

—¿Aprendiste a susurrar en una herrería?

Gorka gruñó.

Dos siluetas avanzaron entre la oscuridad. Una de las dos extendió la mano. Entonces vio el perro que trotaba a su lado.

—Es Wayland.

El inglés se acercó en compañía de un selyúcida. Como no hablaba griego, Wayland tuvo que ayudarse de Lucas para decir qué había descubierto.

—El fuerte está a una milla por delante. Está construido sobre un risco a la derecha. No hay forma de rodearlo, excepto por carretera. Estimo que su dotación nos supera en dos a uno.

—¿Nos están esperando? —preguntó Lucas, orgulloso de poder estar discutiendo de asuntos marciales.

—¿Os habéis encontrado a alguien en el camino hoy?

—Ni un alma.

—Así pues, ahí está tu respuesta. El comandante de la guarnición ha despejado la ruta para la acción. Yo he espiado a los vigías y no me han parecido hombres que estuvieran haciendo girar los pulgares con la esperanza de que apareciese algo.

Llegaron Vallon y Otia, que dejaron a Lucas atrás. Hablaron con Wayland. Vallon alzó la vista hacia el cielo del que empezaban a caer unas gotas, agitó una mano, frustrado, y volvió a cabalgar bajando por la columna.

—¿Cuál es el plan? —le preguntó Lucas a Gorka.

—El tiempo es demasiado malo para que nos podamos escabullir por la noche. Vallon ha ordenado que nos ocultemos en los bosques y estemos preparados para avanzar en cuanto nos avise. No habrá tiendas ni fuegos. Ni comida caliente ni ropa seca.

El escuadrón y su tren buscaron cobijo bajo los árboles goteantes y se acomodaron lo mejor que pudieron. Lucas se comió a la fuerza un trozo de galleta seca y un poco de cerdo salado rancio, cubierto de encurtidos. Ninguna de las voces ahogadas que llegaban a él en la oscuridad hablaba del encuentro del día siguiente. Se quejaban del frío y de la humedad, de los pies llenos de ampollas y de las raciones malas…, de todo excepto de la posibilidad de encontrar una muerte violenta antes de que hubiese pasado otro día.

A Lucas le temblaba la mandíbula. Se tapó la cabeza con la capa y se sumió en un sueño incómodo.

Un pie aterrizó en sus costillas.

—Levántate y anda —le soltó Gorka.

El chico se levantó temblando, en medio de una oscuridad empapada. Tosió y gruñó. De la oscuridad, llegaron los amortiguados sonidos de los hombres que se iban preparando para el combate.

—¿Qué hora es?

—Casi amanece.

Lucas se puso en pie y estiró los brazos. Volviéndose para recoger a *Aster*, se golpeó con un árbol. Se secó la nariz, se lamió los dedos y notó el sabor salado de la sangre.

—Hoy no me apetece luchar.

Gorka se echó a reír.

—Genio y figura.

A tientas, el escuadrón formó en la carretera. Dos tercios de los combatientes se colocaron por delante del tren de equipaje; el resto custodiaba la retaguardia. Con un impulso colectivo, como si fuera un animal lento aguijoneado para que se mueva a regañadientes, la columna fue avanzando.

En la carretera solo cabían cinco jinetes cabalgando en paralelo. A los soldados se les enredaban los estribos o tropezaban con los arcenes. Detrás de ellos, las carretas gemían y traqueteaban.

—Haz algo con ese cubo que no para de chirriar —dijo alguien.

Ciegas y desorientadas, las fuerzas continuaban avanzando. Lucas se sobresaltó ante el sonido de pasos que avanzaban hacia ellos salpicando en los charcos.

—Espera —ordenó Otia—. Es un explorador.

El explorador informó entre un intenso murmullo.

—Casi estamos encima de ellos —explicó Otia—. Mantened vuestras posiciones.

Lucas esperó. Su corazón latía con fuerza. La noche se fue convirtiendo en un día gris; las copas de los pinos aparecieron entre la niebla; la carretera seguía tranquila.

Sombra a sombra, la oscuridad fue cediendo hasta que pudo distinguir las siluetas de sus compañeros. Un cuervo graznó entre los bosques y la brisa, e hizo caer algunas gotas desde las copas de los árboles. La luz aumentó y la niebla retrocedió como si se viera atraída hacia un túnel.

—Ahí están —dijo Gorka.

A Lucas se le secó la boca. Un cordón de soldados de dos filas de profundidad bloqueó la carretera en el lugar donde esta se ensanchaba, en un cruce que estaba a un tiro de arco largo por delante. La infantería delante, la caballería detrás, cambiando de forma entre los vapores.

—Recomponed las filas —dijo Otia.

Lucas se encontró en la cuarta. Vallon subió trotando y estudió la posición enemiga.

—Creo que sus fuerzas no son mayores que las nuestras —le dijo a Otia—. Wayland decía que eran el doble.

—Pues mucho mejor —respondió Otia.

—Mucho peor. ¿Dónde están los demás?

La niebla se fue deshaciendo en velos. Vieron apenas sombras de los georgianos y retazos de su castillo colgado en un promontorio. Al este de la carretera principal. Ninguno de los bandos hizo movimiento o sonido alguno.

—¿Habéis mantenido el arco bien seco? —preguntó Gorka.

Lucas dio unas palmaditas en la bolsa impermeabilizada.

—¿Por qué no atacamos? Cargamos y penetramos por el centro.

—Y dejaríamos que las carretas del equipaje acabaran destrozadas. Desde que has vuelto con tus camaradas, no has hecho otra cosa que refunfuñar y quejarte de los muleros y los carreteros. Pero acuérdate de que, si nos vemos obligados a abandonarlos, no tendremos nada que llevarnos a la boca mañana.

Lucas veía al enemigo ir y venir entre la niebla. Un ruido en el bosque hizo que todo el mundo se diera la vuelta.

—¡Soy yo! —gritó una voz.

Los soldados relajaron el brazo de la espada mientras Wayland y su perro se acercaban saltando a través de los árboles. Vallon se bajó de la silla de montar. Empezaron a discutir, hasta que el general emitió una orden y dos soldados salieron a toda prisa por la columna.

—¿Oís eso? —dijo Gorka—. Los georgianos han mandado a la mitad de sus fuerzas a atacar nuestra retaguardia.

En ese momento, vieron un oficial georgiano montado en un semental que levantaba mucho las patas. Se acercaba al terreno que separaba a los contendientes. Lo flanqueaban dos jinetes que llevaban una bandera de tregua. Vallon mandó a Otia a negociar.

Gorka escupió.

—Ofrezcan el trato que ofrezcan, diez sólidos contra un nummus falso a que Vallon les dice que se lo metan por el culo.

Otia volvió al trote y habló con el general.

Toda aquella demora estaba volviendo loco a Lucas.

—Pero ¿a qué están esperando?

Vallon se separó de Otia y espoleó a su caballo, dispuesto a enfrentarse a su escuadrón.

—Como me temía, el duque Escleros ha conseguido llegar con los georgianos y ha avivado su codicia hablándoles de los tesoros que llevamos. Sus anfitriones ofrecen un trato generoso: les entregamos hasta el último trocito de oro y ellos nos garantizan paso libre hacia delante o hacia atrás. Después de lo que hemos pasado, no parece muy justo. ¿Qué decís? ¿Luchamos por lo que es nuestro, o nos sometemos como perros?

Las espadas golpearon los escudos.

—¡Luchemos!

Vallon acalló los gritos y se enfrentó al enemigo. El negociador georgiano volvió a sus filas. La brisa empezaba a deshacer la niebla.

—¡Mirad ahí! —gritó Gorka—. Es el duque…

Lucas vio al traidor, vestido de pieles y sedas, montado en un caballo gris en el centro de la caballería georgiana.

—¡Ensartemos a ese gordo hijo de puta! —gritó alguien.

—Un disparo demasiado largo —dijo Vallon—. Trescientos pasos al menos. Valdría la pena, sin embargo, solo para demostrar lo mucho que superan nuestros arqueros a los suyos. Traed a seis de los mejores.

Seis turcomanos se adelantaron corriendo y evaluaron la posibilidad de alcanzar al duque. Por las caras que ponían, no lo veían nada claro. Aun así, protegieron sus armas de la lluvia, que perjudicaba la torsión de sus arcos. Prepararon las cuerdas.

—General, no es el mejor día para hacer blanco —dijo Gan, aquel arquero cumano que había demostrado sus notables habilidades el segundo día de Lucas en el cuartel de Hebdomon.

—Emplea tus *sipers* —dijo Vallon.

Lucas solo había visto usar esos dispositivos en las prácticas. Era una almohadilla con un canal de hueso encima que permitía lanzar la flecha desde detrás de la pala del arco, lo que aumentaba su alcance. Lucas todavía estaba intentando dominar el tiro turco, así que esas técnicas tan avanzadas quedaban fuera de su competencia. Si no se hacía bien, se corría el riesgo de clavarte una flecha en tu propia mano.

Gan colocó su *siper.* El suyo no tenía almohadilla de cuero ni ranura de hueso, sino que estaba hecho de piel de zapa y marfil. Los otros arqueros se pusieron en posición, como él. Dispararon, pero las seis flechas volaron muy altas y acabaron astillándose en la carretera, unas cincuenta yardas por delante del enemigo.

—Otra vez —ordenó Vallon.

Cuatro veces más los arqueros tensaron sus arcos. Pero cada vez se quedaban más cortos. El enemigo se burlaba. El duque Escleros, envalentonado, cabalgó hacia delante, lanzando insultos y amenazas.

—¡La paga de un mes si pincháis esa vejiga hinchada! —gritó alguien.

Otro deshilvanado grupo de flechas susurró a través de la niebla. Una de ellas cayó solo cerca del duque, que se dio prisa en retroceder hasta la seguridad de las filas.

—Con eso basta —dijo Vallon. Levantó un brazo para señalar el avance. El pecho de Lucas se tensó, lleno de emoción.

—Dejadme probar un último tiro.

Lucas se volvió y vio a Wayland desmontar y tenderle una mano a Atam. Wayland siempre llevaba tres arcos: uno ligero, muy baqueteado, que usaba para la caza; uno de guerra corto y potente pensado para disparar desde el lomo del caballo; y uno para tirar al blanco, hecho según el diseño del propio Wayland. Fue este último arco el que sacó de su funda protectora. Lucas lo había visto una vez. Wayland incluso le había permitido empuñarlo. Le maravilló su acabado. Era un cruce entre el arco de guerra y el de vuelo. Formaba una media luna cuando no estaba tenso, en lugar de la forma de barco que tenían las armas usadas por los arqueros que iban a caballo. Su construcción mixta (tendones por la parte de atrás, madera para el núcleo, cuerno en el vientre que daba hacia el arquero) no es que fuera inusual, pero Wayland había seleccionado los materiales mejores y más extraños. En lugar de tendones de vaca, la cara de tracción estaba forrada con los tendones de un alce que Wayland había matado personalmente. En lugar de arce para el núcleo, Wayland había cortado una rama de tejo en los montes Taurus. Para la cara de compresión, había usado cuerno de búfalo de agua, en lugar de cuerno de toro. Y para unir todos esos materiales había utilizado cola de pescado. Pero no cualquier cola de cualquier pescado, sino cola importada del Danubio, obtenida del cielo del paladar de un esturión. El artesano que hizo aquel arco decoró su vientre con un diseño repetido conocido como «capullo de flor», pintado con pigmento molido del lapislázuli persa más fino, y lacado con resina de damar. En la espalda de la empuñadura había inscrito su nombre, así como un fluido lema con caligrafía dorada, bajo una laminilla de concha de tortuga de mar: «En Dios no hay armas».

—¿Hasta dónde puede llegar? —preguntó Vallon.

—Seiscientas yardas, en un día bueno. Pero hoy no lo es.

—Hazlo rápido. Que Dios guíe tu puntería.

Los movimientos de Wayland eran casi demasiado rápidos como para seguirlos. Puso una cuerda seca de seda (el peso de tensión equivalente al de un joven robusto), preparó una flecha, inclinó la cabeza ante el blanco como un halcón de caza que avista su presa, luego lo tensó con un fluido movimiento que convirtió a arquero y arco en una sola cosa. Con la boca abierta de admiración, Lucas supo que nunca podría emular semejante habilidad, por mucho que practicase.

Cuando Wayland soltó la flecha, una madeja de niebla flotó por encima de la carretera, ocultando el blanco. Lucas se puso tenso, esperando que un grito anunciase que la flecha había dado en el blanco. De las filas georgianas no llegó sonido alguno. Cuando la niebla se disipó, todo el mundo estaba exactamente igual que antes.

Pero entonces el duque cayó de lado, entre el mudo asombro de los oficiales que lo rodeaban.

—¡Joder, no me lo puedo creer! —exclamó Gorka.

Los forasteros que estaban junto a Wayland le dieron palmadas en la espalda o simplemente le tocaron, como si parte de su magia se les pudiera pegar.

—¡Bravo! —exclamó Vallon—. Un tiro celestial.

Wayland esbozó una tímida sonrisa.

—He fallado. Apuntaba al comandante georgiano.

En aquel momento, el respeto de Lucas por Wayland se convirtió en adoración.

—Avance del escuadrón —dijo Vallon—. Cuando lleguéis a un terreno más despejado, formad filas de un pelotón de anchura.

Lucas se puso en marcha antes de estar preparado, intentando dominar su emoción y refrenar a su caballo. Vallon fue quien estableció el paso, con la mano derecha levantada.

—Tranquilos. Cargad cuando dé la señal. Si rompemos sus filas, volved y atacad de nuevo. De ninguna manera debemos perder el contacto con el tren de suministros.

Obligó a su caballo a extender el trote. El escuadrón fluía detrás de él como un río cogiendo fuerza antes de caer en una cascada.

Bajó el brazo.

—¡Carguen!

Arrastrado por la corriente, Lucas vio las filas del enemigo acercarse más y más. Así era como imaginaba la batalla. Aquello era de verdad. Al cabo de unos momentos, estaría más cerca de vestir la gloriosa armadura. Ni se le pasó por la cabeza la idea de que podía morir.

Empezó a galopar a toda velocidad e inclinó la lanza. Centrado en su blanco, parecía que no existía nada más. Los georgianos mantenían las filas. Estaba a menos de cincuenta yardas de allí cuando el enemigo rompió sus filas y se dispersó. La infantería se dirigió hacia los árboles; la caballería subía por la carretera hacia el castillo. Donde momentos antes esperaban la muerte o la gloria, solo quedaba una figura: el rechoncho cadáver del duque Escleros Focas, difunto embajador imperial ante la corte china.

—¡No los persigáis! —chilló Vallon—. Otia, envía a dos pelotones a reforzar la retaguardia. Los demás, manteneos listos para un contraataque.

Lucas aullaba, completamente frustrado.

—¡Cobardes! —gritó.

No era el único disgustado por la huida de los enemigos. Gorka sacó la espada y traspasó el cadáver del duque. Todos los soldados que le siguieron hicieron lo mismo, inclinándose y traspasándolo con brusca formalidad, como si se santiguaran en una capilla junto al camino. Los turcomanos aplastaron el cuerpo bajo los cascos de sus caballos. Las carretas pasaron encima de lo que quedaba. Cuando Josselin hizo pasar por allí a la retaguardia, aquel traidor no era más que un montón de papilla. Al volverse para echarle una última mirada, Lucas vio que un par de cuervos, a quienes un repentino rayo de sol iluminó los ojos, picoteaban entre aquella carroña.

XVII

Los forasteros fueron avanzando hasta el anochecer y establecieron una posición defensiva en un desfiladero boscoso. Wayland ya estaba harto de tantas alabanzas y apretones de manos, así que se fue con Atam y subió por el caballón. El cielo estaba claro y las estrellas se agolpaban formando efervescentes remolinos. Hacia el norte sobresalían unos picos como colmillos. Wayland se echo atrás y levantó la vista entre las ramas entrecruzadas, contemplando la deriva casi imperceptible de las constelaciones.

—Apuntabais al duque —dijo Atam.

Wayland sonrió.

—Ha sido pura suerte.

—¿Me enseñaréis a tensar un arco?

—No querrás ser soldado…

—¿Y qué otra cosa puedo ser?

—Cuando volvamos a casa, irás a la escuela.

—A casa… —dijo Atam, como si fuera un destino tan remoto como el cielo.

—Pues sí. Mi mujer se ocupará de todo y te cuidará. Te gustará.

—Contadme cosas de ella.

Wayland cerró los ojos para pensar mejor en Syth.

—Es alta, rubia y esbelta…, más alta que tú, y con un porte que podría avergonzar a muchas reinas. En cuanto a su carácter, es amable y alegre, pero muy tozuda, y le cuesta mucho expresarse. Hablando junto al hogar (no me importa admitirlo), mi Syth a menudo me supera. Tiene una forma de decir las cosas que parece absurda. Entonces te rompes la cabeza y consigues mirar el mundo desde su mismo punto de vista.

Atam se echó a reír.

—Vuestros hijos no acogerían a un extraño en su nido.

—¿Por qué no? Mi perro te ha adoptado como si fueras mi propio hijo. Mis hijos harán lo mismo.

Atam se frotó la mejilla contra la cabeza del perro. El animal meneó el rabo y le pasó la lengua por la cara.

Un vigía gritó una advertencia. Una llama borrosa iluminó el cielo por el sur, aumentando cada vez más su brillo.

—Una señal de fuego —dijo Wayland—. Aún no estamos fuera de peligro.

Y, efectivamente, aparecieron señales de una llama hacia el norte; luego otra más allá, en las montañas.

Wayland ayudó a Atam a ponerse en pie y le condujo hacia el campamento.

—¿Lo decíais en serio? —preguntó el chico—. Lo de llevarme a vuestra casa...

Wayland le apretó la mano.

—Dios es mi testigo.

Continuaron por la carretera, bajo un cielo azul moteado de nubes como vellones de cordero. Contemplando cómo se abría ante ellos el paisaje, Wayland se sorprendió ante la idea de que cada día sería como ese: un nuevo fragmento del mundo revelado y que luego quedaría atrás, olvidado o fijo en la memoria para siempre.

Como aquel trozo de carretera. Hacia la derecha, un ribazo de flores silvestres que se inclinaban bajo el peso de las abejas. Por encima, un promontorio rocoso lleno de rododendros que corrían hasta una escarpadura vertical coronada de árboles. Hacia la izquierda, un gran valle que descendía muy verde, atravesado por un río como una vena lechosa. Las flores del rododendro llenaban el aire de un aroma espeso, como a madreselva. El cuco gritaba sus somnolientas notas desde debajo del acantilado.

El áspero grito del halcón apagó la canción del cuco. Wayland vio el perfil en forma de arco de un halcón peregrino que defendía su aguilera, patrullando de acá para allá, por encima del acantilado. Se detuvo medio encorvado hacia un afloramiento boscoso. Los ojos de Wayland se entrecerraron. El halcón no estaba alarmado por el ruido de la carretera. La amenaza venía de arriba.

Estaba todavía volviéndose para avisar cuando pasaron silbando las primeras flechas. Un recluta a treinta yardas de distancia detrás de él se agarró las costillas y se dobló encima del cuello de su caballo.

Volaron una docena de flechas más, una de las cuales rozó la manga de Wayland. Este agarró las riendas del caballo de Atam y lo arrastró hacia la parte baja del promontorio. Empujó al chico al suelo e hizo que se quedara aplastado allí.

—Mantente agachado —ordenó. Cogió la cabeza de su perro con ambas manos—. Protege a Atam y los caballos.

Agachado por debajo del borde de la carretera, se escabulló bajando por el camino. Un caballo se quejó en algún lugar por encima de él. Un soldado se tiró a la carretera y miró hacia atrás, quitándose el polvo de la boca.

Wayland sacó la cabeza por el borde. La mitad de los hombres habían buscado cobijo en la parte alta del promontorio. El resto de ellos se habían arrojado en aquel lado y estaban intentando retroceder para ver de dónde procedía el ataque. Habían abandonado el tren de equipaje. Una de las mulas estaba muerta; otra no paraba de cocear. Solo un conductor permanecía en su puesto, con las manos encima de la cabeza. Wayland corrió hacia delante, lo agarró y lo arrastró a cubierto. Se incorporó sobre un codo y se llevó una mano para que se le oyera mejor.

—¡Vallon!

—¡Aquí!

Wayland fue reptando hacia el general, sorteando a un mulero que agitaba los pies con los espasmos de la muerte. Se arrojó de cara junto a Vallon.

—Han elegido bien el sitio —jadeó—. Nos costaría un día entero encontrar un camino para subir esos acantilados. Además, nuestros arqueros no pueden hacer nada contra los de la emboscada desde abajo.

—Ya lo sé. Y los georgianos amenazan nuestra retaguardia.

—Si cabalgamos hacia el valle, pasaremos alrededor de la emboscada.

—Los carros no pueden subir por ese promontorio. Si perdemos el equipaje, lo perdemos todo.

Wayland se escabulló para echar otro vistazo. La escarpadura continuaba hacia el norte durante otra milla más. Sus acantilados rotos por fisuras y rebordes boscosos podían albergar a un ejército de tiradores.

—Sencillamente, tendremos que arriesgarnos —dijo Vallon. Levantó la voz—. Centuriones, coged cuarenta hombres para poner a salvo los carros y las mulas. El resto de vosotros, subid por la carretera, manteniéndoos fuera de la vista. —Se agachó mientras sus capitanes se repartían las tareas.

—¡Preparados! —gritó Josselin.

—¡Adelante! —dijo Vallon.

Los soldados corrieron tras él. Wayland sintió que no le quedaba más remedio que seguirlos. Vallon organizó a los hombres, encomendando a algunos que liberaran a los animales muertos de sus tirantes y los sustituyeran. A otros les ordenó que formaran una pantalla defensiva con sus escudos. Wayland prestó toda su fuerza a un grupo que tiraba. Llovían las flechas.

A salvo del contraataque, los que les habían tendido la emboscada empezaron a mostrarse. Algunos de ellos iban armados con pesados arcos que tensaban sentándose y apoyando el pie izquierdo contra la pala del arco. Wayland vio a un arquero sentado levantar una flecha de tres pies de largo con las dos manos, con ambos pies apoyados en un arco tan grueso como una muñeca. El hombre parecía apuntar directo hacia él. Se agachó y un soldado que estaba atareado a su lado cayó; la flecha perforó su escudo y su armadura.

Los soldados consiguieron hacer que el tren se moviera. Wayland corrió junto a las carretas, intentando no hacer caso de aquella lluvia letal. Un soldado que iba delante de él se dobló en dos con una flecha en la pantorrilla. Wayland sujetó su peso y le ayudó a avanzar cojeando.

—No estamos lejos.

Y no mentía. Los acantilados se curvaban cerca de allí. La fuerza del ataque había iba decayendo. Wayland entregó al soldado herido a Hero. Encontró a Atam y al perro ilesos. Los hombres gritaban, buscando a sus camaradas perdidos. Cuatro de ellos no volverían a responder nunca más a llamada alguna en esta Tierra. De los hombres encargados del equipaje habían muerto otros tantos.

Ya montado en su caballo, Vallon pasó cerca de ellos. El sudor corría por su rostro.

—¡Mirad! —gritó.

En lo alto del valle, parpadeaba una luz desde una torre de vigilancia situada en un risco elevado.

—Todavía no han terminado con nosotros. A menos que encontremos otro camino, nos matarán y nos cortarán en pedacitos. —Vallon se pasó la mano por la frente—. Han logrado una victoria fácil, por lo que seguirán adelante. Wayland, escóndete con media docena de hombres. Atrapad a alguno de esos bastardos.

Vallon estaba tan furioso que se había olvidado de que Wayland no tenía por qué obedecer sus órdenes.

Sin embargo, su amigo se llevó la lengua a la mejilla y asintió. Se volvió y señaló a un filibustero búlgaro, que le había impresionado por su sangre fría durante el asalto, y a otro hombre.

—Y tú.

—Y yo —intervino Lucas.

—Tú —soltó Wayland, eligiendo a Gan, el instructor de arco. Señaló tres veces más—. Con siete bastará —le dijo a Vallon.

—Que sean ocho —apuntó Lucas.

Vallon dio un manotazo al aire.

—Llévate al idiota este. Si muere, no será una gran pérdida.

El general espoleó a su montura y se alejó al galope.

Antes de organizar a sus hombres, Wayland esbozó una sonrisa ambigua al ver alejarse a su amigo. Para la emboscada eligió un bosquecillo de abedules que había junto a un trozo del camino, justo tras un recodo. Dividió sus fuerzas a ambos lados de la carretera y se situó en una hondonada con su perro. Lucas consiguió ponerse a su lado. La expedición avanzó y se perdió de vista. El polvo se asentó en su estela.

—¿Puedo preguntaros algo? —dijo Lucas.

—Supongo que sí.

—¿A cuántos hombres habéis matado?

—Nunca los he contado.

—Seguramente tenéis alguna idea.

—Eso es algo que queda entre mi confesor y yo.

Lucas enrolló un tallo de hierba entre el pulgar y el índice.

—He tomado una decisión. Si mato a cinco hombres en combate, consideraré que me he ganado el derecho a llevar la armadura que conseguí en aquella carretera.

—A su dueño eso no le servirá de nada.

Lucas estaba buscando una respuesta cuando Wayland le hizo callar. El perro había levantado las orejas.

—Ya están aquí.

—¿Y si viene una horda?

—Suelta una flecha y sal corriendo como si el Viejo Cornudo te pisara los talones. Ve delante.

Lucas tensó el arco. Wayland hizo que se relajara. Esperaron. Una hiena trotó por la carretera, miró hacia atrás y luego se metió en el sotobosque, mientras los primeros montañeses doblaban el recodo. Avanzaban en un grupo suelto, corriendo con unas sandalias con tacos que apenas hacían ruido.

—No dispares hasta que yo lo haga —dijo Wayland.

Esperó hasta que el montañés más cercano estuvo a apenas cuarenta yardas de distancia. Entonces se levantó y le hizo caer al momento.

El arco de Lucas descargó con un tañido poco firme.

—¡He fallado!

Dos montañeses más vinieron hacia ellos. Uno de los que corría por delante, con la barba hasta la cintura y agitando una espada de aspecto extraño, como una flauta, hacía avanzar a sus hombres. Wayland soltó su cuarta flecha; Lucas disparó su segunda; el chamán cayó en la carretera con una expresión trágica.

—¿De quién ha sido el disparo? —exclamó Lucas—. ¿Vuestro o mío?

—De ninguno de los dos. Ha venido del otro lado.

Los montañeses no esperaban ese tipo de oposición, por lo que se volvieron por donde habían venido, entre gritos desesperados.

—¡Tras ellos! —gritó Wayland.

Dos soldados cogieron a uno de los montañeses antes de que hubiese corrido cincuenta yardas y le arrojaron al suelo entre un remolino de polvo. El objetivo de Wayland se desvió de la carretera, trepó por unas rocas y se metió entre los arbustos.

Wayland lo siguió, con las ramas azotándole el rostro. El promontorio era empinado y enmarañado. Respiraba con jadeos penosos. Lucas le adelantó y cortó por la cantera. Ante él, el perro acorraló al fugitivo. El animal no era un asesino, pero el fugitivo no lo sabía. Se apoyó en un árbol y movió el cuchillo de lado a lado.

Lucas se lo quitó de la mano de una patada, lo cogió por el pelo y le obligó a bajar la cabeza.

—¡Vivo! —gritó Wayland, con el aliento que le quedaba.

Se incorporó, tambaleante, agarró al prisionero y le levantó la cabeza. Entonces vio la cara de un muchacho, que, sin duda, se había educado en una escuela muy dura. No era mucho mayor que Atam.

Wayland arremetió contra Lucas.

—¿Crees que matar a un niño te permitirá llevar tu armadura de fantasía?

Lucas golpeó un arbusto.

—Me he dejado llevar…

Wayland agarró a Lucas por la túnica.

—Has de aprender a contenerte. De lo contrario, preferiría no volver a tener tratos contigo nunca más. —Lo soltó—. Y ahora llévatelo.

Wayland observó al joven franco, que escoltaba a su prisionero de vuelta a la carretera, como si fuera un pariente anciano. Wayland estaba resentido. Nunca nadie le había dejado atrás en una persecución. Acarició al perro.

—Me estoy volviendo viejo para esto —dijo.

Y

Con los prisioneros detrás, el pelotón de captura alcanzó a la fuerza principal en un puente que se elevaba por encima de un arroyo caudaloso. Los georgianos habían abandonado su persecución. Pero eso solo indicaba que se sentían más intimidados por las tribus de las montañas que por los propios forasteros.

Vallon detuvo su caballo.

—Sabes lo que debes hacer —le dijo a Otia.

Los soldados arrastraron a uno de los prisioneros ante el centurión. El hombre era de mediana edad, un pastor o un cazador con los ojos de un azul desvaído, engarzados en un rostro oscurecido por el sol. Bajo el interrogatorio de Otia se fue agitando cada vez más, señalando hacia los picos y levantando las manos.

Otia se volvió a Vallon.

—Dice que el desfiladero de Daryal es el único paso entre las montañas.

—Tiene que haber otro camino. Dile que, si no nos lo dice, le ejecutaremos.

Otia reanudó su interrogatorio. El prisionero hablaba fervientemente al principio, luego empezó a dudar y se detuvo, resignado a su destino. Sacó una cruz de su túnica y la besó.

—Dice que no hay otro camino —dijo Otia.

—Matadle.

Otia dejó al prisionero en manos de un soldado armenio que había perdido a un amigo en la emboscada. Este obligó al montañés a ponerse de rodillas y le cortó la cabeza con cuatro golpes. Fue tal la sangría que hasta los forasteros más veteranos apartaron la mirada.

El joven al que Wayland había capturado temblaba; la orina manchaba su entrepierna.

Vallon hizo señas con un dedo.

—El chico os dará la misma respuesta —dijo Wayland en francés—. Este camino es el único que hay.

—Yo decidiré eso.

Las lágrimas brotaron de los ojos del prisionero cuando Otia le interrogó. El centurión se volvió hacia Vallon.

—Jura que no hay otro camino entre las montañas.

Vallon señaló a un soldado.

—Mátalo.

Los otros forasteros, que poco antes habrían matado a cualquier montañés que se hubieran encontrado, desde matriarcas canosas a bebés de pecho, esperaban en un silencio intranquilo.

Wayland se adelantó y se puso ante la espada del ejecutor.

—Apártate —ordenó Vallon.

—No me uní a esta expedición para ver cómo se asesinaba a niños.

—No malgastes tus simpatías. Si nuestra situación fuese la inversa, te garantizo que este mozalbete te sacaría los ojos y herviría tus sesos encima de una fogata. —Vallon se incorporó en sus estribos—. Mátalo.

Wayland apartó la espada del ejecutor. De nuevo, habló en francés.

—Matándolo no conseguiréis nada. Estáis haciendo la pregunta equivocada.

Vallon dio un golpe en su silla.

—No permitiré que interfieras en mi mando.

—Pues os sentisteis muy feliz de que interfiriera cuando disparé al duque. Y también os sentisteis muy feliz cuando capturé a los prisioneros…, aunque no sirvo entre vuestras filas. Este joven no nos puede enseñar cuál es el paso seguro, porque ese paso no existe. Pero sí que puede advertirnos de los peligros que nos acechan en este.

—Confiad en Wayland —dijo Hero.

Vallon apretó la mandíbula. Movió la cabeza en todas direcciones y luego habló con los dientes apretados:

—Que os quede clara una cosa. Si el chico no nos da ninguna información útil, ejecutaré la sentencia de muerte yo mismo.

Wayland hizo una señal a Otia y empezaron a interrogar al chico. El sol estaba muy bajo sobre las montañas cuando Wayland informó a Vallon.

Señaló hacia el norte.

—Los montañeses harán saltar su próxima trampa desde allí arriba. Un puñado de ellos nos esperan para lanzarnos rocas encima.

A pocas millas por encima del valle, el lado este caía en tres gigantescos escalones, el más bajo casi a plomo hasta la carretera, por encima de las dos hileras de acantilados, separando unos taludes de piedra suelta que formaban un ángulo al límite de la estabilidad. La carretera cortaba la montaña y no había forma humana de evitar aquella emboscada.

—Enviaré a un pelotón de hombres de montaña para que tomen esa posición —dijo Vallon.

—Yo los dirigiré —apuntó Wayland.

—Pensaba… —empezó Vallon. Inclinó un poco la cabeza—. Organiza el ataque como creas conveniente.

Y

El dulce sol vespertino bañaba las montañas cuando el convoy se aproximó al lugar de la emboscada. Habían ido subiendo por encima de la línea de los árboles. Largas sombras arrojaban un relieve intenso en el valle. Vallon detuvo a sus fuerzas poco antes del sitio. Wayland usó el tiempo de luz diurna que quedaba para tramar una ruta. El ascenso directo era imposible. Aunque trepasen al acantilado por una dirección más desviada, el talud de piedra suelta por encima del risco era tan desnudo que los emboscados verían al pelotón mucho antes de que pudieran luchar. Dominar la posición enemiga sin que los vieran implicaría dar un largo rodeo que los llevaría por encima del segundo escalón. Luego cruzarían por la izquierda y tomarían posiciones detrás de los emboscados. Más tarde, tendrían que descender por el acantilado y caer sobre el enemigo. A juzgar por el enorme delantal de piedra suelta que había por debajo, los estratos estaban deshechos. No se podía bajar de noche.

Había elegido detenidamente a los componentes de su pelotón. Eran hombres que se habían criado en las montañas, incluidos Gorka y Lucas. El joven podía ser un torbellino de emociones, pero cualquier hombre que pudiera superar a Wayland en una carrera colina arriba era adecuado para aquella tarea.

Estaba cenando con Atam cuando un rebuzno espantoso le puso los pelos de punta. El perro levantó la cabeza y aulló a la luna.

Wayland oyó reír a Vallon.

—Sabemos responder a eso.

Los soldados se levantaron y aullaron por el hueco de sus escudos. Los gritos y contragritos amplificados se mezclaron e hicieron eco entre las paredes del valle. Cuando se extinguió el ruido, dos manadas de lobos distantes continuaron aullando como melancólico contrapunto.

Wayland se retiró a su tienda y se despertó en torno a la medianoche. Las estrellas brillaban en un cielo sin viento. Su pelotón de diez hombres estaba preparado. Se echó al hombro el escudo de guerra, miró el acantilado donde esperaba el enemigo y observó la luna.

—Cuidado con los pies. En una noche tranquila como esta, el enemigo oiría un tropezón a media milla de distancia.

Y partieron, subiendo por la tortuosa ruta. Había pasado la mayor parte de la noche antes de que llegaran a la segunda hilera de acantilados. Wayland buscó un camino para subir, con la frente perlada de sudor.

—Por aquí —dijo, dirigiendo el paso hacia un barranco lleno de rocas que se deshacían entre sus manos.

Detrás de él, un soldado movió una fanega de piedras sueltas, que bajaron entrechocando por la montaña.

Wayland siseó.

—El enemigo puede atribuir eso al azar. Haced otro movimiento torpe como ese y sabrán que estamos aquí.

El alba todavía permanecía oculta detrás de los picos cuando el pelotón llegó al risco superior, por encima del lugar de la emboscada. Alrededor el cielo estaba rebosante de estrellas. Una lluvia de meteoritos corría por encima de sus cabezas en un arco poco pronunciado. Los soldados dormitaban o hablaban tranquilamente entre ellos.

—Tengo que hacerte una pregunta —le dijo Wayland a Lucas.

—Decidme.

—Si Vallon te hubiese ordenado que mataras a ese chico, ¿lo habrías hecho?

—Eso mismo me preguntaba yo. No lo sé. Si hubiera tenido que hacerlo, me habría envenenado los sueños.

—Bien. Eso significa que tienes conciencia.

—¿Estáis diciendo que Vallon no la tiene?

—Muy al contrario. Su conciencia está mucho más turbada que la de la mayoría, a causa de las decisiones que se ve obligado a tomar. —Wayland se echó en el suelo y se envolvió en su manto—. Despiértame cuando rompa el día.

Las estrellas ya se iban borrando cuando Wayland se preparó para acometer el descenso. Se apoyó en la parte superior del acantilado, hasta el punto en que se atrevió. Era más elevado y más empinado de lo que esperaba.

—Busquemos un camino para bajar —les dijo a los soldados.

La luz subrayaba las cordilleras del este cuando los exploradores volvieron.

—Solo un gato podría hacer pie con seguridad entre esos cascotes —dijo uno. Otro jadeó, asintiendo—. He bajado hasta mitad del camino y he alcanzado una caída a pico.

—Tendremos que usar cuerdas, pues —apuntó Gorka.

Lucas subió trotando.

—Creo que he encontrado un camino. Es un poco difícil.

—Enséñanoslo.

Lucas le condujo hasta una fisura y bajó por ella, apoyando manos y pies en ambos lados. Wayland le siguió, apretujándose entre las estrechas paredes. Aunque se movía con mucha precaución, no pudo evitar tirar algunas piedras.

—Cuidado —dijo Lucas, desde abajo—. Casi me rompéis la crisma.

El amanecer estaba ya en marcha cuando llegaron a un repecho que se encontraba a más de veinte pies por encima de la base del acantilado.

Wayland miró hacia abajo.

—Demasiado empinado para descender sin ayuda.

Los hombres empezaron a desenrollar las sogas. Había la luz suficiente para que Wayland distinguiera ya las formas de los emboscados agachados junto a las rocas apiladas. No hacía falta mucha imaginación para representarse la devastación que podían causar aquellas rocas en una columna que se fuera moviendo lentamente, a centenares de pies por debajo.

—¡Cuidado! —gritó uno de los soldados.

Una piedra que él mismo había soltado pasó junto a la cabeza de Wayland, dio en el reborde con un ruido agudo y salió volando por el espacio. Golpeó el talud de piedra suelta y rebotó hacia los emboscados.

—Esto lo ha echado todo por tierra —dijo Gorka.

Los emboscados se volvieron y se quedaron mirando los acantilados.

—Estamos en la sombra —dijo un soldado—. A lo mejor no nos ven.

Mientras hablaba, un grupo de montañeses empezó a subir por la cuesta. Gorka arrojó su cuerda al fondo.

—No hay tiempo —apuntó Wayland—. Nos alcanzarán antes de que tengamos tiempo de bajar.

Lucas se acercó al borde del acantilado.

—No necesitamos cuerdas. Basta con saltar.

—¿Estás mal de la cabeza? —exclamó Gorka.

—Las piedras sueltas son muy empinadas; amortiguarán nuestra caída. Yo saltaba por acantilados como este en los Pirineos. Mira. —Entonces, Lucas se tiró. Dio en el talud y resbaló veinte yardas antes de detenerse. Sonrió—. El truco es aterrizar en el mismo ángulo que el talud.

Gorka se pasó un dedo por debajo de la nariz.

—Joder...

Por aquel entonces los montañeses habían avanzado más de cien pies, infatigables.

—Yo voy el siguiente —dijo Wayland.

Cerró los ojos, rezó una corta oración, y saltó. Un largo trecho ingrávido antes de golpear en las piedras sueltas y bajar a toda carrera. Lucas consiguió detener su descenso. Wayland miró al resto de los soldados.

—No está tan mal como parece.

Siete de ellos tuvieron el valor suficiente para saltar; todos aterrizaron sin sufrir daño alguno. El último se echó atrás y habló con tono quejoso.

—No puedo. Me he torcido el tobillo al subir.

—Entonces busca un camino para bajar —dijo Wayland.

Los montañeses ya estaban a un tercio del camino de subida del promontorio.

—¿Nos reunimos con ellos o los esperamos? —preguntó Gorka.

—Podemos pasar deprisa entre ellos —respondió Lucas.

—Tiene razón —dijo Wayland—. Poneos en fila. ¿Preparados? ¡Adelante!

El pelotón inició su bajada por el promontorio, corriendo con pasos entrecortados e inclinándose hacia atrás para tener más equilibrio y agarre. Las piedras empezaron a moverse bajo sus pies, obligándolos a dar pasos cada vez más largos. La superficie se fue deslizando cada vez más rápido, hasta que amenazó con correr más que sus piernas agitadas.

—¡Deslizaos por encima! —gritó Lucas, doblando las rodillas y extendiendo los brazos.

Wayland se equilibró sobre la ola rocosa y aceleró a un ritmo alarmante, con el cabello echado hacia atrás por el viento y las lágrimas brotándole de los ojos. El pelotón pasó patinando más allá de la banda de montañeses, como si estos fuesen tocones. El silbido de las piedrecillas por debajo de aquellos toboganes humanos se fue haciendo más duro, hasta convertirse en un traqueteo ominoso. Aterrizaron en un derrumbamiento, una acumulación de desechos que se iba haciendo más gruesa a medida que descendían. Piedras tan grandes como un puño rebotaban y pasaban junto a Wayland. El sitio de la emboscada se acercaba a toda velocidad. Vio que no faltaban más de cincuenta pies para el precipicio.

—¿Cómo paramos? —gritó.

—¡Así! —exclamó Lucas, girando con las caderas hacia la derecha.

Wayland patinó hacia la izquierda, y consiguió apartarse de las veloces piedras sueltas justo a tiempo; se despellejó la palma de la mano. Los otros soldados también consiguieron salir a terreno seguro, como buenamente pudieron. Seis de los emboscados se dispersaron antes de que la avalancha los engullera. Los otros cuatro se dieron cuenta demasiado tarde. Una enorme cantidad de piedras sueltas se estrelló contra ellos y los barrió del acantilado como si fueran cochinillas que cayeran por un desagüe.

El espantoso traqueteo se fue extinguiendo hasta convertirse en un ruido leve. Cayó una última piedra. Los soldados gruñeron y se echaron a reír.

—Esto ha sido mejor que el sexo… —dijo Gorka.

Wayland se chupó las heridas de la mano y vio que Lucas perseguía inútilmente a los emboscados, que habían huido.

—¡Vuelve aquí! —gritó.

Lucas abandonó la persecución, volviendo a un paso que indicaba que tenía la energía suficiente para volver a hacer lo mismo otra vez. Se dejó caer junto a Wayland.

—¿Qué piensas? Cuatro hombres muertos y una emboscada frustrada. ¿Cuenta eso para mi armadura?

—No. No ha sido un auténtico combate.

Lucas apeló a Gorka.

—¿Qué dices tú, jefe?

Con un gesto que no auguraba nada bueno, Gorka hizo que Lucas se acercara. Entonces le agarró haciéndole una presa en el cuello.

—Casi nos matas a todos —dijo. Apartó a Lucas y soltó una risita—. Loco idiota…

Wayland sonrió. Se puso de pie y tocó a Lucas al pasar.

—Bien hecho.

Fue hacia el borde del acantilado, cogió un pendón de los forasteros y lo agitó, como señal de que el camino estaba libre. La columna se puso en marcha. Desde aquel punto privilegiado, Wayland podía ver lo que ellos no veían: la carretera estrangulada por una vertiginosa sima, precipicios que se alzaban hasta unos picos blancos a cada lado.

Nadie les molestó en su viaje por el paso. Más allá, la carretera descendía en abruptos zigzags. Wayland vio asentamientos osetios en el otro lado del valle, algunas de las casas apenas más que montones de piedras, reconocibles como habitáculos solo por el humo que escapaba de sus tejados.

La carretera empezó a trepar de nuevo. Los picos gemelos del monte Kazbeg aparecieron por encima de los inferiores como la mitra de un obispo. Un edredón de nubes grises se cernía por encima, borrando las cumbres. Era la parte más sombría y salvaje de toda la carretera. Unos muros inmensos de un gris hierro parecían apretar por ambos lados el río humeante a mil pies por debajo. Había unos peligrosos brillos de hielo por encima. Algunos montículos de nieve yacían amontonados en las sombras y bloqueaban el camino. En un lugar determinado, el convoy tuvo que abrirse camino por un desprendimiento, para que pudieran pasar los carros.

Por la tarde iban todos en fila india por una parte de la carretera cortada entre los acantilados. Un viento contrario que olía a hierro frío soplaba canalizado por el paso como si fuera un embudo. Vallon iba cabalgando junto a Wayland.

—Se avecina la nieve. Si doblamos la marcha, nos libraremos.

Wayland contempló los precipicios encapotados bajo la manta de nubes.

—Esperemos hasta que oscurezca.

—Si nos retrasamos, la nieve podría bloquear la carretera.

—Los montañeses no han acabado aún con nosotros.

Vallon levantó la vista hasta los riscos cubiertos por las nubes.

—Aunque nos estén esperando, no podrían vernos.

—Probablemente han apostado vigías. Esperemos hasta la noche.

—Una tormenta podría retrasarnos durante días. —Vallon agitó el brazo a la columna—. ¡Seguid avanzando! ¡No os detengáis hasta que hayamos pasado!

La penumbra y el nublado creaban un submundo fantasmal. Wayland avanzaba con los nervios de punta. La columna encendió antorchas para ver el camino. Habían avanzado quizás otra milla más cuando oyeron el soplido de un cuerno desde algún lugar cercano. Wayland miró hacia las oscuras nubes. Oyó un sonido como un gruñido y luego el rascar de la piedra. Momentos después, un estrépito infernal rompió el silencio.

Él consiguió zafar a su caballo y dirigirse al acantilado.

—¡A cubierto!

Una roca enorme bajó por el precipicio y cayó en la carretera entre una lluvia de chispas, enviando fragmentos en todas direcciones. Un hedor acre se elevó en dirección del viento. El segundo proyectil dio en la tierra, deshaciéndose en fragmentos con tanta fuerza como para romper la muralla de una ciudad.

—¡Atrás! —gritó alguien.

—¡Adelante! —exclamó otro.

No importaba hacia dónde se dirigieran. El enemigo había calculado su ataque a la perfección, cogiendo a los forasteros en un punto donde no había posible avance ni retroceso. Habían tenido días para prepararlo, y movieron con palancas unas rocas tan grandes como chozas, que estallaban con el impacto, enviando fragmentos con tanta fuerza que podían convertir un cuerpo en papilla. Una roca dio de lleno en un caballo con su jinete, aplastándolos como si fueran gusanos. Un fragmento de roca no mayor que una uña rajó la mejilla de Wayland. Él se agarró a su caballo aterrorizado.

—¡Atam!

Alguien chillaba y chillaba sin parar, con un sonido tan horrible que hacía rechinar los dientes.

Wayland se agarró a la nuca de su perro.

—¡Busca a Atam!

El animal no dudó y corrió colina arriba entre el diluvio de piedras. Wayland abandonó su caballo y le siguió.

—¡Atam! ¿Dónde estás?

El chico salió de aquel caos con la cara moteada de sangre.

—Oh, Dios mío… —dijo Wayland, cayendo de rodillas.

Un horrible impacto había arrancado el brazo izquierdo de Atam por debajo del hombro. El chico se agarraba el muñón.

—He perdido el brazo… —decía, con el tono de un niño que se ha olvidado de algo importante y teme el castigo.

Wayland le arrastró debajo de un saliente. Los ojos del chico estaban hundidos en su rostro. El perro gemía.

—Buen chico —susurró Atam.

Wayland contuvo su horror y examinó la herida. La fuerza del impacto había cauterizado los vasos sanguíneos.

—¡Hero! —gritó—. ¡Hero, te necesito!

—Está aquí —dijo un soldado, agachado a unas yardas de distancia.

—Quédate con el chico —dijo Wayland. Se levantó de un salto—. ¡Hero!

Wayland encontró al físico curando a un soldado con la mandíbula destrozada.

—Atam está muy mal herido. ¡Deprisa!

La mirada de Hero era serena.

—Iré en cuanto acabe de ocuparme de este paciente.

Wayland le arrancó de allí.

—No va a morir enseguida, pero Atam morirá a menos que le atiendas de inmediato.

El soldado que asistía a Atam levantó la vista mientras se acercaban y se sorbió una lágrima.

—Pobrecillo…

Hero se agachó y tocó la mejilla de Atam.

—Solo la conmoción ya le habría matado. No creo que sintiera ningún dolor.

—¡No puede estar muerto! —gritó Wayland—. Solo hace dos días le juré que le llevaría a casa con mi familia...

Hero cogió las manos de Wayland.

—Lo siento —dijo. Unos gritos horripilantes atravesaron la oscuridad—. Debo atender a los vivos.

El perro había apoyado la cabeza en el regazo de Atam. Wayland le apartó el pelo y le cogió la cabeza por detrás.

—¿Ha hablado? ¿Ha dicho algo?

El soldado se secó las lágrimas.

—Ha preguntado por su madre. Supongo que yo haré lo mismo cuando me llegue la hora.

Wayland se agachó junto a Atam. Las lágrimas empezaron a brotar de un pozo que no parecía tener fondo. Destrozado por la pena, levantó la vista cuando alguien le sacudió el hombro.

—Será mejor que sigamos —dijo Wulfstan.

El bombardeo había cesado, y llegó la tormenta, arrojando copos de nieve húmedos y arremolinados a la cara de Wayland, donde se quedaban pegados. La columna fue pasando, con las carretas cubiertas por una manta fría.

—No pienso dejar aquí a Atam —dijo Wayland.

Pasó un carretero, arreando a sus mulas con gritos y azotes. Wulfstan le detuvo.

—Espera mientras cargamos una baja.

El conductor vio a Atam, con un lado de su cuerpo ya cubierto por la nieve. Agitó el látigo.

—Ya voy sobrecargado. Dejad que los muertos se queden con los muertos.

Wayland se levantó de un salto, saltó al carro y puso un cuchillo ante la garganta del conductor.

—Tú irás ahora mismo con ellos, si no coges al chico.

Pusieron a Atam en el carro y fueron andando detrás del rústico coche fúnebre, empujando con todo su peso para que siguiera avanzando por la nieve, que se iba haciendo cada vez más espesa. Siguieron así hasta el amanecer, cuando la nieve y la cuesta aflojaron un poco, y se quedaron mirando hacia el pie de las colinas que emergían bajo un cielo claro.

En el primer campamento por debajo del desfiladero de Daryal, los oficiales hicieron recuento de las pérdidas. De los cien soldados que habían embarcado en el *Pelícano* y el *Cigüeña*, habían muerto veinte y otros ocho estaban heridos. Wayland esperó a que la expedición hubiese alcanzado un terreno más suave para enterrar a Atam. El soldado que había visto desvanecerse la vida del joven huérfano se unió a Hero, Aiken y Wulfstan en el duelo. Vallon no asistió.

—No sabía lo mucho que significaba para ti —le dijo Hero a Wayland.

—Ni yo tampoco hasta que ha desaparecido. No sé por qué, quizá porque no tenía a nadie más en el mundo.

—Vámonos. Ya hablaremos luego.

—Dejadme un rato a solas.

Se arrodilló junto a la tumba y rezó para que Atam encontrara una existencia mejor en el más allá. El perro gemía y arañaba la tierra removida. Wayland se incorporó cuando el sol aparecía entre las nubes y dejaba a la vista los picos que se alzaban con todo su esplendor.

EL MAR CASPIO Y TURQUESTÁN

XVIII

Una tarde bochornosa de finales de mayo, Vallon se quedó mirando un pasillo de estepa costera del mar Caspio que se fundía con el cielo, como un espejo lleno de neblina.

Otia señaló una mancha diminuta en la costa.

—Eso debe de ser Tarki.

—No parece nada del otro mundo.

—Es el único puerto entre el Volga y Derbent…

Vallon pasó revista al escuadrón alineado a lo largo del risco.

—Toma tres pelotones y hazte con la ciudad. No ofrezcas violencia a menos que sea necesario. Deja bien claro que pagaremos por pasar.

—Tendremos suerte de poder fletar una barca de pesca en ese agujero perdido —murmuró Josselin.

—Guarda tu lengua —saltó Vallon—. No consentiré que mis oficiales expresen dudas delante de los hombres. —Se volvió hacia Otia—. Haz una señal si tienes éxito. El sistema habitual.

Vallon se retiró a su tienda cuando partió la fuerza. Desde que habían entrado en el Cáucaso, permanecía solo la mayor parte del tiempo, y se comunicaba con sus hombres únicamente a través de esas órdenes.

Cayó la noche y con ella la lluvia. Vallon estaba escribiendo una carta a Caitlin, que ella nunca recibiría, cuando su sirviente anunció a Wayland.

No mucho antes, el inglés habría entrado en la tienda del comandante sin ceremonia y habrían intercambiado bromas como preludio a los negocios. Esta vez, Wayland se presentó con una inclinación de cabeza formal.

—No hay señales todavía —dijo.

—No las espero antes de mañana. Mantén vigías desde las primeras luces.

—Muy bien, general.

Vallon dejó la pluma.

—¿Qué es eso de «general»? Ni siquiera cuando eras muy joven temías llamarme por mi nombre.

—Creo que sería mejor para la disciplina que me dirigiera a vos por el rango.

—¿Incluso en privado? Ah, pues nada, al Infierno.

En la entrada, Wayland hizo una pausa y Vallon abrió la boca anticipando el momento. Pero el momento pasó. Wayland se fue, y Vallon se quedó solo de nuevo. Leyó la carta que nunca enviaría, las palabras que no eran más que un desahogo del dolor de corazón que no podía confiar a nadie ni curar. Arrugó la carta formando una bola y la arrojó al otro lado de la tienda.

Enterró la cara entre las manos y todavía estaba en aquella misma posición cuando el sirviente entró para preguntar si necesitaba algo para la noche.

—No, nada, gracias —dijo Vallon—. Puedes irte a descansar.

El sirviente vio la carta arrugada y se agachó a recogerla.

—No es importante —añadió Vallon—. Quémala.

Al amanecer, el sol se alzaba como una hinchazón roja y funesta. La oscuridad fue disminuyendo, y el globo estridente penetró en la niebla. Todavía no había señal alguna de los hombres de Otia. El sudor corría por el cuello de Vallon. Se frotó los labios agrietados. Si sus fuerzas no conseguían tomar el puerto, no tenía ni idea de adónde ir.

—Ahí está la señal —dijo Wayland.

—¿Dónde?

Wayland llevó a su caballo junto a él.

—Allí.

A través de las nubes, un espejo relampagueó débilmente una vez, dos veces, tres veces. Vallon contuvo un grito de triunfo.

—¡Han tomado el puerto! Que me acompañe un pelotón. El resto, seguid con el tren de equipaje.

Se oyó un hurra desigual, y luego Vallon y su pelotón bajaron por la costa. Otia fue cabalgando a reunirse con ellos.

—No ha habido bajas por ninguna de las dos partes, señor. Los habitantes están refugiados en la iglesia. Le hemos dicho al sacerdote y a los ancianos que pagaremos todo lo que cojamos.

—Buen trabajo —dijo Vallon

Sin embargo, por la expresión de Otia, vio enseguida que la captura del puerto no había solucionado todos sus problemas. Comprendió por qué en cuanto pasó por el asentamiento de paredes embadurnadas y alborotados tejados de paja, y vio cuatro botes de pesca pequeños y dos destartalados cargueros costeros balanceándose en la apática marea. Un simple vistazo le dijo que aquellas embarcaciones no podían llevar a todos sus hombres y la carga.

Fingió estar animado.

—Lo peor ya lo hemos dejado atrás —dijo—. Si hemos sido capaces de atravesar el Cáucaso, podremos cruzar esta balsa de aceite. Organizad una fiesta para los hombres.

Vallon examinó los botes con Wulfstan.

—¿Cuántos podemos meter aquí?

—La mayoría de los hombres, pero eso nos dejaría poco espacio para los caballos y la carga. Y ninguno de los barquitos es adecuado para un viaje por aguas profundas.

Vallon examinó la calma aceitosa del mar Caspio.

—Es como un lago grande. La marea es tan débil que apenas hay un pie entre el flujo y el reflujo.

—Es mucho más ancho que el mar del Norte, y una tormenta en aguas poco hondas puede provocar olas antes de que te dé tiempo a arrizar las velas. —El vikingo señaló uno de los cargueros escorado como un borracho cansado—. No me arriesgaría a navegar muy lejos de tierra con ese barcucho.

—Necesitamos descansar y recuperarnos. Es posible que una embarcación mercante pase por aquí en los próximos dos o tres días. Mientras tanto, hagamos lo necesario para reflotar estos barcos.

Volviendo al campamento, tuvo que hacerse a un lado cuando pasó un grupo de soldados que perseguían a un cerdo que chillaba por los fangosos callejones. Se encerró en su tienda mientras los hombres estaban de fiesta, y todavía estaban durmiendo cuando salió a la playa, a la mañana siguiente. No apareció ni una sola vela en todo el día, ni tampoco el día siguiente trajo alivio alguno. Vallon esperó junto a las olas perezosas, quitándose el sudor de los ojos, y siguió oteando el horizonte con su larga sombra tras él. Se volvió, enfrentándose a la muralla azul del Cáucaso. Volver entre las montañas significaba una muerte segura. Al norte no había nada, salvo pastos vacíos, y las marismas del delta del Volga. Los únicos puertos grandes se encontraban en Georgia, hacia el sur, y para llegar a ellos había que recorrer una franja costera que se cerraba en las Puertas de Hierro de Derbent. Siguiendo aquel pasillo, al cabo de unos pocos días se encontrarían entre selyúcidas o árabes.

Otia estaba por allí también, y pareció leer la mente de su comandante.

—Sugiero que vayamos hacia el sur. El escuadrón puede viajar por tierra; el tren de equipaje, en contacto estrecho, en los barcos. Derbent es la única ciudad donde podemos encontrar barcos lo bastante grandes para transportar las dos cosas, hombres y suministros.

—Esperaremos un día más.

Vallon estaba volviendo poco a poco al campamento cuando Wayland le llamó.

—Velas al nordeste. Dos, muy juntas, a mitad de camino por debajo del horizonte, y dirigiéndose hacia el sur.

Vallon corrió.

—A ver, enséñamelas.

—Allí, apartándose de tierra.

La luz se escapaba rápidamente. Vallon no pudo ver nada en la noche que se acercaba ya. Se frotó los ojos.

—¿Estás seguro de que no te lo has imaginado?

Wayland le miró.

Vallon retrocedió.

—Encended una fogata —ordenó—. Bien alta.

Los hombres corrieron en busca de leña. Wulfstan vino a toda prisa hacia él.

—Si queréis atraer su atención, quemad eso.

Señalaba un almiar coronado con un tejado de madera. Vallon miró hacia el asentamiento.

—Una fogata de esas dimensiones es tan probable que repela como que atraiga.

—De otro modo no nos verán.

—Tienes razón. Usad el fuego griego para acelerar las llamas.

Wulfstan corrió en medio de la noche. Las estrellas parpadeaban al este. Wulfstan volvió, se subió a una escalera apoyada en el almiar y vertió el compuesto incendiario en el heno. Salpicó más líquido por la base. Unos soldados acercaron antorchas encendidas al almiar y las llamas subieron hasta el cielo.

A cincuenta pies de distancia, Vallon se tapaba la cara protegiéndose del calor achicharrante. El fuego iluminaba a Wayland.

—Lo que estamos quemando es el pienso preciado de alguien. Espero que no te engañaran los ojos.

—No, no me engañaron —aseguró Wayland—. Pero en las velas había algo extraño…

—¿Sí?

—Esperad hasta que amanezca. Si tengo razón, el fuego habrá atraído a los barcos más cerca. Mantengamos una fogata ardiendo en la costa y pongamos a algunos de los hombres tocando trompetas y actuando como si los piratas hubiesen tomado el puerto.

—Maldita sea, Wayland... ¿Es que no vas a decirme lo que sospechas?

—Vendré a veros temprano.

—Wayland está aquí —susurró el sirviente de Vallon, levantando una lámpara.

Él se frotó los ojos y apartó las mantas. Se vistió y salió. Las estrellas subrayaban el Cáucaso, y el horizonte del este resultaba invisible.

—Todavía estamos en mitad de la noche —dijo, malhumorado, pues el estruendo de las trompetas y los gritos de guerra le habían mantenido despierto.

Wayland le guio hacia la fogata de la costa. Tres soldados se pusieron firmes. Wayland se colocó junto al agua. Vallon se sentó al lado de los leños que chasqueaban, con una manta envuelta en torno a los hombros.

—¿Se ve algo?

—Todavía está demasiado oscuro.

—Entonces, ¿por qué me has sacado de la cama?

—Porque, si tengo razón, tendremos que actuar con rapidez.

Vallon murmuró un juramento y se quedó medio dormido. Wayland le despertó apretándole un hombro. Vallon no podía aún separar el mar del cielo.

—Están ahí —dijo Wayland.

Vallon se puso de pie tambaleante y miró hacia la oscuridad anterior a la aurora.

—Si no supiera que tus ojos son tan agudos como los de un halcón, juraría que te estás burlando de mí.

Los dientes de Wayland brillaron a la luz de la fogata.

—Cubríos los ojos un rato. Veréis mucho mejor.

Como un niño que juega, Vallon se tapó los ojos.

—Ahora ya puedo distinguirlos —dijo Wayland—. No están lejos de nosotros, por el sur, a una milla más o menos.

Vallon exploraba la semioscuridad. Su mirada volvía una y otra vez a dos motas que seguían oscuras mientras el mundo en torno a ellas era más pálido cada vez.

—¿Son ellos?

—Son ellos.

En aquella estación del año, la luz llegaba rápido. Los pájaros cantaban con fuerza cuando los barcos adoptaron una forma concreta. Vallon avanzó un paso, se frotó los ojos y lanzó una risa áspera.

—Por el amor de Dios, no puedo creerlo...

—Ni yo tampoco cuando los he visto por primera vez, pero el corte de las velas me resultaba familiar. Es como cuando ves a alguien de lejos. Aunque no puedas distinguir sus rasgos, algo en su postura, la forma que tiene de moverse, te dice que es un viejo amigo.

Vallon pasó un brazo en torno al hombro de Wayland.

—O enemigo.

Uno junto al otro miraron hacia el mar hasta que el primer resplandor del sol recortó la silueta de dos drakares vikingos, con los dragones grabados en los postes de proa y popa alzándose en negros remolinos.

El escuadrón entero formó en la costa, contemplando a los vikingos, que a su vez les contemplaban a ellos.

—¿Qué opinas? —preguntó Vallon.

—Deben de ser suecos —dijo Wulfstan—. La única forma que han tenido de llegar al Caspio es por el Volga. Nunca he oído hablar de una tripulación noruega que cogiera esta ruta.

Durante la noche, los barcos se habían acercado hasta media milla de la costa, todavía a una distancia fuera de tiro. Iban juntos, unidos por sogas de proa a popa.

—Cuento solo cuarenta y dos tripulantes —señaló Wulfstan—. Deben de haber perdido a unos cuantos hombres de camino hacia el sur. Desde Suecia hasta el Caspio hay más de un año de viaje.

Vallon hizo un gesto con el brazo como para hacerles venir.

—Vuelve a llamarlos.

—Perdemos el tiempo —dijo Wulfstan—. No van a arriesgarse a desembarcar ante un ejército bien armado.

Uno de los vikingos hizo una leve señal, y sus camaradas se separaron y empezaron a colocarse en posición en sus remos.

—Se van —dijo Vallon, exasperado—. Bueno, pues si no quieren venir a nosotros, les enviaré a alguien. Wulfstan, tú eres el hombre adecuado para este trabajo. Ve allí.

Wulfstan arrojó una mirada indecisa a los drakares.

—¿A qué esperas? —preguntó Vallon—. No van a secuestrar a un viejo pirata con una sola mano...

Wulfstan escupió.

—Eso es lo que me preocupa. Que me den un golpe en la cabeza y me tiren al mar sin más ni más.

Vallon le empujó.

—Estás perdiendo tiempo. No les cuentes nada más que lo imprescindible de nuestra empresa. No digas nada de mi viaje al norte. —Vallon señaló un saliente cubierto de hierba que se curvaba hacia el mar, a media milla al sur—. Dile a su líder que nos encontraremos allí..., cuatro de cada parte. Todos los demás quedarán bien a la vista.

Wulfstan corrió hacia el puerto. Los vikingos habían empezado a remar cuando él entró en el mar en un esquife con dos remeros. Vallon se protegió los ojos de la luz. Los drakares aflojaron la marcha y se detuvieron. El esquife abarloó entre un tintineo de remos, y un vikingo ayudó a Wulfstan a subir a bordo.

Siguió una larga y sofocante espera hasta que Wulfstan volvió al esquife y le llevaron remando hasta la orilla. Vallon se reunió con él.

—¿Y bien?

—Han accedido a hablar. Son suecos, efectivamente. Su líder se llama Hauk.

—¿Algo más?

—Han tenido un encontronazo malo, pero Hauk es demasiado orgulloso para admitirlo. No suelta prenda. Si no fuera por las bancadas vacías y por la media docena de hombres que se quejan de sus heridas, parecería que han salido a hacer un crucero de primavera.

—Ven conmigo a las negociaciones —dijo Vallon. Se dirigió a sus centuriones—. Quedaos aquí. Que se os vea a todos. Cualquier movimiento amenazador, y adiós a los vikingos.

Estaba claro que Josselin los habría dejado ir encantado. Señaló la espléndida armadura de Vallon, su soberbia espada y su preciosa vaina finamente cincelada.

—Con todo respeto, señor, no podéis correr riesgos. Dejadme que vaya yo en vuestro lugar.

—Tú no hablas nórdico, y no será esta la primera vez que negocio con vikingos. —Vallon sonrió a Wayland—. ¿Recuerdas que estabas en equilibrio sobre una roca en un río salvaje, mientras yo parlamentaba con Thorfinn, *Aliento de Lobo*?

—Y la cosa no resultó demasiado bien...

—No, para Thorfinn no. Quiero que estés a mi lado otra vez.

Hero dio un paso, dubitativo.

—Si los vikingos tienen hombres heridos, mi presencia podría ser útil.

ϒ

Una hora después de que el sol hubiese empezado su descenso, Vallon y los suyos estaban todavía de pie en el promontorio, sofocados de calor, mientras los drakares esperaban alejados de la costa.

Hero se espantaba las moscas.

—¿Creéis que han cambiado de idea?

Wulfstan se sacó una piedrecilla de la boca y escupió una flema blanca.

—Nos están ablandando. Deja que nos asemos mientras él permanece en la sombra. Enviaré a buscar agua.

—Espera —dijo Vallon. Un movimiento en el costado de uno de los drakares había llamado su atención. Los vikingos bajaron un esquife y cuatro hombres se subieron a él—. Por fin.

El bote remó hacia ellos, sus ocupantes parecían crecer o menguar según las oleadas de calor. Atracaron el bote y saltaron de él tres guerreros de pelo rubio y pelirrojo, media cabeza más altos que su comandante, y todos ellos vistiendo mantos de lana sobre unas cotas de malla oxidadas, túnicas de lino y calzones o pantalones.

—Hauk, dijiste.

—Ese es el hombre.

Vallon lo examinó mientras se aproximaba. De buena planta y proporcionado, afeitado y con el pelo muy corto, de un castaño aclarado por el sol. Pequeño en comparación con sus musculosos compañeros. Tampoco era pagano, a juzgar por el crucifijo que llevaba al cuello.

La delegación se detuvo a unas diez yardas de distancia, y Hauk examinó a su vez al general. Tenía los ojos como los de una grajilla, las pupilas de un gris plateado rodeadas por iris oscuros, una mirada rápida y seria. Sus ojos se posaron en la armadura de Vallon, se detuvieron un momento en Wayland y luego en Hero.

Inhaló por la nariz, despectivo.

—Tu comandante ha elegido a unos acompañantes muy extraños —le dijo a Wulfstan—. Esperaba algo más formidable que un soldado con una sola mano, un clérigo de agua bendita y un hombre con un perro.

—Puedes hablar conmigo directamente —dijo Vallon—. Soy Vallon, el franco, general del ejército de su majestad imperial Alejo Comneno. Y Hero no es sacerdote. Es físico. Wayland es un inglés, un antiguo halconero del sultán del Rum.

Los ojos de Hauk, que se abrieron un poco, traicionaron su sorpresa al ver que se dirigían a él en su propia lengua.

—¿Dónde aprendiste a hablar tan mal el nórdico?

—En un viaje a Islandia y Groenlandia. Viajamos por la ruta de los Griegos con vikingos noruegos antes de separar nuestros caminos. Yo seguí hasta Miklagard, donde entré al servicio del ejército bizantino.

—Yo soy Hauk Eiriksson, príncipe de Uplandia, nieto de un vikingo que viajó al Caspio con Ingfvar, *el Viajero Lejano,* hace unos cuarenta años. Si viajaste por el Dniéper, quizás oyeras hablar de sus hazañas.

—Cuando nosotros recorrimos el Dniéper, los varangios eran solo un recuerdo medio desvanecido.

—Mis paisanos todavía honran su aventura. Más de treinta piedras-runas conmemoran a los hombres que hicieron aquel viaje.

—Espero que volvieran a casa cargados de riquezas.

—Seis barcos empezaron aquel viaje, y solo uno volvió. Mi abuelo murió en Serkland con Ingvar. Espero descubrir cómo llegó a ese destino y esa condena.

A Vallon le pareció bastante estimulante la falta de grandilocuencia de Hauk.

—Sin embargo, has decidido repetir el viaje. Pensaba que los días de los asaltantes vikingos habían quedado atrás…

—El rey de Svealandia me exilió por matar a uno de sus hijos. Me he ganado fama en mi país, pero no fortuna. Pretendo ganar ambas cosas en Serklandia.

—Se refiere a Persia —dijo Wulfstan.

—Y tú —dijo Hauk—. Tengo entendido que vas en una misión hacia el este.

—A una tierra llamada China. Mis órdenes son establecer relaciones amistosas con su gobernante. Dime, Hauk Eiriksson, cómo has llegado al Caspio.

—Cruzamos el Báltico la última primavera, y viajamos por Novgorod hacia Vladimir, en el Volga.

—Pero no llevarías esos drakares todo el camino…

—Claro que no. Los construimos en el Volga el último invierno, y navegamos río arriba en cuanto se rompió el hielo.

La mirada de Vallon se dirigió a los drakares.

—Perdóname si pongo el dedo en la llaga, pero yo diría que tienes muchos menos hombres que cuando comenzaste… —Extendió una mano tranquilizadora—. Hablo como uno que tiene amarga experiencia de reveses y pérdidas. Nuestro viaje por el Cáucaso me ha costado casi una cuarta parte de mis fuerzas.

Hauk se relajó.

—La enfermedad se ha llevado a veinte de mis hombres durante el invierno, y he perdido a otra docena más en una batalla junto a la boca del Volga.

—Me alegro de ver que hablamos con tanta franqueza. Me parece que esta reunión podría dar un nuevo aliento a ambas empresas. —Vallon señaló hacia la triste y pequeña flotilla que se encontraba en el puerto—. Nosotros no tenemos barcos suficientes para cruzar el Caspio. Y tú, por otra parte, tienes bancadas vacías. Quizá podríamos…

—No soy ningún barquero. Yo sigo mi propio rumbo.

—Escúchame. No te estoy pidiendo caridad. Transpórtanos hasta la orilla este, una semana de navegación como máximo, y te pagaré por cada hombre que lleves.

Los ojos de Hauk se entrecerraron.

—En plata.

—No.

Hauk bufó.

Vallon levantó un sólido.

—En oro. —Se lo tendió—. Tómalo. Vamos, cógelo.

Hauk cogió la moneda y se la tendió a uno de sus acompañantes sin mirarla. El hombre le dio vueltas como un perro ocultando el robo de algo diminuto y probó su sabor, textura y peso. Sus compañeros estiraban el cuello esperando su veredicto.

Una sonrisa iluminó la cara del hombre. Hauk le cogió la moneda de la mano y se la metió en la bolsa. El sol ponía reflejos plateados en sus ojos.

—Una moneda de oro no me convence de tu honradez. Nos superáis en número, dos a uno. Si dejo que tus soldados entren en mis barcos, ¿cómo sé que no te apoderarás de ellos?

—Te doy mi palabra, de entrada.

La risa de Hauk resonó dura.

—Si eso no basta, podemos tomar alguna decisión práctica. Supongamos que transportas a mis muleros y mozos de cuadra, dejando que mis soldados se las arreglen con los cargueros y los barcos de pesca.

—Pareces desesperado.

—Solo puedo ir hacia el este. Aunque pudiera llevar a mis fuerzas de vuelta a Miklagard, me enfrentaría a una desgracia segura, quizás a la muerte. Así que ya lo ves.

Mientras hablaban, quejidos intermitentes salían de los drakares.

—Algunos de tus compañeros están heridos —dijo Vallon—. Decidas lo que decidas, permite a Hero que los trate. Él los cuidará sin cobrar recompensa alguna.

—¿Por qué?

—Porque cuidar a los enfermos es su vocación, igual que atender a las almas de los hombres es la sagrada obligación de un sacerdote.

Hauk echó otra mirada a Hero.

—Discutiré tu propuesta con mis camaradas.

—Mientras hablas, enviaré a buscar agua. Apenas puedo hablar por la sed.

La partida de Hauk se retiró hasta el esquife y se pusieron a hablar entre ellos, marcando sus frases con gestos llenos de énfasis.

—¿Qué opináis? —preguntó Hero.

—No confiaría en él ni lo más mínimo —dijo Wulfstan.

—Espero que él sienta lo mismo por nosotros.

Un soldado llegó corriendo con odres de piel de cabra llenos de agua. Vallon bebió largos tragos, el líquido resbalando por su barbilla. Se quitó el yelmo y se echó el resto por la cabeza.

—Aquí viene la respuesta —dijo Wayland.

Hauk avanzaba a la cabeza de sus hombres.

—No basta.

—Entonces dime cuáles son tus condiciones.

—No tengo que hacerlo. Podría cogerte aquí mismo y hacerte prisionero para pedir un rescate.

Wulfstan se echó a reír.

—Ya os dije que lo intentaría. —Hizo una seña con un dedo a Vallon—. El general es el mejor espadachín que he conocido jamás.

—Calla —dijo Vallon.

La escolta de Hauk toqueteó sus espadas. Un vikingo, con la cara desfigurada por una cicatriz morada que le bajaba desde la sien hasta la mandíbula, medio desenfundó su hoja. Vallon no hizo movimiento alguno.

—Luchar sería una estupidez, antes de haber acabado de negociar. Yo ha te he dicho cuáles son mis condiciones. Ahora dime las tuyas.

Las aletas de la nariz de Hauk se dilataron.

—Tres sólidos por cada hombre que llevemos, más otro sólido por cada bestia de carga.

—De acuerdo.

Los rasgos de Hauk se quedaron helados.

—¿Cómo?

—He dicho que estoy de acuerdo con tus condiciones.

Wulfstan ocultó una risita. Hauk rechinó los dientes.

—Cobraré por adelantado.

—Recibirás la mitad del oro cuando abandonemos la costa. El resto cuando desembarquemos en la otra orilla.

Hauk miró al suelo y luego levantó la cara con una sonrisa pensativa.

Otro grito entrecortado desde el drakar rompió la pausa.

—Vuestros heridos necesitan tratamiento —dijo Hero—. Dejadme que coja mis medicamentos y vuelva a los barcos con vosotros.

—Wulfstan y yo también iremos —dijo Vallon. Inclinó un poco la cabeza—. Con vuestro permiso.

Hauk hizo un breve gesto de afirmación.

—Venid en vuestro propio bote —dijo. Al partir, su mirada se posó en Wayland—. Este no habla mucho.

—Habla cuando tiene algo importante que decir. —Vallon sonrió a Wayland y le habló en francés—: ¿He hecho un trato con el demonio?

—No lo sé. Hauk es mucho más listo que Thorfinn. Me recuerda a alguien.

—¿Ah, sí? ¿A quién?

—A vos.

La situación a bordo de los dragones era mucho peor de lo que Vallon había esperado. Los vikingos estaban hambrientos, con los ojos turbios hundidos en las cuencas color malva y úlceras en la cara. Eran un grupo heterogéneo, algunos de ellos apenas adolescentes, y otros lo bastante viejos como para haber hecho sus primeras incursiones cuando los hombres del norte aún gobernaban los mares.

Hero se hizo cargo.

—Estos hombres necesitan comida y agua fresca.

—Tenemos mucha —dijo Vallon.

La mandíbula de Hauk se tensó. Su cabeza bajó ligeramente.

—Traed de todo —dijo Vallon a Wulfstan—. No escatiméis.

Vallon y Hauk fueron tras Hero, mientras él atendía a los hombres heridos. Hero los fue examinando, tocando sus heridas con una delicadeza constante, que repelía a Vallon y le llenaba de admiración al mismo tiempo.

Un hombre se había llevado una puñalada en el vientre y se estaba pudriendo por dentro. Otro, apenas consciente, con una muesca en el cráneo, babeaba y parloteaba dirigiéndose a los antiguos dioses. Un tercero, sin aparentes señales de herida, se agarraba el estómago y suplicó a Hero que pusiera fin a su dolor. El cuarto exhibía estoicamente un brazo cortado por el codo, y envuelto en un apestoso vendaje lleno de moscas. El quinto había recibido dos cortes profundos, uno hasta las costillas y otro en el hombro, ambos exponiendo el hueso. Y el último…, un simple vistazo a su pierna aplastada, con el hueso astillado que sobresalía de una masa de carne supurante y apestosa, hizo que Vallon sintiera náuseas. Dios mío, rogó, cuando me llegue la muerte, que sea rápida.

Hero se incorporó, se quitó un gusano de la mano y se aclaró ambas en agua de mar. Su expresión era tensa y distante. Por lo que a él concernía, Vallon, Hauk y los demás no existían.

—Será mejor que vayamos a la costa —dijo—. Tengo trabajo para toda la noche.

—En realidad, se podría decir que ya están muertos —dijo Vallon—. Cuando mueran, sus compañeros te echarán la culpa a ti.

Hero se secó bien las manos.

—¿Desde cuándo sois físico? Quizá pueda salvar a dos de ellos, si atiendo sus heridas inmediatamente. En cuanto a los demás, tengo remedios para hacer soportables sus últimas horas.

Torpemente, como un pecador que toca una reliquia sagrada, Vallon tocó el brazo de Hero.

—Eres un buen hombre.

Estaba subiendo al barco cuando vio a la chica que estaba sentada aparte, en la proa del segundo drakar. Desde la distancia, y a la escasa luz de la tarde, se formó la impresión de un pelo oscuro y unos rasgos hieráticos.

—¿Quién es? —preguntó.

Hauk no volvió la vista.

—Una esclava.

—¿Por qué está atada?

—Para evitar que se tire al mar. Ya lo ha hecho una vez.

Vallon hizo señas a los remeros de que empezaran a remar. Lanzó una risita mientras encontraban su ritmo.

—Un año viajando y lo único que tiene Hauk para enseñar es una chica esclava salvaje…

Wayland se sentó frente a él en la popa, enmarcado por el aura del sol.

—No viajaré en compañía de esclavistas.

Vallon bostezó.

—Poca cosa más encontraremos en oriente.

—Lo digo en serio. No sé si lo recordáis, pero, cuando nos conocimos, yo era esclavo en todo excepto en nombre. Y también Syth.

Por su mirada, Vallon supo que Wayland hablaba en serio.

—¿Y qué quieres que haga yo?

—Comprar su libertad. Yo pagaré.

Vallon recordó que Wayland había luchado con uñas y dientes para mantener a Syth con él en el viaje al norte.

—Wayland, espero que…

—La chica no significa nada para mí. El valor que le doy no es más que el de unas pocas monedas de esas que vais repartiendo por ahí.

Vallon apretó la boca.

—Dejad de remar —ordenó. Miró por encima de su hombro—. Hauk Eiriksson.

El vikingo se inclinó por encima de la borda, con las facciones bruñidas por el sol.

—La chica esclava —dijo Vallon—. ¿Dónde la habéis conseguido?

—En un pueblo junto al recodo del Volga. ¿Qué te importa a ti?

—¿La han usado tus hombres?

—Eso habría hecho que su valor fuera solo la mitad. En Serkland usan brujas para decir si una muchacha todavía conserva la virginidad.

—¿Y cuánto conseguirá? Lo pregunto porque yo mismo también pienso meterme en el comercio de esclavos.

—Una chica tan especial como esta… al menos cinco sólidos.

—Sobrestimas su valor.

—Os he dicho que pagaré —murmuró Wayland.

—Volved a remar hacia atrás —les dijo Vallon a los remeros.

Hauk les recibió con cierta sorpresa. Vallon extendió una mano.

—Cinco sólidos, has dicho. Toma seis.

—No he dicho que estuviera en venta.

—Sí, lo has dicho.

Hauk se echó a reír.

—No pensaba que el deseo por las vírgenes estuviera entre tus debilidades.

Vallon echó una mirada a Wayland.

—No es para mí.

Hauk miró al inglés con una nueva perspectiva mientras cogía el dinero de las manos de Vallon.

—Quédatela y que te aproveche. Una sola advertencia —le dijo a Wayland—: después de tomar tu placer, será mejor que te quedes despierto, si no quieres notar sus dientes clavados en tu garganta.

Un enorme vikingo levantó a la chica, que pataleaba y arañaba, por encima de la borda, y la dejó caer en el esquife. La lucha desordenó las ropas harapientas que vestía. Vallon vio un atisbo del oscuro triángulo por encima de los muslos. Se ajustó el manto por encima del hombro y miró hacia la costa.

—Lamentarás esta compra —dijo el vikingo—. Te cortará las pelotas mientras duermes.

El esquife remó hacia la costa.

—¿Cómo se llama? —preguntó Wayland.

Vallon miró al infinito.

—¿Y cómo quieres que lo sepa?

Wayland saltó hacia delante para evitar que la chica se lanzara al mar. Sus movimientos amenazaban con hacer zozobrar el bote. Burlas estridentes llegaban desde los drakares.

—Vamos, por el amor de Dios… —dijo Vallon.

Wayland sujetó con firmeza a la chica.

—Averiguad qué lengua habla.

—Yo no soy tu alcahueta, maldita sea.

—Solo probadlo.

—Cualquier otro… —gruñó Vallon. Se volvió y se dirigió a la chica en griego. La expresión de ella no cambió. Vallon hizo un gesto con la mano y volvió a mirar hacia delante—. No entiende el griego.

—Debe de estar muy lejos de casa.

—¿Acaso no lo estamos todos nosotros?

Wayland le habló en persa, una lengua que había aprendido en la corte selyúcida.

—¿Cómo te llamas?

Vallon se volvió al oír que la chica respondía con un torrente de palabras, primero señalando al sur, luego al norte.

—Se llama Zuleyka —dijo Wayland—. Los vikingos no fueron los primeros que se la llevaron. Unos asaltantes de Khazar la capturaron en Persia hace cinco años. Asegura que es la hija del rey de los gitanos.

Vallon lanzó una risa burlona.

Wayland pasó junto a Vallon y volvió a su lugar en la popa. El sol se había hundido en un banco de nubes. Vallon ya no tenía que guiñar los ojos para ver la expresión de Wayland.

—¿Por qué la miras así?

—Miradlo vos mismo.

—No me interesa.

—Su cabeza cuelga como la de un halcón salvaje al que han puesto la capucha por primera vez. Si se la toca, aunque sea ligeramente, escupe y se revuelve.

Vallon señaló con un dedo.

—Wayland, si hubiese pensado que querías ocuparte de ella…
—No quiero.
—Bien —dijo Vallon. El esquife encalló y él trepó y pasó junto a Wayland—. Porque no viene con nosotros.
—Gracias a vos, es una mujer libre. Puede ir adonde quiera.
Vallon miró hacia la costa.
—A cualquier parte, excepto en mi compañía.

XIX

Una mirada a la chica y Lucas quedó subyugado. Estaba recogiendo leña cuando ella desembarcó, moviéndose con tanta gracia como un gato que camina por una valla. La leña cayó de sus manos formando un montón. A él casi se le salen los ojos, porque la desastrada y rasgada camisola de la chica dejaba entrever unas piernas esbeltas y elegantes, y acentuaba sus pechos y sus caderas. Su cuello era tan elegante como el de un cisne; su rostro estaba coronado por una masa de rizos oscuros, y sus ojos grandes y con pesados párpados eran del verde de las hojas de encina, su nariz larga y delicadamente arqueada no hacía más que resaltar su porte aristocrático.

Gorka le dio con un codo.

—Ni lo pienses. El general ha pagado seis sólidos por ella.

—¿Y para qué? Quiero decir, ¿será su mujer?

Gorka se echó el sombrero hacia atrás, algo desconcertado.

—No nos permite traernos a las novias a la campaña, y tampoco romperá las normas para darse gusto él mismo. En todos los años que llevo sirviendo en los forasteros, nunca le he visto mirar siquiera a ninguna mujer… y, créeme, no ha sido por falta de oportunidades. Algunas eran auténticas bellezas. Mejor que esa bruja delgaducha. —Unos recuerdos agradables suavizaron su expresión y luego cerró la boca con fuerza—. Vete a trabajar, recluta.

En un escuadrón tan unido como los forasteros, los rumores sobre la chica crecieron y se multiplicaron, mezclando hechos con especulaciones, algunas de ellas lascivas.

—No ha sido cosa del general —dijo Gorka—. Ha sido el inglés quien la ha comprado. Es de sangre más caliente de lo que parece.

—He oído decir que la ha comprado para liberarla —dijo un soldado.

Gorka arrojó un hueso al fuego.

—Solo después de haberse regocijado con ella. Qué afortunado el hijo de puta… Los demás no mojaremos la mecha hasta que lleguemos a Samarcanda, esté donde esté.

—Es una luri —dijo otro—. Una gitana. Era bailarina en una compañía de cantantes y artistas.

Gorka carraspeó y escupió.

—Los gitanos traen mala suerte. Saben leer el futuro y te echan maldiciones. Yo lo he visto con mis propios ojos hoy mismo. —Dio un golpecito en la rodilla de Lucas—. Una miradita de esa bruja y a Lucas se le han fundido los huesos. ¿A que sí, chico?

Lucas se retorció.

—Déjalo, jefe.

Un hombre se santiguó.

—¿Cómo se llama?

—Zuleyka. Algo así.

Zuleyka. El nombre explotó en la cabeza de Lucas.

Gorka se echó a reír.

—¿Lo veis? Lo ha encantado. —Pinchó con el dedo el muslo de Lucas—. Necesitarás un cura para que te quite su magia.

Lucas se apartó y les contestó en tono áspero.

—No seáis idiotas. Es que hace semanas que no veo a una mujer.

Las risas de los soldados se fueron apagando.

—El chico tiene razón —dijo uno—. Al menos, en las guardias en el Danubio, siempre había alguna chica campesina que te daba placer y te zurcía los calcetines.

—Tú y tus malditos calcetines…

Una sombra alta que apareció ante el resplandor del fuego hizo que se pusieran todos en pie.

—No os mováis —dijo Vallon—. ¿Todo bien?

—No hay quejas —contestó Aimery—. Nos preguntábamos qué tratos habíais hecho con los vikingos.

—Han accedido a transportarnos a través del Caspio.

—¿A cambio de oro?

—No saldrá de vuestros salarios. —Vallon se aclaró la garganta—. Quiero salir mañana, de modo que tenemos que empezar a cargar antes de las primeras luces. Tendréis mucho tiempo para recuperar el sueño durante la travesía. Buenas noches.

Aimery rompió el silencio que se alargaba.

—Ya le habéis oído. A dormir.

Gorka removió las cenizas como si quisiera darles forma de augurios.

—Vallon hizo un trato con los esvanos, y ellos lo rompieron. Ahora se pone de acuerdo con una banda de vikingos...

El siseo de la saliva en las brasas fue más elocuente que las palabras.

Aunque habían empezado de noche cerrada, la tarea de distribuir a los hombres y el cargamento entre las diversas embarcaciones les llevó hasta la tarde. Lucas estaba embarcando la última reata de caballos en el carguero torcido cuando un soldado que estaba en la parte superior de la rampa gritó y señaló.

Lucas se dio la vuelta y vio a la chica esclava, que salía al galope. Se le aflojó la mandíbula. Se le abrieron los ojos como platos.

—¡Eh, ese es mi caballo!

Corrió a toda velocidad por la fila de caballos y saltó a lomos de un zaino muy fino, a pelo. Agarrándose a las crines con la mano izquierda, le azotó con la derecha para que la persiguiera. Un soldado dio un salto para apartarse de su camino. Los gritos se desvanecieron tras él. Iba galopando agachado sobre el cuello del caballo, y la estepa pasaba a toda velocidad como un borrón verde. La chica le llevaba un estadio de ventaja, su montura era excelente y pesaba cincuenta libras menos que él. Y se dio cuenta de que también era una amazona soberbia, con un equilibrio perfecto. Zancada a zancada fue aumentando la ventaja hasta que, cuando hubieron cubierto dos millas, ella iba casi media milla por delante. Él no podía mantener aquel paso. El esfuerzo de manejar a su caballo solo con manos y muslos era demasiado intenso. Un giro que dio su montura cambiando de dirección para evitar un hormiguero casi le arroja al suelo.

Unos cascos retumbaron tras él y dos selyúcidas pasaron como un rayo a su lado, aparentemente sentados en cojines de aire. Sus sillas y estribos les daban ventaja, y yarda a yarda fueron acercándose a la chica. Al final se situaron uno a cada lado. Uno de ellos transfirió su peso al estribo izquierdo, se agachó y agarró las riendas de *Aster*. El animal se detuvo de mala gana, y los caballos selyúcidas relincharon y mordisquearon en torno a él.

Lucas los alcanzó, acalorado y furioso. La camisola de la chica se le había levantado hasta la cintura. Intentó desmontarla del caballo y ella le dio un revés en la nariz, haciendo que se le saltaran las lágrimas.

—¡Maldita seas! —gritó.

La cogió y ambos cayeron al suelo. Ella primero quedó encima, y cuando él la echó hacia atrás, una mano de la chica le sujetó como una garra la garganta.

Protegiéndose de las manos de ella, que le pegaban sin parar, consiguió echarla al suelo. Aun así, la muchacha seguía luchando. Él se sentó a horcajadas encima de las caderas de ella y le sujetó las muñecas. Ella se quedó quieta solo el tiempo suficiente para escupirle en los ojos.

Un fuerte golpe en la cabeza le envió de costado. Parpadeando, vio que el universo se volvía a organizar de nuevo en torno a Wayland. La chica aprovechó la oportunidad y echó a correr hacia *Aster*. Uno de los selyúcidas apartó al caballo de su alcance, y el otro fue andando en estrechos círculos en torno a la muchacha, lanzando unos extraños gritos agudos.

Lucas sacudió la cabeza para recuperar la visión.

—¿Por qué has hecho eso?

—Coge tu caballo.

Lucas lanzó miradas ponzoñosas a la chica, mientras examinaba a *Aster*.

—Si lo has dejado cojo…

El animal estaba cansado y cubierto de sudor, pero no había sufrido ningún daño importante. Lucas le dio palmaditas en la mejilla chorreante. Los selyúcidas estaban subidos a sus caballos, impasibles. Wayland señaló con la barbilla en dirección al caballo del que se había apropiado Lucas.

—¿Sabes a quién pertenece?

Lucas sonrió.

—No, pero es una yegua muy buena.

—Normal. Es la montura de repuesto del general.

Lucas movió el brazo como si arrojara algo al suelo.

—Ah, demonios…

Wayland cogió el caballo de Vallon y se lo llevó aparte, los selyúcidas fueron corriendo tras él.

—Vamos. Estás retrasando al convoy.

—¡Eh! —gritó Lucas—. ¿Y qué se supone que tengo que hacer con ella?

—Nada —dijo Wayland—. Ella puede ir adonde quiera, pero no en una de las monturas de la compañía.

Lucas se desmadejó. Apartó a Zuleyka de *Aster*.

—Eres libre. ¿Me entiendes? —La empujó—. Vete. Piérdete.

Ella se puso a caminar hacia el sur.

Los labios de Lucas se curvaron. Qué zorra más idiota, pensó.

—Vas por el camino equivocado.

—No, no es así —le llamó Wayland—. Ella es de Persia. Unos piratas de Khazar la capturaron cuando tenía doce años.

Lucas se subió a *Aster*.

—No va a llegar a Persia ella sola. Mírala. No durará ni un día.

—Eso no es problema mío.

—Ni mío tampoco.

Wayland azuzó a su caballo, que se puso al trote.

—No empeores las cosas retrasando más al convoy.

Lucas puso a *Aster* al trote. Le escocía el rostro y le dolían los muslos. Al día siguiente apenas podría andar. Wayland y los selyúcidas eran ya solo siluetas, y la chica era apenas un bultito en el prado cálido. Lanzó un juramento y la alcanzó, aminorando el paso para acomodarlo al de ella. Ella siguió andando, mostrando sus esbeltas pantorrillas, con los ojos fijos al frente.

—Estás loca —dijo—. Solo conseguirás que te capturen otros piratas.

Ella le ignoró.

—Vete, pues. No me importa nada.

Pero Lucas no podía dejarla. Los tallos de hierba ya le habían hecho cortes en los pies.

—Vamos, Zuleyka. Di algo. —Fue cabalgando ante ella y se volvió—. Escucha, siento haberte tratado con dureza, pero no puedes echarme la culpa. *Aster* es lo único que tengo.

Ella se detuvo y él se deshizo al ver las lágrimas que inundaban sus ojos. Él tendió una mano y su voz adquirió un registro más profundo.

—Ven, sube detrás de mí.

La chica lo miró de verdad por primera vez, y él deseó con todo su corazón no haber sido tan vehemente. Le tendió la mano, como si intentase cubrir un abismo; al cabo de un momento, ella le cogió los dedos y subió al caballo tras él.

Volvieron. Lucas notó los pechos de Zuleyka apretados contra su espalda. Se aclaró la garganta.

—Montas muy bien.

Ella le prestaba tan poca atención que parecía que no existiera. Se golpeó el pecho.

—Me llamo Lucas. —Se volvió por encima de su hombro—. Lucas.

Sus extraños ojos verdes miraban al frente, sin verle.

Amor, pasión y culpa formaban un brebaje espeso. Lucas dio con los talones en los flancos de *Aster*.

—Pues vete al diablo.

Burlas y abucheos los saludaron a su regreso. Vallon estaba de pie en su camino, mostrando en el rostro una rabia que no expresaría ante otro soldado cualquiera. Lucas notó un brote de lástima por sí mismo ante semejante injusticia.

—¿Qué se suponía que debía hacer? —murmuró.

Wulfstan cogió las riendas de *Aster*.

—Sube a bordo.

Lucas bajó al suelo.

—¿Y la chica?

Wulfstan le empujó hacia el carguero.

—Tú haz lo que te dicen.

Gorka se reunió con él en la parte superior de la pasarela, meneando la cabeza negativamente ante la última transgresión de Lucas.

—Joder, chico —dijo—. Joder, joder. Tú atraes los problemas como la mierda a las moscas.

—No ha sido culpa mía.

La cara de Gorka mostró su cólera.

—¿Que no es culpa tuya? Tú estás en el puto ejército. Siempre es culpa de alguien. —Dio con el puño en la espalda de Lucas—. Y ahora procura desaparecer.

Lucas se dejó caer en cubierta, se rodeó el pecho con los brazos y no se movió hasta que el barco hubo zarpado. Levantándose con las articulaciones rígidas, vio las montañas retroceder tras ellos entre una neblina suave, los barcos en fila bajo la noche inminente. Hambriento, se unió a su pelotón para cenar.

—¿Alguien sabe lo que le ha ocurrido a la chica? —preguntó, intentando que su tono fuera casual.

—Ha sido horrible —dijo Gorka—. Vallon la ha hecho ejecutar. Robar una propiedad imperial es un delito muy grave.

Lucas se puso en pie de un salto.

—¡No!

Uno de los soldados se apiadó de él.

—Gorka te está tomando el pelo. Vallon y Wayland han discutido por culpa de ella. El general insistía en que la dejaran, y Wayland le ha dicho que no podían abandonarla en la estepa así como así. Se gritaban el uno al otro a la cara delante de nosotros, y por un momento me ha parecido que se iban a pegar. El caso es que, al final, el inglés se ha salido con la suya. La chica viene con nosotros hasta que lleguemos a Turquestán y encontremos una caravana que la devuelva a Persia.

Lucas se dejó caer, aliviado.

—¿Y dónde está?

—En uno de los barcos de equipaje.

—¡Esos brutos desnaturalizados! —Lucas miró a su alrededor—. La primera noche que pasé con ellos me desperté y encontré a uno que se metía debajo de mis mantas...

Los soldados se echaron a reír y se dieron palmadas en los muslos. Uno de ellos se quitó una lágrima de un ojo.

—Su virginidad está a salvo. El perro de Wayland la custodia.

—¿Cómo?

—Wayland ha colocado a su perro para que la vigile. Lo tiene entrenado para que proteja a sus hijos.

Otro soldado meneó la cabeza.

—Cien hombres, una chica. Eso solo puede llevar a una cosa...

Gorka asintió.

—Bien dicho, Petrocles. —Apuntó un cuchillo en dirección a la garganta de Lucas—. Solo lo diré una vez, así que será mejor que escuchéis bien. Tontead con esa chica gitana y dos soldados acabarán muertos: el hombre apuñalado por su rival y el asesino, que Vallon colgará en algún patíbulo junto al camino. Creedme. Yo he visto a más de un soldado cuyo cuello quedó muy estirado porque no pudo esperar a mojar la mecha en la siguiente ciudad por unas pocas chucherías.

Lucas se sonrojó.

—Solo la perseguí porque me robó el caballo.

Gorka siguió apuntándole con su cuchillo.

—Creo que te robó algo más.

Aimery apartó la hoja.

—Ya lo has dejado bien claro. Ha sido un día agotador, y a todos nos sentará bien una buena noche de sueño.

Cuando Lucas se echó, levantó la vista a las estrellas, recordando la sensación del caballo entre sus muslos, el viento caliente en el rostro, los pechos de la chica moviéndose bajo su camisa, la suavidad cremosa de sus muslos...

Zuleyka.

Gorka le dio con el codo.

—¿Estás soñando con tirarte a la chica gitana?

—No, jefe.

Gorka saltó.

—¿Por qué no? ¿Acaso eres un puto marica?

XX

La travesía fue muy calurosa. Pasaron mucha sed. Cada mediodía, el cielo se curvaba sobre ellos como un orgulloso escudo. El sol era su tachón fundido. Aunque habían llenado a rebosar todos sus barriles de agua, los suministros bajaron tan rápido que Vallon impuso el racionamiento al cuarto día.

El amanecer de la sexta jornada, los encontró dando bordadas con un viento sofocante de costa turquestana. A media mañana, Hero pudo distinguir sus negras y desnudas colinas achicharradas bajo un cielo color orina.

El aire tenía un sabor dulzón desagradable que se agarraba a la garganta, haciendo que los hombres escupiesen como desafío a las advertencias del capitán de que insultar al mar podía ponerlo furioso. A mediodía, con un sol tan ardiente que podía fundir la pez, el drakar que iba en cabeza navegaba a media milla de la costa, y el convoy se puso al pairo.

—¿Qué es ese ruido? —dijo Vallon.

Hero levantó la cabeza, escuchando. Sonaba como el agua deslizándose por un caz de molino distante.

Aiken señaló hacia una ensenada rocosa.

—Viene de allí.

Vallon se hizo sombra en los ojos y examinó la ensenada.

—No veo qué es lo que ocurre.

Ni tampoco Hero, hasta que remaron más cerca del canal. Los hombres se santiguaron e intercambiaron miradas aprensivas. El agua no fluía hacia el mar. Por el contrario, sucedía algo antinatural y terrorífico: era el mar quien se vertía hacia la tierra.

—Madre de Dios… —susurró un soldado—. Es la garganta del Infierno.

El capitán del carguero sabía lo que era y había conseguido hacer el avistamiento con el máximo efecto dramático.

—*Kara Bogaz* —dijo—. La Garganta Negra.

—¿Y qué es? —preguntó Vallon—. ¿Adónde conduce?

—Es una catarata que fluye en sentido contrario, bajando desde el mar a la tierra. Corre hacia una gran bahía que según los turcomanos es la hija del Caspio y el mar Negro. Como el Caspio abandonó a su marido, Dios decretó que la Kara Bogaz Gol nunca cortase su cordón umbilical, y así el Caspio debe alimentarse con su agua hasta el fin de los tiempos.

—Dirígenos hacia la costa para desembarcar.

Desembarcaron en una roca calcinada, llena de insectos, y fueron avanzando por la costa entre una neblina de mosquitos que picaban. Desde la boca del canal, Hero vio lo que había quedado oculto desde el mar. El Caspio se deslizaba entre un canal rocoso de solo unas cien yardas de ancho, y caía en un lago enorme rodeado por cintas de sal. Bajo un cielo brillante, que hacía daño a la vista, Hero vio que la bahía parecía no tener fin.

—Creo que puedo explicar el misterio —dijo—. Esta bahía, al ser más pequeña que su progenitora y encontrarse en una región mucho más seca, pierde agua al sol mucho más rápido de lo que el Caspio se la puede proporcionar. De ahí la diferencia de nivel.

—Sí —dijo el capitán—. En esta época del año, la diferencia es de no más de seis o siete pies. En pleno verano, es el doble.

La mirada de Hero buscó en el cauterizado paisaje y no encontró huella humana alguna. No había vegetación, excepto unos arbustos débiles que entrechocaban como si fueran huesos en la asfixiante brisa. Parecían haber ido a caer en el fragmento de la creación más abandonado por Dios.

—¿Y dónde encontraremos agua? —le preguntó Vallon al capitán.

—No lo sé. Incluso los nómadas evitan estas costas.

—Entonces, ¿por qué nos habéis hecho desembarcar en este lugar dejado de la mano de Dios?

—Porque me habéis pedido que fuera por el rumbo más rápido.

—¿Y dónde está el agua fresca más cercana, maldita sea?

El capitán tembló bajo la ira de Vallon.

—Hay un río unos tres días al sur, pero han pasado muchos años desde que sus aguas alcanzaban el mar. Quizá tengáis que viajar tierra adentro para encontrar un pozo.

Vallon entrecerró los ojos para mirar a través de aquella luz color orina.

—¿Hasta dónde se extiende la bahía?

—Según se dice, dos días con viento en popa.

—¿Encontraremos agua en el otro lado?

El capitán se encogió.

—General, nunca he ido tan lejos. Yo no fui quien quiso emprender este viaje.

Vallon murmuró unas palabrotas y luego habló como si se dirigiera a sí mismo.

—Solo queda agua para tres días, y no hay certeza alguna de que encontremos agua fresca en cualquier dirección que tomemos.

Cerró los ojos. Todo dependía de su decisión, que podía representar la diferencia entre la vida y la muerte.

Vallon chasqueó los dedos.

—Ese soldado selyúcida que nos aconsejó la ruta que debíamos tomar por Transoxiana. Yeke. Preguntadle qué es lo que podemos esperar.

Los soldados fueron transmitiendo la respuesta de Yeke de barco en barco hasta que llegó a oídos de Otia, aunque, sin duda, la información llegó distorsionada tras pasar por tantas bocas.

—Dice que deberíamos cruzar el lago Negro hasta la costa más lejana. Desde allí, no muchos días nos separan de una ruta de caravanas suplida por pozos.

Wayland añadió una nota de precaución.

—Yo no confiaría demasiado en las indicaciones de Yeke. Los selyúcidas no miden la distancia de la misma manera que nosotros.

Los hombres de Vallon se relajaron, señal de que había tomado una decisión.

—Ordenad que todos bajen a la costa. Unid los barcos todos juntos y custodiadlos. Colocad una pantalla de arqueros detrás de mí.

Los forasteros de los barcos de carga y de pesca desembarcaron. El resto de la fuerza de Vallon quedó en los drakares. La embarcación de Hauk remó hasta estar a distancia para poder conversar.

—¡Baja a mis hombres a tierra! —dijo Vallon.

—Primero danos nuestro oro.

—Solo cuando hayas desembarcado a mis hombres.

Hauk esperó hasta que la mayoría de los forasteros se hubiesen retirado tierra adentro antes de que su barco asomara por la costa, y permitió que salieran casi todos los rehenes. Luego hizo que sus hombres remaran hasta un centenar de yardas mar adentro.

—¡He dicho todos! —gritó Vallon.

—Me quedo diez hasta que pueda contar el oro.

—Tu codicia te ciega y no ves el apuro en el que estamos.

—¿Estamos?

—Libera a mis hombres, ven a la costa y te lo explicaré.

Hero notaba que la cabeza le daba vueltas por el calor cuando el último de los hombres de Vallon llegó vadeando a tierra. Hauk y ocho guardaespaldas aparecieron con las manos en las espadas.

Vallon indicó la cascada.

—Me imagino que puedes bajar por ahí con tus barcos.

—Poder y querer no son la misma cosa —dijo Hauk—. Me pediste que te llevara a la costa este. Bueno, pues aquí estamos, y quiero lo que se me debe antes de despedirme de ti.

Vallon señaló a Josselin.

—Manda a buscar el oro. Todo.

—General...

—Tráelo.

Cuatro hombres acompañados por Aiken arrastraron el cofre a la playa.

—Ábrelo —dijo Vallon.

Los vikingos lanzaron un respingo cuando se abrió la tapa, al ver el tesoro en lingotes. Vallon recorrió la superficie. Hauk hizo un pequeño gesto para tranquilizar la emoción de sus compañeros.

Aiken contó las monedas mientras los vikingos sonreían y se empujaban, humedeciéndose los labios y dándose codazos unos a otros. Su buen humor se disipó un tanto cuando vieron que su parte apenas había hecho mella en el contenido de los baúles.

Hauk se pasó las monedas de una mano a otra.

—Si hubiera sabido que llevabas un tesoro semejante, habría hecho un trato mejor.

Vallon cerró la tapa.

—Lleváoslo. Nuestro trato está cerrado.

Hauk vio que los soldados se llevaban el tesoro.

—Eres un hombre de palabra, Vallon. El único favor que te pido es suficiente comida y agua para que nos duren hasta que lleguemos a alguna fuente. Si insistes, te pagaré con tu propia moneda.

—No hay.

La frente de Hauk se arrugó.

—¿No hay comida o no hay fuente?

—No me sobra nada de agua, y no tengo ni idea de dónde podré rellenar nuestros barriles.

Hauk acalló los feos murmullos de sus hombres.

—Yo he cumplido mi parte del trato al pie de la letra.

—Y yo también. No recuerdo que este incluyera ninguna obligación de darte agua.

Un vikingo medio desenvainó su espada y, en el mismo momento, la pantalla de arqueros que estaba detrás de Vallon tensó sus arcos.

Hauk espantó una apretada espiral de moscas.

—Puedo cogerte antes de que tus hombres puedan hacer nada.

—Yo no estaría tan seguro de eso. El arco turco es un arma terrible.

Vallon levantó una mano y la dejó caer. Treinta flechas surcaron el cielo con el sonido de una tela que se desgarra y cayeron siseando en el mar, más allá del drakar que estaba más lejos. Hauk miró a su alrededor para medir la amenaza y luego se volvió sonriendo tenso a Vallon.

—Seguiríamos teniéndote prisionero.

—Un botín que no vale nada. Estoy demasiado duro y fibroso para tentar a los esclavistas. Déjame que te hable con claridad de tus perspectivas, Hauk Eiriksson. Vas de camino hacia ninguna parte. Los días en que un barco lleno de varangios podía exigir tributos de los ricos asentamientos costeros ya han terminado. Persia y Anatolia están gobernadas por los selyúcidas, una raza guerrera, que ha llegado en su lucha casi hasta los muros de Constantinopla. Si buscáis botín en el sur o en el oeste, os encontraréis con el mismo destino lúgubre que tu abuelo.

La mirada de Hauk viajó por el gris y pardo monótono de las colinas.

—Yo forjaré mi propio destino. Y en cuanto al agua, rellenaré mis barriles con los otros barcos, una vez que tú te hayas ido.

—Error. No volverán hasta habernos dejado en la orilla más alejada de este potaje apestoso.

La compostura de Hauk le abandonó.

—¿Los vas a llevar por la cascada abajo? —Se rio.

Wulfstan bufó como un gallo.

—El general y yo bajamos con una flota por los rápidos del Dniéper. Habrás oído hablar de ellos: el Engullidor, el Insaciable, el Despertador… Comparados con esos hijos de puta, esto no es más que una olita.

Los claros ojos de Hauk parpadearon mirando a ambos hombres.

—Huelo a propuesta.

—Tienes razón —dijo Vallon—. Sigo necesitando tus drakares. Continúa con nosotros hasta el final de la bahía Negra. Compartirás las mismas raciones que mis propios hombres y los mismos peligros.

Hauk guiñó los ojos mirando hacia la bahía.

—¿Y luego qué? Puede que allí no encontremos agua…

—Al menos estaremos en el mismo barco.

Hauk se pasó la lengua por los labios.

—Quiero algo más que agua a cambio.

—No puedes beberte el oro.

—No, pero, si perezco, al menos moriré rico.

—Lleva a mis hombres al otro lado y te volveré a pagar lo mismo.

—No lo haré por menos del doble.

—Entonces no lo harás. Si es necesario, haré sitio abandonando a los animales de carga. Como has visto, no carecemos de dinero para pagar monturas nuevas.

El zumbido de las moscas llenó el silencio. Una sonrisa cauta se abrió paso en la cara de Hauk.

—El doble, ni un penique menos.

Vallon se dio la vuelta.

—Vamos.

—¡Vallon!

El general dio varios pasos antes de volverse.

—Este calor me fríe el entendimiento y me reseca la lengua. A menos que tengas algo útil que decir, ya te puedes ir.

Apartando a sus guardaespaldas, Hauk se acercó. Los arqueros forasteros estaban solo a cien yardas detrás del general, con sus siluetas ondulando por el calor.

—La mitad del oro de nuevo y habrá trato.

—Mi oferta era única. Adiós, Hauk Eiriksson.

—¡Vallon!

Con lentitud infinita, Vallon se enfrentó al vikingo.

—La última oportunidad.

Hauk levantó el dedo índice y señaló con él hacia abajo, como si quisiera sacarle el corazón al general.

—Considérate afortunado.

—Lo tomo como un «sí» —dijo Vallon—. Bien.

Detrás de Vallon, Hero vio que los labios de Hauk se apretaban en un silencioso juramento de tomar venganza por aquella humillación.

Hero se acercó al general; se lo encontró diciéndoles a los barqueros de la flota que su trabajo no había concluido. No podían volver hasta que hubiesen transportado a los forasteros al otro lado del lago Negro.

—¿Y cómo volveremos? —se quejó uno de los capitanes—. ¿Cómo volveremos a subir nuestros barcos hasta el mar Caspio?

—Tendríais que haberlo pensado antes de desembarcarnos en este horno infernal.

Una ráfaga de viento seco se llevó la respuesta del capitán. Un remolino de polvo pasó junto a ellos. Hero carraspeó para aclararse la garganta, que tenía reseca.

Wayland apareció a su lado.

—Era preferible cuando íbamos los tres solos.

—Éramos más de tres —dijo Hero.

—Sí.

A pesar del inaguantable calor, Hero temblaba.

—Siempre he sabido que en el corazón de Vallon estaba alojada una astilla de hielo, pero cada día de nuestro viaje va creciendo, hasta que hiela todos los sentimientos cálidos.

—Mandar le obliga a tomar decisiones duras.

—No comprendo por qué ha mostrado nuestra riqueza a unos piratas de los mares.

—Pretende que nuestras pérdidas se compensen reclutando a los vikingos. Al haber visto todo el oro que llevamos, no necesitarán mucha más persuasión. ¿Por qué recorrer costas hostiles para coger unos cuantos esclavos y algunas briznas de oro, cuando bajo sus mismas narices tienen un tesoro digno de un rey?

—Me alegro de no tener que tomar decisiones —apuntó Hero. Dio un paso, tropezó con una roca y se frotó los ojos—. Ay, maldita sea…

—Cógeme del brazo —dijo Wayland—. Este suelo es traicionero.

Vallon dejó que fuese Wulfstan el que organizase la bajada del destartalado convoy por la Garganta Negra. Las quillas de los cargueros traquetearon y rozaron los rebordes de roca, antes de acabar flotando en un agua calmada. Cuando hubieron bajado todos los barcos, los vikingos pasaron los rápidos remando con un aplomo despreocupado.

Wulfstan se acercó a Vallon andando pesadamente.

—Listos para partir. —Sonrió—. Habéis tenido que encargarle todo esto a los vikingos. Nadie maneja los barcos tan bien como un nórdico.

—No te sientas tentado de cambiar de bando —dijo Vallon. No era una pregunta ni una broma.

—Pero, señor, ¿cómo podría?

Vallon le señaló con un dedo.

—Antes de que acabe nuestro viaje, algunos de mis lugartenientes de mayor confianza me abandonarán.

—Yo no —respondió Wulfstan—. Os seguiré hasta la mismísima boca del Infierno.

—Ya estamos en ella.

Vallon subió a su buque y dio la señal para que el convoy se pusiera en marcha. Lentamente, los barcos fueron cogiendo impulso.

Con el viento en contra, los hombres se esforzaron por hacer progresos a través de las aguas de color de plomo. Los peces que habían pasado allí desde el Caspio flotaban muertos entre montones de espuma gris, y las gaviotas volaban y se sumergían con sus alas plegadas. Lejos de la catarata, descendió sobre ellos un silencio amortiguado. La costa se fue alejando por ambos lados, hasta que los viajeros solo pudieron separar el mar de la tierra por la franja de minerales que bordeaban su costa.

El mar era ponzoñoso. El cocinero usó agua de mar para hacer *porridge*, y los hombres sufrieron calambres estomacales y diarrea. Uno de los heridos vikingos murió; cuando sus camaradas le arrojaron por la borda, su cadáver quedó flotando, oscilando en su estela, con un brazo levantado que parecía decir un desenfadado adiós.

El mismo aire era tóxico, y hacía que salieran forúnculos y lesiones supurantes en la piel. Cuando acababan sus turnos a los remos, los soldados se agachaban en cualquier pequeña sombra que podían encontrar, con las manos cruzadas por encima de los hombros, y la cabeza envuelta en trapos húmedos. Solo mostraban animación cuando les pasaban sus raciones de agua, y tragaban codiciosamente el líquido antes de volver a sumirse en la apatía, midiendo sus vidas solo por el agua que quedaba.

Al tercer día de soportar aquel suplicio, Vallon disminuyó la ración de agua a la mitad para hombres y animales. Un soldado, un hombre joven de Tesalónica, agarró un odre del hombre que servía la ración y lo chupó codiciosamente por el gollete antes de que los guardias consiguieran apartarlo.

—Azotad a este hombre cuando lleguemos a tierra —dijo Vallon.

Eso provocó una risa hueca entre los presentes. ¿Qué tierra? Todos estarían muertos de sed al cabo de dos días.

Pero al día siguiente al mediodía, un soldado llamó a sus compañeros.

—Eh, chicos, mirad eso…

Los hombres se pusieron de pie y se frotaron los ojos para presenciar mejor su salvación.

—¡Dios mío! —dijo una voz, en el tono maravillado de alguien que está presenciando el segundo Advenimiento.

Justo delante de ellos una nube color óxido cubría el cielo, y las nubes de tormenta se amontonaban encima como hongos monstruosos. Dagas de relámpagos aparecían entre las montañas de nubes y restallaban los truenos. Abajo, al nivel del mar, el mundo se sumió en la oscuridad.

Vallon se puso de pie a popa.

—Parece que la tormenta va a descargar encima de nosotros. Estad preparados para recoger la lluvia.

Los hombres corrieron a improvisar contenedores con tela de lona y esperaron, moviendo los labios, suplicantes. La luz de un relámpago hirió sus ojos, y siguió un trueno tan intenso que casi les hace retumbar los sesos. La oscuridad lo envolvía todo, excepto los barcos más cercanos. Unas llamaradas azules silbaron por las jarcias. Al tercer trueno, unas enormes gotas de agua marrones y gordas como uvas empezaron a salpicar la cubierta. Y entonces el cielo dejó caer su carga de una vez, en un diluvio tan intenso que hasta costaba respirar. Los hombres corrieron a recoger el agua de la lluvia, derramando más de la que recogían. No importaba. El chaparrón fue tan intenso que, al cabo de unos minutos, se llenaron los barriles. Los hombres se quitaron las ropas tiesas de sal y retozaron en la cubierta salpicada por la lluvia, y luego se quedaron desnudos con la cara levantada y los ojos cerrados, recibiendo la lluvia intensa.

Pasó la tormenta y las nubes quedaron desgarradas como sudarios podridos, y el sol pasó a través de ellas, delineando los contornos de una costa contra un cielo limpio de polvo. Ellos no sabían ni podían saber que en la media hora anterior había caído más lluvia de la que caería en todo el resto del año.

Salieron en tropel a la cubierta de proa, levantando la cabeza para ver lo que les esperaba.

Wayland se echó atrás el pelo húmedo.

—Kara Kum —dijo—. El desierto Negro.

Vallon le oyó.

—Veo plantas verdes. La tormenta ha devuelto la vida al desierto, y nos ha salvado a nosotros.

Viendo el brillo en los ojos de Vallon, Hero se preguntó si el general no estaría perdiendo la cabeza.

—Hemos tenido suerte. Si no hubiera sido por la tormenta, habríamos muerto de sed.

Vallon estaba descansando en la proa, con el pelo pegado a la cara.

—Yo no lo dejo todo a la suerte. Todavía teníamos agua para cuatro días, escondida.

—¿Les habéis negado agua a vuestros hombres aunque teníamos suficiente?

Vallon se echó a reír.

—Un soldado siempre guarda algo en reserva. ¿Recuerdas?

Hero recordó, y se vio transportado a una helada noche de febrero en Inglaterra en la que Vallon dio a los demás todas sus raciones y pasó hambre.

—Wayland dice que esperáis reclutar a los vikingos.

—Los turcomanos forman más de una cuarta parte de mi escuadrón. Como los demás forasteros, están empezando a temer el viaje. A diferencia de los cristianos, en cuanto hemos desembarcado se han encontrado en un territorio familiar. Espero que muchos de ellos deserten.

—No podéis emplear piratas.

—La naturaleza embotará su avaricia. Ya han aprendido que el oro es un mal sustituto para la comida y el agua. —Vallon se desplazó un poco desde la borda—. Tienes los ojos irritados.

—Me ha aliviado mucho la lluvia —dijo Hero. Eso era cierto, pero la niebla que cubría su ojo derecho se había espesado hasta el punto de que le creaba una niebla permanente.

—Bien —dijo Vallon—. Estas últimas semanas no te he visto tanto como habría querido. No dejes que la distancia se interponga entre nosotros.

XXI

La tarde había caído antes de que desembarcaran los forasteros. Dejaron a los animales y los víveres allí; los descargarían a pleno día. Vallon pagó a Hauk y el vikingo volvió a sus barcos amarrados a media milla costa abajo. Durante la noche, llegó del campamento de los nórdicos el ruido de una pelea feroz. Al amanecer ambos drakares todavía seguían al pairo. Por aquel entonces, Vallon ya había despachado a Yeke y a otros dos turcomanos para que exploraran en busca de agua y un camino.

Si no hubiera sido por la tormenta, habrían encontrado que el país en el que desembarcaban era tan inhóspito como la costa en torno a la Garganta Negra. Parecía un lecho marino elevado y seco, una extensión escabrosa de salinas, cúpulas y sedimentos deshechos por el sol y abiertos en barrancos que corrían hacia sumideros y desagües. Pero aquella tormenta había hecho germinar semillas dormidas hacía largo tiempo, y el agua todavía permanecía recogida en huecos y charcos. En cuanto el escuadrón hubo descargado los barcos, se pusieron a trabajar cavando pozos forrados con lona de vela alquitranada.

Vallon arregló cuentas con los barqueros tarkis y les proporcionó el agua suficiente para el viaje de vuelta. Los pilotos reaccionaron ante aquel dinero como si les hubieran pagado con boñigas.

—¿Y para qué nos sirve a nosotros el oro? —dijo uno—. No tenemos hombres suficientes para izar los cargueros por la Garganta Negra.

—Ya encontraréis fuerzas en la desesperación y, si eso no basta, podéis arrastrar uno de los botes de pesca y subirlo por los rápidos. Será lo suficientemente grande para llevaros a todos de vuelta al Caspio. —Vallon despachó a los barqueros con una breve despedida—.

Estaréis con vuestra familia dentro de dos semanas, mientras nosotros tendremos suerte si volvemos a ver alguna vez a nuestros seres queridos. Espero que cuando volváis a vuestros hogares, encontréis lugar para nosotros en vuestras plegarias.

El escuadrón dejó sus tareas para contemplar cómo se alejaba la pequeña flota a vela, y no hubo ni un solo hombre entre ellos que no sufriera un brote de temor al ver que su última línea de retirada quedaba cortada. Contemplando la costa del campamento vikingo, envidiaron a los nórdicos, que disponían de sus drakares, y expresaron su descontento hasta que los oficiales les ordenaron que contuvieran su lengua y siguieran con su trabajo.

Después de cenar, Vallon convocó una conferencia a la que asistieron sus centuriones y Hero. Los oficiales, sin perder tiempo, transmitieron la ansiedad y el temor de los soldados, y también expusieron los suyos.

—El terreno se va secando de hora en hora —dijo Josselin—. Solo podemos llevarnos el agua suficiente para dos o tres días. Si no encontramos pozos tierra adentro…

Vallon se sentó detrás de su mesa de campaña.

—Confío en que los exploradores volverán con buenas noticias.

—Vuestro optimismo puede ser equivocado —dijo Otia—. Ha sido un error dejar ir a los barcos antes de saber qué era lo que teníamos por delante.

Vallon jugueteó con una pluma de ave.

—No necesitaremos más barcos. Nuestro camino va hacia el este, o sea, que dejad de mirar atrás.

Los centuriones intercambiaron miradas. Ninguno de ellos deseaba ser el primero en hablar.

Vallon se echó hacia atrás.

—Ya veo —dijo—. Tenéis un plan alternativo.

La voz de Josselin era tensa.

—Estoy de acuerdo en que no podemos volver a Constantinopla.

—¿Entonces?

Josselin miró por encima de la cabeza de Vallon.

—Tenemos los hombres y el oro suficiente para fundar una colonia. Una vez que establezcamos un asentamiento, podemos enviar a buscar a nuestras familias.

Vallon no se sintió sorprendido ni furioso. Dio unos golpecitos en la mesa con la pluma.

—¿Y dónde pretendéis fundar esa colonia?

—Hay tierras ricas en el delta del Volga.

El general dejó caer la pluma.

—Vamos, por el amor de Dios. No vivimos en tiempos de Homero. Cada trocito de tierra fértil que hay entre aquí y el Bósforo ha sido reclamada y arada ya por generaciones sucesivas, como descubrieron los vikingos, para su pesar. —Vallon guiñó los ojos—. Confío en que no hayáis hablado de esa idea absurda ante los hombres. Si lo habéis hecho…

—Claro que no —dijo Otia—. Pero sabéis tan bien como yo que han perdido toda ilusión por el viaje.

Vallon colocó ambas manos en la mesa.

—Escuchadme. Dentro de un mes llegaremos a la Ruta de la Seda, la mayor ruta comercial de mundo, que por suerte tiene ricas ciudades y caravasares a lo largo de todo el camino hasta China. Allí habrá vino y putas para los hombres en cada parada que hagamos.

—En cuanto a esa afirmación —dijo Josselin—, solo tenéis la palabra de un estudioso que interpreta el mundo por unos garabatos en un pergamino.

—Si os referís a Hero —dijo Vallon—, sabed que ha pasado semanas consultando a los mejores geógrafos y los mapas más fiables. Y eso no es todo. De joven estuvo empleado por Cosmas Monoftalmos, un gran viajero que exploró la Ruta de la Seda nada menos que hasta Samarcanda. A diferencia de nosotros, Cosmas siguió el camino desde allí y de vuelta solo y desarmado. —Vallon elevó el tono de su voz—. Siempre he animado a mis oficiales a hablar libremente, pero no toleraré que os inventéis peligros como un par de tímidas… —Vallon volvió la cabeza—. ¿Sí?

—Excusadme, señor —dijo su sirviente—. El comandante vikingo pide audiencia.

Vallon se puso de pie.

—Dejadle entrar. —Observó las muecas de sus centuriones—. Seguiremos más tarde con nuestra discusión. Hero, me gustaría que te quedaras.

Los dos oficiales pasaron junto a Hauk, mientras este entraba. Él se volvió a verlos partir.

—Tus oficiales no parecen muy felices.

—Toma asiento —dijo Vallon. Hizo un gesto a su sirviente—. Tráenos vino.

Hauk se sentó en un taburete plegable y examinó el interior de la tienda de Vallon. Después de que sirvieran el vino, ninguno de los dos comandantes quiso beber primero. Fue Vallon el que habló primero.

—Juzgas el estado de ánimo de mis oficiales correctamente. Ni ellos ni ninguno de los hombres quiere seguir con esta aventura.

Hauk bebió.

—Ni los míos tampoco. Probablemente los oísteis anoche. La mitad quieren volver a casa.

Vallon levantó el vaso.

—Y dada la oportunidad, la mitad de los míos se irían también con ellos.

—Pero te propones seguir adelante.

Vallon bebió.

—Si llego a China y establezco relaciones amistosas con su gobernante, volveré a casa con riquezas y títulos. Si fracaso, y muero en el intento..., bueno, al menos mi honor permanecerá intacto, y mi familia recibirá una pensión. Pero si me vuelvo sin más por culpa de miedos y rumores, quedaré deshonrado, y mi familia acabará en la ruina. —Vallon apuró el vaso y lo tendió para que se lo rellenaran—. ¿Y tú?

Hauk sonrió bebiendo de su vaso.

—La riqueza se gasta, la fortuna da vueltas, nosotros mismos tenemos que morir. Solo una cosa perdura..., la reputación de un hombre. —Vació su bebida de un solo trago y se secó los labios—. Pero, aun así, no tiene mérito hacerse un nombre desperdiciando tu vida en una búsqueda inútil. —Hauk señaló en dirección a Hero—. Este hombre tan sabio me ha contado algunas cosas del viaje. Confieso que, hasta que nos conocimos, no había oído hablar nunca de China. ¿Qué posibilidades tenéis de llegar allí?

—Escasas hasta casi desaparecer —dijo Vallon. Se inclinó hacia delante—. Te diré una cosa. No se la he confiado ni siquiera a mis oficiales. El año pasado, el antiguo emperador de Bizancio despachó otra misión a China. Desapareció entre las arenas antes de haber llegado siquiera a mitad de camino.

Hauk sostuvo la mirada de Vallon.

—Apreciaría mucho más tu franqueza si me dijeras cómo pretendes evitar tal destino.

—Mi expedición es más numerosa, va mejor equipada y... me atrevería a decir que mejor dirigida. Con todas esas ventajas, confío en que podamos solventar cualquier azar que se pueda ir presentando. Ahora mismo, sin embargo, tengo demasiadas preocupaciones inmediatas para preocuparme por peligros que pueden encontrarse dentro de varios meses en el futuro. Como decís vosotros los vikingos: un hombre que no conoce su destino por anticipado está libre de preocupación.

Hauk echó atrás la cabeza y soltó una franca carcajada.

—Aprendiste algunos buenos dichos nórdicos de la gente del

norte. —Se movió en su taburete—. Aun así, es un líder estúpido el que avanza hacia lo desconocido sin estar seguro de un día para otro de lo que se encuentra ante él.

Vallon hizo un gesto hacia Hero.

—Cuéntale a Hauk por dónde nos llevará nuestra ruta.

Hero se acercó a la lámpara.

—El mes siguiente será el más duro..., un desierto con pocos asentamientos, aunque permanentes. Si sobrevivimos a él, llegaremos a las tierras fértiles de Chorezm, regadas por el río Oxus, un río seguido por Alejandro Magno.

El interés de Hauk se avivó.

—Un río. ¿Es navegable?

—Pues no. Se pierde en un mar interior. La capital de Chorezm es una ciudad llamada Jiva.

—¿Una ciudad rica?

—Pasablemente rica, pero no tanto como Bujara o Samarcanda, más allá en la Ruta de la Seda. Sus riquezas rivalizan con las de Constantinopla.

Hauk acarició con los labios el borde de su vaso de vino.

—Una fuerza pequeña pero disciplinada..., ¿podría imponerse en esos centros?

Los ojos de Hero viajaron hacia Vallon.

—Si lo que quieres decir es si podríais exigir tributos por la fuerza de las armas, diría que la respuesta es no. Los emires que gobiernan los centros comerciales defienden sus intereses manteniendo grandes ejércitos.

Hauk levantó la espada hasta su regazo.

—Esclavos, entonces. ¿Tratan con esclavos esas ciudades?

—Sí, lo hacen, pero sospecho que encontrarás que los nativos han acaparado el mercado de esos bienes.

Hauk frunció el ceño a Vallon.

—Me dijiste que pretendías entrar en el mercado de esclavos.

—Era mentira. Un hombre que trata a sus semejantes como animales no es mejor que un animal él mismo.

Hauk dejó su vaso.

—He prometido muchas riquezas a mis hombres. Tú me dices que podemos encontrarlas en el este, pero no me das ninguna pista de cómo podría obtenerlas.

—Comercio —respondió Hero—. A lo largo de la Ruta de la Seda puedes comprar bienes por una moneda y venderlos un mes después por varias. Tomemos el coral, por ejemplo. En Samarcanda, su valor es de cinco sólidos la libra, pero en Jotan vale cuatro veces esa cantidad, lo suficiente para comprar un peso equivalente de jade. Llévalo hasta China y lo venderás por diez veces lo que te ha costado.

—No tenemos coral ni jade —dijo Hauk—. Los únicos bienes de comercio que nos quedan son trozos de ámbar báltico. —Se puso las manos en las rodillas, dispuesto a levantarse—. Esperaba obtener noticias más estimulantes para mis hombres. Gracias por el vino.

—Quédate y toma otra copa —dijo Vallon—. Hay otras formas de lograr riquezas.

Hauk se volvió a sentar con fingida reluctancia.

—Pues házmelas saber.

Vallon esperó a que su sirviente les hubiese vuelto a llenar las copas.

—Algunas de las caravanas de la Ruta de la Seda llevan hasta mil camellos cargados de artículos de comercio. Tanta riqueza requiere protección…, y a un precio determinado, por el valor de los bienes y los peligros a los que están expuestos. Supongamos que una caravana que lleva bienes por valor de diez mil sólidos se aproxima a un paso donde los bandidos han robado los últimos tres trenes hasta el último jirón de arnés de los caballos. ¿Cuánto crees que pagarían los mercaderes por garantizarles protección…? ¿Una décima parte del valor de sus bienes, una quinta parte?

—Hum… —dijo Hauk—. Sí, ya veo el provecho en ese tipo de negocios.

Vallon apoyó los codos en la mesa.

—Desgraciadamente, ninguno de nosotros lleva los soldados suficientes para aprovechar esas oportunidades. Sin embargo, si combinásemos nuestras fuerzas…

Hauk levantó una mano.

—Espera, general. Esas oportunidades quizá no se presenten en nuestro camino durante meses. Mis hombres no seguirán a menos que vean la recompensa por su trabajo a su alcance.

Vallon habló bajito.

—Ya han ganado cooperando con nosotros más de lo que habrían ganado con la piratería. Quedaos con nosotros hasta que lleguemos a Oxus y te prometo pagar al menos a tus hombres los mismos salarios que reciben mis soldados. Recompensaré a tus oficiales en función de su rango. A ti te pagaré lo mismo que a mis centuriones.

—Yo no soy un mantenido.

—Sí, sí que lo eres. Si no te hubiésemos alimentado y dado de beber, ahora mismo serías comida para los cuervos. No tuerzas el gesto. Es mejor ser un halcón de caza, bien nutrido por su cuidador, que un ave libre que se muere de hambre por falta de presas. —Vallon medio se levantó. Hauk seguía de pie, ya camino de la puerta—. Pero escúchame...

—No hay nada más que decir —soltó Hauk—. Mi espada no se alquila.

El sirviente de Vallon echó a un lado el faldón de la entrada para que el vikingo pudiera salir.

Vallon se levantó.

—Si cruzas ese umbral, no permitiré que vuelvas.

Hauk se detuvo en el último momento, con las manos apretadas contra los muslos.

—¿Y qué pasa con nuestros barcos? —Extendió las manos—. Sin ellos...

—Estarán a salvo si los dejamos aquí —respondió Vallon—. Nadie visita estas costas, excepto unos pocos nómadas que no sabrían qué hacer con un barco de vela.

Hauk se volvió.

—No tenemos caballos. No iremos andando hasta China.

—Tenemos un par de monturas de sobra para ti y tus lugartenientes. El resto de tus hombres pueden ir en las carretas, si son perezosos. Ya compraremos caballos para ellos cuando tengamos la primera oportunidad para ello.

—Que quede bien claro: si os acompañamos hasta la ruta comercial, tú nos pagarás en oro. El salario de un mes.

—Dos meses. Servid a mis fines como confío en que lo haréis, y os pagaré también por el viaje de vuelta. No solo os aprovecharéis del oro, sino que también conseguiréis experiencia y conocimientos.

Hauk se rio.

—Empiezo a ver cómo te enfrentas a los problemas..., arrojándoles dinero. —Se dirigió hacia la oscuridad—. Volveré con mi decisión antes de medianoche.

—No vuelvas demasiado tarde —dijo Vallon—. Un hombre de mi edad necesita dormir.

La risa de Hauk resonó con buen humor o con burla.

—Accederá —dijo Hero—. No tiene elección.

—Ese es el problema —apuntó Vallon—. Lleva a un lobo a un rincón y se te tirará a la garganta. —Se sentó—. Cuando salgas, convoca a mis centuriones.

Vallon no se anduvo con rodeos cuando estos entraron.

—Le he pedido a Hauk que se una a nosotros hasta Jiva. No quiero oír nada más de retiradas ni de colonias. ¿Comprendido?

—Sí, señor.

—Intentad que suene más entusiasta.

Josselin tragó saliva.

—Corre el rumor entre las filas de que una expedición previa a China desapareció sin dejar rastro.

—Es un hecho, no un rumor. Estoy decidido a que nosotros no corramos la misma suerte. Buenas noches.

XXII

Bajo el breve frescor previo al amanecer, Wayland estaba cazando en un risco de la zona desértica cuando vio un remolino de polvo hacia el este. Un jinete se aproximaba deprisa, levantando una nube de polvo que formaba detrás un largo rastro. Wayland bajó corriendo a la carretera y el jinete frenó entre un repiqueteo de grava. Era uno de los exploradores turcomanos, irreconocible bajo la capa de suciedad, con los ojos como heridas rojas y los labios como el cuero tostado.

—¿Yeke?

—Buenas noticias, amigo mío, que todas las bendiciones caigan sobre ti. Hemos encontrado el rastro de la caravana después de dos días, y hemos llegado al pozo un día más tarde. —Yeke se golpeó el pecho—. ¿No había dicho que encontraría agua?

—Nunca dudé de ti —dijo Wayland. Le lanzó su odre de agua.

Yeke bebió y luego se vació el resto en la cabeza. Los riachuelos que aparecieron entre el polvo le hacían parecer un espíritu descarnado.

—¿Dónde están tus compañeros?

—Allí, en el campamento, comiendo, bebiendo y poniendo ojitos a las encantadoras damas. Los dejé ayer; he cabalgado toda la noche. Estaba ansioso de traer las noticias a lord Vallon.

Wayland acarició el cuello del exhausto caballo.

—No esperes descansar mucho después de esa cabalgada tan larga. Vallon quiere ponerse en camino de inmediato.

Yeke se dio un golpe en el hombro izquierdo con el puño derecho.

—¡Bah! Un selyúcida no necesita lecho, si tiene una silla de montar.

Su caballo se dio la vuelta; Yeke, solo medio consciente. El animal parecía dispuesto a volver por donde había venido. Wayland cogió la brida del caballo y lo encaminó en la dirección correcta. Cuando entraron en el campamento, tuvo que sacudir a Yeke, para despertarlo.

Al recibir el informe del selyúcida, Vallon ordenó que se pusieran en marcha aquella misma noche, mientras el sol se iba escondiendo tras el horizonte del lago Negro. Volviendo la espalda a aquel anochecer, ninguno de los hombres pensó que aquella podía ser la última vez que vieran el mar. Aunque por su mente había pasado la idea, no había forma de prever cuáles de ellos sobrevivirían durante los meses siguientes, quiénes podrían contemplar maravillados la costa de un océano al otro lado del mundo.

Cada soldado llevaba agua para tres días. Además, todavía había reserva para una semana en los barriles, a bordo de las carretas. Wayland iba corriendo a lo largo de la cabeza de la columna, fortalecido por estar en movimiento de nuevo, absorto en la madrugada, mientras el paisaje pasaba flotando entre una neblina de estrellas.

Por la noche la temperatura bajaba casi hasta el nivel de la congelación. La aurora llegó entre azules acerados antes de que el sol saliera como una bola fundida, y los horizontes empezaran a temblar. Cuando el paisaje se disolvió en un calor blanco, la columna se detuvo y buscó refugio bajo los esqueléticos arbustos de saxaul. Cuando el sol tocó de nuevo los contornos, los hombres se levantaron para enfrentarse a la siguiente etapa con una resignación aligerada por un áspero humor y algún toque de fantasía.

—Imaginad que pasamos por encima del siguiente risco y vemos una espléndida ciudad rodeada de viñedos, huertos y jardines privados.

—¿Y por qué detenerse ahí? Imaginad que es una ciudad sin hombres, gobernada por amazonas que ansían conocer a valientes soldados con grandes pollas.

—Las dos cosas te descartan a ti.

—Deja que soñemos. ¿No te he dicho que en esa ciudad sirven un vino que te transporta al paraíso, donde se hacen realidad todos los deseos?

—Yo preferiría una casa de baños y una campa limpia.

—No escuches a Lucien. Refunfuñaría aunque estuviera sentado en el Cielo a la derecha del arcángel Gabriel.

—No habría mucha fornicación ante los ojos de Gabriel. Y, de todos modos, no es el sexo lo que echo de menos. Es la comida decente. ¿Qué tiene esa ciudad que me pueda hacer la boca agua?

—Ambrosía, amigo mío. Comida para los dioses.

ϒ

Wayland pasó de largo junto a esta conversación y otras semejantes, y los soldados le saludaron a su paso con las manos levantadas, mirándole con expresión especulativa.

—Es un ser extraño —dijo un soldado—. Va y viene como un fantasma.

—Da gracias de que cabalgue con nosotros. Ya viste qué bien dispara un arco, y sabe leer el rastro de un hombre o animal mejor que los propios turcomanos. De niño corría con los lobos salvajes. No me lo preguntéis a mí, preguntadle a Hero.

—Es otro tipo extraño. Parpadea y murmura como un hombre que estuviera chocho.

—Eh, no quiero oír ni una sola palabra en contra de maese Hero. Me curó un grano en la raja del culo sin inmutarse. Nunca lo olvidaré.

—Menuda imagen. Seguro que ninguno de nosotros lo olvidará.

—Es un cirujano estupendo, no como esos típicos matasanos. Enseña en la Universidad de Salerno. Dios sabe por qué ha abandonado un puesto tan cómodo para unirse a esta aventura.

—Que no te engañen sus suaves modales. Es tan duro como una tralla. Dicen que le sacó una flecha a un amigo a través de los pulmones.

—¿Y el tipo sobrevivió?

—No importa. Personalmente, aunque he derramado un poco de sangre en combate, nunca sería capaz de empuñar el cuchillo de un cirujano. Si hasta me desmayo si me corto afeitándome…

—Bueno, aquí estamos, en el risco, y no hay ciudad ni jardines ni doncellas en fila para saludarnos.

—En el siguiente, no en este. En un viaje tan largo como el nuestro, seguro que tendremos suerte, más tarde o más temprano. Es lógico.

—¿Quieres apostar?

La columna se fue arrastrando por un desierto arcilloso en el que la erosión había formado caprichosas siluetas, antes de entrar en una región de dunas de arena. La lluvia era solo un recuerdo desfalleciente, pero, en torno a unos abrevaderos salobres, la tierra aún crecía verde, y se veían los oasis cruzados por huellas de gacelas y garras de leones y lobos que las tenían como presa. También había humanos allí. Varias veces los soldados vieron brillantes nubes de polvo levantadas por los nómadas que dirigían a sus rebaños lejos de los invasores.

Costó cuatro días llegar al rastro de la caravana. Las carretas se habían roto, con los ejes astillados o los cubos convertidos en torcidos óvalos. Vallon no quería abandonarlas y ordenó que los mecánicos hicieran algunas reparaciones improvisadas con hojas de hierro, capas de cuero y cuñas de madera.

Wayland fue el primero en avistar el campamento nómada: un puñado de yurtas esparcidos a la orilla de un lago seco, rodeado de camellos que gruñían y de tres rebaños de ovejas que balaban custodiadas por perros y chiquillos.

Uno de los escoltas turcomanos salió galopando para saludar a la columna.

—Casi pensábamos que ya no vendríais.

—¿Dónde está el agua? —preguntó Wayland, rascándose la nuca, donde el roce del sucio cuello de la túnica le había hecho unas llagas.

El turcomano hizo girar a su caballo y levantó la mano.

Wayland entró en el campamento y aspiró el olor entre dulce y amargo de los fuegos de excrementos. Los perros corrieron hacia él, y el can de Wayland midió sus mandíbulas con otro en una breve pelea; el animal se alejó intimidado y sangrando. Momentos después, el perro meneaba el rabo ante un niño nómada.

Los pastores habían observado el poderío del perro de Wayland con unas expresiones curiosamente inertes, como si su lucha contra la naturaleza les hubiera enseñado que era inútil adoptar ningún bando. Los hombres llevaban gorros de piel de cabra y túnicas de algodón sobre unos pantalones anchos. Las mujeres parecían ser, o bien jóvenes y bobas, o bien viejas y desgastadas. No había ninguna de mediana edad.

Un nómada guio a la partida que se aproximaba hacia un pozo bordeado de piedras. Wayland atisbó en el agujero negro. Dejó caer una piedra y esperó a que tocara el fondo. No se oyó ni un sonido. El nómada sonrió y bajó un cubo de cuero unido a una cuerda de lana trenzada, con el extremo libre enrollado formando una pila de tres pies de alto. Sonriendo todo el rato dejó caer la cuerda, un proceso que costó tanto que la mitad de las fuerzas habían desaparecido ya antes de que la cuerda quedara floja. Recogiendo el extremo suelto, el nómada lo arrojó por encima de un travesaño de madera y la ató a un camello. Un chico se llevó al animal lejos, utilizando un palo, y ambos se veían pequeños en la distancia antes de que el cubo subiera oscilando de las profundidades con su carga de agua amarga. Hero se había unido a Wayland y, por pura curiosidad, iba midiendo a pasos la longitud de la cuerda.

—Más de setecientos pies —dijo—. ¿Cómo han excavado un pozo tan profundo sin máquinas ni herramientas adecuadas?

Al recibir la pregunta, el nómada miró a ambos extranjeros como si fueran bobos e hizo enérgicos gestos de cavar.

—Buen Dios —dijo Hero—. Debe de haber costado décadas. Imaginaos estar sentado en un andamio colgado a cientos de pies bajo tierra, picando con trocitos de pedernal y hierro...

El nómada señaló hacia el nordeste y Wayland tradujo.

—Dice que algunos pozos tienen una hondura de más de mil pies.

Hero sacudió la cabeza, maravillado.

—Debo escribir todos estos detalles mientras todavía permanecen frescos en mi memoria... ¿Por qué os reís?

Por unos cuantos rollos de tela y una bolsa de cuentas de cerámica vidriada, la expedición compró media docena de corderos que asaron en unas fogatas sobre ardientes lechos de ramas de saxaul. Después del festín, los soldados se sentaron tranquilamente bajo las estrellas hasta que una orquesta de tres hombres salidos de entre ellos improvisó una melodía con siringa, flauta y cítara. Bien alimentado y agradablemente amodorrado, Wayland iba moviendo un dedo al compás de la melodía.

La música fue decayendo, y el público se removió. Wayland abrió los ojos y encontró a Zuleyka ocupando el espacio que estaba frente a ellos. Desde que habían llegado, él se había mantenido fuera de su vista, pero no la podía alejar de sus pensamientos. Ella cogió el instrumento de manos del flautista y tocó una melodía que parecía haber sonado en la cabeza de Wayland toda la vida. La joven le devolvió la flauta, extendió los brazos de par en par y dio con un pie en el suelo mientras los músicos tocaban. Clavó la vista en el suelo y fue moviendo la cabeza hasta que encontraron su ritmo, y entonces echó atrás la cabeza, chasqueó los dedos y entró en trance.

Wayland se levantó, y lo mismo hicieron todos los hombres. Parecía que la música viajaba por todo el cuerpo de Zuleyka. Primero sus pies parecieron levantarse, luego sus caderas se agitaron ante la corriente que levantaban sus brazos. Estos ondeaban en graciosos movimientos, sugiriendo todo tipo de imágenes, sagradas y profanas. Dejó caer los brazos a los costados y onduló como una llama, mientras los hombros bailaban por su cuenta. Un grito agudo, una exhortación como la de un amante, aceleró la música, y los movimientos de Zuleyka se hicieron más extáticos.

Llevaba solo un par de pantalones muy finos y una prenda superior cortada por debajo de los pechos. Su estómago quedaba al descubierto. Empezó a hacer girar el vientre, mientras sus caderas aleteaban. Ambos giros se convirtieron en voluptuosas ondulaciones que no dejaban nada a la imaginación.

Extranjeros y vikingos se acercaban más y más, como las polillas a una lámpara.

—Imagínate una noche con ella —dijo un soldado—. Te absorbería el alma.

Wayland lanzó una iracunda mirada al que hablaba. La representación de Zuleyka le parecía sorprendente, más que incitante. ¿Cómo podía mover cada parte del cuerpo separada de las demás?

El público seguía el compás, más de cien guerreros exhortando a Zuleyka hasta el clímax.

—Me mira a mí —dijo un hombre a la derecha de Wayland.

—No, no es verdad. Tiene los ojos fijos en el inglés.

La piel de Wayland se tensó. Era cierto: los ojos de la joven gitana miraban en su dirección.

—¡Parad esta exhibición obscena!

Vallon entró en el círculo, rígido de ira. Cesó la música, y un suspiro se elevó desde el público. Zuleyka se relajó, respirando jadeante, y se alejó con pies ligeros, con el perro destinado a proteger su virtud andando a su lado y meneando el rabo como un estandarte.

—Marchaos a descansar —ordenó Vallon. Su mirada circuló a su alrededor y se detuvo en Wayland. No había duda de que le culpaba de aquel atentado a la disciplina, de aquella forma tan flagrante de socavar la salud moral de los forasteros.

Con tantos hombres y animales que debían beber de una sola fuente, los que extraían el agua todavía estaban trabajando a la mañana siguiente para rellenar los barriles de la expedición. Vallon negoció que una docena de camellos y sus conductores acompañaran a las fuerzas hasta el Oxus, y ya reclutarían más animales y ayudantes a lo largo del camino. Su guía era un hombre viejo que le dijo al general, con la voz silbando en torno a un solo diente, que los bandidos infestaban todo el camino, y caían sobre las caravanas como lobos que bajasen sobre un redil.

De modo que el siguiente encuentro de la expedición con los habitantes fue una benigna sorpresa. En un camino, de repente, apareció un cortejo nupcial que pasó en dirección contraria, una docena de camellos de dos jorobas que se deslizaban, drapeados con jaeces de tejido plano y arneses que tintineaban con campanillas de plata batida; los rostros de las mujeres iban ocultos bajo velos de pelo de caballo; la novia, coronada con un magnífico tocado de plata; sus largas trenzas negras colgaban hasta el final de su camisola. Los forasteros se hicieron a un lado para dejar pasar la procesión, hasta que la vieron hacerse más pequeña y desaparecer en el paisaje reseco.

Aquella tarde, Wayland estaba poniendo nuevas suelas a un zapato con los últimos rayos del sol cuando una silueta alta pasó por delante de la luz.

—Vallon —dijo él, tensando bien una puntada—. He estado pensando en preparar una partida de caza.

La figura se detuvo y, por un momento, Wayland pensó que el general se había ofendido al ver que se dirigía a él de forma tan casual.

—¿Me estáis hablando a mí? —dijo Lucas. No había nadie más por allí.

Wayland se hizo sombra ante los ojos y se echó a reír.

—El sol me da en los ojos. A primera vista he pensado que eras el general.

—Nunca pensé que unos ojos tan agudos como los vuestros os pudieran engañar —dijo Lucas. Parecía estar clavado en el sitio.

Wayland se levantó, sonriendo.

—En realidad hay cierto parecido. Algo en la mandíbula, la nariz… No sé. Algo.

Lucas se frotó la cara con la mano.

—Tengo la nariz rota. No se parece en nada a la del general.

Si se hubiese alejado entonces, Wayland habría olvidado aquel episodio algo tenso. Pero el caso es que Lucas se quedó como paralizado, y tuvo que hacer un esfuerzo consciente para apartarse de allí. Cuando se hubo alejado un poco, se detuvo, con los hombros rígidos, y luego echó a correr y siguió su camino.

Wayland frunció el ceño. No, no podía ser. Sin embargo, sus ojos raramente le engañaban. Desde una milla de distancia podía distinguir a un pichón de un halcón, y, si era uno de estos, podía decir por el ritmo de sus alas si estaba paseando o de caza.

No mucho después de este encuentro dio con Gorka, que estaba asando un trozo de cordero espetado sobre un fuego.

Wayland se frotó las manos al calor.

—Lucas —dijo—… Creo que nació en el mismo sitio que tú…

Gorka le miró con recelo.

—¿Qué ha hecho ahora?

Wayland se agachó.

—No, nada, que yo sepa. Simplemente tengo curiosidad por saber por qué un muchacho del otro lado del mundo viaja hasta Bizancio para servir en el ejército.

Gorka dio la vuelta al espetón. La grasa se inflamó y ardió.

—Muchos reclutas han viajado desde más lejos aún. Para un chico que quiere abrirse camino en la vida, no hay muchas oportunidades en un sitio como Osse. Yo lo sé muy bien. Me crie a dos valles de distancia.

—¿Está en Aquitania?

Gorka escupió.

—Es vasco, diga lo que diga el duque de Aquitania.

Wayland se puso de pie.

—Que te aproveche la cena.

La mayoría de las noches se acercaba a Hero y hablaban de lo que había pasado durante el día, mientras el siciliano escribía su diario. A ambos les gustaba tener aquellas charlas, que cimentaban más aún el vínculo que habían establecido a lo largo de muchos meses de viaje hacia el norte. Después de intercambiar alguna noticia, Wayland se levantó con un bostezo e hizo una pausa en la entrada.

—Vallon tenía tres hijos de su primera mujer, ¿verdad?

Hero siguió escribiendo.

—Sí. Dos chicos y una chica, si no recuerdo mal. El mayor debía de tener unos cinco años cuando… —Y dejó la pluma.

—¿Sabes qué les ocurrió a sus hijos? ¿Intentó Vallon entrar en contacto con ellos?

Hero se frotó los ojos.

—No lo sé. Nunca se lo he preguntado.

—Pero sus hijos podrían estar vivos, al menos alguno de ellos…

—Supongo que sí.

—No sabrás cuáles eran sus nombres.

Hero negó con la cabeza.

—Vallon nunca me lo dijo. Ni siquiera me dijo el nombre de su mujer. Se lo pregunté cuando huimos de Inglaterra, y me dejó bien claro que, por lo que a él respectaba, ella nunca había existido.

—Antes de que Vallon huyese de Francia, tenía rango y un título… Guy de Crion. Un comandante franco con esperanzas de mejorar habría transmitido su nombre a su primogénito.

—Es muy probable —dijo Hero.

Wayland se anticipó a la pregunta obvia.

—El motivo por el que te pregunto es porque pienso mucho en

mi propia familia, y se me ha ocurrido que a Vallon debe de pasarle lo mismo.

—No, en esa familia no —dijo Hero—. Ahora lo único que le importa es el bienestar de Caitlin y de sus hijas.

—Tienes razón —dijo Wayland. Levantó el faldón de la tienda—. No fuerces los ojos escribiendo cosas normales y corrientes.

Había recorrido tres o cuatro yardas cuando el faldón se abrió, dejando escapar un abanico de luz.

—Normales y corrientes para ti —dijo Hero—. Raras y extrañas para gente que dormirá esta noche dentro de sus muros familiares.

Pasaron un par de días antes de que Wayland se volviese a cruzar con Lucas otra vez. Gran parte de aquel tiempo lo pasó en estado de somnolienta estupefacción, cabalgando por un infinito horizontal, trotando a través de llanos alcalinos tan sedosos como el talco, vadeando lenguas de arena que invadían el camino, donde el horizonte parecía alejarse en una estela infinita.

Sin embargo, allí florecía la vida. Las gangas surgían de los pozos en bandadas lo bastante grandes para oscurecer el sol. Las tortugas se arrastraban por el desierto, y lagartos de cuatro pies de largo agitaban los rabos y desnudaban unos colmillos que rezumaban veneno. Esos reptiles cazaban erizos del tamaño de gatitos con suave pellejo, y ratas del desierto que saltaban sobre las patas traseras y las colas. Por la noche, Wayland se aseguraba de que no hubiera escorpiones y cobras en el terreno antes de echarse a dormir. Una noche vio a un guepardo perseguir a una gacela: cazador y cazada corrían por el horizonte entre rastros de polvo que rápidamente fueron convergiendo hasta fundirse en un remolino violento.

Por aquel desierto corrían rebaños de asnos salvajes o kulanes, criaturas elegantes con mantos de color crema y tostado, y una raya negra que corría desde la crin hasta el rabo. Los exploradores turcomanos trataron de cogerlos, pero esos kulanes de lomo corto eran engañosamente veloces, y sobrepasaban a los caballos y se alejaban al galope, a distancia segura, y luego se agrupaban para volver a mirar. Wayland vio un par de esas persecuciones infructuosas y luego llamó a los turcomanos y les sugirió tácticas. La única forma de ponerlos a su alcance era colocar una pantalla de arqueros detrás de los kulanes y luego empujar a los animales hacia la emboscada. Lo intentaron al día siguiente, Wayland examinó el terreno durante largo tiempo antes de dirigir a media docena de hombres en un amplio círculo hasta un punto detrás de la probable línea de huida de las animales.

A la tercera salida cazaron dos kulanes, y en el siguiente intento mataron a otros tres. Vallon estaba encantado. La carne fresca era un verdadero regalo para unos hombres con el apetito estragado por galleta cocida dos veces, tan dura que les astillaba los dientes. Además, la caza era un estímulo para la moral, ya que proporcionaba una excelente diversión para los soldados. Le pidió a Aiken que escribiera una lista de turnos, para dar a cada forastero la oportunidad de unirse a la caza.

Dos días más tarde, Lucas se acercó a Wayland después del toque de diana.

—¿Cuándo me toca el turno a mí?

Wayland comprobó la lista de Aiken.

—Lo siento, pero no tiras lo bastante bien con el arco.

—¿Y quién lo dice? ¿Aiken? —Lucas lanzó una risa desdeñosa.

—Basta —respondió Wayland.

—Mira —dijo Lucas—, ya sé que mi dominio del arco no se puede comparar con el tuyo, pero practico cada día, y mi puntería está mejorando.

Eso era cierto. Cada tarde, después de acampar, Lucas se retiraba y disparaba flechas hasta que se hacía demasiado oscuro para ver dónde aterrizaban.

—Disparar a un blanco quieto no es lo mismo que a una presa viva. No quiero que pierdas medio día siguiendo a un animal herido en las ancas.

—Ya sé que solo disparo a blancos quietos. Por eso necesito practicar con un objeto en movimiento. Y no me negarás que manejo bien los caballos.

Wayland cedió.

—Uno de los soldados tiene el estómago mal. Puedes ocupar su lugar.

Lucas sonrió y se alejó, pero se detuvo de repente como si le asaltara una idea brillante.

—¿Puede venir Zuleyka también?

Era típico de él, ir siempre demasiado lejos. Wayland meneó la cabeza.

—No, no puede.

—No es lo que estás pensando —dijo Lucas—. A lo mejor no sabe tensar un arco, pero cabalga como si hubiera nacido a caballo.

—Tendré que preguntárselo a Vallon —respondió Wayland—. Después de la actuación de la otra noche, no esperes demasiado.

De hecho, el general asintió a la petición con una levísima inclinación de cabeza.

—Pero deja bien claro que no toleraré ningún…, ninguna…

—¿Travesura? —sugirió Wayland.

Reforzó la orden del general dando con los nudillos en el esternón de Lucas.

—Si le pones una mano encima a Zuleyka, si le haces ojitos, el general hará que te azoten hasta que te sangre la espalda.

Lucas levantó un puño.

—Os doy mi palabra.

Wayland le vio alejarse, balanceando los hombros.

—¡Guy! —dijo.

Lucas se detuvo como si le hubieran disparado una flecha a la espalda, congelado un momento, y luego se volvió, afectando despreocupación.

—¿Quién es Guy?

Wayland se acercó.

—Tú.

Lucas lanzó una risa ronca.

—Estáis loco.

Wayland le dio unos golpecitos en el hombro.

—¿Cuándo vas a decirle a Vallon que eres su hijo?

Lucas se puso pálido.

—No soy su hijo. No sé de qué estáis hablando.

—Sí, sí que lo sabes.

Lucas movió la cabeza, desesperado.

—Los hombres ya están preparados para ir a la caza. Dejadme que me reúna con ellos. Por favor.

Era cierto: la partida de caza ya estaba lista.

—Discutiremos eso más tarde, cuando volvamos —dijo Wayland—. No te preocupes. No le diré nada a Vallon.

A última hora de la tarde, Wayland vio un rebaño de kulanes que ramoneaban en un talud, hacia el norte. Analizó la situación, comprobando la dirección del viento y estudiando los caminos hollados por los animales, antes de reunir a la partida de caza. Envió a ocho de ellos a montar una emboscada.

—Mirad ese paso —dijo, señalando una depresión poco honda en el horizonte—. Hacia ahí se dirigirán los kulanes. Hay que rodear el rebaño, manteniéndose al menos a una milla de distancia. En cuanto hayáis pasado el risco, tomad posiciones en el paso y permaneced fuera de la vista. Podría pasar algo de tiempo hasta que la caza se ponga a tiro, así que tened paciencia.

—¿Podemos ir con ellos Zuleyka y yo? —dijo Lucas—. Quiero participar en la caza. —Hizo resonar la cuerda de su arco para dar más énfasis.

Wayland le miró con escepticismo, y luego miró a Zuleyka. Ella le devolvió la mirada: unos iris de un verde intenso ante el blanco claro y sorprendente, los ojos enmarcados por largas pestañas negras. Tan oscura como Syth era rubia, de alguna manera le recordaba a su mujer: ninguna de las dos era del todo de este mundo. Se proponía incluir a la chica en su propia partida para apartarla de Lucas, pero, por motivos que todavía no quería analizar, decidir tenerla muy cerca podría resultar demasiado perturbador.

Hizo una seña hacia el líder de los emboscados.

—Que Lucas y Zuleyka vayan completamente separados. —Dio unas palmadas—. Adelante. No nos queda mucha luz.

La partida de la emboscada siguió sus instrucciones y los kulanes levantaron la vista solo el tiempo suficiente para decidir que los jinetes no suponían amenaza alguna para ellos, y siguieron pastando. Wayland hizo una mueca y se agarró el estómago. Toda la tarde había tenido que contenerse. Sufría una diarrea. La agitación que notaba ahora en sus tripas no se podía calmar sino con una violenta descarga, y volvió a su puesto, con la frente sudorosa, mientras el último de los que iban a preparar la emboscada aparecía por encima del risco.

Cuando desaparecieron, puso a los ocho soldados restantes en forma de luna creciente y los envió hacia los kulanes al trote. Estos le permitieron acercarse a la distancia de dos tiros de flecha antes de levantar la cabeza y alejarse al galope. Wayland los fue siguiendo sin apurar demasiado, dándoles la oportunidad de adoptar la línea de huida que los llevaría hacia el collado. El sol ardía en el suelo del desierto cuando los kulanes aparecieron por encima del risco.

Agitó el brazo y su partida espoleó a los caballos en decidida persecución, para cerrar la línea de retirada. Surgieron por el collado justo a tiempo de ver a los últimos subiendo un barranco por un lado del paso, perseguidos por Lucas, Zuleyka y Yeke. Alcanzaron el horizonte y se perdieron de vista. Los restantes soldados se dirigieron a Wayland, agitando la cabeza, disgustados.

—¿Qué ha pasado?

Uno de los cazadores se pellizcó la nariz y expulsó mocos.

—Ese idiota de franco no ha esperado a que el rebaño entrase en la trampa. En cuanto ha aparecido el primero de los kulanes ha intentado atajarlo, y los demás han huido en estampida hasta aquí.

—¿Y qué hace ahora persiguiéndolos?

El soldado se limpió los mocos en los pantalones.

—Ha disparado al vientre de uno de los animales. Si cree que cuando vuelva se cubrirá de gloria, se va a llevar una gran decepción. Lo voy a matar.

—Ya lo haré yo por ti —dijo Wayland—. Vuelve al campamento. Yo esperaré a Lucas.

Todos se fueron cabizbajos. Wayland esperó hasta que el desierto quedó en silencio y las arenas se enfriaron a su alrededor. Lo único que quedaba del sol era un brochazo de color escarlata. El estómago revuelto le había dejado demasiado débil para ir a perseguir a Lucas. Tal vez los jinetes hubiesen matado al animal y estuviesen ahora descuartizando su presa. Hasta que Venus se puso a parpadear no empezó a preocuparse. Chasqueó la lengua y su caballo y su perro avanzaron hasta el borde del risco.

Las sombras inundaban el mundo que había más allá. Examinó el vacío sin ver señal alguna de movimiento. Sus gritos se dispersaron en el espacio. Se dijo a sí mismo que los cazadores debían de haber matado al kulán en un barranco fuera de la vista o del oído. La luz casi había desaparecido del todo cuando una llama punteó la llanura, por debajo del risco. El alivio se convirtió en extrañeza. No le parecía normal que los cazadores se hubiesen parado a cocinar su presa. Su mente examinó todas las posibilidades, sin fijarse en nada sólido.

La llama desapareció. Los cazadores debían de estar de vuelta. Wayland esperó y seguía esperando aún mucho después de que los jinetes hubiesen tenido que volver. Sin retrasarlo más, se puso a seguirlos. Aunque casi estaba oscuro del todo, pronto vio las manchas de sangre que había dejado el kulán herido.

Pero había salido demasiado tarde. La noche escondió el rastro antes de tiempo.

—Encuéntralos —le dijo al perro.

Él los siguió, llamando al perro cuando este se adelantaba demasiado. La ira ante la indisciplina de Lucas se convirtió en preocupación, y luego se amplió mucho más y se volvió temor. Había ocurrido algo malo. Igual la chica había intentado escapar. Quizá Lucas y el selyúcida se habían peleado por ella. Tal vez la hubiesen violado…

El perro gruñó, haciendo que Wayland se detuviese. Este preparó una flecha, se bajó del caballo y atisbó en la oscuridad. La risa estúpida de las hienas hizo que se le erizara el vello. Un chotacabras revoloteante que pasó junto a él le hizo estremecer. Tragó saliva y llevó a su caballo hacia delante.

Notó el olor alquitranado de los rescoldos y encontró los restos del fuego, las ramas medio quemadas y luego desperdigadas de cualquier manera. El perro le condujo subiendo a la derecha. En la cima se encontró con el kulán muerto, con una de sus patas traseras cortada. Unas yardas más allá encontró un cuerpo, caído boca abajo, con dos flechas en la espalda. Wayland le dio la vuelta y reconoció la cara de Yeke, con la garganta seccionada con la precisión de un carnicero. Wayland cayó sobre una rodilla, evaluando con los ojos cada sombra y ángulo que le rodeaba.

—¿Lucas? ¿Zuleyka?

No esperaba respuesta alguna. Sus sentidos, que había agudizado de una forma sobrenatural en la niñez, habían absorbido el olor de hombres y animales desconocidos.

Encendió una ramita y examinó el suelo, haciéndose una idea de lo que había ocurrido. Luego montó y se dirigió de vuelta hacia el campamento.

Un pelotón de soldados con antorchas le interceptó antes de llegar. Vallon cabalgaba en el centro y se llevó una mano a la boca cuando vio la expresión de Wayland.

—¿Muertos?

—Solo Yeke. Cinco arqueros a caballo le han matado y han capturado a Lucas y a la chica.

Vallon hizo dar la vuelta a su caballo.

—Un informe completo cuando volvamos al campamento.

Wayland se lavó y comió algo antes de presentarse ante el general. Vallon meneó la cabeza.

—Tenía que haber sabido que, si permitía que Lucas se uniese a la caza, todo acabaría en desastre.

—Él no podía saber que acechaban unos bandidos. Si hay que culpar a alguien, es a mí. Tendría que haber comprobado aquel lugar con más cuidado.

Vallon hizo girar los hombros como para expulsar de ellos un gran peso.

—Los cazadores me han dicho que Lucas soltó una flecha, en contra de tus instrucciones. Como resultado, uno de mis hombres (el explorador principal) yace muerto en el páramo. Bueno, pues que Lucas y la chica paguen su estupidez.

—¿Estáis diciendo que los vais a arrojar a los lobos?

—Sí.

—Lucas es un soldado de vuestro escuadrón.

—No por mi deseo. En cuanto a la chica…

—Dejadme que coja cuatro hombres y los busque.

—No. No pienso arriesgar más vidas.

—Entonces iré yo solo.

Vallon explotó.

—¡Te lo prohíbo!

Wayland miró al suelo.

—Iré con vuestro consentimiento o sin él.

Y abandonó la tienda antes de que Vallon respondiera.

—¡Vuelve aquí, maldito seas!

Wayland soltó el aire de los pulmones antes de volver. No miró a Vallon a los ojos.

El general se rio, pero sin alegría.

—El mismo Wayland de siempre. Has de llevar la contraria a todas mis órdenes. —Dejó caer los hombros—. Tomaré mi decisión cuando haya examinado el lugar.

Dos pelotones abandonaron el campamento cuando todavía estaba oscuro, y llegaron a la escena del crimen a la débil luz que anunciaba apenas el amanecer. Hienas y chacales se habían comido ya en parte al selyúcida muerto y al asno. Wayland siguió el rastro de los nómadas antes de volver a informar.

—Se reunieron con el resto del clan a unas dos millas al norte. Dieciséis en total, incluidos mujeres y niños, más veinte caballos y cuatro camellos.

Vallon se pellizcó los labios y miró el enorme paisaje. Agitó una mano hacia el guía.

—Pregúntale qué hay por ahí.

El anciano replicó con elocuentes movimientos de la mano.

Wayland sonrió a medias.

—Dice que nadie, salvo los djinns, vive en el desierto.

Vallon clavó la mirada en aquella espantosa escena.

—No hay necesidad de perseguirlos. Los nómadas los llevarán al mercado de esclavos más cercano, y ese es Jiva. Los buscaremos allí.

—Los nómadas viajarán ligero, y en terreno familiar —dijo Wayland—. Llegarán a Jiva mucho antes que nosotros.

—Lo mismo se aplica si tú los persigues. Ya nos llevan medio día de ventaja.

—Viajarán a paso de camello. Los jinetes podrían ir el doble de rápido.

Vallon guiñó los ojos a Wayland.

—Quieres hacerlo de verdad…

—Yo estaba a cargo de la caza. Lucas y Zuleyka eran responsabilidad mía.

El desierto ya estaba empezando a cuartearse bajo el calor del sol.

—No sobrevivirás ni dos días tú solo. Elige a seis hombres muy curtidos en estas condiciones. Si no has cogido a tu presa mañana al ponerse el sol, vuelve.

Wayland asintió.

—Mañana al ponerse el sol.

Él y sus hombres partieron, con tres galones de agua por cabeza, y algunos más en dos monturas de repuesto. Cabalgaron lo más duro que les permitieron las condiciones. Al principio, el camino era fácil de seguir. Los nómadas se movían a buena velocidad. Las esperanzas de Wayland de cogerlos antes de ponerse el sol se vieron frustradas cuando la arena se convirtió en campos de grava y losas rocosas. Lo único que habían dejado al pasar eran pistas dispersas: estiércol de camello, una rama de saxaul rota por una alforja, cáscaras de pistacho vacías… A menos que los nómadas bajaran el ritmo al día siguiente, no los alcanzaría antes del límite de tiempo que había marcado Vallon.

A la mañana siguiente se enfrentaron a un viento racheado y pasaron sobre arcilla vitrificada, tan dura que los cascos no dejaban huella en ella. Remolinos de arena resbalaban por la pulida superficie, como si patinaran sobre hielo. Cabalgaron todo el día. El sol brillaba como un enorme carbón ceniciento, los jinetes proyectaban en el suelo sus sombras índigo, y al final llegaron a las costas de un lago seco donde toda señal de que hubiese pasado algún ser humano había desaparecido. El viento se hizo más firme, lo que obligó al pelotón a cabalgar con las caras cubiertas; al anochecer, el polvo que levantaba el viento pintó el cielo con asombrosos tonos rosados, ámbar y púrpura.

Wayland no tuvo otro remedio que volver. La partida de búsqueda había consumido más de la mitad del agua, y sabía que no encontrarían más hasta que volviesen al sendero de la caravana. Algunos de los caballos estaban cojos. El perro de Wayland tenía las patas en carne viva. A la mañana siguiente, Wayland dio la vuelta y arrojó una última mirada a las áridas llanuras, y dirigió a su equipo hacia el sur.

Alcanzar a la expedición les llevó seis días; si hubieran tenido que soportar un séptimo día, ninguno de ellos habría sobrevivido. Hero puso un bálsamo en la cara de Wayland, llena de ampollas, y le lavó los ojos antes de que el inglés informara a Vallon.

El general hizo sentar a su amigo en un taburete.

—Has hecho lo que has podido.

Wayland se frotó los ojos.

—No he abandonado toda esperanza. Como habéis dicho, probablemente los esclavistas hayan llevado a Lucas y Zuleyka a Jiva.

—Pero nosotros no vamos a Jiva —dijo Vallon.

Wayland se le quedó mirando.

—He cambiado de planes —soltó Vallon—. Podemos acortar una semana nuestro viaje si nos dirigimos a Bujara, en el Oxus.

—Pero no podéis abandonar…

La voz de Vallon sonaba amable, pero firme.

—Soy el responsable de la vida de más de cien hombres. Los vikingos se están desencantando más a cada día que pasa.

—Os dije que no debíamos unirnos a ellos…

—Con vikingos o sin vikingos, no estoy en posición de desviar mis fuerzas. Nos dirigimos a Bujara.

Wayland habló a través de una niebla de cansancio.

—Quizá lamentéis esa decisión.

—¿Qué quieres decir?

Wayland abrió la boca y vio que las palabras no salían de ella.

—¿Qué? —preguntó Vallon.

Wayland sabía que no podía contarle sus sospechas. ¿Y si estaba equivocado con Lucas? ¿Y si Vallon iba a Jiva y al final descubría que el chico no era más que quien aseguraba ser, el hijo de un criador de caballos de los Pirineos? ¿Y si él tenía razón y viajaban a Jiva y resultaba que Lucas no estaba allí?

—Nada —respondió Wayland—. Estoy demasiado cansado para pensar con claridad.

XXIII

Yeke había disparado su cuarta flecha a todo galope. El kulán se tambaleó y cayó de rodillas en un barranco a más de una milla del punto inicial de la caza. Saltó de su caballo y clavó el cuchillo en la yugular del animal. La sangre surgió a chorro. El kulán pataleó y un horrible silbido surgió de su garganta. Lucas llegó cuando los espasmos del animal ya se relajaban en la muerte.

—Bien apuntado, Yeke, pero no olvides quién le clavó la primera flecha.

El selyúcida estaba recogiendo la sangre del kulán en un cuenco de cuero que parecía llevar solo para ese fin. Señaló con la hoja de su cuchillo hacia el risco.

—Pide ayuda —dijo, en su limitado griego.

—Ve tú —le pidió Lucas a Zuleyka.

Ella se alejó cabalgando en la penumbra. Con un profundo corte, Yeke abrió el cadáver y empezó a vaciar los intestinos.

—Déjame que te ayude —dijo Lucas.

Yeke le despachó y señaló hacia la boca del barranco.

—Enciende fuego.

Lucas prendió unos arbustos y arrojó un par de ramas más recias al fuego, antes de volver con Yeke. Estaba tan oscuro que apenas se veía el terreno bajo sus pies, y se orientó por la canción quejumbrosa que el selyúcida estaba cantando junto al kulán.

Algo se removió en la noche, cortando en seco el lamento de Yeke. Se oyó ruido de grava. A Lucas se le erizó el vello. Sacando la espada, miró en la oscuridad, incapaz de ver nada que no fuese el fuego.

—¿Yeke?

Con la espada presta, fue avanzando poco a poco. Un ruido metálico ante él hizo que se precipitara hacia delante.

—¿Quién anda ahí?

Unos gritos procedentes de atrás embotaron sus sentidos. Se dio la vuelta en redondo y vio dos formas que se abalanzaban hacia él, y luego notó un golpe en la sien que le hizo caer al instante.

Recuperó la conciencia y se encontró con una cara malhumorada que le miraba con una sonrisa de absoluta satisfacción. Fue a coger su espada y no la encontró. Unas manos le sujetaban por detrás y le obligaban a ir por la fuerza hacia el cuerpo del animal. Tras él oía a otros hombres que apagaban el fuego a pisotones.

Vio a Yeke caído boca abajo; dos flechas sobresalían de su espalda y una mancha oscura se extendía en torno a su cabeza. Un nómada, agachado junto al kulán, cortaba sus cuartos traseros. Otros dos aparecieron más allá. Llevaban consigo a Zuleyka y el caballo.

Sus captores le subieron a la silla, le ataron las manos, para que pudiera justo manejar las riendas, y le ataron las piernas bajo el vientre de *Aster*. El líder lanzó una orden aguda y uno de sus hombres azotó a *Aster* para que se moviera.

Con el dorso de las manos, Lucas se tocó el bulto que tenía en la sien. Estaba demasiado dolorido y mareado para plantearse lo que estaba ocurriendo. El ataque había surgido de la nada, aquel roce fue la única advertencia.

—Zuleyka —dijo con voz confusa—, ¿estás bien? ¿Quiénes son? ¿Qué quieren de nosotros?

La única palabra que entendió de su respuesta fue: «esclavos».

—Yo no soy esclavo de nadie.

Un nómada le dio un revés en la boca y agitó el dedo como advertencia.

Lucas vomitó. Se secó vómito y sangre de la boca.

—Apártate de mí, pagano de corazón negro. Yo no soy esclavo de ningún hombre, y te lo demostraré arrancándote el corazón y haciendo que te lo tragues…

Era imposible que el hombre entendiese aquello, pero se rio como si ya hubiese oído antes aquellas mismas palabras.

Los nómadas se reunieron con tres generaciones de los suyos junto a un pozo. Las mujeres ulularon y cayeron de rodillas y besaron las manos de los bandidos, y se frotaron las manos dando gracias al Dios que había puesto a aquellos tiernos infieles en sus manos. El líder cortó sus celebraciones en seco y les ordenó que levantaran el campamento a toda prisa. A juzgar por la forma que tenían de mirar hacia atrás, esperaban una persecución.

Cabalgaron toda la noche sin detenerse. Algunos de los nómadas se desviaban de vez en cuando para dejar falsas pistas, y las constelaciones giraban ahora hacia un lado, ahora hacia el otro. Dos veces uno de los captores de Lucas le puso un odre con agua en la boca. La primera vez se negó; la segunda, bebió todo lo que pudo, y aún habría bebido más si el esclavista no hubiese apartado el recipiente.

Al salir el sol, se dieron cuenta de hasta qué punto su situación era complicada: el paisaje reseco se extendía hasta los confines más alejados de la tierra. El líder iba dirigiendo a su clan hacia delante con chillidos como de pájaro, sin perdonar a mujeres, niños o prisioneros. Sortearon un bosque marchito de arbustos que parecían consumidos por el fuego y luego blanqueados por mil años de sequía. Pasaron junto a otros árboles con los troncos pequeños y gruesos coronados por un armazón de ramas que eran como esqueletos de parasoles rotos; tres de cada cuatro ramas eran refugio de pequeños búhos que tenían las pupilas como rendijas para protegerse del sol.

Cruzaron planicies áridas y llanuras minerales manchadas por las moscas y pulidas como la mica. Los rayos del sol parecían taladrar el cráneo de Lucas. Un chico alivió su sufrimiento embadurnándole las cuencas de los ojos con una mezcla de hollín y sebo. El chico también puso una capucha en la cabeza de *Aster*. Después se puso a cabalgar al lado de Lucas, haciendo muecas grotescas con la intención de obtener una respuesta de él.

Lucas miró a su atormentador a través de sus ojos escocidos.

—Aunque eres joven, te clavaré con estacas bajo el sol del mediodía con los ojos abiertos, y sujetos los párpados hasta que se te cuezan como huevos.

Pasó otra noche y siguieron avanzando, cabalgando en silencio por encima de un mar interior reseco, tan blanco como el hueso. Lucas leyó las estrellas y concluyó que los esclavistas se dirigían hacia el nordeste... a Jiva.

Debió de ser hacia el amanecer cuando dos jinetes llegaron desde el sur. Les entregaron una información que hizo que el clan entrase en un paroxismo de plegarias y gracias.

Lucas se frotó los labios agrietados.

—El destacamento de búsqueda se ha vuelto atrás —le dijo a Zuleyka. Escupió para aliviar la sequedad de su boca—. No importa. No necesito que nadie me ayude a escapar.

Zuleyka señaló hacia el inmenso vacío: «¿Y adónde vamos?».

Y

Solo entonces el líder relajó la marcha. Poco después de salir el sol, los asaltantes se detuvieron y se pusieron a cavar un pozo en la arena. A cuatro pies de la superficie encontraron agua en un lugar donde nadie más habría pensado en buscarla. Los hombres tendieron toldos con tela tejida en casa y arrastraron a Lucas bajo uno de ellos. Desde la sombra vio a una madre y a una hija que montaban un telar y empezaban a tejer una alfombra, intercambiando cotilleos domésticos.

Una patada le sacó de pronto de un amodorramiento enfermizo. Se protegió los ojos ante el sol del ocaso una vez más, pero vio que el líder y sus hombres le sonreían. El jefe del clan era un hombre anodino, con los rasgos arrugados enmarcados por una barba desaliñada.

—¿Qué miráis?

El hombre cogió la barbilla de Lucas y volvió su cabeza a beneficio de los mirones. Todos asintieron y murmuraron, apreciativamente.

—Quítame tus sucias manos de encima.

A una orden del líder, dos de los nómadas levantaron a Lucas, lo pusieron de pie y lo desnudaron del todo. Mientras luchaba, oyó gritar a Zuleyka y vio a un grupo de mujeres viejas que la metían detrás de una cortina. Un cuchillo apretado contra su garganta silenció sus protestas.

Sus captores examinaron todo su cuerpo minuciosamente, mientras el líder del clan permanecía en cuclillas, algo distante, para calcular el valor del prisionero. Por lo que pudo deducir Lucas de las risotadas de los nómadas, le consideraban un espécimen de primera categoría, que alcanzaría un buen precio en el mercado y daría mucho placer a las doncellas de su siguiente amo.

El líder ordenó a sus hombres que tapasen a Lucas. Una vieja salió tambaleándose y, por el deleite visible que mostró, Lucas comprendió que Zuleyka también había pasado el examen más íntimo y que se consideraba que era una mercancía valiosa.

Desde que fueron capturados solo había comido cortezas de pan. Estaba hambriento. El olor acre de las hogueras se suavizó con el aroma de la carne asada. Un nómada le trajo un trozo en un espetón, y él hundió los dientes en la carne asada, notando cómo se deshacían los jugos en su boca.

Después de comer pronunció el nombre de Zuleyka, pero no recibió respuesta. Ella estaba aparte, a cargo de las mujeres, y a partir de entonces solo la vería a distancia, sin oportunidad alguna de intercambiar palabras.

El campamento se quedó silencioso y él se echó mirando las estrellas, tramando truculentas fantasías de huida y venganza.

Los días de viaje por el desierto se convirtieron en semanas. La certeza inicial que Lucas tenía de que escaparía, ardiente como una llama, fue menguando hasta convertirse en una ligera chispa. Sus captores le vigilaban noche y día, incluso cuando defecaba. No importaba si se escapaba. Zuleyka tenía razón. Aquella tierra salvaje no ofrecía refugio alguno.

La esperanza renació cuando sus secuestradores llegaron a un camino y empezaron a encontrarse con otros viajeros. Lejos de ocultar su crimen, los captores de Lucas se regodeaban en él, mostrando sus trofeos a todos los que se encontraban. Un carnoso mercader que iba montado en una mula blanca, con unas alforjas muy bonitas, se acercó con su grupo de guardias y negoció para comprar a Lucas. El malhumorado líder de los bandidos rompió el prolongado regateo diciéndole al mercader que, en el mercado de esclavos, el franco alcanzaría dos veces el precio que le había ofrecido.

Lucas entendía ya lo suficiente de la lengua de los turcomanos para comprender que habían decidido vender a sus cautivos en Bujara. Otros cuatro días de cabalgada les llevaron hasta las orillas del Oxus, y a partir de ahí siguieron la orilla sur hacia el este, a lo largo de un fleco de selva poblada de juncos. El líder pasó un día entero negociando con un barquero para que los llevara al otro lado del río. Lucas intentó decir al bandido que, fuera cual fuese el valor que quisiera obtener de sus cautivos, Vallon le pagaría tres veces más si se los devolvía. El bandido del desierto no parecía comprender el concepto de dinero. Probablemente no había manejado una sola moneda en su vida.

Más allá del Oxus, la carretera hasta la capital avanzaba a través de una sabana ondulante, salpicada de pistacheros y campos de amapolas silvestres. Las áridas tierras se suavizaron un poco y se convirtieron en una fértil llanura regada por una cuadrícula de canales. Lucas fue cabalgando a través de melonares y bosquecillos de granados, y un día al mediodía vio los muros del oasis de Bujara, que se extendía cuarenta millas por la llanura. Otros dos días de cabalgada y entraron en la ciudad propiamente dicha a través de unos muros que cada cien yardas tenían torres de vigilancia.

Una vez dentro de las murallas, pisando aquellas atestadas avenidas, los bandidos nómadas descendieron al nivel de paletos ignorantes, que cabalgaban todos juntos y echaban nerviosas miradas y daban golpes desganados a los vendedores que les tocaban los estribos.

Un viaje vertiginoso en el que atravesaron toda la metrópolis acabó en una plaza amurallada, rodeada por barracones sin ventanas. Unos guardias cerraron la puerta tachonada y el clamor de la ciudad se apagó hasta convertirse en un murmullo. Un agente y sus hombres salieron y escucharon con fingido aburrimiento mientras el bandido morador de las arenas ensalzaba las cualidades de sus cautivos. Cuando acabó su discurso, el agente despachó a un hombre que volvió con un rollo de tela de algodón y unas pocas tiras de cobre, que arrojó a los pies del bandido.

El hombre gimió y pataleó. Apeló a Dios para que enmendase aquella injusticia. Pero en el mundo de los mercaderes predominaba la ley del dinero, y los matones del oficial expulsaron al bandido con unos bienes de un valor más bajo del que Vallon hubiese dado por una oveja.

En la plaza vacía, el oficial examinó sus compras y luego ordenó a sus hombres que condujeran a Lucas y Zuleyka en direcciones opuestas.

Los que se llevaron a Lucas lo metieron en una mazmorra apestosa con el techo abovedado, y lo empujaron hacia un estante bajo cortado en el muro. Le encadenaron una pierna a un aro de hierro incrustado en el suelo y luego se fueron. Unas pequeñas velas arrojaban una luz lúgubre sobre los otros prisioneros, unos treinta, que permanecían agachados en posturas desesperanzadas. Ninguno de ellos dedicó al recién llegado poco más que una atención pasajera.

—¿Hay alguien aquí que hable francés?

Aparte de un estúpido parloteo, nadie contestó.

—Griego entonces. ¿Alguien habla griego?

—¿Qué es lo que quieres? —dijo una voz entre las sombras.

—¿Qué lugar es este?

—Es la antesala del Cielo. ¿A ti qué te parece?

Lucas se apoyó en la sucia pared.

—¿Cuándo nos llevarán al mercado?

—Dentro de poco. No quieren que nos comamos su beneficio.

—¿Hay alguna forma de salir?

Una risa terrible.

—Ah, sí. Esta misma mañana escapó uno de aquí, y ahora yace en el seno de nuestro Señor. ¿Cómo has acabado en este agujero?

—Era soldado en una expedición bizantina a China. Estaba cazando cuando… —Lucas se interrumpió—. ¿Qué te hace tanta gracia?

—No puedo creer que esos idiotas en Constantinopla sigan tirando el dinero de esa manera. Yo iba en la misma misión hace más de un año, y fue un desastre desde el principio hasta el fin. Nuestro comandante era un tontaina que pensaba que podía dar órdenes a los turcomanos como si fueran perros.

—¿Y qué pasó?

—La mayoría de mis camaradas murieron asesinados en una emboscada, y a los supervivientes los vendieron como esclavos. Soy uno de los últimos en ir al mercado. Dentro de un mes, este mismo sitio estará lleno de camaradas tuyos…

Lucas se sacudió los grilletes.

—En eso estás equivocado. Mi comandante no es ningún idiota ni un cobarde. Es…

—¿Sí? ¿Qué es?

Lucas se deshizo en lágrimas.

—Es mi padre.

Lucas se despertó y se encontró examinado a la luz de una lámpara por un elegante caballero que vestía una túnica impecable y lucía una barba blanca como la nieve, cortada en forma de óvalo en torno a su barbilla. Hablaba en griego y llevaba colgando una poma de plata.

—¿Quién eres tú? ¿Y de dónde vienes?

—Me llamo Lucas de Osse, soldado en el ejército del general Vallon, líder de una misión diplomática ordenada por su majestad imperial Alejo Comneno, gobernador de Occidente. Si mis compañeros no han llegado aún, estarán al caer. Ellos me buscarán. Si descubren que me has vendido como esclavo, puedes esperar unas represalias terribles. Soy el hijo del general Vallon. ¿Me oyes? ¡Su hijo!

El esclavista levantó una ceja y se retiró. Lucas derramó una lágrima. Cuando Wayland le desafió, él negó su parentesco con Vallon. Wayland no le contaría sus sospechas al general, que nunca sabría que, durante tres meses, su propio hijo había cabalgado en su compañía.

La comida, cuando llegaba, eran galletas duras servidas con unas gachas muy ligeras. Al tercer día, los guardianes lavaron a Lucas, le cortaron el pelo y lo vistieron con un traje basto pero limpio. Los sirvientes le condujeron a él y a otra docena de hombres con grilletes bajo la cegadora luz del sol. La plaza se había abierto para los comerciantes, que habían colocado puestos de venta en torno al ruedo de la subasta. Los ciudadanos que iban a sus asuntos observaron la fila de esclavos con sus grilletes con no mayor interés del que habrían dedicado a un rebaño de ovejas de camino al matadero. Lucas intentó erguir los hombros. Quien quiera que le comprase lamentaría el día que había reclamado la propiedad de Lucas de Osse.

XXIV

La primera imagen que Hero tuvo de la noble Bujara fue la de unos minaretes y unas cúpulas que se levantaban bajo una luna como un huevo. La expedición acampó en un huerto a dos millas de la capital. Partieron al amanecer, con la cara limpia, la ropa lavada y la armadura pulida. No habían cabalgado una milla ni siquiera cuando un pelotón de lanceros y arqueros les bloqueó el camino.

Vallon entregó a Hero unas cartas en árabe y persa escritas por la secretaría del logoteta.

—Te dejaré negociar.

El comandante llevaba toca y manto de armadura de escamas de pescado sobre unos ropajes de seda. Después de escuchar el discurso de Hero, despachó a un lugarteniente al palacio del emir con los documentos, y luego se retiró a cierta distancia con sus tropas, dejando que la expedición de Vallon se cociera en el camino. Una neblina de humo y polvo se cernía sobre la ciudad. Detrás de sus muros pardos, en la cortina de humo flotaba la cúpula verde mar de una mezquita como un pólipo, con un remate dorado que brillaba detrás, oscuramente, y minaretes como esbeltos falos alzándose en la neblina.

El permiso para seguir adelante llegó del secretariado del emir a última hora de la tarde. Los soldados formaron a cada lado del convoy y lo escoltaron mientras pasaba por una puerta en una torre fortificada que se alzaba cuarenta pies por encima de las murallas. En el interior se encontraba un barrio residencial que era el preferido por la élite de la ciudad. Unas pocas puertas abiertas ofrecían atisbos de patios y jardines bien regados. La escolta condujo a la expedición a un *ribat* o caravasar construido junto a las murallas. Desde el exterior parecía una prisión, con muros ciegos de adobe y puertas que conducían a un recinto construido con ladrillos y que formaban diseños de nudos trenzados. Dentro había un patio tranquilo en cuyo centro vieron un estanque rectangular sombreado por moreras y rodeado por habitaciones en forma de claustro, que incluían dormitorios frescos y alojamientos construidos sobre los establos, cocinas y una casa de baños. Un ejército de sirvientes estaba dispuesto para asistir a los huéspedes extranjeros, y un jardinero encorvado y su ayudante siguieron con su trabajo, regando unos bancales de rosas.

El comandante de la escolta informó a Hero de que el representante del emir llamaría a la expedición después de la plegaria matutina del día siguiente. Mientras tanto, las cocineras, las lavanderas y los palafreneros atenderían las necesidades de los viajeros. En el momento en que se cerraron las puertas detrás de la escolta, unos soldados armados con arcos llenaron el parapeto y tomaron posición cada diez yardas, mirando hacia el interior.

Cuando Vallon encontró su alojamiento y dispuso sus enseres, convocó a sus dirigentes a un consejo en el *iwan* del caravasar, una sala abovedada con tres paredes y abierta a las brisas refrescantes desde el norte. Se quitó la toga y miró hacia el patio.

—He visto alojamientos peores.

Hauk miraba a los guardias.

—Una cárcel perfumada con rosas sigue siendo una cárcel.

Vallon levantó una mano.

—Paciencia…

Aquella era una cualidad que los vikingos habían ido estirando hasta el límite. Eran lobos de mar a cientos de millas de su elemento, norteños de piel clara, que se marchitaban bajo el feroz sol asiático.

—Recuérdanos con quién estamos tratando —le dijo Vallon a Hero.

—Bujara está gobernada por los karajanidas, una tribu turca relacionada con los selyúcidas y opuesta a ellos. Como estos, son musulmanes conversos que han adoptado la cultura árabe y persa, pero han retenido parte de sus costumbres nómadas. Su gobernante se hace llamar a sí mismo sultán y kan; su gobernador en Bujara lleva los títulos de emir y de beg. El actual kan se llama Ahmad y es nieto de Ibrahim, un señor de los horizontes que consideraba que las paredes eran una prisión, por lo que gobernaba la ciudad desde un campamento nómada. A pesar de sus orígenes rústicos, la dinastía es generosa mecenas de la religión y las artes, ha dotado a muchas madrazas y ha pulido la reputación de Bujara como «cúpula de la sabiduría en oriente». Avicena, el gran historiador y físico, nació en esta ciudad. De joven, Omar Jayam, el brillante matemático, astrónomo, filósofo y poeta, estudió álgebra aquí.

A Hauk no le interesaba nada la herencia cultural de los karajanidas.

—¿Cómo podemos exprimir a estos hijos de puta?

Vallon hizo una mueca.

—Somos menos de doscientos, rodeados por miles. Si haces de pirata aquí, morirás como un pirata. Tengo que advertirte de que los turcomanos tienen ingeniosos métodos para ejecutar a los malhechores. Una estaca roma y con pinchos insertada en el recto es una de ellas. Una noche arrojado a un pozo con serpientes venenosas y escorpiones, otra. Y estoy seguro de que no agoto su cruel inventiva.

Uno de los tenientes de Hauk, un hombretón enorme con los ojos descoloridos, nariz respingona y la barba trenzada, se adelantó y escupió insultante junto a los pies de Vallon.

—Solo estamos aquí porque nos has negado unos pocos barriles de agua.

Vallon se tocó el pomo de la espada.

—El único motivo por el que estáis vivos es porque me apiadé de vosotros.

Hauk levantó una mano conciliadora.

—Paz, Rorik. Ahora nosotros somos los dueños de nuestro destino, y ya tenemos el oro suficiente para proseguir con nuestras ambiciones.

Vallon se alisó el traje.

—Precisamente. Podéis seguir cualquier viento que encontréis favorable.

Hero vio alejarse a los vikingos.

—Me alegro de haber perdido de vista a esa tropa.

Vallon asintió, pero algo en la expresión del general le indicó que no creía que fuera tan sencillo romper con los merodeadores del norte.

No era solo el calor almacenado en las paredes tostadas por el sol lo que impedía dormir a Hero. No podía dejar de maravillarse por el hecho de haber viajado más al este que casi todos los hombres antes que él, más lejos incluso que Alejandro, el conquistador del mundo conocido. En cuanto pasaran Samarcanda, solo a una semana de viaje de distancia, estarían pisando un territorio que ni el mismísimo maese Cosmas Monoftalmos había hollado. Apartó las sábanas, encendió una lámpara y tomó una copia del itinerario del logoteta, y lo sacó al balcón. Tras desarrollar el pergamino, trazó su progreso de un mar a otro, de una ciudad a otra. Calculó que habrían cubierto entre un tercio y una mitad de la distancia a China. Después de Samarcanda, los hitos eran apenas algo más que nombres: Kashgar, Jotán, Cherchen, Changan. Y, en un espacio en blanco al final del pergamino, Kaifeng, la capital de la China Song.

Croó un cuervo. Se oyó la primera llamada a la oración, que fue respondida en todas direcciones. Unos sonidos se superponían con otros; una voz se alzaba cuando la otra se desvanecía. Todo se mezclaba en un clamoroso y melodioso alboroto.

Hero se volvió y sonrió.

—¿No podías dormir tampoco?

—Estoy demasiado nervioso —dijo Aiken.

—Vayamos a ver salir el sol.

Subieron por una retorcida escalera construida en una de las torres y llegaron a una plataforma elevada. Pasaban las aves en bandadas, siluetas negras aventadas ante el cielo color melocotón y lila. Hero apoyó las manos en el parapeto y contempló el sol que ya se hinchaba por encima de la metrópolis, despertando el brillo de las baldosas verdes y azules que cubrían mezquitas, minaretes, mausoleos y madrazas.

El sol se alzó y el clamor de la ciudad se desperezó con él. Casas con azoteas planas, cúpulas estriadas con forma de melón y copas de los árboles plumosas, medio emborronadas entre el humo y el polvo de otro día más.

—¿Te alegras de haber venido? —preguntó Hero.

—Ah, sí. Me siento como si estuviera recorriendo el camino de los emperadores.

Después de desayunar, Hero visitó la casa de baños, donde un gigante taciturno lo arrojó sobre una losa y lo machacó y golpeó, descoyuntándole todas las articulaciones por turnos; acabó por levantarle la cabeza y doblarla hacia delante hasta que algo cedió en su interior. En la losa que estaba junto a la suya, otro masajista pisoteaba la columna vertebral de Vallon.

Vestido con un caftán de seda gris, Hero acudió junto a Vallon a recibir al representante del emir. Las puertas dobles se abrieron. Entonces, entró en el patio una columna montada que avanzaba con paso majestuoso, precedida por una banda tocando pífanos, trompetas y timbales. Detrás de la vanguardia iba cabalgando un joven aristócrata con rasgos tan finamente cincelados que deberían figurar en las monedas. Solo una leve insinuación de pliegue epicántico apuntaba a sus orígenes esteparios. En la mano derecha llevaba un hacha taraceada con oro, como prenda de su cargo. Su caballo brioso también atraía la atención: la cabeza pequeña y bien moldeada surgía al final de un poderoso cuello; tenía la grupa robusta y las patas delanteras rectas y cortas. Su fluida crin y su cola sugerían que a pleno galope daría la impresión de volar.

Hero presentó al oficial a Vallon.

—Su eminencia Yusuf ad-Dawlah, segundo secretario de Asuntos Exteriores. Su eminencia confía en que el alojamiento satisfaga vuestras expectativas, y os asegura que esta casa es vuestra casa durante todo el tiempo que permanezcáis aquí.

—Eso espero —dijo Vallon—. Estamos pagando bastante por ella.

Yusuf permaneció montado en su caballo, desprendiendo autoridad y un ligero perfume a ámbar. Una multitud andrajosa de cuervos pasó graznando por encima de su cabeza.

Hero explicó su misión, recalcando los beneficios que supondría para todos los centros de civilización una alianza con el emperador Song.

Yusuf no parecía impresionado.

—Dios en los Cielos está más cerca de nosotros que el emperador de China. Sin embargo, no es nuestra intención detener vuestro progreso. Podéis seguir hacia oriente con la bendición del emir, y bajo vuestro propio riesgo.

—Necesitaremos guías y animales de carga nuevos.

—Ya lo arreglaremos.

—Pídele que nos arregle una audiencia con el emir —dijo Vallon.

La respuesta de Yusuf fue sedosa.

—A su excelencia le encantaría recibiros. Pero el emir está viajando por las provincias, para asegurar la paz y la prosperidad del gran dominio del kan.

Hero interpretó aquella mentira:

—Sospecho que el emir no quiere que se nos asocie con él, por si fracasamos..., sobre todo después de que pereciese la última embajada.

—Pregúntale al ministro qué sabe de su destino.

La expresión de Yusuf se veló.

—Pasaron por Bujara Sherif el verano pasado. Les ofrecimos toda nuestra cortesía, y les advertimos de los peligros a los que se enfrentaban. Pero no nos prestaron atención. Si se me permite decirlo, me parecieron arrogantes y mal preparados.

—No encontraréis ese mismo defecto en nosotros —apuntó Hero—. Hemos sufrido reveses, y sabemos que nos esperan más. Agradeceremos cualquier consejo que nos podáis dar.

—¿Mi consejo? Volveos. Nuestro kan, que Dios el Altísimo muestre misericordia con él, puede garantizar vuestro paso seguro solo hasta Kashgar. Más allá están los caminos de China. Los fuertes se encuentran vacíos y desmoronados. Bandas de desertores acechan a las pocas caravanas que están lo bastante desesperadas para arriesgarse a emprender el viaje.

Siguiendo una indicación de Vallon, Hero señaló a los soldados y a los vikingos.

—A nuestros soldados se les ha negado el contacto con la sociedad desde hace meses. Añoran reemprender su relación con ella.

Al pensar en soltar a aquella soldadesca libidinosa por la ciudad, un asomo de migraña pareció cruzar por el rostro de Yusuf.

—No se permitirá el paso a más de seis hombres cada vez, y bajo escolta armada. Cualquier delito que cometan será castigado según las leyes de Bujara. Comprendo que vuestros hombres tienen necesidades humanas. —Yusuf hizo una seña a uno de su séquito—. Arréglalo. —E hizo ademán de volverse.

—Una última cosa —dijo Hero—: supongo que lleváis la cuenta de la llegada de todo viajero que entra en la ciudad.

—Damos la bienvenida a los buenos y expulsamos a los desmandados. ¿Por qué lo preguntas?

—Hace un mes, unos nómadas tomaron preso a uno de nuestros soldados en el Kara Kum. Sospechamos que pretendían venderlo en el mercado de esclavos.

—Si lo secuestraron hace un mes, deberíais buscarlo en Jiva.

Eso puso fin a la visita del ministro. Su orquesta empezó a tocar y le siguió, y las puertas se cerraron tras él.

A la mañana siguiente, Hero y Aiken salieron a explorar la ciudad bajo la protección de un guardaespaldas llamado Arslan. Pasaron por una muralla interior que rodeaba la medina, y recorrieron estrechos callejones que corrían entre muros de adobe sin ventanas. Arslan les abrió paso entre la multitud que se apretujaba y las numerosas reatas de burros y camellos cargados de productos del campo.

Todas las tribus de Dios parecían estar representadas en las calles: turcomanos con cara de luna, mejillas de manzana y ojos verdes; árabes de nariz ganchuda con la barba de un gris acero; persas con rasgos que podrían estar copiados de una miniatura. La mayoría de la aristocracia turcomana llevaba casquetes y unos trajes de rayas llamados *jatans*, recogidos en la cintura con unas fajas lo suficientemente anchas para sujetar en ellas una cimitarra. El tipo más rústico llevaba chaquetas acolchadas y pantalones de montar, y sombreros en forma de cono de fieltro blanco con el borde vuelto hacia arriba. Hero vio que un hombre llevaba los ojos sombreados con kohl, y una rosa detrás de una oreja, y dirigía a un grupo de esposas e hijas tan envueltas en velos de pelo de caballo que parecían colmenas con una ventanita estrecha en la parte superior. Otros elementos exóticos incluían a monjes maniqueos vestidos de blanco de arriba abajo, con casquetes grandes, y judíos con sombreros de lana karakul muy rizada, que obedecían a las leyes suntuarias que decretaban que llevasen las túnicas atadas con cordones demasiado finos para portar armas.

Dejando la luz del sol, Arslan se sumergió en la semioscuridad de un bazar con innumerables cúpulas, que desde fuera parecía un grupo de huevos gigantescos. Hero y Aiken le siguieron a través de laberínticos pasillos, junto a montones de sillas de montar, alfombrillas de plegarias, entre los puestos de zapateros, cordeleros, pasteleros y orfebres, cuyos ayudantes pregonaban las mercancías mientras los propietarios hacían tratos con los clientes y calumniaban a sus competidores.

La luz del sol deslumbraba, y las sombras cegaban. Habían desembocado en un mercado abierto, que ofrecía artículos de consumo diario. Rocas de sal de color rosado estaban colocadas en pilas, como si fuera hielo rosa. Las moscas revoloteaban sobre los estantes de la carne. Las aves de corral escarbaban en sus jaulas de mimbre. Un vendedor insistía en que los forasteros probasen un melón con la carne tan blanca como la leche, y tan dulce como la miel. Los metalistas martilleaban haciendo utensilios domésticos en sus puestos, e invitaban a los viandantes a observar la calidad de su artesanía.

Hero pasó por una puerta hacia una plaza ruidosa donde la atmósfera era mucho más festiva que comercial. Grupos de pueblerinos veían actuar a artistas que hacían números con serpientes y con hábiles perros.

Un niño bizco se acercó a ellos.

—¿Os gustan las chicas malas?

—Pues no —dijo Hero.

—Chicos malos, ¿eh?

Hero tiró de la manga de Arslan.

—Creo que ya es suficiente para ser el primer día.

Tras salir de la plaza hacia un barrio más tranquilo, Hero vio varias tabernas abiertas hacia la calle; la clientela reposaba en alfombras bajo unos aleros, mientras los músicos tocaban el laúd al fondo.

—¿Qué están bebiendo? —preguntó Hero a Arslan.

—*Chai,* señor, de la China. Es la moda entre los nobles. ¿Os gustaría probarlo?

—Pues sí, me gustaría —respondió Hero. Se volvió a Aiken—: Maese Cosmas probó esta bebida y decía que tenía muchas cualidades soberbias.

A una palabra de Arslan, el propietario de la siguiente *chai-khana* corrió a preparar un lugar con una bonita alfombra teñida con precioso tinte de laca. Les enseñó a sus huéspedes un bloque de chai estampado con los caracteres chinos. Les explicó que se llamaba Brotes de Dragón de la Longevidad, reservado para la corte del emperador. Hizo los honores mientras un camarero servía el chai de un recipiente de plata a unos cuencos blancos poco hondos. El propietario sujetó uno de los vasos a la luz para demostrar lo translúcidos que eran, y pasó un dedo por el borde, lo que produjo un sonido cantarín.

—Porcelana —dijo Hero—. También de China.

Aspiró el aroma ahumado del chai y bebió, paladeando aquella bebida astringente. Un sirviente les trajo una bandeja de pastelitos empapados en miel líquida.

—No quiero cobrar nada, señor —dijo el propietario—. Es un honor servir a tan distinguidos huéspedes.

Hero chasqueó los labios y dejó el cuenco.

—Me gusta mucho —dijo—. Refresca y reconforta al mismo tiempo. ¿Creéis que habría mercado en Constantinopla?

Aiken frunció los labios.

—Los hombres alimentados por un vino fuerte no querrían beber algo tan insípido como esto.

—Espero que tengas razón —dijo Hero.

Bostezó, adormilado a la sombra, y examinó a la clientela. Un caballero sentado con las piernas cruzadas leía un libro entre sorbo y sorbo de chai. Por su suave sonrisa, Hero dedujo que el códice no era un texto sagrado. Cuando el tipo dejó el libro a un lado y apartó la vista, dejando que el chai se enfriase ante él, Hero no pudo refrenar su curiosidad. Se levantó y se acercó con suavidad.

—Perdonadme, Aga. Yo también soy esclavo de la palabra escrita, y veo que el libro que estáis leyendo os ha dejado en trance. ¿Puedo preguntaros quién lo escribió?

El estudioso sujetó el manuscrito con ambas manos.

—Es una colección de los rubaiyats escritos por Omar, el hijo del hacedor de tiendas, que Dios bendiga su posteridad.

—Omar Jayyam. —Hero suspiró—. He oído hablar de los logros en las ciencias naturales de ese gran polímata, pero nunca he leído sus poemas.

El estudioso hojeó las páginas.
—Aquí tenéis el que estaba leyendo:

> Considerad, en este destartalado caravasar,
> cuyas puertas alternan noche y día,
> cómo sultán tras sultán, en su pompa,
> vivieron su hora destinada, y siguieron su camino.

Hero se quedó un momento en silencio.
—Yo me alojo en un caravasar junto a la puerta occidental. Viajo con una compañía destinada a China.
—Mi sobrino favorito partió para ir a China con una fuerza mercenaria el último invierno. Hace tres días recibí la noticia de que había muerto ante el fuerte de la Puerta de Jade.
—Vaya, cuánto lo siento. —Hero se volvió, confuso—. Por favor, perdonad mi intrusión desconsiderada.
—Esperad —dijo el estudioso—. Decidme de dónde venís y por qué viajáis a China. —Arqueó un dedo y el camarero corrió a rellenar sus cuencos.
Aiken se unió a ellos mientras conversaban.
—No puedo creerlo —le dijo Hero—. Este imán tan docto conoció a maese Cosmas Monoftalmos aquí en Bujara hace veinte años. Imagínate…
El clérigo se puso de pie.
—Tengo que asistir a una reunión en la mezquita. —Cogió el libro, dudó un poco y luego se lo tendió a Hero—. Para vos, amigo mío.
—¡Oh, no, no podría!
—Tomadlo. Os enfrentáis a un viaje muy peligroso. La poesía de Omar Jayyam puede consolaros, informaros e inspiraros durante las solitarias noches del desierto.
Hero saltó al momento.
—Al menos dejadme que os pague su valor…
El clérigo ya se iba.
—Por favor, no me ofendáis ofreciéndome dinero. No soy un tendero, y la sabiduría no se puede valorar en plata.
Hero y Aiken le vieron partir por la calle, muy alejado de la multitud ruidosa. Cuando desapareció, Hero abrió el libro. En una página encontró una dedicatoria en árabe: «Al imán Kwaja, la prueba más gloriosa y honrada de la nación y la religión, espada del islam y cimitarra de los imanes, señor de las leyes… Del último de los esclavos, Omar Jayyam». Hero se llevó la mano a la boca.
—Oh, Dios mío… Mira. Está firmado por el propio poeta. No

puedo quedármelo. Toma —dijo, arrojando el libro en las manos de Aiken—. Corre tras el caballero y devuélveselo.

Hero todavía se estaba abanicando cuando Aiken volvió, sin aliento.

—No lo encuentro.

Hero apeló al propietario en busca de ayuda, pero el hombre no pudo o no quiso decirle la dirección del imán.

De vuelta a su alojamiento, Hero se sumergió en los cuartetos de Omar Jayyam.

—Qué ingeniosos son. El hijo del constructor de tiendas puede destilar un mundo de sentidos en cuatro líneas.

Aiken intentaba guiar a Hero en torno a un montón de excrementos humanos.

—Cuidado. Demasiado tarde. No importa.

Hero se limpió la mierda en el polvo, sin levantar siquiera la mirada de la página.

—Aquí hay uno muy bueno, que contiene una verdad que nos ha de servir a los dos:

Cuando era joven frecuentaba ansiosamente
al médico y al santo, y oía grandes peleas
sobre esto y aquello, y sobre todo,
sin embargo, aunque escuchaba, salía por la misma puerta
por la que entraba.

—He visto a Lucas —dijo Aiken.

Hero tropezó.

—¿Cómo?

—En el mercado de esclavos.

—Pero ¿cuándo, ahora mismo?

—No. Antes de pararnos en el chai-khana. El ministro de Comercio nos ha mentido. Lucas está aquí, y lo van a vender como esclavo mientras hablamos.

Hero se quedó con la boca abierta.

—Pero ¿por qué no…?

Entonces comprendió.

—Aiken… Bueno, ya nos ocuparemos de eso más tarde. —Hero entendió lo que implicaba todo aquello, y habló tan rápido como podía correr el pensamiento—. Díselo a Vallon. No, a Vallon no. Busca a Wayland y trae dinero. Mucho. —Tiró de la manga de Arslan—. Lleva a Aiken de vuelta al caravasar. Rápido. Todo lo deprisa que puedas.

Hero volvió a la calle de nuevo. Mirase adonde mirase, su maltrecha vista le revelaba reuniones animadas. Corriendo hacia una multitud, descubrió que un cuentacuentos estaba seduciéndolos con una historia sobre las hazañas de Rustam. Dirigiéndose hacia otro lado, dio contra un muro de espectadores que apostaban a unas perdices que se peleaban. Cogió la manga de un viandante.

—El mercado de esclavos. ¿Dónde está?

El hombre no le comprendía y se soltó.

—¡Que alguien me diga dónde está el mercado de esclavos! —gritó Hero. Su mirada angustiada cayó en un reposado anciano que le observaba con cierta alarma. Hero corrió hacia él—. Señor, por favor, ayudadme. Debo llegar al mercado de esclavos.

El anciano llamó con voz autoritaria y dos guías cayeron sobre Hero y comenzaron a pelearse por ver quién de los dos tenía derecho a desangrar a aquel rico forastero.

—No tengo tiempo para esto —dijo Hero, cogiendo a uno de ellos y recibiendo un golpe en la mandíbula en el ínterin—. Tú —dijo—, llévame al mercado de esclavos. ¡Al momento!

El guía fue pasando entre la multitud hasta que llegaron a un denso piquete de posibles compradores, espectadores casuales y, sin duda, unos cuantos ladronzuelos y prostitutas. Se abrió paso entre la multitud, ajeno a protestas y golpes indignados por la promesa del oro.

—El hombre al que busco es un joven franco —jadeó Hero.

Su guía parpadeó.

—¡Corre!

Ni siquiera los esfuerzos brutales del guía bastaban para penetrar entre el gentío. A tres filas de la parte delantera, un hombre armado le dio una bofetada y le riñó por sus malos modales. Apretujado por todos los lados, Hero se puso de puntillas y vio el podio vacío.

—Demasiado tarde —gimió—. ¡Ay, Aiken!

El guía le clavó el codo en las costillas y enseñó las podridas raíces de sus dientes.

—Franco.

Hero sacó la cabeza y vio a dos hombres que llevaban a pulso a Lucas hasta el escenario. El subastador los siguió y, tras una distante inspección del público, lanzó un discurso, señalando con un bastón a Lucas mientras sus ayudantes exhibían los puntos de venta del joven franco, empujándole como si fuera una res.

Hero empujó a la multitud.

—Dejadme pasar. Ha habido un espantoso malentendido. Ese joven es miembro de una misión diplomática.

Pero la multitud se mantuvo firme. Las pujas ya habían empezado. El subastador manejaba a la multitud como un artista muy avezado.

—¿Qué está diciendo? —preguntó Hero.

—Este esclavo es lo mejor del lote —le dijo el guía—. Joven y sano. Muy fuerte y lozano.

—Dile al subastador que estoy interesado en comprar al franco. Pídele que hable en griego o en árabe para que yo pueda entenderlo.

Ante la petición a gritos del guía, el subastador se inclinó para evaluar a Hero. Tras asimilar su valor, accedió a la respuesta chasqueando los dedos antes de volver a hablar tanto en turco como en árabe.

Hero podía ya seguir la subasta, que fue muy rápida. Unos candidatos pujaban en principio por Lucas. A los cuarenta dírhams (apenas un sólido), los buscadores de gangas lo dejaron. Cuando llegaron a los cien dírhams solo quedaban cuatro en la puja.

El guía pinchó a Hero.

—¿Por qué no pujas, señor?

—Porque no tengo dinero.

—¿No tienes dinero? Señor…

—Calla —dijo Hero. La puja había ido bajando de velocidad hasta ir gota a gota, cada avance muy lento. Hero no veía a sus competidores.

El subastador levantó el bastón.

—Tengo ciento ochenta dírhams. ¿Aumentamos desde ciento ochenta? ¿No? —dijo, mirando a Hero—. Entonces adjudicado, a la una, a las dos…

—Diez sólidos de oro —farfulló Hero.

Se abrió el espacio a su alrededor y el público, asombrado, se retiró para ver a aquel infiel despilfarrador. Una voz lanzó una aguda protesta que pasó por encima del subastador como el agua en el aceite. Este, encantado, levantó el bastón para dar el golpe final.

—Tengo una puja de diez sólidos del caballero griego.

—Doce —dijo una voz.

—Quince —respondió Hero.

—Veinte.

—Y cinco más —dijo Hero, sintiéndose mareado y eufórico.

Hubo movimiento a su alrededor, una presión agresiva que le indicó que su rival no se tomaba a la ligera la intervención de Hero. Un hombre con una cara brutal empujó a un lado al guía y se enfrentó a Hero.

—Deja de pujar, perro extranjero.

—Por el contrario —dijo Hero, y agitó la mano—. Treinta.

El hombre buscó su cuchillo y lo echó atrás. Alguna fuerza desconocida le retorció el brazo hacia atrás: la mano de Wulfstan se cernía en torno al cuello de aquel tipo. Wulfstan le dio un rodillazo en el paquete: el hombre cayó al suelo con los ojos bizcos. Wayland y Gorka irrumpieron entre la multitud, seguidos por un sudoroso Aiken, con la cara muy roja.

Wulfstan recogió el cuchillo, arrastró al sinvergüenza a sus pies y lo apartó a patadas.

—¿Debo proceder? —preguntó el subastador, con el bastón levantado—. Tengo una puja de treinta sólidos.

—¿Cuánto? —exclamó Wayland.

—Treinta y cinco —dijo el subastador. Su cabeza giró bruscamente—. Y cinco más.

—Chis —dijo Hero. Levantó la mano—. Cincuenta —dedicó a Wayland una sonrisa estúpida—. El dinero no es nuestro.

—Cincuenta y cinco —dijo el subastador, registrando otra puja.

Hubo un intervalo larguísimo, el subastador movía la cabeza de un lado a otro.

—Aceptaré cincuenta y siete —dijo—. Sí, vos, señor. Tengo cincuenta y siete —le dijo a la multitud.

—Sesenta —gritó alguien.

—Setenta —contraatacó Hero.

Wayland gimió. Wulfstan se echó a reír y dio una palmada a Gorka en la espalda.

Se habría podido oír el silencio a cien yardas de distancia. La gente, desde aquella distancia, se estaba acercando a ver qué era lo que se vendía por una suma que no podrían juntar en una vida entera.

—¿Alguien supera los setenta sólidos bizantinos? —Los milanos volaban por encima de la plaza—. A la una. A las dos. —El mazo del subastador bajó—. Vendido al caballero griego, y espero que de esta compra se derive la satisfacción de una vida entera.

Hero se quedó como anonadado mientras Aiken se entendía con el subastador. Wulfstan y Gorka mostraban su hilaridad sin palabras. Wayland movía la cabeza, incrédulo. Los ayudantes que habían obligado a Lucas a subir los escalones como si fuera un trozo de carne, le bajaron como si fuera un príncipe del reino. Wayland se hizo cargo de él.

Lucas parpadeó a su alrededor, mientras su mirada asombrada se posaba en Gorka.

—Gracias, jefe.

—Solo he venido porque no podía soportar la idea de que otra persona convirtiera tu vida en un infierno.

Lucas intentó sonreír.

—¿Cuánto he costado?

—Una fortuna —dijo Wayland—. Estarás pagando tu rescate todo el camino de ida a China y el de vuelta.

—¿Cómo me habéis encontrado?

—Aiken te ha visto.

Lucas miró a su salvador.

—No tienes que darme las gracias —dijo este—. Casi te dejo aquí. Tal y como me has tratado, era lo que te merecías, ni más ni menos.

—¿Y qué ha pasado con Zuleyka? —preguntó Wayland, en el silencio que siguió.

—No lo sé. Nos separaron en cuanto llegamos a Bujara. Tenemos que encontrarla.

—Será mejor largarse —dijo Wulfstan—. Atraemos un montón de miradas venenosas.

Él y Gorka cogieron a Lucas por los sobacos. El joven arrastraba los tobillos.

—No, tenemos que encontrarla.

Gorka hizo una mueca.

—Es una buena pieza, ¿eh? Ahora nos pedirá también que recuperemos su caballo.

—Sí, y luego tenemos que perseguir al clan que mató a Yeke y me vendió como esclavo.

—Olvídate de eso —dijo Gorka, apretando más su presa—. Es hora de que vuelvas con tus compañeros, antes de que alguien más se encapriche de ti.

—Espera —dijo Wayland—. El subastador sabrá lo que le ocurrió a Zuleyka. ¿Nos queda algo de dinero?

—Unos diez sólidos —dijo Aiken.

Wayland tendió la mano para que se los diera y se dirigió al subastador.

—Voy contigo —dijo Lucas.

—Sujetadlo, que no se mueva de aquí.

Lucas estaba en el último lote, y los expansivos modales del subastador se habían convertido en una especie de sopor poscoital. Contemplándolo desde cierta distancia, Hero estuvo seguro de que Wayland no sacaría nada de él. El subastador intentó echar a un lado al inglés y, luego, cuando este le presionó, llamó a sus ayudantes para que le libraran de aquel infiel que no paraba de molestar. Antes de que pudieran ponerle las manos encima, Wayland dijo algo que pareció caer como la miel en los oídos del hombre, y que le hizo mirar a los forasteros con aire de cálculo.

Su sonrisa superficial relampagueó mientras pasaba un brazo en torno a los hombros de Wayland e iba andando con él de aquí para allá, conversando mejilla con mejilla. El dinero cambió de manos suavemente antes de que Wayland volviera.

—¿Has averiguado dónde está? —preguntó Lucas.

—La vendió ayer.

—Será mejor que se lo digamos a Vallon —dijo Hero.

—No, creo que no. Su propietario es el mismo hombre que pujó por Lucas y que envió a su matón contra Hero. Después del desengaño de hoy, ni el oro ni las amenazas conseguirán arrancar a Zuleyka de sus garras.

—Más motivo aún para explicarle el asunto a Vallon —dijo Aiken.

—Lucas significa muy poco para Vallon, y la chica menos aún. No va a armar un escándalo para rescatarla.

—¡Ella significa mucho para mí! —exclamó Lucas.

—Llevadle al caravasar —dijo Wayland.

Hero se había despejado. Su imprudente puja le consternaba.

—No debemos decirle a Vallon lo que hemos pagado por Lucas.

—Sí, debemos —dijo Aiken—. El general me ha confiado las cuentas. No puedo engañarle.

—Setenta sólidos... —gruñó Hero—. Vallon se pondrá furioso.

—Yo se lo diré —dijo Wayland—. No digáis ni una sola palabra de la chica.

XXV

Vallon se quedó con la boca abierta.

—¡Setenta sólidos!

Wayland miraba hacia un punto que estaba más allá del general.

—Más bien ochenta, si incluís la comisión del subastador y otros desembolsos.

—¡Por Dios bendito! Eso es más de lo que ganan muchos soldados en toda su carrera. Es más de lo que gano yo al año.

—Hero pujó lo que era necesario. Es el subastador el que determina el precio de venta.

—¿Por qué no me pedisteis permiso antes de despilfarrar semejante cantidad de oro?

—No había tiempo. La puja ya había empezado. Hero no podía quedarse allí sin hacer nada y ver cómo vendían a Lucas como esclavo.

Vallon flaqueó, incrédulo y cansado.

—Ese joven es la maldición de mi vida. Pagaría setenta sólidos para librarme de él.

—A su tiempo será bueno. El subastador, obviamente, vio algo en él que valía la pena.

Un último impulso furioso hizo que Vallon se pusiera de pie.

—¡Me ha convertido en el hazmerreír!

—Por el contrario. Los camaradas de Lucas le tratan como una especie de talismán. Naturalmente, he hecho correr la voz de que habéis sido vos quien habéis dispuesto su rescate.

Vallon se volvió a sentar.

—¿Dónde está?

—En el *sanatorium*. Lo ha pasado muy mal en el desierto.

—Maravilloso —dijo Vallon—. Un rescate digno de un conde

para salvar a un campesino destrozado y al que capturaron por su propia estupidez.

—Tengo la sensación de que algún día Lucas os recompensará por vuestra generosidad.

—No quiero nada de ese patán, salvo buena disciplina… y que respete a Aiken.

—Fue Aiken quien lo vio. Podía haberle dejado allí y nadie le habría echado la culpa. Lucas debe tener claro a quien estarle agradecido.

Dejando que Vallon reflexionara sobre aquel giro, Wayland salió a escape y se encontró a Wulfstan en el patio.

—Creo que, en lo más hondo de su ser, está complacido —dijo Wayland.

—¿Y la chica gitana?

—Vallon no la ha mencionado y yo tampoco.

Wulfstan soltó una risita.

—¿Y cómo vas a conseguir traerla de vuelta?

Wayland siguió andando.

—¿Adónde vas?

—A llamar a un amigo.

Wayland entró en un dormitorio ocupado por soldados turcomanos. Se frotó los ojos, pues la luz le molestaba.

—¿Toghan?

Un selyúcida se levantó al momento. Era el mismo soldado al que Wayland había salvado de caer por el desfiladero en el Cáucaso. Era un joven muy bondadoso y entusiasta. Su nombre significaba «halcón».

Se besaron e intercambiaron bendiciones. Wayland llevó afuera a Toghan.

—Tengo que pedirte un favor…

—Todo lo que ordene mi señor a su esclavo, yo me comprometo a hacerlo.

Wayland llegó a la zona sombreada junto al estanque.

—Habrás oído decir que hemos rescatado a Lucas.

—Por supuesto. El favor de Dios le acompaña.

—Dios no ha mostrado el mismo favor con Zuleyka. La vendieron como esclava el día antes.

Toghan se echó a reír.

—Su amo es un caballero afortunado. —Hizo rodar las caderas con silenciosa pantomima—. Habrá un niño más en primavera, Dios mediante.

—No, si yo puedo evitarlo —dijo Wayland.

Toghan se llevó la mano a la boca.

—Ah, claro, señor, ya lo entiendo. La quieres para ti mismo.

Wayland no perdió tiempo negándolo.

—El hombre que la compró es un rico mercader árabe llamado Said al-Qushair. Tiene una casa junto a la ciudadela y una mansión en el campo, a unas diez millas de Bujara, justo detrás de Ramitan, en la Ruta Dorada a Samarcanda. Allí es donde se ha llevado a Zuleyka.

Toghan se apretó el puño contra el corazón.

—Quieres que la rescate... Claro que lo haré. Yo me sacrificaré por ti.

—Quiero que salgas a caballo y explores la casa, que descubras dónde guardan a la chica y que busques una forma de entrar. Si es posible, entra en la propiedad y guarda toda su disposición en tu memoria. Vístete pobremente y llama a la puerta, diciendo que eres un antiguo soldado que busca trabajo a cambio de comida.

Toghan sacó los codos y los movió como un ave que emprende el vuelo.

—De inmediato.

Wayland le sujetó.

—Espera hasta mañana. Sal de la ciudad en cuanto se abran las puertas, ve a la mansión a caballo y vuelve antes del toque de queda. No quiero que te metas en líos.

Toghan se inclinó hacia delante e hizo un grotesco guiño.

—¿Qué significa eso?

Toghan se rio disimuladamente y se puso un dedo en los labios.

—Ya comprendo, señor. Tú anhelas a esa dama para ti, y no puedes soportar ver su inocencia desflorada por un viejo ricachón y barbudo. —Tras llevarse un dedo a los labios, se alejó.

Wayland se quedó en la sombra, pensando con el corazón desfalleciente en las posibles consecuencias de un intento de rescate. Ya tuviera éxito o fallase, podía poner en peligro la misión y, ciertamente, podía hacer mayor la distancia que se había abierto entre él y Vallon. Un pez salió a la superficie del estanque y se tragó un insecto. Wayland salió a la zona donde apretaba el calor y entró en el *sanatorium*.

—Hace tanto calor que se podría freír un huevo ahí fuera.

Hero se volvió a mirarle.

—Bebe un poco de sorbete de Lucas.

El pródigo estaba echado en un camastro, con las piernas envueltas en cataplasmas.

Wayland se bebió el licor frío y vio a Hero desenrollar los vendajes. Las pantorrillas ulceradas del muchacho quedaron a la vista. Supuso que Zuleyka sufriría heridas parecidas; requeriría tratamiento y convalecencia antes de que su propietario juzgase oportuno compartir el lecho conyugal. Descartó ese pensamiento.

—¿Cómo está? —preguntó.

—Es la cuarta vez que le curo. Eso significa que le quedan solo cinco vidas.

—¿Cuánto tardará en volver a andar?

—Yo mismo os puedo responder —dijo Lucas—. Estoy dispuesto para irme ahora mismo.

Hero le echó de espaldas de nuevo.

—Tú te levantarás cuando yo te lo diga.

Wayland vio que Hero le aplicaba unas vendas nuevas.

—¿Puedo hablar contigo en privado?

—Por supuesto —dijo Hero. Dejó sus vendas y las pócimas y se levantó.

Wayland y Lucas se miraron a través de la luz del sol, cortada por una celosía.

—Borra esa sonrisa de tu cara —dijo Wayland.

Lucas se puso serio.

—Es puro nerviosismo. Vais a ir a buscar a Zuleyka, ¿verdad? Por favor, llevadme con vos.

Wayland negó con la cabeza.

—Ya te has metido en suficientes líos.

—Ya lo sé. Haga lo que haga, no puedo hundirme más.

Wayland se sentó en el borde de la cama.

—No tuvimos ocasión de acabar nuestra conversación… —dio unos golpecitos en el pecho de Lucas—, Guy.

Lucas se rio.

—No me digáis que todavía creéis que soy hijo de Vallon.

—A veces creo que sí; a veces que no. Solo tú puedes decirme la verdad.

—Estáis equivocado, así que dejad ya de decir tonterías.

Wayland asintió, pensativo. Se puso de pie y fue hacia la puerta.

—¿Y ya está? —preguntó Lucas.

—Si no eres hijo de Vallon, no tenemos nada más que discutir.

—¿Y qué pasa con Zuleyka?

—No es asunto nuestro. Los reclutas no tienen novias.

Wayland estaba ya en el umbral cuando Lucas habló de nuevo.

—¿Se lo habéis dicho a alguien?

—A nadie.

—¿Qué os hizo pensar que yo era hijo de Vallon?

—Al principio solo el parecido. Luego me puse a pensar y me pregunté por qué un campesino franco aparecido de la nada estaría tan celoso de Aiken, el hijo de uno de los camaradas más íntimos de Vallon. Cualquier otro en tu posición habría tratado de ganarse el favor del chico. Pero tú no. Le has tratado siempre como a un odiado rival.

Lucas lanzó un suspiro tembloroso.

—Es cierto. Soy hijo del hombre que se hace llamar Vallon.

Wayland cerró los ojos y respiró con fuerza.

Lucas habló en una voz apenas lo suficientemente alta para ser oída.

—Yo tenía seis años cuando mató a mi madre. Después de que huyese, corrí a la habitación y los encontré a ella y a su amante entrelazados sobre un colchón de sangre.

Wayland entrecerró los ojos bajo la luz del sol.

—Se llamaba Roland. Me traía juguetes. Mi favorito era una marioneta tallada en forma de soldado moro. Le cantaba a mi madre, y yo me escondía y me pegaba a su puerta para escuchar. Apenas conocía a Vallon. Para mí, Roland era mi auténtico padre.

—Era un cobarde retorcido que consiguió que encerraran a Vallon en una mazmorra mora.

—Un niño de seis años no sabe interpretar el carácter. Roland era encantador y generoso. Guy de Crion estuvo ausente gran parte de mi niñez. Además, cuando volvía a casa se mostraba severo y altivo. Me asustaba.

Wayland se volvió, cegado por el cambio de la luz a la oscuridad.

—Mostraste una gran decisión al viajar hasta Constantinopla. Supongo que tu motivo era el asesinato.

—Al principio sí. No pasaba ni un solo día sin que imaginase cómo clavaba una espada en las entrañas de Vallon.

—¿Y ahora?

—No lo sé. De verdad. Me roba el sueño…

—Pregúntate a ti mismo a quién preferirías servir, al general que lo sacrificó todo para dirigir su misión, o al presumido que traicionó a su comandante para poder acostarse con la mujer de ese hombre —le dijo Wayland con resolución—. Un desgraciado cuco que se introdujo en el nido familiar regalando juguetes a los polluelos y cantando alegres canciones. Yo he tenido muchas diferencias con Vallon, y hay muchos puntos en los que nuestras personalidades chocan. Pero te diré una cosa: el general es hombre de principios y de honor, y solo consiente en atenuar esas virtudes para proteger a sus hombres.

El sudor apareció en la frente de Lucas.

Wayland abrió las manos.

—Cuanto antes se lo digas, mejor. ¿Y si Hero no hubiese conseguido salvarte? Vallon se habría ido a la tumba sin saber que su hijo vivía.

—Y hubiera muerto feliz en su ignorancia.

—¿Qué quieres decir?

—La última cosa que quiere es que un hijo perdido le obligue a enfrentarse a sus crímenes.

—¿Quieres que se lo diga yo?

—¡No!

Wayland se sentó en el borde de la cama.

—Un día tendrás que contárselo.

—Sí, pero yo decidiré el momento adecuado.

—El tiempo se nos escapa mucho más rápido de lo que crees. Hero dice que ya has gastado la mitad de las vidas de un gato. No quiero ser el que tenga que informar a Vallon de que el soldado al que arrojamos en una tumba improvisada en algún desierto era sangre de su sangre.

La cabeza de Lucas se giró sobre la almohada.

—He luchado con el dilema desde el día en que lo vi, y ahora ya lo he decidido. Vallon se hizo un nombre como guerrero cuando tenía la misma edad que yo. ¿Recordáis que os dije que tendría derecho a llevar la armadura que conseguí cuando hubiese matado a cinco hombres en combate justo? El día que consiga eso, revelaré mi verdadero linaje ante Vallon.

—Puede pasar mucho tiempo hasta que llegue ese día.

Lucas agarró las manos de Wayland.

—El momento será el que yo decida. Concededme eso. Os lo suplico.

Wayland asintió.

—Como quieras.

—Además, en todo caso —dijo Lucas—, la que ahora me preocupa es Zuleyka.

—Déjame a mí ese problema.

—Dejadme ir con vos. Juré que la liberaría. Si no me dejáis ayudaros, mi honor quedará manchado.

Wayland ocultó una sonrisa ante tan altisonante afirmación.

—Con dos condiciones. Primera: harás lo que yo diga, sin cuestionarlo.

—Claro.

—Segundo: buscarás a Aiken y le pedirás perdón por los desprecios que le has hecho. No tienes que contarle el motivo, pero debes ser sincero.

—Sí, lo haré por vos.

—No por mí. Por Hero, que te ha cuidado, y por Vallon, que te ha aguantado, y por Gorka, que ha hablado en tu defensa, a pesar de tu ingrata conducta.

—Lo haré.

Wayland se levantó.

—Sabes lo que harán si nos cogen. Enterrarán a Zuleyka hasta el cuello y le arrojarán piedras, unas piedras que tendrán el tamaño apropiado para evitar que muera rápidamente. Y respecto a ti, en cuanto sepan lo duro que eres de mollera, se vengarán con tus partes más tiernas.

—Si estáis dispuesto a correr el riesgo, yo también.

Wayland soltó una risa seca.

—Si la cosa se pone fea y Vallon te condena al patíbulo, puedes conseguir un aplazamiento declarando tu origen cuando la soga te bese la garganta.

—Wayland…

—Sí.

—Durante mi cautiverio he tenido mucho tiempo para pensar. Ya no soy el mismo que era.

—Espero que no.

Las mariposas de la luz rozaban y golpeaban la lámpara de la cámara de Wayland cuando Toghan volvió, dos noches más tarde, muy alterado. Wayland le hizo sentar y le ofreció un cuenco de requesón.

—Te esperaba ayer.

—Señor, qué historia te voy a contar…

—¿Has encontrado la casa?

—Sí. Una casa grande. Más grande que este *ribat*.

—Descríbela.

—Una mansión en la Ruta Dorada, como dijiste. Con altos muros a su alrededor. A un lado está la carretera; al otro, un canal. Le he dicho al portero que era un soldado pobre que buscaba trabajo a cambio de la comida. El hombre me habría echado, pero por suerte apareció por allí el capataz del amo y le dijo que me pusiera a trabajar en el huerto. Era poco antes de mediodía. Estuve echando estiércol en la tierra hasta que ya no quedaba luz para ver. ¿Mi recompensa? Un cuenco de fideos y un vaso de agua rancia. Cuando les dije a esos animales que tenía que volver a Bujara antes del toque de queda, me amenazaron con látigos, diciendo que no habían terminado aún mis obligaciones. Señor, el amo de aquella casa, que una plaga acabe con su alma, cree que todo hombre que carece de poder y riquezas le pertenece y que puede hacer con él lo que quiera. Antes de la luz del día siguiente, su capataz me llevó a las tierras para que volviera a mi trabajo. Entré en la mansión como un honrado trabajador para un día, pero me trataron como a un esclavo. A mí. A Toghan, hijo de Chaghri, hijo de Tughril, hijo de...

Wayland iba y venía por la habitación.

—¿Y cómo conseguiste librarte?

—Llevaba un cuchillo escondido en la bota. Se lo puse al capataz en la garganta, amenazando con darle de comer sus pelotas si no me devolvía mi caballo y me abría la puerta.

—¿No podías haber tramado una forma más sutil de escapar?

Toghan empezó a saborear el requesón.

—Un hombre que no protege su honor, no es más que una cáscara vacía. Yo habría matado al capataz y le habría mandado al Infierno mejor preparado para resistir sus tormentos si no me hubieses hecho prometer que dejaría aquella casa impía en paz, igual que cuando llegué. Volví galopando a toda prisa. —Toghan medio se puso de pie—. Que Dios consagre las almas de tus antepasados.

Wayland tomó asiento y miró a Toghan entre los dedos abiertos.

—Después de irte de una manera tan burda, pueden sospechar que tu intención era otra.

Toghan se chupó los dedos uno a uno.

—Me veían como algo insignificante, como un mosquito. ¿Dónde se encuentra un mosquito después de que te pique? ¿Aquí? ¿Allí? No, demasiado tarde. Desapareció.

Wayland adelantó su taburete.

—¿Encontraste a Zuleyka?

—Está en el harén, claro. Oí a las sirvientas hablar de ella.

Wayland se resignó a un largo interrogatorio.

—¿Y dónde está el harén?

Toghan indicó hacia la derecha.

—De este lado.

Wayland se puso de pie, levantó a Toghan de su asiento y le colocó junto a la puerta.

—Empieza desde el momento en que entraste en la finca. ¿Qué viste?

—Un delicioso jardín, con la mansión detrás; alojamientos de los esclavos y establos a la izquierda; el harén a la derecha.

—Separados por unos muros.

—Sí. El harén tiene un jardín propio.

—¿Cómo entraremos?

—Por encima de los muros exteriores.

—¿Y qué hay tras esos muros? Has mencionado un canal…

—No hay canal por ese lado. Solo campos.

—¿Qué altura tienen los muros?

—No mucha.

Wayland había aprendido durante su estancia en la corte del sultán que los turcomanos no tienen una escala común para medir. Pueden distinguir a un enemigo que está dos millas alejado de ellos, pero no se ponen nunca de acuerdo en la distancia exacta. Si se les señalaba un halcón visto de cerca, declaraban que era un águila. Se les mostraba un águila a una milla de distancia, era un halcón. Wayland tenía media docena de palabras para las aves rapaces, mientras que los turcomanos solo tenían tres, que indicaban grande, mediano y pequeño.

—¿Eran más altos los muros que los que rodean este ribat?

—Más pequeños.

—¿Dos veces mi altura?

La mirada de Toghan vaciló.

—Sí. Dos veces.

Así que podía ser cualquier medida entre diez y veinte pies. Necesitarían unas sogas y unos garfios de asalto.

—Has dicho que no era difícil aproximarse a la casa.

La actitud de Toghan se volvió evasiva.

—No pude cabalgar alrededor de toda la casa. Habría levantado sospechas entre los guardias.

—Esa iba a ser mi siguiente pregunta. ¿Cuántos hombres armados?

Toghan no dudó.

—Una docena, más o menos. —Agitó una mano—. Unos matones muy blandos. Tres de nosotros podrían matar a todos los sirvientes.

—No tenemos intención de matar. Nuestro objetivo es llevarnos a Zuleyka sin herir a nadie. Tienes razón en una cosa, sin embargo. Seremos tres. Lucas, tú y yo. Y el perro. Lo haremos mañana.

La risa de Toghan se elevó en un registro anhelante.

—¿Puedo matar al capataz?

—No, no puedes. Róbale a Zuleyka de delante de sus narices y le infligirás una herida que no se le curará nunca. Frótale más sal en la herida, sugiriendo que nosotros le sobornamos para que hiciera la vista gorda al entrar.

Toghan se rio todavía más fuerte, con su risa ronca.

—Qué listo eres.

No, qué estúpido, pensó Wayland.

ϒ

El guardia de la puerta de Samarcanda vio aproximarse a Wayland y a sus dos compañeros de conspiración. Llevaban un caballo de repuesto. El perro iba detrás. Wayland seguía hablando con Toghan en turco, sentado en su caballo con la postura inclinada, pero elegante, que indicaba que había pasado la vida entera en la silla. Las ropas turcomanas que vestía y el turbante índigo enrollado en torno a su cabello amarillo no podían ocultar su procedencia extranjera. Sus ojos, tan azules como la parte más caliente de una llama, traicionaban sus orígenes del norte.

El guardia los detuvo.

—¿Quiénes sois y adónde vais?

Wayland respondió, pasando un rosario entre los dedos.

—Somos agentes de confianza de Mohamed ibn Zufar de Samarcanda, que las bendiciones de Dios caigan sobre él. —Hizo una seña a Lucas—. Escoltamos a este infiel hasta su nuevo propietario. Lo compré hace cuatro días en el mercado de esclavos, junto con este caballo.

El guardia rodeó a los tres jinetes y volvió a enfrentarse a Wayland.

—¿Cuándo te uniste a la casa de tu amo?

—Hace once años. Fui capturado en Manzikert a los dieciséis años. La derrota en esa batalla fue mi salvación espiritual. A través de las enseñanzas de mi amo he abrazado la verdadera religión, gracias y alabanzas sean dadas a Dios el altísimo, creador del mundo y conocedor de las cosas ocultas.

El guardia miró a Toghan.

—Es muy religioso —le confió el selyúcida.

El tipo retrocedió como si su piedad pudiera resultar contagiosa.

—Pasad en paz, y que vuestro viaje sea plácido.

Toghan se echó a reír cuando llegaron a la carretera abierta.

—Qué toque más astuto.

Wayland puso su caballo al trote.

—Vamos dejando rastro. Recordará nuestro paso, y testificará contra nosotros cuando llegue el momento.

El cielo de la tarde se había separado en carbón y bermellón cuando llegaron a la mansión. Wayland escrutó la casa con apenas un par de miradas, suficientes. Sus muros eran más altos y más gruesos de lo que le había descrito Toghan, y no había cobertura alguna que los ocultara mientras se aproximaban. Trotaron hasta que el sol bajó, y luego se refugiaron entre unas moreras. Los murciélagos revoloteaban entre las ramas. Una luna como un gajo colgaba muy baja, hacia el sur. Allá afuera, en la llanura, el rugido del león estremecía la noche.

Wayland se preparó.

—Enfunda los cascos de los caballos —le dijo a Toghan—. Despiértame de madrugada.

Contempló las estrellas en sus órbitas, preguntándose qué pensaría Syth de su loca aventura. No era difícil responder a eso. Hizo una mueca al imaginarla dándose palmadas en el pecho: «Me abandonas a mí y a tus hijos y te pones en peligro por una bailarina gitana…».

—¡No es eso!

Jadeó al notar una mano que le tapaba la boca.

—Silencio, señor. Un grito puede llegar siempre a cualquier oído.

Wayland apartó la mano de Toghan y se despertó del todo.

—Es hora de entrar —dijo Lucas.

Los cascos cubiertos de los caballos se aproximaron a la mansión. A un estadio de distancia, Wayland salió de la carretera. Dieron un rodeo a través de un campo de alfalfa, hasta que de nuevo vieron ante ellos la silueta de los edificios. Se deslizó hasta el suelo, escuchando. Las ranas croaban en el canal de agua que había junto a la casa. Los chacales gruñían y ladraban en la distancia.

Se aproximó al muro. Dieciocho pies de alto, por lo menos.

—¿Estás seguro de que estamos en el sitio correcto? —murmuró.

—Sí —susurró Toghan.

—Dejadme entrar —murmuró Lucas.

—Vigila los caballos.

—Pero tendría que ser yo quien la liberase…

Wayland cogió a Lucas por la pechera de la túnica.

—Has prometido hacer lo que te dijera.

—Lo siento…

De sus alforjas, Wayland sacó una cuerda con dos garfios de hierro empalmados por uno de los extremos. Lo hizo girar en círculos y lo lanzó hacia lo alto, por encima del muro. Al oír el estrépito que provocaron los garfios al golpear el barro cocido del extremo hizo una mueca. Se quedó escuchando, por si se oían sonidos de alarma. Las ranas siguieron croando. El perro le miraba, jadeante.

Tiró de la soga y los garfios mordieron en el parapeto. Tiró con toda su fuerza y el ancla no se movió.

—Mantenlo tenso —le dijo a Toghan.

Se escupió en las palmas y empezó a andar por la pared. Llegó arriba con el pecho agitado y los brazos ardiendo. Se quedó echado en el parapeto y estudió la disposición. Toghan no se había equivocado. El espacio de abajo era un jardín vallado, con el alojamiento de las mujeres a la derecha. No se veía luz alguna en el edificio, ni en ningún otro sitio. En algún lugar burbujeaba una fuente.

Se asomó hacia atrás.

—Toghan…

—Señor.

—Luego te necesitaremos para subir.

La cuerda se tensó cuando Toghan se izó hasta la parte superior. Wayland sacó de su zurrón otra soga con garfios, la enganchó en la cara exterior del muro y dejó caer la parte libre en el patio.

—Procura que no se suelte.

Se dejó caer por la cuerda. Su confianza aumentó al llegar al suelo firme. Escuchó de nuevo y se dirigió sigilosamente hacia la puerta del harén. Esa era la parte que no se podía planear. Zuleyka podía estar confinada en una celda en lo más profundo de aquel recinto. Si era así, no tendría tiempo de encontrarla antes de que su entrada forzada despertara a toda la casa.

Fue tanteando las paredes del harén, escuchando ante cada ventana cerrada. En una no recogió sonido alguno; en otra, un agradable ronroneo femenino.

Mirando hacia atrás veía apenas a Toghan agarrado al muro, un malévolo íncubo presto para descender sobre las doncellas dormidas y violarlas. Wayland probó la cerradura de la puerta. Por mucho que la manipulara no cedería.

De su zurrón sacó una palanca de hierro que pesaría unas veinte libras. La echó atrás y dudó.

—Atacad la ciudadela mientras duermen —susurró Toghan.

Wayland destrozó la cerradura con dos golpes, abrió la puerta de una patada y entró en tromba.

—¡Zuleyka!

Una mujer chilló.

—¡Zuleyka!

Wayland oyó una bofetada muy fuerte y un grito de dolor.

—¡Ya voy!

Zuleyka se arrojó en los brazos de Wayland, vestida solo con un conjunto de seda muy fina. El notó la textura de aquella tela mientras la llevaba a toda prisa hacia el muro. Una discordante nota de clarín resonó entre el escándalo del harén.

—¡Coge la cuerda! —dijo Wayland—. Toghan te subirá.

Agarrando el extremo libre, se volvió para ver qué había desatado su intromisión: un gigantesco alboroto. Los chillidos de las mujeres y los gritos de los hombres se mezclaban con los graznidos de los pavos reales. Zuleyka chilló y se cayó de la cuerda, tirándole a él. Wayland la cogió y volvió a poner sus manos en la cuerda.

—Tú agárrate y deja que Toghan te saque.

Una mujer regordeta con camisón, sujetándose una peluca torcida encima de la cabeza, avanzó como si la propulsaran unas ruedas. Farfulló con furia, con las manos convertidas en garras, y fue derecha hacia Zuleyka. La chica gitana le echó un vistazo, soltó la cuerda y con un grito áspero se lanzó hacia su carcelera, intentando sacarle los ojos y dándole patadas.

—Vaya, estupendo —dijo Wayland.

Las separó, apartando a la arpía. En el intento se llevó un golpetazo en la mejilla.

—¡Sube por la maldita cuerda!

Arrojó a la bruja en el polvo, donde se quedó pronunciando unas imprecaciones que helaban la sangre.

—Lo mismo te digo —contestó, mirando hacia la puerta del patio principal.

Esta se abrió un momento después de que Toghan gritase que ya tenía a Zuleyka a salvo.

—¡No me esperéis!

Wayland subió por la cuerda como si todos los demonios del Infierno le empujaran desde abajo con sus tridentes. Una mano rozó su tobillo. Él la apartó de una patada y siguió trepando sin parar. A mitad de camino de la parte superior, oyó un ruido y vio que los ganchos que anclaban la soga al otro lado se habían soltado. La cuerda serpenteaba fuera de la vista. Llegó a la cima y miró hacia abajo. Una multitud de hombres armados corrían hacia él.

Toghan agitó la cuerda.

—Aquí.

Wayland miró por el rabillo del ojo a un arquero que preparaba su arma.

—No hay tiempo para eso.

Se sentó en el muro, cogió aliento con fuerza y se tiró. Una caída desde casi veinte pies de altura le daba una cantidad de tiempo sorprendente para pensar en las heridas que podía sufrir. El impacto le dejó un tanto confuso, pero aterrizó sobre una arena blanda y saltó al momento, apartando a su perro, que parecía eufórico. Fue cojeando hacia su caballo y consiguió montar al segundo intento.

Besó al caballo entre las orejas y golpeó los talones contra sus flancos.

—¡Vuela!

Llegaron a la carretera y galoparon por ella como si los empujara un huracán. A dos millas de la mansión, el caballo de Wayland tropezó y su ritmo titubeó. Él aflojó la marcha.

—¡Esperad!

Zuleyka y Lucas volvieron de la oscuridad.

Wayland desmontó y levantó la pata derecha de su caballo.

—Está cojo. Vosotros dos, marchaos. Esperadnos en el exterior de la puerta de los Vendedores de Especias. —Buscó en su zurrón y sacó ropa de hombre para Zuleyka—. Póntelo. Marchaos, venga.

Toghan yacía postrado en el camino tras él, con una oreja pegada al suelo.

—Seis jinetes, por lo menos.

Wayland ya oía el redoble de los cascos.

—No podemos escapar de ellos. Tendremos que salir de la carretera.

Toghan llevó su caballo hacia la derecha.

—Por aquí.

Antes de que hubiesen recorrido cien yardas, un chillido los avisó de que los habían visto. Wayland echó una mirada por encima de su hombro y vio a un jinete que fustigaba a su caballo, persiguiéndolos.

—¡Separémonos! —gritó.

—¡Nunca! —exclamó Toghan.

Al momento siguiente demostró lo que Wayland había presenciado muchas veces, pero que nunca había sido capaz de conseguir él mismo: el disparo de una flecha desde un caballo hacia atrás, el famoso disparo de los partos. Toghan dejó caer las riendas, se volvió hasta encontrarse frente a la cola de su caballo, preparó su arco y disparó. Su flecha dio al caballo del perseguidor de lleno en el pecho. El animal relinchó y cayó hacia la izquierda, arrojando a su jinete por encima del cuello. Cinco jinetes más salieron de la oscuridad. Los caídos les instaron a que continuaran la persecución.

Wayland picó espuelas. El estrépito que venía tras él se iba acercando. Su perro corría a su lado, con un galope fácil.

—Ve a por ellos —le dijo Wayland.

El perro giró en redondo y corrió hacia los jinetes perseguidores, ladrando como si hubiese visto un zorro o un chacal. Wayland lo vio saltar en torno a un caballo. Luego un canal negro se abrió ante él. Metió el caballo en el agua y dio en ella con una salpicadura potente. Su caballo coceó intentando trepar por la orilla opuesta, pero no pudo hacer presa. Wayland saltó y, con la ayuda de Toghan, tiró de él hasta que subió. Tres jinetes se detuvieron en la otra orilla e intentaron apuntar con sus arcos. El perro no les dejó. Cogió entre sus mandíbulas los talones de los caballos, haciéndoles ir en círculos.

Wayland volvió a subirse a la silla y arreó a su montura. Los chillidos y los ladridos se fueron desvaneciendo tras él.

—¡Alto! —dijo, después de cubrir una milla aproximadamente.

Escuchó los fuertes latidos de su corazón, así como los jadeos de Toghan a su lado.

—Creo que los hemos perdido.

Toghan echó atrás la cabeza.

—Ah, qué persecución más buena.

Juntos fueron al trote hacia Bujara. Sus cúpulas empezaban a asomar entre la oscuridad cuando el perro se reunió con ellos, apenas sin aliento y muy contento consigo mismo. Dieron un gran rodeo en las murallas y se aproximaron por la puerta occidental cuando la aurora se iba tiñendo de un verde pistacho detrás de los minaretes de la ciudad. Lucas y Zuleyka los esperaban, la chica vestida de nómada. Lucas suspiró, aliviado.

—¿Habéis tenido que luchar?

Wayland bebió de un odre de agua.

—No hemos tenido que derramar sangre humana, gracias a Dios.

No mucho después de la primera llamada a la oración, las puertas se abrieron. Wayland se dirigió hacia los tres guardias, con la ropa mojada y cubierta de barro, con el turbante deshecho. No tenía sentido intentar ocultar su identidad.

—Estoy con la misión bizantina.

—¿Dónde habéis estado?

—Volvíamos de Samarcanda cuando nos han atacado unos ladrones. Para escapar de ellos hemos tenido que cabalgar campo a través y nos hemos perdido. Dejamos Bujara sin permiso del general, y debemos regresar al caravasar antes de que se dé cuenta de que no estamos.

—No, antes nos tenéis que contar algo más de esos ladrones.

Wayland hizo rodar un sólido de oro entre el pulgar y el índice.

—Uno de estos para cada uno de vosotros.

Colocó la moneda en la mano que se tendía ante él, y dejó caer las otras dos al polvo.

Los guardias todavía estaban recogiendo el oro cuando Wayland y sus compañeros entraron por las puertas.

ϒ

Empujó a Zuleyka hacia una celda vacía y fue hacia la puerta.
—Descansa hasta que te diga lo contrario.
—Wayland…
La sangre le ardió al oír, por primera vez, el sonido de su nombre en la boca de aquella mujer. Se detuvo.
—Ven aquí —dijo ella en persa.
—No tengo tiempo —contestó él, en la misma lengua.
—Quiero darte las gracias.
Wayland se volvió.
—Bueno, que sea rápido.
Y así fue: ella atrajo el rostro de él hacia el suyo y le besó con un solo movimiento apasionado.
Él la apartó.
—Sabía que vendrías.
Wayland tragó saliva.
—No seas boba.
—Tú no comprendes el poder de los sueños.
Con un toque ligerísimo, como una canica que pusiera en movimiento una roca enorme, ella le empujó hacia la puerta. Bostezó.
—Vuelve pronto.
Él cruzó el patio con los labios todavía ardiendo. Dio un salto cuando una voz se dirigió a él muy cerca.

—Te has levantado muy temprano, si es que has dormido. ¿Dónde has estado?
Era Vallon, que salía de la casa de baños, frunciendo el ceño al ver el aspecto desastrado de Wayland.
—He ido a cazar.
—¿Y has cogido algo?
—Solo una paloma silvestre.

XXVI

—Hauk Eiriksson —anunció el sirviente de Vallon.

Este dejó un momento la discusión con sus oficiales.

Hauk entró en el *iwan* con aire arrogante, muy bien vestido, con un traje nuevo cortado al estilo vikingo, pero realizado con seda de Bujara, y con los dobladillos de brocado de oro según la moda árabe. Saludó a los reunidos con reverencias y sonrisas.

—No os entretendré demasiado. He venido a anunciar que nos vamos. Dentro de dos días conduciré a mis hombres a nuestros barcos.

—Debéis de haber hecho buenos negocios… —dijo Vallon—. ¿Qué bienes de comercio lleváis?

—Alfombras tejidas con incomparable maestría, quinientos nudos por pulgada y teñidas con unos rojos maravillosos, con un compuesto obtenido de unos insectos…

—Cochinillas —dijo Hero.

—Sedas y muselinas finas —continuó Hauk—. Plata y joyas con cornalina y turmalina. Si consigo llevarme solo una cuarta parte de esos artículos, seré el hombre más rico de Svealandia.

—Es un «si» muy arriesgado —dijo Vallon—. El Kara Kum os tostará vivos, en esta época del año. Aunque podáis cruzarlo, puede que os encontréis con que alguien os ha robado los barcos. Podríais esperar largo tiempo en esa costa antes de que alguien os rescatara. Y la liberación no seguiría vuestras condiciones.

Hauk sonrió.

—Ya te he tomado las medidas. Te resulta odioso debilitar tu fuerza de combate, y esperas persuadirme para que me quede contigo todo el camino hasta China.

—La verdad es que me sentiría mucho más confiado si emprendiera la parte más dura de nuestro viaje con tus guerreros a nuestro lado.

Hauk negó con la cabeza.

—Mis hombres ya están hartos de desierto. Añoran el olor del agua salada.

Vallon le tendió la mano.

—Entonces, te daré las gracias por tu servicio y te desearé buen viaje y feliz vuelta a casa. —Mantuvo la mano de Hauk—. Solo siento que nuestro paso por Bujara no nos haya dado la oportunidad de ver a tus hombres mostrar sus habilidades de combate. Si os quedaseis otro mes más, creo que vería su temple probado hasta el límite. —Le soltó la mano—. Pero, en fin..., mientras ha durado, nuestra alianza nos ha sido útil.

Hauk se puso tenso ante el desaire implícito.

—Queda el asunto de las pagas pendientes.

Vallon echó una mirada aburrida a Aiken.

—Paga la deuda.

Hauk se echó a reír.

—Una cosa hay que reconocer, Vallon, y es que no eres un tacaño. Quizá quieras cenar conmigo mañana por la noche.

—El tiempo nos apremia. Me temo que tendremos que posponer ese placer. —Vallon hizo una reverencia como despedida—. Que Dios acelere tu viaje y te proteja.

Hauk le devolvió la reverencia.

—Y a ti también.

Casi estaba en la puerta cuando el sirviente de Vallon entró de nuevo.

—Los guías, general.

Hauk tuvo que pasar en torno al sirviente.

—Quédate un momento —le pidió Vallon—. Aunque nuestros caminos tomen distintas direcciones, estos caballeros quizá tengan información útil para ti. Son sogdianos, expertos en el comercio de la Ruta de la Seda, miembros de un gremio que aconseja y guía a los mercaderes desde hace más de quinientos años.

Dos hombres avanzaron por la puerta muy juntos, una pareja muy extraña, pero cuya extrañeza no era aparente a primera vista. Lo único que Vallon podía decir de ellos como primera impresión era que se parecían mucho, y que no cuadraban en el molde asiático ni en el occidental. Tenían el pelo liso y rojizo, tan fino como el de un niño, y los ojos color pasa en unos rostros curiosamente carentes de edad. Iban tocados con sombreros cónicos con la copa inclinada hacia delante, chaquetas de brocado de seda hasta las rodillas, acampanadas desde la cintura, y bordadas con unos redondeles en el interior de los cuales iban unos ciervos junto a unos árboles muy estilizados. Sus pantalones, muy ajustados, iban metidos en unas botas de piel de cabrito que les llegaban hasta media pantorrilla, adornadas con hilo de plata y con un diseño de escamas de pescado.

Hicieron una reverencia a la vez cortés, pero no sumisa.

—An Yexi y An Shennu a vuestro servicio —dijo el de la izquierda, en un griego pasable—. Estos son nuestros nombres chinos. La gente que no habla nuestra lengua encuentra difícil pronunciar nuestros nombres auténticos. Su eminencia, el secretario de Comercio, nos dijo que viajabais a China y que buscabais guías con conocimiento experto de las rutas y las condiciones que os podéis encontrar. Si su recomendación no basta, permitidme que os presente referencias de otros clientes.

A juzgar por el grueso fajo de páginas amarillentas, algunos de los documentos databan de los primeros tiempos de la cristiandad. Vallon le tendió el fajo a Hero.

—Los examinaremos con mucho interés. Por ahora, decidnos de palabra cuáles son vuestras cualificaciones.

—Somos sogdianos, miembros de la hermandad que guía caravanas de entrada y salida de China desde hace treinta generaciones. A diferencia de los guías locales, que os llevarán solo hasta el oasis siguiente, nosotros os acompañaremos durante todo el viaje. Facilitaremos vuestro paso en todas las etapas y procuraremos que realicéis las transacciones más favorables. Tenemos parientes, socios y agentes en todos los centros de la Ruta de la Seda, incluida Chang'an, la antigua capital de China. Mi primo y yo hablamos con fluidez todos los idiomas principales que os iréis encontrando: árabe, persa, chino, tibetano y uigur. También podemos comunicarnos en jitán y en lenguas de pueblos de los que jamás habréis oído hablar.

—¿Qué está diciendo? —preguntó Hauk.

Hero le hizo un resumen mientras Vallon continuaba su interrogatorio.

—¿Cuántas veces habéis hecho el viaje?

—Yo tenía doce años cuando viajé a Chang'an por primera vez, y quince cuando volví. Desde entonces he seguido la Ruta de la Seda más de una docena de veces. —An Yexi vio que los ojos de Vallon se entrecerraban, haciendo el cálculo—. Soy mayor de lo que parece. Tengo sesenta y tres años. Somos una raza longeva con una dilatada existencia. Mi padre celebró su centésimo cumpleaños el año pasado. Hizo su último viaje a China a los setenta y ocho años.

—¿Tuvisteis tratos con la misión bizantina que pasó por Bujara el año pasado?

—Ofrecimos nuestros servicios a su comandante. Este declinó, diciendo que nuestra comisión era demasiado elevada.

Vallon se cruzó de brazos.

—Decidme cuál es.

—Una quinta parte del valor de vuestras mercancías en el mercado de Bujara. Tendremos que hacer un inventario detallado.

Vallon se inclinó hacia delante.

—¡Una quinta parte! Eso es intolerable.

—Os explicaré los mismos hechos que ya presenté a vuestro predecesor. Si seguís vuestro propio camino, reclutando guías y caravanas de camellos en cada oasis, perderéis más de una décima parte de vuestro tesoro en sobornos, peajes y tasas. Añadid otra décima parte por los artículos sustraídos y tasas abusivas de los suministros. Añadid también el tiempo que perderéis regateando, y os garantizo que llegaréis a China con la mitad de riquezas que cuando abandonasteis Bujara. Si es que llegáis. Empleadnos y con toda seguridad llegaréis a Kaifeng más ricos que cuando partisteis. A través de nuestra red de agentes, sabemos qué artículos obtienen los mejores precios.

—Dadme un ejemplo.

—Este año, lo que está de moda entre las damas de la corte Song es el carey afgano y el coral árabe. Comprad conchas de tortuga en el mercado de Bujara y os garantizo que en Kaifeng vuestra inversión os dará un beneficio diez veces mayor.

—Una afirmación muy atrevida…

An Shennu dio unos golpecitos en los documentos.

—Apoyada por los testimonios.

—¿Qué le ocurrió a la última expedición bizantina?

—Se rumorea que perecieron en el desierto de Taklamakan, al este de Jotan. Unos bandidos les tendieron una emboscada, después de que sus guías los abandonaran.

Vallon había visto ya lo que resultaba tan intranquilizador de los sogdianos. Respondían como si fueran una sola persona, cada uno continuando donde lo había dejado su compañero, y replicando como en un espejo los gestos del otro.

—¿Sois gemelos?

—Somos primos, como ya os he dicho. Somos una raza con fuertes vínculos familiares.

—¿Cristianos? ¿Musulmanes?

—Maniqueos.

—Los maniqueos ven el universo como un conflicto entre la luz y la oscuridad, el bien y el mal —explicó Hero—. Creen que todas las cosas terrenales contienen diferentes cantidades de partículas de luz atrapadas en la materia oscura, excepto el Sol y la Luna, que fueron creados de luz inmaculada. El Príncipe de las Tinieblas creó al hombre a partir de la cópula de unos demonios para poder…

—Heréticos o paganos —dijo Vallon. Examinó de nuevo a los sogdianos. Seguía resultándole difícil distinguirlos—. Así que habéis hecho el camino hasta Kaifeng.

—No —dijo An Yexi…, o bien An Shennu—. Lo más lejos que hemos viajado es hasta Chang'an. La nueva capital se encuentra a un mes de viaje más hacia el este, en el río Amarillo.

—¿Cuándo fue la última vez que guiasteis una caravana hasta China?

—Hace cuatro años.

Vallon se arrellanó en su asiento.

—No me sorprende que el negocio esté tan estancado. Os sugiero que bajéis vuestra comisión.

—Nuestras tasas tienen poco que ver con la falta de empleo. El comercio de la Ruta de la Seda ha ido menguando por la competencia de las nuevas rutas marítimas. La demanda de seda china ha disminuido a medida que las tierras occidentales han establecido sus propias fábricas. Hoy en día, las principales exportaciones de China son chai y porcelana…, artículos muy abultados que se transportan mucho más fácilmente por mar que por tierra. Un solo barco puede llevar tanta porcelana como una caravana, con más posibilidades de entregar su carga sin que haya sufrido daños.

—¿Estáis diciendo que hay una ruta marítima entre China y occidente?

—Desde el puerto chino de Cantón, los cargueros van por etapas hasta la India, Persia y Egipto. Quizá más lejos incluso. Más allá, mis especulaciones deben ceder ante vuestro conocimiento.

—La ruta por mar no llega hasta Constantinopla.

—Pero sí llega hasta Persia —dijo Hero—, quizá podríamos volver por ahí.

—Concentrémonos en nuestro objetivo inmediato —replicó Vallon, en francés—. ¿Empleamos a estos guías con unos términos tan abusivos?

—Creo que debemos hacerlo. Maese Cosmas usó guías sogdianos que le escoltaron a Samarcanda, y hablaba muy bien de su integridad.

Vallon se enfrentó a los primos.

—Pensaré en lo que nos habéis dicho y tomaré una decisión pronto.

—No tardéis. Aunque partamos mañana mismo, cruzaríamos el Taklamakan en el punto álgido del verano, y no llegaríamos a China hasta mediados del invierno.

En el exterior del caravasar sonó una trompeta. Vallon oyó voces acaloradas. Salió de dos zancadas al balcón y vio que la puerta se abría y entraba una columna karajanida dirigida por el oficial que había interceptado la expedición al exterior de Bujara.

—Esto no me parece una visita de cortesía... —dijo Josselin.

Anunciado por dos trompetas, el comandante se detuvo bajo el *iwan* y levantó la vista hacia Vallon, dándose golpecitos en la muñeca con un documento sellado.

—Traigo una orden que os convoca a comparecer ante el magistrado superior.

—¿De qué se me acusa?

—Se ha reunido el tribunal. Se requiere vuestra presencia de inmediato. —El comandante hizo dar la vuelta a su caballo—. Esperaré fuera.

Vallon vio que los caballos pasaban al trote por las puertas.

—¿Alguien sabe de qué va todo esto?

—Algunos soldados deben de haberse implicado en alguna riña —dijo Josselin—. O bien se han tomado libertades con alguna mujer.

—Es más grave que eso —intervino Wayland.

Vallon le miró.

—Hace dos noches rescaté a Zuleyka.

Vallon se quedó atónito.

—¿Que hiciste qué...?

—Entré en la casa de su dueño por la noche y me la llevé del harén. Nadie resultó herido.

Vallon se quedó blanco.

—¿Entraste en casa de un hombre por la noche y le arrebataste lo que es suyo? Dios mío, ¿te das cuenta de la gravedad de tu crimen? Podría sabotear toda la empresa, poner en peligro nuestras vidas... ¿Y por qué? —La saliva salpicaba de su boca—. Por una esclava, una bailarina, una puta... —Se arrojó hacia Wayland.

Hero se interpuso entre los dos.

—No es el momento. Nos esperan ante el tribunal.

Vallon retrocedió, desencajado por la rabia.

—Pensaba que podía perdonártelo todo, pero esto no. Esto no. —Trastornado por la ira, permitió que su sirviente se lo llevara para adecentarlo y acudir a la vista.

Al bajar al patio, ordenó a Otia y Josselin que se quedaran allí, y que pusieran los soldados en alerta máxima.

—No dejéis entrar a ningún soldado si no lo ordeno yo. Hero, te necesito a mi lado. En cuanto a ti —le dijo a Wayland—, vendrás conmigo para responder a los cargos.

—Yo también voy —dijo Hauk.

—Este asunto no te concierne.

—Sí, sí que me concierne. Los karajanidas no harán ninguna distinción entre tus fuerzas y las mías.

Vallon no volvió a hablar hasta que entraron en el Registán, una enorme plaza de ceremonias que en ese momento estaba vacía, excepto por unos pocos soldados repartidos por los alrededores. En el extremo más alejado, erigido sobre una montaña artificial, estaba el Arca, un complejo soberbio amurallado que albergaba ciudadela, palacio, tesoro, cuartel, tribunal y prisión.

—Habrás tenido cómplices —le dijo Vallon a Wayland.

—Actué solo.

—No mientas. Huelo a Lucas en este asunto tan turbio, y probablemente también te llevaste a algún amigo turcomano. Lo averiguaré, créeme.

—La responsabilidad es solo mía. Si el tribunal decide en mi contra, admitiré mi culpabilidad y pagaré el precio.

—Sí, lo harás. Si tengo que verte colgado para salvar mi misión, así será.

Estaban en medio del Registán. La entrada al Arca era una rendija oscura que quedaba bajo el sol cegador.

—¿Qué habría pasado si os hubiera pedido que salvarais a Zuleyka? —preguntó Wayland.

Vallon apretó las mandíbulas.

—Habría negociado su rescate. De mala gana, pero lo habría hecho. Tendrías que haber sabido que lo haría, ¿por qué no viniste a pedírmelo?

—Porque vuestra intervención no habría dado fruto. El comerciante que compró a Zuleyka es el mismo hombre que pujó por Lucas, el tipo que envió a uno de sus matones a matar a Hero con un cuchillo.

—Habría apelado al secretario de Comercio.

—¿Y si se hubiera negado a ponerse de nuestro lado?

Vallon no respondió.

—Entiendo a los turcomanos mucho mejor que vos —dijo Wayland—. Llevo nueve años viviendo con ellos, y sé que lo que les une entre sí es la fidelidad a un líder fuerte. Vos sois nuestro comandante, pero, sin embargo, ignorasteis el primer desaire…

—La pérdida de la chica gitana no fue un desaire. Fue un alivio.

—No estoy hablando de Zuleyka. Los bandidos capturaron a Lucas y lo vendieron en Bujara sin que vos levantaseis ni un solo dedo para salvarlo. Si Aiken no lo hubiera visto, si Hero no lo hubiera comprado, ahora ya se habría borrado de vuestra memoria.

Vallon clavó la vista en la arcada a la que se acercaban.

—Hero le preguntó al secretario si uno de nuestros soldados había sido consignado al mercado de esclavos. Él negó todo conocimiento al respecto y vos no insististeis. Montones de personas en Bujara debían de saber que Lucas era uno de vuestros soldados, y no hicisteis nada para reclamarlo. El mensaje de que los bandidos pueden llevarse a uno de nosotros sin temor a las represalias nos precederá.

—Wayland tiene razón —dijo Hero.

—¿Quién te ha pedido tu opinión? —soltó Vallon.

—Otra cosa… —apuntó Wayland—. Yo compré a Zuleyka en la costa del mar Caspio. Legalmente es mía.

—Todavía no he visto tu dinero.

—En cuyo caso, la gitana sigue siendo de vuestra propiedad. Pensad en ello.

Vallon echó una mirada a Wayland y rápidamente apartó la vista.

—Una cosa es segura: esa chica no es virgen.

Los monumentales muros del Arca, inclinados hacia dentro, no animaban a más conversación. Ascendieron por una rampa y pasaron a través de un enorme portal fortificado a cada lado con torres conectadas por pasadizos. Detrás del portal, un largo pasaje conducía a un patio iluminado por el sol. Los muros amplificaban el ruido de los cascos de los caballos. Había cadenas y grilletes hechos un ovillo en unos huecos que eran como celdas, a cada lado.

Salieron a una terraza de un mármol blanco y resplandeciente. El comandante bujaran los llevó en diagonal a una de las fachadas situadas frente al patio. Unos guardias le quitaron la espada a Vallon.

—Quiero un recibo.

El comandante empezó a poner reparos. Vallon habló entre dientes.

—Represento a su majestad imperial Alejo Comneno. Dadme un recibo.

Un escriba garabateó a toda prisa el documento. El comandante condujo a Vallon y a sus compañeros a toda prisa hacia el patio. La cámara abovedada debía de tener unas treinta yardas de largo, y otros tantos pies de alto. En el extremo más alejado, en un trono situado detrás de una fila de guardias, estaba sentado el *kazi kalan*, el magistrado superior; sujetaba en el regazo un hacha de oficio más grande y espléndida que la que llevaba el propio secretario de Comercio. Vallon se dirigió hacia él y no se detuvo hasta que los guardias bloquearon su progreso con un muro de picas. Vallon fulminó con la mirada al magistrado, un hombre carnoso con la barba cortada en forma de hacha y unos ojos tristes como de pescado, con unas bolsas de color ciruela debajo. Estaba sentado medio de lado y envuelto en un traje de seda blanca tan voluminoso que parecía la vela de un caique, con los pliegues situados de una manera tan artística que, seguramente, un equipo de sirvientes se habría pasado una mañana entera intentando dejarlo así.

A la derecha del magistrado superior y de su equipo legal estaba Yusuf, el secretario de Comercio, con aire incómodo. A la izquierda, un grupito de hombres ceñudos rodeaban al demandante, una figura alta y cadavérica cuya barba teñida con henna guardaba un parecido poco afortunado con el vello púbico. Vallon le odió nada más verle.

Le señaló:

—¿Este es el ladrón? ¿Este es el bellaco?

El equipo de la acusación hizo muecas, sorprendido. Uno de ellos, que tenía la cara como un heraldo del apocalipsis, dio un paso al frente.

—Said al-Qushair es el demandante, el caballero que ostenta cargos muy graves contra vos. Los hombres que le rodean son sus testigos.

—¿Qué cargos?

—Allanamiento, ataque, robo y otros delitos graves.

Vallon bufó.

—Sin base alguna.

—Eso lo establecerá este tribunal.

Durante el resto de la mañana, el acusador estableció el caso contra Vallon, llamando a un testigo tras otro. Todos estuvieron de acuerdo en que dos días antes, a primera hora de la madrugada, tres hombres armados (soldados a las órdenes de Vallon) entraron en la residencia del demandante furtivamente, irrumpieron en las habitaciones del harén, hirieron a una de las esposas principales del demandante y luego se llevaron por la fuerza a una joven esclava adquirida recientemente por el demandante. Los hombres de la casa los persiguieron, pero los secuestradores huyeron después de matar uno de los caballos del demandante. También estaba implicado en los hechos un perro medio salvaje.

Vallon estaba de pie, dando golpecitos en la vaina vacía de su espada, mientras se iban acumulando las pruebas. De vez en cuando, arrojaba miradas venenosas al demandante, que respondía con apelaciones a Dios o fingidas arremetidas contra Vallon.

El último testigo se retiró y el acusador se volvió a Vallon.

—Estos son los cargos. ¿Los negáis?

—Los niego todos. Mis hombres no robaron a Zuleyka. ¿Cómo puede uno robar una propiedad que es suya? —Vallon señaló a Hauk—. Yo compré a la muchacha a estos caballeros hace dos meses, en la orilla oeste del mar Caspio. Preguntadle.

Lo hicieron. Hauk dijo que era cierto: había vendido a Zuleyka a Vallon.

El magistrado superior convocó a su equipo legal y siguió una prolongada discusión en relación con la ley criminal y civil, con las responsabilidades extracontractuales, con puntos de jurisprudencia y con nomología, a medida que iban desentrañando el caso de esclavos que habían escapado de su propietario, para encontrarse después presas de otro vínculo... Citaron hasta precedentes que se remontaban a los tiempos de Mahoma.

Cuando el grupo se separó al fin, como arañas que hubiesen absorbido la vida de una mosca, pensó Vallon, las sombras habían recorrido un largo camino en la cámara. Por aquel entonces ya sabía que el magistrado superior no era un hombre sano. Al parecer lo único que quería era tumbarse a descansar. Un sirviente le abanicaba con plumas de águila pescadora.

El acusador se acercó a Vallon.

—Aunque no dudamos de lo que decís, que comprasteis a la esclava, el hecho de que la perdierais hace varias semanas es un factor decisivo. El demandante la compró de buena fe. No sabía que la chica había sido antes de vuestra propiedad.

—Pues ahora lo sabe, y no tengo intención alguna de ceder mi título. Veo que os estáis refiriendo a la chica no como esclava suya, sino como «lo que posee su mano derecha». Si este hombre quiere impugnar mi título de propiedad, que lo haga con la mano derecha, en el momento y lugar que él elija.

El acusador dio un golpe con su bastón.

—General, este es un tribunal de justicia, no os burlaréis de nosotros.

—Si yo os robo esa joya que lleváis en el sombrero, y se la vendo a un mercader, que a su vez la vende a un tercero, ¿quién será el auténtico propietario? —replicó Vallon.

—Yo, por supuesto.

—Pues ahí lo tenéis.

—Pero eso no significa que yo pudiera recuperarla por la fuerza. Yo habría buscado ayuda en la ley, sabiendo que... —una reverencia al magistrado superior— esta sería aplicada de una manera imparcial.

—Deseo interrogar a su eminencia el secretario de Comercio.

Yusuf se adelantó de una manera discreta.

Vallon fue derecho a su garganta.

—El día que llegamos a Bujara, os informé de que unos moradores de las arenas habían secuestrado a uno de mis hombres y una muchacha esclava, y que quizás en aquel preciso momento estuvieran languideciendo en el mercado de esclavos. Os rogué que preguntaseis por ellos, y que los devolvieseis al lugar donde pertenecían.

—Tengo un vago recuerdo de vuestra petición. No recuerdo que mencionaseis a una chica esclava.

—¿Seguisteis o no mi petición?

—Lo hice, sin éxito.

Vallon sonrió al público.

—No creo que lo intentaseis con mucha firmeza. Os bastaría haber despachado a un subalterno al dormitorio de los esclavos y habríais averiguado que mi soldado estaba allí retenido, esperando para su venta en una subasta pública.

—General...

La voz de Vallon se alzó.

—A mis hombres les costó dos días (¡dos días!) seguir la pista de mi soldado. Lo encontraron cuando lo estaban vendiendo a plena vista del populacho. —Vallon levantó el brazo de Hero—. El hombre que lo encontró, este caballero de aquí, se vio obligado a pagar la suma de setenta sólidos para devolver a uno de mis propios soldados a mis filas. ¿Y quién fue el postor que subió el precio hasta un nivel tan ridículo? —Vallon apuntó con una mano—. Él. El supuesto demandante, el mismo hombre que no solo el día antes me había privado ilegalmente de mi amante. No contento con robar un artículo de mi propiedad, quiso robarme dos.

—General...

—Dejemos bien claro lo espantosos que son los delitos de este hombre. Llegó a extremos desesperados para esclavizar a un hombre que sabía perfectamente que era un soldado a mi mando, un soldado juramentado para servir a vuestro aliado, su majestad imperial Alejo Comneno. Tal y como interpreto la ley islámica, tomar esclavos en la guerra es un derecho sancionado por Dios. ¿Está Bujara en guerra con Constantinopla? ¿Debo advertir a mis hombres que se preparen para sufrir un ataque inminente?

—General, debo protestar…

—Aún no he terminado. Y esto solo dos días después de robarme a mi amante. Sí, mis nobles amigos. Mi amante. A diferencia del demandante, que al parecer almacena mujeres como el campesino que guarda cabras, Zuleyka es el único amor de mi vida. Mi corazón se rompió en dos el día en que esos demonios de la arena la arrancaron de mi lado. —Vallon se besó las manos y las alzó hacia el cielo—. Doy gracias a la divina gloria del Creador porque en su infinito favor me ha devuelto a mi bienamada.

El demandante lanzó una mirada desesperada al magistrado superior. Aquel augusto funcionario llamó por señas a los abogados agitando su hacha. Cuando hubieron acabado sus deliberaciones, el acusador se dirigió a Vallon.

—Su excelencia reconoce que el caso tiene algunos aspectos complicados, y lo aplaza una semana, hasta que se puedan establecer ciertos hechos y se pueda examinar la ley. Hasta entonces, vos y vuestros hombres quedaréis confinados en el cuartel y tendréis que entregar a la esclava a este tribunal.

Vallon echó una mirada a Wayland.

—¿La tienes?

—Sí.

Vallon cogió aire.

—Tras haber tenido el corazón roto antes de poder reunirme con mi bienamada, no volveré a separarme de ella. ¡Nunca! —Golpeó su vaina vacía—. Por encima de mi cadáver.

En el silencio tenso que siguió, se oyó perfectamente el rugido del estómago del magistrado superior.

—Seguid —murmuró Hero.

Vallon avanzó un paso.

—En cuanto a lo de confinar a mis hombres en los barracones, cumpliré esa condición hasta que nos vayamos… dentro de tres días.

—General, el magistrado superior ha ordenado que permanezcáis en Bujara hasta la próxima vista.

—Dentro de tres días saldré con mis hombres de Bujara, para completar la misión que me ha confiado mi amo imperial. No puedo creer que os opongáis a mi partida por la fuerza solo para satisfacer la vanidad y la venalidad de ese bellaco ladrón.

El magistrado superior flaqueó; el secretario de Comercio se pasó la mano por los labios y habló con el acusador. Este se llevó al demandante a dar una vuelta por la sala, cogiéndole el codo y susurrando a su oído. Como sabía que el juicio no iba a ir como él esperaba, el hombre se dejó dominar por la cólera, algo que no le iba a favorecer con los doctos abogados. El acusador lo devolvió a sus amigos llorando y tirándose de la barba antes de acercarse a Vallon con una sonrisa en la cara.

—Podemos arreglar esta controversia…

—¿Controversia? Hace un momento era un crimen gravísimo.

—General, no desperdiciéis la ventaja que tenéis. Ofrecedle dinero al demandante a modo de restitución.

—¿Que pague a un ladrón por una propiedad que es mía?

—Es la única forma de acabar rápidamente el caso.

—Si pago a ese ladrón, ¿dejaréis partir a mi expedición?

—Sí. Cuanto antes mejor.

Vallon puso cara de tozudez.

—¿Cuánto?

—Sesenta sólidos por la chica, veinte por el caballo, diez por el asalto. Redondeando, cien.

—¡Ridículo! ¿Y la multa por los perjuicios que él me ha causado a mí? Si ha mancillado a mi amante, ¿qué compensación tengo derecho a recibir por ello? No hay suficiente oro en Bujara para compensar ese insulto.

—Vos os queréis ir —intervino el secretario de Comercio—. Nosotros queremos que os vayáis. Es un buen precio.

Vallon miró al techo, que ahora desaparecía a la luz de la noche.

—Por mi deber con el emperador y por el bien de mis hombres, cedo. —Chasqueó un dedo a Hero—. Pagad a ese demonio.

Antes de dar la vuelta en redondo, Vallon dio las gracias al magistrado superior.

—Vuestra excelencia, retiro cualquier duda que pudiera haber tenido sobre la justicia de Bujara. Habéis representado la función de juez de una manera que demuestra vuestra imparcialidad, justicia y amabilidad para el pueblo del Altísimo.

—Ya basta —exclamó el acusador.

El secretario de Comercio se acercó a Vallon en la puerta.

—En el improbable caso de que sobreviváis a vuestro viaje a China, os aconsejo que no volváis por Bujara. Encontraréis las puertas cerradas para vos.

Hero consiguió contener la risa hasta que estuvieron en el Registán.

—No sabía que teníais ese don para la oratoria… Habrías sido un digno rival para Cicerón.

Vallon no se reía. Dirigió a Wayland una mirada envenenada.

—Hemos escapado por los pelos. Más de una vez me has dicho que no estás sujeto a mi mando. Muy bien. Ya que no sientes lealtad hacia mí, no esperes que te ofrezca mi protección. Ya puedes irte y llevarte contigo a esa puta.

Picó espuelas en los flancos de su caballo.

—¡No lo diréis en serio! —dijo Hero—. ¡Esperad!

Vallon siguió adelante.

XXVII

La noticia del asalto de Wayland y la actuación de Vallon ante el tribunal se extendió por todo el escuadrón. La acogieron con entusiasmo. Los camaradas de Lucas le saludaron con cierta admiración, y le dijeron que era el soldado más caro de toda la historia del ejército bizantino. También se alegraron mucho de haber recuperado a Zuleyka. Lo que les sorprendía es que aquella era la tercera vez que la chica se libraba de la esclavitud. Esto reforzó sus sospechas de que poseía poderes sobrenaturales, y les hizo guardar una distancia respetuosa. Además, creían que era Wayland quien había reclamado a la chica…, o quizá, decían algunos, fuera al revés.

El juicio tuvo otro resultado. Temiendo represalias del vengativo demandante o de los resentidos mandamases de Bujara, Hauk decidió posponer su viaje de vuelta al Caspio y seguir con Vallon una etapa más. Sus hombres acompañarían a la expedición hasta Samarcanda, donde añadirían más artículos de comercio, antes de volver a los barcos por una ruta que evitase Bujara.

Con solo tres días para disponer la caravana, los hombres trabajaban noche y día preparándolo todo. Muchas de las monturas y animales de carga de los soldados estaban muy derrotados, y había que cambiarlos por ejemplares más frescos. Ahí los sogdianos demostraron su valía. Shennu (Vallon había obviado el «An», un apellido chino que significaba «de Bujara») acompañó al general a una feria de caballos en el Registán.

—Son unos animales muy feos —dijo Wulfstan, supervisando a los animales greñudos, con cabeza de maza, la crin hirsuta, color ratón—. He ahogado a perros mejores que estos.

—Son adecuados para la travesía del desierto —dijo Shennu—. Tarpanes salvajes cruzados con razas turcomanas. Sobreviven durante semanas en condiciones que matarían a vuestros caballos griegos en cuestión de días. Sus cascos son tan duros que ni siquiera hay que herrarlos.

Vallon examinó los caballos.

—Aun así, no pienso entrar en Kaifeng con las espuelas arrastrando por el polvo.

Shennu le miró.

—Si tenéis los bolsillos bien provistos, podéis comprar las mejores razas de la tierra, aquí y ahora.

—Enseñádmelas.

Shennu condujo a la partida de Vallon a un corral cercado para compradores mucho más ricos. Wulfstan silbó cuando vio aquellos caballos. Casi todos de color gris o bayo, igualaban a las monturas de la caballería bizantina en tamaño y, aparte de tener una cabeza más grande y unas patas delanteras muy rectas, estaban espléndidamente proporcionados, y sus ojos irradiaban espíritu e inteligencia.

—Caballos fergana —dijo Shennu—. Los chinos creen que son medio dragones, nacidos en el agua y capaces de llevar hasta el cielo a sus jinetes. Están reservados para la aristocracia.

Vallon señaló un caballo castrado sudoroso.

—¿Cuánto piden por ese?

—Tenéis buen ojo para los caballos...

—Debería tenerlo. Soy de la caballería.

—No será barato.

—Paga lo que cueste.

—Será más de lo que pensáis, pero, si lleváis el caballo a Kaifeng en buen estado, lo venderéis por muchas veces el precio que paguéis hoy.

Vallon cruzó los brazos sobre el pecho mientras un mozo ejercitaba al caballo fergana. Se elevaron algunas manos, haciendo pujas. Shennu no hizo ningún gesto aparte del movimiento de sus cejas.

—¿Estamos pujando? —preguntó Vallon.

—Claro. El agente de un tratante rico está subiendo el precio.

Vallon se secó las palmas en los muslos.

—Igualad.

Shennu se mantuvo calmado mientras los otros pujaban a gritos y agitaban las manos. Al final la multitud se quedó callada y el subastador movió la cabeza a izquierda y derecha primero, y luego, como un péndulo que descansa al fin, fijó los ojos en Vallon.

—El caballo es vuestro —dijo Shennu—. Felicidades.

—¿Cuánto?

—Cuarenta y siete sólidos.
—Dios mío —dijo Vallon.
—Es menos de lo que pagasteis por Lucas —señaló Aiken.

A medianoche, antes del amanecer de la partida, todo el mundo en el caravasar estaba levantado ensillando caballos, engrasando ejes de carros, realizando las muchas tareas necesarias para poner en camino la caravana. Ciento setenta y cuatro camellos bactrianos estaban echados en el patio, sometiéndose con altiva indiferencia mientras veintinueve camelleros nativos, incluidos mujeres y niños, los cargaban. Cada camello podía cargar cuarenta libras más que un caballo, y viajar dos veces más lejos, a la mitad del paso y con una cuarta parte de agua.
Shennu se acercó a Vallon.
—Ya estamos preparados.
Todavía estaba oscuro, los nidos de cigüeña que coronaban las torres del ribat proyectaban su silueta desaliñada contra las estrellas grises. Vallon montó en su caballo celestial, fue cabalgando hasta la puerta y se incorporó en sus estribos.

—¡Hombres, nos vamos a China! Sed fieles a nuestra misión y entre vosotros, y podréis esperar volver a casa cargados de riquezas y honores.
Sus tropas lanzaron vítores. Vallon hizo un gesto a los porteros para que abriesen las puertas.
—Y que Dios nos proteja —dijo al pasar por ellas.
Los camellos viajaban en reatas de hasta diez, y el último de ellos estaba todavía saliendo de la ciudad cuando Vallon oyó la primera llamada a la oración, que se alzaba débilmente tras ellos en la llanura.
Josselin se acercó a él.
—Parece que han desertado tres turcomanos.
—Esperaba perder más.
—Tras una semana de putas y festejos, los hombres han olvidado lo horrible que es el viaje por el desierto. Están muy emocionados por recorrer la Ruta de la Seda.
Vallon gruñó.
—No estarán tan emocionados dentro de un mes. —Miró hacia atrás, siguiendo la columna—. ¿Todavía va maese Wayland con nosotros?
—Sí, señor, va cabalgando detrás, con la chica gitana. ¿Queréis que le envíe un mensaje?
Vallon no había intercambiado una sola palabra con el inglés

desde el juicio. Trabajando en sus aposentos hasta altas horas de la noche, a menudo levantaba la vista al oír pasos que se acercaban, esperando que fuese Wayland, que viniera a hacer las paces con él. Pero no. Vallon acortó las riendas y retomó el camino hacia el sol naciente.

—No.

Una semana más tarde, la expedición acampó a cinco millas de Samarcanda. Después de los dramas de Bujara, Vallon no tenía intención alguna de permitir que sus hombres anduvieran tan pronto por otra ciudad. Hauk entró en la tienda del general después de cenar y se sentó un rato en silencio, con un vaso de vino en la mano.

—Esta es nuestra última reunión, en realidad —dijo al fin—. En parte deseo ir contigo, pero mis hombres añoran mucho su casa. Han pasado casi dos años desde que dejamos nuestros hogares.

—¿Tienes familia?

—Mis enemigos los mataron.

—Yo tengo una esposa y dos hijas en Constantinopla.

—Rezaré para que regreses sano y salvo. Adiós.

Vallon levantó la vista cuando el vikingo estaba en la puerta.

—Adiós, Hauk Eiriksson.

Desde Samarcanda viajaron hacia el este por el valle de Fergana, sudando con la humedad y el calor. Se detuvieron dos días en Osh para reaprovisionarse, y subieron por un lado de los Pamires, pasando junto a campos donde los nómadas criadores de caballos cultivaban alfalfa para sus rebaños. El camino se hacía empinado y estrecho. Tras trepar cuatro días, la caravana llegó, entre jadeos por la escasez de aire, a un paso rocoso manchado con restos de nieve y huesos de animales y de hombres que habían apostado a que haría buen tiempo para cruzar, y que habían pagado con la vida.

El camino subía y bajaba por encima de las cordilleras, descendiendo gradualmente, y apretujándose en un momento dado a través de un desfiladero de mármol tan estrecho que las cargas de los camellos rozaban los lados de unas paredes pulidas, tan suaves como la seda por el tráfico de siglos.

Siete días después de abandonar Osh, Vallon miró desde el último paso las inmensidades color óxido del Taklamakan, el desierto que se había tragado a la anterior expedición. Shennu le dijo que su nombre significaba: «entras, pero no sales».

Un soldado gritó. Vallon se volvió y vio jinetes que se asomaban por encima del risco. Eran demasiado pocos para suponer una amenaza, y cabalgaban de una manera que le hizo pensar que huían, en lugar de perseguir.

—Son Hauk y sus hombres —dijo Wulfstan.

Vallon contó veintiocho, ocho menos de los que habían seguido su camino en Samarcanda.

El líder vikingo se acercó al galope, con su traje de seda todo desgarrado y manchado de sangre seca.

—¿Qué ha ocurrido? —dijo Vallon.

—Una pelea por una baratija cuyo valor no ascendía a más de cinco dírhams se ha convertido en batalla.

—¿Y os están persiguiendo?

Hauk escupió.

—No, a menos que quieran más de lo mismo. Por cada hombre que he perdido yo, esos hijos de puta han perdido tres.

—¿Y qué vais a hacer ahora?

—Parece que el destino conspira para evitar que vuelva a casa —contestó Hauk. Miró las extensiones polvorientas del intermedio.

—¿Está muy lejos China?

—Al menos a cuatro meses de la frontera, probablemente a otros dos de la capital.

—Hero me contó que había una ruta hacia China por los mares occidentales.

—No apostaría mi vida a su existencia.

Hauk echó una mirada hacia atrás.

—Y yo tampoco me arriesgaría a volver a través de Samarcanda y Bujara.

Tres de sus hombres estaban heridos, dos gravemente. Uno había recibido una flecha en los pulmones y murió ese mismo día. La otra baja era Rorik, el gigantesco lugarteniente de Hauk. Hero lo examinó y decidió que no podía hacer nada por salvarlo. Un soldado le había clavado una lanza en la parte posterior del muslo, taladrando con la hoja barbada y abriéndole un agujero tan grande que dentro cabía el puño de un niño.

De la carne ennegrecida y llena de moscas brotaba pus. Hero negó con la cabeza y Aiken se quedó a distancia, tapándose la nariz con la mano para protegerse del hedor.

—Gangrena.

—Todavía no estoy acabado —dijo Rorik—. El recuerdo de los ojos de mi atacante cuando se los saqué de las cuencas me mantiene vivo.

Cada día, durante los seis días siguientes, Hero limpió y vendó la herida, asombrado de ver que alguien tan corrompido por la muerte no cedía a su abrazo. Cuando la expedición se acercaba a Yarkand, casi deseó que el vikingo muriera. Las horribles maldiciones de Rorik eran casi tan desagradables como su muslo podrido.

Al día siguiente, seguro de que sería el último de Rorik, Hero inició el proceso de lavar la herida cuando esta pareció agitarse, como si contuviera un polluelo diabólico. Se echó atrás lleno de asco y el muslo de Rorik reventó y expulsó un coágulo de carne podrida y un fragmento de hierro. A continuación salió un hilo de sangre limpia.

Rorik abrió un ojo inyectado en sangre. Ya parecía menos loco.

—No tienes derecho a estar vivo —dijo Hero.

—Sí que lo tengo. Ese cobarde me atacó cuando no miraba.

En Kashgar, Shennu alquiló nuevos camellos y camelleros. Allí se dividía la Ruta de la Seda: una rama se dirigía serpenteando hacia el norte del desierto, bajo las montañas de Tian Shan; la otra iba recorriendo el borde sur, a la vista de la cordillera de Kun Lun. Cien ríos fluían hacia el interior del Taklamakan y ninguno salía hacia fuera. Shennu le dijo a Vallon que en medio del desierto estaban enterradas bajo la arena varias ciudades y los cadáveres momificados de sus ciudadanos de cabello rubio, muertos hacía mil años.

Tomaron la ruta del sur. El sol de julio, embotado por las cenizas de su propia combustión, los aplastaba, haciendo insoportable el viaje de día. Cada noche, el jefe de la caravana esperaba hasta que las sombras se apoderaban del azul implacable del cielo del desierto antes de dar la señal de partida. Los camelleros se ponían de pie, recogían a sus animales renqueantes y los dirigían hacia sus cargas, donde, tirando de las riendas, los obligaban a ponerse de rodillas. Entonces, dos hombres elevaban la carga a la silla y la aseguraban con dos lazadas y una clavija. Echaban abajo las tiendas y las ponían encima de los animales que llevaban el equipo del campamento, y luego, cuerda a cuerda, la caravana iba avanzando, las campanillas de los camellos resonaban y los conductores empezaban a entonar una canción que podía durar toda la noche o detenerse sin motivo alguno, dejando solo el sonido susurrante de las patas de los camellos rozando la arena.

Al romper el día, o poco antes, la larga procesión llegaba al siguiente oasis o pozo, y los camelleros dirigían hacia delante a los camellos en fila, para beber de unos abrevaderos llenos de agua que subían en cestos de mimbre calafateados. Luego llevaban a los camellos a pastar la espinosa vegetación, y el campamento entero caía en un sueño agitado, hasta que el sol se hundía de nuevo en el horizonte occidental. Y así continuaban, día tras día, noche tras noche, semana tras semana.

Cabalgando medio dormido por la noche a través del desierto, Vallon a veces se imaginaba que iba siguiendo un camino por encima de la tierra, las estrellas rebosantes por debajo de él. Otras noches, las arenas blanqueadas por la luna se cerraban y viajaba por un camino limitado por enormes setos y árboles altísimos. Sus ojos se centraban en algún destino que nunca llegaba, dirigiéndose hacia delante, cada vez más y más, hacia la inconsciencia, hasta que una súbita sacudida le devolvía a una realidad que era casi tan peregrina como sus sueños.

Una noche, Vallon y Aiken se reunieron con Hero y los dos sogdianos.

—Shennu dice que deberíamos llegar a Jotan dentro de una semana —dijo Hero.

—El día que nos conocimos, dije que un viaje era solo un trayecto fatigoso entre un lugar y otro. Y no andaba equivocado.

Hero se echó a reír.

—Admitidlo. En parte empezáis a creer que llegaremos realmente a China.

Vallon se volvió a Shennu.

—Cuéntanos algo más de su gente.

—Son una raza contradictoria. Profundamente conservadores, reverencian a sus antepasados y sus tradiciones, pero son de lo más ingenioso. Creen que su emperador gobierna por mandato de los Cielos. Al mismo tiempo, le consideran mortal y, por tanto, falible, cosa que da a sus súbditos el derecho de derrocarle, si el desastre golpea el imperio. Por eso, aunque valoran la armonía, el imperio ha sufrido tanta agitación. El poder auténtico se encuentra en los funcionarios eruditos, unos funcionarios civiles seleccionados después de pasar un examen. En teoría, la competencia está abierta a todos, y la promoción se hace por méritos. En la práctica, la mayoría de los candidatos y funcionarios superiores son hijos de aristócratas.

—¿Qué posición ocupan los militares?

—La clase dominante los contempla como un mal necesario. Para ser sincero, los desprecian. Muchos de los comandantes son extranjeros, y, en su mayoría, la tropa está formada por desposeídos y criminales. El círculo imperial prefiere pagar a los enemigos, en lugar de enfrentarse a ellos. China es como un tarro de miel muy grande rodeado por enjambres de moscas. Los chinos no pueden espantar a todas las moscas, de modo que echan gotas de miel en la boca de los amos de las moscas, y esperan que eso los satisfaga. Por supuesto, en cuanto han probado un poquito de miel, las moscas quieren beber directamente de su origen.

—¿Y quiénes son esas moscas? —dijo Vallon.

—Nómadas a caballo. Tanguts en el oeste, jitans en el norte. Para apaciguarlos, el emperador los baña en riquezas a expensas de sus súbditos.

Vallon dirigió una cínica sonrisa a Hero.

—Eso me suena familiar.

Cabalgaron un rato en silencio.

—¿Nos enseñaréis chino? —preguntó Aiken.

—Una idea excelente —dijo Hero.

—Es un idioma difícil —apuntó Shennu—. La lengua occidental no está hecha para pronunciarlo.

Vallon indicó la noche que se extendía ante ellos.

—No nos falta tiempo libre para aprenderlo. Llenemos estas largas noches con algún objetivo práctico.

—Muy bien —dijo Shennu. Señaló el caballo de Vallon—. *Ma*.

—*Ma*.

—No. *Ma*.

—Eso es lo que he dicho.

—Habéis dicho *ma*, que significa «madre». Tal error puede poneros en una situación de lo más embarazosa. ¿Y si le pedís a un noble chino si podéis montar a su madre?

Aiken ahogó una risita.

—*Ma*.

—Muy bien —dijo Shennu.

—*Ma* —repitió Vallon.

—Ahora habéis dicho la palabra que significa «ropa». En un contexto diferente, la misma pronunciación significaría «reñir».

—Qué idioma más ridículo —dijo Vallon—. *Ma*.

—Así —replicó Shennu, ensanchando la boca—. *Ma*. ¿No notáis la diferencia?

—*Ma* —dijeron Vallon y Hero.

Wayland pasó al trote con Zuleyka. El perro corría tras ellos.

Hero le llamó.

—Estamos aprendiendo chino. ¿Quieres unirte a nuestra clase?

Wayland respondió sin volverse.

—Gracias. No necesitaré hablar chino.

Hero le vio alejarse.

—¿Habéis oído? A menos que Wayland y vos arregléis vuestras diferencias, va a dejarnos.

Aiken y Shennu intercambiaron una mirada y siguieron.

Vallon tiró de las riendas.

—No soy yo quien debe hacer el primer movimiento. Si Wayland se disculpa por sus actos irresponsables, de buena gana le volveré a dar la bienvenida a mi corazón.

—He hablado con él. No cree que hiciera nada malo.

Vallon movió las mandíbulas.

—Estáis furioso porque se está aficionando a la chica gitana.

Vallon estalló.

—Está casado con una mujer a la que quiero tanto como a mis propias hijas. Me ofende hasta el fondo del alma verle cabalgando por ahí con esa fulana.

—No creo que ellos…, no lo creo… Pero aunque fuera así… Syth ha dejado un agujero en el corazón de Wayland lo bastante grande para que cualquier otra mujer pase a través de él.

—Eso es lo que duele. Nunca pensé que Wayland mirase siquiera a otra mujer. —Vallon se envolvió las riendas en las manos—. Pensaba que Wayland y Syth habían descubierto lo que yo no era capaz de encontrar: el verdadero amor.

—Pero Caitlin y vos os amáis el uno al otro. Sé que a veces sacáis chispas, pero es lo que ocurre cuando chocan el hierro y la llama.

Vallon no respondió hasta al cabo de un rato.

—Mi mujer me es infiel.

—Oh, no, señor. No digáis eso…

—Los últimos nueve años he pasado solo una estación de cada cuatro en casa. Caitlin es una mujer apasionada, creo que estarás de acuerdo en eso. No la culpo si busca consuelo en los brazos de otro hombre.

—¿Estáis seguro? ¿Tenéis pruebas?

—Lleva joyas demasiado caras para haberlas pagado con mis escasas ganancias. Una vez, poco después de volver de la frontera sin advertirla, llegó a mi casa el sirviente de un señor bizantino con una carta para mi señora. Ella dijo que el mensaje venía de la mujer de aquel hombre, una mujer de la que aseguraba que se había hecho amiga. Unas pocas semanas después nos encontramos con aquella dama junto a Santa Sofía, y ella ni siquiera miró a Caitlin. No se conocían de nada.

Dos etapas más tarde, llegaron a un oasis rodeado por un bosque de tamariscos donde los árboles crecían en conos de arena, con sus ramas largas y flacas y hojas grises azotadas por un viento abrasador. Por la noche, en la diana, Josselin llamó por su nombre a un soldado y no obtuvo respuesta. Sus compañeros de pelotón no le habían visto desde que establecieron el campamento. No habría desertado en un lugar tan hostil, y era improbable que fuera alguna jugarreta. Seguramente se apartó del oasis y se perdió. Las partidas de búsqueda se dieron cuenta de lo fácil que era cuando salieron a buscarlo. Los tamariscos brotaban de la arena a intervalos de diez a veinte yardas. Si uno se volvía en cualquier dirección, la vista era idéntica. Si te alejabas en la dirección errónea unos pocos cientos de yardas, perdías todo sentido de la orientación. Vallon ordenó que encendieran una fogata y dejasen un pelotón para pregonar su paradero. Por la mañana, el soldado todavía no había vuelto. Wayland salió a buscar su rastro. Demasiadas personas y animales habían cruzado el oasis en todas direcciones para que el perro fuese capaz de encontrar el olor del soldado. Wayland cabalgó hacia el norte llamándolo hasta que llegó al final de los tamariscos y subió a una enorme duna de arena. Ante él se extendía un océano de dunas que se sobreponían unas con otras, como escudos. Supuso que el soldado habría muerto a menos de media milla del campamento.

Shennu los avisó sobre el viento negro que podía aparecer desde la nada. Atacó al día siguiente, mientras los hombres yacían rascándose y sin poder dormir con el calor del mediodía. Los camellos empezaron a aullar y enterraron los hocicos en la arena. Unos pocos perros que seguían a la caravana gimieron y huyeron en busca de refugio. Los camelleros gritaron y corrieron; tensaron las correas de las sillas y colocaron dobles estacas en sus tiendas.

Vallon salió de su tienda y vio que el cielo había adquirido un aspecto vidrioso. Una mancha de un amarillo sucio avanzaba desde el este, espesándose hasta convertirse en una columna gris, escupiendo por su base giratoria remolinos de polvo que iban bailoteando entre los tamariscos con un ruido susurrante. La tormenta se agitó más cerca y la semioscuridad ocultó el cielo.

—¡Refugiaos! —gritó Shennu—. ¡Rápido!

Vallon corrió al abrigo de una duna baja.

—¡Cubríos la cabeza! —gritó Shennu.

Boca abajo, con la cabeza envuelta, Vallon oyó que el roce y los chasquidos aumentaban hasta convertirse en un rugido hambriento, y luego un chillido al golpear la tormenta, lanzando una oleada de arena y grava por el terreno. Las piedras golpearon las manos de Vallon. El polvo se abrió paso hasta su boca y bajo sus párpados. Atisbando por debajo de su capa, vio que árboles, dunas y tiendas se alzaban como espectros en aquel vacío aullante. Contuvo el aliento; sus pulmones estaban ya a punto de estallar cuando le chasquearon los oídos y se hizo el silencio. Pensó que se había quedado sordo. Shennu le sacudió y él miró desde debajo de su capa a un cielo ya claro. Escupiendo la arena que tenía en la boca se puso en pie, tambaleante, y vio que la tormenta de arena se dirigía hacia el oeste, girando.

Montículos de arena se levantaron y se convirtieron de nuevo en hombres, sacudiéndose la ropa y parpadeando con los ojos enrojecidos por el polvo. Las tiendas que habían resistido la tormenta se hundían bajo el peso de la arena. El jefe de caravana dio una orden y sus hombres recuperaron las tiendas y reunieron a los animales. Una fina película de polvo se había abierto camino hasta el interior de los contenedores más estrechamente sellados. La caravana siguió avanzando cuando el sol se hundió en un lecho de nubes, dejando el horizonte occidental en llamas. El rojo se convertía en violeta, manchado con unas pocas nubes de humo.

La caravana hizo de día las dos últimas etapas de Jotan, avanzando bajo un brillante velo de polvo que levantaban las patas de los animales. La tarde antes de llegar a la ciudad-oasis, Aiken estaba en la tienda de Vallon recitando la *Eneida*, de Virgilio. Habían empezado a leer poesía para ayudar a pasar las marchas nocturnas. A Vallon aquel ritual le parecía de lo más tranquilizador. Aiken había llegado a un fragmento que hablaba de la tragedia de Dido, reina de los fenicios.

—«Era de noche, y cuerpos cansados en toda la tierra recogían la cosecha de un sueño pacífico. Bosques y ásperos mares yacían en reposo, mientras el círculo de las estrellas brillaba en su rumbo de medianoche. El paisaje era silencioso: rebaños y manadas y aves de colores, los que viven lejos, en las aguas resplandecientes de los lagos y los que moran en la espesura de zarzas espinosas, todos yacían descansando, en la noche silenciosa. Pero no así la reina fenicia. Su espíritu atormentado no podía reposar en el sueño…».

Vallon abrió los ojos y se encontró con su sirviente en la entrada.

—Siento molestaros, señor. Ese joven soldado, Lucas, está ahí fuera. Desea hablar con vos.

—¿De qué?

—Un asunto personal, diría yo. Parece muy agitado.

—Ya os dejo —dijo Aiken, haciendo ademán de levantarse.

Vallon le hizo señas de que volviera a sentarse. Los soldados no hablan con su comandante en su alojamiento personal a menos que se los llame. Había canales y procedimientos para que sus preocupaciones llegaran a sus superiores.

—Si, Dios no lo permita, Lucas tiene más problemas, dile que vaya con ellos al líder de su pelotón. Me sorprende que tú mismo no le hayas enviado en esa dirección.

—Sí, señor. No os habría interrumpido a menos que… Bien, señor. Le despacharé.

Aiken esperó a que el hombre se fuera.

—Quería decíroslo. Lucas se ha disculpado conmigo por su conducta grosera. Parecía sincero.

—Me alegro mucho de oír eso.

—Aún no comprendo por qué la tomó conmigo tan violentamente.

A Vallon no le interesaba Lucas. Se reclinó.

—Lee otra vez ese último fragmento.

XXVIII

Bosquecillos de granados y campos de algodón rodeaban Jotan, una ciudad amurallada en la frontera más oriental del imperio karajanida. Era un centro importante de la Ruta de la Seda, famosa por la calidad de sus sedas y por las piedras de jade verde y blanco recogidas por los buscadores en los dos ríos que regaban el oasis. Después de establecerse en el caravasar, la expedición fue a la ciudad: Hauk y sus vikingos en busca de precioso jade nefrita; Aiken y Hero a visitar una importante madraza. Las ciudades no tenían demasiado atractivo para Wayland, y se quedaba atrás. Estaba de acuerdo con los turcomanos, que decían que los hombres que construyen murallas para protegerse a sí mismos no se dan cuenta de que están creando prisiones.

Por la tarde, unos gritos estridentes le atrajeron hacia el patio. Hauk pasaba a caballo tambaleándose, borracho de vino.

—Que tus ojos disfruten con esto —dijo arrastrando las palabras, y enseñándole un fragmento de mineral pálido.

—Parece un trozo de piedra brillante.

Hauk dio un largo trago de una botella e hipó.

—No sabes nada. —Dio una palmada en la piedra—. Es jade blanco. No un jade blanco cualquiera, no. Es jade grasa de cordero. Solo lo puede llevar el emperador chino. Olvídate de las alfombras que tuvimos que dejar atrás en Samarcanda. —Dio otra palmada a la piedra, y con el movimiento casi se cae—. Esto, amigo mío, me hará rico, aunque no compre nada más en el camino que nos queda hasta China.

—Déjame que le eche un vistazo —dijo Shennu, que apareció entre la oscuridad.

El sogdiano levantó la piedra, la puso ante la luz y le dio unos golpecitos con un guijarro. Wayland sabía ya lo que iba a decir antes de que lo dijera.

—Te han engañado. Es serpentina de Afganistán.

—¿Cómo? —aulló Hauk. Agarró la piedra, la tiró en el polvo y se puso de pie, tambaleante—. ¡Venid, hombres! Volvemos al bazar. Voy a arrancarles el hígado a esos hijos de puta...

Vallon le bloqueó el paso.

—Cerrad las puertas —ordenó.

Hauk trasteó con su espada.

—Apártate de mi camino.

Vallon se mantuvo firme. Uno de los lugartenientes de Hauk más sobrios se llevó al vikingo luchando y jurando a sus habitaciones. Wayland no había visto antes esa faceta de Hauk y no hizo más que alimentar sus malos presagios. Volvió a su celda. Estaba meditando sobre estos temas y otros cuando alguien llamó a la puerta.

—Soy yo. Wulfstan.

Wayland le dejó pasar y encendió una lámpara. Su amigo llevaba lo que parecía un rollo de tela blanquecina en las manos.

—No te imaginas lo que es esto... —dijo.

Wayland acarició la tela. Su tacto era frío, pesado e inerte.

—¿Una seda gruesa?

—Piel de salamandra, nacida en el fuego y, por tanto, inmune a las llamas.

—Hauk me ha enseñado su jade. Nacen tontos a cada momento.

—Vale, no es piel de salamandra. Eso era lo que decía el comerciante. Shennu dice que es una tela tejida con fibras de roca. Los griegos la llaman asbesto, que significa «puro» o «insaciable». Algo así. Se usa para hacer las mortajas reales.

Wulfstan cogió la lámpara y acercó la llama a la tela. El material no ardió, ni se fundió ni humeó. Cuando apartó la llama, esta dejó solo un halo tiznado de hollín. Wulfstan lo limpió con la mano.

—¿Lo ves? Las llamas no le hacen daño. Cuanto más calienta el fuego, más brilla la tela.

—¿Quieres llevarlo para tu funeral?

—No digas tonterías. Pensaba que podía proporcionar protección contra el fuego griego. Sabes que puede ser un amigo poco fiable.

Wayland disimuló un bostezo.

—Has hecho un trato mejor que Hauk...

Wulfstan se guardó la tela bajo un brazo.

—No he venido a verte solo para enseñarte mi piel de salamandra. Hero me ha dicho que quieres abandonarnos. No es ninguna sorpresa. Te he visto muy alicaído desde que salimos de Bujara.

—Me voy, no os abandono. Casi me voy por mi cuenta en Kashgar, donde un desvío conduce al sur de Afganistán.

—No lo hagas. Si el general es demasiado orgulloso para admitirlo, yo no. Te necesitamos.

—Sospecho que ha sido Hero quien te ha empujado a hacer esto.

—No, no ha sido él. Se habla en toda la caravana.

Cuando Wulfstan se fue, Wayland se echó sobre su camastro. No cerró la entrada, y una brisa golpeó la puerta en sus bisagras. Apareció Zuleyka en el hueco, con el vestido ondulante en torno a su cuerpo. Le hizo señas.

—Ven ahora. Debemos partir pronto.

Wayland se acabó de despertar y encontró la puerta oscura y vacía.

Al día siguiente exploró Jotan. Los karajanidas musulmanes lo habían capturado menos de un siglo antes, y estaban construyendo mezquitas en los cimientos nivelados de templos y monasterios budistas. Pero todavía era una ciudad fronteriza. Andando por una de las calles principales, Wayland dejó pasar a una multitud de tibetanos que se balanceaban como piratas de permiso en tierra: rufianes enormes, con el pelo negro, que llevaban botas de fieltro en forma de barco y unas túnicas rojas o negras hechas en casa que colgaban formando pliegues por debajo de la cintura, cuyas mangas holgadas y sueltas dejaban entrever unos brazos y pechos muy sucios. Llevaban espadas toscamente forjadas sujetas a las caderas, y macizos collares de coral y turquesa tintineando contra amuletos de plata que contenían encantamientos consagrados por los lamas. Los tibetanos examinaron al extranjero de ojos azules con descarada curiosidad, y siguieron su camino con un paso que hacía temblar el suelo.

En la calle siguiente pasó junto a un depósito donde un capataz chino con las manos metidas en las mangas de su túnica vigilaba mientras un equipo de trabajadores manuales con coleta, vestidos con chaquetas negras cortas y con unos pantalones holgados y recogidos en los tobillos, cargaban una caravana. Ni el amo ni los trabajadores le dedicaron una sola mirada.

Al entrar en un bazar, Wayland pasó junto al barrio apestoso de los carniceros, espantándose las moscas, cuando algo que vio por el rabillo del ojo a su izquierda le hizo girar en redondo. En un pestilente mostrador, con las patas atadas y las alas ya con plumas metidas en una red, vio un águila joven.

—Pero ¿qué demonios…?

—¿Quieres comprarla?

—¿De dónde la has sacado?

El carnicero señaló hacia la cordillera de Kun Lun.

—Los pastores la sacaron de su nido en las montañas. —La levantó—. Buen precio.

Cuando la volvió a dejar, el animal cayó, y luego se incorporó, apoyándose con las patas atadas, con la cabeza metida entre las garras hechas un lío. Los labios de Wayland se curvaron.

—¿Por qué iba alguien a comprar un águila en semejante estado?

—Para la sopa.

—¿Os coméis las águilas?

Como muchos ciudadanos de Jotan, el vendedor estaba afectado de bocio.

—Ah, sí, señor. La carne de berkut hace fuertes a los hombres.

Wayland exhaló un suspiro hueco y examinó a la criatura. Estaba casi muerta, con la boca abierta, indiferente a las moscas que andaban por encima de sus ojos como rendijas.

—¿Qué le has dado para comer?

—Pan.

—Dios mío…

—¿Perdón?

Wayland ahogó su ira.

—¿Cuándo la cogieron los pastores?

El carnicero se encogió de hombros.

—Hace una semana, más o menos.

—¿Cuánto tiempo hace que la tienes?

—Desde esta misma mañana.

Wayland se apartó.

—Habrá muerto antes de que acabe el día.

—Para ti, un sólido.

Wayland se detuvo, a pesar de sí mismo. El carnicero inclinó la cabeza como un ave a punto de coger un gusano.

—Nadie en su sano juicio pagaría tanto por esa carroña.

—Tú perteneces a la caravana griega. He oído decir que gastáis monedas de oro como si fueran botones de cuerno. —El carnicero levantó un dedo como si otorgara una bendición—. Un sólido.

—Al Infierno.

—No tan deprisa, amigo mío. Hablemos. Regateemos. Somos caballeros.

Wayland señaló el águila con un dedo.

—Te daré un dírham, solo para que no vaya a parar a la cazuela.

El carnicero palmoteó para llamar la atención de un pilluelo que estaba por allí, atento.

—Chai para nuestro honorable cliente. O quizás el caballero prefiera vino... Por favor, señor. Entra por aquí.

Wayland entró en el caravasar acunando al polluelo enfermo. Dos gallitos vivos le colgaban del cuello. Lucas le vio y corrió hacia él.

—¡Un águila joven, por todos los santos!

—Busca a Hero y pídele algún bálsamo para los ojos.

Wayland entró en su habitación y dejó el águila en el suelo. Aunque le había costado una décima parte del precio que le pedían (incluidos los dos gallitos), el ave no valía nada. Lo que más le indignaba era saber que si el pájaro hubiese estado sano, los halconeros del sultán Suleimán habrían pagado por él lo mismo que costaba un semental muy preciado. El berkut era la raza de águila dorada más grande que existía, capaz de cazar gacelas, zorros e incluso lobos. Interrogado por Wayland, el carnicero le había dicho que nadie en el oasis del Jotan practicaba la cetrería.

El perro de Wayland le miró, como pidiendo permiso para investigar al aguilucho. Le olió el plumaje manchado, arrugó el hocico y se apartó.

—Ya lo sé —dijo Wayland.

Lucas llegó con las pociones de Hero y vio que Wayland untaba con ellas los ojos del águila.

—Parece que el pájaro no está bien —dijo.

—Corta el cuello a uno de los gallitos y recoge la sangre. Coge también agua fresca.

Entró Zuleyka.

—¿Qué estás haciendo?

—Apártate, que me tapas la luz. No, quédate. Quizá necesite tu ayuda.

—Aquí —dijo Lucas, ofreciendo a Wayland un cuenco de sangre fresca.

—Cógela por los hombros. No demasiado fuerte.

Lucas cogió las puntas de las alas del águila y las sujetó.

—¿Cómo sabéis que es una hembra?

—Porque lo es —dijo Wayland.

Sacó de su bolsa de aparejos de cetrería un delgado tubo de tripa y un embudo de cuerno.

—Ábrele el pico —le dijo a Zuleyka.

—Y si me pica...

—No es más que un bebé.

Zuleyka le separó la boca. El águila lanzó un gemido patético y pareció desmayarse.

—Creo que está muerta —susurró Lucas.

Wayland insertó el tubo por encima de la pálida lengua del animal, la bajó hacia su buche y ajustó el embudo al extremo libre. Lo llenó a medias con sangre diluida, sacudió el tubo y vio descender el nivel del líquido.

—Si queréis saber mi opinión, estáis perdiendo el tiempo —dijo Lucas.

—Tú pierde el tuyo, que yo perderé el mío.

Gota a gota, Wayland vació el embudo. Se echó hacia atrás y se secó la frente con el antebrazo.

—Busca una cesta.

Zuleyka salió y el perro la siguió.

Wayland se dejó caer en un taburete y miró su compra. Lo más piadoso habría sido retorcerle el cuello.

—¿Puedo hacer algo más? —preguntó Lucas.

—No. Gracias por tu ayuda.

—Llamadme si me necesitáis.

—Sí —dijo Wayland—. Hay algo que puedes hacer. Acabar toda esa tontería con Vallon.

Lucas se puso rígido.

—Lo he intentado. Pedí audiencia con él hace unas cuantas noches, y no me recibió.

—No eres un embajador pidiendo que te reciban en una corte extranjera. Eres su hijo. Simplemente, di esas palabras o déjame que las diga yo.

—Bueno, no es tan fácil como creéis. Imaginaos que estáis en el lugar de Vallon. ¿Qué tipo de recibimiento daríais a un hijo al que disteis por muerto hace diez años?

Estaban mirándose fijamente a los ojos cuando Zuleyka volvió con una cesta de mimbre forrada de borreguillo. Wayland colocó al aguilucho en la cuna y miró a Lucas.

—El águila habrá muerto cuando amanezca. La vida es pasajera. Solo tenemos una oportunidad de arrojar nuestra sombra bajo el sol. La expedición que nos precedió en el camino desapareció del mapa entre este lugar y el siguiente oasis. Cuando yo me vaya, nadie más sabrá quién eres.

—¿Os vais?

Zuleyka golpeó con el pie.

—Él dice que te vayas.

Se agachó ante Wayland y le cogió la mano.

Wayland se soltó.

—Te lo he dicho. No me interesa. Tengo mujer e hijos.

Zuleyka se frotó la cara contra las manos de él. Se levantó de un salto.

—¡Apártate de mí!

La chica se marchó, indignada, se detuvo en la puerta y le señaló con dos dedos en forma de gancho, con una especie de hechizo o maldición.

—No, tú no —le dijo Wayland al perro.

Pero el animal se fue con el rabo entre las piernas detrás de Zuleyka con una mirada avergonzada, dejando a Wayland solo con el águila moribunda.

Durante la noche, el aguilucho emitió un horrible sonido de succión, como si intentara expulsar la materia nociva que le taponaba la barriga. Wayland se incorporó sobre un codo y miró en la oscuridad, pero luego se dejó caer. Ya había perdido demasiado tiempo con aquella ave.

Se despertó al amanecer, encendió una lámpara y se inclinó sobre el águila. Yacía como un ser inanimado, un paquete inmóvil de carne y plumas. Se dispuso a coger el cadáver.

A su contacto, el águila abrió los ojos y parpadeó. Dijo «*kewp*». Se bamboleó y se enderezó. Repitió «*kewp*» en un tono más insistente. *Kewp.*

Wayland corrió a la puerta. Los álamos que rodeaban el caravasar empezaban a rozar el cielo.

—¡Lucas!

Tenía el águila en el regazo cuando Lucas entró. Wayland sonrió como un padre orgulloso.

—El bebé quiere desayunar.

Alimentarle de nuevo con el nutritivo licor no hizo otra cosa que agudizar su apetito y dar más fuerza a su voz.

—Corta una pechuga de pollo. Córtala a pequeños trozos.

Cuando el sol hubo salvado las murallas, el águila ya se había hartado y estaba dormida en el regazo de Wayland, con el buche distendido hasta el tamaño de una manzana. El perro entró a hurtadillas, con aire culpable.

—¿La vais a entrenar? —preguntó Lucas.

Wayland colocó al aguilucho en su cuna.

—Pues no lo sé. La han cogido demasiado joven. Ahora sus quejas tañen las cuerdas del corazón, pero dentro de un mes sus chillidos te volverán loco. Por entonces ya no será un bebé indefenso. Habrá crecido del todo y será peligrosa, y no respetará ni a su cuidador ni a nadie. Yo conocía a un halconero selyúcida que crio un azor desde que era una bolita de plumas. Seis meses más tarde, ese halcón (de un tamaño de la cuarta parte de un berkut adulto) le sacó un ojo y le abrió la cara desde la frente a la mandíbula.

Lucas se frotó las manos.

—¿Cómo la vais a llamar?

—No se me dan bien los nombres. Espera... ¿Qué tal Freya, la diosa nórdica?

—Freya me suena bien.

Cuando Lucas se fue, Wayland examinó al aguilucho con atención por primera vez. Supuso que tendría unas seis semanas, un bebé con aspecto desgarbado y torpemente desharrapado, con las plumas de vuelo todavía a medio crecer y la cabeza con plumón. Pero ya pesaba más que cualquier otra ave de presa que él hubiese entrenado. Sus ojos, de un avellana tostado, el pico ganchudo y los pies color azafrán, armados con garras negras, ya señalaban sus poderes latentes. Sus garras traseras eran ya tan largas y gruesas como su dedo meñique. Cuando hubiese crecido del todo, cada pata extendida sería más ancha que una mano abierta, y tan poderosa que podría penetrar en el cráneo de un ciervo.

Dejó Jotan con el aguilucho viajando suelto en una cesta colocada en la parte delantera de su silla. El animal devoraba la comida y crecía día a día: pasó de ser un sapo avícola al vengador alado de Júpiter, en tan solo quince días. Por aquel entonces ya tenía el plumaje completo y solo le quedaban unos ligeros rastros de plumón en la cabeza, y su plumaje era una mezcla otoñal de grises, tostados, canela, marrón ciruela y ocre quemado. A Wayland le preocupaba que sus traumáticas experiencias hubiesen dejado rastros del hambre que pasó en sus plumas de vuelo, unas líneas finas que marcasen el crecimiento detenido, y puntos de debilidad. Pero, por el contrario, sus plumas crecían rectas y fuertes. Empezó a ejercitar las alas y a mirarlo todo con la curiosidad de un jovenzuelo que explora el mundo y sus maravillas.

Por entonces ya no cabía en la cesta, y entonces le ató las pihuelas a las patas y la llevaba suelta en el puño enguantado. Tras una mañana de llevarla así, con el brazo doblado, este se le quedó tan entumecido que apenas podía moverlo. En Keriya, el oasis siguiente, pesó el águila en una balanza de maíz de un mercader. El ave inclinó los platillos a los once *cattys*, el equivalente a catorce libras inglesas..., y no había dejado de crecer aún. Wayland encargó a un carpintero que construyera una percha de cuatro pies de altura, con la base introducida en un encaje de piel cosido a su silla.

Llegó cabalgando a la siguiente etapa con el águila agarrada a su percha: las alas extendidas en toda su amplitud, ocho pies, y los ojos clavados en cualquier cosa que le llamara la atención. A los soldados les gustaba verla a la cabeza de la columna, imaginando que era el equivalente en carne y hueso de los estandartes que llevaban sus antepasados militares, las legiones romanas de antaño.

Uno de los sogdianos añadió a todo ello un giro intrigante.

—Esta no es la primera vez que el águila romana viaja por la Ruta de la Seda —le dijo a Wayland—. Hace mucho mucho tiempo, una legión romana libró una batalla con hombres de la raza de los partos, en Carras, en Afganistán. Los partos derrotaron a las legiones y vendieron a los supervivientes. Muchos de ellos fueron transportados al este, hasta China nada menos, donde fundaron una colonia que conservó su lengua y costumbres durante siglos. Uno de mis antepasados los conoció en su primer viaje a China. Ahora ya no son más que un recuerdo, pero todavía se pueden encontrar armaduras romanas a la venta en los bazares.

—¿Cómo conserváis los sogdianos unos recuerdos tan antiguos, Shennu?

—Desde el día en que podemos entender el habla, nuestros mayores nos enseñan nuestra historia. ¿Qué ocurrió aquí? ¿En quién se puede confiar en tal oasis? ¿A quién hay que evitar? ¿Qué pozos suministran agua solo apta para los camellos, y qué pozos dan agua dulce suficiente para los hombres? ¿A qué hora del día se hiela el río en las montañas, bajando el nivel y permitiendo pasar con seguridad? Es deber de un padre pasar tales conocimientos. Recuerdo que mi abuelo me habló del primer viajero chino que llegó a Afganistán. Su nombre era Zhang Qian, e hizo ese viaje hace mil años. Sin embargo, si hubieras oído contar el relato a mi abuelo, habríais pensado que los dos viajaron juntos. Por cierto, yo soy Yexi. Mi primo va cabalgando con el general.

Aquel mismo día, el águila se lanzó a su primer y torpe vuelo. Mantenida a flote por una ráfaga de viento, se soltó de su percha y fue agitando las alas hacia el sur, al país de la arena, con los pies colgando y rozando la tierra al intentar aterrizar. Todavía no había aprendido a detenerse. Una duna de cien pies de alto le bloqueó el paso. Intentó pasarla, se quedó sin fuerzas y cayó dando tumbos, justo por debajo de la cima. Wayland saltó de su caballo y subió tras ella.

El águila se encaramó a la cima y se quedó mirando a su alrededor, como si toda aquella tierra salvaje fuera suya. Wayland la recogió y apretó su mejilla a la de ella, aspirando su olor, y preguntándose, no por primera vez, por qué una criatura con un apetito tan carnal exhalaba el aroma del tojo en primavera.

—Por ahora ya has tenido suficiente libertad —dijo—. A partir de ahora llevarás lonja y capucha, y solo volarás cuando yo te deje. —Descansó un poco, dejando que se secase el sudor de su frente con el viento caliente que aventaba una neblina amarilla desde la cima de las dunas.

Hacia el sur, la niebla que ocultaba la cordillera de Kun Lun durante semanas se había hecho a un lado, y dejaba expuesto un paisaje de picos helados.

—Pensaba que la habíais perdido —dijo Lucas, que apareció de repente.

—Tiene un largo camino que recorrer antes de encontrar la independencia. Mi tarea es enseñarle a cazar antes de soltarla.

—¿Pretendéis soltarla?

Wayland no respondió.

—¿Qué miráis?

Wayland se había puesto de pie: una bandada de buitres que hacían espirales a media milla hacia el sur. Uno de ellos se dejó caer desde la formación, con las alas ahuecadas. Otro le siguió. Tres más se unieron al carrusel desde distintas direcciones, y más puntitos fueron convergiendo.

Lucas siguió su mirada.

—Probablemente un camello o un asno salvaje.

—Un camello muerto no atrae a cincuenta buitres. Son personas muertas.

Recorrieron cuatro dunas antes de dar con una terraza de grava cortada por un árido lecho de arroyo. Wayland siguió el rumbo, guiado por el vértice de las aves de rapiña y alguna vaharada ocasional de carne putrefacta. En torno al siguiente recodo, veinte buitres avanzaban con un vuelo torpe.

—Dios mío… —dijo Lucas.

Doce cuerpos hinchados y ennegrecidos yacían en el lecho rocoso, a un lado de la corriente de agua. Sus asesinos habían decapitado algunos, y las cabezas yacían en ángulos espantosos, con los ojos vidriosos mirando el sol sin verlo; una nube zumbante de moscas había quedado suspendida sobre aquella carnicería. Dos lobos se estaban dando un festín con los cuerpos en descomposición. Uno de ellos salió huyendo cuando Wayland gritó. El otro, cubierto de sarna, le enseñó los dientes y continuó tirando de un bebé que su madre muerta tenía en los brazos, hasta que Lucas corrió hacia él con la espada desenvainada. El animal abandonó la presa y se fue hacia las dunas, gruñendo y con el lomo encorvado.

Lucas se tapó la nariz para evitar el hedor.

—¿Quiénes serían?

Wayland miró a su alrededor guiñando los ojos.

—Mercaderes tibetanos o peregrinos, a juzgar por sus trajes.

—¿Y quién los mataría?

—Bandidos. Quizá la misma banda que acabó con la última expedición griega.

—Será mejor que advirtamos a Vallon.

—Ve tú. Yo intentaré averiguar algo de esas huellas.

Wayland dividió en partes el terreno, leyendo las pistas. Lucas había desaparecido de la vista cuando vio que su perro llegaba correteando.

—Perro infiel —le soltó Wayland. Inclinó la cabeza al notar una huella muy débil—. Un miembro del grupo escapó. Busca.

Con un gañido, el animal corrió por el arroyo seco, haciendo una pausa para recuperar el olor, y volvió hacia Wayland en busca de ánimo.

—Sí, sí, vas por buen camino. Sigue adelante.

Un cuarto de milla más allá, siguiendo el barranco, el perro se arrojó al suelo de repente y se quedó inmóvil, señalando con el morro hacia un agujero en la orilla. El cubil de un lobo. Wayland se metió en el lecho del arroyo y se agachó ante la entrada.

—Puedes salir. Los bandidos se han ido. No te haré daño.

Nada se movió.

—Sé que estás ahí. Se está mucho más fresco dentro que fuera. Me estoy quemando. Haz que cese mi tormento.

El perro iba rodeando el agujero, ladrando. Wayland lo retiró y colgó un odre de piel de cabra con agua en la entrada.

—Tendrás que salir en un momento u otro.

Llevaba el águila en el puño izquierdo, y el perro jadeaba a su lado, cuando dos manos se agarraron a ambos lados de la entrada y apareció una cabeza sucia de polvo. Wayland arrastró al superviviente hacia fuera y le ayudó a levantarse. Sus ojos estaban desquiciados por la conmoción; las lágrimas habían creado canales a través de su máscara de polvo.

—Ven conmigo.

Se oyó una voz. Wayland se volvió y vio a un pelotón de soldados que coronaban la duna siguiente. Lucas empezó a bajar, perdió el equilibrio y cayó dando volteretas los últimos treinta pies.

Wayland suspiró.

—¿Siempre tienes que ser tan impetuoso?

Lucas meneó la cabeza y parpadeó.

—¿Quién es este?

—Cógelo por el otro brazo y lo averiguaremos cuando volvamos a la caravana.

Una noche bajo los cuidados de Hero restableció al superviviente. Lavado, tras beber agua, comer algo y descansar, resultó ser un joven tibetano con unos rasgos que los escultores griegos habrían deseado esculpir en mármol. Tenía el pelo negro azabache, hasta los hombros. Se llamaba Yonden. Les contó su historia en un caravasar en ruinas, mientras las ratas correteaban y chillaban en las sombras.

A los dieciséis años ingresó en un monasterio budista en el sur del Tíbet, desde el cual se veía una cadena montañosa llamada Himalaya. Dos años antes, un anciano monje había profesado el deseo de hacer un último peregrinaje a un santuario en unas cuevas budistas llamadas Dunyuang, en la rama norte de la Ruta de la Seda. El abad eligió a Yonden para acompañar al monje como sirviente y secretario suyo. Pasaron dos años de viaje, pidiendo limosnas y hospitalidad a cambio de plegarias, horóscopos y medicinas. Cuando llegaron a Dunyuang, el monje le dijo a Yonden que había llegado a su último destino en la Tierra y que no volvería al Tíbet. Se entregó a la plegaria y al ayuno; al cabo de una semana, su espíritu le abandonó tan pacíficamente que ni el observador más cercano habría sabido en qué momento su alma se alejó de su cáscara humana y se fundió en la nada divina.

Shennu traducía, transmitiendo las emociones en conflicto de Yonden: su pena ante la muerte de su maestro, su maravilla ante la forma en la cual el monje había abandonado su manto mortal, su resentimiento, al ver que el santo varón le había dejado sin un céntimo para hacer el viaje de vuelta al monasterio tibetano.

—Era una prueba, y fracasé —dijo Yonden—. Sin mi guardián espiritual, caí en malos hábitos. Jugué y sucumbí a las tentaciones de la carne.

—Cuéntanos más de eso —intervino Wulfstan, que atacó con fiereza una pierna de cordero—. Me encantan los relatos de pecado y redención. —Miró a la compañía que le rodeaba—. ¿Qué pasa?

—Excusadme —dijo Vallon—. Tengo que discutir sobre la etapa de mañana con los centuriones.

—No tenía nada más que las ropas que llevaba puestas cuando llegué a Keriya —continuó Yonden—. Ni eso siquiera... Para mi última comida, rasqué el sebo de mis botas y lo herví para hacer sopa. En el alojamiento más barato que pude hallar me encontré con un grupo de comerciantes tibetanos que volvían al Chang Thang después de haber intercambiado rabos de yak y hierbas medicinales por cobre y hierro. Tres buscadores de oro se habían unido a ellos, y se ofrecieron a guiarnos. Pero lo hicieron con la única intención de matarnos a todos en un lugar donde nadie viera su crimen. —Yonden juntó las manos y se inclinó ante Wayland—. Si este caballero no me hubiese encontrado, su maldad habría pasado por la Tierra sin que nadie la notara.

Wulfstan dio un codazo a Shennu.

—Quiero saber más de sus pecados.

—¿Qué harás ahora? —preguntó Wayland.

—Gracias a vos, puedo volver a mi monasterio y buscar el verdadero camino.

Wayland se puso de pie y se tapó los hombros con la ropa. Aun en verano, las noches del Taklamakan eran frías.

—¿No quieres oír el final de la historia de Yonden? —dijo Hero.

—Todavía no ha terminado.

Wayland hizo una capucha de piel de antílope para Freya, cosiendo las costuras muy apretadas y luego empapando la piel y moldeándola con un bloque de madera que había tallado él mismo. La capucha se le adaptaba bien, para evitarle toda visión que pudiera resultar alarmante. Aunque *Freya* no tenía miedo del mundo. La habían arrancado de las tierras salvajes tan joven que contemplaba cualquier entorno extraño como algo natural. A diferencia de las demás rapaces a las que había entrenado Wayland, no necesitaba manipulaciones para amaestrarla. Después de haberla recogido de una aguilera, meterla en un saco y exhibirla en el puesto de un carnicero, había pocas cosas que la asustaran.

Eso la convertía en el ave más fácil que hubiese entrenado nunca, y también la más peligrosa. Mucho después de haber sido apartada de sus padres, hacía temblar las alas ante Wayland y piaba pidiendo comida como si fuera un bebé. Al mismo tiempo, aprendió a guardar su territorio. Este comprendía un círculo estrecho en torno a su percha. Si alguien que no fuera Wayland entraba a menos de una docena de pies, se hinchaba, se erizaba y desafiaba al intruso a que avanzase más. Nadie lo hacía.

Y otra cosa más: odiaba a los perros, incluido el de Wayland. Al verlo, su plumaje se aplastaba como si fuera una cota de malla, y luego se distendía hasta alcanzar dos veces su tamaño real. Un día, el perro de Wayland entró en su territorio. Freya voló hacia él y le cogió el hombro, enganchándose con una de las garras traseras bajo la piel. El perro la habría matado si Wayland no le hubiese agarrado el morro y le hubiese quitado la garra. A partir de aquel día, perro y águila se miraban el uno al otro con un odio cauto.

Habiendo visto lo peligrosa que podía ser *Freya*, Wayland no habría tenido que bajar la guardia. Estaba alimentándola con la pata posterior de una liebre, cabalgando junto a Lucas y charlando tranquilamente cuando consideró que el animal ya había comido bastante y apartó la carne.

Ni siquiera vio acercarse la garra, ni tampoco percibió nada hasta que cuatro garras se cerraron sobre su mano derecha con tal fuerza que toda la sangre de su cuerpo pareció bombear de repente su cabeza. La conmoción hizo caer la comida de Freya de su mano. El águila, acostumbrada a pensar que su comida venía directamente de Wayland, no prestó atención a la carne y apretó aún más su presa.

Él no dejó que le entrara el pánico ni luchó. Con las manos sujetas y los ojos llenos de lágrimas, esperó a que la luz homicida de los ojos de *Freya* fuese disminuyendo y relajase su presa, y se retirase a su guante. «*Kewp*», dijo ella, y se rascó la parte inferior del cuello con la delicadeza de una matrona.

Lucas se lo quedó mirando.

—Se os ha puesto la cara tan pálida como la arcilla.

Wayland gruñó y flexionó la mano. Las garras de Freya ni siquiera le habían perforado la carne, pero dejaron huellas de un azulnegro muy hondas, y se le empezó a hinchar la mano.

Por la noche se había inflamado hasta adquirir dos veces su tamaño normal, y la llevaba sujeta cuando se sentó en torno a la hoguera, prestando poca atención a la conversación hasta que Hero planteó una pregunta a Shennu.

—En nuestro viaje a las tierras del norte, encontramos una carta escrita por un hombre que se llamaba a sí mismo preste Juan, gobernador de un reino cristiano en algún lugar de oriente. ¿Habéis oído la leyenda?

Shennu inhaló el humo de un arbusto que había recogido del desierto.

—Conozco ese nombre y la historia, y he oído hablar de hombres que la han seguido hasta que han muerto.

—Entonces no existe…

Shennu sopló un poco de humo a las estrellas.

—No sabría decirlo. Hay reinos extraños escondidos en las montañas al sur y al oeste. Todo el mundo ha oído hablar de Shambhala, un paraíso budista cuyos habitantes viven eternamente, a menos que abandonen su reino. Mi abuelo me contó que el camino que lleva hasta allí es fácil de seguir al principio, pero que, cuanto más te acercas, más incierto es el camino, hasta que al final te encuentras en un valle helado, sin posibilidad de seguir adelante ni de volver atrás.

Vallon, silencioso hasta entonces, levantó la vista.

—Te dije hace diez años que la carta del preste Juan era un engaño. Viajamos mucho más lejos que casi cualquier hombre que haya vivido, y ninguno de nosotros ha visto los unicornios, dragones o cíclopes que describe ese rey sacerdote.

Shennu levantó una mano para pedir silencio.

—El joven lama tiene algo más que decir.

El sogdiano escuchó, asintiendo y pidiendo aclaraciones antes de traducir.

—Es una historia que nunca antes había oído. Yonden dice que hace muchas generaciones, un eremita cristiano buscó la iluminación en un monasterio budista perdido en lo más profundo del Himalaya.

—Un nestoriano, sin duda —dijo Vallon—. Nos hemos encontrado a sus comunidades a lo largo de la Ruta de la Seda. Los herejes crían como ratas.

—Callad —soltó Hero—. Quiero oír más.

El interrogatorio de Shennu acabó cuando Yonden esbozó la señal de la cruz. Wayland y Hero intercambiaron una mirada y luego se acercaron más.

—¿Ha conocido Yonden alguna vez a un cristiano? —preguntó Hero.

—Vosotros sois los primeros que encuentra. Dice que cuando su abuelo era joven, fue al sur con una caravana de sal, y cruzó el Himalaya hacia la tierra llamada Nepal. Ese país se encuentra entre Tíbet y la India. Dorje (ese era el nombre del abuelo) pasó por un valle donde los lamas veneraban a un sacerdote cristiano que había estudiado en su templo muchos años antes.

—¿Cuánto tiempo?

—Antes de que los sogdianos empezaran a registrar nuestra historia. Antes de que las enseñanzas de Buda llegaran al Tíbet.

—¿Y cuál era el nombre del sacerdote?

—Oussu. El abuelo de Yonden le dijo que había visto *thankas* (pinturas santas) de Oussu en el templo. El eremita también había dejado pergaminos escritos en su lengua. El lama le dijo a Dorje que poco después de que Oussu se fuera y volviera a su tierra, un grupo de peregrinos o discípulos llegó al valle buscando las obras de su maestro. Desde entonces, ningún cristiano ha preguntado por Oussu hasta que has llegado tú.

Wayland había olvidado que le latía la mano.

—Pídele a Yonden que describa el valle.

Si el tibetano hubiera descrito un edén con palacios de oro y ríos empedrados con joyas, Wayland habría considerado que el relato era un mito.

—Un lugar muy inhóspito, en el punto más alto donde puede haber un asentamiento. Tan pobre es que sus habitantes tienen que pasar el invierno en asentamientos más abajo, dejando solos a sus lamas en el templo.

—¿Cuánto tiempo nos costaría llegar hasta allí? —preguntó Hero.

—Tres meses —dijo Shennu.

Hero silbó, decepcionado.

—Demasiado lejos de nuestro camino.

—Tres días ya sería demasiado —dijo Vallon—. Aunque fuera el propio reino del preste Juan, no se encuentra en nuestro camino. Nuestra misión es llegar a China por la ruta más directa.

El fuego había muerto convertido en carbones, las ascuas se retorcían y chillaban.

—No importa —dijo Hero—. Mi vista está ya tan dañada que no podría llevar a cabo una investigación valiosa.

Wayland se acercó y tocó el hombro de Hero.

—Yo podría ser tus ojos.

Hero parpadeó, mirándole.

—Si mi camino me lleva lo bastante cerca, visitaré el templo de Oussu.

—¿Qué quieres decir? —preguntó Vallon, que se quedó inmóvil cuando iba a levantarse.

Wayland le miró.

—Me vuelvo a casa.

Una pavesa incandescente se separó de los carbones y quedó flotando como una hoja brillante. Vallon se sentó de nuevo.

—Todos nos abandonan…

Sentado a solas ante el general, Wayland temblaba.

—¿Por qué? —preguntó Vallon.

—Ya sabéis por qué. No me necesitáis y discutimos sin parar el uno con el otro.

—No puedes irte —dijo Vallon.

—No podéis detenerme.

—Si son mis duras palabras las que te han apartado de mi lado, entonces las retiro y te pido comprensión. Te necesito, Wayland. Ya sabes el cariño que te tengo.

A Wayland se le cerró la garganta.

—No he tomado la decisión a la ligera.

Vallon se masajeó las cejas.

—Nunca conseguirás volver a casa tu solo.

—Las tierras salvajes son antiguas amigas para mí.

—Supongo que la chica gitana está detrás de esto.

Wayland sacudió la cabeza.

—Ella es uno de los motivos por los que me voy.

Vallon se levantó como un anciano, y se puso la capa sobre los hombros.

—No puedo prescindir de ningún hombre para que te acompañe.

Wayland también se puso de pie.

—Claro que no.

Vio alejarse a Vallon.

Iba a recostarse, agotado por su decisión, cuando, de repente, Vallon volvió.

—No voy a dejar que vayas por esas tierras salvajes tú solo. Puedes llevarte a tres hombres y dos caballos de repuesto. —Acalló las protestas de Wayland—. Vete antes de la primera luz, para evitar preocupar a mis hombres. Que Dios te proteja. Supongo que no volveremos a vernos.

Wayland intentó sonreír.

—Sí, nos veremos. Si no aquí, será en el más allá.

Vallon hizo una pausa, como una silueta negra y aleteante en la noche.

—En ese caso, cuando llegue al más allá, te buscaré.

TÍBET

XXIX

Solo Hero se levantó para ver partir a Wayland en lo más oscuro de la noche.

—¿No querrás pensártelo? Al dejar a Vallon, le hieres tanto como si hubiese perdido a un hijo.

—Los hijos siguen su propio camino en el mundo. —Wayland se inclinó desde su silla—. Toma esto —dijo, entregándole una carta.

Hero la sujetó entre sus manos, como un hombre que supiera que aquellas palabras tenían su peso.

—¿Qué es esto, tu testamento?

—Más bien lo contrario. Da vida a los muertos.

—No es propio de ti hablar con acertijos…

—Léelo cuando me haya ido y todo quedará claro. Confío en que observarás las condiciones que se establecen al final.

Toghan y otros dos turcomanos que dirigían las monturas de repuesto iban cabalgando con Yonden. Hero hizo un último esfuerzo para disuadir a Wayland.

—El invierno te atrapará en el lado equivocado de las montañas. No puedo soportar la idea de que mueras lejos de tus amigos, en algún paraje inhóspito.

Wayland apretó el hombro de Hero.

—Mientras tú vivas, yo nunca viajaré solo. —Clavó los talones en los flancos de su caballo—. Que Dios te bendiga, Hero de Siracusa, el mejor compañero que podría tener un hombre.

Hero corrió tras él.

—¿Y qué pasa con Zuleyka?

Wayland hizo un gesto con la mano.

—Ahora es el problema de otra persona.

ϒ

Tres días a caballo los llevaron hasta el primero de los cinco pasos que conducían al Chang Thang, la gran meseta septentrional del Tíbet. Detrás de ellos y muy por debajo, una parte del Taklamakan resplandecía como un lecho de carbones a través de unos velos de polvo negro. Hacia el oeste, el sol se estaba poniendo entre un hueco de las montañas, y un hilo dorado separaba los picos de la noche que caía ya.

Subiendo con esfuerzo el tercer paso, mareado por el aire imperceptible, Wayland miró hacia atrás y vio que un jinete solitario seguía su rastro.

—Ya os cogeré más tarde —dijo a sus compañeros.

Viendo al jinete que se acercaba, el perro empezó a menear el rabo, al principio algo inseguro. Luego, a medida que se iba acercando más, echó la cabeza atrás y lanzó un aullido, encantado.

—Tendría que haberlo pensado… —murmuró Wayland.

Casi estaba totalmente oscuro cuando Zuleyka llegó hasta él, sonriendo como una niña mala. La expresión de Wayland era indiferente.

—Quieres volver a casa —dijo ella—. Y yo también. Sé que no me echarás.

Wayland se quedó pensativo.

—Solo porque me costaría quince días de viaje. —Dio la vuelta a su caballo—. No puedo evitar que me sigas, pero no busques ayuda si desfalleces. —Miró hacia atrás, súbitamente consternado—. No traes más que la ropa que llevas puesta. ¿Dónde crees que vas a dormir?

Ella le miró como si fuera bobo, uno al que tuviera gran afecto.

—Contigo, por supuesto.

En cuanto abrieron una brecha en las montañas, su camino los llevó a través de una llanura salada, cuya superficie, blanca como la nieve, formaba pliegues. Los jinetes se hicieron unas máscaras para protegerse los ojos del resplandor, y fueron cabalgando agachados y en silencio en la enorme distancia y el cielo abrumador. Aquí y allá dieron con fragmentos de hierba escuálida que se convertía en polvo bajo los cascos de los caballos.

Bajaron una escarpadura hacia una zona que se perdía a lo lejos entre bajas ondulaciones, que seguían unas a otras como las olas del océano. El panorama interminable era monótono, pero ejercía una irresistible fascinación. Clavado en medio de los horizontes, Wayland sintió que estaba muy lejos de todo, en los límites de su ser, y al mismo tiempo ocupaba el centro del universo. Intentó describir la sensación a Yonden, y el joven monje juntó las manos y miró hacia la distancia.

—El vacío hace que se concentre el alma. Cuando abandones el Tíbet, serás un hombre distinto de aquel que entró en él.

El terreno cambió imperceptiblemente, suavizándose y convirtiéndose en una estepa alta, rota por riscos grises marcados con hitos de piedras amontonadas, como gnomos fosilizados. Esas marcas eran la única señal que indicaba que algún humano había pasado por aquel camino. En tres semanas de viaje no se habían encontrado con ningún otro ser viviente.

A pesar de su aparente esterilidad, la meseta contenía mucha vida. Las marmotas silbaban junto a sus madrigueras. Rebaños de kulanes galopaban por allí, haciendo pausas en los riscos para mirar hacia abajo, a los intrusos. Ovejas salvajes con cuernos en espiral llenaban los promontorios. Wayland intentó sin éxito acechar a los antílopes que vagaban por la estepa. Apenas pasaba un día en que no viera una manada de lobos, predadores sucios y amarillentos que a veces iban siguiendo a los jinetes con la esperanza de encontrar algún resto desechado. Una mañana, después de haber mantenido vigilado un abrevadero, Wayland disparó a un kulán, siguió al animal herido y lo despachó a tres o cuatro millas de donde le había disparado la flecha. Como no podía llevarse todo el cuerpo, volvió a por ayuda. Cuando volvieron, una manada de lobos había devorado la presa y entre ellos se peleaban por los cascos y el pellejo.

Lo que más fascinaba a Wayland eran los *drongs* o yaks salvajes, criaturas enormes, tan grandes como los uros que había encontrado en Rus, pero con un aspecto mucho más macizo aún, con sus pellejos negros como cortinas.

Yonden le aconsejó que los dejara pasar, diciéndole que eran los animales más peligrosos del Chang Thang.

—Su pelaje es tan espeso que puede costar hasta cincuenta flechas penetrar en algún órgano vital.

—Algunos tibetanos deben de matarlos —dijo Wayland—. He visto sus cuernos decorando algunos hitos.

Yonden observaba la reverencia budista por todos los seres vivos, hasta el punto de que se quitaba los piojos del cuerpo y enviaba a los parásitos lejos con sus bendiciones. Se acercó más al fuego.

—Te diré cómo los matan los cazadores. Cavan un agujero en un prado donde pastan los yaks, y se esconden en él hasta que aparece un drong que se pone a su alcance. Entonces lanzan flechas tan rápido como pueden. El drong ataca, pero no puede alcanzar a los cazadores, que le lanzan más flechas. Vuelve el drong, aullando de rabia, rascando el suelo con sus cuernos. Los cazadores deben tener el corazón valiente para continuar su asalto, y aunque produzcan una herida mortal, a veces en los estertores de la muerte, el drong cae sobre su escondite, enterrándolos bajo su peso.

Wayland quiso probar las afirmaciones de Yonden y galopó todo lo cerca de los yaks que consideró prudente. A menos que se aproximara a favor del viento, cuando le olían a media milla de distancia y se alejaban al galope, parecían bastante tontos: cortos de vista, duros de oído. Acercándose a ellos contra el viento, vio que no respondían a su amenaza con una carga directa. Corrieron hacia delante una breve distancia, con el rabo peludo bien erecto, confiando en su volumen para intimidar. Si mantenías el terreno, ellos se retiraban; si avanzabas, ellos hacían otro amago, con el rabo tieso, rascando el suelo con las patas. Wayland decidió que Yonden había exagerado su peligro. Apartándose de su camino, ellos también se apartarían.

—Cacemos uno —dijo Toghan, mordisqueando el muslo de una liebre que Wayland había matado aquella mañana.

Wayland le miró al otro lado del fuego.

—¿Tan mal os proveo de comida? ¿Se te ha encogido el estómago hasta tocar la espalda?

Toghan se echó a reír.

—Oíd lo que dice… —Se inclinó hacia delante—. Eres un gran cazador. No, no quiero matar a esos gigantes por la carne. Cazar uno con arco y flecha sería un deporte muy emocionante.

Wayland hizo una pausa y dejó de masticar.

—No voy a matar a un animal tan grande y dejar que se pudra.

Toghan se encogió de hombros y sacó una cítara.

—Ahora voy a cantar.

—Si no hay más remedio…

Toghan pulsó las cuerdas.

—Continuaré con el poema épico de Oghuz, el fundador del imperio selyúcida, bendita sea su memoria.

—Toghan, llevas cantando sobre Oghuz desde que dejamos el desierto. ¿Es que no te sabes otras canciones?

Toghan le ignoró.

—Hemos llegado al momento en que los selyúcidas cruzan el Oxus y el emperador de Ghazni les declara la guerra, ordenando a sus soldados que corten el pulgar de todos los chicos selyúcidas para que no puedan manejar un arco.

Toghan cerró los ojos y emitió un quejido nasal que hizo gemir al perro, que estaba al lado del fuego. Los compatriotas selyúcidas escuchaban atentamente, marcando el ritmo y, de vez en cuando, ululando, triunfantes. Cuando acabó, los lobos aullaban en el horizonte.

Los compatriotas de Toghan murmuraron su aprobación. El juglar sonreía.

—Y ahora cantaré una canción que he compuesto yo mismo describiendo cómo mis antepasados…

Zuleyka se levantó como un rayo y le quitó el instrumento. Iluminada por las estrellas, se puso a cantar una balada, de la que Wayland no entendió ni una sola palabra, pero que transmitía una melancolía tan dulce que su corazón se desbordó.

Toghan se había quedado dormido y surgían ronquidos de su garganta. Zuleyka dejó la cítara a su lado, pasó junto a Wayland y le rozó el pelo.

El fuego parecía inflamar su cuero cabelludo. Él se levantó y comprobó que el águila estaba bien sujeta, ordenó a su perro que permaneciese alerta por si los lobos y siguió a Zuleyka a la tienda que compartían. Tras un mes de dormir junto a ella, decidió que era inmune a sus atractivos. Los rigores del viaje habrían convertido en célibe a cualquiera. Después de un día entero galopando a gran altura, y viendo a tus compañeros vaciar los intestinos, caer exhaustos y mugrientos en el lecho bajo unas mantas infestadas de bichos y de piojos, rascándose los parásitos que se regodeaban con tu carne… La idea de unirse a alguien tan sucio y lleno de bichos como uno mismo resultaba repelente.

Sin embargo, aquella noche yacía despierto en la oscuridad, consciente de que Zuleyka también estaba despierta. Se aclaró la garganta, cambió de postura y pensó en Syth. Aquello no hizo sino aumentar su confusión. Se dio la vuelta hacia el otro lado.

—Pareces inquieto —susurró Zuleyka.

—Algo molesta a los caballos. Será mejor ir a ver.

Salió. Una luna llena y campos de estrellas iluminaban el altiplano, casi como si fuera de día. Los caballos se removían en sus ataduras. El perro iba y venía de una manera ansiosa, y se frotó la cabeza contra las piernas de Wayland.

—No son lobos —dijo Toghan, desde su petate junto al fuego—. Debe de ser la luna.

De vuelta a su tienda, Wayland decidió que el selyúcida tenía razón. Fantasías lunáticas revoloteaban por su mente. Una energía brotaba de él, como algo que le pidiera liberarse. Era dolorosamente consciente de que Zuleyka yacía a escasos metros de él. Sin embargo, parecían conectados por una corriente.

—Tú también lo notas —dijo ella.

Él dio la vuelta y puso sus labios encima de los de ella. Con la mano tiró de sus pantalones. Ella se arqueó y le empujó hacia atrás.

—No tan deprisa.

Apretado contra su boca, Wayland sentía como si le hubiesen absorbido hacia un túnel suave. Sus manos acariciaban los pechos de Zuleyka. Ella se agarró con fuerza a su cuello. La mano de Wayland fue bajando por el vientre de la chica.

El suelo tembló. Zuleyka lanzó un gemido.

La tierra se movía por debajo de ellos. Wayland puso las manos en el suelo para estabilizarse. Los caballos relincharon y los turcomanos gritaron, alarmados. Zuleyka chilló.

—¿Qué pasa?

—Un terremoto…

Se agarraron el uno al otro mientras las rocas que había por debajo de ellos parecían disolverse. Wayland se soltó y salió tambaleándose. Vio que un caballo rompía la soga y se alejaba al galope. El orden natural de las cosas se había invertido. Las estrellas que daban vueltas estaban fijas en sus órbitas, mientras el terreno firme se deslizaba como el barro.

Se hizo de día antes de que las réplicas cesaran, y llegó la tarde antes de que volviese al campamento con el caballo huido. Zuleyka se reunió con él bajo un cielo coloreado con suaves tintes color pichón.

—Puedes dormir en la tienda —dijo él—. A partir de ahora, yo dormiré bajo las estrellas.

Freya tenía más de tres meses, una edad en la que un águila salvaje habría aprendido ya a cazar por sí sola. Wayland no había descuidado su educación. Cada tarde, antes de que la partida acampase, la alimentaba de su propia mano, intentando encontrar el difícil equilibrio entre satisfacer su apetito y que siguiera siendo obediente. Después de haber sufrido el ataque de sus garras, siempre le dejaba que comiera toda su ración, y nunca la cogía sin ofrecerle un trocito de algo o cansarla antes. Ella le saludaba cada mañana con afectuosos gritos. Con el perro y con cualquiera que entrase en su territorio seguía mostrándose agresiva.

Wayland hizo que bajara de peso alimentándola con carne lavada durante cinco días. El hambre la hizo gritar más y andar más libre de pies. Aunque adulta de estatura, todavía no se había desprendido de sus malos modos de polluelo. Solo los vientos de la libertad refinarían su naturaleza.

Empezó a entrenarla haciéndola saltar de su percha a su puño en busca de comida. Eso fue bastante bien, y al cabo de tres días la puso en una roca y la llamó; aumentó la distancia hasta que fue capaz de volar doscientas yardas sin vacilación. Media docena de aletazos y desplegaba las alas. Ver aquellas enormes alas que llenaban todo el campo de visión, mientras se acercaba los últimos pies, era una experiencia bastante inquietante. Cierta vez, el animal juzgó mal su objetivo y aterrizó con una garra en su hombro y otra en su cabeza. Le causó tal daño que no pudo peinarse durante días.

A continuación la hizo acudir al señuelo, arrojándola fuera de su puño hacia un pellejo de liebre relleno con carne del que tiraba una cuerda atada al caballo de Toghan. *Freya* aprendió enseguida. Al cabo de cuatro días volvía la cabeza a un lado y otro en busca del cebo en cuanto Wayland le quitaba la capucha, y lo perseguía media milla.

—Hazla volar a la caza —le rogó Toghan.

Wayland palpó el pecho de *Freya* y los músculos de sus alas.

—Todavía no está del todo en forma. Toca. Está tan blanda como la masa.

La única forma de entrenar sus músculos era dejar que volase libre y lejos. Al día siguiente le dio la libertad, alimentándola con media ración y colocándola luego sin pihuelas en la percha. Estaban en una llanura, con el horizonte más cercano a veinte millas; eran montañas que quedaban a un mes de marcha a caballo, flotando en el cielo como islas. Ella salió en torno al mediodía, agitando las alas pesadamente en una roca y pidiendo comida.

—Tendrás que ganártela —dijo Wayland.

Sus quejumbrosos gritos se fueron desvaneciendo por detrás. Todavía estaba en su percha cuando él ya había avanzado una milla. A media tarde los alcanzó, dio una desgarbada pasada por encima de él y luego se posó en el suelo. Wayland desmontó, levantó su puño con el guantelete y ella corrió a su encuentro como un duende borracho. A continuación aleteó para reclamar su recompensa.

Repitió el ejercicio los tres días siguientes. En el último vuelo, le fue siguiendo media milla y aterrizó en su puño. Buen progreso, pero todavía no había subido a lo más alto ni había aprendido a dominar su elemento. Wayland no estaba sorprendido. Hasta que confiaban en su habilidad de matar, pocos halcones entrenados volaban simplemente por placer. Él había hecho volar halcones que esperaban a mil pies por encima de su cabeza si creían que les iba a servir una presa. Si soltaba a las mismas aves sin perspectiva de presa, simplemente se quedaban en una rama durante horas, mientras muy por encima de ellos sus parientes salvajes jugueteaban con las corrientes térmicas.

A la mañana siguiente cabalgaron con un viento que soplaba en contra y empujaba las nubes a través de riscos aguzados. No era un buen día para hacer volar a un águila aprendiz. Su decisión de atenerse a su régimen vaciló, y hasta que no cesó el viento no soltó a *Freya*. Ella probó la brisa, saltó hacia su percha y flotó antes de dejarse caer y agarrarse al poste familiar. La pausa fue breve. Una ráfaga de viento la cogió y se la llevó como si fuera una hoja gigante. Wayland galopó tras ella, agitando el cebo hasta que desapareció. La buscó toda la tarde y al final se rindió.

El viento soplaba con más fuerza. Ya era borrasca. La arena chocaba contra la cara de Wayland y hacía que su caballo anduviese a paso apretado. Se reunió con sus compañeros. Toghan se acercó a él, gritando para hacerse oír.

—¡Te dije que no te arriesgaras!

Al anochecer cayó el viento y el cielo se llenó de colores tan profundos y claros que un adivino habría interpretado aquellas formas como presagios de guerra o de desastre, como el surgimiento de un imperio o su caída. Ni un soplo de aire se removía cuando Wayland miró hacia el cielo y vio un águila que estaba suspendida encima de él a gran altura. Los últimos rayos del sol coloreaban su plumaje de bronce y la primera estrella titilaba por encima.

—No puede ser ella —dijo Toghan.

Wayland contempló el águila y desmontó.

—Sujeta mi caballo.

Anduvo por el páramo y agitó un cebo, silbando y llamando. El águila se alejó hasta que Wayland apenas pudo verla. El sol desapareció. Las sombras velaron la tierra.

Estaba a punto de rendirse cuando la motita en el cielo desapareció. Siguió mirando y vio una mota que caía de la altura. Viró hacia arriba formando un gancho, y luego se desenvolvió hasta adquirir la forma de un águila al llegar al tope de su arco, contrayéndose de nuevo al cerrar las alas para otra zambullida. De ese modo cayó en tres gigantescos escalones y acabó por bajar hacia la sombra de la noche.

—La he perdido —dijo Wayland.

Toghan silbó.

—Escucha.

El sonido empezó como un aleteo que le recordó el ruido de una hoja sujeta en una rama batida por el viento. Aumentó hasta ser casi como el rugido de una tormenta que surgía a través del bosque. Corrió hacia la oscuridad con la mano levantada.

—¡*Freya*!

Silencio, y luego un silbido interminable. Wayland levantó la mano enguantada y esperó con el corazón a mil.

Pum.

En un momento dado, *Freya* estaba perdida; al siguiente, se encontraba en el guante de Wayland. Había pasado de cría a adulta en un solo día. El ave miró hacia la noche, que se iba acercando, ajustó su postura y bajó la cabeza para comer. No emitió ni un solo sonido. Cuando Wayland la colocó en su percha, soltó una especie de carcajada, dobló el cuello para arreglarse el buche y metió la cabeza bajo un ala. Wayland estaba henchido de orgullo.

—Finges que quieres a ese pájaro más que a mí.

Al volverse, Wayland vio a Zuleyka. Ella se daba palmadas en la cadera y golpeaba el suelo con el pie.

—No finjo nada. *Freya* significa mucho más para mí que tú, pero cuando pensaba que se había ido he sentido alivio. Una cosa menos de la que preocuparme. Yo decidí llevarme el águila. No elegí tu compañía. Seré muy feliz cuando vea que te vas.

Ella se acercó a él, murmurando imprecaciones. Toghan la apartó. Hubo un momento de silencio y luego la voz de la chica resonó en la oscuridad.

—Te quiero, Wayland el inglés del pelo brillante. Y lo que quiero, lo tengo.

Resonó una bofetada.

—No hay necesidad de eso —le dijo Wayland a Toghan.

—Ha sido ella la que me ha pegado a mí —aclaró el selyúcida.

Ya había llegado el momento de presentar a *Freya* una presa. Alimentándola con medias raciones durante un par de días la puso en el estado que los turcomanos llaman *yarak*: una necesidad frenética de matar, manifestada por su cresta levantada, el plumaje suelto y una mirada enloquecida. Cuando Wayland aspiró entre los dientes para imitar el ruido de un conejo, las patas del animal se convulsionaron en su guante con tanta fuerza que le hizo gemir.

Tenía que preparar el vuelo de modo que ella tuviera todas las posibilidades de éxito, y eso significaba que debía elegir la presa adecuada. En aquella etapa de su desarrollo, las ovejas salvajes y los antílopes estaban fuera de su alcance, y las marmotas y los conejos de roca no ofrecían un reto suficiente. Quedaban las liebres, que abundaban en la estepa. Con un pelaje mucho más tupido que sus lejanas primas inglesas, eran igual de rápidas y astutas.

Wayland dejó la partida y fue cabalgando por una prometedora extensión de hierba, manteniendo a *Freya* con la capucha puesta en el puño. El perro iba detrás. No había ido demasiado lejos cuando vio a una liebre moviéndose torpemente a una distancia de medio tiro de arco. Cuando se acercó, la liebre se aplastó contra el suelo. Ordenó al perro que se echara, le quitó la capucha a *Freya* y la preparó. No estaba a más de cuarenta yardas de distancia cuando la liebre salió disparada. Casi en el mismo instante, *Freya* reaccionó.

Fue absurdo: los actos del águila eran más rápidos que su pensamiento. Se agarró al guante de Wayland imaginando que ya había cogido a su presa, y, al mismo tiempo, agitó las alas. Wayland se quedó con un paquete pesado y enloquecido colgando del puño, de tal modo que su caballo giró y la liebre aprovechó para escapar.

El vuelo siguiente tampoco fue mucho mejor. En esa ocasión, *Freya* consiguió soltarse, pero cayó al suelo, patinó y acabó deteniéndose de una manera muy poco digna a veinte yardas por delante de Wayland. Él no la recogió hasta que el águila se hubo recompuesto un poco. Sabía que las aves de presa entienden la humillación y que sienten rencor hacia aquellos que la han presenciado. Los halconeros turcomanos le habían contado que un águila frustrada a veces ataca a hombres e incluso a caballos.

Por la tarde del día siguiente vio que asomaban las orejas de una liebre por detrás de una planicie con grava, que no tenía cobertura alguna durante millas. Wayland le quitó la capucha a *Freya*. Por aquel entonces el animal ya sabía que aquel acto presagiaba una caza, y la mirada del ave buscó de inmediato la presa.

La liebre había desaparecido. *Freya* miró a su alrededor. Wayland la levantó por encima de su cabeza.

—Estás mirando por donde no es.

No supo qué fue lo primero. El peso en su brazo se elevó, y la liebre salió corriendo. *Freya* se lanzó hacia allí, remando por el aire con unos movimientos que parecían letárgicos, comparados con los esfuerzos de la liebre. Sin embargo, sin esfuerzo aparente, llegó a su nivel, extendió las garras y se preparó para el impacto.

Cuando Wayland miró, el ave estaba agarrando un puñado de hierba, mirando a su alrededor con expresión desconcertada.

—La vida es así —dijo Wayland, ofreciéndole comida.

Freya aprendió rápido de sus errores. Al día siguiente ya no se mostró tan remolona y sopesó sus posibilidades antes de decidir si atacar o no. Aun así, falló también. Pero esta vez volvió al puño y miró a su alrededor, en busca de una nueva presa.

El brazo de Wayland se inclinaba bajo su peso cuando salieron tres liebres de debajo de sus pies, dirigiéndose cada una en una dirección distinta. *Freya* fue tras una de ellas, ganando algo de altura antes de arrojarse a envolver su presa.

Cazadora y cazada habían empequeñecido en la distancia cuando convergieron. Una manchita saltó, y la otra desapareció. La liebre se había anticipado al ataque de *Freya* y se escapó arrojándose al aire.

Freya dejó claro que no se había rendido agitando sus alas. Wayland se incorporó en sus estribos y vio al águila ir disminuyendo el espacio.

La liebre corrió en círculos. Estaba a menos de un estadio de distancia de Wayland cuando *Freya* cayó sobre ella; predador y presa rodaron entre una nube de polvo. Wayland galopó para ayudarla, pero, cuando llegó al lugar, la liebre ya estaba muerta. *Freya* abrió las alas. Él no se acercó hasta que se hubo calmado y hubo desgarrado su presa. Extendió el guante, poniendo carne fresca a los pies del animal. Ella la picoteó, y en cuanto él fue a retirarla, el águila soltó su presa sobre la liebre y se subió al puño.

Wayland la recompensó bien. Dejó pasar dos días antes de hacerla volar de nuevo. Llegaron a un terreno más rocoso roto por barrancos; la búsqueda de liebres por parte de Wayland no tuvo éxito. Como la vista de *Freya* era más aguda que la suya, le quitó la capucha y la transfirió a la percha. No habían avanzado más de una milla cuando el animal empezó a mover la cabeza hacia la izquierda. No estaba decidida, abría solo a medias las alas; luego las cerraba de nuevo.

—¿Qué pasa? —preguntó Wayland. Supuso que no era una liebre, y estaba a punto de coger a *Freya* por las pihuelas cuando esta se elevó, subiendo treinta pies por el aire, y luego estableció su rumbo.

A un cuarto de milla de distancia, una silueta rojiza buscó cobijo y salió corriendo. Un zorro. *Freya* se acercó. Wayland cabalgó detrás de la presa con emoción y aprensión a un tiempo. Los zorros tibetanos eran animales grandes, del doble de peso que *Freya*. Se dirigió hacia un risco empinado, hendido por muchas fisuras. Saltó por una empinada pared de piedra y estaba ya casi en la cima cuando *Freya* lo atrapó. Águila y zorro cayeron al suelo. Wayland se dio cuenta de que *Freya* no había hecho una presa mortal. Cuando llegó hasta ellos, estaban empatados. *Freya* sujetaba su presa por el hombro y la grupa, inclinada hacia atrás para evitar las mandíbulas del zorro. Wayland lo despachó con un cuchillo y miró al águila, jadeante y alborotada.

—No vuelvas a coger uno de estos precipitadamente.

Dos días después, cazó su segundo zorro. Esta vez Wayland estaba lo bastante cerca para verla bajar durante su aproximación final; luego, mientras el zorro se volvía, acorralado, se lanzó hacia delante, agarrando su careta con una garra y la espalda con la otra. Cuando Wayland se acercó, vio que ella había matado al zorro rompiéndole el cuello.

—Ya estás casi lista para ocupar tu lugar en estas tierras salvajes.

XXX

Llegaron a unos pastos repletos de rebaños de ovejas y de yaks domesticados. Las tiendas de pelo negro de los nómadas salpicaban los pastos como arañas clavadas en el suelo. Aguantando el acoso de unos mastines fieros, los viajeros encontraron comida y refugio en un campamento *drokpa*. Sus ocupantes se mostraron poco amistosos hasta que Yonden les dijo que era un lama del Palacio de la Emancipación Perfecta. Entonces los nómadas abrumaron a sus huéspedes con comida y bebida. Wayland ya había probado antes el *tsampa*, cebada molida hasta que quedaba tan fina como el serrín, la dieta principal del Tíbet. Aquella fue la primera vez que la comió con té y mantequilla de yak rancia. No era demasiado desagradable si pensabas que era una sopa y no mirabas los pelos que flotaban entre los oscilantes goterones de grasa.

Una mujer muy alegre, dos hombres y tres niños ocupaban un par de tiendas ennegrecidas por el humo, colocadas sobre unas losas de piedra. La mujer llevaba una piel de oveja sin cortar, con el vellón hacia dentro, pero durante el día dejaba que el atuendo colgase desde su cintura, revelando su torso desnudo. Los hombres eran dos de los tres maridos de la mujer y su relación no parecía nada tensa. El tercer marido, hermano de los otros dos, estaba fuera, comerciando en Nepal. Cada primavera, uno de los hombres cargaba una caravana de ovejas con sal y atravesaba el Himalaya, y volvía en otoño con arroz y cebada. Normalmente, el segundo marido estaba siempre fuera, en los pastos de verano. Wayland no conseguía entender cómo funcionaba aquel arreglo cuando los cuatro cónyuges estaban juntos, en invierno.

Descansaron tres días en el campamento. Por la mañana y por la noche, los niños ordeñaban las ovejas en un cuerno de yak salvaje, atando a los animales en dos filas, unos frente a otros, y tan apretados que la cabeza de cada animal parecía crecer del que tenía delante. Antes de partir, Wayland intercambió un caballo cojo por un yak. Después de dos meses en el Chang Thang, algunas de sus monturas estaban tan delgadas que parecían esqueletos cosidos dentro de un pellejo.

—¿Quién va a manejar el yak? —preguntó Toghan.

Wayland señaló con un dedo a Zuleyka.

El verano ya estaba terminando. Mientras el sol al mediodía todavía calentaba lo suficiente para quemar la piel, el agua a la sombra, a solo unos pocos pies de distancia, seguía congelada. Ni siquiera con un montón de pieles de oveja apiladas encima de su cuerpo Wayland conseguía dormir profundamente a cielo abierto. Una noche, congelado hasta los huesos por un viento aullante del norte, se refugió en la tienda ocupada por Zuleyka. El perro ya estaba dentro, acurrucado contra ella.

—¿Qué estás haciendo? —le preguntó ella.

—¿A ti qué te parece? Afuera hace mucho frío.

Ella intentó volver a echarlo.

—No te quiero aquí.

—Esta tienda es mía. Si no quieres compartirla, duerme tú fuera.

Zuleyka murmuró para sí.

—¿Qué pasa? —preguntó Wayland.

—Digo que tengo un cuchillo, y que te mataré si me pones una mano encima.

La risa de Wayland sonó ligeramente desquiciada.

—Un hombre tendría que estar desesperado para tocarte. Pareces una bruja y hueles como una mofeta.

No exageraba demasiado. Los labios de Zuleyka estaban negros y llenos de costras; tenía la nariz irritada y pelada; sus rizos eran un nido de ratas enmarañado y gris.

Él se echó y ya casi estaba dormido cuando notó las diminutas convulsiones rítmicas de ella. Se incorporó a medias. Zuleyka estaba llorando.

—¿Qué pasa ahora?

—Es cierto —gimió ella—. Este espantoso viaje ha destruido mis encantos. ¿Quién se casará con una bruja tan vieja y estropeada por el sol y el frío? ¡Tendría que haberme matado cuando me capturaron los vikingos! —Y sacó su cuchillo—. Aún lo puedo hacer. ¿Para qué vivir?

Wayland agarró el arma, palmoteando las manos de ella antes de encontrar sus muñecas.

—¡Para ya! He hablado por simple despecho. Por si quieres saberlo, todavía sigues siendo bella. Demasiado bella para tu propio bien… o para el mío.

Zuleyka se echó hacia atrás y lanzó una risa ahogada.

—Ya lo sé, maese inglés. Te he tomado el pelo.

—Estás loca.

Zuleyka bostezó y se dio la vuelta.

—Que duermas bien, y nos vemos en tus sueños. Te estaré esperando.

Llegó un día en que Wayland oyó la canción evocadora de los gansos que emigraban hacia el sur, esas aves que pasaban por encima de sus cabezas en escuadrones tan grandes que desde la distancia parecían nubes de tormenta.

Por debajo de él se extendía una cuenca poco honda con pastos, tan amplia que su extremo más lejano quedaba oculto detrás de la curva del horizonte. Unas cuantas nubes arrojaban sombras de colores en una estepa que parecía emitir su propia luz. Por aquella cuenca vagabundeaba un río con ramales de más de media milla de ancho. En la otra orilla, pastaba un rebaño de yaks salvajes, deslumbrantes en su negrura, cuyas siluetas marcaban la claridad de la atmósfera. A cierta distancia del rebaño, dos toros luchaban como los animales de una fábula: el impacto de sus colisiones llegaba como pequeñas sacudidas en el aire tranquilo.

Los viajeros bajaron al río. Había que vadear al menos seis canales principales, separados por barras de arena e islas. Wayland observó que los yaks se habían detenido y fijaban su atención corriente arriba, donde el río emergía por un hueco en el borde de las tierras altas. Intentó averiguar qué era lo que los había alarmado. Probablemente una manada de lobos que se veía a lo lejos, a una milla de distancia.

Una bandada de grullas se elevaron en un vuelo estruendoso hacia la orilla más alejada, y los yaks dieron la vuelta, con los rabos tiesos, y se alejaron al galope del río.

Wayland había notado que la corriente estaba muy por debajo de su altura máxima, con algunos canales casi secos. Eso no era inusual. A aquella altura, los ríos se helaban por la noche en sus cabeceras, y solo fluían cuando el sol había fundido el hielo, a veces con el día ya bien entrado. Wayland había aprendido a no acampar en un cauce seco después de verse obligado a evacuar un barranco inundado no mucho después de haber colocado las tiendas.

Condujo a su caballo hacia la corriente, con el águila posada en su percha. Yonden iba justo detrás. Zuleyka le seguía, dirigiendo al yak cargado con una soga atada al anillo de madera de su nariz. Los selyúcidas estaban atareados en la orilla, buscando excrementos de yak secos, el único combustible de la meseta.

Aun con el río tan bajo, el progreso era lento. La corriente rápida llegaba a veces hasta el vientre de los animales, y el suelo pedregoso dificultaba que hiciesen pie con seguridad. Algunas de las rocas eran de dos pies de ancho, separadas por unos huecos tan estrechos que alguno de los caballos se podía romper la pata si este pasaba descuidadamente. Wayland fue pasando a la primera isla y esperó a que Yonden y Zuleyka se unieran a él antes de vadear el siguiente canal. Toghan acababa de meter su caballo en el agua, y los otros dos turcomanos se estaban dirigiendo a la orilla.

Wayland se tambaleó en la siguiente barra de arena y miró hacia atrás. Vio que los turcomanos se iban separando. El jinete que iba en retaguardia avanzaba entorpecido por la montura de repuesto. El caballo de Wayland relinchó y echó atrás las orejas. Su perro gimió, mirando corriente arriba.

—¿Qué pasa? —preguntó Yonden.

—No lo sé —respondió Wayland. Hizo señales con la mano a los viajeros—. ¡Corred!

El nerviosismo empezó a contagiarse a los otros animales. El caballo de Yonden se echó atrás al entrar en el agua. El yak clavó las pezuñas. El caballo de repuesto que iba detrás intentó volver a la orilla de donde venían, y casi tira a su jinete.

Wayland tuvo que golpear fuerte con los talones en los flancos de su montura antes de que esta se enfrentase al siguiente canal. Aquella era la corriente más ancha, de unas setenta yardas de lado a lado, salpicada de rocas muy hundidas en el agua que espumeaban entre ellas, haciendo difícil encontrar un paso. En un lugar encontró el camino bloqueado y tuvo que dar un rodeo hacia arriba, a contra corriente.

Estaba a dos tercios del camino atravesando el río cuando lo vio: una franja blanca e irregular que espumeaba río abajo, con los contornos deshilachados, que cambiaba constantemente y lanzaba chorros al aire. No era solo agua. En aquella ola también se agitaban placas de hielo.

—¡Dios mío! —murmuró. Se volvió en redondo—. ¡Corred, por vuestra vida!

—¿Y el yak? —gritó Zuleyka.

—¡Suéltalo!

Fue vadeando la corriente a toda prisa, midiendo su progreso respecto a la marea que se acercaba. Estimó que la ola no se encontraba a más de un cuarto de milla de distancia; avanzaba a la velocidad de un caballo a medio galope. Podía oírla por encima del estruendo de la corriente: un silbido maligno roto por sordos golpes cuando las losas de hielo iban dando con obstáculos. Sabía que él la sortearía, ya que solo le quedaba un canal más por cruzar, pero al mirar atrás se dio cuenta con horror de que dos de los turcomanos estaban condenados. El que iba detrás abandonó el caballo de repuesto. El animal salió de estampida y cayó de costado, luchando para volver a levantarse.

La ola estaba tan cerca que su embate ahogaba todos los demás sonidos, el rugido líquido subrayado por el hielo que rascaba y el retumbar de las rocas arrastradas a lo largo del lecho del río. Sonaba como unas puertas subterráneas que se abrieran de par en par.

Wayland saltó de su caballo y lo arrastró a la orilla. El animal relinchaba, aterrorizado. La orilla estaba socavada, y perdió un tiempo precioso intentando encontrar un sitio por donde subir. Zuleyka iba azuzando su caballo hacia él. Yonden no estaba mucho más lejos, detrás. Toghan iba muy retrasado, y los demás turcomanos se encontraban todavía en el centro del río. Wayland ayudó a salir a Zuleyka y a Yonden a la orilla.

—¡Seguid adelante! —les dijo.

El torrente se había salido de su cauce, inundando un centenar de yardas más allá de la orilla. Toghan arreó a su caballo a través de las rocas. El caballo cayó y quedó de rodillas. Luego volvió a ponerse en pie.

—¡Tranquilo! —chilló Wayland—. ¡Puedes conseguirlo!

Durante esos últimos momentos, que se fueron alargando hasta casi hacerse eternos, Wayland iba midiendo el progreso del selyúcida contra la marea. A veces la ola se paraba un poco, retrocediendo en una cresta abultada; luego seguía corriendo hacia delante con renovada violencia.

Toghan le lanzó una mirada desesperada.

—¡Sálvate tú!

Wayland estiró una mano:

—¡Vamos, ya casi estás!

Sus manos se unieron un momento antes de que la ola los golpeara. Toghan consiguió sacar el caballo a la orilla y arrastró a Wayland tras él. Tras alcanzar un terreno más alto, miró hacia atrás en el momento en que la ola de hielo y agua golpeaba al yak y a uno de los turcomanos, y se los llevaba.

Le flaquearon las piernas. Estaba demasiado aturdido por la velocidad del desastre para hacerse cargo.

—¿Qué ha sido eso? —preguntó Yonden.

Wayland señaló hacia atrás con un dedo tembloroso.

—El terremoto debe de haber provocado un deslizamiento de tierra que ha bloqueado el río. El agua ha ido subiendo hasta que... —Se tapó la cara—. Tenía que haberme dado cuenta de que pasaba algo malo, al ver cómo se comportaban los yaks.

—Nadie podía haberlo previsto —dijo Zuleyka.

Toghan estaba fuera de sí.

—¡Debemos buscar a nuestros amigos!

Wayland levantó la cabeza.

—Están muertos. Ya los buscaremos cuando el río se calme.

Todavía pasaba a toda velocidad, con el torrente cargado de residuos de hielo. Las sombras se iban alargando cuando los supervivientes empezaron la búsqueda. Al caer la noche encontraron el cuerpo abollado e informe del yak, con sus paquetes desgarrados y rotos. De uno de los dos turcomanos y los tres caballos que faltaban no encontraron ni rastro.

Hicieron una fogata y evaluaron las pérdidas. La situación era grave. El yak llevaba sus tiendas de campaña y la mayor parte de la comida. Solo les quedaban raciones para tres días.

—No nos moriremos de hambre —dijo Toghan—. Mi arco y tu águila nos alimentarán hasta que lleguemos a otro campamento nómada.

—¿Cuánto falta para que lleguemos hasta tu monasterio? —le preguntó Wayland a Yonden.

—Un mes más.

A lo largo de la noche el río recuperó su tamaño normal. Los supervivientes siguieron adelante, refugiados más que viajeros, los menos considerados de todas las criaturas que poblaban aquellas tierras salvajes. Comían solo lo que podían cazar, notando las punzadas del hambre cuando sus flechas fallaban o el tiempo era demasiado malo para arriesgarse a hacer volar el águila. Wayland tenía que preocuparse por los errores de *Freya,* asegurándose de que no había zorros cerca cuando la soltaba. Se había aficionado mucho a ellos, y a veces ignoraba una liebre y se abatía sobre un zorro que estaba a una milla de distancia. En un ocasión incluso se lanzó contra un lobo no crecido del todo, y lo habría capturado si este no se hubiese refugiado en su lobera.

Cuando acampaban, el humor era sombrío, y las escasas conversaciones no conseguían aligerar el ánimo opresivo. Wayland seguía pensando en el desastre del río, culpándose por no haber interpretado bien las señales de advertencia. La vida en el muelle había embotado sus sentidos. Era como si su sexto sentido le hubiese abandonado.

Tampoco estaba preparado para la tragedia que les sobrevino en la etapa siguiente. Un viento cortante del norte soplaba la nieve paralela al suelo, esculpiendo flechas heladas al abrigo de cada matojo. Toghan iba cabalgando por delante, tarareando una canción poco melodiosa. Wayland le seguía, medio congelado, sumido en el sopor.

Se despertó de golpe cuando lo que parecía un borrón de humo negro surgió a través de los copos que volaban. Era un yak salvaje que cargaba hacia Toghan. Al instante, Wayland vio unas flechas clavadas en su flanco.

—¡Toghan!

El selyúcida no había visto al yak, y su caballo estaba justo en su camino. El caballo cayó fulminado como si se hubiera golpeado con una pared. Toghan salió despedido hacia atrás, cayendo cerca de una piedra. El yak, con la sangre cayéndole de la boca, destrozó con sus cuernos al caballo caído, arrojándolo por el aire como si no pesara más que la paja. Una última embestida hizo girar al caballo sobre sí mismo. El yak se alejó al galope, manchando la nieve con la sangre que goteaba de sus flancos.

Wayland vio todo aquello mientras luchaba por controlar a su montura, completamente enloquecida. En algún lugar, Zuleyka chillaba. Saltó de su caballo y lo arrastró hasta Toghan. El selyúcida yacía despatarrado en la piedra, con la cara del color del queso fermentado y algo antinatural en su postura.

Wayland le cogió las manos.

—Eres un tipo con suerte.

—Tengo la espalda rota.

Todo fue oscuridad en el interior de Wayland. Se volvió y distinguió a Zuleyka entre la nieve arremolinada. Ella negó con la cabeza.

Se arrodilló junto a Toghan. Los ojos del selyúcida transmitían una resignación cansada, como si ya estuviera mirándolos a través de las puertas de la muerte.

—No me puedo mover. Tengo la espalda rota.

—Cierra los ojos.

Toghan cerró los párpados. Wayland apretó las manos de Toghan.

—¿Notas esto?

—Son las piernas lo que no noto. Todo está muerto por debajo de la cintura.

Wayland dio un golpe a la rodilla de Toghan. Le retorció el tobillo y lo pinchó con la punta de un cuchillo. El selyúcida no reaccionó.

Los ojos de Toghan parpadearon.

—Cuando era niño, un amigo se rompió la espalda en una carrera de caballos. Un anciano lo asfixió como acto de misericordia. No quiero morir así. Córtame la garganta, para que pueda ver por última vez esta tierra.

—No puedo hacer eso.

—Lo harías por tu perro.

—Pero tú no eres un perro. Eres amigo mío, aunque tus canciones me vuelven loco.

Toghan intentó sonreír.

—Entonces acabemos la canción. No quiero estar cantándola cuando me dejes y el oso me muerda la cara.

—No te vamos a dejar —respondió Wayland. Se puso en cuclillas—. Sigue hablando con él —le dijo a Yonden.

Abrió su alforja y sacó un frasco que le había dado Hero. Contenía un líquido que el griego llamada «preparado adormecedor», formulado para amortiguar el dolor durante la cirugía. Hero le había prevenido sobre la dosis: más de tres o cuatro cucharadas, y el paciente no se despertaría. Con las manos temblorosas, Wayland vació la mitad del contenido en un vasito y acercó el cáliz letal a Toghan.

—Bébetelo —dijo—. Es un remedio que todo lo cura, preparado por nuestro amigo Hero.

Toghan esbozó una sonrisa torcida.

—He disfrutado mucho del tiempo que hemos pasado juntos —dijo, y se bebió el preparado.

Wayland acarició la frente del selyúcida.

—Bien —murmuró—. Yo te velaré hasta que te quedes dormido. Despertarás en el Paraíso.

Toghan habría muerto aquella noche, de todos modos, pero de esa manera fue mucho más rápido. Su mirada vaciló y suspiró entrecortadamente; los ojos se le pusieron turbios y los cerró. Yonden cantó plegarias para una buena reencarnación. Wayland le hizo levantar y habló entre los dientes castañeteantes.

—Toghan se ha ido, y nosotros le seguiremos si no nos apartamos de este frío.

Aquella noche Wayland yacía con los ojos abiertos en la oscuridad, pensando en la muerte y en los muchos modos en los que podía llegarte. Cuando sintió el suave contacto de Zuleyka, se apartó.

—No.

Y

En aquella planicie árida y helada era imposible enterrarlo. Wayland y Yonden cubrieron el cuerpo de Toghan con un montón de piedras, frente al sol naciente.

—Seguid —les dijo Wayland a los demás.

Hablaba más consigo mismo que con Toghan. Había desafiado a las tierras salvajes y había perdido, tal y como Vallon había predicho. Su orgullo había costado la vida a tres hombres.

Se puso de pie, mirando hacia el norte, preguntándose dónde estarían sus compañeros. Sintió una gran nostalgia ante la posibilidad de no volverlos a ver.

Cuatro días más tarde detuvo su caballo, sorprendido al ver el espectáculo de una luna que se alzaba al sur, mientras otra luna similar descansaba en el oeste. Tras frotarse los ojos vio que la luna naciente era, en realidad, una pirámide de nieve aislada en un cielo como de pizarra.

Yonden desmontó y se postró.

—La Joya Preciosa de Nieve —dijo—. Nuestro viaje casi ha concluido.

Wayland supo que aquella montaña era sagrada para los budistas, bon-pos, hindúes y jainos. Para los budistas era el centro del universo, el eje sobre el cual giraba el mundo y que era el origen de cuatro grandes ríos: el Indo, el Tsangpo o Brahmaputra, el Karnali y el Sutlej, todos los cuales abrían una brecha en la cordillera del Himalaya. Para los bon-pos, que habían injertado las enseñanzas del Señor Buda en sus tradiciones chamanísticas, era la montaña de las Nueve Esvásticas. Los hindúes lo llamaban monte Kailas o Meru, y creían que Shiva residía en su cumbre. Para los jainos era el lugar donde el fundador de su fe consiguió la liberación del inacabable ciclo de muertes y reencarnaciones.

Costó tres días llegar a la montaña sagrada. Las enormes brechas que la aislaban de otros picos formaban un sendero de peregrinos marcado por santuarios llamados chorten, y muros construidos con losas que tenían grabados los textos sagrados circunvalando la montaña. Los budistas lo mantenían a la derecha, los bon-pos tomaban la dirección opuesta. Algunos de los peregrinos habían pasado años viajando hasta su objetivo y realizaban sus devociones finales arrastrándose por el circuito sobre las manos y las rodillas sangrantes.

Desde el sur, la montaña era más bella incluso. Su masa cincelada se elevaba sobre dos enormes lagos; sus muros verticales estaban rayados con unos cortes que parecían realmente una esvástica. Lo que disipaba su aura de espiritualidad era el miserable asentamiento establecido por los mercaderes para desplumar a los peregrinos y apoderarse de todas las monedas que llevasen. Vagando por un bazar, apartando a toda clase de charlatanes que ofrecían amuletos, medicinas y recuerdos por unos precios abusivos, Wayland salió y vio el Himalaya que llenaba el cielo del sur.

Se quedaron solo el tiempo suficiente para comprar provisiones. Después fueron hacia el este. Al cabo de una semana siguiendo el Tsangpo a lo largo de un camino que conducía a Lhasa, Yonden tomó el sendero que llevaba hacia el sur por unas colinas desmoronadas. Tres días más tarde, subían hacia un risco.

Wayland se quitó el sombrero. Ante él se extendía una llanura con pastos agitados por suaves brisas. Al otro lado, nubes que se alzaban de unos valles ocultos y oscuros humeaban por encima de los tejados dorados y los muros blancos de un monasterio construido en un risco que sobresalía sobre un precipicio. Por encima del refugio se alzaban unos muros montañosos con tres enormes cumbres nevadas que se cernían tras ellos. «Dhaulagiri, Manaslu y Annapurna», dijo Yonden. Picos que ningún mortal podía escalar.

El camino hacia el monasterio había sido tallado en la propia roca, y casi estaba oscuro cuando la partida llegó a la cumbre de la montaña. Yonden tiró de una campanilla. Un monje abrió una puerta hecha con maderos de seis pulgadas de grosor.

—¡He vuelto! —anunció Yonden.

—Te esperábamos —respondió el monje.

Les hizo pasar al monasterio. El lúgubre repiqueteo de las conchas y el estruendo de los címbalos resonaban entre los acantilados.

XXXI

Yonden rogó a Wayland que se quedara en el monasterio todo el invierno.

—Los pasos del Himalaya estarán bloqueados por la nieve. Además, esta es la estación en la que cuadrillas de bandidos atacan a los viajeros que vuelven de su peregrinaje.

—No puedo esperar seis meses. Si me voy ahora, podría estar en casa en primavera. Dime qué ruta debo seguir.

Yonden le condujo a la cima de un alto muro. Señaló hacia el oeste a través de las colinas color cobre y ocre.

—Viaja dos días en esa dirección y llegarás a un camino usado por los mercaderes de sal. —Se dio la vuelta hacia el otro camino—. A tres días hacia el este, hay un camino de peregrinos que conduce al reino de Mustang, y al santuario llameante de Muktinath. Te aconsejo el camino de la sal. Es más fácil.

—¿Qué camino me llevaría al templo del eremita cristiano?

—Ninguno de los dos. Ninguno de los monjes ha estado jamás allí. Es un sitio del que me hablaba mi abuelo, nada más.

—¿Quieres decir que puede que no exista?

—No, está en un valle a pocos días al este de Mustang, al que se llega por un paso usado solo por la gente que vive en ese lugar tan salvaje. El paso ya estará cerrado. Es casi tan alto como los picos que lo rodean, y está abierto solo unas pocas semanas en verano.

Wayland examinó la cordillera. El cielo por encima de los picos era de color índigo, tan oscuro que parecía el espacio lejano.

—Sería una lástima estar tan cerca del templo y no visitarlo.

Yonden llamó a un monje anciano.

—Tsosang compraba medicinas de hierbas a los comerciantes del valle. Le vendían una planta muy rara llamada «hierba de verano, insecto de invierno», un remedio contra las enfermedades del pecho. Tsosang dice que han pasado tres años desde que llamaron por última vez al monasterio. Es posible que las avalanchas hayan bloqueado el paso. No hay guías que puedan conducirte. Por favor, no intentes hacer ese viaje tú solo.

—Solo satisfaría mi curiosidad por Hero. No tengo intención de arriesgar la vida. Echaré un vistazo al camino. Si es demasiado difícil, seguiré el camino por Mustang.

Cuando estaba a punto de partir, Wayland visitó a Zuleyka. Desde que llegaron al monasterio apenas la había visto. Le tendió una pila de ropas, incluido un abrigo de piel de oveja que le llegaba hasta los pies.

—Toma todo esto. Hará mucho frío en las montañas.

—Pensaba que me ibas a dejar aquí.

—Lo he pensado. No quiero cargar con otra muerte sobre mi conciencia.

—Nunca sería capaz de encontrar el camino para salir del Tíbet.

—No pienso viajar contigo a Persia. En cuanto crucemos el Himalaya, se acabó.

—Estaré a salvo cuando llegue a la India. Allí viven comunidades luris. De ahí procede mi gente.

Wayland asintió, pero no respondió.

Zuleyka enrojeció.

—Me miras de una manera extraña.

—¿Ah, sí? Lo siento. Es hora de que nos vayamos a dormir. Tendremos que levantarnos temprano.

Ella le cogió la manga cuando él se volvía.

—No, dime qué significa esa mirada.

Wayland miró el suelo.

—No tengo que decírtelo.

—Quiero oírlo con tus propias palabras.

Wayland se soltó y se apartó.

—Pensaba que eres muy guapa.

Yonden y una docena de monjes más les vieron partir.

—Prométeme que no permitirás que tu fascinación por el templo te atraiga hacia el peligro. Recuerda lo que te he dicho de la tierra de Shambhala. Cuando te das cuenta de que no llegarás nunca hasta allí, es demasiado tarde para darse la vuelta.

—Te lo prometo —dijo Wayland. Se inclinó desde la silla—. No te he preguntado qué será ahora de tu vida.

Los monjes cantaban bendiciones y hacían girar enormes rodillos de plegarias. Yonden sonrió.

—Mañana me encerrarán en una celda y no veré a otro ser humano durante un año.

—Te he visto aspirar el aroma de las flores y admirar a una mujer bella. Te volverás loco si te apartan así del mundo.

—Tengo muchos textos sagrados que estudiar, y la celda tiene una ventana que da al este. Cuando mire por ella, estaré contigo en espíritu.

Yonden envolvió con un pañuelo de seda blanco el cuello de Wayland y de Zuleyka.

—Adiós, amigos míos. Que Buda y todos los buenos espíritus os acompañen.

El monasterio les había proporcionado caballos frescos y tres yaks, cada uno de ellos con un conductor. Los caballos no podían cruzar el paso hacia Mustang. En cuanto llegaran a la etapa final, los conductores se los llevarían de vuelta al monasterio, junto con dos de los yaks.

Como temían sufrir ataques de bandidos, la escolta tibetana buscaba la seguridad en la compañía. Se unían a grupos de viajeros y peregrinos que viajaban por las vías elevadas hasta Lhasa. Un viaje sin incidentes los llevó hasta el camino que conducía a Mustang, y luego se salieron del camino más trillado y se dirigieron hacia el sur, a unos parajes salvajes y deshabitados.

Dos días más tarde llegaron a un santuario solitario junto a un camino apenas marcado que conducía hacia las montañas.

—Ese es el camino al templo —dijo uno de los tibetanos.

Wayland miró hacia un caldero de nubes bullentes que se arremolinaban y se separaban, revelando atisbos de glaciares, morrenas caídas y contrafuertes con bordes como cuchillos. Retumbaban los truenos y se veían los relámpagos entre cumbre y cumbre. Era como contemplar un abismo aéreo, habitado por dioses y titanes que guerrearan entre sí.

—Dios mío… —jadeó Wayland—. No pienso subir ahí. —Se volvió hacia el líder de la escolta—. Iremos por el camino de Mustang.

Volviendo hacia la carretera, vieron una punta de humo que surgía de la nada y dieron una amplia vuelta antes de acampar en una desolada llanura. Wayland alimentó a *Freya* a su placer.

—Mañana la soltaré —le dijo a Zuleyka.

Los gruñidos del perro le despertaron tarde, por la noche. Desató la entrada de su tienda y miró fuera. La luna, que aparecía entre las nubes, arrojaba una luz tan brillante que podía ver a *Freya* en su percha. Por su postura tensa, erguida sobre las patas, resultaba obvio que estaba nerviosa.

—¿Qué ha sido? —susurró Zuleyka tras él.

—Probablemente lobos —dijo, sin creerlo en realidad.

Salió fuera. El perro miraba hacia el viento, con las mandíbulas abiertas y un gruñido burbujeando en su garganta.

Wayland notó un ligero olor a sebo y a lana mohosa. Volvió a entrar corriendo en la tienda.

—Nuestros visitantes tienen dos piernas —dijo.

A Zuleyka no le entró el pánico, eso había que reconocérselo.

—¿Bandidos?

—Nadie más entraría a hurtadillas en un campamento solitario de madrugada. Espera aquí.

Zuleyka apartó las mantas.

—Voy contigo.

Esperaron hasta que la luna desapareció detrás de las nubes y fueron a la tienda de los tibetanos, que empezaron a hablar, asustados.

—Bajad la voz —susurró él.

—¿Cuántos son? —preguntó uno.

—No lo sé. Supongo que más que nosotros.

Los tibetanos hablaban atropelladamente, como gansos asustados.

—Los diablos nunca viajan en grupos de menos de doce. Somos pocos para luchar contra ellos. Huyamos ahora, aprovechando la oscuridad de la noche.

Wayland sacudió al hombre.

—Nos oirán cargar y ensillar.

—Tendremos que irnos a pie y dejar los animales.

Wayland discutió en vano con ellos para intentar que se quedaran. El terror no les dejaba pensar con claridad. Huir de inmediato era la única manera de dejar atrás el miedo. Juntaron unas pocas posesiones y salieron de la tienda.

Wayland agarró a uno de ellos.

—Si vais a huir, al menos hacedlo bien. Esperad a que se esconda la luna. —Lo sujetó fuerte hasta que la tierra entró en el eclipse, y luego le dio un empujón—. Así. Corre y sigue corriendo.

Zuleyka le buscó.

—¿Por qué no nos vamos con ellos?

—Estamos más seguros solos.

—¡Wayland!

—Calla. —El dedo de él le siguió el perfil de la boca—. Pronto habrá luz. Si los bandidos encuentran un campamento vacío, vendrán detrás de nosotros. A pie, nunca nos libraremos de ellos. Nos cogerán y nos matarán.

—Nos matarán también si nos quedamos aquí.

—Creo que puedo convencerlos de que nos dejen en paz.

Las nubes cubrieron la luna. Wayland cogió la mano de Zuleyka y corrió hacia la tienda de ella. Se echó las mantas por encima de ambos.

—¿Es que nos vamos a quedar aquí sentados?

—El perro nos advertirá si atacan. Pero no lo harán.

—¿Por qué no?

—Porque está oscuro y no saben con cuántos se enfrentan.

Zuleyka tembló, apretada contra él.

—Tengo miedo. Sabes lo que me harán...

Él la rodeó con un brazo y apoyó la cabeza de ella en su pecho. Su temblor cesó.

—Es la primera vez que me demuestras ternura.

—Es la primera vez que estoy seguro de que la ternura no conducirá a la pasión.

Notaba que el corazón de ella latía tan rápido como el de un pájaro. Le acarició el pelo. Fuera, el águila se despertó y cambió de postura. Pensaba que Zuleyka estaba dormida cuando de pronto ella susurró su nombre.

—Háblame de tu mujer.

—No.

—Ni siquiera sé cómo se llama.

—Prefiero guardármelo para mí.

—¿Temes que le eche mal de ojo?

—¿Lo harías?

—A lo mejor. ¿Es guapa?

—Ya sabía que ibas a decir eso.

—Bueno, ¿es guapa o no?

—Sí.

—¿Más guapa que yo?

—Sois lo contrario. Ella es tan rubia como morena eres tú.

—Háblame de tus hijos.

—¿Por qué sigues haciéndome preguntas?

—Me ayuda a evitar el miedo. Y también quiero saber más de ti antes de morir.

—Mi hijo tiene ocho años; mi hija, cuatro.

—Debías de ser muy joven cuando te convertiste en padre.

—Tenía más o menos tu edad.

—¿Eso significa que no has conocido a otra mujer?

Wayland lanzó una risa ronca.

—Esto es lo más cerca que he llegado nunca.

Zuleyka se incorporó y le miró en la oscuridad, antes de echarse de nuevo.

—¿Y tú? —dijo él—. No me creo eso de que eres virgen…

—Lo soy cuando quiero.

La risa de Wayland empezó en su vientre y pasó hasta su pecho.

—¿Qué es lo que te hace tanta gracia?

El perro ladró. Wayland apartó las mantas y buscó su arco de guerra.

—Es hora de prepararnos para recibir a nuestros invitados.

Esperó junto al perro, con una flecha montada y otra docena más a mano. Zuleyka se agachó junto a él. El perro gruñía continuamente. El águila batía las alas en su percha. Wayland se puso de pie.

—¡Hola! ¿Quién se acerca tras la cortina de la noche?

—Viajeros inofensivos —dijo una voz—. Vimos tu fuego anoche, y nos preguntábamos quién acamparía en un lugar tan solitario.

—Me sorprende que hayáis tardado tanto tiempo en mostraros. Espero que no haya sido el miedo lo que os haya mantenido lejos.

El perro corrió con las patas tiesas hacia los bandidos. Se quedó con la crin erizada, ladrando como desafío. Wayland lo llamó.

El amanecer, cuando llegó, fue solo una versión pálida de la noche, el paisaje despojado de todo color, las montañas apagadas bajo las nubes.

—Ahora ya os veo. Bienvenidos, hijos indómitos.

Catorce siluetas montadas se materializaron a la media luz. Zuleyka ahogó un grito.

—Son demonios…

Unas máscaras de cuero moldeado cubrían los rostros de los bandidos, dándoles un aspecto terrorífico. Aparte de las máscaras, había poca coincidencia en sus ropas o en armas. Algunos llevaban *chubas* negros o de color vino, con una manga colgando como una trompa arrugada. Exponían sus pechos lampiños al aire congelado. Algunos iban con la cabeza descubierta, con sus rizos negros como cuerdas adornados con plumas de águila y conchas de cauri. Otros llevaban cascos de piel de oveja, o incluso gorros de piel de zorro. La mayoría de ellos llevaban espadas de diversos diseños, y un sable basto era lo más moderno. Otros, en cambio, portaban lanzas o porras. Todos llevaban arcos cortos colgados al hombro.

En el centro de la banda, un hombre que se distinguía por un peto de cota de malla fina, pero muy estropeada, levantó la mano e hizo una seña extrañamente femenina.

—Estaba a punto de preparar el desayuno —dijo Wayland—. Por favor, uníos a nosotros.

La banda se quedó quieta.

—¿Quiénes son tus compañeros? —preguntó el líder de la cota de malla.

—Huyeron por la noche. Pensaban que podíais ser bandidos.

Los hombres enmascarados se miraron unos a otros a través de los agujeros en el cuero y luego avanzaron. Uno de ellos pinchó la tienda de los cuidadores de yaks y luego miró en su interior.

—¿Adónde se han ido?

Wayland se encogió de hombros.

—Han vuelto a la carretera.

El líder miró a Wayland desde su silla.

—¿De dónde venís?

—Del Palacio de la Emancipación Perfecta.

—Ah. ¿Y adónde vais?

Wayland señaló.

—A Nepal.

—Ah. No llegaréis por ese camino.

Wayland se agachó y encendió un fuego con excrementos de yak. El líder le miró, se agachó y cogió unos mechones de su pelo rubio. Le dio un tirón para ver si era una peluca.

—¿De qué país eres?

—Inglaterra —respondió Wayland.

Se levantó y le quitó la máscara al bandido. Unos ojos inyectados en sangre le miraban desde una cara cubierta de hollín, grasa y polvo. Un párpado con una cicatriz colgaba formando un guiño. Llevaba el pelo recogido arriba con unas trenzas con cintas, que desatadas le habrían llegado hasta la cintura. En contraste con su aspecto feroz, llevaba en torno al cuello un amuleto en el que se veía una imagen de Buda con una tranquila sonrisa que representaba su compasión por todos los seres vivos.

—No me extraña que lleves máscara —apuntó Wayland.

Era rápido para los idiomas, y en los tres meses pasados con Yonden había llegado a hablar tibetano bastante bien, y había adquirido sin darse cuenta un dialecto aristocrático.

Uno de los bandidos se rio disimuladamente. El líder le miró con el ceño fruncido, luego se volvió hacia Wayland y desnudó unos colmillos color óxido con forma de lápidas.

—Mostrad todos la cara —les dijo Wayland—. No podéis beber té con las máscaras puestas.

Los bandidos intercambiaron una mirada. Siguiendo la orden de su líder, se descubrieron. Con máscara o sin ella, eran los villanos más malencarados que se había encontrado en todos sus viajes, con caras lobunas y asquerosas, cubiertos de suciedad y grasa como si fuera una segunda piel.

Los excrementos de yak ardían cálida y brillantemente, sin producir humo. Wayland puso agua a hervir en un cacharro.

—Me llamo Wayland. ¿Quiénes sois?

El líder dudó.

—Osher. —Señaló a Zuleyka—. ¿Es tu mujer?

—Es una monja. Estamos haciendo el peregrinaje a un santuario de uno de nuestros santos.

—¿Por qué no habéis huido como los otros?

—A diferencia de ellos, no somos cobardes.

Osher pareció desconcertado.

—¿No os da miedo que podamos ser bandidos?

—Sé que sois bandidos. Sentaos.

—¿Y no temes que te matemos?

—Podemos hablar de ello cuando os hayáis bebido el té. Antes de matar a alguien, a mí me gusta saber de esa persona todo lo que puedo.

Osher se apartó la *chuba* y se sentó en el suelo con las piernas cruzadas. Media docena de sus hombres le imitaron. El resto de ellos continuaron montados, algunos mirándolos feroces, otros con sonrisas aviesas, algunos con los ojos como platos y boquiabiertos.

—Llevas unas botas muy bonitas —le dijo Wayland a Osher.

El líder contempló su calzado con orgullo.

—Me las hizo mi cuñado, el mejor zapatero de Kham.

—Ah, sois khampas. Los monjes me advirtieron contra tu tribu. Estáis muy lejos de casa.

Zuleyka hizo el té al estilo tibetano, cortando un trozo de un ladrillo de chai y dejándolo caer en agua hirviendo. Después de dejarlo cocer, vertió el líquido en un cilindro de madera rodeado de latón, provisto de un émbolo. Añadió mantequilla y fue agitando el émbolo, lo que produjo unos sonidos de chupeteo que hicieron que los khampas intercambiaran risas lascivas. Osher acalló sus muecas con un gesto. Con ojos perezosos contempló a Zuleyka, que, vivo retrato de la modestia más piadosa, iba vertiendo el líquido en el cacharro. Los bandidos sacaron unos cuencos del interior de sus ropajes.

Wayland extrajo una bolsa de tsampa.

—Servíos.

Los khampas cogieron cebada y se la echaron en los cuencos, amasándola con aquellos dedos asquerosos hasta que tuvo la consistencia de una masa dura.

Osher se metió un puñado en la boca.

—Ese país del que vienes... ¿está en la India?

—Más lejos.

La mirada de Osher vagó mientras rebuscaba en su memoria referencias geográficas.

—¿Persia?

Wayland bebió.

—Más lejos aún. Mucho más lejos. Vengo de la tierra donde el sol se hunde, en el fin del mundo.

—¿Cómo has llegado al Tíbet?

—Cruzamos el Chang Thang desde Jotan.

Osher miró al perro, sentado a unas cincuenta yardas de distancia, en actitud de alerta. Cogió otro bocado de comida.

—Dile a tu perro que venga.

—No vendrá.

—¿Por qué no?

—Porque sabe que lo matarías. Toma un poco más de chai.

Osher cogió el recipiente de las manos de Wayland. Sacó la espada y señaló hacia el perro. Cuatro jinetes picaron espuelas hacia delante y el perro se volvió y salió huyendo. Chillando como posesos, los khampas galoparon, persiguiéndolo.

El resto empezó a revolver las pertenencias de los viajeros. Uno de ellos cogió el arco de Wayland, enseñando las inscripciones doradas a sus compañeros como si fueran signos cabalísticos. Flexionó el arma, y su sonrisa se convulsionó cuando vio que no podía tensar el arco más que hasta la mitad. Uno de sus compañeros le quitó el arma, tiró con todas sus fuerzas y astilló una flecha; al soltarse le arrancó la piel de la muñeca izquierda.

Los bandidos se quedaron callados y miraron a Wayland. Este levantó una mano. A una palabra de Osher, el arquero le devolvió el arco. Wayland señaló un montón de piedras apiladas que estaba a unas doscientas yardas de distancia.

—Hagamos una competición amistosa. Ganará el que ponga una flecha más cerca del blanco.

Los khampas se dieron empujones como niños que intentaran

impresionar. Sus arcos eran cortos, hechos de materiales inferiores y degradados por el tiempo y la exposición a los elementos. El tiro más cercano cayó a más de veinte yardas del blanco.

Wayland preparó una flecha.

—Será difícil igualarlo.

Se inclinó hacia atrás al tensarlo y soltó la flecha. Esta había alcanzado el punto álgido cuando pasó por encima del montón de piedras. Cayó a doscientas yardas más allá del blanco.

—He perdido —dijo Wayland—. Con este aire tan fino es difícil calcular la distancia.

Un bandido rompió el silencio con una risotada. Alguien más se echó a reír también. Al cabo de un momento, todos estaban riendo. Wayland ofreció su arco a Osher.

—¿Quieres probarlo?

El khampa extendió una mano y clavó unas uñas tan duras como cinceles en la mejilla de Wayland.

—Te gustan los jueguecitos. No juegues conmigo.

Retrocedió y se fijó entonces en el águila. Hasta entonces, los khampas no habían prestado atención al ave, o sencillamente se negaban a creer lo que sus ojos veían. *Freya* había vuelto a subirse a su percha. No llevaba la capucha. Tenía las garras firmemente plantadas, el cuerpo horizontal y las plumas tensas.

—*Ko-wo* —dijo Osher.

Wayland asintió.

—La atrapé en el Taklamakan.

A un gesto de Osher, uno de los khampas fue a investigar. *Freya* le observó. A medida que se aproximaba, se hinchó y adoptó la postura de agresión, con la espalda encorvada, la cabeza echada hacia atrás, el pico abierto y las plumas erizadas.

—Yo que tú no me acercaría más —le advirtió Wayland.

Un paso más y *Freya* se arrojó sobre el khampa, tirando de su correa. El hombre dudó, sacó la espada y la levantó.

Voces por ambos lados le gritaron que dejara en paz al águila. Osher le hizo retroceder y le riñó.

—El águila es el espíritu de nuestro clan —le dijo a Wayland—. ¿También es el tuyo?

—Sí —dijo Wayland—. Y también cazo con ella.

—¿Cazar?

Estaba claro que los khampas no conocían la cetrería.

—La he adiestrado para que cace animales.

—Cuando la sueltas —preguntó Osher—, ¿por qué no se va volando?

—Porque le he hecho un hechizo.

Los khampas se apiñaron a su alrededor, muertos de curiosidad.

—¿Y qué es lo que caza? —preguntó uno.

—Liebres, zorros…

—¿Y mataría un lobo?

Wayland veía por la forma que tenían los khampas de esperar esa respuesta que el lobo tenía algún significado para ellos.

—No lo sé. Nunca lo he intentado. ¿Por qué lo preguntáis?

—El lobo es el tótem de nuestro clan rival —dijo Osher. Se quedó mirando a *Freya*—. Enséñame cómo caza.

—Hoy las nubes son demasiado espesas —respondió Wayland. Recogió su silla—. Es hora de que nos vayamos.

Osher señaló a las montañas.

—No llegaréis a Nepal por ahí. No hay camino.

—Sí, sí que lo hay.

—¿Por qué quieres subir allá arriba?

—Ya te lo he dicho. Estamos de peregrinaje a un templo donde un hombre santo de mi religión estudió una vez.

—¿Cómo se llamaba?

—Oussu.

La mirada de Osher pasó más allá de Wayland. Los khampas que perseguían al perro y se habían perdido de vista volvían con los caballos agotados. Uno de ellos levantó las manos con gesto de derrota. Wayland empezó a ensillar. Osher puso su espada de través en la silla. Sus hombres esperaban.

—Solo necesitamos un yak —dijo Wayland—. Podéis quedaros los otros animales. Y también la tienda de repuesto.

Una vez más, Osher miró hacia las montañas.

—Cabalgaremos un trecho contigo. Quiero ver cazar a tu águila.

Zuleyka llegó a la altura de Wayland.

—Pensaba que habías dicho que el camino era demasiado peligroso.

—Y lo es, pero si volvemos, los khampas nos matarán.

—Entonces moriremos, cojamos la dirección que cojamos.

El perro volvió y se mantuvo a distancia. Los khampas miraron a Osher para ver qué ordenaba. Este agitó una mano y se echó a reír.

En torno al fuego, aquella noche, Wayland contó historias de sus viajes, y Zuleyka cantó canciones luris que redujeron a los bandidos al silencio, con los ojos húmedos. A la mañana siguiente llegaron al acantilado de la montaña, que había que subir hasta el paso todavía oculto por las nubes que bajaban desde las cimas.

Los khampas seguían insistiendo a Wayland para que hiciera volar al águila. Él se negaba. Como se proponía liberar a *Freya,* había permitido que comiese a placer, y no estaba preparada para la caza.

—Esta zona no es buena —le dijo a Osher, señalando los acantilados y los abismos.

El khampa le amenazó con su ojo caído.

—Mañana te dejaremos, y no nos iremos hasta que veamos cazar al águila.

Al día siguiente subían por un cañón y salieron a una meseta plana. Algún mojón de piedras de vez en cuando, una bandera de plegarias hecha jirones o los restos ennegrecidos de una fogata eran las únicas señales que se veían. Nadie había pasado por allí desde hacía años.

A última hora de la tarde, el cielo se despejó y la meseta resplandeció con un rojo sangre. Los viajeros y su escolta llegaron al borde de la meseta.

—¡*Chang-ku!* —gritó uno de los khampas—. ¡*Chang-ku!*

—¿Qué está diciendo? —preguntó Zuleyka.

—Ha visto un lobo —respondió Wayland.

Cabalgó hacia un grupo de khampas que señalaban muy alborotados un anfiteatro natural amurallado por unos acantilados que formaban extraños pliegues y estrías.

El lobo se había detenido al oír gritos humanos. El animal se sentó en un banco rocoso a mil pies por debajo, contemplando hacia arriba las siluetas.

Osher sonrió a Wayland.

—Haz volar al águila.

Wayland indicó los precipicios.

—Si caza, ¿cómo la hago volver?

—Encontraremos una forma de bajar. Haz volar al águila.

Era la mejor oportunidad que se le podía presentar a *Freya,* decidió Wayland. No pensó que fuera a lanzarse contra el lobo, pero dejándola volar libremente y luego haciendo que volviera a su puño también impresionaría a los khampas.

—Que todo el mundo se aparte —dijo.

Se hizo el silencio. Cogió a *Freya* de su percha, le acarició el lomo y le quitó la capucha.

Nunca había estado tan bonita, con el sol occidental iluminando su plumaje y extrayendo fuego de sus ojos. Examinó los acantilados.

—¿Por qué no vuela? —susurró alguien.

—Porque todavía no ha visto al lobo. No lo verá hasta que se mueva.

Esperó en la luz desfalleciente.

—Allá va.

La garras de *Freya* se agarraron con fuerza cuando vio al lobo. Se inclinó hacia delante, abriendo las alas. Wayland movió el puño, animándola a volar.

Con una gran ráfaga, se alejó batiendo las alas. Estas se elevaban y caían como remos a medida que ganaba altura. Al parecer, se mostraba indiferente al lobo, que iba corriendo a paso largo por las sombras. Muy por encima del anfiteatro, como un puntito dorado, *Freya* echó atrás sus alas y cayó. No se sumergió con la forma de lágrima que caracteriza al halcón. Tenía más bien forma de ancla. La velocidad de su descenso hacía que el viento silbara a través de sus alas abiertas. El lobo la oyó llegar y aceleró antes de desaparecer entre unas piedras. Momentos después, *Freya* se sumergía en un lago de sombras.

Los khampas gritaban, animándola. Miraron hacia el cuenco, algunos jurando que habían visto a *Freya* llevarse al lobo por los aires, otros insistiendo en que el lobo la había cogido entre sus mandíbulas. El resultado era importante para ellos. Su discusión acabó a golpe limpio.

La voz de Osher era suave.

—Dime cómo ha acabado.

—No lo sé —dijo Wayland—. Creo que el lobo habrá escapado.

—¡Vamos a buscarla! —gritó un khampa, que se deslizó por un empinado desfiladero.

Cuando llegaron al fondo, la luz era tan escasa que Wayland podía haber pasado a diez yardas de distancia de *Freya* sin verla. No llevaba campanillas. Si había matado, se quedaría inmóvil junto a su presa ante cualquier aproximación.

—Echaos atrás —dijo a los khampas—. Dejad que la busque el perro.

El perro encontró el rastro del lobo y lo siguió, aspirando el olor. Wayland iba dando tumbos tras él. Estaba seguro de que el lobo había escapado y que el águila estaba, o bien en el suelo, o bien subida a algún pico arriba, en los acantilados.

El perro se detuvo, buscó y luego retrocedió. Un par de cuervos pasaron volando, emitiendo ásperos chillidos. Pasaron en círculos por encima de ellos, bajaron dirigiéndose hacia la derecha y se posaron en una roca enorme. Con el hocico pegado al suelo, el perro fue en aquella dirección. Los cuervos salieron volando y desaparecieron en la oscuridad.

Wayland subió a las piedras. Una de ellas era tan grande que tuvo que coger carrerilla para poder subirse a la parte superior. Por el otro lado, la oscuridad era demasiado oscura, impenetrable. Miró hacia atrás.

—Encended una antorcha.

Osher llevaba la antorcha. Bajaron juntos por el otro lado de la roca.

—¡Ahí! —gritó Osher, sujetando la llama bien alta.

Se vio el reflejo de unas chispas gemelas. Wayland cayó de rodillas.

—Es ella —dijo—. Ha matado. Échate atrás, o, si no, también acabará contigo.

Freya pasó por encima del lobo. No hizo intento alguno de comer de la presa. Se subió al puño de Wayland en cuanto él le ofreció comida. Aseguró sus pihuelas y la dejó comer. Los khampas se reunieron en torno al lobo, entre exclamaciones de asombro y de maravilla.

Era un macho adulto y sano. Wayland no conseguía entender cómo lo había matado *Freya* hasta que los khampas lo despellejaron y descubrió un hondo picotazo en la espina dorsal, justo por debajo del cráneo.

Bebiendo cuencos de té en torno al fuego, los khampas contaron la caza cada vez con más detalles y adornos. Algunos de ellos colocaron ofrendas junto a *Freya*, que ahora sí llevaba puesta la capucha, al borde del fuego. La luna colgaba muy alta en el cielo. Arrojaba una luz plateada desde los precipicios.

En algún lugar un lobo aulló, y otro le respondió con un aullido tan estremecedor que a Wayland casi se le heló la sangre en las venas. El sonido quejumbroso se alzó hasta llenar el anfiteatro. Se fue desvaneciendo lentamente, convertido en un sollozo moribundo.

XXXII

La mañana amaneció clara. Wayland pudo ver por primera vez el paso. Era solo un pequeño corte azul entre dos picos de un amarillo relumbrante por el sol naciente. Tuvo que inclinar la cabeza hacia atrás para verlo. Su mirada viajó hacia abajo, por encima de las morrenas de los glaciares y de unos muros inmensos y festoneados, con unas cornisas que sobresalían por encima.

Los khampas los miraban mientras Zuleyka y él colocaban sus provisiones en uno de los yaks, un animal color canela y crema con una disposición plácida y una mirada trágica. Lo llamaban *Waludong*. Wayland cogió a *Freya* de su percha y se acercó a Osher.

—Ahora nos separamos.

—Dame el águila.

—Ella no volará para ti.

—Dámela.

—Si la quieres, tendrás que matarme.

Osher pareció pensar seriamente en aquella propuesta. Acarició su espada con la mano. La tensión se rompió con su sonrisa de lápida, y abrazó a Wayland.

—Ve despacio, amigo mío. Y vuelve pronto.

—Ve despacio tú también —le respondió Wayland.

Arreó la grupa del yak con una ramita para que se pusiera en movimiento. Los khampas los vieron partir. Todavía estaban mirando cuando un saliente los ocultó a la vista.

Wayland avanzó entre frías sombras, hasta que llegaron a un escalón iluminado por el sol. Abajo se veía el anfiteatro donde *Freya* había matado al lobo. Antes de quitarle la capucha, le cortó las pihuelas. La noche anterior había dejado que comiera hasta saciarse, y todavía tenía el buche abultado. Ella se sentó en su puño, mirando el paisaje, mientras la brisa desordenaba las plumas de su flanco. Extendió las alas al máximo, y su peso pasó de Wayland al aire, hasta que él pudo sostenerla bien alta con la mano levantada. Se fue, ligera como un milano, colocando sus alas de modo que planeó con rapidez. Wayland la miró hasta que desapareció de la vista.

—¿No sientes que se haya ido? —dijo Zuleyka.

—No la pierdo. La estoy devolviendo.

Los monjes les habían dicho que tenían que hacer la travesía en una sola etapa, o se arriesgaban a quedar expuestos en la cima, sin refugio contra los elementos. El otro lado era tan empinado como el camino de ida, decían, y se hundía centenares de pies hacia el templo y su pueblecito.

Al principio, Wayland pensó que llegarían al paso con tiempo de sobra, pero, a mediodía, el hueco entre las paredes montañosas apenas parecía más cerca. Zuleyka hizo un poco de chai. Wayland observó que el agua hirviendo estaba tan fría que se podía beber directamente de la olla. Llevaba meses viajando por una meseta en la cual los valles más bajos eran más altos que la mayoría de las montañas de otras tierras. Pensaba que ya se había aclimatado a la altura. Ahora, sin embargo, su aliento era más corto, y le latían las sienes.

Siguieron trepando. El yak se hundía en la nieve hasta las rodillas. Wayland miró hacia atrás y vio la meseta tibetana extendiéndose hasta la curva del mundo. El sudor se quedaba congelado en su cuerpo cuando descansaba.

El sol iba hacia las cimas cuando pasó por un pasillo de hielo. Vio el paso justo directamente por encima. El tramo final era un campo de nieve muy empinado e inclinado, donde cualquier resbalón podía haberle enviado dando vueltas mil pies hacia un glaciar. El yak iba avanzando, resoplando y expulsando vapor por los ollares, y pisando una nieve tan fina como polvo de diamante. El dolor de cabeza de Wayland se había intensificado. Ahora sentía como si tuviera una tira de hierro en torno al cráneo. Tenía que detenerse cada cincuenta yardas, más o menos, con las manos en las rodillas, aspirando grandes cantidades de aire reseco. Zuleyka también sufría, pero no se quejó.

Las distancias resultaban engañosas en aquella atmósfera enrarecida. El collado parecía retroceder tan rápido como avanzaba. Mirando hacia atrás, tenía una visión dominante de las cordilleras sin alinear en ninguna dirección en particular, con sus riscos como dientes que surgían de cuencas de hielo y glaciares rayados con desechos rocosos. Mirando hacia arriba, notó el primer pinchazo de ansiedad. El cielo detrás del paso empezaba a perder brillo, y un viento del sur traía lengüetazos de nieve desde el hueco.

Siguió adelante, llevando más allá todavía los límites del dolor. Con el corazón a punto de estallar, y la cabeza latiéndole con fuerza, notó que la ladera empezaba a ceder. Otros centenares de pies más y llegó al paso. En el momento del triunfo, las nubes corrían por encima de su cabeza como fantasmas grises. El viento en contra arreció, echando espuma de nieve en su cara. Pronto se haría de noche, y todavía tenían que empezar a descender.

Bajaron a trompicones por el collado. Ya había oscurecido cuando llegaron a un mojón que marcaba el punto más elevado del ascenso. Un poco más adelante, el terreno cedía a sus pies. Estaban de pie en el borde de un inmenso corredor que bajaba miles de pies hacia un hueco en forma de herradura que se aplanaba y se estrechaba por el extremo más alejado. Ahí era donde tenían que dirigirse, pero Wayland no veía la manera de alcanzarlo. La ruta directa conducía a un campo de nieve en ángulo muy agudo. A su izquierda, la nieve estaba rota por grandes grietas. A su derecha se abría un hueco entre un afloramiento macizo y una pared de acantilados.

—¿Cómo bajamos? —preguntó Zuleyka.

—Debe de ser por este camino —dijo él, dirigiéndose hacia la derecha.

Se movía rápidamente, consciente de que se estaban quedando sin tiempo. El viento había levantado una ventisca a nivel del suelo; soplaba con tanta fuerza que penetraba dentro de sus ropas. No sobrevivirían a una noche allí.

Durante un rato pareció que habían cogido el camino correcto, ya que una escalera maltrecha de roca y hielo bajaba entre los acantilados. Casi estaba totalmente oscuro. Su pie encontró el aire debajo, y se detuvo, a punto de caer al vacío. Por debajo de él, la escalera caía en un estrecho *couloir*, unas gradas de hielo encajadas en un barranco.

—Este no puede ser el camino bueno —señaló Zuleyka.

Wayland subió hasta donde estaba ella, se sopló en los dedos congelados y desenrolló una soga. La ató a la alforja del yak.

—Sujeta a *Waludong* —dijo a Zuleyka.

Arrojó el extremo suelto de la cuerda en el barranco y fue bajando a pulso. Llevaba unas botas tibetanas con suela de piel de yak que le proporcionaban poco agarre, y solo estaba por la mitad de la bajada cuando resbaló. Se agarró a la cuerda, pero esta no detuvo su caída. Con los pies por delante, cayó en el barranco. Sabía que iba a morir, y, sin embargo, no sintió miedo y no se dejó llevar por el pánico. Incluso tuvo tiempo de atarse la cuerda en torno a la muñeca derecha, antes de que su descenso se viese detenido por un tirón que casi le arranca el hombro.

Quedó colgando, con los pies en el vacío. Abrió los ojos sin atreverse a moverse. La cuerda había quedado floja de nuevo, y se deslizó otros dos pies más antes de que otro tirón violento le llevase a poca distancia del borde. Agarrándose a la soga, miró hacia abajo por encima del hombro y no vio otra cosa que oscuridad por debajo.

Zuleyka gritaba. El viento casi se llevaba su voz.

—¡Casi tiras a *Waludong*! ¡No puedo sujetarlo mucho rato!

Wayland levantó la cabeza.

—¡Ya vuelvo a subir!

Tiró de la cuerda, temiendo que cediera. Aguantó, y se fue izando poco a poco hasta un lugar seguro. Cuando llegó a donde estaba Zuleyka, vio que había ido de poco. El yak estaba a unas pocas pulgadas de perder pie. Zuleyka se apoyaba clavando los talones para sujetarlo. Si él hubiese caído un palmo más, los tres se habrían despeñado y habrían muerto.

—Pensaba que te habías matado... —Zuleyka estaba llorando—. Ay, Wayland, ¿qué vamos a hacer?

Wayland tenía los labios tan congelados que apenas podía articular palabra.

—Tendremos que volver adonde estaba el mojón.

Por aquel entonces ya era de noche. Si el viento no hubiese cesado y no hubieran aparecido las estrellas, quizá no habrían encontrado el camino de vuelta. El camino de bajada seguía sin estar claro, igual que antes.

Zuleyka castañeteaba los dientes.

—Me estoy congelando...

Y también Wayland, y no solo la cara y las manos. Su sangre se estaba espesando, empezaba a congelarse la parte que funcionaba de su cerebro.

Tras él apareció una figura envuelta en un manto, flotando por encima de la nieve.

Wayland se inclinó hacia la figura.

—¿Yonden? —preguntó, con voz torpe.

La aparición se desvaneció.

—Tenemos que ir directos hacia abajo —dijo Wayland—. Si esperamos más, moriremos.

Solo había dado unos pasos cuando la cornisa oculta desde arriba se derrumbó bajo su peso y cayó. Clavó las manos en la nieve en un desesperado intento por aminorar su descenso. Fue bajando de espaldas, como si cayese por un tobogán a una velocidad vertiginosa. Su único pensamiento era que, si caía en un precipicio o chocaba contra una piedra, el impacto lo mataría al instante.

Pero fue a parar a un ventisquero que casi lo deja enterrado. Se quedó allí tirado, jadeando y tosiendo, hasta que consiguió salir. Debía de haberse deslizado al menos mil pies, y no veía ni a Zuleyka ni al yak. Entonces vio al perro, que saltaba por la nieve. El animal se arrojó hacia él y le lamió la cara.

Él se puso las manos entumecidas en torno a la boca.

—¡Zuleyka, sígueme!

La chica no podía oírle. Había que tomar una terrible decisión. Usar las últimas fuerzas que le quedaban para trepar hacia ella, o abandonarla e intentar salvarse él solo.

Se arrastró un pequeño trecho por el campo de nieve hacia arriba cuando oyó un grito débil, y vio dos puntos oscuros que bajaban hacia él. Con su equilibrio de bailarina, Zuleyka consiguió llegar hasta él sin perder pie. El yak la siguió a su manera, en parte cómica, en parte majestuosa, sentado sobre la grupa.

Desde allí el camino era visible, pero tenían que recorrer un largo trecho hasta llegar a un lugar seguro. Wayland tenía las botas llenas de nieve. Una cataplasma de nieve le congelaba la espalda. Si no encontraban refugio pronto, perdería los dedos de las manos y de los pies por la congelación.

—¿Cómo tienes las manos y los pies? —le preguntó a Zuleyka.

—No los noto… —respondió ella, apática.

Bajaron trotando por el camino, cada uno de ellos envuelto en su propio dolor. Empezó a nevar de nuevo: enormes copos blandos que se pegaban a la cara. Siguieron al yak. Wayland lo azuzaba con unos gritos que les había oído a los nómadas tibetanos: «*¡Ka, ka, ka! ¡Bri, bri, bri!* ¡Adelante!».

El animal mantenía su paso.

—Busquemos una cueva o un repecho abrigado —murmuró—. Algún sitio donde podamos encender fuego.

No aparecía refugio alguno, y la nieve caía más pesadamente si cabe. Por delante de ellos no se veía nada. Zuleyka tropezó y cayó.

—No puedo seguir —dijo, con un tono pragmático.

Wayland la levantó.

—No puede estar lejos.

—No importa.

Wayland sujetaba todo el peso de ella con una mano. Agarró al perro por el pelaje.

—Encuentra un refugio. Vamos, encuéntralo.

El perro salió dando saltos. Wayland lo siguió, sujetando a Zuleyka. Sus pies eran como dos bloques de hielo. Su mente estaba tan dolorida por el frío que al principio pensó que estaba soñando cuando oyó al perro ladrando en la distancia.

Se incorporó, tambaleante.

—¿Has oído eso? Vamos.

Arrastrando tras él a Zuleyka, apretó el paso, tropezando con las rocas y dando traspiés. Se detuvo y se frotó los ojos. Entre la oscuridad y la nieve que caía surgía un edificio, que parecía encontrarse en una caverna blanca, o en el extremo más alejado de un túnel. Avanzó tambaleándose, incapaz de creer que el edificio fuese real hasta que sus manos tocaron la piedra.

Era una casa de dos pisos, con la entrada al establo del piso bajo en la parte superior. Wayland encontró un tronco con unas muescas que hacían de escala y que conducía al tejado plano. Descargó al yak, empujó a Zuleyka hacia la escala y arrastró después al perro. Un lado del tejado estaba ocupado por un cobertizo lleno de leña para el fuego. El cobertizo había actuado como pantalla contra los elementos. Wayland encontró una huella cuadrada en el tejado. Rascó la nieve y apareció una trampilla. Quitó a golpes el hielo que sellaba sus bordes y la abrió. Una escalerilla descendía hasta la oscuridad.

—¿Hay alguien ahí? —gritó.

Echó dos haces de leña por la trampilla y luego bajó. Maldiciendo sus manos inútiles, al cabo de varios intentos consiguió encender una lámpara. Su llama arrojó sombras en una cámara de unos veinte pies de largo y diez de ancho. En un extremo se encontraba un hogar hundido en el suelo, y en el otro se alzaba un altar que contenía ofrendas a los dioses. Estalactitas de hollín y de hielo colgaban de las vigas.

Encendió fuego con la lámpara y apiló unas ramas hasta que las llamas llegaron a mitad de camino del techo. Zuleyka se había derrumbado en el suelo. Él le quitó las botas torpemente, y le tocó los pies: tiesos como la madera. Los suyos no estaban mucho mejor. Los inclinó hacia el fuego y esperó a que llegase el dolor. Empezó como un cosquilleo que se convirtió en picor intenso y que luego fue aumentando hasta hincharse en un latido. El dolor tenía colores, negro y rojo pulsátiles. Notaba como si tuviera los dedos llenos de astillas y se los apretaran en un torno. Parecían hinchados hasta adquirir dos veces su tamaño normal, como si estuviesen a punto de reventar como fruta podrida, pero, cuando los miró, los vio simplemente algo hinchados y moteados. Zuleyka sollozaba bajito al otro lado del fuego. El perro yacía mordisqueándose las almohadillas de las patas.

Al final, el dolor fue consumiéndose. Wayland se sintió mareado, aturdido. Tenía una sed atroz. Preparó chai con nieve fundida y bebieron cuatro cuencos. Luego se echaron ante el fuego y se dejaron arrastrar al abismo del sueño.

La estancia estaba demasiado caliente cuando se despertó. Resultaba incluso agobiante. El agua fundida de los carámbanos goteaba sisesante en las cenizas. Zuleyka seguía durmiendo. Abrió la trampilla y salió fuera. Se encontró con un día de un resplandor inefable. Las montañas se alzaban por todos lados como vastos monumentos de mármol blanco cincelado. Había dormido hasta pasado el mediodía, y el sol le daba con fuerza en la cara. El alojamiento en el que estaban era uno de los cinco que había, repartidos en el techo plano de una cuenca amurallada por precipicios verticales. Unos pocos arbustos espinosos punteaban la nieve. Hacia el sur, el camino se dividía en torno a un chorten, de modo que los viajeros budistas que vinieran por ambos caminos pudieran mantenerlo a la derecha.

Wayland asomó la cabeza por la trampilla.

—Despierta. Ya casi estamos.

Zuleyka se unió a él en el tejado, parpadeando y bostezando.

—Entonces, ¿qué es este sitio? ¿Por qué no hay nadie aquí?

—Debe de ser un asentamiento de verano.

Wayland avivó el fuego de nuevo y preparó el desayuno. Se atiborraron de tortas de trigo sarraceno preparadas con mantequilla. Él todavía notaba los dedos de los pies y de las manos doloridos. Algunas de las yemas estaban de color gris y parecían muertas. Se las frotó con mantequilla.

—Noto la nariz rara —dijo Zuleyka.

La helada le había mordido la punta. Wayland la besó.

—No se te va a caer.

Descansaron otra noche y se fueron a media mañana, siguiendo el camino junto a una corriente medio congelada. Cuando pasaron a través de una puerta que marcaba el territorio en torno al asentamiento principal, el río se había desvanecido en un profundo barranco a su derecha. Abajo en el valle, Wayland vio unas pocas líneas rectas entre el caos de rocas.

—Campos. El pueblo debe de estar cerca.

Para llegar allí debían andar por un camino que solo tenía el ancho de un pie, tallado en una pendiente de piedras sueltas. Wayland pasó por un recodo difícil, bajo un acantilado desmoronado. Le tendió la mano a Zuleyka.

—Ya estamos.

Situado en la entrada de un valle al otro lado del barranco, el pueblo parecía una fortaleza o ciudadela construida en un tapón de roca de un centenar de pies de altura. Las casas, de dos o tres pisos de alto, se pegaban como nidos de golondrina a la cumbre. Muchas de las casas estaban derruidas o yacían como pilas de escombros en la base del afloramiento. Un barranco con campos en forma de terrazas trepaba por detrás del asentamiento.

—Está vacío —dijo Wayland.

—El terremoto que bloqueó el río debió de destruirlo.

—Está desierto desde hace mucho más tiempo. Los monjes me dijeron que habían pasado años desde que los habitantes del pueblo cruzaban el paso. Lo que no comprendo es por qué no lo reconstruyeron… —Wayland señaló hacia el otro lado del barranco—. Ese debe de ser el templo de Oussu.

Se alzaba aislado y elevado, en un risco bajo un acantilado erosionado que formaba columnas aflautadas, y perforado por múltiples cuevas. Desde la distancia parecía intacto. En su tejado ondeaban unas banderas de plegarias hechas jirones, que parecían desafiar a los demonios de los cuatro puntos cardinales del mundo.

—No llegarás nunca allí —dijo Zuleyka.

Donde los bordes del barranco casi se unían, en tiempos hubo un puente; sus dos extremos estaban marcados por pilares de piedra erigidos sobre unos cimientos de rocas y maderas. El hueco era de menos de treinta pies. Por lo que Wayland podía ver, ese puente parecía la única conexión entre los habitantes del pueblo y el resto del mundo. Avanzó hasta el borde y miró hacia abajo. Contemplar aquel abismo le mareó. Trabajando a lo largo de siglos, el río había cortado las rocas en distintos ángulos, y ahora era invisible por debajo de los salientes. Wayland ni siquiera podía oírlo.

Volvió hasta el lugar donde estaba Zuleyka.

—Acamparemos aquí esta noche. Mañana tendríamos que estar por debajo del arbolado.

Por la tarde, se sentó a contemplar el templo que quedaba envuelto en sombras. Una bandada de ovejas salvajes bajaba despacio por un acantilado detrás del pueblo.

—La cena está lista —le llamó Zuleyka.

—Un momento —dijo Wayland.

Estaba intentando digerir la decepción que sentía al verse detenido tan cerca del templo. Menos de treinta pies, maldita fuera…

—¡Wayland!

Las estrellas formaban una red de azogue. La luna había salido ya. Se dio una palmada en la rodilla y se levantó.

—Ya voy.

XXXIII

El amanecer incendió los picos mientras Wayland y Zuleyka ataban el equipaje al lomo de *Waludong*. Donde estaban, la luz era de un azul frío e inhóspito. Una suave brisa hacía temblar los arbustos atrofiados. Las ovejas salvajes volvían a subir los acantilados.

—Estás muy callado —dijo Zuleyka.

Wayland tensaba una cincha cuando se detuvo y miró hacia el barranco. Por aquel lado, los dos pilares que en tiempos habían formado una puerta hacia el puente seguían aún en pie. En el otro lado, solo uno de los dos permanecía erguido.

—Voy a cruzar —dijo.

El horror invadió la cara de Zuleyka.

—Pero ahí no hay nadie…

—Busco algo.

—¿El qué?

—No lo sé. Un eremita cristiano vivió en tiempos en ese templo. Le dije a Hero que intentaría averiguar quién fue, y por qué vino aquí.

—Hero no querría que pusieras en peligro tu vida.

Wayland señaló hacia el barranco.

—No son mucho más de veinte pies. Cuando era joven, podría haberlo saltado sin más.

—Pero ¿cómo?

—Haré mi propio puente.

Cogió un carrete de cordel de su alforja, hizo un par de muescas en una flecha (una por encima de la punta, la otra por debajo de las plumas) y ató dos trozos de cordel de sesenta pies cada uno a las muescas. Pasó el cordel atado al extremo de la punta de la flecha por encima de la pala del arco, puso la flecha, fijó la vista en el pilar del otro lado e intentó lanzar la flecha hacia lo alto, por detrás del pilar. Los trozos de cordel que colgaban dificultaban su maniobra. Retiró la flecha y lo intentó de nuevo, buscando que cayera de modo que los cordeles quedaran uno a cada lado del pilar. No podía conseguirlo. En el vuelo, los dos cordeles se unían. Tuvo que hacer al menos treinta intentos hasta que consiguió clavar una flecha a diez yardas por detrás del pilar. Los dos cordeles caían encima de este.

Sacudió uno de los cordeles y vio que estaba unido a la punta de la flecha. Sujetando el extremo libre, fue andando hacia su izquierda hasta que el cordel se deslizó y cayó de encima del pilar. Intentó bajar el otro cordel por el lado derecho, y casi lo consigue cuando este se enganchó por la mitad.

Volvió al cordel de la izquierda y tiró de él, pasando la flecha en torno al pilar. Cuando estuvo libre, la recuperó tirando a través del barranco. Al extremo del otro cordel ató una soga hecha con pelo de yak, de unos cien pies de largo. Tiró del cordel de la izquierda, pasando la cuerda a través del barranco y rodeando el pilar. Estaba demasiado arriba. La agitó como si fuera un látigo. Cayó un par de pies más y ahí se quedó sujeta.

—Es lo mejor que puedo conseguir.

Tiró de la soga gruesa a través del barranco. En cuanto la hubo cogido, unió los dos extremos y arrojó el lazo en torno a uno de los pilares de su lado. La cuerda unida quedó colgando por encima del barranco, la parte izquierda estaba varios pies más baja que la parte derecha.

—No conseguirás cruzar con eso —dijo Zuleyka.

—Aún no he terminado.

Cogió otra cuerda, ató uno de sus extremos a la cuerda que rodeaba los pilares y tiró de ella, para pasar también la segunda cuerda alrededor del pilar opuesto, y de vuelta hacia su lado.

—¿Ves lo que estoy haciendo? —le preguntó a Zuleyka.

—No.

Igual que con la primera cuerda, empalmó los dos extremos y los arrojó por encima del pilar que estaba a su lado. Ahora, dos pares de cuerdas, a unos tres pies de distancia entre sí, unían el barranco.

Pero su trabajo no había terminado. Las cuerdas estaban demasiado flojas. Las tensó retorciéndolas con un palo recio recuperado de los cimientos del puente.

Zuleyka le veía hacer, con los brazos cruzados encima del pecho.

—No lo hagas…

Wayland sentía menos confianza de lo que parecía. Las cuerdas no eran simétricas en absoluto; sometidas a tensión, podían estirarse y rozar contra los pilares. Se secó las manos, agarró una de las cuerdas emparejadas y se dispuso a pisar en la otra.

—Allá voy.

—Por favor, Wayland... Si mueres, nunca te perdonaré.

Él se apartó del borde del barranco. Bajo su peso, la cuerda en la que estaba de pie se bajó de golpe, y solo el hecho de estar agarrado a la otra evitó que cayera nada más dar el primer paso. Se quedó donde estaba, flexionando la cuerda bajo sus pies, probándola, y luego empezó a avanzar por ella.

—Me estoy poniendo mala —dijo Zuleyka.

Wayland fue avanzando pulgada a pulgada. La cuerda cedía mucho más de lo que había pensado en un principio. Cuando llegó a la mitad del hueco, colgaba siete u ocho pies por debajo del borde del acantilado. Descansó un momento y, antes de seguir, miró hacia abajo, al abismo. Zuleyka le observaba entre los dedos con los que se tapaba la cara. Para subir por el otro lado tenía que pasar la mayor parte de su peso y esfuerzo a la cuerda superior. Estaba solo a unos pies del otro lado cuando la cuerda se soltó y bajó por el pilar, y sus pies resbalaron de la cuerda inferior. Consiguió agarrarse, volvió a hacer pie y se quedó colgando de las cuerdas en un ángulo agudo, con la cara empapada de sudor.

Solo quedaban por recorrer unos pocos pies más. Lo hizo con un último esfuerzo y cayó en el suelo. Lo besó y se arrastró un trecho.

Zuleyka lloraba al otro lado.

—Te podías haber matado. Todavía te puedes matar.

Wayland tragó bilis.

—Si no consigo volver, he cosido dinero en la funda de mi arco. Debería bastar para que llegues a tu casa.

Las torvas de nieve giraban en el barranco, casi como si le estuvieran conduciendo hacia delante. Rozar la muerte le había hecho agudamente consciente de que estaba vivo. Mientras trepaba al templo lo iba percibiendo todo: una planta alpina que olía a fresas cuando se aplastaba bajo el pie, palomas nivales que daban vueltas por encima del asentamiento batiendo las alas, el aroma del enebro que traía la brisa.

Un muro elevado circundaba el templo. Wayland lo rodeó y entró en el recinto a través de una brecha. El edificio era más macizo de lo que esperaba. Dos leones de piedra recostados custodiaban su entrada, y la puerta estaba cerrada desde dentro. A un lado, unos postigos de madera con paneles, que tenían pintados dioses iracundos con collares de calaveras, sellaban una pequeña ventana. Faltaba uno de los paneles. Wayland introdujo un brazo y abrió los postigos.

—Lo siento —les dijo a los guardianes, y luego se introdujo por la abertura.

Solo la luz de la ventana iluminaba el interior. Esperó a que sus ojos se acostumbrasen. Al otro lado de la sala, tres estatuas doradas de Buda parecían flotar en el espacio. Por debajo de ellas y a un lado había una estatua sentada en un trono y colocada encima de un estrado, frente a un altar. Junto a este se alzaba una figura horrible con los ojos saltones y la cara negra, con la boca abierta con rabia. Frente a la estatua sedente había una cesta que contenía efigies atrapadas en lo que parecía una telaraña de seda de colores. Trompetas y címbalos de latón brillaban en el suelo. Había lámparas de mantequilla encima de todas las superficies.

Sin apenas respirar, Wayland encendió una de ellas y avanzó. Las efigies de la cesta estaban hechas de masa unida por hilos de colores. Levantó la lámpara y dio un respingo. La figura sentada en el trono no era una estatua. Era el cadáver momificado de un lama que llevaba todos los instrumentos rituales: un *dorje* (un rayo) en una mano reseca, una campana en la otra.

Levantó la lámpara para iluminar los rasgos del lama. En la muerte había encontrado la serenidad, si no la tuvo en vida. Si es que estaba muerto... Yonden le había dicho que había hombres santos que, sumidos en una meditación profunda, podían inducir un estado de animación suspendida. Wayland ni siquiera se atrevió a tocar al lama.

Una puerta se cerró de un portazo en algún lugar. Se dio la vuelta.

—¿Quién anda ahí?

Solo el viento, gimiendo al entrar por los huecos de las ventanas. Exploró aquella sala. Una pared estaba llena de cubículos alineados que contenían libros envueltos en encuadernaciones de madera. Hero habría sabido comprenderlos, pero Wayland no sabía ni por dónde empezar. Siguió adelante, e imágenes de dioses y demonios emergieron a la luz de la lámpara. Luego volvieron a hundirse en la oscuridad. Wayland temblaba, incapaz de desprenderse de la sensación de que estaba despertando a los muertos.

Se detuvo y se quedó mirando una *thanka*, una pintura que representaba a un dios o santo sentado en postura meditativa, con una mano levantada para bendecir y un arcoíris que formaba un halo alrededor de su cabeza. Lo que más sorprendió a Wayland fue el aspecto del santo. No parecía oriental. Un largo cabello rojizo formaba rizos sobre su pálido rostro. Sus ojos, melancólicos, eran más redondos que los de los santos retratados en los demás *thankas*.

Wayland miró tras él antes de coger la pintura y enrollarla.

El postigo se cerró de golpe y le hizo dar un salto. Sentía unas ganas enormes de escapar hacia la luz del sol. El aire fresco era casi abrumador. Lo resistió pensando en Hero, imaginándole a su lado atisbando entre las sombras, compensando con su aguda mente la pobreza de su vista.

Una escalera de mano conducía a una galería que corría por el piso de abajo. Wayland subió. Arriba, los dioses parecían ser divinidades de épocas más antiguas, más malévolas. Las imágenes que pasaban al alumbrarlas con la lámpara eran demonios vengativos que pisoteaban a los muertos y copulaban con los condenados en las profundidades del Infierno.

Wayland se santiguó. Casi en el mismo momento gritó y apuñaló a un monstruo que se inclinaba hacia delante para devorarle. Su cuchillo se hundió completamente. Las garras amarillas que le rodeaban la garganta no hacían contacto. Algo granuloso salió de la herida, cayendo al suelo con un ruido que recordaba a las arenas del tiempo que se iban desgranando. Fijo para siempre en actitud de espantosa amenaza, un oso disecado se abalanzaba sobre él.

Ya había tenido bastante. Con las rodillas temblorosas bajó al piso inferior. Estaba volviendo hacia la ventana cuando se dio cuenta de que no había explorado todo el complejo del templo. Procuró tranquilizar sus nervios y encendió otra docena de lámparas. A su brillo aceitoso vio tres puertas que conducían a la sala principal. Las probó una a una, con el corazón en la garganta. Desde el momento en que entró en el templo, algo le dijo que no era el único ocupante vivo de aquel lugar.

Abrió la primera puerta, que daba entrada a una habitación que contenía ropajes ceremoniales y tocados que sugerían algún ritual chamanístico. La segunda era una capilla provista de un altar y tres estatuas doradas sentadas sobre flores de loto. La tercera puerta crujió en sus bisagras de cuero al abrirla. Se le escapó un suspiro de alivio. La sala era una cocina repleta de utensilios para cocinar.

Estaba ya cerrando la puerta cuando tras él oyó un roce procedente del interior. Probablemente una rata. Y entonces se le ocurrió que, si las ratas infestasen el templo, se habrían comido las efigies de masa y mantequilla... Dominándose, abrió de nuevo la puerta y entró. Intentó pasar por entre el amontonamiento de objetos. Percibió el sonido de una olla en el otro extremo de la habitación.

—No tengas miedo —dijo Wayland—. No voy a hacerte daño.

Fue de puntillas hacia el otro extremo. Estaba bloqueado por una pila de cacharros de barro. Los apartó a un lado, jadeó y saltó hacia atrás.

—¡Dios bendito! —exclamó, con la mano en el corazón.

Un hombre enloquecido por el pánico se acurrucaba contra la pared. Era muy anciano, esquelético y completamente indefenso.

—Lo siento si te he asustado —jadeó Wayland—. Perdóname por entrar así en tu templo. Pensaba que estaba vacío.

El pobre hombre temblaba y hablaba atropelladamente.

—Soy un peregrino —aclaró Wayland en tibetano—. He venido porque he oído decir que un eremita cristiano estudió una vez en el templo. Su nombre era Oussu. ¿Conoces ese nombre?

El hombrecillo no pareció entender palabra alguna. Si le quedaba algo en la sesera, la intromisión de Wayland se lo había acabado de estropear.

Wayland desenrolló la *thanka*.

—Oussu —dijo—. ¿Es él?

El hombre dejó de temblar. Miró la pintura, luego a Wayland, sacó un dedo y con él hizo la señal de la cruz.

—Oussu.

El alivio invadió a Wayland.

—¡Gracias a Dios!

El viento azotó el postigo. Cogió el brazo del hombre.

—Si no te importa, hablaremos fuera... El interior de este sitio me resulta...

Abrió la entrada y salió, aspirando bocanadas de aire y llenándose los pulmones. Notaba las piernas tan flojas que tuvo que sentarse en las escaleras del templo.

—¿Quién eres? —dijo—. ¿Qué estás haciendo aquí solo?

El hombre era el sacristán del templo. Se había quedado para servir al lama después de que un terremoto destruyera el pueblo, cuatro años antes. El lama había muerto hacía dos años, pero el sacristán tampoco le abandonó entonces. No se había quedado totalmente solo. Cada verano, algunos habitantes del pueblo le llevaban comida y provisiones de todo tipo. Señaló un sendero que serpenteaba por la montaña. Venían por ahí, por un paso abierto solo unos pocos meses en verano.

—¿Por qué no vienen por el valle principal?

—Está cerrado —dijo el sacristán—. Le cayó una montaña encima.

Wayland no se detuvo en esa noticia inquietante.

—¿Quién era Oussu? ¿De dónde venía?

El sacristán no lo sabía…, solo que el santo había viajado desde la India.

—¿Cuánto tiempo hace de eso?

—Mil años.

Wayland sonrió.

—Eso no puede ser. El hombre que fundó la fe de Oussu y la mía murió hace mil años.

El sacristán insistía.

—Vino en el reinado de Nyima Kesang, el segundo lama. Espera. —Entró en el templo y volvió con un libro. Lo abrió y señaló una línea—. Nyima Kesang. —Pasando un dedo por las páginas, recitó los nombres de los sucesores del lama hasta el presente. Debía de haber más de cincuenta. Cerró el libro y lo sujetó pegado al pecho—. Mil años.

—Me dijeron que, después de la muerte de Oussu, unos peregrinos cristianos visitaron el templo…

El sacristán asintió e hizo de nuevo la señal de la cruz.

—¿Cuánto tiempo después de su muerte vinieron?

—No mucho. Cien años.

—¿Y por qué venían?

—Para adorar el lugar donde su maestro encontró la iluminación. Querían llevarse reliquias, pero el lama no quiso separarse de ellas.

—¿Y adónde fueron los peregrinos?

El sacristán hizo un gesto hacia el valle principal.

—Murieron cuando cayó el puente.

—¿Y qué fue lo que estudió Oussu aquí?

El sacristán señaló una cueva en el acantilado, debajo del templo.

—El *dharma*, las leyes de Buda. Meditó muchos días y muchas noches. Entonces, cuando su espíritu estuvo claro, partió a difundir la luz.

—¿Adónde?

El sacristán señaló hacia el oeste.

—A su casa.

Wayland miró la cueva.

—¿Puedo echarle un vistazo?

El sacristán estaba demasiado débil para acompañarle. Wayland subió a la cueva por una escalera que formaba un túnel entre las rocas, y salió a una cámara del tamaño de una habitación con una plataforma de piedra para dormir. Desde la entrada se podía ver un pico estrecho, con costras de hielo, oculto desde el suelo. Unos nichos excavados en los muros de la cueva contenían pergaminos. Wayland sacó uno y lo desenrolló.

La escritura no era tibetana ni ninguna otra lengua que él conociese.

Oyó un débil grito. Procedía de Zuleyka, que parecía diminuta y perdida al otro lado del barranco. Bajó la escalera y encontró al sacristán esperándole. Le enseñó el pergamino.

—¿Escribió esto Oussu?

El viejo asintió.

—Escucha, sé que puede parecer un sacrilegio, pero me lo voy a llevar.

El sacristán le miró con sus ojos legañosos y fue a coger el pergamino.

—Déjalo donde estaba. No hay salida del valle.

—Me has dicho que cayó una montaña… ¿Ha bloqueado toda la ruta?

—Sí. Por eso está vacío el pueblo. Se han ido todos, excepto yo. Cuando muera, el pueblo morirá conmigo.

—Pero me has dicho que los del pueblo te traían comida a través de un paso…

—Es invierno. El paso está cerrado.

El sacristán todavía tendía la mano para que le entregara el pergamino. Wayland se lo guardó en el zurrón.

—Me lo llevo. Si he encontrado una forma de entrar en este valle, daré con un modo de salir. —Hizo la señal de la cruz—. Espero que los días que te quedan por vivir no sean demasiado solitarios. Adiós, y que Dios te bendiga.

El sacristán no respondió. Cuando Wayland llegó al hueco en el muro y se volvió para echar un último vistazo, el viejo había desaparecido.

Wayland bajó al barranco, contento de alejarse de aquel templo. Dejó de hacer especulaciones sobre Oussu cuando llegó al desfiladero. Recordaba lo que había dicho el sacristán de los peregrinos cristianos, que murieron cuando el puente cayó. Zuleyka seguía en el otro lado, con la cara manchada por las lágrimas. Wayland encomendó su alma a Dios, se subió a la cuerda e hizo la travesía de vuelta sin incidentes. Nunca un hombre se había sentido más aliviado de pisar de nuevo el suelo.

Él y Zuleyka se abrazaron estrechamente, sin decir una sola palabra. Wayland enterró la cara en el pelo de la chica. Olía a humo de leña, a sudor y a mantequilla; aquel aroma le llenó de una extraña sensación de añoranza y pérdida. La tranquilizó.

—Vamos, vamos.

—*Waludong* se ha ido —dijo ella, entre sollozos e hipidos—. Han aparecido dos yaks y se ha ido detrás de ellos. Consigo se ha llevado nuestra tienda y la comida. Si tú hubieras estado aquí, lo habrías atrapado.

—En mi zurrón aún tengo algunos suministros para unos pocos días. Y, además, *Waludong* no nos sería de mucha utilidad ahora. Me alegro de que haya encontrado compañía.

Ella retrocedió.

—¿Qué quieres decir?

—El viejo del templo me ha dicho que no hay forma de salir del valle.

—¿Qué viejo?

—Ya te lo contaré más tarde.

XXXIV

Ante ellos tenían aún un duro camino. En cuanto llegaron a los árboles, dos días más tarde, sintieron que pasaban de una estación a otra en una sola mañana. Empezaron a caminar bajo bosques húmedos de abetos y de rododendros. Bandadas de pájaros diminutos volaban entre los árboles, emitiendo sonidos como de campanillas que repiqueteasen. Faltaban algunos trozos del camino, derrumbados por convulsiones sísmicas que habían hecho caer puentes y habían destruido las rampas de piedra que la gente de aquel pueblo había erigido para sortear los extraños huecos en los costados del desfiladero. Usando las cuerdas, Wayland y Zuleyka tardaron un día entero en viajar solo media milla.

El camino descendía hasta el río. Acamparon en un lugar donde este pasaba junto a los restos de un puente.

—Esperaremos hasta la mañana —dijo Wayland—. El río estará más bajo entonces.

Bajó tres pies a lo largo de la noche, pero, aun así, era demasiado hondo para vadearlo. Wayland buscó arriba y abajo un lugar alternativo para cruzar. La gente del pueblo había construido el puente en el único lugar practicable. Volvió encogiéndose de hombros, con fatalismo.

—Tendremos que pasar a nado…

—Pero yo no sé nadar.

Wayland se ató una cuerda a la cintura y le tendió el extremo libre a Zuleyka. Cien yardas corriente abajo, el río formaba unos rápidos.

—No te sueltes.

Él se quitó los pantalones y se lanzó a un agua que no estaba muy por encima del punto de congelación, agitando brazos y piernas como una rana frenética. Llegó a la otra orilla cuarenta yardas más abajo de su punto de partida. Después de mucho insistir, convenció a Zuleyka de que entrase en el agua y tiró de ella. El perro cruzó sin ayuda. Encendió un fuego y bebieron un chai casi hirviendo.

—Solo nos queda comida para un día más —dijo él.

Desnuda bajo una manta, Zuleyka le miraba con una expresión que parecía indicar que estaba haciendo inventario de todos los defectos de Wayland.

—Vine contigo porque pensé que me mantendrías a salvo. Si hubiera sabido que me ibas a arrastrar por montañas tormentosas y ríos de hielo, habría elegido otra compañía.

—¿Como Lucas?

—¿Por qué no...? —replicó Zuleyka. Chasqueó los dedos—. Al menos él habría puesto mis deseos por encima de los suyos.

Wayland se quedó pensativo durante un momento.

—Tienes razón y no la tienes. No la tienes porque Lucas nunca habría encontrado un camino para atravesar las montañas. Y sí la tienes porque te habría ofrecido un futuro más brillante del que jamás pueda darte yo.

A Zuleyka le picó la curiosidad.

—Ah —dijo, retorciéndose hacia delante—. ¿Y cómo es eso?

Wayland removió el fuego con un palito.

—Lucas es el hijo de Vallon.

Zuleyka se incorporó de repente, exponiendo un pecho sin darse cuenta.

—¡No!

—Sí.

—Pero Vallon...

—No lo sabe.

—¿Y por qué no me lo habías contado?

—Porque no es asunto tuyo. Solo te lo digo ahora porque ya no importa. —Wayland tosió y señaló a Zuleyka, que estaba desnuda.

Ella bajó la vista.

—No puedo creer que te escandalices por ver el pecho de una mujer. Tú te pones a orinar delante de mí y yo no me quejo.

—No voy por ahí meneando la polla.

—Si lo hubieras hecho, a lo mejor te la habría podido ver.

—Ja, ja.

Zuleyka apartó la manta.

—Mira. Echa un buen vistazo. —Hizo ondular la pelvis—. Apuesto a que tu mujer no sabe hacer esto.

—¡No seas niña! —exclamó Wayland.

Ella echó a correr y el perro la siguió. Su risa sonaba malévola entre los árboles.

—Al menos a tu perro le gusto...

Eso era verdad. *Batu* («Fiel») había crecido con la hija de Wayland, y era muy feliz en compañía de mujeres.

Zuleyka volvió como si no hubiese pasado nada.

—No quería decir eso... —dijo.

Wayland la miró con cansada resignación. Era como una niña. Sus emociones oscilaban sin control a un lado y otro.

—¿Qué es lo que no querías decir? ¿Que te sientes decepcionada por mi virilidad o tus insultos a mi mujer...?

—No quería decir que lamentaba haber venido contigo.

—Yo tampoco lamento que estés conmigo.

Aquella noche le habló de Syth, de cómo se conocieron, se cortejaron y se casaron.

Zuleyka se quedó un rato sentada.

—Nunca la dejarías por mí, ¿verdad?

—Ni por nadie.

—¿Y si no estuvieras casado?

—No lo sé. Tú y yo somos muy distintos..., como el hielo y el fuego, dos elementos que están en guerra perpetua.

—El fuego funde el hielo; el hielo apaga el fuego.

Wayland se rio.

—Entonces como el día y la noche.

Fueron abriéndose paso a través de los restos de un derrumbe que había hecho caer una franja de bosque, que había partido los árboles como si fueran palillos bajo una masa de rocas desprendidas. Wayland dio la vuelta a una piedra y se detuvo, incapaz de asimilar lo que tenían delante.

El valle se había estrechado hasta formar un corte bloqueado por una roca enorme, de mil pies de altura, que se había desprendido de la pared derecha y había caído contra la opuesta. Wayland pasó un día entero buscando un camino para pasar por encima de la roca. Volvió a decirle a Zuleyka que no era posible trepar.

—¿Me estás diciendo que tenemos que retroceder? —preguntó ella. Su voz se rompió—. ¿Volver adónde?

Wayland contempló el río. Abajo, la corriente se estrellaba contra las rocas y hacía surgir chorros de espuma, torbellinos que se deslizaban por la superficie como si buscaran alguna presa. Ni el mejor de los nadadores podría aguantar un minuto en aquel torrente. Miró hacia el túnel en el que desaparecía el río.

—El río ha encontrado una forma de pasar…

Zuleyka señaló hacia allí.

—No pienso meterme ahí.

—La única alternativa es volver al asentamiento y esperar hasta que se abra el paso, el verano que viene.

Wayland bajó al torrente y fue pasando por encima de las piedras resbaladizas hacia la entrada del túnel. Este formaba un triángulo rectángulo de unos veinte pies de altura. Dios sabe qué se se encontrarían dentro. Se metió por encima de una losa de piedra musgosa y se puso las manos enfocando la cara, para mirar al interior. Veía a unas cuarenta yardas antes de que desapareciera la luz. El túnel podía tener un centenar de yardas de largo o una milla. Habría rápidos y cascadas.

Salió y volvió con Zuleyka.

—Creo que podemos hacerlo.

Ella se mordió los dedos.

—La oscuridad y ahogarme son mis peores pesadillas.

—Mañana haremos una balsa.

Se pasaron todo el día siguiente escogiendo troncos del tamaño adecuado. El derrumbe había despojado a los árboles de la mayor parte de sus ramas, cosa que les iba muy bien, porque Wayland no tenía ninguna herramienta para trabajarlos aparte de un cuchillo. Eligieron ocho arbolitos jóvenes de unos doce pies de largo y seis pulgadas de diámetro, y los arrastraron con las cuerdas por el camino; luego los fueron bajando uno a uno a la orilla del río, corriente arriba del túnel.

Wayland ató los troncos entre sí con la cuerda. Cuando estuvo acabada la balsa, ató un extremo a una roca, metió la balsa en el río y subió a bordo.

—Mira —dijo, balanceándose a un lado y otro—. No se puede hundir.

Zuleyka esbozó una sonrisa poco entusiasta. El perro se apartaba, con el rabo metido bajo el vientre.

Ya estaba oscureciendo cuando plantaron el campamento y se comieron los restos que les quedaban. En algún lugar de los bosques que tenían por encima, un tigre rugió y unos monos emitieron unos gritos. El perro gimió y miró hacia la oscuridad. Wayland arrojó otro leño al fuego y lo mantuvo ardiendo con intensidad toda la noche.

El sol no había aparecido aún por encima de los acantilados cuando condujo a Zuleyka a la balsa. Por la línea del agua, calculó que el nivel del río era dos pies inferior que el de la tarde anterior. Subió a la balsa y tendió una mano a Zuleyka. Ella retrocedió.

—Seguro que hay otra manera.

—No, no la hay.

Temblando de miedo, ella trepó a la balsa. El perro se negó a subir. Wayland acabó llevándolo a bordo a rastras y atándolo. Había pensado en la seguridad, y había atado algunas lazadas a los troncos para sujetarse. Pensó también en colocar cuerdas de salvamento, pero decidió que, si la balsa se deshacía, tendrían mejores posibilidades flotando libremente.

Miró hacia el túnel.

—Allá vamos —dijo, apartándose de la orilla—. Échate de cara y sujétate bien fuerte.

La balsa se deslizó hacia la entrada. Las paredes se cerraron en torno a ellos y la balsa cabeceó en una ola. Wayland se arrodilló delante, mirando hacia la oscuridad. La balsa chocó suavemente con una roca y dio la vuelta, de modo que quedó mirando hacia atrás, al triángulo de luz diurna que desaparecía con rapidez. Antes de poder volver a ponerse de frente, la balsa dio un golpe en la pared con una fuerza tal que lo arrojó de lado. Si no hubiera tenido donde agarrarse, habría caído al río. Estaba ya completamente oscuro, y no había manera de anticipar cuándo ni de dónde vendría la siguiente conmoción. Se quedó echado de cara en la balsa, pasando un brazo por encima de la espalda de Zuleyka. El perro aullaba y tiraba con fuerza de su atadura.

—¡Estate quieto, idiota...!

Otra colisión le dejó sin habla. Notó que los troncos cedían bajo su cuerpo.

Fueron deslizándose con calma y luego cogieron velocidad. Los chapoteos y gorgoteos del agua hacían eco en las paredes del túnel, y el ruido fue aumentando hasta convertirse en un rugido.

—¡Una catarata! —gritó Wayland—. ¡Agárrate!

La balsa salió disparada hacia delante y se sumergió por la parte delantera en el río. El agua pasó por encima de Wayland y luego volvió a quedarse horizontal. Comprobó que Zuleyka seguía con él y luego buscó al perro. Había desaparecido. El estruendo de la catarata fue menguando tras ellos.

—¡Veo la luz del día! —gritó Wayland.

Contra la neblina gris distinguió un par de rocas que dividían la corriente.

La balsa giró hacia ellas y les dio de lleno. La corriente la hizo escorar contra las rocas y la sujetó allí. Wayland intentó soltarla, pero no podía hacer palanca con la fuerza suficiente. Quedó completamente empapado y helado hasta los huesos.

Pasó a una de las rocas y empujó la balsa con los pies. Poco a poco, esta empezó a girar. Un último esfuerzo y se soltó. La corriente se la llevó demasiado rápido para que pudiera volver a subir a bordo. Se arrojó tras ella y consiguió agarrarse a los troncos como pudo, mientras la balsa bajaba a toda velocidad por la corriente.

La luz iba en aumento. Unos cuantos virajes les sacaron del túnel. Un remolino los empujó hacia la orilla. Wayland consiguió hacer pie. Zuleyka saltó a tierra y le ayudó a salir. Él anduvo unos pasos y se derrumbó.

—Buena chica.

Cuando volvió en sí, notó que el perro le lamía la cara. Zuleyka le acariciaba la espalda. Un sol cálido brillaba sobre una hoja llena de mariposas.

—Estoy bien —dijo.

Bajaron por un camino muy transitado, alfombrado con agujas de pino, y que pasaba por zonas de luz y de sombra. Las urracas de alas azules se burlaban de ellos en las alturas. Los árboles se abrieron ante ellos. El camino fue bajando por una loma boscosa y empinada. Wayland y Zuleyka se detuvieron en la cima. Ninguno de los dos dijo nada.

Estaban de vuelta en el mundo. El torrente que habían seguido era afluente de un río mucho más ancho, que fluía hacia el sur por un valle cubierto de un boscaje denso. Muy por debajo de ellos, un puente suspendido cruzaba hacia una carretera. Wayland vio en ella a algunos viajeros. El humo salía de las casas en zonas cultivadas. Por encima del risco del otro lado del valle, el cielo desplegaba el telón de una majestuosa cordillera de montañas nevadas.

A mediodía ya estaban comiendo bolas de masa en un hostal para mercaderes y peregrinos que viajaban entre el santuario ardiente de Muktinath y la tierras bajas de Nepal y la India. Wayland compró ropa para Zuleyka y para él. Un vecino les indicó una posada que había más arriba, por encima del río. El posadero les dio una habitación con un balcón de madera que daba a la carretera, y les preguntó si querían comer algo.

Cuando Wayland se despertó al día siguiente, la comida que habían pedido estaba intacta junto a la puerta. Zuleyka todavía dormía. La flor escarlata del ocaso llenaba el valle cuando se despertó.

—No pienso ponerme la ropa nueva hasta que me haya bañado —dijo.

El posadero les dijo que podían lavarse en unas fuentes termales que brotaban de las rocas no muy lejos, río arriba. Su hijo les indicó el camino, e hizo una reverencia a una pareja hindú que estaba sentada en un hueco, ambos desnudos, por encima de una fuente de agua caliente y burbujeante.

Wayland y Zuleyka se quitaron la ropa en la fuente siguiente y se metieron en el agua. Estaba casi demasiado caliente para soportarla. Se fueron moviendo por las superficies de piedra, jadeando en aquella atmósfera humeante.

Mirando a Zuleyka, Wayland recordó que la primera vez que hizo el amor con Syth fue después de que se lavaran en una improvisada sauna en la costa de un fiordo de Groenlandia.

—Pareces triste —dijo Zuleyka.

—Solo cansado.

Pasaron dos días más antes de que hicieran el amor. Para Zuleyka fue una experiencia dolorosa, porque resultó que verdaderamente era virgen.

Ella manchó la frente de Wayland con su sangre.

—Según la costumbre luri, esto nos convierte en marido y mujer.

Se quedaron una semana en la posada, recuperando fuerzas y acostumbrándose cada uno al cuerpo del otro.

A la séptima mañana, Wayland estaba sentado en el balcón, contemplando a Zuleyka, que se cepillaba el pelo, cuando oyó música en la distancia. La chica dio un salto. Wayland se puso de pie.

Doblando el recodo desde el norte apareció un hombre que llevaba de las riendas una mula blanca adornada con una pluma roja y gualdrapas cubiertas con campanillas de plata y borlas. Seguía una fila de hombres y mujeres: ellos, vestidos con abrigos blancos de cintura alta; ellas, con pantalones bombachos y túnicas de mil colores, pulseras en las muñecas y aros en las orejas. Uno de los hombres tocaba una especie de instrumento de viento, las mujeres cantaban y seguían el ritmo con panderetas. Detrás de todos ellos venía caminando un oso sujeto a una correa.

—¿Luri? —dijo Wayland.

Zuleyka asintió, con la cara radiante. Los llamó y la procesión se detuvo. El hombre que dirigía la columna levantó la vista, haciéndose sombra en la cara morena. Zuleyka volvió a llamarlos y corrió colina abajo. Los luris se reunieron a su alrededor y conversaron largo tiempo. Luego ella se volvió.

—Vuelven a la India para pasar el invierno —dijo ella, jadeante—. Podemos ir con ellos.

Wayland la vio guardar sus pocas posesiones.

—Date prisa —dijo ella.

—Yo no voy contigo.

Zuleyka puso cara de desilusión.

—Pero solo hay un camino hacia el sur. Al menos sigue conmigo hasta que lleguemos a las tierras bajas.

Wayland la abrazó.

—¿Has sido feliz estos últimos días?

Ella asintió.

—Yo también —respondió Wayland—. Separémonos mientras los recuerdos siguen siendo dulces.

—Podemos crear más recuerdos felices…

—Tu gente nunca me aceptará como uno de ellos, ¿verdad?

Ella parpadeó.

—¿Lo ves…? —dijo Wayland—. Es mejor así.

Ella se quedó ante él, de pie.

—Entonces, adiós. Gracias, Wayland.

La besó.

—Adiós, Zuleyka.

La chica se secó una lágrima.

—No puedo creer que todo haya terminado. Después de todo lo que hemos pasado…

—No ha terminado. Yo nunca te olvidaré.

Zuleyka reservó sus lágrimas para el perro, derramándolas sobre su ruda cabeza.

—Adiós, *Batu*. Cuida de tu amo.

El líder de la tropa luri la llamó. Zuleyka irguió los hombros y se alejó.

—Esa canción que cantaste a los soldados en el Kara Kum —le dijo Wayland—, ¿tiene nombre?

Zuleyka sorbió por la nariz, medio llorando y medio riendo.

—Se llama *Cuando nos encontremos*.

—Cántala mientras te vas, ¿quieres?

La vio correr colina abajo, tan ligera de pies, tan graciosa. El líder de la tropa la subió a la mula. Ella alzó la vista y miró a Wayland, levantó la mano y miró la carretera que tenía por delante. Los músicos cogieron sus instrumentos y se pusieron a tocar la melodía que tanto había cautivado a Wayland.

El perro levantó la cabeza y aulló.

—Puedes irte con ella, si quieres —le dijo Wayland.

El perro le miró y corrió hacia delante unas pocas yardas; luego se detuvo y miró hacia atrás, meneando el rabo, indeciso.

—Vete —le dijo Wayland.

El perro saltó colina abajo y corrió detrás de los luris. Wayland escuchó la canción mientras iba desvaneciéndose en la distancia, y subió a la colina para seguir teniendo a la vista la cabalgata. Al cabo de un rato, el eco de la música desapareció y Zuleyka se perdió tras un recodo de la carretera, saliendo de su vida y entrando en el recuerdo.

CHINA

XXXV

A principios de noviembre, la expedición de Vallon estaba en lo más profundo del Tsaidam, una marisma salina que se extendía durante cientos de millas hacia la frontera china. Los pozos eran salobres, y, aunque los sogdianos conseguían hacer el agua más potable hirviendo en ella tiras de masa que absorbían gran parte de la sal, los hombres sufrían una sed casi perpetua.

Los días se fueron haciendo más cortos y más fríos; las noches, más largas y congeladas. La caravana había empezado a iniciar la marcha a medianoche y a viajar hasta el mediodía, dejando así a los camellos la suficiente luz diurna para que pastaran. La enfermedad se había llevado a tres hombres. Aimery, líder del pelotón de Lucas, fue una de las víctimas: murió en un charco de repugnante fluido negro. El sirviente de Vallon también murió. Hero trató a los enfermos lo mejor que pudo, sin miedo a contagiarse él mismo.

Fueron días muy oscuros. Una noche de marcha se juntaba con la siguiente. Vallon cabalgaba entre una neblina de cansancio, por una senda moteada de huesos calcinados que bordeaban el camino como restos dejados por la marea. Durante dos noches enteras atravesaron un páramo de dunas arcillosas erosionadas; formaban siluetas extravagantes, como túmulos funerarios o gigantescos nidos de termitas, o cascos de barcos vueltos del revés. Cada vez que Vallon daba cabezadas en la silla, su caballo lo despertaba de golpe, reaccionando a un descenso repentino o a una subida imprevista.

Con ojos apagados, al romper el día vio aparecer una excrecencia que surgía en el horizonte, yermo y vacío. Era el siguiente caravasar, todavía a dos etapas de distancia. A la mañana del día siguiente distinguieron ya los muros de un fuerte solitario. De sus puertas salió al galope un destacamento de caballería. Vallon ordenó a sus hombres que prepararan las armas y que esperaran a que se acercasen los jinetes.

Enfrentados a una fuerza militar potente, los jinetes se detuvieron en seco. Uno de ellos se inclinó hacia delante, ordenándoles que retrocedieran.

—Dice que no hay sitio en el fuerte —tradujo Shennu—. Que ya está ocupado por dos caravanas de camellos.

—Dile que los echen. ¿Por qué deben regodearse en la comodidad, mientras nosotros estamos hambrientos y sedientos?

—Se niegan a irse. Una banda de forajidos amenaza la carretera a unos pocos días al este. Masacraron a la última caravana que intentó cruzar su territorio.

Vallon se adelantó.

—Dile a ese idiota que vamos con una misión de la corte imperial y que no nos detendrán unos mercaderes asustados ni una banda de asesinos.

La caballería china, pésimamente equipada, cedió a la fuerza de las armas y volvieron galopando al fuerte. Situado en una llanura pedregosa que se extendía completamente recta hacia todos los horizontes, no parecía servir a ningún propósito estratégico que se le ocurriera a Vallon. Durante el tiempo que les costó a los forasteros entrar en la fortaleza, su guarnición sufrió un cambio de actitud: recibieron a los extranjeros como si fueran salvadores que vinieran a liberarlos de un sitio.

Todo el espacio disponible estaba ocupado por camellos y cameIleros. Más de doscientos hombres, mujeres y niños se habían refugiado detrás de aquellos muros. Al cabo de dos semanas, los patios estaban llenos de inmundicias. No había duda de que todos ellos sentían mucho miedo. El comandante de la guarnición le dijo a Vallon que su terror estaba plenamente justificado. No se trataba de una banda de forajidos corriente que aterrorizara a los viajeros y los obligara a entregarles sus posesiones, a veces matando a unos cuantos para agilizar la transacción. La banda la dirigía un desertor chino llamado Lu, *Dos Espadas*, un antiguo instructor de armas que había reclutado a un centenar de hombres de la tribu tangut. Lu era un monstruo, un hombre sediento de sangre. El botín parecía tener para él un interés secundario. Mataba por placer, sin respetar a nadie. Sus seguidores violaban a jóvenes y viejos de ambos sexos antes de pasarlos a cuchillo o algo peor.

—¿Por qué no eliminan a esas sabandijas? —le preguntó Vallon a Shennu.

—Su guarnición cuenta con menos de ochenta hombres, sobre

todo criminales que eligieron el servicio militar en la frontera en lugar de la ejecución. Ni siquiera tienen los caballos suficientes para que monten todos. Él ha enviado un mensaje suplicando ayuda al gobernador provincial en Lanzhou, pero las tropas no llegarán hasta la primavera. Y aunque vengan, duda de que puedan eliminar a los bandidos. Moran en las cuevas de las montañas situadas al sur. Solo salen cuando huelen alguna presa. Lu tiene espías en las postas, que los avisan del paso de alguna caravana. —Shennu inclinó la cabeza, escuchando las siguientes palabras del comandante—. Dice que Lu está protegido por un hechizo y que no puede morir por medios humanos.

Vallon miró al comandante a la luz de la lámpara. El hombre estaba a punto de derrumbarse. No paraba de toquetear un rosario y de mirar al general con una expectación frenética.

—Ya sé lo que me va a decir a continuación.

—La guarnición se está quedando sin alimentos. A menos que las caravanas de camellos partan en los próximos días, todo el mundo en el fuerte se morirá de hambre. Te ruega que escoltes a las caravanas hacia el este.

Vallon habló en voz baja.

—Dile que siento mucho su difícil situación. Dile que lo siento, pero que no puedo ayudarle. Si hubiera respondido a todas las súplicas de asistencia armada que me han hecho, todavía estaría en Jotan.

Se levantó, igual que el comandante, que juntó las manos y luego se alejó tambaleándose.

—Vos erais su última esperanza —murmuró Shennu—. No me sorprendería si acabara con su vergüenza esta misma noche.

—Eso no alterará mi decisión. Tenemos que llegar a Kaifeng antes de que el invierno nos deje atrapados donde estamos.

—Si tú no escoltas las caravanas, lo haré yo —dijo una voz tras él.

Vallon se volvió. Hauk se apartó de la pared donde había estado apoyado.

—Tú me convenciste para que entrase en esta aventura hablándome del provecho que podía sacar alquilando las espadas de mis hombres.

—Has acumulado ya la riqueza suficiente mediante el comercio.

—No la suficiente, y no del tipo adecuado. En Jotan pagué buen dinero por un jade falso. En Miran acabé con un montón de pinturas religiosas falsas. —Se frotó entre sí el pulgar y el índice—. Plata y oro, es lo único en lo que confío. —Señaló con el pulgar la ventana del alojamiento del comandante—. Allí hay doscientas almas que temen por su vida. ¿Cuánto crees que pagarán a un hombre que los conduzca a la seguridad? Tú mismo has sugerido un precio. Una décima parte de sus riquezas.

—Te lo prohíbo.

—Te has olvidado también de eso... Accedimos a seguir tu mando solo cuando coincidiese con mis intereses. Durante los últimos tres meses has actuado solo según tus intereses. Ya es hora de restablecer el equilibrio.

—Ya has oído al comandante de la guarnición. Los bandidos superan a tus vikingos en una proporción de tres a uno.

Hauk emitió un sonido desdeñoso.

—Atacan carne fofa, no músculo firme.

—No estés tan seguro. Su líder es un antiguo militar. La última caravana llevaba una escolta armada, y eso no los salvó.

—Une tus fuerzas a las mías, entonces. Nuestros camellos no viajan más rápido que los suyos. Si quieres acelerar tu marcha, líbrate de la catapulta y el sifón de fuego.

—No me preocupa que los mercaderes nos entorpezcan. Tienes razón en eso de que los bandidos evitarán una fuerza bien armada. Solos, probablemente saldremos del paso sin daño. Si nos unimos a la caravana, nos convertiremos en un blanco que no se podrá ignorar.

—¿Tienes miedo de luchar? —preguntó Hauk—. Desde que emprendimos la Ruta de la Seda has pasado semanas regateando con pequeños jefes y funcionarios codiciosos, derrochando un oro precioso en camellos reventados en lugar de acelerar nuestro paso mediante unos pocos y sensatos derramamientos de sangre.

Vallon se tocó la espada.

—Cuidado con lo que dices...

A Hauk no le importaban los actos que pudieran provocar sus palabras. Él y sus hombres ya estaban hartos de aquel viaje que les estragaba el alma.

—Dejadme hablar —dijo Hero—. Si viajamos solos, mi alivio por evitar a los bandidos pronto se verá sobrepasado por la culpa que sentiré al saber que condenamos a muerte a todos los demás viajeros de este fuerte.

Vallon tuvo un arrebato de mal genio.

—Si la situación se invirtiera, esos mercaderes nos abandonarían sin mirar atrás. Ya habéis visto cómo tratan a sus camellos, cargándolos tan brutalmente que las sillas forman agujeros llenos de gusanos. Luego hacen fuego bajo sus ancas para obligarlos a seguir adelante, hasta que acaban por dejárselos a los lobos, en el desierto. Ni siquiera tienen la amabilidad suficiente para dar una muerte rápida a esos animales de los que dependen.

—Estoy de acuerdo con Hero —dijo Aiken.

El hedor de la multitud de abajo llenaba la sala.

—Atrapado entre un pirata irresponsable y dos conciencias blandas —se burló Vallon. Caminó hacia la puerta—. Llama al comandante antes de que se corte las venas. Dile que nos llevaremos a su equipaje humano. —Se dio la vuelta en redondo y señaló a Hauk—. Es la última concesión que te hago. Cuando lleguemos a China, nuestra sociedad se disolverá.

Desde un paso elevado entre el Tsaidam y el corredor de Hexi, Lucas miró hacia el nordeste, a una depresión ocupada por un lago que se veía borroso en el horizonte. Hacia el sur, una débil luz solar iluminaba un fondo monocromo de montañas. Soplaba un viento cortante. Lucas aspiró el aire y se sopló las manos.

Vallon y Shennu se acercaron a caballo.

—Koko Nor —dijo Shennu, señalando el lago—. Significa «Lago de las Cercetas». En una isla vive una comunidad de monjes. No hay barcos, y solo se pueden comunicar con el mundo en invierno, cuando el lago se hiela. Es sal, claro.

Vallon se frotó los labios agrietados.

—Me siento tentado de unirme a ellos.

Lucas le oyó hablar sin notar ninguna conexión. Agotado por el viaje, ya no pensaba en Vallon como en su padre, más que en términos abstractos. Si hubo una auténtica figura paterna en aquel viaje fue el amable y tranquilo Aimery, capellán y confesor extraoficial, que cada noche daba las gracias antes de que el pelotón se sentara a cenar. Su muerte había arrebatado algo a Lucas. Miró a Vallon, preguntándose sordamente por qué Dios dejaba que vivieran los malvados y permitía que murieran los buenos.

El sol ardía en un cielo claro cuando los forasteros establecieron su primer campamento junto al lago. Bajo una luz intensa, las aguas eran de un azul profundo y hermoso. Por encima de ellas pasaba un escuadrón de cisnes, volando tan bajo que Lucas veía moverse los músculos de sus pechos y oía la emocionante canción que creaba el viento susurrando entre sus alas. No importaba si volaban hacia su casa o la abandonaban. Lucas deseó irse con ellos. Además, por la forma que tenían otros soldados de volverse y mirar a la formación que volaba hacia el sur, hasta que sus gritos se desvanecieron, le pareció que no era el único.

Algunas borrascas de nieve interrumpieron el ritmo de la marcha, obligando a la caravana a acampar por la noche junto a un arroyo que fluía hacia el Koko Nor. Vallon ordenó a los forasteros que colocasen sus tiendas formando un cuadro defensivo en torno a los caballos y el equipaje, dejando los camellos y los dos trenes de comerciantes sin protección. Los caballos quedaron ensillados, y se apostaron piquetes. El pelotón de Lucas hizo la última guardia.

En algún momento de la madrugada, la nieve dejó de caer y heló. Lucas temblaba abrigado con la capa. Se ajustó la capucha y fue dejando pasar las horas hasta el amanecer. Cuando llegó la luz, esta era opaca. Surgía del suelo como una emanación fría. Lucas no veía siquiera a Gorka, que estaba apostado a veinte yardas a su derecha.

—¿Todavía estás ahí, jefe?

—No estoy seguro. Con esta niebla, no me encuentro ni la polla.

Lucas sacó la espada.

—Me ha parecido oír algo…

Gorka escupió.

—Tranquilo. Un lobo no ataca a los perros guardianes cuando tiene todo un redil de ovejas a su merced.

La luz fue en aumento, pero sin iluminar nada sólido. La fatiga parecía conjurar fantasmas entre la niebla. Atisbando entre la tormenta de nieve, a Lucas le pareció ver unas siluetas con forma vagamente humana…, dos de ellas avanzaban con un trote patizambo y luego se detenían. Miró las apariciones sin creer de verdad en ellas. Detrás de él, los caballos empezaron a relinchar y piafar.

—Gorka… —dijo, con una nota de creciente aprensión.

Con un chillido que le heló la sangre, una de las figuras saltó hacia él. Levantó el escudo justo a tiempo de bloquear la espada del bandido. Su asaltante no se detuvo a luchar con él. Ambos bandidos corrieron hacia el campamento.

—¡Ve tras ellos! —gritó Gorka—. ¡Quieren los caballos!

Lucas salió en su persecución y cogió al bandido que le había atacado. Notando su presencia, el bandido se volvió y resbaló en la nieve, cayendo sobre una rodilla. Lucas dudó y el bandido saltó, con una expresión de crueldad infinita; una trenza de pelo caía de la parte trasera de su cráneo, que por lo demás iba afeitado. Pareció sonreír y su espada se agitó, sondeando en busca de una abertura. Lucas corrió hacia atrás.

El bandido le siguió, siseando, agitando la espada.

Lucas se olvidó enseguida del miedo inicial. Le habían entrenado justo para aquello. Paró la estocada del bandido, golpeó el rostro del hombre con su escudo y le dio una patada con todas sus fuerzas en la entrepierna. El bandido cayó hecho un guiñapo. Lucas levantó la espada y la sostuvo en alto.

—¡No te quedes ahí parado! —aulló Gorka—. ¡Mátalo!

El chico bajó la espada como si estuviera cortando leña y la clavó hasta la mitad del cráneo del bandido. Los sesos humearon en el aire helado. Lucas saltó hacia atrás, como si temiera verse engullido por una marea de sangre.

—Acabo de matar a un hombre… —dijo.

Echó un último vistazo al muerto y corrió hacia la gran confusión del centro del campamento. Resonaban gritos y chillidos, extrañamente ahogados por la niebla, mezclados con relinchos de caballos y toque de trompetas. Unas figuras pálidas se arremolinaban entre la niebla. Lucas no supo si eran amigos o enemigos hasta que estuvo a la distancia de una espada.

Un caballo avanzó hacia él, uno de los ferganas que Vallon había comprado en Bujara. Lucas se arrojó ante él para coger las riendas mientras pasaba. Sujetando aún la espada ensangrentada, consiguió agarrarlas con una mano y sujetarlas fuerte. Se vio arrastrado veinte yardas hacia delante antes de conseguir que el caballo se detuviera. Se subió a la silla mientras dos bandidos montados pasaban al galope junto a él. Uno de los caballos llevaba dos jinetes: un bandido llevaba cogida delante de él una figura con el rostro pálido, que se volvió hacia Lucas antes de que el caballo se lo llevara.

—¡Aiken! —gritó Lucas—. ¡Se llevan a Aiken!

Nadie respondió. En el clamor de la batalla no le oyó nadie, o estaban demasiado ocupados con sus feroces riñas.

Lucas espoleó al fergana y empezó a perseguir a los dos caballos, que ya apenas se distinguían. La tierra subía desde el río; cuanto más arriba subía, más luz había, hasta que salió del todo de la niebla y vio a los jinetes que iban solo a cien yardas por delante de él, galopando hacia una línea de caballos que los otros bandidos habían dejado sujetos y sin atender, antes de colarse en el campamento.

Uno de ellos, directamente en el camino de Lucas, corrió como un loco hacia las monturas. O bien no oyó acercarse a Lucas en aquel terreno cubierto de nieve, o bien supuso que el jinete era un compañero suyo. No prestó atención hasta que los cascos resonantes le alertaron del peligro; entonces miró hacia atrás. Debió de tener el tiempo justo para ver alzarse la hoja que le cortó el cuello, formando un mar de sangre.

Lucas fijó la mirada en el captor de Aiken y castigó los flancos del fergana. Los dos bandidos montados pasaron junto a los caballos atados. El que sujetaba a Aiken echó una mirada por encima del hombro.

Entorpecido como iba, supo que Lucas le alcanzaría enseguida y llamó a su compañero. Ambos giraron para enfrentarse a aquella amenaza. El que no llevaba carga alguna chilló y dirigió su caballo para atacar a Lucas.

Y Lucas no falló. Con la mirada clavada en su objetivo, condujo al fergana hacia delante, calculando cómo y dónde golpear. El enemigo llegó hasta él precipitadamente, hasta que pareció inevitable que chocaran.

La montura del bandido perdió los nervios y se apartó en el último instante. A galope tendido y a toda velocidad, Lucas golpeó a su jinete en la garganta. Cuando miró atrás, vio al bandido alejándose al galope con dos fuentes de sangre que manaban de su cuello; la cabeza oscilaba hacia el suelo.

Lucas miró hacia delante. El otro bandido arrojó a Aiken del caballo, sacó un arco, dispuso una flecha y se concentró en su objetivo. Lucas corrió hacia él y vio el arco tenso. Notó el viento de la flecha que le acarició la mejilla. El bandido todavía buscaba su espada cuando Lucas cayó sobre él, moviendo la espada en un arco bajo que lo cortó a la altura de la cintura. El impulso hizo que siguiera adelante; cuando giró, el bandido todavía seguía sentado en su silla de montar, con una mancha roja extendiéndose en su costado y unas flores rojas y brillantes floreciendo en la nieve por debajo de él. Lucas cogió aliento y se dispuso a darle el golpe de gracia. Antes de acercarse, el bandido se deslizó de la silla y cayó al suelo. Lucas no perdió el tiempo con él. Cogió el caballo y fue hacia donde estaba Aiken, conmocionado y sin habla.

—¿Estás bien? —preguntó Lucas, con voz ronca.

Aiken levantó un dedo tembloroso.

Lo que Lucas no había visto era que la fuerza principal de los bandidos asomaba por detrás de un risco. Se acercaban al galope, como una ola.

—¡Monta y cabalga como alma que lleva el diablo!

Aiken hizo dos esfuerzos y por fin consiguió subirse a la silla. Lucas dio un golpe al caballo en la grupa con la hoja de la espada plana.

—¡Más deprisa! ¡Que nos cogen!

La vanguardia de la ola estaba a cien yardas por detrás de ellos cuando un puñado de forasteros salió de entre la niebla, ante ellos. Los bandidos se dividieron, desperdigándose a ambos lados, y aullando como una jauría de perros.

Vallon espoleó a su caballo frente a Aiken.

—¡Gracias a Dios que estás a salvo!

Aiken lanzó una risa estrangulada.

—Lucas ha tenido más que ver con eso que el Todopoderoso.

El general se volvió hacia Lucas. Dio la vuelta a su caballo.

—Vuelve y asegura el campamento. Esto no ha sido más que la primera oleada.

De vuelta, Gorka se acercó a Lucas y se dirigió a él de una manera dubitativa, poco característica de él.

—¿A cuántos has matado?

—Creo que a cuatro. Pero uno de ellos estaba huyendo y no cuenta.

Gorka le plantó un beso húmedo en la mejilla.

—Todos cuentan, chico. Uno más y podrás llevar esa preciosa armadura griega.

XXXVI

Los forasteros y los vikingos avanzaban en formación compacta a través de un resplandeciente paisaje nevado, con el lago a unas tres millas a su izquierda, unas colinas bajas hacia el sur y, detrás de ellos, las montañas emborronadas por las nubes.

Habían cubierto unas cuatro millas, con la caravana que iba tras ellos cubriendo quizás otra milla más, cuando uno de los turcomanos gritó y señaló algo. Todos los ojos se volvieron hacia el sur. En un acantilado, a media milla de distancia, se encontraba un solitario jinete que llevaba una armadura escarlata y un casco con cuernos.

—Ese debe de ser Lu, *Dos Espadas* —dijo Vallon.

El jinete solitario levantó la mano, como si se dispusiera a dirigir todo aquello que iba a pasar, algo solo a su alcance.

—¿Qué está haciendo? —preguntó Otia.

—Creo que nos está intentando intimidar para que abandonemos las caravanas —respondió Josselin.

—No tiene que esperar a que nos vayamos nosotros —dijo Vallon—. Puede caer sobre ellos en el momento que decida. Están demasiado desperdigados, y nosotros somos demasiado pocos para detenerle.

Gimiendo y sollozando, los de la caravana llevaron a sus animales hacia la posición de los forasteros.

Vallon arrojó una mirada de indignación a Hauk.

—Te has apoderado de su oro y su plata con promesas falsas.

Hauk dio una palmada a sus alforjas.

—Lo tengo, y eso es lo que cuenta. —Levantó una mano—. ¡Adelante, vámonos, hombres!

—Os iréis solos —dijo Vallon. Se puso de pie en los estribos—.

¡Forasteros! Nosotros nos quedamos. Formad un cuadrado bien compacto.

—Dejad las caravanas —soltó Hauk—. Tú mismo has dicho que, en otras circunstancias, los mercaderes nos abandonarían sin remordimientos.

—Tú has jurado protegerlos. Como comandante de la expedición, yo tengo que garantizar tu palabra. Si no la mantienes, yo sí que lo haré. Ahora vete, y deja la lucha a los soldados de verdad.

Lleno de ira, Hauk hizo brincar a su caballo.

—¡Me quedaré contigo, pero no pienso olvidar tus insultos!

Los forasteros esperaban en la llanura. La figura del acantilado bajó la mano. Sonó un silbato. Los soldados miraron a su alrededor, inquietos.

—¡Señor! —gritó alguien, en la retaguardia del cuadrado.

Vallon y Otia fueron hacia allí. Un movimiento tembloroso apareció en las llanuras salinas, en torno al lago. Poco a poco tomaron la forma de jinetes que se desplegaban en un friso. La luz deformada estilizaba las figuras; los caballos, aparentemente, pisaban el aire.

—Al menos cuarenta —anunció Vallon.

Muchos de los mercaderes y de los camelleros habían abandonado sus cargas y estaban sitiando la posición de los forasteros, rogando que los protegieran. Los soldados los ignoraron; incluso apartaron a golpes a los más insistentes. Vallon vio a una madre con dos hijos arrodillarse ante los soldados, chillando y desgarrándose la ropa.

—Abrid las filas y que entren —dijo Vallon.

Otia hizo una mueca.

—Nos entorpecerán el paso.

—Ya están en medio del paso.

La formación se amplió para acomodar en su seno a aquellos civiles aterrorizados. Algunos de los hombres iban armados; los oficiales de Vallon los colocaron tapando los huecos del perímetro. Los bandidos que atacaban desde el lago se iban metamorfoseando de fantasmas en seres de carne y hueso.

—¡Encárgate de la retaguardia! —le ordenó Vallon a Otia.

Él volvió al frente y acababa de colocarse en posición cuando Lu, *Dos Espadas*, bajó la mano por segunda vez. El resto de sus fuerzas brotó de los barrancos que se encontraban a cada lado del acantilado, cincuenta a la izquierda, cincuenta a la derecha.

—Mantened las filas —ordenó Vallon—. Saquearán las caravanas antes de emprenderla con nosotros.

Los arqueros a caballo que estaban en la vanguardia y en la retaguardia se abrieron en abanico en torno a las posiciones de los forasteros. Cayeron sobre los animales y las cargas que habían abandonado. Algunos mercaderes no habían querido separarse de sus bienes y murieron mientras saqueaban sus posesiones ante sus propios ojos. Vallon apartó la vista al ver que unos bandidos violaban en grupo a una mujer, mientras uno de sus colegas sodomizaba a su marido y luego le cortaba el cuello.

Al encontrarse con semejante botín, los forajidos no sabían hacia dónde volverse. Corrían de aquí para allá, acuchillando alforjas, dando patadas a lo que había dentro y luego se dirigían al siguiente animal. Unos cuantos empezaron a pelearse por unos artículos de calidad.

—Han perdido toda disciplina —dijo Josselin—. Dejadme que dirija un ataque.

Vallon miró a Lu, *Dos Espadas,* en el acantilado.

—Es una trampa. Está intentando que rompamos filas. En cuanto lo hagamos, sus hombres recuperarán el orden a la perfección.

Sonó un silbido y los bandidos dejaron el botín y se unieron en una sola fuerza frente a los forasteros. Otro sonido y se salieron de la formación a derecha e izquierda. Formaron círculos en torno al cuadrado de tropas y lanzaron flechas que producían un fantasmal silbido.

—¡No les devolváis los disparos! —gritó Vallon—. ¡Que piensen que no tenemos sangre en las venas!

Cada vez más envalentonados, los bandidos se acercaban más y más. Cabalgaban a menos de cincuenta yardas y luego se alejaban.

—¡Matadlos! —gritó Vallon.

A una distancia tan cercana, los bandidos eran objetivos fáciles para los arqueros turcomanos. Veinte flechas volaron en una trayectoria casi horizontal: media docena de jinetes cayeron al suelo.

—¡Más! —dijo Vallon.

Otra andanada acabó con otros tres bandidos, y abatió a dos caballos.

—¡Seguid disparando!

Muy castigada, la horda se retiró fuera de su alcance. Lu, *Dos Espadas,* espoleó a su caballo y bajó del acantilado entre nubecillas de nieve. Llegó junto a sus fuerzas. Vallon le oyó arengar a los bandidos. Estos formaron en tres filas de cincuenta, enfrentándose a los forasteros. Se hizo el silencio entre las dos posiciones.

Los bandidos soltaron gritos terroríficos y se arrojaron con todo su peso contra el frente de los forasteros. Los arqueros de la retaguardia hicieron caer a varios de los atacantes durante la carga. Una andanada de jabalinas mató a varios, antes de que llegaran hasta ellos.

Los bandidos no tenían ni idea de la calidad de los soldados contra los que luchaban. Bien armados y con buenas monturas, veteranos en una docena de batallas y un centenar de escaramuzas, los forasteros absorbieron el primer ataque, mantuvieron perfectamente el terreno e hicieron pedazos las primeras filas de los bandidos, mientras los forajidos que iban tras ellos brincaban y se daban la vuelta, incapaces de mantener el combate.

Habían matado al menos a veinte enemigos antes de que los bandidos se dispersaran y se retiraran.

—¡Seguidlos! —gritó Vallon—. ¡Destrozadlos!

Él dirigió la carga, con Josselin galopando a su lado.

—¡Podría ser una trampa! —exclamó el centurión—. ¡Siguen superándonos en número!

—Por eso debemos destruirlos ahora mismo. Si no lo hacemos, Dos Espadas seguirá atormentándonos todo el camino hasta China.

Vallon ya había elegido al jefe de los bandidos como blanco. Lu cabalgaba al frente de una pantalla de hombres a caballo. A juzgar por la forma que tenía de gritar órdenes a derecha e izquierda, todavía se imaginaba que podía organizar un contraataque.

Vallon se concentró en él. Lo único que necesitaba era su fergana. Fuerte, valiente y rápido, se abrió camino entre el enemigo. Cuarenta libras de cota de malla le hacían casi invulnerable a las espadas de los bandidos, de mala calidad. Irrumpió entre los adversarios lanzando mandobles a diestro y siniestro.

El enemigo se apartó ante él. Apenas media docena de bandidos se interponían entre Lu y él. Entonces los arqueros turcomanos les dispararon como a chacales. Solo quedaron Vallon y Lu *Dos Espadas*.

Y Otia. De alguna manera, el centurión había conseguido pasar por delante de su general y se encontraba solo a cincuenta yardas detrás de Lu. Vallon lanzó un juramento. Pedir a Otia que le dejase paso libre sería gastar aliento en vano. Otia tardaba en enfurecerse, pero era implacable cuando su ira despertaba.

Lu se encaminó a uno de los barrancos, que estaban bajo el risco, seguido de cerca por Otia. Cuando Vallon entró en el desfiladero, ambos hombres habían desaparecido detrás de un recodo. Un terreno accidentado le entorpeció el paso. El barranco se retorcía hacia arriba. A cada revuelta esperaba encontrarse a Otia enfrascado en combate con Lu. Pasó por otro recodo y vio al centurión: estaba solo y se tambaleaba; una jabalina sobresalía de su vientre.

Vallon tiró de las riendas y supo de un solo vistazo que la herida era mortal. Otia esbozó una sonrisa compungida.

—Yo le he dado a su caballo. Él me ha dado a mí.

Dos soldados más subían por el barranco.

—¡Ocupaos de Otia! —gritó Vallon.

Azuzó hacia delante su caballo, siguiendo el rastro de sangre de Lu. El barranco se estrechaba y se hacía más empinado hasta desembocar en una suerte de callejón sin salida. Antes de que los acantilados se cerrasen, Lu había hecho subir a su caballo por un talud de piedras sueltas. Había dado con un camino hacia la cima. Vallon solo podía seguirle con paso lento. Antes de llegar a la cima, desmontó y llevó a su caballo de las riendas.

Llegó a una meseta recortada en tres de sus lados por cañones. Las montañas parecían retroceder hacia el sur en un valle escarpado. El caballo de Lu permanecía en la distancia con las patas separadas y la cabeza baja; el cuello y el pecho brillaban por la sangre derramada. Vallon buscó al jefe de los bandidos a su alrededor. ¿Cómo había podido desaparecer en medio de aquella cumbre pelada? Cuando miró de nuevo al caballo, Lu estaba de pie a su lado. Era una figura achaparrada plantada en el suelo, con las piernas muy separadas.

Vallon esperó, intentando recuperar el aliento. Rechazó la idea de atacarle a caballo. La nieve y las rocas volvían traicionero aquel camino. Además, sabía por experiencia que un guerrero habilidoso a pie puede evadirse de una carga a caballo, y usar el impulso de su oponente para su propia ventaja.

Lu no se había movido. Había algo antinatural en su quietud. Vallon empezó a avanzar, desplazándose como un hombre que se dirige a una cita urgente: sin correr, pero avanzando con decisión, directo. «Acércate a tu enemigo como si fueras andando por la calle», le había dicho su maestro de esgrima, hacía muchos años. Ni rápido ni lento, ni flotando ni con pies pesados.

Su maestro le había enseñado muchas otras cosas que él había intentado dominar: «Mantén la mente clara. No planees cómo vas a luchar contra el enemigo. Si es bueno, leerá tus pensamientos. Lo único que debes tener en la mente es la decisión de matar, de pasar por encima de tu enemigo como si no estuviera. Él leerá eso también y se pondrá nervioso. Mata con un solo movimiento, si puedes. El guerrero al que gusta mostrar fantasiosos juegos de pies, estocadas primorosas y florituras varias haría mejor en dedicarse a la danza».

Lu aún no se había movido. Las piezas que cubrían sus mejillas caían desde el yelmo como faldones. Le protegían la cara y el cuello. Como armadura de cuerpo llevaba una camisa de cuero rojo lacado y una falda corta del mismo material. Dos espadas curvas colgaban de su cadera izquierda. No llevaba escudo.

Vallon estaba tan cerca que ya podía ver los ojos de Lu, dos rendijas negras fijas en una mirada que no parpadeaba. Andando todavía, Vallon agarró mejor la espada y el escudo.

A quince pies de distancia, Lu le atacó. Pasó de estar quieto a lanzarse hacia delante a una velocidad asombrosa. Al mismo tiempo, colocó las dos espadas de modo que ambas presentaban los bordes cortantes. Vallon apenas tuvo tiempo de notar que la espada que llevaba Lu en la mano izquierda era más corta que la otra cuando ya tenía a aquel bandido encima.

Lu paró la espada de Vallon en el ángulo de la cruz formada por las dos suyas. Antes de que Vallon consiguiera soltarse, se dio cuenta de que su enemigo había conseguido dar la vuelta a sus espadas. Estas presentaban el borde que no cortaba. Una espada de menor calidad que la de Vallon podía haber acabado doblada o rota con la fuerza del impacto.

Un zumbido, una ráfaga y la espada que llevaba Lu en la mano derecha golpeó las costillas de Vallon con un impacto estremecedor. Supo de inmediato que aquel corte le había roto al menos una costilla.

A partir de aquel momento se tuvo que poner a la defensiva, y esquivar con el escudo y la espada unos golpes que casi eran demasiado rápidos para verlos. Lu conseguía, sin saber cómo, cambiar la dirección de sus golpes en mitad de sus movimientos, de modo que la espada de la mano derecha golpeaba cuando Vallon esperaba que lo hiciera la de la mano izquierda, y viceversa. Era como luchar con una araña muy rápida y llena de colmillos. Si no hubiera llevado una armadura de tan buena calidad sobre un *kavadion* acolchado de algodón, Lu le habría matado en menos de un minuto. Ese fue el tiempo que tardó *Dos Espadas* en atacar un par de veces más con golpes que podrían haber sido mortales: un mandoble del revés que cortó la guardia de la nariz de Vallon como si fuera de hojalata, y un pinchazo en el corazón que le perforó la cota de malla por encima del esternón y penetró en acolchado y carne.

Vallon consiguió detener el siguiente tajo casi sin verlo, con el borde de su escudo. Estaba hecho de madera de tilo, suave y ligera, construido con un borde de metal que lo reforzaba. La larga espada de Lu se incrustó en las fibras lo justo para que Vallon emprendiera su primer contraataque algo amenazador, un golpe hacia abajo que rebotó en el hombro acorazado de Lu.

Usó esa pausa para evaluar sus posibilidades. Estaba dejando que Lu llevase la iniciativa. Intentaba luchar contra él siguiendo su ritmo. Y ahí Lu no tenía rival. Vallon tenía que poner en juego sus propias fuerzas, que no eran pocas. Le sacaba media cabeza, y la longitud y el alcance de su espada era mayor. Llevaba una armadura muy superior, que ya había resistido golpes que podrían haberle matado, si los hubiese realizado una espada larga de filo recto. Las hojas curvadas que llevaba Lu estaban diseñadas para atacar a oponentes con armaduras más ligeras. Solo había ocho movimientos básicos en el arte de la esgrima; las hojas de Lu, con filo en un solo lado, le daban dieciséis líneas de ataque. Pero no eran más de las que la espada de doble filo de Vallon podía ofrecer; sus bordes rectos la convertían en un arma más versátil que la hoja curvada, más adecuada para dar mandobles y estocadas. Podían penetrar mejor en una distancia larga. Además, disponía de un escudo que podía usar defensiva y ofensivamente. Lo que no podía igualar era la velocidad y la resistencia de Lu. Vallon ya no era el mismo hombre que diez años antes. Además, durante el viaje había tenido poco tiempo para practicar el arte de la esgrima.

La lucha estaba siendo desigual. Lu movía las espadas en arcos que fluían con rapidez. Gran parte del ímpetu procedía de sus caderas; sus pies se deslizaban a veces, y a veces se movían con pasos breves, rápidos y titubeantes. Por el contrario, Vallon contraatacaba sobre todo desde el codo y el hombro, y se movía con amplios pasos. Era una pelea tan desigual como podía ser el combate entre un leopardo y un oso.

Las hojas curvas de Lu producían cortes más fluidos que los que Vallon podía realizar con su espada larga, menos oblicuos. Respondía a los ataques con estocadas rápidas, dirigidas a la cabeza y al pecho, de modo que el borde recto y la punta resultasen difíciles de ver; su intención era que la hoja más larga consiguiera poner a Lu fuera del alcance de la espada mortífera. «Si te enfrentas a un león —le había dicho su maestro de esgrima—, conviértete en un castillo.»

Los pequeños detalles pueden determinar el resultado de un combate importante. Un traspié, un titubeo, y el mejor espadachín del mundo puede morir a manos de un campesino armado con una hoz. Lo que decidió la contienda a favor de Vallon fue la empuñadura en forma de cruz de su espada. Lu lanzó un ataque cruzado con dos puntas a la cabeza de Vallon, y este consiguió atrapar ambas hojas bajo su empuñadura. Solo durante una fracción de segundo. En ese instante, Vallon lanzó el escudo con todo su peso por detrás de él. Lu perdió el equilibrio. Al momento siguiente soltó su espada, echó la muñeca hacia atrás para dar la vuelta a la hoja y, con el pomo, lo golpeó en la cara, con fuerza. El bandido trastabilló hacia atrás y Vallon fue tras él. Hizo oscilar escudo y espada, e impuso su peso para batir a su oponente. Aun retrocediendo, Lu conseguía asestar más golpes que Vallon. Pero ninguno de ellos fue bueno. Ninguno consiguió desviar la carga brutal de Vallon. Ignorando el golpe que veía que Lu estaba preparando, echó atrás su espada y se abrió paso a través del ataque. Entonces hundió la espada en el pecho de su oponente.

Lu no cayó. Saltó hacia atrás como un gato. Con aquel movimiento casi se llevó la espada de Vallon consigo. Este puso todo su peso tras el pomo e hizo retroceder al bandido veinte pies antes de que sus piernas le fallaran y cayera de espaldas. Aun así, Vallon no cejó. Se echó sobre él como si intentara aplastar a su adversario contra el suelo, mientras hilos de mucosidad sanguinolenta brotaban de su nariz. Separó sus labios, desnudando sus dientes.

—Muere, hijo de puta.

Lu quedó flácido y se le cayeron las espadas de las manos. Todavía estaba vivo y observando a Vallon con la misma mirada inerte que había tenido durante todo el combate. Vallon le quitó el yelmo al bandido.

—No, me lo he pensado mejor: tienes todo el tiempo del mundo.

Cuando Vallon estuvo seguro de que *Dos Espadas* había muerto, se levantó y vio que Lucas estaba no muy lejos de allí.

—¿Cuánto tiempo llevas ahí?

—Casi desde que cruzasteis las espadas.

—¿Y por qué no me has echado una mano?

—Un aprendiz no debe inmiscuirse en la obra de un maestro.

Vallon secó la sangre de su espada con un puñado de nieve.

—Tienes mucho que aprender, chico.

Hero vendó las heridas de Vallon y le fajó el pecho. Había sufrido lo indecible; su torso ya estaba adquiriendo los tonos funestos de las nubes tormentosas. A Hero le preocupaba que hubieran resultado dañados los órganos internos.

—¿Habéis orinado desde el combate?

—Lo he hecho, y no había sangre.

—¿Os duele por dentro?

—¿Estás de broma? Me siento como si me hubiera pisoteado una manada de caballos.

—Os aconsejo que os abstengáis de luchar durante un mes.

Un dolor como una hoja de sierra que se retorciera en su interior cortó la risa de Vallon y la convirtió en un jadeo. Se encorvó, sujetándose las costillas. Josselin le ayudó a sentarse en un taburete.

—Ponme un vaso de vino —dijo. Y le guiñó el ojo a Hero—. Confío en que mi físico me permita ese pequeño consuelo.

—Os lo prescribiré yo mismo…, en medida moderada, junto con el descanso que permita nuestro viaje.

Vallon bebió un poco del vaso y echó la cabeza atrás, vacía de todo pensamiento, excepto del alivio de saber que estaba vivo.

—Antes de irte, llama a Lucas.

Josselin frunció el ceño.

—Confío en que no le castigaréis por quedarse a un lado mientras vos luchabais en combate singular. Para él no había duda alguna de cuál sería el resultado.

Vallon le tranquilizó con un gesto de la mano.

—No debo dejar que se ponga el sol sin darle las gracias por haber salvado a Aiken.

Hero se anticipó al movimiento del centurión hacia la entrada.

—Ya le traeré yo.

Vallon se bebió el vino, intentando apartar de su mente las imágenes de los ojos muertos de Lu, *Dos Espadas*. Era lo más cercano a un combate singular que había tenido nunca. Según todas las reglas de las leyes marciales, tendría que haber sido él quien yaciese en la nieve mientras el cielo se oscurecía en su última noche. Se volvió a llenar el vaso. Fuera, sus tropas celebraban su victoria en torno a una fogata.

Dejó el vino cuando Lucas entró, revestido con una armadura que no solo superaba a su ensangrentada cota de malla, sino que era superior a los arreos que le había ofrecido como regalo el emperador. Le hizo señas para que se acercara y se aclaró la garganta.

—Hoy has prestado un buen servicio. Te doy las gracias de todo corazón por haber salvado a Aiken. Sé que los dos habíais tenido vuestras diferencias, pero las considero cosa del pasado. Todavía estabas en deuda por el desembolso en el que he incurrido por culpa de tus indiscreciones. Bueno, pues considera saldadas tus deudas.

Lucas se puso muy tieso.

—Gracias, señor.

El vino y la fatiga hacían expansivo a Vallon.

—Yo tenía más o menos tu edad cuando maté a mi primer enemigo. No maté cuatro en un solo día hasta que llegué a la edad adulta.

—Cinco —murmuró Lucas.

—Ha matado a otro durante nuestra carga —dijo Josselin.

Vallon levantó el vaso de vino en un brindis mudo.

—Aprende a pensar antes de actuar y serás un buen soldado... Podrás ser capitán antes de los veinte, me atrevería incluso a decir.

Lucas se puso más tieso aún.

—Gracias, señor. Lo haré lo mejor que pueda para corresponder a la confianza que habéis puesto en mí.

Se estaba volviendo para irse cuando Hero dijo:

—No me sorprende que Lucas se haya portado tan bien en el campo de batalla. Viene de un linaje muy marcial. Sangre de guerreros corre por sus venas.

Vallon pensó que aquello quizás era un poco exagerado. En aquel momento, Lucas parecía más un escolar nervioso que un futuro general. Vallon adoptó un tono educado, pero displicente.

—Estoy seguro de que procede de una raza valerosa. —Se masajeó la garganta—. Solo una cosa... Esa armadura... ¿no crees que es demasiado espléndida para un simple soldado?

—Sí, señor. Solo me la estaba probando, para comprobar si su tamaño era idóneo para mí.

Vallon se frotó las manos para indicar que ya se podía retirar.

—Querrás volver con tus camaradas para tomar un vaso de vino, que tienes bien merecido...

Lucas se quedó quieto, inmóvil, sin mirar ni a Vallon ni a la entrada. Hero le dio un suave empujón. Lucas dijo algo que el general no entendió bien.

—¿Cómo dices?

—No me llamo Lucas —murmuró el joven, mirando al suelo.

Vallon se relajó.

—Bueno, no importa. Sean cuales sean los crímenes que hayas podido cometer en el pasado, no me interesa. En los forasteros, todos los hombres empiezan de nuevo. Incluso yo una vez tuve un nombre distinto.

—Guy —dijo Lucas.

Vallon dejó el vaso.

—¿Cómo?

—Guy. Mi nombre es el mismo que el vuestro. Guy de Crion.

A Vallon le pareció que la sangre huía de su cabeza.

—¿Cómo?

Lucas levantó la vista.

—Soy vuestro hijo. Siento si eso os molesta. A mí también me molesta.

Vallon no podía respirar. Dio con la mano en la mesa y se habría caído al suelo si Josselin no hubiera sujetado su cuerpo. Se agarró al centurión, sin poder hablar.

—¿Qué tipo de broma es esta?

—No lo sé. Estoy tan sorprendido como vos.

—Es cierto —dijo Hero—. Lucas es vuestro primogénito.

Vallon miró al joven con creciente horror. Lo que aquello conllevaba fue calando en él.

—Eso significa..., eso significa que estabas allí la noche...

—Cuando matasteis a mi madre. Sí, estaba allí.

Vallon se tapó los ojos.

—¡Oh, Dios mío! —Se sentó, notando que sus tripas se retorcían. Aspiró por la nariz e intentó recuperar la compostura—. Pero ¿cómo me has encontrado?

—Conocí a un soldado en Aquitania que me dijo que estabais sirviendo en el ejército bizantino. Al día siguiente, partí a pie. Por casualidad navegué de Nápoles a Constantinopla en el mismo barco que Hero. Casi le dije a quién buscaba... Si lo hubiera hecho, lo habríais sabido desde el principio. Pero fue Pepin quien me dirigió hacia vuestra casa.

Vallon jadeó.

—Eso fue hace más de seis meses. ¿Por qué no me lo dijiste cuando te incorporé a este viaje?

—No estaba seguro de cuál sería vuestra reacción. No estaba seguro de cuáles eran mis propios sentimientos y... No, eso no es cierto. Os odiaba. Quería vengarme. Y luego... ya no sabía qué pensar, así que guardé el secreto para mí.

—Pero se lo dijiste a Hero.

—No, no me lo dijo —intervino Hero—. Fue Wayland quien lo hizo, en una carta que me entregó antes de dejarnos.

Vallon miró a Lucas.

—¿Confiaste en Wayland?

—Lo adivinó, pero le hice jurar que no lo contaría. —Lucas movió los pies—. No espero que me tratéis como a vuestro hijo. Me resulta difícil veros como a un padre. Toda esta situación es muy extraña y dolorosa.

Vallon tragó saliva.

—No estoy seguro de cómo debo llamarte...

Lucas cuadró los hombros.

—Me siento más cómodo si me llamáis «Lucas». Yo os llamaré «señor».

Vallon se dio cuenta de que aquello solo era el principio.

—¿Y tu hermano y tu hermana?

—Muertos.

Vallon se tapó los ojos.

—Tengo que decírselo a Aiken... Dios sabe cómo se lo tomará. Ya he sido un padre bastante malo para él...

—Nosotros iremos con vos —dijo Hero.

Vallon fue andando entre la niebla enfermiza a la tienda de Aiken. Se encontró al joven leyendo. Dejó el libro y se puso de pie.

—¿Quién ha muerto?

Vallon no sabía cómo suavizar la verdad.

—Lucas acaba de decirme que es mi hijo. No lo he investigado..., pero no tengo motivos para dudarlo.

Aiken miró a Lucas y a Vallon alternativamente. Luego se echó a reír.

—No es cosa de broma.

Aiken se secó los ojos.

—No es risa. Es el equivalente masculino a la histeria. —Estrechó la mano de Lucas—. Felicidades. Ahora tiene sentido la dureza de tu comportamiento.

—Por supuesto, yo sigo considerándote mi hijo —murmuró Vallon.

Aiken apartó la vista.

—En realidad preferiría que nos dejáramos de fingimientos. Sé que nunca haré honor a las aspiraciones que tenéis para mí y... mis sentimientos hacia vos son más de respeto que de devoción filial.

—Aun así, sigues necesitando a alguien que te guíe hasta que seas mayor de edad.

—Dejadme asumir ese privilegio —intervino Hero—. Con vuestro permiso y el de Aiken, por supuesto.

—Acepto con placer —respondió Aiken.

Vallon no podía ni mirar a Lucas.

—Si la perspectiva no te parece demasiada dolorosa, quizá quieras acompañarme a mi alojamiento. No sé si puedo arreglar una ruptura tan sangrienta como la nuestra, pero estoy dispuesto a intentarlo, si tú también lo estás.

—Lo estoy, señor.

La noticia corrió por todo el campamento, causando gran asombro y alegría. Fluyó el vino y se alzó más de un vaso a modo de celebración.

Gorka se emborrachó.

—Yo ya sabía que el chico estaba mejor educado de lo que decía...

En cuanto lo vi, me dije: «Gorka, aquí tenemos a un futuro oficial». Por eso le cogí bajo mis alas y he estado tan encima de él.

—Querrás decir que le has hecho sudar la gota gorda. Te hará pagar por todo esto: «Sí, jefe. No, jefe. Te beso el culo, jefe».

—El acero bien forjado necesita templarse en una llama.

—Creo recordar que le dijiste que tú acabarías en un monasterio antes de que él matara a cinco hombres.

—Así le animaba a conseguir su objetivo. Y lo ha hecho. Hoy, cabalgando a mi lado, como hice con su padre en Dirraquio.

Wulfstan se unió a ellos.

—¿Todavía siguen hablando? —preguntó Gorka, en voz más baja.

—Diez años es mucho tiempo que recuperar. Y hay que superar algo más que el tiempo. Probablemente habrás oído decir que Vallon mató a la madre de Lucas.

—Para proteger su honor —dijo Gorka.

—Ya lo sé —dijo Wulfstan—, pero el chico igual no lo ve de la misma manera.

Un soldado rompió el breve silencio.

—El general tendrá que ascenderle. No puede dejar que su hijo viva como un pobretón entre la tropa.

—No estés tan seguro… El general no tiene favoritos.

—Lo convertirá en su escudero, al menos.

—Yo pensaba que ese era el puesto de Aiken.

—Vamos, la única arma que puede manejar ese chico es la pluma. No os equivoquéis, a mí me gusta Aiken, pero nunca será un buen soldado. —Gorka se sirvió otro vaso—. Vaya día… Aquí estamos, celebrando la victoria contra nuestros enemigos, y Vallon y Lucas reunidos por la gracia de Dios.

XXXVII

Desde Xining, un puesto controlado por los tibetanos en el corredor de Hexi, los forasteros viajaron por etapas hasta Lanzhou, ciudad fronteriza china y capital de la provincia, que se encontraba en un recodo del río Amarillo. Desfilaron ante un batallón de soldados que esperaban a reunirse con ellos fuera de la ciudad, en la puerta occidental.

Vallon llevaba su armadura de escamas y sus hombres habían pulido su equipo hasta hacerlo relucir. Por encima de ellos, ondeando al viento, que soplaba con fuerza, se agitaba el águila de dos cabezas del pendón imperial bizantino.

Un corpulento general respondió a la inclinación de Vallon. Su uniforme parecía más adecuado para el teatro que para el campo de batalla, y consistía en un peto de bronce moldeado, con un dragón estampado que escupía fuego, un delantal de placas hasta la altura de las pantorrillas por encima de tres enaguas marciales, y todo el conjunto coronado por un yelmo con plumas y alas, y una gorguera de pinchos en la parte posterior del cuello.

El general volvió a hacer una reverencia. Shennu tradujo sus palabras.

—Pregunta si tenemos permiso de viaje.

Vallon estaba cansado y tenía frío. Miró a los ojos a Gorka y el cabo se acercó a caballo, sacó una bolsa de algodón, la desató y arrojó una cabeza negra y putrefacta al suelo helado, ante el general chino. El caballo del comandante retrocedió.

—El viejo *Dos Espadas* no mejora con el tiempo —dijo Gorka.

—Lu, *Dos Espadas* —soltó Vallon—. La guarnición a la que aterrorizaba os pidió ayuda para mantenerlo a raya. Os hemos ahorrado las molestias.

El general intercambió miradas asombradas con sus oficiales antes de volverse a Vallon.

—¿Puedo ver la espada que mató a ese demonio?

Vallon se la tendió con ambas manos. El general probó sus filos, la sostuvo a la luz, dio unos cuantos mandobles de prueba.

—Me imagino que forma parte de una pareja (macho y hembra) forjadas por un chico y una chica vírgenes que elaboran espadas como espíritus de dragón y productores de rayos que pueden cortar el jade.

Vallon reclamó su maltratada arma.

—Pues no sé nada de eso. Hace su trabajo, y con eso a mí me basta.

El general rogó con toda formalidad a Vallon que le acompañara a la ciudad. La columna fue pasando por las calles bajo las miradas de ciudadanos asombrados, perseguidos por niños mugrientos con la cabeza afeitada hasta la coronilla o que llevaban coletas que sobresalían en ángulos extraños.

Los forasteros fueron a parar a un cuartel bastante deprimente. Antes de dejarlos, el general chino prometió preparar la audiencia con el prefecto provincial. La nieve se arremolinaba en un cielo color piedra. Vallon se refugió en sus aposentos, una habitación amueblada con una plataforma para dormir, hecha de ladrillos de arcilla llamada *k'ang*, calentada por un brasero por debajo. Después de meses de dormir en el suelo helado, envuelto en tantas capas como podía apilar, tuvo que quitarse casi toda la ropa para estar cómodo.

Mientras esperaban a que los convocaran para ir a la residencia del prefecto, Vallon vio a Lucas solo de pasada, y ambos intercambiaron apenas saludos forzosos. ¿Qué le iba a decir? ¿Qué tipo de recuerdos podía uno compartir con un hijo que lo que recordaba de ti es la noche que mataste a su madre? Dando vueltas y más vueltas de madrugada, Vallon deseaba a veces que Lucas no lo hubiera encontrado nunca, y casi que el joven hubiese muerto junto con su hermano y su hermana. Que aquello que había pasado no fuera más que una indeleble mancha en su conciencia. De alguna manera, habría sido más fácil de sobrellevar.

Pasaron cuatro días antes de que el prefecto les concediese audiencia. Shennu le dijo que no era un desaire. La burocracia china iba pasando los memorandos de un nivel de funcionarios a otro, y la respuesta luego tenía que volver en el otro sentido, normalmente con peticiones de información adicional o de aclaración.

El prefecto, un aristócrata de aspecto distinguido con rasgos ascéticos, interrogó a Vallon con un tono cortés y bastante meloso,. Le preguntó por Bizancio, el viaje, la naturaleza y la disposición de la gente que se habían encontrado en el camino. Shennu hablaba por el general, pero Vallon había practicado mucho el chino, y comprobó que entendía gran parte de lo que decía el prefecto. Una o dos veces respondió antes de que Shennu pudiese hablar, provocando sonrisas por parte del personal del prefecto.

—Aplaudo vuestros esfuerzos por aprender nuestro idioma —dijo el caballero.

—Gracias a vos por valorar mis pobres intentos. He hecho el esfuerzo por vuestra antigua civilización. El Imperio chino es un contrapeso al nuestro propio, como dos espejos gemelos en los extremos de la Tierra, separados por mares, desiertos y bárbaros y, sin embargo, unidos en la reverencia por el buen gobierno. Ya os he dicho por qué mi emperador me ha despachado con esta misión. Habiendo llegado tan lejos y perdido a tantos hombres, os imploro que uséis vuestros buenos oficios para enviarnos a la capital con toda rapidez.

Grupos de oficiales hablaron entre sí, y se iban formando camarillas de burócratas en un sitio, que luego se deshacían y se reunían en otro. Finalmente, se reunieron todos detrás del prefecto.

—¿Tenéis el pez de bronce del emisario? —preguntó.

Vallon miró a Shennu para que le iluminara.

—Es una de las doce credenciales diplomáticas —aclaró el sogdiano—, que adopta la forma de pez en dos partes. El Gobierno chino despacha una mitad al país que desea mandar a un enviado, y conserva la otra. Ambas mitades tienen un número que especifica el mes en el cual se permite a los enviados entrar en la capital. Si llega un enviado en la tercera luna con una cuenta que indica la segunda luna, el emperador se niega a recibirlo. Si llega demasiado temprano, se ve obligado a esperar hasta el tiempo especificado.

Vallon rechinó los dientes.

—Esto es peor que la burocracia bizantina. Decidle al prefecto que no tengo el medio pez de bronce. Estableced mis credenciales como sigue. En primer lugar, soy el embajador de su majestad el emperador de Bizancio, representante de Dios sobre la Tierra. En segundo lugar, he traído la cabeza de Lu, *Dos Espadas*, que vale por un cubo entero de peces de bronce.

El prefecto deliberó con sus funcionarios antes de anunciar su decisión.

—Enviaré vuestra petición, junto con copias de vuestras credenciales, a la Corte de Recepción Diplomática. Hasta que reciba respuesta, vos y vuestros hombres permaneceréis en Lanzhou como honrados huéspedes. Proveeremos todas vuestras necesidades. Os proporcionaremos alojamiento, comida y pienso, colchones donde dormir y medicinas…, incluso funerales, si muere alguno de vuestros hombres.

—¿Cuánto esperáis que tarde la respuesta?

—Estamos en invierno. Aunque la corte decida admitir vuestra embajada, no podréis iniciar el viaje hasta la primavera próxima.

Vallon no pudo disimular su decepción.

—Tras haber cruzado el mundo en ocho meses, no voy a quedarme aquí mano sobre mano durante el próximo trimestre. Saldré sin permiso, si es necesario.

—General, sois un hombre valiente y lleno de recursos, pero debo señalar que ahora estáis en el Celeste Imperio y, por tanto, sujeto a sus leyes. Ya he establecido mis condiciones, y debéis tener el buen sentido de observarlas. Vuestra partida asciende a menos de cien. El ejército imperial tiene más de un millón de fuerzas. No abandonaréis Lanzhou hasta que la corte haya examinado vuestra petición y me haya informado de su decisión.

Vallon salió precipitadamente de la residencia y se encontró con un grupo de sus hombres.

—Tenemos que esperar a que esos chupatintas de Kaifeng decidan si podemos seguir o no —les dijo.

Apartando a un lado los palanquines que habían puesto a su disposición, iba andando por las calles echando chispas.

—Una estación entera en Lanzhou podría no ser tiempo perdido —respondió Hero—. Nos daría margen para pulir nuestro chino y aprender más de su cultura.

—Yo apreciaría un buen descanso… —añadió Aiken.

—Al diablo con eso. No he recorrido todo este camino para quedarme aquí enfangado en la frontera.

La ciega marcha de Vallon le llevó a través de la puerta norte hacia la orilla sur del río Amarillo, de unas cien yardas de ancho en aquel punto.

Hero avanzó hasta el borde del agua y miró la fría corriente color pizarra.

—No me parece amarillo.

—El río todavía tiene que recorrer dos terceras partes de su curso —dijo Shennu—. Va recogiendo sedimentos a medida que avanza. Cuando pasa por Chang'an, parece barro líquido.

En la otra orilla del río había un complejo de templos encaramado a un acantilado y coronado por una pagoda. Corriente abajo, tres ruedas hidráulicas tan altas como iglesias rodaban con majestuosa lentitud, y el efecto empequeñecedor de la distancia hacía que parecieran ruedas dentadas que formaban un engranaje. Unos pocos pescadores arrojaban sus redes en los bajíos. Los forasteros veían pasar el río.

—No me gustaría meterme en una de esas cosas —dijo Wulfstan, señalando una embarcación primitiva que oscilaba en medio del canal. Era una especie de balsa unida con lo que parecían ubres gigantes, con unas tetillas alargadas encima. Tres hombres la tripulaban, uno de ellos con un remo de gobierno muy grande.

—Están hechas con pellejos de buey rellenos de paja —dijo Shennu.

Wulfstan escupió.

—Pensaba que los chinos eran una raza astuta. ¿Por qué no hacen barcos como es debido, con su casco de tingladillo y sus velas?

—Fabrican unos barcos muy buenos cuando el agua conviene para la navegación. Ahí, los vientos no te llevan adonde quieres ir, y la corriente es demasiado fuerte para remar en contra. Esas balsas no son tan primitivas como crees. Los hombres que las manejan las llevan río abajo hasta llegar al mercado, y luego desmontan las balsas, empaquetan los pellejos en un burro y se vuelven a sus pueblos con lo que han ganado.

—¿Y qué es lo que transportan? —preguntó Hero.

—Vellones, pellejos, madera, carbón… Artículos demasiado abultados para transportarlos por tierra.

—¿Qué es carbón? —dijo Aiken.

—Unas rocas que los chinos queman como combustible.

Los forasteros asimilaron esa rareza sin pensar más en ello. Hero miró la balsa, que iba disminuyendo de tamaño río abajo.

—¿Hasta dónde viajan? —preguntó.

—Solo unos días corriente abajo, hasta llegar a un establecimiento comercial. Desde allí, otras gentes llevan los bienes al siguiente desembarco, y así sigue, etapa tras etapa, hasta que un día, meses más tarde, los artículos llegan a Kaifeng.

—Mucho esfuerzo para tan poco beneficio.

Shennu señaló la embarcación oscilante.

—Esa barca es pequeña. Pueden ser de cualquier tamaño que convenga a su propósito. He visto algunas tan grandes como un campo cultivado, construidas con cientos de pellejos y una plataforma colocada encima, además de chozas para que los marineros duerman y cocinen en ellas.

Vallon escuchaba atentamente. Levantó la cabeza y miró a Wulfstan. El vikingo se masajeó el muñón y soltó una risita.

Shennu interpretó sus miradas.

—Ah, no. No podéis llegar a Kaifeng por esa vía.

—Has dicho que las balsas viajaban hasta la capital —señaló Vallon.

—A etapas cortas. Pero no se puede ir siguiendo el río y esperar que te lleve a Kaifeng. No. —Shennu miró alrededor y recogió una rama de madera desechada—. El río Amarillo es el dragón de agua de China. —Dibujó una línea serpenteante en la arena de la orilla—. Aquí está la cola, que se retuerce desde el Tíbet. —Marcó con la rama la base de la cola—. Lanzhou. Desde aquí, su espalda se arquea hacia el norte, y luego hacia el este durante miles de lis, antes de descender hacia el cuello. Kaifeng se encuentra a mitad de camino del cuello, con las mandíbulas del dragón abiertas hacia el mar Amarillo. El trayecto por el río debe de ser el doble de largo que la ruta por tierra.

Vallon miró la balsa de pellejos, que ya no era más que un bultito distante. Se dirigió a Wulfstan.

—Yo diría que la corriente fluye a dos o tres millas por hora. Si viajamos todas las horas de luz diurna…, eso significa al menos veinte millas al día…, cada jornada, sin esfuerzo.

—¿Y por qué parar por la noche? —preguntó Wulfstan—. El río no para. Podríamos cubrir cincuenta millas entre el amanecer y el anochecer.

En su ansiedad, Shennu casi saltaba en su sitio.

—Pero no conocéis los peligros. El río fluye hacia el norte más allá de la Gran Muralla, a través de desiertos controlados por los nómadas jitans. En algún lugar de su curso, forma una terrible catarata.

La expresión de Wulfstan se volvió nostálgica.

—Como en los viejos tiempos, general.

Vallon cogió el brazo de Shennu.

—¿De dónde proceden estas balsas?

Shennu se soltó.

—El prefecto os ha prohibido seguir sin permiso.

—Soy yo quien te paga por tus servicios, no los chinos.

—El río se hiela en Año Nuevo.

—Entonces, cuanto antes nos pongamos en camino, mejor. ¿Dónde podemos encontrar una balsa?

Shennu borró sus dibujos con los pies.

—En un pueblo a dos días al oeste, en la confluencia de dos afluentes que desaguan en el río Amarillo. Ahí es donde se llevan los artículos de las altas montañas para enviarlos.

—Vamos a verlo —dijo Vallon—. Coge a Wulfstan y a un pelotón de soldados. Les diremos a los chinos que hemos de volver a recoger a un camarada enfermo que dejamos en un monasterio.

—¿Y qué pasa con Hauk y los vikingos? —preguntó Wulfstan.

—Preferiría separarme de ellos, pero, ya que han llegado hasta aquí, podrían completar todo el camino. Intenta comprar o negociar por dos balsas lo bastante grandes para llevar a los hombres, los caballos y el equipaje.

Pasaron seis días antes de que volviera la partida, con unas caras tan largas que Vallon los miró decepcionado. Fue Wulfstan el primero que se quitó la máscara.

—Está arreglado. Pasado mañana por la noche, dos balsas, lo bastante grandes como para llevar a todos los hombres, los caballos y los equipajes, nos esperarán en un lugar tranquilo, a unas quince millas río arriba.

—Los chinos nos vigilan demasiado de cerca para permitir un embarque secreto —dijo Josselin.

La sombra de Vallon pasó sigilosamente por las paredes de su alojamiento.

—Shennu, prepara una reunión urgente con el prefecto.

A la mañana siguiente, Vallon le dijo al gobernador que no podía permanecer en Lanzhou. Había prometido a sus hombres que llegarían al fin del viaje antes de que acabase el año, y temía que se amotinasen o desertasen si los dejaba en el limbo durante otros tres o cuatro meses. Había decidido volver atrás.

El prefecto estaba horrorizado.

—Pero no podéis... Ya he despachado correos con mi recomendación personal para que la corte reciba vuestra embajada. Si, como espero y sospecho, la respuesta es positiva y habéis partido antes de que llegue, el Gobierno me hará responsable a mí. Por favor, reconsideradlo. Recordad que, durante vuestra estancia en Lanzhou, nosotros proveeremos todas vuestras necesidades. Comprendo que vuestros hombres están lejos de su hogar, que echan de menos los placeres domésticos. Estad seguros de que se les proporcionarán todas las comodidades.

Vallon fingió ablandarse... hasta cierto punto.

—Aprecio vuestro ofrecimiento. El problema es que cuanto más satisfaga los deseos de mis soldados, más difícil me será luego sacarlos de los hábitos de la molicie. Lanzhou ofrece demasiadas atracciones para unos hombres que no han experimentado la civilización durante la mayor parte del año. Si tenemos que pasar aquí el invierno, prefiero que sea en un lugar que ofrezca menos tentaciones. Como Xining, por ejemplo.

El prefecto apenas pudo contener su alivio.

—¿Estáis dispuestos a establecer vuestros cuarteles de invierno en Xining?

—Estar acuartelados cerca del territorio enemigo ayudará a mantener la disciplina. Cuanto antes partamos, mejor. Mañana, si es posible.

Contento al comprobar que se le despojaba de la responsabilidad sobre los forasteros, el prefecto se volvió hacia su personal.

—Preparad una escolta.

—No, por favor —dijo Vallon—. Eso no hará otra cosa que reforzar la impresión de que somos bárbaros no queridos. Llegamos a Lanzhou sin ninguna ayuda, y seguro que también podemos abandonarla por nuestra cuenta.

Era por la tarde cuando salieron a caballo, acompañados por una escolta simbólica de una docena de soldados chinos y una reata de camellos que llevaban suministros suficientes para todo el invierno. Volviendo sobre sus pasos, siguieron un afluente del río Amarillo y acamparon en una lengua de tierra en el fondo de un cañón. Vallon había hecho buenas migas con la escolta, y no dudaron cuando los invitó a acudir a su tienda a compartir comida y vino.

Estaban ya bastante borrachos cuando irrumpió un escuadrón de forasteros. Los redujeron y los ataron. Vallon fue hasta la orilla del río con Wulfstan y Shennu.

Pasó la medianoche. Una luna volcada se deslizó a través del barranco. Vallon temblaba bajo su capa.

—¿Crees que vendrán?

—Les pagamos bastante —dijo Wulfstan—. En su lugar, yo mantendría mi parte del trato.

En algún momento de la madrugada, Vallon se despertó y vio parpadear una linterna río arriba. Se puso en pie, apartando las mantas, y distinguió un bote que remaba corriente abajo. El bote se situó a su nivel y fue ciando. Un hombre llamó a los que estaban en tierra.

—Es el tipo con el que hice el trato —dijo Wulfstan—. Sabe que no obtendrá el resto del dinero hasta que estemos en las balsas.

Silbó y el bote se acercó. Wulfstan le tendió un saquito de plata. El bote desatracó.

—Quizás hayamos dicho adiós a una pequeña fortuna… —dijo Vallon.

La linterna parpadeó cinco veces. Entonces, en torno al recodo aparecieron dos moles flotantes, con remeros que se esforzaban por hacer avanzar la balsa por aquellas aguas mansas. Tocaron la orilla y Wulfstan saltó a una de las balsas. Tendió la mano a Vallon.

—Bienvenido a bordo, señor.

Antes de que cantara el primer gallo, las balsas fueron deslizándose por Lanzhou sin que apareciera a su paso ni siquiera un perro. Amaneció sobre unos campos cultivados en terrazas. Cuatro días más tarde, camino hacia el norte, vieron un muro de piedra que recorría la orilla oriental, con torres de vigilancia sin guardias que pasaban una tras otra, tan regulares como los latidos del corazón. El muro apareció de nuevo en la orilla opuesta antes de desaparecer.

Fue un viaje extraño. El paisaje se iba deslizando ante ellos como en un sueño. Vallon fijaba los ojos en un hito lejano, pensando que nunca llegarían a él. Cuando se despertaba de su trance veía que aquel hito había pasado, y que otro había ocupado su lugar. El país se volvía cada vez más árido. Los amaneceres se disolvían entre azules ácidos y amarillos cítricos antes de que el viento se levantase y arrojase una neblina enfermiza y amarillenta sobre todas las cosas. Hacia la noche, el viento cesaba y el cielo se aclaraba, anunciando ocasos gloriosos y noches heladas, llenas de estrellas. En las balsas, los hombres hibernaban junto a los braseros y se preguntaban adónde los conduciría aquel viaje.

Vallon se había dado cuenta de que el griego les resultaría inútil en el Celeste Imperio. Shennu pasaba parte del día puliendo el chino de sus alumnos. Treinta remeros nativos tripulaban las dos balsas, y los extranjeros probaban con ellos sus habilidades lingüísticas, con diversos resultados. Vallon también mantenía ocupados a sus hombres con instrucción diaria y ejercicios de armas. El resto del tiempo lo pasaban jugando al *shatranj*, a las damas y a los dados.

La corriente se los llevaba hacia el norte, a un desierto de dunas salpicadas de nieve. Y luego el río giró hacia el este. El paisaje se volvió llano, una estepa helada donde el sol, antes de que rompiera el día, proyectaba la sombra de la tierra en una esfera oscura por encima del horizonte.

El viento del norte soplaba lo bastante frío para soldar la carne al metal, y el río empezaba ya a helarse. Placas de hielo se desprendían de las orillas, y el invierno iba apretando sus garras de modo que solo quedaba abierto un estrecho canal. Como el canal iba estrechándose cada día más, Vallon ordenó a sus hombres que remasen, para lo que manejaron los remos construidos con todos los materiales que podían encontrar.

Amaneció un día en que el sol no se alzó ante ellos. El río había girado hacia el sur, y las balsas se deslizaban por aguas claras. Apareció de nuevo la muralla, serpenteando hacia el este como un reptil de un gris amarillento.

El tiempo mejoró. Durante una semana, continuaron hacia el sur sin el temor a despertarse por la mañana y verse atrapados en un paisaje congelado.

Una mañana, un grito sacó a Vallon de su camarote improvisado. Todos los hombres remaban para llevar la balsa a la orilla.

—Es la catarata de la que nos había advertido Shennu —dijo Wulfstan—. Los chinos la llaman el Pico de la Tetera.

Vallon oía su estrépito bajo desde una milla de distancia. Cuando bajó a tierra y recorrió un saliente que dominaba la catarata, el rugido era tan estruendoso que confundía los pensamientos. Comprimido en un canal de solo treinta yardas de ancho, el río escupía por encima de un escalón de cincuenta pies de alto. Un arcoíris coronaba el torrente. El agua, que se iba congelando al caer, salpicó las cejas de Vallon. Este se agarró a Wulfstan y le gritó para hacerse oír:

—¡No conseguiremos bajar por ahí!

Dos días después estaban de nuevo en camino. Los chinos, con la ayuda de los forasteros y los vikingos, se limitaron a desmontar las balsas, hasta el último pellejo de buey, y luego las volvieron a montar abajo, pasada la catarata.

El paisaje se iba haciendo más poblado. Pasaron junto a ciudades subterráneas excavadas en colinas de blando material sedimentario. Unas ruedas hidráulicas gigantescas irrigaban campos a ambas orillas. Una tarde, Vallon vio un bote iluminado por linternas y tripulado por tres hombres que usaban cormoranes entrenados para pescar.

Debió de ser poco después de empezar el año nuevo cuando, una noche, ya tarde, Josselin llamó a Vallon y le hizo observar un fuego que ardía a occidente, en la oscuridad.

—Fuego de señales —dijo Vallon—. Y me imagino que la única información que vale la pena transmitir se referirá a nosotros. Doblad la guardia.

Todo el día siguiente, los hombres examinaron las orillas en busca de alguna amenaza. Nada. El río se ensanchaba y formaba un lago que fluía lentamente. Este se heló aquella noche, y al amanecer la niebla baja quedó pegada al agua. El cielo era de un azul cáscara de huevo. En cada orilla, cristales de nieve blanca y espesa cubrían la vegetación, haciendo que el paisaje pareciera tallado en alabastro.

Una suave brisa disipó la niebla.

—¡Barco saliendo de la orilla oeste! —gritó Gorka.

Vallon ya lo había visto, un junco de dos palos con la proa baja y cortada, y una popa muy elevada.

—Otro que sale de la otra orilla…

Un barco más pequeño con un solo palo.

Wulfstan apareció junto a Vallon.

—Si no me equivoco, es una tenaza que se cierra sobre nosotros.

—Ordena que los hombres cojan las armas —dijo Vallon a Josselin. Los vikingos de la otra balsa ya se estaban poniendo las armaduras—. ¿Qué podemos esperar? —preguntó a Shennu.

—Los piratas del río van bien armados y son implacables. No dejan testigos.

Vallon apretó los labios. Los barcos enemigos todavía estaban a más de una milla de distancia, escorando en la brisa. No podían pasar junto a ellos ni tenían tiempo de llegar a la orilla. Miró a Josselin.

—Di a los hombres que oculten la armadura y se escondan entre los caballos y el equipaje. Que los piratas piensen que somos mercaderes que no podemos defendernos.

Fue hasta el borde de la balsa y avisó a Haulk.

—Esconde a tus hombres. Tomaremos el barco que está a la derecha, vosotros coged el otro.

Hauk levantó una mano y sus vikingos desaparecieron detrás de unos fardos y sacos. Los hombres de Vallon habían hecho lo mismo. Los barcos piratas estaban lo bastante cerca para distinguir a los hombres amontonados a sus costados.

Wulfstan temblaba como un perro de caza que huele la presa. Vallon le dedicó una mirada divertida.

—Te apetece un poco de acción, ¿verdad?

—Ah, sí, señor. Cuando me empleasteis me sentí agradecido de encontrar una litera cómoda, pero triste al ver que mis días de guerrero habían concluido.

—Necesitaremos ganchos de abordaje. Quiero capturar esos buques, no destruirlos.

Wulfstan se fue a la carrera y volvió con dos cabos con sus garfios. Le tendió uno a Gorka. Vallon se arrodilló junto a un fardo de pieles de yak y vio acercarse a los dos buques. Por la actitud de los piratas comprendió que no esperaban una oposición seria.

—¿Están preparados ya los arqueros?

—Sí, señor.

La tripulación china había comenzado a lanzar gemidos aterrorizados que no eran fingidos. Aquella imagen animó a los piratas, que se burlaron e hicieron señas a las balsas como diciendo que estaban en sus garras.

—Esperad a mi orden —dijo Vallon.

La distancia se había acortado a unas trescientas yardas. Se hizo el silencio, que magnificó los sonidos del agua que chapoteaba y de las sogas que crujían. Vallon levantó la mano. Los piratas, vestidos con los desechos de media docena de ejércitos, apuntaban unas ballestas pequeñas hacia las balsas. El capitán del junco al que apuntaba Vallon acechaba en la cubierta de popa. Un estandarte muy largo ondeaba desde el palo mayor del barco.

Vallon dejó caer el brazo y sus arqueros soltaron una nube de flechas. Antes de que pudieran disparar de nuevo, los piratas respondieron con pernos de ballesta. Otra nube de flechas de los forasteros y otra andanada de virotes. Los piratas usaban repetidamente las ballestas, disparando sus pernos mucho más rápido de lo que podían montar los arqueros sus arcos. Contra unos hombres que hubiesen carecido de armadura los pernos habrían sido terribles, pero las ballestas eran ligeras, y la mayoría de los virotes rebotaban en las cotas de malla o se rompían.

Faltaban cincuenta yardas. El comandante del junco vio que algo no iba bien, y gritó órdenes por una trompeta.

—Permaneced escondidos hasta el último momento —le ordenó Vallon a Josselin—. Concentraos en atacar la proa. Wulfstan, prepárate.

El casco del junco ya se cernía sobre ellos. Silbaban muchos virotes. Uno de ellos rebotó en la armadura de Vallon.

La balsa golpeó el junco con un suspiro neumático. Wulfstan y Gorka echaron los garfios por encima de las bordas.

—¡Al Infierno con ellos! —gritó Vallon.

Josselin dirigió el asalto, cubierto por un pelotón de arqueros. Trepó por el costado del junco, agitando la espada como un látigo, hasta que hubiesen abordado el barco más forasteros. Vallon no los siguió hasta que sus tropas hubieron asegurado la cubierta de proa. Desde allí avanzaron hasta la popa. Cada pelotón era como una pieza de una picadora de carne, echando a los piratas hacia atrás. El comandante dirigió un desesperado contraataque: lo hicieron pedazos, junto con tres de sus hombres. Los piratas que quedaron daban vueltas en torno al espejo de popa.

—¡Rendíos o morid! —gritó Vallon. Buscó a Shennu—. Díselo.

Vallon tomó más de treinta prisioneros. En el otro junco, Hauk pasó a cuchillo a todos los piratas.

Vallon intentó detener aquella carnicería.

—¡Necesitarás a algunos para que te enseñen a manejar el barco!

Hauk se pasó una mano por la frente, dejando en ella una mancha sangrienta.

—¡No necesito que ningún maldito pirata chino me diga cómo llevar un barco!

Los forasteros ataron la balsa a la proa del junco. Vallon quería averiguar qué tipo de embarcación había capturado. Un pirata demasiado dispuesto a cooperar le dijo que se llamaba *jifeng*, que significaba «Viento Prometedor», mientras que su barco hermano tenía el incongruente nombre de «Nubes Agradables». El *jifeng* medía más de sesenta pies de largo, y su casco era un estrecho rectángulo con la proa roma y la cubierta de popa inclinada. Estaba equipado con un timón a popa; en su parte media, una tabla en forma de aleta colgaba de cada lado.

—¿Eso qué es? —preguntó Vallon.

—Quillas de deriva —respondió Wulfstan—. Son como quillas ajustables que se pueden usar con el agua poco honda. Los árabes los usan en sus *dhows*.

Vallon le siguió abajo y encontró el camarote del capitán, que tenía el tamaño justo para una litera.

—Un alojamiento muy cómodo —dijo Wulfstan. Se volvió—. Es una embarcación muy resistente, la verdad. Mirad esto. Su casco está dividido en compartimentos. Parecen estancos.

De vuelta en cubierta, Vallon examinó las velas. Estaban construidas con ocho listones de madera forrados de algodón y aparejadas de una forma demasiado complicada para comprenderla.

—¿Crees que podrás hacerla navegar?

—Dadme un día y un par de marineros chinos y podremos llegar hasta Noruega.

—Monta el sifón de fuego griego en la proa y el trabuquete a popa.

Mantuvieron a cinco de los piratas como tripulantes y desembarcaron a los demás. A la mayoría de ellos los habían reclutado a la fuerza, y se sintieron muy contentos, como presos liberados de la cárcel. Tres días más tarde, el río giraba hacia el este a través de unas tierras cultivadas muy pobladas, llenas de campesinos que trabajaban en sus campos, que mostraban ya una capa de un verde pálido que indicaba la pronta llegada de la primavera. La corriente había depositado tantos sedimentos que el nivel del río había crecido quince pies por encima de la llanura. Vallon tenía la impresión de sentirse flotando por encima de un plano elevado.

Los chinos los alcanzaron en Zhenzhong, arrojando una barrera de juncos y cables a través del río. Vallon no ofreció resistencia y permitió al comandante que subiera a bordo. El oficial, joven e incómodo, hizo una tiesa reverencia.

—General, mis órdenes son de escoltaros a Kaifeng.

—El caso es que ya voy navegando hacia allí. Estaré encantado de completar el viaje bajo vuestra protección, aunque debo decir que ya es un poco tarde.

—Este barco ahora está bajo mi mando.

Vallon se acercó al oficial.

—Si queréis tomar el mando de un barco pirata, debéis capturarlo primero. El barco es mío.

—General, debo advertiros de que…

—¿Sí? ¿De que nos vais a llevar de vuelta a Lanzhou?

—General…

—Gorka.

El cabo corrió a llevarle un barril pequeño. Lo abrió y enseñó la cabeza del capitán pirata conservada en sal.

—Respondía al nombre de Pez Dojo —dijo Vallon—. Un extraño nombre para un pirata. Supongo que sabéis que también maté al forajido Lu, *Dos Espadas*.

El oficial se quedó mirando aquella cabeza putrefacta. Sus hombres se asomaron para echarle un vistazo.

Vallon siguió aprovechando su ventaja.

—Llevaos a vuestros soldados de mi barco y estaré encantado de seguir discutiendo este asunto. O bien podéis arrestarme y llevarme a Kaifeng cargado de cadenas, como un delincuente común. Es vuestra decisión.

El oficial habló con sus consejeros, y al final respondió:

—Podéis continuar hacia Kaifeng bajo mi estrecha supervisión. Lo de la propiedad del barco ya se decidirá allí.

Aquella noche, un golpecito en la puerta sacó a Vallon de sus pensamientos.

—Sí.

Lucas abrió la puerta y Vallon notó un nudo en el estómago. Por muchas veces que viera a su hijo, era como si cada vez se enfrentara a un fantasma.

—La capital está a la vista —murmuró el chico, mirando a todas partes excepto a Vallon.

—Ahora voy.

Lucas se volvió y Vallon notó que algo se rompía en su corazón.

—Espera un momento...

Lucas hizo una pausa, con los hombros encogidos, como si esperase un golpe.

Vallon movió la boca. Su garganta se tensó.

—No importa. No es el momento.

Lucas se fue y Vallon se inclinó hacia delante, con las manos en las rodillas, jadeando. Había estado a punto de intentar justificar su crimen: «Tu madre era una adúltera que se deleitaba con la compañía y las caricias de un hombre que me traicionó y que me arrojó a una mazmorra forrada de huesos humanos. Incluso me robó la espada». Vallon desenvainó la hoja y apretó la frente contra el frío acero hasta que se calmó. No, Lucas era inocente, y la inocencia era sagrada. Darse cuenta de que nunca podría buscar la redención a ojos de su hijo hizo que se sintiera fatal.

Se echó agua en la cara y luego subió a cubierta a comprobar que todo estuviera en orden. A través de diez millas de tierras de cultivo planas, vio una mancha color humo en una llanura parda, bajo un cielo sombrío.

—No juzguéis por la primera impresión —dijo Hero, a su lado—. En Kaifeng tienen su hogar más personas que en todo el Imperio bizantino.

Vallon apoyó las manos en la barandilla.

—No es eso.

—Ya lo sé. Es Lucas.

—Tenerlo a mi lado es una tortura. No tengo nada que decirle... No me atrevo a decirle nada. He estado a punto de abrir la boca para compartir con Lucas recuerdos suyos de cuando era pequeño..., la primera espada de juguete que le regalé, el día que le llevé por el jardín montado en una cabra. Luego me he dado cuenta de que todos los recuerdos conducen a un solo hecho, y me han entrado náuseas.

—Tenéis la misma sangre.

—Sí, lo único que tenemos en común es la sangre de mi esposa.

—Le he contado las terribles circunstancias que condujeron a aquel crimen. Dadle tiempo y encontrará valor en sí mismo para perdonaros.

Vallon dio una palmada en la barandilla.

—No lo comprendéis. No quiero su perdón. No soy un mercader intentando aprovecharme de un cliente crédulo.

—Estáis siendo demasiado duro con vos mismo.

—¿Ah, sí? Soy un padre fracasado, tres veces fracasado. Después de Lucas, adopté a Aiken, que casi no pudo esperar a escapar a mis cuidados.

—Gracias a vos, es más feliz de lo que lo había sido jamás.

Vallon no le escuchaba.

—Y, a estas alturas, Caitlin habrá dado a luz a nuestro tercer hijo. Y, sin embargo, pasan los días sin que les dedique un solo pensamiento ni a mi mujer ni a mis hijos.

—En este lado del mundo, todos encontramos remotos los lugares que dejamos atrás. Vuestros hombres os contemplan como a un padre. Mirad hacia atrás, si no me creéis. Les prometisteis traerlos a China, y habéis cumplido vuestra promesa.

XXXVIII

Debieron de emitirse órdenes de controlar a los forasteros en cuanto fuera posible, porque poco después de que el *jifeng* atracase, una columna de funcionarios traídos en literas y flanqueados por un pelotón de caballería e infantería rimbombante entró en el espigón armando un gran estrépito. Vallon y sus hombres principales fueron a la costa a presentar sus respetos.

De un palanquín lleno de dorados y laca salió un caballero que llevaba un traje morado que le identificaba como funcionario del más elevado de los tres rangos de la Administración china. Oscuro, barbudo y con la nariz ganchuda, no parecía un nativo del país. Consiguió sugerir una reverencia sin mover la cabeza. Vallon le devolvió el cumplido con más convicción.

Evidentemente no había demostrado la deferencia suficiente, porque uno de los funcionarios asistentes le reprendió en un tono que le dio dentera. Shennu cayó de rodillas y empezó a golpear la cabeza contra el suelo. Vallon le obligó a levantarse.

—Recuerda tu dignidad.

—Es un funcionario muy importante… Chambelán de la Corte de Recepción Diplomática de la Oficina de Recepciones, bajo el Ministerio de Ritos, una división del Departamento de Asuntos de Estado. Dirige un equipo de veinte eruditos que actúan como intérpretes para los enviados extranjeros. El funcionario que está detrás de él representa al Secretariado, que traduce las cartas que traen esos enviados extranjeros. Serán responsables de nosotros durante nuestra estancia.

—Bienvenidos al Reino Medio —dijo el chambelán—. La noticia de vuestra llegada os ha precedido. He preparado el alojamiento en el que residiréis mientras examinamos vuestras credenciales.

—¿Cómo sabíais que hablo árabe?

—Porque mi trabajo consiste en saber todo lo que puedo de los visitantes extranjeros, antes de que pongan el pie en suelo chino. Desgraciadamente, debido a errores cometidos en otros lugares, tengo escasa información acerca de vuestro rango y los motivos que os han traído hasta aquí. En los próximos días, mis funcionarios los examinarán con todo detalle. Si os preguntáis dónde aprendí a hablar árabe, mis antepasados procedían de Bagdad. La mayoría de los funcionarios de mi departamento tienen raíces extranjeras. Sus familias eran coreanas, japonesas, jitans, uighures... —El chambelán señaló—. ¿Quiénes son esos hombres?

Vallon miró por encima de su hombro y vio a Hauk y su tripulación, que se apoyaban con los brazos extendidos en la barandilla del *Nubes Agradables*.

—Mercaderes vikingos que han unido sus fuerzas con las nuestras. No son miembros de mi delegación, y nuestro acuerdo fue desde un principio que nos separaríamos en cuanto llegásemos a Kaifeng.

—Muy bien. —El chambelán señaló un pelotón de caballería que llevaba una reata de caballos de repuesto.

—Preferiría acudir en mi propia montura —dijo Vallon—. Y tengo que hacer algunas disposiciones para mi barco. —Oyó murmullos de desaprobación entre los funcionarios—. Este viaje nos ha costado casi un año entero. Confío en que no os moleste darme un poco más de tiempo para prepararme.

El chambelán hizo un gesto como de tijera con los dedos: «Que sea rápido».

Los caballos ya estaban ensillados, los soldados prestos y lustrados para el desfile. No les costó demasiado bajar a tierra. Vallon dejó a Wulfstan y a cuatro soldados en el *jifeng*.

—Os relevarán dentro de unos pocos días. Mientras tanto, no dejéis que suba nadie a bordo sin mi permiso.

—Por encima de mi cadáver.

Hauk saludó a Vallon mientras este bajaba a tierra.

—¿Y qué nos va a pasar a nosotros?

Vallon se volvió.

—No lo sé, y la verdad es que no me importa.

—Muy mal por tu parte, Vallon. Sin nuestra ayuda no habrías llegado a China.

Vallon no se volvió.

—Sin vuestra interferencia, Otia y cuatro soldados más todavía estarían vivos.

Montó en su fergana y se fue cabalgando, acompañado por los

abucheos de los vikingos y un estrépito de tambores, gongs y trompetas. Por delante de los forasteros, un soldado llevaba un gallardete con unas palabras en caligrafía china.

—¿Qué dice? —le preguntó Vallon a Shennu.

—Nada importante.

—¿Qué dice?

—Extranjeros que llevan tributos al emperador.

Vallon cogió las riendas.

—Ya me imaginaba que sería algo así.

Tres murallas defendían Kaifeng. Dentro de la primera había una zona tanto agrícola como urbana. Detrás de la segunda, suburbios con las casas tan apretadas unas con otras como los dientes de un peine. Alertados por los tambores y los gongs, sus ciudadanos se agolparon para ver a los extranjeros. Vallon captaba alguna observación de vez en cuando, invariablemente pronunciada en tonos de maravilla y disgusto mezclados.

—¡Mira qué narices tan largas tienen esos bárbaros!

—¡Uf! ¡Mira qué pelo rojo!

La muralla interior estaba cerrada por una puerta enorme, construida en forma de pirámide truncada, con tramos de escalones que se elevaban hasta una torre con el techo abovedado y edificios llenos de soldados. Cuando los forasteros pasaron bajo el arco cuadrado, tuvieron que dejar paso a una caravana de camellos que pasaba en dirección opuesta. Viendo la altiva indiferencia de aquellos animales, los pasos despreocupados y sin embargo decididos de sus camelleros, Vallon sintió una extraña nostalgia del desierto que tanto había luchado por dejar.

Al otro lado de la puerta, la carretera se ensanchaba y se convertía en una avenida de más de un tiro de flecha de ancho, tan amplia que los ciudadanos que iban caminando junto a las arcadas de los comerciantes, en el extremo más alejado, parecían diminutos. Unas barreras pintadas de negro y rojo dividían la carretera, dejando un paso central vacío que Shennu decía que estaba reservado para el emperador. Fila tras fila de tejados con azulejos vueltos hacia arriba creaban una silueta tan ondulante como el mar, rota a intervalos por torres de vigilancia de los bomberos y pagodas coronadas con azulejos amarillos.

Cruzaron canales que contenían lotos, con las orillas repletas de árboles frutales, y pasaron por un puente arqueado sobre un río lleno de barcos de todos los tamaños. La escolta giró hacia la derecha por una avenida muy bulliciosa, atestada de puestos de venta, tiendas, tabernas y figones.

—Qué ingenioso —dijo Hero.

Vallon no veía a qué se refería.

—Ese carrito de mano… —aclaró Hero—. Como lleva una sola rueda delante, resulta muy fácil de maniobrar en espacios pequeños. ¿Por qué no habremos pensado nosotros en eso?

Vallon sonrió.

—Sospecho que te esperan tiempos muy interesantes.

Otro giro los condujo hacia un barrio tranquilo y residencial. La escolta se detuvo ante un complejo tras unos muros altos, de los cuales sobresalían los árboles. Los soldados abrieron recias puertas y Vallon pasó por ellas. Tiró de las riendas, asombrado. Había esperado un cuartel rudo, con alojamientos rústicos.

—¡Es un palacio! —dijo.

El complejo debía de tener más de trescientas yardas cuadradas, subdividido en recintos amurallados ocupados por casas de dos pisos con más ventanas que paredes, y con pantallas de celosía que dejaban pasar el débil sol invernal. Bajo la supervisión del chambelán, el escuadrón de Vallon se fue disgregando hacia los alojamientos que les habían asignado hasta que solo quedó él.

Se abrió la última puerta y entró en un jardín diseñado con líneas muy formales: un huerto de ciruelos y melocotoneros en una esquina, un bosquecillo de bambúes detrás de unas rocas que se habían dispuesto para que pareciesen una montaña, un jardín de agua con un estanque sobre el cual cruzaba un puente ornamental, una zona de césped con una glorieta artísticamente situada de modo que ofrecía vistas de los distintos paisajes.

El sol se estaba poniendo detrás de los muros de tierra apisonada. Sus rayos iluminaban un pabellón como de cuento de hadas con las paredes y el tejado de color bermellón y oro.

El chambelán se asomó desde su litera.

—El Palacio de la Paz y la Amistad, reservado para honorables delegaciones extranjeras. Vos sois el primer huésped que lo ocupa desde hace ocho años, así que perdonadme si no lo encontráis todo a vuestra entera satisfacción. Si algo os disgusta, decídselo al mayordomo. Él procurará corregir todas las deficiencias.

—Estoy seguro de que servirá a mis necesidades.

Un ejército de sirvientes permanecía de pie junto a la casa. Se arrojaron todos al suelo y golpearon las frentes en él cuando el chambelán descendió. Él los ignoró y condujo a Vallon a la casa, señalándole esta y aquella habitación, explicándole las funciones de los diversos lacayos que se escabullían a su lado con expresiones casi frenéticas por el deseo de complacer.

Unos paneles pintados con paisajes y escenas naturales decoraban las habitaciones. Vallon se sintió demasiado grande y demasiado rudo para la casa. Le parecía que podía tirar las paredes con un movimiento torpe. El último resplandor del sol iluminó una ventana que por cristal tenía un papel aceitado. El humo de un brasero de carbón le aturdía. Dio un breve paso para recuperar el equilibrio y se llevó la mano a la frente.

—Ha pasado mucho tiempo desde la última vez que dormí bajo techo.

El chambelán puso una mano en el brazo de Vallon.

—Descansad tanto como queráis. Nadie os molestará hasta que os hayáis recuperado de vuestro viaje.

Vallon pasó un día entero durmiendo. Se despertó sintiéndose saturado hasta la médula, bajo las ansiosas miradas de cuatro sirvientes.

—¿Qué estáis haciendo aquí?

—Vuestro espíritu estaba flotando. Pensábamos que podía abandonaros.

Vallon se incorporó. Notaba la lengua pastosa y áspera, y el estómago vacío.

—Traedme agua.

Un sirviente salió corriendo y volvió con un aguamanil de bronce. Vallon bebió a placer, observado por los criados, que parecía que no hubiesen visto beber nunca a un hombre.

Vallon se secó la barbilla.

—Dejadme mientras me visto.

Les costó un poco alejarse. Aun así, solo fueron hasta la puerta, robando algún vistazo de vez en cuando como si tuvieran miedo de que Vallon pudiera desaparecer en su ausencia.

—Necesito un poco de aire fresco.

Seguido por los criados, fue paseando por los jardines. Se paró a escuchar a un pájaro, cuya familiar canción parecía que procediera del otro extremo del mundo. Estaba hambriento cuando volvió a la casa, y preguntó si podía comer.

El mayordomo se encargó de todo.

—¿Qué comida os daría más placer?

Durante los cuatro últimos meses, Vallon había subsistido a base de caldo, *tsampa* y fideos.

—No soy remilgado. Lo que hayáis preparado.

Pasaron siglos antes de que un turno de criados entrara con bandejas llenas de exquisiteces. El mayordomo levantaba cada tapa, sucesivamente: patas de oso marinadas en pasta de bayas de soja fermentada, ratas de bambú estofadas con jojobas, larvas de avispón asadas con sal…

Vallon se decidió por el cordero con nabos.

Se durmió otra vez antes de que cayera la noche, se despertó al amanecer, y estuvo practicando la esgrima hasta que acabó completamente sudado. Se volvió hacia el servicio, siempre atento.

—Necesito un baño.

Los sirvientes se miraron unos a otros.

—¿Un baño?

Vallon examinó sus rostros.

—¿Os bañáis en China?

Después de insistir en que podía lavarse él mismo, sin ayuda, se le permitió introducirse en una bañera perfumada con madera de sándalo y ginseng. Descubrió otra cosa sobre la higiene personal china: se aliviaban en retretes y se limpiaban con papelitos sujetos a la pared en forma de hojas sueltas.

A la mañana siguiente, oyó que se acercaban carruajes por el exterior de la casa. El mayordomo le apartó de la ventana y le hizo sentar en una silla que era como un trono. El alojamiento se llenó de gente, hasta la antecámara. Por sus risitas y sus codazos, Vallon supuso que sus visitantes no eran funcionarios del Estado.

Una docena de mujeres entraron en la habitación deslizándose o tambaleándose, mirando al suelo, altas y bajas, regordetas y esbeltas, blancas y morenas. Una se había depilado las cejas y había creado otras artificiales que eran como las alas de una mariposa en su frente. Otra se había embadurnado con tanta pintura blanca y maquillaje rojo que su rostro parecía la máscara de un actor. Bálsamos, clavos de olor y áloe perfumaban el aire.

—¿Qué demonios está pasando aquí? —dijo Vallon, aunque sabía bien la respuesta.

El mayordomo hizo una reverencia.

—Un hombre necesita una consorte para mantener la armonía de mente y cuerpo. Por favor, elegid… una o varias.

—No quiero ninguna mujer.

Gran consternación. A una orden del mayordomo, un sirviente se llevó a las concubinas y otro lacayo introdujo a media docena de jovenzuelos sonrientes.

Los ojos de Vallon se entrecerraron hasta convertirse en estrechas rendijas.

—Sacadlos de aquí. No quiero mujeres. No quiero hombres ni chicos. Lo único que quiero es paz.

Hubo una gran desilusión por parte de los chinos. El mayordomo despachó a un sirviente. Tras unos momentos vio a Shennu.

—General, sería muy descortés rechazar a una concubina. Vuestros hombres ya han elegido compañeras. Sean cuales sean vuestras tendencias, no seáis tímido en vuestra demanda.

Vallon se sonrojó de ira.

—¡Que se los lleve el diablo! Siguen jurando que satisfarán todos mis deseos…, excepto el deseo de que me dejen en paz.

—Si tomáis una consorte, ella os protegerá de toda molestia. No tenéis que yacer con ella.

Vallon miró hacia la cámara.

—Muy bien, pues traedme a una dama tranquila, que sepa hablar mi lengua. —Viendo la mirada de alarma del mayordomo, Vallon siguió—: No me digáis que en todo el imperio Song no hay ni una sola mujer que hable griego…

—Nosotros hemos dominado todas las lenguas conocidas.

—Entonces traedme a una mujer con la que pueda conversar. Solo los animales copulan sin intercambiar palabra. Yo no soy un perro en busca de perra.

Un error en la traducción causó confusión.

—¿Queréis un perro? —dijo el mayordomo, con educada repugnancia.

El rugido de Vallon hizo saltar a todo el mundo.

—¡Traedme a una mujer que sepa hablar griego! —En el último momento, decidió que había bajado demasiado sus exigencias—. Preferiblemente que no sea demasiado fea.

Estaba dormido en su sillón cuando volvió el mayordomo, que hizo entrar a tres mujeres como si fueran ratones. Vallon parpadeó al verlas. Una era achaparrada y picada de viruelas; otra estaba casi catatónica por el terror. Al poner los ojos en la tercera, Vallon se irguió. Alta y esbelta, tenía los pómulos altos, una nariz pequeña y respingona y los ojos almendrados de los turcomanos, pero sus facciones bien cinceladas y el delicado óvalo de su rostro sugería que sus antepasados procedían de Occidente, de Persia quizá, o de Circasia. Su piel era más clara que la de Vallon, de un luminoso tono dorado, realzada por un pelo liso y de un negro azulado, peinado hacia lo alto de su cabeza y sujeto con peinetas de marfil.

—*Hellenika legete?* —preguntó él—. ¿Hablas griego?

—*Eulogemenos ho erchomenos en onamati kyriou.*

Vallon reconoció la cita bíblica con cierta sorpresa: «Bendito sea aquel que viene en nombre del Señor».

Se volvió al mayordomo.

—Esta dama será una compañía excelente. Gracias por vuestra ayuda. Ahora dejadnos.

Suspirando de alivio, el mayordomo se llevó a su personal de allí. Vallon se sentó y se quedó mirando a la mujer, consciente de que las paredes eran demasiado finas para evitar que los que les acechaban oyeran su conversación.

—Supongo que te han enviado para que informes de todo lo que digo y hago —dijo en griego.

La cara de ella adoptó una expresión acorralada.

—*Ti esti to onoma sou?* —dijo él.

La chica lanzó miradas desesperadas a su alrededor, como buscando una salida.

—*Eulogemenos ho erchomenos en...*

Lo intentó de nuevo y recibió la misma respuesta.

—Es la única frase que sabes en griego —dijo Vallon.

Se dejó caer en su silla, se cogió una mejilla con la mano y empezó a retorcerse de risa. Se detuvo cuando vio las lágrimas que brillaban en los ojos de la concubina. Se levantó y le cogió las manos.

—Tú no hablas griego, así que tendremos que intentarlo con mi atroz chino. Te he preguntado tu nombre.

—Qiuylue —susurró ella.

—Luna de Otoño —dijo Vallon—. Te va bien. —Pensó en la luna de la cosecha, elevándose entre la niebla vespertina.

Qiuylue se sonrojó.

—Sois muy amable al ignorar mis espantosos desfiguramientos.

Vallon retrocedió.

—¿Desfiguramientos?

—Mi edad y mi altura. Mis torpes manos y mis desgarbados pies. Me sorprende mucho que no eligierais a una de las doncellas del Pabellón de los Sauces.

—¿Qué edad tienes?

Qiuylue dudó.

—Veintiséis años.

Vallon habría supuesto que era varios años menor, y supuso que ella habría quitado unos cuantos años a su edad real. Su fina estructura ósea preservaría su belleza hasta que fuera una anciana.

—No eres más alta que muchas de las mujeres de mi país. Tus manos son muy elegantes. En cuanto a los pies, sean del tamaño que sean, los prefiero a esos muñones y a la forma de andar tambaleante de esas mujeres cuyos pies fueron vendados desde el nacimiento. Soy yo quien debo disculparme por imponer un soldado canoso a una mujer tan joven y bella como tú.

Ella habló como si repitiera palabras aprendidas de memoria.

—La juventud pasa. La belleza se desvanece. La sabiduría y el valor nunca mueren.

—No tienes nada que temer. No tengo intención alguna de imponerte mi presencia. Estoy casado y tengo hijos. En mi país, permanecemos fieles a nuestras esposas. O al menos lo intentamos. Y ahora, si me perdonas, desearía tomar un baño.

Ella se llevó la mano a la boca.

—¿Os bañáis en agua?

—Pues claro que sí. En mi país tengo una casa de baños que uso cada dos o tres días. ¿Por qué me miras tan sorprendida?

—Me habían dicho que los bárbaros occidentales no se bañaban nunca. Mi propia gente, los jitans, son ajenos al agua desde su nacimiento. Hasta que vine a China, no aprendí los beneficios saludables del agua.

Vallon se colgó una toalla del hombro.

—¿Cada cuánto tiempo os bañáis?

—Cada diez días, en las fiestas oficiales. —Qiuylue debió de notar el ceño fruncido de Vallon—. Me he bañado hoy, cuando me han ordenado... —Su rostro se contrajo—. Cuando he sabido el honor que me había otorgado el chambelán.

—¿Qué circunstancias te han traído a China?

Ella bajó la vista, avergonzada. Vallon levantó la barbilla.

—Somos extranjeros, así que debemos mostrarnos abiertos el uno con el otro. —Sirvió una copa de vino—. Toma. Te ayudará a relajarte.

Ella ignoró la copa.

—Yo era la hija más joven de un jefe de clan que servía en la corte jitán de Liao. Hace siete años, llegó una delegación militar a la corte. Entre ellos había un oficial que me admiraba y que deseaba tomarme como mujer. Mis padres pensaron que sería un buen enlace. Solo cuando llegué a la casa de mi futuro marido descubrí que ya estaba casado. Su esposa no me quería. Ella tenía buenos contactos, y obligó a su marido a echarme de la casa. Después...

—No tienes que contarme nada más —dijo Vallon—. Hablaremos de otras cosas cuando me haya bañado.

Ella le siguió hacia el baño y echó a tres sirvientes que esperaban para atender a Vallon. Cuando ellos se hubieron ido, ella se quedó.

—Puedes irte tú también —dijo Vallon.

—Pero mi deber es serviros siempre.

—Tu deber no se extiende a ver cómo me lavo.

—Si no queréis que os toquen mis manos, permitidme cantar al menos mientras os bañáis.

—Preferiría quedarme solo.

Qiuylue se mostró más agitada.

—Si me echáis, los sirvientes pensarán que os desagrado, y me veré deshonrada.

Vallon estaba perdiendo todo interés por tomar un baño.

—Está bien. Siéntate ahí.

Se quitó la túnica y se metió en la bañera. Qiuylue se quedó muy compuesta en una silla de una esquina, tocando un laúd. Empezó a cantar una tonada nostálgica. La canción y el agua caliente fueron adormeciéndole. Se echó de espaldas, agarrado a los lados de la bañera, con los ojos cerrados.

Cuando los abrió, Qiuylue le miraba.

—Estáis muy delgado. Vuestro cuerpo apenas arroja sombra.

Tomando esto como una crítica a su aspecto físico, Vallon se puso a la defensiva.

—¿Y qué esperabas? Llevo casi un año viajando sin descanso.

—Bajo mis cuidados os pondréis más gordo.

—Sí..., bueno..., ya veremos.

—Vuestro pájaro escarlata es muy grande —dijo ella, con total naturalidad.

—¿Mi qué?

Ella señaló.

—Mejor para vos.

Vallon se tapó el paquete.

—Espero que no te ofenda.

—Deberíais estar orgulloso de él. Engendrará muchos hijos.

—Tengo dos hijas —dijo Vallon—. Gracias a la misericordia de Dios, habrá otro niño cuando vuelva a casa. —Entonces se acordó de Lucas—. También tengo otro hijo que sirve en mi compañía.

—Ah.

Cenaron juntos en silencio.

Vallon dejó a un lado los palillos.

—No puedo usar esas cosas. Parecen pensadas para interponerse entre un hombre y su comida.

Qiuylue se levantó.

—Dejadme que os ayude...

—¡Siéntate!

Qiuylue se sentó como si la hubiera alcanzado un rayo.

Vallon cogió aliento con fuerza.

—Me disculpo por haber levantado la voz. Tengo que dejarte algo bien claro. No soy un niño que necesita que lo vistan y lo laven, y a quien le deben dar de comer. Por favor, respeta la madurez de mis años, igual que yo respeto..., bueno, como te respeto yo a ti. —Cambió de tema—. He recorrido el territorio jitán en mi viaje por el río Amarillo. Me gustaría saber más de tu gente.

Por Qiuylue supo que los jitans habían creado un imperio llamado Liao al norte del río Amarillo. Habían adoptado el sistema de gobierno chino, y fingían ser tributarios del Reino Medio mientras aceptaban generosas propinas a cambio de no saquear los territorios fronterizos chinos.

Mientras cenaban, hubo que ocuparse del problema de la cama. Vallon se impuso.

—Todavía estoy muy cansado del viaje y deseo dormir solo. Por favor, no te ofendas. Hay otra cama en la habitación de al lado.

Qiuylue juntó las manos y se retiró.

Cinco noches más tarde, Vallon se retiró a su dormitorio y vio que la luz de la luna se filtraba por la ventana. Una joven estaba metida en su cama con la sábana subida hasta la barbilla. Le dirigió una sonrisa coqueta. Apenas pudo contener su irritación.

—¿Qué estás haciendo?

La chica le enseñó los pechos.

—Me manda la señora Qiuylue. Ella dice que no es adecuado que un hombre duerma solo.

Vallon siguió hablando con tono amable.

—Vístete y ve a hablar con la señora. Dale las gracias por su consideración y pídele que venga a verme.

Estaba mirando la luz blanquecina que incidía en los azulejos de los otros edificios y que entraba por la ventana cuando Qiuylue entró.

—¿Estáis enfadado conmigo?

—No —dijo él. Señaló hacia la luna—. Qué tranquilo está todo.

Ella se unió a él. Podía oler su perfume. Entonces la chica dijo, como si hablara para sí:

> Viendo un brillo a los pies de mi cama,
> lo tomé por escarcha en el suelo.
> Me levanté a mirar, y era la luz de la luna,
> al recostarme otra vez, pensé en mi hogar.

—Eres poetisa —dijo Vallon.

—Oh, no. Yo no he compuesto ese verso.

Vallon dejó los postigos abiertos.

—Si tengo que compartir el lecho, preferiría compartirlo contigo.

Consiguieron desnudarse y meterse entre las sábanas sin mirar cada uno la desnudez del otro. Echado junto a Qiuylue, sin tocarla, Vallon notó como si lo estuviera triturando un rodillo. Poco a poco, sus músculos se fueron relajando.

—¿Se besan los chinos?

—¿Besarse?

—Ya sabes…, cuando un hombre y una mujer juntan sus labios como preludio a hacer el amor. Te lo pregunto porque he visto que un hombre y una mujer tibetanos se frotan la nariz. No veo que eso produzca mucho placer.

—Pues claro que nos besamos. ¿Quieres que te bese?

—Por una vez, déjame que tome yo la iniciativa.

Pasó el brazo por debajo del hombro de ella y la atrajo hacia sí.

—Suéltate el pelo.

Ella se deshizo el peinado y sacudió la cabeza. La caricia de sus trenzas en su pecho hizo que Vallon cerrara los ojos. Atrajo la cara de la chica hacia sí. Sus labios se encontraron, se ajustaron, se apretaron con más fuerza. Luego se fundieron en un abrazo.

XXXIX

Cada mañana, unos funcionarios de la Corte de Recepción Diplomática visitaban el Palacio de la Paz para interrogar a Vallon y a Hero sobre Bizancio. ¿Cuánta gente vivía en Constantinopla? ¿Cómo estaba organizada la sociedad bizantina? ¿Había un código para el vestir? ¿Qué comía la gente? ¿Quiénes eran los aliados del imperio, y quiénes sus enemigos?

Si no era la Corte de Recepción Diplomática, era el Departamento de Armas, responsable de hacer mapas, que exigía que se le dieran todos los detalles de la topografía y las condiciones que había encontrado la expedición.

Al cabo de unos días de llegar a Kaifeng, el hielo había dejado el *jifeng* congelado en el amarradero. Ahora empezaba a soltarse y a alejarse flotando en grandes bloques de un amarillo sucio. Aparecían yemas en los árboles, y las calles congeladas se convirtieron en barro. Cuando el chambelán visitó a Vallon, el general mostró su impaciencia.

—Llevamos dos meses en Kaifeng. ¿Cuándo nos vamos a reunir con el emperador?

—Pronto, confío. Todo va por buen cauce, sin complicaciones.

Vallon se habría vuelto loco por el retraso si no hubiera tenido a Qiuylue, que le confortaba. Por muy frustrante que hubiera sido cada día, su espíritu se animaba cuando cerraba la puerta a los funcionarios y se quedaba solo en su compañía.

—¿Por qué me miras así? —le preguntó ella una noche.

—Estaba pensando lo mucho que me gustas.

—Me alegro de hacerte feliz.

—Más que gustar.

Ella se echó a temblar.

—Por favor, no digas esas cosas.

El primer día cálido del año, estaba con Qiuylue por el jardín, admirando las flores de los melocotoneros, cuando vio que por el otro lado se acercaba Lucas, acompañado por una hermosa muchacha china que apenas le llegaba al pecho. Las dos parejas se detuvieron. Como por tácito acuerdo, Vallon y Lucas habían conseguido evitarse el uno al otro desde que llegaron a la capital.

El general dio el primer paso.

—Buenos días.

—Buenos días, señor. Perdonadme si he entrado sin permiso. La puerta estaba abierta y…

—No importa. Confío en que tu alojamiento sea satisfactorio. Lucas no consiguió evitar echar una mirada a la chica.

—No podría pedir uno mejor.

Se quedaron uno frente al otro, violentos, las dos mujeres mirándose la una a la otra disimuladamente.

Vallon tosió.

—Permíteme que te presente a la señora Qiuylue. Me está ayudando a aprender la lengua y las costumbres chinas. Señora, este es mi hijo, Lucas.

Qiuylue hizo una reverencia, con mucha gracia, y Lucas se la devolvió con caballerosidad.

—¿Puedo presentaros a Xiao-Xing, Estrella de la Mañana? Yo también intento familiarizarme más con el chino.

Vallon estaba seguro de que Xiao-Xing era la chica que había encontrado en su cama a la luz de la luna.

—Excelente, sí, bueno… —Se frotó las manos—. La primavera ya está en el aire, decididamente.

—Sí, señor.

—El chambelán vino ayer con la noticia que estábamos esperando. Dentro de tres días el emperador Shenzong nos recibirá en palacio. Vendrás conmigo.

—Muy honrado, señor.

—Como mi hijo.

—Sí, señor.

—Hero y Aiken también vendrán. Como un simple general no puede contar con el respeto del emperador, me he nombrado duque a mí mismo, y he conferido los títulos apropiados a los demás oficiales. Te nombro conde. Asegúrate de que tu aspecto hace honor a tu título. Que los sirvientes pulan bien tu armadura, hasta que quede brillante como un espejo. No tengo que decirte lo importante que es causar una impresión deslumbrante.

—No, señor.

—No hay necesidad de que te dirijas a mí de una manera tan formal. Si no puedes llamarme «padre», me contentaría con que me llamaras por mi nombre.

La cara de Lucas traicionó el torbellino de emociones que sentía.

—No puedo. —Se volvió y se alejó con la chica.

—Alguna vez tendremos que enfrentarnos con el pasado… —le dijo Vallon.

Lucas corrió con la chica hacia la puerta.

—¿Qué pasa? —preguntó Qiuylue—. ¿Por qué te has puesto pálido?

Vallon vació sus pulmones.

—Yo maté a su madre delante de él.

Qiuylue se quedó conmocionada. Vallon le cogió el brazo y la condujo a la glorieta. Mirando hacia el jardín, se lo contó todo.

Cuando hubo terminado, ella se quedó quieta un momento.

—No veo motivos para que tengas que atormentarte.

Vallon meneó la cabeza.

—Hasta que apareció Lucas, había enterrado el pasado, más o menos. Verle es como reabrir una tumba. Lo que más me atormenta es la espantosa idea de que, hoy en día, me sentiría más tranquilo si también hubiera matado a Lucas.

Qiuylue le besó en la mejilla.

—Él no estaría aquí si no hubiera querido hacer las paces contigo.

—¿Eso crees?

—Sí. Se parece mucho a ti.

Vallon negó con la cabeza.

—No, y eso es lo que más duele. Tiene los mismos ojos que su madre. Y cada vez que lo miro, la veo a ella.

El chambelán y sus oficiales pasaron los dos días siguientes enseñando a los enviados el protocolo imperial.

—El día de la presentación yo os conduciré a palacio y entraré delante de vosotros a la cámara occidental, fuera de la sala del trono. Cuando el emperador haya tomado asiento, yo os llevaré en presencia de su majestad. Vosotros tendréis que permanecer de pie en silencio, mientras el vicedirector del Secretariado y sus funcionarios se acercan para recibir vuestras cartas credenciales y de Estado. Las colocarán en bandejas y las leerán ante el trono. Si el emperador no pone objeción, yo recibiré vuestro tributo y lo colocaré en la mesa para que lo examine, si así lo decide.

—Esperad un momento —dijo Vallon—. ¿He oído la palabra «tributo»?

—Tributo, regalos... La diferencia no importa.

—Sí que importa. Los tributos los ofrecen los Estados que están sometidos. Los regalos se intercambian entre iguales. Los tesoros que traemos son regalos de parte de su majestad imperial Alejo I Comneno.

—Le comunicaré al emperador todos los hechos relevantes.

—Aseguraos de decirle que ha sido la expedición bizantina la primera que ha conseguido llegar hasta China, y no al revés.

—China no tiene necesidad alguna de ir a buscar Bizancio.

Hero tiró de la manga de Vallon.

—Tenéis muchas habilidades, pero la diplomacia no es una de ellas.

—Bueno, sigamos —continuó el chambelán—. Cuando el emperador haya recibido vuestras cartas y vuestros regalos, os invitará a acercaros. Cuando lleguéis al lugar señalado, tenéis que postraros ante él.

Uno de sus oficiales de menor rango se lo demostró: se arrodilló tres veces desde su postura erguida y tocó el suelo con la frente en sendas ocasiones con cada postración.

—No pienso ponerme a cuatro patas como un perro —dijo Vallon a Hero. Miró con seriedad al chambelán—. Honraré a vuestro emperador exactamente como honro al mío: arrodillándome con la cabeza inclinada en señal de respeto.

Suspiros de desaliento. El chambelán y su séquito se retiraron para discutir y volvieron con una postura bastante inflexible.

—Ningún embajador de un país extranjero puede acercarse al emperador y no hacer las reverencias estipuladas.

—Si mi gobernante estuviera aquí en persona, ¿esperaríais acaso que se rebajase de esa manera tan servil?

—Vos no sois el emperador de Bizancio.

—Pero represento a mi soberano. Vuestro emperador debería mostrarme tanto respeto como si fuera el mismísimo Alejo quien estuviera ante él.

—¿Acaso Alejo os trata como si fuerais un igual?

Vallon no pudo evitar la trampa.

—No, claro que no.

—Entonces, ¿por qué nuestro emperador no debe trataros a vos de manera similar? Vos no encarnáis a vuestro soberano. Simplemente sois su honrado mensajero.

Vallon empezó a sudar.

—Si rebajo mi dignidad, estoy rebajando también la del emperador de Bizancio.

—No podéis regular la etiqueta del palacio de Kaifeng ni la de Constantinopla. Nuestros príncipes de sangre hacen las reverencias de rigor ante el emperador. Mis hijos me muestran el mismo respeto. Por tanto, vos debéis hacer lo mismo. Si no lo hacéis, os estáis elevando por encima de nosotros.

—Supongamos que los lugares estuvieran cambiados, y vosotros mandaseis enviados chinos a Bizancio...

—No solo harían reverencias a vuestro emperador, sino que también quemarían incienso ante él, como lo harían ante sus dioses.

—¿Acaso no se ha negado ningún enviado extranjero a hacer las reverencias?

—Varios se han resistido. Sin excepción, el razonamiento los ha convencido de su error. —El chambelán levantó una mano y un funcionario colocó un pergamino ante él. Lo desenrolló—. En el segundo año de reinado del emperador Xuan Zong, es decir, hace trescientos setenta años, un enviado árabe del califa insistía en que él solo se postraba ante su dios. Después de persuadirle cortésmente, se postró de la manera prescrita. —El chambelán cogió otro pergamino—. Aquí tengo otro precedente que atañe mucho más de cerca a vuestra situación.

—¿Cuál es?

—Vos decís que los bizantinos son herederos legítimos de los romanos. Y os llamáis ciudadanos de Roma.

—De ascendencia directa.

—Entonces os interesará saber que, hace mil años, unos embajadores enviados por un soberano romano llamado Antonino realizaron las obediencias necesarias ante el emperador chino.

Vallon miró a Hero.

—¿Hace mil años? No puede ser cierto.

—Mi conocimiento de la sucesión imperial romana es deficiente, pero recuerdo que el emperador Antonino reinó más o menos por esa época. Si nosotros hemos podido llegar a China, no veo motivo alguno por el que los romanos no pudieran haber hecho lo mismo.

Vallon reemprendió el debate con el chambelán sobre un terreno menos firme.

—He perdido a muchos hombres valientes en este viaje. No quiero rebajar su sacrificio mostrándome adulador.

—Por favor. Al presentar vuestros respetos siguiendo las costumbres del Reino Medio, hacéis vuestras costumbres mucho más sagradas. Todo homenaje que rindáis a nuestro soberano es apropiado, y será devuelto.

Viéndose acorralado, Vallon hizo un último esfuerzo.

—¿Y si me niego?

—A menos que accedáis a seguir el protocolo, cancelaré la audiencia y abandonaréis China inmediatamente.

Vallon buscó el consejo de sus colegas.

—¿Qué debo hacer?

—Acceder —dijo Hero.

—Supongo que si me pidieran que besara el culo de Shenzong, también tendría que hacerlo.

Aiken lanzó un suspiro. Se había vuelto mucho más sincero desde que se apartó de la sombra de Vallon.

—No os están pidiendo que le beséis el culo al emperador.

—Casi... —dijo Josselin—. Se están marcando un farol.

—No es ningún farol —apuntó Shennu—. Nadie puede acercarse al emperador sin rendirle pleitesía. Su majestad quedaría desprestigiado. Eso es algo impensable.

Vallon se encontró mirando a Lucas.

—¿Qué dices tú?

—Creo que no tenéis mucha elección. Ser expulsado de China sin poder llevaros nada puede ser una píldora mucho más amarga de tragar.

—Alejo no se sentiría contento de saber que su embajador se ha postrado ante el emperador de China.

—No tenéis que contárselo. Decidle simplemente que seguisteis el protocolo necesario.

—Tengo una sugerencia —dijo Aiken—. Realizad la reverencia. Al mismo tiempo, rezad al Todopoderoso, y concluid haciendo la señal de la cruz.

Shennu sintió que la ansiedad se apoderaba de él.

—El chambelán no accederá.

Vallon miró a los funcionarios que estaban al otro lado de la habitación.

—No se lo diré.

Vallon consiguió despedir cortésmente a los funcionarios y retirarse a su dormitorio. Gritó a sus sirvientes que le dejaran solo y no le molestaran. La cabeza le latía con fuerza y se echó en la cama.

La oscuridad llenaba la habitación cuando Qiuylue se deslizó a su lado.

—Ya sé que has dado órdenes de que no entrase nadie, pero estoy preocupada por ti.

—Por el amor de Dios... —exclamó Vallon—. La orden no iba contigo. —Vio que Qiuylue vacilaba—. Perdona mi rudeza. Todas esas bufonadas ceremoniales me vuelven loco.

Qiuylue le cogió la mano. Desde que había sabido que el emperador recibiría a su amante, trataba a Vallon como si fuera semidivino.

—No puedo creer que mañana vayas a conocer al emperador... Qué honor tan grande. Debes contarme todos los detalles de la audiencia.

—Si fuera por mí, vendrías conmigo.

Qiuylue dio un respingo y se tapó la boca.

Sin querer, empezó a compararla con Caitlin. Eran muy distintas, y, sin embargo, las amaba a las dos. Al darse cuenta de ello sintió una punzada de dolor. Sabía con dolorosa certeza que ya había perdido a Caitlin, y que él y Qiuylue jamás tendrían la oportunidad de encontrar una felicidad duradera.

El emperador se levantaba muy temprano. Empezaba a despachar sus asuntos de Estado mucho antes de que se hiciese de día. No había pasado mucho rato desde el amanecer cuando el chambelán apareció con una tropa de caballería y una flota de palanquines para transportar a los enviados a palacio. Esperando junto al pabellón, Vallon vio a Lucas y experimentó otra punzada. El joven era tan alto como él mismo y ya más ancho de hombros, pero no era su estatura lo que impresionaba. En los últimos meses, había abandonado por completo su torpeza campesina. Ahora, ataviado con una armadura resplandeciente, parecía un joven dios. La oleada de orgullo paterno fue cediendo y se convirtió en amargura. Lucas nunca le trataría como a un padre, sino solo en los términos más formales. ¿Cómo podía ser de otro modo?

Vallon subió a la litera que iba en cabeza, junto a Lucas. Ocho porteadores uniformados la levantaron sobre sus hombros y salieron corriendo del complejo. Vallon miró hacia fuera; las calles estaban igual que todos los días.

—Parece que no nos merecemos una procesión triunfal.

—El emperador no quiere prepararnos un recibimiento demasiado grandioso antes de saber cómo resultará la audiencia.

Vallon movió su espada.

—Parece que tienes una buena cabeza encima de esos hombros tan anchos.

Durante el resto del viaje, en el ambiente flotaron palabras que ninguno de los dos se atrevió a pronunciar. Vallon bajó muy aliviado y miró la escalinata que ascendía hacia las puertas del palacio, cada escalón ocupado por soldados que llevaban estandartes.

El chambelán y sus oficiales formaban delante, y precedieron a los enviados a una antecámara donde todo el mundo esperaba de pie, con la mirada levantada, como si esperase oír resonar un trueno.

—No me importa admitirlo —confesó Vallon—. Estoy nervioso.

Resonaron los gongs y un redoble de timbales captó la atención de los funcionarios.

—El emperador se ha sentado en el trono —dijo el chambelán a Vallon—. Debo insistir en que observéis los procedimientos correctos.

—Sigamos.

Las puertas se abrieron. Vallon entró en la sala del trono, entre filas de soldados y aristócratas. En el otro extremo, el emperador relucía como el sol. Vestido de seda amarilla cubierta de brocado de oro, con las manos juntas, estaba sentado en un trono de laca roja decorado con remates de cabeza de dragón. Tenía los pies, calzados con zapatillas, apoyados en un taburete. En lugar de la corona que esperaba Vallon, llevaba un sombrero negro como de clérigo, con el borde tieso vuelto hacia arriba, y una varilla horizontal sobresaliendo de la espalda.

El chambelán se detuvo a unas veinte yardas del trono. Él y su séquito fueron cabeceando y apartándose. Vallon estaba tan cerca ya que vio que Shenzong tenía la cara muy gruesa por la parte de abajo, la mandíbula más ancha que la frente, un bigote un poco triste y una barbita rala. La impasibilidad era algo natural en él. Cuatro lacayos sostenían unas banderas rectangulares por encima de su cabeza. Frente a él, a un nivel inferior, estaban de pie la familia imperial y los ministros de primer rango.

Cuando se hubieron leído las cartas de los enviados y colocaron sus presentes sobre una mesa amarilla, el chambelán hizo señas a Vallon de que se adelantase.

—El emperador consiente graciosamente en recibiros. Por favor, observad el protocolo.

Vallon miró a sus hombres.

—Ya sabéis lo que hay que hacer.

Con un movimiento que habían practicado muchas veces, los forasteros realizaron las postraciones y entonaron al mismo tiempo el *Kyrie eleison,* y acabaron levantando los ojos al cielo y santiguándose.

Los respingos de la corte aumentaron hasta convertirse en murmullos de indignación. Los bárbaros habían insultado al emperador. El chambelán dio con el pie en el suelo delante de Vallon.

—Habéis roto vuestra palabra.

—Por el contrario. Como vuestro emperador gobierna por mandato celestial, no podéis objetar nada si nosotros dirigimos nuestras plegarias al Todopoderoso que bendice nuestros dos reinos.

La sala se fue quedando en silencio. Los vapores de los cuencos de incienso se elevaban en el aire. Un diminuto gesto de Shenzong hizo respirar con alivio al chambelán.

—El emperador ha decidido pasar por alto vuestra conducta grosera, teniendo en cuenta que no estáis familiarizados con las costumbres de palacio.

Shenzong examinó los retratos de Alejo y de la emperatriz bizantina. En su cara apareció un parpadeo de diversión.

—Su majestad imperial dice que vuestro gobernante es muy peludo.

—En Bizancio, una barba espesa es señal de fuerza y virilidad.

Exclamaciones de desaprobación indicaron que eso se podía tomar como un comentario insultante sobre la masculinidad de Shenzong.

—Su majestad imperial pregunta mediante qué mandato gobierna vuestro emperador.

—Mediante el derecho de descendencia ininterrumpida de los césares, por la afirmación de sus nobles y ciudadanos, y por la gracia de Dios Todopoderoso, que le ha nombrado representante suyo en la Tierra.

Siguieron unas cuantas preguntas más concernientes a la ruta que había tomado Vallon. Luego el chambelán dijo:

—Su majestad imperial se alegra de que vuestro soberano le envíe su amistad. Espera que vuestra estancia sea muy placentera, y os desea un regreso seguro a vuestra tierra.

Vallon miró a Shenzong. La cara del emperador se mostraba abstraída.

—¿Eso es todo?

—La audiencia ha concluido —dijo el chambelán.

Después de salir de la sala del trono, Vallon dejó escapar una risa hueca.

—¿Cruzamos el mundo entero... para esto? Unos pocos momentos postrados ante un hombre que parece aburrido hasta la náusea.

—Es una actitud fingida —apuntó Hero—. Me imagino que en público no cambia nunca. Los chinos le llaman «el hombre solitario», y entiendo por qué. Debe de ser el hombre más solo de toda la Tierra.

Apareció un funcionario.

—El primer ministro quiere deciros unas palabras.

Vio acercare a un caballero bastante desaseado, de unos sesenta años, rodeado de un grupo de funcionarios.

—Es Wang Anshi —dijo Hero—. El consejero más cercano del emperador.

Vallon hizo una cautelosa reverencia. Wang Anshi se la devolvió. Sus párpados caídos y las bolsas que tenía bajo los ojos le hacían parecer agobiado. Al mismo tiempo, su rostro proyectaba inteligencia y buen humor. Despachó a sus ayudantes para que se alejaran y no pudieran oírles.

—Excelencia… —dijo—. Me gustaría saber mucho más de vuestro país y de los motivos de vuestra misión. Consideraría un honor que consintierais en recibirme en vuestra residencia mañana.

—Mis alojamientos, aunque opulentos para un embajador, son demasiado humildes para recibir a un personaje tan distinguido como vos.

—Mis gustos y hábitos son mucho más sencillos de lo que podáis imaginar.

Hero murmuró en francés:

—Quiere hablar en privado, fuera de oídos indiscretos y ojos curiosos.

Vallon hizo una reverencia.

—Sospecho que seré un anfitrión bastante torpe, pero, si estáis dispuesto a tolerar mis modales extranjeros, estaré encantado de recibiros.

—Qué amable sois —dijo Wang—. Llegaré a la décima hora, si no os resulta inconveniente. —Entonces, tras hacer una reverencia, volvió con su personal.

—Ya está —exclamó Hero.

—¿El qué está?

—¿No lo veis? El emperador ocupa una posición demasiado elevada para embarcarse en cotilleos diplomáticos. Eso se lo deja a sus ministros, ninguno de los cuales es superior en categoría a Wang Anshi. Mañana trataremos temas importantes.

Cuando volvió Vallon, Qiuylue estaba emocionadísima. Hizo que le describiera la audiencia una docena de veces, cada vez desde una perspectiva distinta. Se deleitó mucho cuando él le contó que el primer ministro le concedería el honor de acudir a su residencia. Ella se movía entre la conmoción y la ansiedad. Vallon apenas consiguió que no echara a correr para organizar la recepción.

—Deja eso a los sirvientes. Dime lo que tengo que saber del ministro.

Como concubina de un funcionario de grado superior, ella había tratado mucho con funcionarios de palacio, cuyas lenguas se soltaban después de unos vasos de vino. Lo que le contó del ministro preocupó y animó a Vallon en igual medida. Wang Anshi era un enigma: un hombre nacido en un hogar de funcionarios de baja categoría que se había alzado hasta el puesto más elevado por la brillantez de su intelecto. Confuciano que respetaba la tradición, era también reformista radical. Sus intentos de revisar el sistema de impuestos, reorganizar el Ejército y crear una burocracia basada en el mérito habían levantado una oposición furiosa por parte de los terratenientes conservadores, cuyos intereses había puesto en peligro, así como de intelectuales que, sobre un terreno confuciano, preferían el liderazgo moral a la interferencia directa de un gobierno centralizado. Seis años antes lo habían expulsado de su cargo, pero lo volvieron a admitir dos años más tarde. Encontraba solaz escribiendo poesía.

El ministro llegó en el momento acordado, con un séquito modesto, unos porteadores que condujeron su palanquín a través de una guardia de honor encabezada por Vallon. El general le ofreció su brazo y juntos entraron en la casa. Wang Anshi se dejó caer con un suspiro en un diván con cojines. Despidió a todos sus ayudantes, excepto a un joven amanuense y a un guardaespaldas enorme que tomó posiciones en la puerta.

—¿Tomaréis té, excelencia?

—Solo bebo vino aguado que me preparo yo mismo. Tengo que tomar precauciones para que no me envenenen.

Después de unas cuantas cortesías, Wang entró en materia, empezando por explicar la situación de China.

—Nuestra mayor amenaza externa viene de los jitans. Tenemos un ejército de más de un millón de hombres, pero pagamos al imperio liao un tributo anual de doscientos mil rollos de seda y cien mil onzas de plata. —El ministro sonrió—. Creo que una dama jitán se ha infiltrado en vuestras defensas.

Vallon enrojeció por primera vez desde hacía décadas.

—Nuestro ejército está compuesto fundamentalmente de mercenarios extranjeros, criminales y campesinos obligados a dejar sus tierras por unas tasas exorbitantes. Entiendo que en Bizancio pasa lo mismo… ¿Funciona vuestra estrategia militar?

—De momento sí que tiene éxito. Como China, Bizancio prefiere usar los sobornos o la diplomacia que la guerra. Era diferente hace un siglo, cuando el imperio estaba organizado en *themes*, provincias gobernadas por generales, y defendidas por soldados a los que se les pagaba no con dinero en efectivo, sino con concesiones de tierras. Un soldado que tuviera su propio trozo de tierra lucharía hasta la muerte para conservarlo.

—Yo intenté introducir un sistema similar de milicias locales. Fracasé.

Hablaron hasta el mediodía, cuando Wang se puso en pie.

—Me parece que China y Bizancio tienen muchas cosas en común: un ejército costoso, un sistema de impuestos ineficiente e inicuo, y una burocracia asfixiada en gran medida por unos aristócratas elegidos sin tener en cuenta ni su carácter ni sus méritos.

Vallon hizo la pregunta fundamental:

—En vuestras discusiones con su majestad, ¿recomendaréis que establezca una alianza formal entre nuestros dos imperios?

—Una alianza basada en las debilidades comunes no convendrá a ninguno de los dos lados. Además, China y Bizancio están demasiado alejados entre sí, separados no solo por montañas y desiertos, sino también por tres imperios bárbaros, al menos, muy agresivos. Las bonitas promesas escritas en papel no valen nada, si no se pueden ver respaldadas por los hechos. —Wang observó la decepción de Vallon—. Al menos volveréis a casa llevando la declaración formal de amistad de su majestad imperial. Es decir —dijo Wang—, si decidís regresar a casa. Siempre tendréis un puesto de importancia en el ejército chino, si deseáis quedaros en el Reino Medio.

Vallon no rechazó la sugerencia de plano.

—Ya que tocáis el tema, me gustaría mucho echar un vistazo, personalmente, a las tácticas militares y a las armas chinas.

—Prepararé un día de maniobras.

—Muchas gracias. He oído hablar de extrañas armas que despliegan vuestros soldados…, una materia incendiaria muy poderosa llamada «droga de fuego». Sería muy interesante verla en acción.

Wang se quedó de pie con las manos cogidas, haciendo girar los pulgares uno alrededor del otro. A su aguda mente no se le escapaba nada.

—Tendré que decírselo a los funcionarios del Ministerio de la Guerra.

Y

Pocos días después, Vallon y sus oficiales salían a caballo a contemplar las maniobras militares. Primero les demostraron la toma de un castillo, un castillo real, construido para fines de adiestramiento. Un pelotón de infantería subió cubriéndose con unas pantallas portátiles, y barrieron las murallas con virotes disparados con ballestas muy pesadas de latón y madera. Luego, un equipo de ingenieros se desplazó al lugar, arrastrando trabuquetes. Eran más pequeños que la catapulta que había arrastrado Vallon desde Constantinopla. En lugar de funcionar con un contrapeso, los manejaban equipos de hombres que tiraban de cuerdas aseguradas al extremo más corto del brazo que arrojaba la carga.

—No tienen el alcance ni el poder destructor de las *ballistae* bizantinas —dijo Vallon—. Me sorprende que no hayan adoptado nuestro método.

—Sus trabuquetes de tracción son más maniobrables —dijo Josselin—. Y pueden descargar tres o cuatro proyectiles en el mismo tiempo que nos cuesta a nosotros arrojar uno.

Los chinos desplazaron su atención a una torre de madera que estaba en una esquina del castillo.

—Que Dios los maldiga —dijo Wulfstan—. Eso es un sifón de fuego, o yo soy un franco.

Tenía razón. Los chinos dieron presión a un tanque muy similar a aquel que los forasteros habían traído con ellos, y dirigieron un chorro de combustible ardiente hacia la torre, que quedó reducida a un montón de ruinas en llamas.

Vallon aplaudió.

—Vaya con nuestra arma de guerra secreta... —dijo.

Por la tarde los invitaron a una exhibición de unidades de caballería. En una de las demostraciones participaban soldados a caballo muy acorazados, que galoparon hacia una posición de infantería. Desde la distancia, los soldados de a pie parecía que no iban armados más que con hachas de guerra, y defendían su posición con estacas finas de punta roma fijadas en el suelo en ángulo.

—No son estacas —dijo Vallon—. La infantería lleva recipientes con fuego. Caballeros, creo que...

Unas ráfagas intensas cortaron su discurso en seco. La caballería cargó. A cincuenta yardas de su objetivo, la infantería encendió las cabezas de aquellas estacas, que explotaron con gran ruido, descargando proyectiles invisibles que causaron una confusión tremenda entre los caballos.

Vallon cabalgó entre el humo apestoso y encontró al comandante de infantería.

—Estaba seguro de que la caballería os barrería como pajitas —dijo. Y señaló hacia las estacas humeantes—. ¿Qué clase de armas son esas?

—Lanzas de fuego, excelencia. Disparan bolitas de plomo, piedrecillas y cristales.

Vallon volvió con sus hombres.

—No es una ficción. La droga de fuego funciona.

—No ha sido más que una representación —dijo Josselin—. Una cuarta parte de las lanzas no se han encendido; otra cuarta parte han descargado demasiado pronto o demasiado tarde. Y esos gritos que se oían nos indican que algunas de las armas han herido a los de su propio bando.

Vallon entrecerró los ojos.

—Sin embargo, vale la pena tener esa droga de fuego.

—¿Y cómo la conseguiremos?

Vallon metió las mejillas hacia adentro.

—Pues no lo sé, pero os juro que no me iré de China sin conseguir al menos uno de nuestros objetivos.

XL

Para Hero y Aiken, cada día en Kaifeng traía consigo nuevos descubrimientos y deleites. Escoltados por funcionarios, lo examinaban todo. Visitaron la Pagoda de Hierro, de doscientos pies de alto, y se quedaron un poco decepcionados al descubrir que, en realidad, estaba hecha de ladrillos cocidos hasta darles el color del metal. Los acompañaron a visitar una fundición de hierro, e hicieron también una excursión por el Gran Canal, donde contemplaron las barcazas que bajaban de un nivel a otro mediante compuertas dobles. Pasaron un día entero examinando el mecanismo de un ingenio cósmico de treinta pies de alto, que predecía el tiempo mediante unas marionetas que giraban en unas plataformas, y que mostraba los movimientos de los cuerpos celestiales en un globo rotatorio. Su precisión se podía comprobar observando el sol, la luna y los planetas con la ayuda de una esfera armilar apoyada en dragones de bronce, situada en lo alto de la torre.

Los tres instrumentos los hacía funcionar un mecanismo movido por agua y que se encontraba en el interior de la torre. Los guías de Hero le permitieron inspeccionar las obras e incluso tomar notas y hacer dibujos. Un tanque con un nivel constante alimentaba de agua a una presión uniforme los treinta y seis cangilones espaciados regularmente en el borde de una enorme rueda de escape. A medida que se iba llenando y vaciando cada cangilón, este tocaba un par de palancas que, a su vez, bajaban una viga superior y liberaban una compuerta, lo que permitía que la rueda se moviese y se llenase el siguiente cangilón. Muy sencillo y muy ingenioso.

Lo único que empañaba el placer de Hero era su vista, que se iba deteriorando. Por el ojo derecho lo veía todo cubierto por la niebla. Al cabo de unos días de llegar a Kaifeng le habló de su situación al chambelán, y le preguntó si alguien podía curarle. El funcionario le envió a tres hospitales distintos, pero los físicos le dieron pocas esperanzas. La cirugía de las cataratas raramente funcionaba; de hecho, solía perjudicar más que ayudar.

—No quieren correr el riesgo de operar a un huésped extranjero —decía Aiken—. Si falla la operación, ellos quedan fatal.

—Pero, si no encuentro a nadie que me opere, perderé la vista.

Algunas semanas después, en un banquete, un funcionario sugirió a Hero que consultase a un oculista que le había tratado con éxito un problema ocular. El físico tenía sus orígenes (sus abuelos eran de allí) en la India, lugar donde se habían hecho por primera vez operaciones de cataratas.

Acompañados por la inevitable escolta, Hero y Aiken visitaron al oculista unos días más tarde. Sus porteadores les llevaron a una calle con numerosos consultorios médicos que ofrecían curarlo todo, desde la calvicie a la impotencia, de la indigestión a la infertilidad.

Un letrero prometía: «rápida recuperación asegurada». A Hero todo aquel lugar le olía a curanderismo. Se tranquilizó un poco cuando vio que en la consulta del cirujano no había letrero alguno, salvo el dibujo de un ojo.

Un sirviente los condujo hasta una sala de espera. Hero iba jugueteando con el borde de su asiento.

—No saldrá nada bueno de esto —le dijo a Aiken.

—A vuestro servicio, caballeros.

Un hombre moreno, de aspecto agradable, entró en la sala.

Hero se puso de pie.

—Un funcionario de palacio os recomendó, como especialista en afecciones de la vista.

—Tenéis cataratas —dijo el oculista, haciendo el diagnóstico ya desde una distancia de seis u ocho pies—. ¿Puedo examinaros?

Cuando el oculista empezó a examinarle, Hero estaba tenso.

—La oclusión de vuestro ojo izquierdo todavía se encuentra en un estadio incipiente, pero la del ojo derecho empieza ya a endurecerse.

—Demasiado avanzada para tratarla, supongo… —dijo Hero. Quería oír lo peor e irse en cuanto pudiera.

—Obviamente, cuanto más fina y suave es la materia flemática, mayores son las posibilidades de éxito. Pero no es demasiado tarde para eliminar la catarata de vuestro ojo derecho.

—¿Queréis decir que puedo recuperar la visión?

—Hay buenas perspectivas de que os la pueda mejorar. No puedo restaurar una visión perfecta.

Hero se tranquilizó al ver que el oculista no aseguraba que obraba milagros.

—Tengo que deciros que yo mismo soy físico, aunque no especialista en afecciones oculares. —Sacó su copia de *Diez tratados del ojo* de Hunayin ibn Ishaq—. Aunque el texto está en árabe, contiene muchos dibujos informativos.

El oculista ojeó las páginas.

—El autor tiene un buen conocimiento del ojo —dijo, sugiriendo que no igualaba el suyo. Le devolvió el libro—. Como físico, sabréis qué técnicas quirúrgicas se requieren.

—Me han hablado del procedimiento del reclinamiento del cristalino, donde el cirujano pincha el globo ocular con una aguja curva y empuja la materia opaca fuera de la línea de visión.

El oculista fue a una mesa que contenía su instrumental.

—Este es el tipo de aguja al cual os referís. Yo ya no la uso. —Sacó una aguja con un final más grueso y más plano—. Esta se diseñó para penetrar en la membrana de la lente y empujar la catarata hacia el cuerpo vítreo. Me parecía que daba resultados mucho mejores, y de mayor duración. Sin embargo, en muchos casos ninguno de los dos métodos corrige la situación, y en algunos incluso la empeora.

—¿Hasta el punto de la ceguera?

—Sí.

El oculista dejó la aguja y volvió con una lanceta.

—Prefiero una cirugía más extensa. Hago una incisión en el globo ocular así de larga —dijo, poniendo pulgar e índice más o menos a un tercio de pulgada de distancia.

Hero tragó saliva.

—¿Extirpáis la catarata?

—La succiono. Solía emplear a un ayudante con notable capacidad pulmonar para realizar esa tarea. Tristemente, falleció hace algunos años. Como no he podido encontrar a nadie que lo hiciera tan bien, he diseñado yo mismo una máquina que puede hacer ese trabajo. —Entonces le enseñó una bomba de succión con un tubo estrecho de pergamino en un extremo.

Hero y Aiken intercambiaron miradas aprensivas.

—¿Cuáles son las posibilidades de éxito?

—Cada caso es distinto. Puedo mostraros testimonios de pacientes agradecidos. Por supuesto, no os enseñaré las cartas de pacientes que se han quedado ciegos. Lo único que puedo decir es que he tenido más éxitos que fracasos.

Hero se cogió las manos para evitar que temblasen.

—¿Y si no me opero?

—Dentro de dos o tres años perderéis por completo la visión del ojo derecho. Unos años más, y el mundo será solo un borrón. Dejadme que os sugiera una posibilidad. La flegmata de vuestro ojo izquierdo está blanda, y, por tanto, puede ser eliminada con mayor facilidad. Si decidís optar por la cirugía, puedo operar ese ojo primero. Si mi trabajo tiene éxito, podemos considerar eliminar la catarata de vuestro ojo derecho.

Hero no sabía qué hacer. Todavía podía ver bastante bien con el ojo izquierdo. Si la operación no tenía éxito, solo le quedaría la visión del ojo derecho, con el cual apenas podía descifrar un escrito colocándolo justo delante de su nariz. Como su ojo derecho estaba ya en tan mal estado, quizá fuera mejor empezar por ese. Si la operación no tenía éxito... Tensó la boca, mirando con desesperación a Aiken.

El joven habló con calma.

—Solo vos podéis tomar la decisión.

—No tenéis que decidir ahora mismo —dijo el oculista—. Reflexionad sobre lo que os he dicho. Consultadme si tenéis más preguntas. Quizás os apetezca tomar un chai...

Los condujo a una sala muy cómoda. En una mesa, junto a una piedra de tinta y otro material de escritura, había una estatua de bronce de Shiva, el dios hindú de la destrucción y la renovación. De la pared colgaban ejemplos de caligrafía.

Hero señaló uno.

—¿Es obra vuestra?

—Mis garabatos de aficionado no son dignos de vuestro interés. Los hago para mantener los dedos diestros para la cirugía.

—Creo que son maravillosos —dijo Aiken—. Sobre todo este.

El oculista lo quitó de la pared.

—Me hacéis un gran honor, y el honor todavía sería aún mayor si aceptarais estos garabatos sin valor.

Se sentó con la cabeza inclinada, violento.

Una mujer joven que entró con el chai rompió el silencio.

—Es mi hija —dijo el oculista, cuando ella se hubo retirado—. Mi mujer murió el año pasado.

Hero pensó que, si aquel cirujano no había podido salvar a sus seres más queridos, quizá no fuera la persona más indicada para realizar una operación peligrosa. Pero desechó ese pensamiento absurdo, confortado por el té fragante y la atmósfera tranquila de la habitación. La tarde empezaba ya a apagar la luz exterior que entraba por la ventana. Una débil brisa traía el olor de la tierra mojada por la lluvia y lo llevaba de vuelta a un día de principios de la primavera, en Inglaterra. Se maravilló de lo lejos que había viajado y de las muchas cosas que había visto desde entonces. Guardaba tantos recuerdos como para disfrutar una vida entera, miles de imágenes para revisitar, mucho después de que la ceguera hubiese puesto un velo sobre su mundo. Apenas oyó las palabras de ánimo y de despedida del oculista.

—Tomaos vuestro tiempo para decidir. Aunque decidáis no haceros la operación, por favor, volved a visitarme. Me gustaría mucho saber más de las técnicas médicas que practicáis en occidente.

—Ya he tomado una decisión —dijo Hero—. Quiero que me operéis.

—¿Estáis seguro?

—No, no lo estoy. Solo actúo movido por la fe. Empezad con el ojo izquierdo.

El oculista le cogió las manos.

—Mañana no es un buen día. Volved pasado mañana, por la mañana, preparado para una estancia de tres o cuatro días. Absteneos de comer nada sólido mañana.

Cuando Hero volvió a donde el cirujano para que lo operase, montado en una calesa cubierta, la lluvia estaba convirtiendo el polvo de las calles en barro. Vio que los porteadores corrían a través del chaparrón, sujetando unos doseles improvisados sobre sus cabezas. Se preguntó si sería una de las últimas cosas que vería. Su humor había ido oscilando entre el optimismo y la desesperación. Ahora estaba sumido en un marasmo de fatalismo.

Aiken le apretó el brazo.

—Sé que es un consuelo muy precario, pero, cuando haya pasado la tormenta, vuestro sufrimiento habrá concluido.

—O empezará…

La afectuosa bienvenida del oculista elevó la moral de Hero. Miró con aprobación la sala cálida, limpia y dulcemente perfumada donde se iba a realizar la operación. La lluvia repiqueteaba sobre las tejas.

Mientras el oculista le conducía a un diván, Hero le hizo solo una pregunta:

—¿Sedáis a vuestros pacientes? Si no lo hacéis, yo tengo un preparado garantizado para embotar el dolor. Ya que el procedimiento es tan delicado, ayudaría que el paciente no se moviera ni se agitara...

El oculista señaló un mortero situado en una mesa junto al brasero.

—Intento reducir el dolor todo lo que puedo. Si deseáis aplicar vuestro propio remedio, por favor, hacedlo.

Hero estaba tumbado en el diván. Un ayudante de aspecto serio permanecía de pie detrás del oculista.

—No puedo confiar en uno de vuestros métodos y rechazar otro. Hacedlo todo a vuestra manera.

—Echaos de espaldas y cerrad los ojos —dijo el oculista—. Tratad de vaciar la mente.

—Dame la mano —le pidió Hero a Aiken.

—Respirad hondo —dijo el oculista.

Hero inhaló unos vapores espesos. Cuando el oculista habló de nuevo, su voz le llegó desde muy lejos.

—Abrid los ojos.

La habitación daba vueltas.

—Bien. Como es probable que vos mismo hayáis descubierto con los años, los físicos raramente son buenos pacientes. Intentad miraros la nariz, y quedaos muy quieto.

Una mano sujetó la frente de Hero. El oculista se inclinó, con la hoja brillando en su mano. Momentos más tarde oyó y notó un corte mientras le abría el globo ocular izquierdo.

—Excelente. No habéis movido ni un músculo. El éxito de este primer procedimiento puede resultar determinante.

Hero solo fue ligeramente consciente de lo que siguió. Le aplicaban algo en el ojo izquierdo. Lo que sujetaba su cabeza se apretó más aún. El dolor le asaeteó el ojo, y se agitó.

—Está hecho —dijo el oculista—. Creo que ha sido un éxito.

Hero notaba la lengua pastosa en la boca, y le resultaba difícil hablar.

—En ese caso, haced el otro ojo.

—¿Estáis seguro? ¿No queréis esperar a ver el resultado?

—Si el primer corte falló, el segundo no lo arreglará. Estoy resignado a la cura o la ceguera. Si el resultado de todo esto es esta última, no os culparé de ello.

Una vez más, aquellos vapores hicieron que la cabeza le diera vueltas. El mundo se disolvió en una espiral que le absorbió hacia un vacío blanco. No notó el segundo corte.

Y

Se despertó en la oscuridad, con sabor a vómito en la boca.

—¿Aiken?

—Estoy a vuestro lado.

—No veo nada.

Aiken se rio.

—Es porque tenéis los ojos vendados.

—Me duelen.

—Claro —dijo el oculista—. He aplicado cataplasmas curativas. Mañana las cambiaré. Intentad no reír, ni estornudar, ni toser.

Hero estaba consciente solo a ratos. En sus momentos más lúcidos estaba convencido de que la operación había sido un fracaso. Aiken permaneció con él todo el tiempo, leyéndole, o recordando cosas del viaje.

—¿Qué hora es? —preguntó Hero.

—Es tarde. Bien pasada la medianoche.

—Me pregunto cómo sabe la hora un hombre ciego... Espero que se puedan usar los demás sentidos.

—Vos no estáis ciego.

—Podría estarlo...

—Si lo estáis, yo seré vuestros ojos.

—Eso es lo que dijo Wayland antes de dejarnos. Me pregunto dónde estará ahora.

—De vuelta en casa, espero.

—Querido Aiken, gracias por tu apoyo. Ahora déjame y vete a dormir un poco.

—No estoy cansado.

—Pero yo sí.

Hero permaneció despierto el resto de la noche, y oyó cantar al primer gallo al amanecer, así como el creciente bullicio de la calle junto a la ventana. El oculista llegó a media mañana para cambiar las vendas.

—No esperéis demasiado —dijo—. Las incisiones todavía están inflamadas. Pasará una semana más antes de que podamos comprobar cómo tenéis la vista.

La luz escaldó los ojos de Hero cuando el oculista quitó las cataplasmas.

—¿Qué veis?

—Sombras que se agitan en una niebla brillante.

—Eso es lo que esperaba en esta fase. Mañana confío en que seréis capaz de notar una mejora.

En tres ocasiones más el oculista vendó los ojos de Hero. La última vez que quitó las cataplasmas, Hero se incorporó con la ayuda de Aiken. Vallon, Lucas y Wulfstan estaban a los pies de la cama, con una expresión que iba de la ansiedad a la expectación desesperada.

—Soy yo —dijo Vallon—. ¿Podéis verme?

—Os veo —contestó Hero—. Tan claro como la luz del día. O al menos así sería de no ser por estas lágrimas.

XLI

Cierta noche, cuando Vallon y Qiuylue estaban dando un paseo por el jardín, Josselin fue a buscarlos.

Saludó e hizo una reverencia.

—Perdonad mi intrusión, pero el soldado Stefan acaba de informarme de algo extraño.

—En francés, por favor —dijo Vallon. Sabía que Qiuylue debía informar de todo lo que hablase, y no cabía descartar que entendiese el griego—. Querida, ¿puedes perdonarnos un momento?

Qiuylue los dejó.

—¿Y bien? —dijo Vallon.

—Algunos de los soldados han ido a la ciudad esta noche. Estaban bebiendo en una taberna cuando un hombre chino que hablaba en árabe se ha acercado a Stefan y le ha pedido que os pasara a vos un mensaje. Os conocía de nombre. Vos y Hero tenéis que acudir al mesón del Fénix Dorado mañana a mediodía. El hombre ha dicho que debéis aseguraros de que nadie os siga.

—¿Alguna idea de con quién vamos a reunirnos?

—Ninguna en absoluto, señor.

—Extraño, realmente... —dijo Vallon. Podía asegurar, por la forma de comportarse de Josselin, que debía decir algo más. Casi había olvidado sus responsabilidades militares durante las últimas semanas—. ¿Están contentos los hombres?

—Demasiado contentos. Nos costará un trabajo horrible arrancarlos de esta tierra de lotos... La mitad de ellos ya están planeando casarse con sus queridas chinas.

Vallon estaba familiarizado con la historia de los viajeros que, tras haber comido de la planta del loto, olvidaban a sus familias y sus hogares y perdían todo deseo de volver a su país.

—Me atrevería a decir que piensas que estoy dando mal ejemplo…

—No quiero meterme en eso, señor. ¿Puedo preguntaros cuándo os proponéis dirigirnos de vuelta a casa? Es decir, si es que queréis volver. Corren rumores de que habéis aceptado un puesto en el ejército chino.

—Tonterías —soltó Vallon, resentido por las críticas—. Nos iremos en otoño, cuando el tiempo más fresco haga más fácil el viaje.

—Creo que por entonces será demasiado tarde —dijo Josselin.

Vallon vio alejarse a su centurión en la oscuridad. Se quedó un buen rato pensando en lo que le había dicho. Se sobresaltó al oír la voz de Qiuylue.

—¿Ha traído malas noticias tu oficial?

—No, nada importante. Tengo que hacer una visita a Hero. No tardaré mucho.

Encontró al físico en sus aposentos, leyendo.

—¿Qué tal están tus ojos?

—La irritación casi ha desaparecido, y mi vista es mucho más aguda de lo que era desde hacía años.

—Maravilloso. ¿Conoces el mesón del Fénix Dorado?

—Está en la esquina de la calle de la Fuente de Cerveza y la del Túmulo del Sapo. Es uno de los establecimientos de comidas más populares de Kaifeng.

—Nos han invitado a comer allí, mañana al mediodía.

—¿Quién?

—No lo sé —respondió Vallon. Le explicó cómo le había llegado la invitación.

—¿Iréis?

—Supongo que sí. Puede tener algo que ver con la droga de fuego. El mensajero ha insistido mucho en que nuestra visita sea secreta.

—Eso puede resultar complicado…

Cada vez que uno de los forasteros salía del complejo, lo seguían agentes no tan secretos. Su vigilancia era evidente, ya que estaban a plena vista y a veces intervenían para señalar las vistas más interesantes a los hombres que tenían a su cargo, o para ayudarlos a regatear por algo de comida o alguna compra. Era la forma que tenían los autoridades de hacer saber a los extranjeros que todos sus movimientos estaban vigilados y de que se informaba de todos sus contactos. Vallon había comprobado el poder omnipotente del Estado cuando intentó comprar petardos, para hacerse con la droga de fuego. El agente que le seguía frustró aquel intento, diciéndole que los fuegos artificiales estaban prohibidos en el complejo. Para probar hasta dónde llegaba el control estatal, Vallon envió a dos soldados a un par de establecimientos más, cuyos propietarios se negaron en redondo a atenderlos.

Con mucho tiempo para llegar a la cita, Vallon y Hero salieron del complejo y se dirigieron hacia el sur. El día era agradable y las calles hervían de actividad. Llegaron al río y fueron por la ciudad de este a oeste. Luego se dirigieron hacia la derecha.

—¿Nos siguen? —preguntó Hero.

—Dos —contestó Vallon—. No mires atrás.

Un puente muy alto y con arcos, congestionado por los puestos de venta y el tráfico, cruzaba el río. Un barco con grano y el mástil bajado había calculado mal el espacio y se había quedado atascado a mitad de camino bajo el puente. Vallon y Hero se entretuvieron por la orilla, haciendo pausas para examinar los puestos, donde se vendía de todo, desde horóscopos a bollitos al vapor, joyería o juguetes.

—Cuidado con ese bribón —susurró uno de los agentes al oído de Vallon—. Si queríais comprar regalos para vuestra dama, puedo llevaros a un lugar muy superior.

—Gracias —dijo Vallon—. No sé qué haría sin ti.

Él y Hero siguieron paseando. Los dos agentes seguían sus pasos. Vallon hizo una pausa en el terraplén y fingió que veía algo interesante en la otra orilla.

—Eso es lo que queremos.

—¿Dónde?

—Ahí.

Detrás de ellos, un hombre estaba echando una siesta en un esquife. Vallon se metió en él y arrojó una monedas al sobresaltado barquero.

—Mil cashes por llevarnos al otro lado del río.

Los agentes no eludieron su deber. Uno de ellos intentó arrojarse al bote y cayó al río por un pie de distancia. El otro corrió hacia el puente, viendo su camino bloqueado por una multitud que chillaba consejos y ánimos a los que estaban trabajando para liberar el barco.

Vallon y Hero desembarcaron en la otra orilla con tiempo suficiente. Para despistar a sus perseguidores dieron varias vueltas antes de llegar al Fénix Dorado, justo en el momento en que unos tambores lejanos anunciaban el mediodía tocando una larga retreta. El mesón estaba en la esquina de un cruce de calles muy concurrido por campesinos que llevaban al hombro varas de bambú con artículos colgados, culíes sudorosos que llevaban a funcionarios y damas en literas, carretas de bueyes o de burros de altas ruedas cargadas con toneles de vino y sacos de mijo... Un grupo de eruditos había decidido mantener una disputa en medio del cruce. Los niños lanzaban aros entre la gente que pasaba. A un lado del mesón, se había reunido una multitud en torno a un cuentacuentos profesional.

Vallon y Hero fueron pasando por entre la gente. El mesón tenía tres pisos; los dos superiores eran galerías que sobresalían, para que los comensales pudieran observar el teatro de la calle. Un portero los condujo a través de una entrada pintada de colores vivos.

Se detuvieron asombrados al ver el tamaño del establecimiento. Al menos cien comensales ocupaban la sala central; había otros tantos en reservados, a ambos lados. El estruendo de las conversaciones y los palillos que movían con diligencia era ensordecedor. Un ejército de camareros corrían por todos lados.

Apareció el encargado ante ellos.

—¿Tienen una reserva?

—No. Nuestro anfitrión ha hecho la reserva.

—Nombre.

—Ah, ese es el problema. Es una sorpresa...

—¿Vuestro nombre?

—Vallon.

El encargado consultó una libretita y chasqueó los dedos. Enseguida uno de los sirvientes se hizo cargo de los invitados.

—Seguidme, honorables señores.

—Qué emocionante —dijo Hero, subiendo las escaleras.

En el piso superior, el criado los llevó hasta un cubículo con un balcón que daba al cruce de calles, y que estaba parcialmente protegido por árboles frutales plantados en tinas para evitar que los vieran desde abajo.

—Buen lugar para hablar en privado —dijo Hero.

Vallon observó las idas y venidas en el local y fuera de este.

—O para asesinarnos.

Seguía con un ojo clavado en la calle; el otro, en la entrada de la galería. Abajo, la actividad era frenética. Un comensal quería un plato picante y especiado; su compañero, algo suave y refrescante. Otro quería el cerdo frito; su compañero, después de mucho titubear, prefería que se lo hicieran a la parrilla. Cuando una mesa se había decidido, el camarero corría a la cocina, cantando la lista de pedidos.

—Extraordinario —dijo Hero—. No escriben nada.

Uno de aquellos prodigios de memoria apareció afanosamente en su mesa.

—¿Ya están listos?

—Esperamos a nuestro anfitrión. Debe de haberse retrasado por culpa del tráfico.

—Un día muy ocupado —dijo el camarero—. Pidan ahora.

Vallon vio que un árabe alto cruzaba la calle, esquivando una procesión taoísta. Llevaba un turbante negro. Un extremo le ocultaba la parte inferior de la cara.

—Sigámosle la corriente —dijo Vallon—. Todo este asunto podría ser una especie de broma.

El camarero se impacientó cuando Hero intentó entender el menú.

—¿Qué nos recomiendas?

—Tenéis sopa de cien sabores y cordero al vapor con leche.

—De acuerdo.

—Yo tomaré lo mismo —dijo Vallon.

—Que sean tres —dijo el árabe, materializándose detrás del camarero.

Vallon no daba crédito a lo que veían sus ojos.

—Dios mío...

Hero no pudo contener su entusiasmo.

—¡Wayland! ¡Oh, Wayland!

—No tan alto —dijo este. Se deslizó en un asiento y sonrió a sus camaradas—. Bueno, el destino perdona al hombre que no está condenado.

Vallon y Hero hablaban a la vez. ¿Cómo había llegado a China? ¿Qué había ocurrido en el viaje a través del Tíbet? ¿Había encontrado el templo misterioso?

—Todo a su debido tiempo —respondió Wayland.

Vallon le miró con los ojos empañados.

—Pensaba que no volvería a verte nunca más... Tendría que haber sabido que mares y montañas no significan nada para un halcón de paso. Has perdido peso... —Disimuló su emoción llamando a un camarero y pidiendo un frasco del mejor vino.

Siguió un momento incómodo. Había demasiadas preguntas como para poder responderlas todas.

—En resumen, esta es mi historia —dijo Wayland—. Viajé a través del Tíbet y subí a los pasos del Himalaya, en Nepal. Encontré el templo y me enteré de algunas cosas del eremita cristiano. Hero, tengo mucho que contarte sobre mis descubrimientos, cuando tengamos algo de tiempo. Llegué a la India con la intención de volver hacia el oeste, hacia Afganistán, pero encontré el camino bloqueado por la guerra y la hambruna, y acabé en un puerto junto a la boca del río

Ganges. Mientras estaba allí, zarpó un barco mercante árabe cargado de mercancías hacia China. Estaba cansado de gastar mis suelas en suelo extranjero, así que me enrolé como marinero. Después de viajar hacia el sur y en torno a una gran península, y de pasar por un estrecho, mi barco navegó hacia el norte hasta que llegamos a una ciudad mercantil china llamada Cantón. Desde allí continué hacia el norte por mar y por canales, hasta que llegué a Kaifeng. Llevo un mes en la ciudad.

—¿Y por qué no has contactado antes con nosotros? —preguntó Vallon.

—Me pareció que sería más útil si ocultaba nuestra relación. Los chinos piensan que soy un sencillo marinero árabe y me hacen muy poco caso. Puedo ir y venir a mi antojo. El hombre que os transmitió la invitación es mi espía. Pone sus oídos en las conversaciones que se mantienen en esta taberna y en el garito de juego. Por lo que he oído, los chinos os tienen prisioneros.

—No es cierto —dijo Hero—. He explorado la ciudad y he visto maravillas que nunca soñé.

—Wayland tiene razón —intervino Vallon—. Los chinos nos tienen metidos en una jaula de oro, complaciendo hasta nuestros deseos más pequeños. Dios sabe que yo también he sucumbido a sus cuidados. Por cierto, estoy seguro de que nos hemos quitado de encima a nuestros seguidores.

—Lo sé. Os fui siguiendo desde el momento en que salisteis del complejo.

—¿Qué más sabes? —preguntó Vallon—. ¿Sabes lo que pretenden hacer con nosotros?

—Vos mismo habéis respondido la pregunta. Os están atrayendo hacia un sueño placentero del cual nunca querréis salir. En la taberna se cotillea que el emperador no quiere que abandonéis China. Espera que el general Vallon esté de acuerdo en dirigir un regimiento contra los bárbaros del norte. Cree que Hero decidirá permanecer en el Celeste Imperio.

Esa noticia despejó a Vallon.

—¿Saben que tenemos interés en la droga de fuego?

—Desde el día que llegasteis saben qué es lo que buscáis, y están decididos a que nunca lo encontréis. —Wayland levantó la vista—. Vuestra concubina informa de vuestras actividades. Todos los criados son espías.

Vallon se sonrojó.

—Comamos algo.

Hero tomó unas cucharadas de sopa.

—¿Notas algo distinto en mí?

Wayland le examinó.

—¿Algo en tus ojos?

—Un cirujano me extirpó las cataratas. La operación fue un éxito. Ya puedo ver otra vez..., no tan bien como tú, pero sí lo suficiente para poder leer cómodamente. Y ya no paso al lado de los amigos por la calle sin reconocerlos.

—Eso es maravilloso...

—Y es maravilloso que una de las primeras cosas que hayan visto mis ojos sea a nuestro querido amigo Wayland.

Vallon puso una mano sobre la de Wayland.

—Yo también he ganado más en nuestro viaje de lo que podía haber esperado.

Wayland miró a Hero.

—¿Se lo dijiste?

Hero sonrió.

—Lucas se lo dijo él mismo..., no sin haberle tenido que animar y empujar bastante.

Wayland dudó.

—¿Se han reconciliado padre e hijo?

Vallon fingió prestar atención a la comida.

—Ruego para que así sea, cuando Dios lo disponga. —Lanzó una risa desesperada—. Noto que me estalla la cabeza. Demasiadas novedades a la vez...

—No me alojo lejos de aquí —dijo Wayland—. Quizá podamos hablar allí con más tranquilidad, después de comer.

—Me temo que mi curiosidad quedará sin satisfacer un poco más —replicó Vallon—. Tengo una reunión con el viceministro de la Guerra.

—En realidad, de lo que quería hablar será más interesante para Hero que para vos. Es sobre algo que descubrí en el templo de Nepal.

—Cuéntame... —dijo Hero.

—Más tarde —insistió Vallon. Levantó un vaso—. Por los viejos camaradas.

—Es mejor que no salgamos todos juntos —le dijo Wayland a Hero—. Dame tiempo para salir, luego gira a la derecha en la entrada y detente en la primera esquina. Mi amigo chino te estará esperando.

Vallon y Hero salieron por caminos separados. El segundo giró a la derecha, tal y como le habían indicado. En la esquina donde antes se encontraba el cuentacuentos, ahora se había reunido una multitud para presenciar un combate de lucha. Hero se puso de puntillas para verlo. Al otro lado de la multitud, dos chicos, campesinos, le contemplaban desde el lomo de un búfalo.

Hero apartó a un rufián que quería venderle monedas falsas para usar en los funerales y examinó a la multitud, buscando a alguien que pareciese el agente de Wayland.

El vendedor de monedas hizo un gesto hacia el cruce.

—¿Veis al mercader que vende equipo de arquería? —dijo en árabe.

Hero vio a un caballero que tensaba un arco en una veranda, habilitada como galería de tiro.

—Lo veo.

—Esperad hasta que yo haya doblado la esquina. Seguidme, pero de lejos.

Hero le vio cruzar la calle y luego le siguió. Su guía recorrió a un paso vivo la calle de la Fuente de Cerveza; luego dio la vuelta hacia una calle lateral. Hero tenía dificultades para mantenerle a la vista. La calle estaba llena de soldados de servicio, marineros extranjeros y jóvenes candidatos a funcionarios que celebraban el fin de sus exámenes. Linternas de seda roja colgaban encima de las puertas de numerosas tiendas de vinos, y mujeres muy maquilladas y unos cuantos chicos amanerados adoptaban poses provocativas en las ventanas superiores.

Un grupo de estudiantes borrachos le bloqueó el paso y le invitó a tomar una copa de vino con ellos. Cuando se hubo librado, su guía había desaparecido.

—¡Chis!

Hero lo vio a lo lejos, a la entrada de un callejón. Lo siguió por entre casas y patios destartalados. Llegaron a un punto sin salida. Se abrió una puerta y entró. El guía le llevó por unas escaleras desvencijadas a una habitación donde estaba Wayland de pie, esperando.

—No esperaba encontrarte en el barrio de los Sauces —dijo Hero—. Casi en cada casa hay un burdel.

—Es el barrio extranjero. Aquí paso inadvertido. ¿Puedo ofrecerte chai? ¿Vino?

Hero todavía estaba estupefacto por la resurrección de Wayland.

—No, nada, gracias. Estaba tan asombrado de verte que se me olvidó preguntar por tus compañeros.

Wayland se sirvió un vaso de vino.

—Los turcomanos murieron. Dos se ahogaron en una inundación del río, y a Toghan lo mató un yak salvaje.

—¿Y Zuleyka?

Wayland cerró los ojos y bebió.

—Nos separamos en Nepal. Se llevó a mi perro.

Una chica entró en la habitación, con el vestido medio desatado y el maquillaje corrido. Wayland le dijo algo. Ella bostezó y se fue.

Hero se sentó y se puso las manos en las rodillas. Le parecía que Wayland había cambiado. Nunca le había visto beber de día. Y la forma casual que había tenido de hablarle a aquella puta...

—Decías que habías encontrado el templo.

—Está en la cabeza de un valle, por encima de los árboles, dominando un pueblo desierto destruido por un terremoto. Todo ha quedado como estaba, incluido el cuerpo del lama sentado ante el altar. Encontré a un sacristán que se había quedado como guardián. Me confirmó que un eremita cristiano llamado Oussu estudió en aquel templo hace mil años.

Hero sonrió.

—Hasta nuestros historiadores más doctos a veces confunden la cronología, y sospecho que los hombres ignorantes de un lugar tan remoto tendrían un sentido del tiempo bastante nebuloso.

—Eso es lo que pensaba yo. Pero cuando interrogué más a fondo al sacristán, me enseñó un libro con una lista de todos los lamas desde el tiempo en que se construyó el templo. Oussu llegó en el reinado del segundo lama. Debía de haber al menos cincuenta más, desde entonces. Los conté.

—Decías que habías encontrado algo.

—Varias cosas. El sacristán me enseñó la cueva donde Oussu meditó. En las paredes había símbolos cristianos hechos por los peregrinos que visitaron el templo cien años después de que se fuera Oussu.

—¿Cruces?

—La silueta de un pez. ¿Significa algo para ti?

—El pez fue uno de los primeros símbolos cristianos.

—Eso indica que el sacristán estaba diciendo la verdad.

Hero ocultó su decepción.

—Esperaba que descubrieras algo más tangible.

Wayland cogió un tubo de bambú y destapó uno de sus extremos.

—Cogí una *thanka* y un pergamino. —Sacó la pintura y se la pasó—. Es un retrato de Oussu.

Hero lo examinó.

—La figura, ciertamente, tiene aspecto occidental. ¿Cómo sabes que es Oussu?

—Parecía distinto de todas las demás pinturas. Por eso la cogí. Después, el sacristán me confirmó que era un retrato de Oussu.

—No parece demasiado antiguo. Los colores están frescos todavía.

—Eran aún más vivos el día que lo vi por primera vez. Nada se desgasta en aquella atmósfera tan fría y seca. El lama llevaba dos años muerto, y, sin embargo su cuerpo estaba perfectamente conservado.

—Decías que habías cogido un pergamino...

Wayland se lo tendió.

—Era uno de los muchos que encontré en la cueva donde Oussu pasó muchos días y noches meditando. No sé en qué lengua está escrito.

Hero lo desenrolló. Se apartó el pelo de la cara.

—Es arameo...

—¿Y quién usa esa lengua?

—Se usa mucho en el imperio de los árabes. Los judíos la emplean más que su lengua nativa, el hebreo. Era la lengua de Jesús.

—Creía que los primeros cristianos escribían en griego.

—La mayoría sí, pero, para muchos, su lengua materna era el arameo.

—¿Sabes leerlo?

—No, pero conozco a alguien que sí podrá. Hay una comunidad judía en Kaifeng. Vinieron de Persia hace más de quinientos años. Estoy seguro de que alguno de sus rabinos o estudiosos podrá traducirme el pergamino. Prepararé una cita.

—¿Y por qué no vamos ahora?

—¿Ahora mismo?

—Llevo cinco meses escondiendo ese pergamino, protegiéndolo contra las tempestades y los ladrones, y preguntándome qué significa.

XLII

La sinagoga o *kenesa* llamada Templo de la Pureza y la Bondad sobresalía tras unas murallas elevadas, en la calle de la Enseñanza de la Tora, una avenida muy transitada cerca del palacio imperial. Hero tocó una campanilla ante la entrada, que tenía una puerta doble. Al cabo de un rato, se abrió un portillo y un hombre examinó con precaución a los que llamaban.

—Sois occidentales —dijo en chino.

—Somos miembros de una embajada imperial enviada desde Constantinopla.

—¿Y sois judíos?

—No.

—Entonces, ¿qué queréis?

Hero procuró responder en un tono lo más agradable posible.

—En nuestro viaje por el Taklamakan, adquirimos un pergamino en un templo budista. Lo que despertó mi interés fue que estuviese escrito en arameo. Esperaba que alguien de vuestro templo me lo pudiera traducir.

El portero no suavizó su actitud.

—Nosotros no hablamos arameo. Ni lo hemos hablado nunca. Nuestra lengua nativa era el persa. Y el último hablante de persa murió hace generaciones.

La cara de Hero mostró su desilusión.

—¿Nadie nos puede ayudar?

El portero levantó una mano.

—Dadme el pergamino. Preguntaré si alguien conoce a un estudioso que conozca la escritura en arameo.

—No lo entregues —dijo Wayland.

—No se lo va a llevar —respondió Hero. Sonrió al portero—. Por supuesto, pagaremos lo que pida al traductor.

—Esperad aquí —dijo el portero, cerrando el portillo.

—Obviamente, crees que el pergamino es importante —apuntó Hero.

—Casi me mato para conseguirlo.

Al cabo de un momento, el portero volvió, con sus modales algo suavizados.

—El rabino os recibirá.

El complejo de la sinagoga estaba construido al estilo chino. El templo estaba situado en el centro de un agradable jardín. El portero los condujo hasta allí. Hero había visitado varias sinagogas, por lo que le pareció algo raro ver el tradicional diseño injertado en la arquitectura china. Más allá de la entrada había una mesa equipada con incensario, velas y cuencos de aceite. Detrás, encerrado con una celosía, se alzaba el trono de Moisés, como un púlpito, en el cual se había colocado la Tora para las lecturas ceremoniales. Dos columnas negras lacadas flanqueaban el trono y se alzaban hasta una cúpula del techo: el único rasgo no oriental de todo el edificio.

Un anciano caballero chino, en vestido y apariencia, aparte de un solideo, recibió a los visitantes.

—Perdonad la brusca recepción de nuestro portero. Raramente recibimos visitas de nadie de fuera de nuestra comunidad.

—¿Acaso los chinos persiguen a los judíos? —preguntó Hero.

La cara cérea del rabino se relajó.

—Toleran todas las religiones, mientras no desafíen al Estado. Después de todo, los mismos chinos no se ponen de acuerdo sobre si son confucionistas, budistas o taoístas. Nosotros, los judíos, junto con los nestorianos y zoroastrianos, somos pececillos insignificantes en un gran océano.

Los llevó a una cámara donde había colgadas inscripciones en chino.

—¿Son textos judíos? —preguntó Hero.

—Sí, efectivamente. Este es del Libro de Job. Pero creo que el texto que tenéis está escrito en arameo.

Hero le presentó el pergamino. El rabino empezó a desenrollarlo.

—Mi compañero de la puerta no ha sido totalmente sincero cuando os ha dicho que aquí nadie sabía leer arameo. Dándome cuenta de que la fuente de todas las cosas sagradas se estaba secando, me esforcé por aprender arameo y hebreo de las pocas almas que conservaban todavía esas lenguas. Pero entiendo mal las dos lenguas.

—Mírale a la cara y no le pierdas de vista —le dijo Wayland en francés.

—Cuando me haya ido —continuó el rabino—, hasta ese vínculo provisional con nuestras raíces quedará segado.

Sus labios se movieron como si hiciera un esfuerzo por traducir el texto. Desenrolló otra parte y lo sujetó ante la luz. Entonces frunció el ceño y sus ojos parpadearon. Dio un respingo.

—Te lo he dicho... —murmuró Wayland.

—¿Hay algo que os llame la atención? —preguntó Hero.

El rabino procuró que sus rasgos permanecieran completamente impasibles.

—Habéis dicho que adquiristeis este pergamino en el Taklamakan. ¿Dónde concretamente?

Hero había preparado una historia plausible y sencilla.

—En nuestro viaje por la Ruta de la Seda, visitamos el grupo de cuevas budistas de Dunhuang. Al ver que éramos occidentales, un monje se ofreció a venderme el pergamino. Aseguraba que era un texto cristiano, así que no le interesaba.

El rabino se toqueteó la garganta.

—Ya imagino que no...

—¿Podéis decirnos qué es? —preguntó Hero—. Quizá nos podáis leer las primeras líneas.

—Ya os he dicho que domino muy poco el arameo. No quiero confundiros con una traducción mala. Me costará al menos un mes desentrañar el texto.

Hero emitió un sonido de desaprobación.

—Como erudito que soy, comprendo la necesidad de una traducción precisa, pero si pudierais hacernos un resumen...

—No me siento nada contento dejándolo en sus manos —dijo Wayland.

—No encontraremos a nadie más que lo traduzca.

El rabino sonrió.

—Estáis impacientes por saber cuál es el sentido, y vuestra curiosidad excita la mía. Le prestaré atención urgente al pergamino. Volved dentro de cinco días.

El portero los acompañó a la salida y cerró con cerrojo.

—Deberíamos haber hecho una copia —señaló Wayland.

—El rabino no lo va a robar.

Los ojos de Wayland tenían un brillo extraño.

—Es judío. Oussu era cristiano. Lo que contiene ese pergamino quizás esté en conflicto con sus propias creencias. A lo mejor no quiere compartirlo.

—Los estudiosos judíos siempre me han parecido muy tolerantes con las otras religiones del libro.

La calle estaba vacía. La ciudad se iba calmando al llegar la tarde. Wayland iba en cabeza.

—Aun así, creo que deberíamos haber hecho una copia. Culpa mía. La ansiedad dominó a la precaución.

Hero corrió a unirse a él.

—Parece como si tuvieras una idea de lo que contiene el pergamino.

Un centenar de trompetas advirtieron a los ciudadanos de Kaifeng de que se aproximaba el toque de queda. Wayland se detuvo y colocó las manos en los hombros de Hero.

—Si te hubiera dicho lo que sospecho, pensarías que había perdido la cabeza. Quizá sea verdad. Pero te diré una cosa: no soy el mismo que te dijo adiós hace tantos meses.

Cuando Hero y Wayland volvieron a la sinagoga, el rabino los saludó afectuosamente y les ofreció un chai.

—¿Habéis terminado? —preguntó Hero.

El rabino cogió el pergamino y una traducción en papel.

—Quemé muchas lámparas en la tarea. El budista que os lo vendió tenía razón. Es el Evangelio de San Juan. —Su dedo trazó las primeras líneas—. «En el principio era el Verbo, y el Verbo era Dios». —Sonrió—. Solo Dios sabe cómo llegó ese pergamino tan lejos hacia oriente. Debéis de estar muy emocionados por su posesión.

—Un hallazgo notable —dijo Hero, mirando a Wayland.

—¿Por qué perdería el tiempo Oussu escribiendo un evangelio en el Himalaya?

—No sabemos si fue él quien lo escribió. Quizá lo llevó allí para extender el evangelio del sacrificio y resurrección de Jesús a los pueblos del Tíbet.

—¿A un pueblecito diminuto en lo alto de las montañas? No, no estaba evangelizando. El sacristán me dijo que pasó el tiempo aprendiendo la ley de Buda y meditando. Cuando hubo encontrado la iluminación, se fue y volvió a occidente.

El rabino intervino con tacto.

—Vuestro amigo parece preocupado.

—Esperaba que el pergamino contuviese algún texto no descubierto aún capaz de arrojar nueva luz en la historia temprana de la cristiandad.

—Creo que encontrar una copia de un Evangelio cristiano tan lejos de Tierra Santa es algo notable.

—Yo también lo creo —concedió Hero.

El rabino se alisó el traje.

—Tengo que prepararme para una boda. —Les tendió el pergamino y la traducción—. Para mí ha sido un ejercicio muy interesante. Quizá podríais hacer alguna contribución para la sinagoga...

Hero sabía que Wayland estaba alicaído y habló de otras cosas de camino a sus aposentos. Ya de vuelta en la desaliñada habitación, Wayland desenrolló la *thanka* y la puso en una mesa, sujetando sus extremos con unas copas. Estudió la figura enigmática.

—No era copista ni predicador.

—¿Quién crees que era, entonces? —preguntó Hero.

Wayland no respondió. Sacó el pergamino de su tubo y lo desenrolló. Dio un respingo.

—¿Qué ocurre?

—Que este no es el pergamino que encontré en el templo.

—Pero tú no sabes leer arameo...

—He llevado esto encima el tiempo suficiente para recordar el diseño de las palabras.

—Dámelo —dijo Hero. Examinó los caracteres—. Tienes razón...

Wayland dio una patada a la mesa.

—Sabía que teníamos que haber hecho una copia.

—Pero ¿por qué lo habrá cambiado el rabino por una imitación? El Evangelio de San Juan no sería de mucho interés para un judío devoto...

—No era el Evangelio de San Juan.

—Entonces..., ¿qué era?

—Siéntate —dijo Wayland—. Me voy a beber un vaso de vino y te sugiero que hagas lo mismo.

Hero se sentó, apoyando su vaso en las rodillas. Wayland se bebió la mitad del suyo de un trago.

—El sacristán me dijo que Oussu había llegado al templo hacía mil años, y me mostró las pruebas que apoyaban su afirmación. Como tú, yo me mostré escéptico. Recuerdo haber dicho que si aquello era cierto, Oussu habría vivido al mismo tiempo que Jesús.

—Varios de sus discípulos llevaron la palabra de Dios al extranjero, mientras vivían todavía. Santo Tomás estableció iglesias en lugares tan lejanos como la India.

—Y el sacristán me dijo que, al cabo de cien años de la partida de Oussu, un grupo de peregrinos cristianos llegaron a adorar aquellos lugares. Fueron ellos los que dejaron el símbolo del pez en los muros de la cueva. El único motivo para hacer tal cosa es porque lo veneraban.

—No estoy seguro de adónde quieres ir a parar...

—Oussu. Piensa en ese nombre.

Cuando Hero estableció la conexión, se le derramó el vino.

—Eso es imposible.

—¿Por qué? Ese Evangelio de Santo Tomás lo encontraste en Anatolia. Tú creías que contenía un relato de la vida de Jesús antes de que empezara a enseñar y a hacer milagros.

—No tuve oportunidad de leer más que unas pocas líneas antes de que se lo llevara el secretario del emir.

—Recuerdo que me dijiste que no se sabía nada de la vida de Jesús entre su niñez y el momento en que se bautizó, cuando tenía unos treinta años.

—Eso es cierto. La mayor parte de su vida nos sigue siendo desconocida.

—Durante ese periodo pudo haber viajado a cualquier parte. Pudo haber llegado hasta Nepal. ¿Por qué no? Yo lo hice, y en mi viaje a China tuve muchísimo tiempo para reflexionar. Una cosa que me sorprendió es lo mucho que tienen en común el budismo y el cristianismo: mostrar compasión por todos los seres vivos; perdonar a los enemigos; poner la otra mejilla.

—La mayoría de las grandes religiones enseñan preceptos similares, pero se centran más en la infracción que en la observancia.

—Ya sabía que pensarías que es una locura. Pero el rabino no lo ha creído así. Por eso ha robado el pergamino. Contiene la escritura de Jesús, sus pensamientos. —Wayland fue hacia la puerta—. Voy a recuperarlo.

Hero lo sujetó.

—Supón que tengas razón. El rabino no te lo devolverá.

—Sí, lo hará.

Hero luchó para sujetar a Wayland.

—Lo negará. No tienes pruebas. El rabino es un ciudadano muy respetado. Acudirá a un magistrado. Te arrestarán. Al final, las autoridades descubrirán tu relación con Vallon. —Hero apartó a Wayland de la puerta—. Toma otro vaso. —Consiguió que Wayland se sentara y puso un vaso en su mano.

—Podría haber establecido pruebas si hubiese estado más tiempo en el templo.

—Quizá vuelvas algún día.

Wayland tembló.

—Perdí a tres amigos en ese viaje. Perdí a Zuleyka y a mi perro. ¿Para qué? Lo único que quería era volver con mi familia y, en lugar de eso, estoy más lejos de mi casa que nunca, viviendo en un burdel y sin nada que enseñar.

Se bebió el vino de un trago y se quedó de pie, mirando la *thanka*. Estaba de espaldas. Hero no sabía si estaba riendo o llorando. Nunca antes lo había visto borracho, ni siquiera achispado.

—Poseo el único retrato que existe de Jesús, y nadie (ni siquiera tú) me cree.

XLIII

Hero entró emocionado en la habitación de Vallon.

—Mirad lo que tengo.

Vallon vio que Hero colocaba sobre la mesa una pequeña placa rectangular de hierro. Pintó la placa con una resina pegajosa, y luego puso un marco encima de ella.

—¿Tiene esto algo que ver con la droga de fuego? —preguntó Vallon.

—Esto es muchísimo más interesante —replicó Hero.

De una caja sacó unas piececitas pequeñas de arcilla. Cada una llevaba un carácter chino en una cara. Las insertó en el marco, colocando cuñas bien apretadas entre ellas con tiras de bambú. Cuando el marco estuvo lleno, cubrió aquellos caracteres con una tinta gomosa, apretó una hoja de papel encima de la forma y frotó la superficie con una almohadilla. Sonriendo como un mago a punto de realizar un truco fabuloso, levantó una esquina de papel, lo arrancó y mostró a Vallon la impresión de los caracteres mojados con tinta, impresos en el otro lado.

—¿Qué dice ahí? —preguntó Vallon.

—No lo sé. He colocado las piezas al azar.

—¿Y para qué sirve?

Hero volvió a entintar los caracteres y los imprimió por segunda vez.

—¿Veis? Una vez que he colocado los caracteres, puedo producir una copia en una fracción del tiempo que se tardaría en escribir una página. Puedo producir un libro en menos de un día.

Vallon no se sentía impresionado.

—A juzgar por lo mucho que te ha costado colocar esas piezas unas junto a otras, montar el libro entero costaría al menos una semana. De hecho, quizá no bastara con un mes. Además, estás jugando solo con unas pocas docenas de caracteres, y el idioma chino tiene miles.

—Por eso continúan usando la impresión con bloques de madera. Es más rápida que la de tipos movibles.

—Estás empezando a confundirme…

—¿No lo veis? La técnica no se limita al chino. El alfabeto griego contiene solo veinticuatro letras. Si se tallan las letras suficientes, se puede montar una página en una mañana, un libro en una semana. Revolucionaría la forma de producir los libros.

—Los escribas profesionales nunca adoptarán ese método.

—No habrá necesidad de escribas profesionales con mi equipo de impresión.

—¿Sabes, Hero?, a veces tu entusiasmo por las novedades es excesivo. No le veo la práctica…

—Estáis muy gruñón esta mañana.

—Siéntate —dijo Vallon. Fue a la ventana y señaló hacia los cerezos, en plena floración.

—Llevamos cuatro meses en Kaifeng y no hemos avanzado nada a la hora de persuadir al emperador de establecer una alianza. Una alianza significativa fue siempre una fantasía. Bizancio y China están tan lejos que podrían estar en planetas distintos. El duque Focas tenía razón. La expedición ha sido, sencillamente, la forma que tuvo el emperador de librarse de un traidor y de una molestia. Lo único que tenemos son unos pocos regalos y un mensaje a Alejo, que será motivo de comentarios un día en Constantinopla y luego se olvidará. Es hora de volver a casa.

Hero sintió la desilusión en el pecho.

—Considerando todo el tiempo que nos costó llegar hasta China, cuatro meses no es una estancia demasiado larga.

—Si no nos vamos pronto, nos encontraremos viajando en invierno.

—Esperemos hasta el nuevo año, cuando tengamos la primavera y el verano enteros para hacer el viaje. Me gustaría quedarme incluso más tiempo.

—Y no eres el único. Mis soldados creen que hemos dado con las Islas Afortunadas. Cuanto más tiempo pase, más difícil resultará apartarlos de sus amadas y de sus copas de vino.

—Pero aún no hemos obtenido la fórmula de la droga de fuego.

—Y dudo de que lo consigamos nunca. No ser capaz de encontrarla no es ninguna calamidad. Por lo que vi en aquella demostración, su poder se ha exagerado, y el daño que causa se debe más a sus cualidades incendiarias que a sus efectos explosivos.

—Creo que conozco una forma de concentrar su poder. Como sabéis, mi nombre procede del ingeniero Hero de Alejandría, que fabricó un ingenio movido por vapor a presión. Si la droga de fuego se introdujera en un recipiente muy apretado y luego se calentara, liberaría toda su energía…

Vallon le cortó.

—No he abandonado toda esperanza de descubrir el secreto. Si no consigo encontrar la forma de hacerlo por otros medios, recurriré al soborno. Lo peor que podría ocurrir si me descubren sería una deportación instantánea. En cualquier caso, nuestra estancia en China está llegando a su fin.

Hero tanteó un terreno incierto.

—¿Y qué ocurrirá con Qiuylue?

—Ella no vendrá conmigo.

Hero se aventuró más en ese territorio traicionero.

—Está claro que ambos os tenéis un gran efecto.

—Es una relación que no puede durar. Pareces olvidar que estoy comprometido con otra mujer que puede reclamar mi corazón con más derecho.

—Por supuesto, jamás le hablaré a lady Caitlin de Qiuylue.

—Da lo mismo. Cuando vuelva a Constantinopla, me propongo dimitir de mi cargo y entrar en un monasterio.

Hero se quedó estupefacto.

—Pero todavía estáis en la flor de la vida…

—El emperador ha concluido mi carrera con toda efectividad, al enviarme a esta misión. Volver con las manos vacías sellará mi destino. En el mejor de los casos puedo esperar un puesto en otra frontera deprimente.

Hero se levantó, anonadado.

—A Aiken y a mí nos han invitado a visitar la fábrica imperial de porcelana esta tarde. Quizá queráis acompañarnos.

Vallon hizo una mueca.

—No me interesa ver cómo se hacen los platos y las tazas. —Vio que la cara de Hero todavía mostraba más consternación y suavizó algo su tono—. No dejes que mis preocupaciones te estropeen el día. Disfruta de tu visita y ven a verme cuando regreses.

Hero no le contó nada de esta conversación a Aiken mientras viajaban en litera por Kaifeng. Sospechaba que la decisión de Vallon de abandonar China iba en contra de sus más íntimos deseos. Se había enamorado de Qiuylue, y la única forma que tenía de volver al camino de la fidelidad era abandonar lo que le era más querido.

La fábrica imperial de porcelana estaba dentro de las murallas exteriores, en unos terrenos seguros que también albergaban una armería y un cuartel. El superintendente de la fábrica les enseñó él mismo las instalaciones a los visitantes. Primero los llevó al lugar donde una arcilla especial se dejaba secar cincuenta años. Luego les mostró los hornos y las calderas diseñados para generar las elevadas temperaturas requeridas para cocer el cuerpo de las porcelanas. Finalmente, llevó a Hero y Aiken a un almacén donde se apilaban los artículos terminados.

Deprimido por su conversación con Vallon, Hero no pudo mostrar más que un interés tibio. Las piezas estaban elaboradas con exquisitez y bellamente decoradas. Mirándolas al trasluz, reflejaban la luz y la hacían vibrar como una campana cuando la golpea un guijarro. Pero después de ver otro cuenco más vidriado en un sutil tono verde, una sensación de aburrimiento empezó a invadir a Hero. Este estaba ya habituado a la loza vidriada árabe y a la cerámica selyúcida, que aunque eran de cuerpo mucho más crudo, encantaban a la vista con sus vibrantes diseños realizados con pintura roja, azul, verde y dorada.

—Una artesanía maravillosa —dijo, cogiendo una almohada de cerámica vidriada de tal modo que parecía jade—. ¿Decoráis alguna vez vuestros artículos con pigmentos más intensos?

El superintendente le enseñó una vasija con la boca bordeada de un suave color morado que fluía hacia abajo, a una base marrón. A Hero le pareció muy fea.

—Como una comida que tiene demasiada sal, mi gusto se ha embotado por un exceso de color.

—Usamos un pigmento amarillo exclusivamente para los recipientes imperiales —dijo el superintendente. Chasqueó los dedos y un artesano trajo consigo un jarrón que parecía haber sido destilado con luz del sol.

Hero lo cogió con reverencia.

—Muy notable. No he visto nada más fino en toda mi vida. El vidriado es profundo... y, sin embargo, transparente... Atrae el ojo mientras lo refleja.

—Es un vidriado de grasa de cordero —aclaró el superintendente—. Solo una familia sabe cómo hacerlo. Ni siquiera yo conozco el secreto.

—¿Y cómo se consigue ese amarillo tan maravilloso? ¿De dónde viene?

—Si os lo dijera, tendría que decir adiós a mi cabeza. No más de una docena de hombres conocen la fórmula. Los materiales son tan raros y valiosos que se mantienen encerrados bajo llave en la armería.

Nervioso por tener en sus manos tal tesoro, Hero lo devolvió.

—Me sorprende que no decoréis vuestras piezas con unos azules más intensos. Los musulmanes, en Turquestán, emplean el cobalto para obtener efectos brillantes en sus lugares sagrados, recubriendo cúpulas enteras con azulejos que resplandecen como la bóveda celeste.

—El cobalto es un artículo muy raro en China, y el que tenemos disponible es de calidad inferior. Produce un tono enfangado que nunca permitiría en la porcelana que se produce aquí. El mineral usado por los karajanidas se importa de Persia, y es demasiado pesado para transportarlo por tierra. He dado instrucciones a uno de los agentes de transportes imperiales para que haga un envío por mar. Volved por estas fechas el año que viene y veréis qué magia pueden conseguir mis ceramistas con azul de Persia.

Hero habló sin pensar en obtener ventaja alguna.

—En realidad, nuestra expedición ha traído un barril de cobalto de Persia a China. Fue un añadido de última hora que hice yo mismo. A veces, cuando el camino se hacía más duro y la carga más pesada, pensé en abandonarlo. Me gustaría ver cómo lo usan vuestros ceramistas.

La cara del superintendente pasó de la emoción a la indiferencia en un momento.

—Yo os quitaré el cobalto de las manos. Servirá para hacer piezas de práctica hasta que llegue mi pedido. En cuanto al pago... —Cogió un cuenco con vidriado de marfil, decorado con hojas de loto incisas—. Una de nuestras mejores piezas, apta para un palacio.

—No quiero nada a cambio —dijo Hero—. El cobalto es un regalo modesto, comparado con las riquezas que su majestad imperial ha conferido a nuestra embajada. Yo solo deseaba...

Una patada en la espinilla le hizo callar.

—No lo regaléis —susurró Aiken—. Ved si podéis cambiarlo por la droga de fuego.

—¿Y qué iba a hacer una fabrica de porcelana con la droga de fuego?

—La armería. Ya habéis oído al superintendente. Guarda sus preciosos pigmentos en la armería, el mismo lugar donde almacenan la droga de fuego.

—No puedo ofrecer cobalto a cambio de la droga de fuego. El explosivo es secreto de Estado. El superintendente hará que nos arresten.

—Probadle. Esta podría ser nuestra última oportunidad.

La sonrisa del superintendente había desaparecido durante toda esta conversación.

—¿Deseáis vender vuestro azul de Persia? Si es así, podéis elegir las tres piezas que queráis y que no estén reservadas para el palacio del emperador.

Hero se armó de valor.

—Me temo que esas bellezas tan frágiles no sobrevivirían jamás a los rigores de una caravana de camellos. Quizá podríamos hablar de otros productos de comercio alternativos. En privado.

El superintendente era un borrachín. En cuanto despidió a su personal, empezó a trasegar vino de un recipiente que era decididamente terrenal, comparado con la porcelana. Adoptó un tono falsamente alegre.

—En realidad yo no soy ningún mercader. No tengo nada que ofrecer a cambio de vuestro azul de Persia, excepto mi porcelana. Bueno, quizá pueda conseguir un par de miles en efectivo…

Hero bebió un sorbito de vino.

—Si el arte es medida del valor, vuestra pieza más imperfecta podría valer cincuenta veces más que mi cobalto.

—Veo que sois un entendido…

—Oh, no. Mi interés reside más bien en el reino de las ciencias. Soy físico. Uno de los motivos por los que he venido a China ha sido porque mi primer maestro me habló de que vuestros alquimistas habían descubierto el elixir de la vida…

—Malditos taoístas —dijo el superintendente. Solo había tomado dos copas—. Aseguran que si te pones de pie en una montaña un día determinado y recitas el hechizo adecuado, te vuelves inmortal. Paparruchas. En el pasado, los emperadores siguieron sus instrucciones y construyeron montañas, y meditaron sobre ellas mientras sus súbditos se morían de hambre abajo. Y dio exactamente igual. Aquellos emperadores murieron, igual que todos los demás hombres. Yo sigo las formas antiguas. Soy confucionista. —Levantó su copa—. Vino hecho de uvas de teta de yegua. Este es el verdadero elixir de la vida.

—Mi maestro decía que los alquimistas habían perfeccionado una especie de compuesto que aumentaba la longevidad. Mis investigaciones me han dejado algo confuso. Parece que su fórmula se usa ahora para hacer petardos y luminarias para los festivales.

El superintendente frunció el ceño cuando estaba sirviéndose otra copa. Su rostro se iluminó.

—Os referís a la droga de fuego. —Se rio—. Yo la llamo dragón de fuego. Casas enteras han quedado arrasadas hasta los cimientos cuando los alquimistas han experimentado con sus propiedades. El Gobierno ha intentado que yo la usara también, asegurando que podía hacer que los hornos ardieran con más calor. A la primera prueba, el horno estalló, matando o hiriendo a sus asistentes. —El superintendente elevó el rostro, que dejaba ver los estragos del vino—. He olvidado cuál era vuestra pregunta…

—Os cambio mi barril de cobalto por un barril de vuestra droga de fuego.

—Pero yo no tengo. No se me permite tenerla en la fábrica.

—Probablemente la guardarán en la armería, donde vos guardáis vuestro pigmento amarillo para vidriar.

El superintendente dejó la copa, derramando unas cuantas gotas de vino.

—¿Estáis sugiriendo que robe la droga de fuego de la armería imperial?

—Oh, no, claro que no —respondió Hero—. Solo pensaba que podríais solicitar un poquito para experimentar en vuestros hornos. Sé que las primeras pruebas fueron decepcionantes, pero podría valer la pena hacer un segundo intento.

Pensativo, el superintendente se sirvió más vino y bebió.

—Droga de fuego por cobalto… Al director de la armería le costará semanas decidirse… Ya podéis imaginaros la cantidad de papeleo necesaria… Y, aun así, tampoco habrá garantías de que concedan mi petición.

—Si puedo hacer algo para acelerar el asunto…

El superintendente se hizo cargo de las implicaciones.

—Uno de mis primos está empleado en la oficina del intendente como ayudante de inventario. Le consultaré cuál es la mejor forma de actuar.

—Si se le emplea como consultor, evidentemente recibirá una recompensa.

—Vuestra delicadeza os honra. Mi primo no es rico, y tiene cinco hijos y unos padres ancianos a los que mantener.

—¿Tres mil cashes facilitarían las cosas?

—Siete mil sería mucho mejor.

—Cinco mil y trato hecho.

Y

Vallon estaba jugando al ajedrez con Qiuylue cuando aparecieron Hero y Aiken, sonriendo como niños emocionados.

Hero esperó a que Qiuylue se hubiese ido.

—Lo hemos conseguido —dijo—. Un barril de droga de fuego pronto será nuestro.

—¿Cómo?

—¿Recordáis el cobalto que incluí en la carga? Resulta que es un artículo muy preciado en China. A cambio del azul de Persia, el superintendente de la fábrica de porcelana ha prometido un barril de droga de fuego.

—¿Estás seguro de que no es una trampa?

—No hay engaño por ninguna de las dos partes —dijo Aiken—. El superintendente mencionó que guarda ciertos pigmentos valiosos en la armería imperial, e inmediatamente establecí la conexión.

—Pero ¿cómo se entregará? Los guardias comprueban todos los artículos que entran en el complejo.

—Preparé la entrega en nuestro propio barco.

—Ahí también mirarán...

—Creo que tengo la manera de subirlo de contrabando a bordo.

—¿Has obtenido la fórmula?

—Eso habría sido demasiado.

—Entonces no hemos adelantado mucho.

—No estéis tan seguro. Si los chinos han podido desentrañar los secretos del fuego griego, nosotros podremos averiguar el de la droga de fuego.

El sol se estaba difuminando entre la niebla por encima de Kaifeng cuando Vallon y su grupo llegaron al barco. Wulfstan los saludó desde la cubierta de popa y levantó una mano ganchuda como saludo. Había hecho que le adaptaran una prótesis en forma de gancho para facilitar el manejo del barco. Un pelotón de infantería chino que estaba en el malecón se puso en pie, apartando la vista del mah-jong y sus dados. Su capitán los saludó.

Vallon le devolvió el saludo.

—Gracias por custodiar mi buque con tanta diligencia. —Puso una bolsa en la mano del hombre—. Como agradecimiento por vuestros desvelos.

—No puedo aceptar regalos...

—Vamos, vamos. En mi país se considera una virtud el servicio ejemplar. —Los otros guardias se habían acercado a su alrededor—. Compartidlo con vuestros hombres.

Estaban peleándose por el reparto cuando Vallon y compañía subieron a bordo.

—Debes de estar muy aburrido, aquí solo —le dijo a Wulfstan.

—Bueno, en realidad no mucho, señor. Me he hecho amigo de los soldados y…, bueno, abusando de vuestra indulgencia, señor, me he tomado la libertad de invitar a alguien a acompañarme a bordo.

—¿Una mujer?

—Claro. En realidad, estoy pensando en casarme con ella. Es encantadora.

—Bien, bien, todos somos humanos. Hasta tú.

—Gracias, señor. ¿Qué os trae por aquí?

—Negocios. Te lo explicaré cuando la transacción esté hecha. Sabes cómo está dispuesta la carga. Tráeme el barril de cobalto.

Wulfstan desapareció en la bodega y salió arrastrando un barril pequeño.

—Dios sabe para qué servirá, pero es buen lastre. Cien de estos mantendrían a un dromón con la quilla bien equilibrada.

Vallon se volvió a Gorka.

—¿Sabes qué hacer?

—Sí, señor.

Gorka colocó el barril en un zurrón y se fue por la pasarela. El oficial chino le bloqueó el paso cuando iba a montar su caballo. El soborno los había vuelto mejor dispuestos hacia los bárbaros, pero, aun así, no habían bajado la guardia.

—¿Qué tienes ahí? ¿Adónde lo llevas?

Vallon respondió desde la cubierta.

—Es un pigmento usado en la manufactura de cerámicas y va de camino hacia la fábrica de porcelana imperial. Gorka, enséñales el contrato de venta y el sello del superintendente.

El oficial examinó ambos.

—Tendré que examinar el contenido.

—Adelante. Cuidado, pesa mucho.

Satisfecho al ver que el recipiente no contenía más que lo que le habían dicho, el oficial pintó un signo en el barril, para demostrar que había inspeccionado lo que contenía.

—Disculpas por el retraso.

—No importa —dijo Vallon. Agitó la mano en el aire—. Me voy a mi camarote.

Abajo llamó a Wulfstan.

—Tráeme un saco de arena, un embudo y un barril seco del mismo tamaño que el que acaba de llevarse Gorka.

Miraba hacia el río desde su camarote cuando oyó a los guardias. Subió a cubierta y vio a Gorka, que volvía al barco.

—¿Qué demonios estás haciendo? —le gritó—. A estas alturas tendrías que estar ya en Kaifeng...

—¿Por qué os enfadáis? —gritó el capitán chino—. ¿Por qué vuelve el soldado?

—Ese imbécil ha olvidado la carta que se suponía que debía llevar al superintendente. —Dio un golpe en el hombro de Gorka cuando el soldado pasaba de nuevo por la pasarela, tambaleante, aún cargado con el barril—. ¡Idiota!

Siguió a Gorka hasta su camarote, donde Wulfstan, Hero y Aiken le esperaban.

—¿Has dado el cambiazo? —le preguntó al sudoroso soldado.

—Sí, señor.

—Venga, rápido —le dijo Vallon a Wulfstan.

El vikingo cogió el barril de Gorka y casi se le cae por la sorpresa.

—¡Pero este no es...!

—Claro que no. Vacíalo.

Wulfstan sacó el tapón y empezó a introducir el contenido en el barril que tenían preparado.

—No iría mal tener algo de luz aquí...

—¡No! —exclamó Vallon—. ¡Por Dios!

Wulfstan volcó el último resto del contenido.

—Llena el barril de Gorka con la arena. Corre.

Cuando Gorka volvió a salir a cubierta, encorvado bajo el barril original, ahora lleno de arena, el sol era un resplandor morado en la cortina de humo que cubría Kaifeng. El capitán de la guardia era muy concienzudo, e insistía en examinar la carga.

—¡Por el amor de Dios! —gritó Vallon—. ¡Que le va a pillar el toque de queda!

El oficial se conformó al ver que el barril era el que él mismo había marcado y dejó pasar a Gorka. Los guardias le vieron alejarse corriendo entre el polvo. Luego volvieron a la fogata junto a la que estaban cocinando. Sudando por la emoción, Vallon volvió abajo.

—¿Es lo que queríamos? —preguntó.

Hero había decantado una muestra de la pólvora negra en un plato.

—A mí me parece carbón triturado. Solo hay una forma de averiguarlo.

—No podemos probarlo fuera. Por muy grande que sea China,

nunca estás a más de unas pocas yardas de algún campesino. Quema una pequeña cantidad aquí dentro. Wulfstan, trae un cubo de agua y una cubierta de pieles, por si arde con demasiada fuerza.

Hero formó un pequeño montón con la pólvora.

—Tráeme una pequeña lámpara y una velita. Apártate bien.

Wulfstan se arrojó hacia delante.

—Yo soy el capitán de artillería. Si alguien se tiene que quemar las cejas, ese soy yo.

Hero se apartó. Wulfstan encendió una vela con la lámpara y la acercó a aquel polvo. Vallon, Hero y Aiken se apretaron contra las paredes de la cabina.

¡Puf!

Ardió una llamarada roja y amarilla. Aiken se atragantó con el humo. Hero abrió la ventana y echó afuera el humo, abanicándolo.

—Reconozco uno de sus ingredientes. Ese aliento del diablo es de azufre.

Wulfstan se echó a reír.

—Y el otro olor es mi barba quemada. Es muy potente.

—Y solo habéis quemado una cucharada... —dijo Vallon—. Imaginad el efecto si se enciende el barril entero.

Se recrearon con el resultado del experimento hasta que Aiken habló.

—Consumiría nuestro barco y todo lo que hay en él. —Se santiguó—. Es un compuesto infernal.

—Guárdalo en un lugar seguro —ordenó Vallon.

XLIV

Xiao-Xing era una amante muy habilidosa, que se tomaba como algo personal educar a Lucas para que no siguiera con sus manipulaciones de granjero y sus torpes acoplamientos. Con la ayuda de un «libro de almohada» lujosamente ilustrado, le enseñó cómo dar placer y mejorar el suyo propio. Lucas aprendió la técnica llamada «pez jugueteando con una fuente de agua», la posición conocida como «el dragón en la cueva» y, una noche, mucho después de medianoche, se inició en los extenuantes deleites de «amaestrar a la princesa demonio».

La astuta sujeción que Xiao-Xing realizaba con brazos y piernas a la vez le conducía inexorablemente al reino del reflejo. Intentó retrasar el clímax pensando en Gorka comiendo. No le sirvió de gran cosa. Empezaron los espasmos reflejos, señalando el fin. Por encima de él, Xiao-Xing se convulsionaba, agarrándose a él con todas sus fuerzas y jadeando.

—¿Estás ahí, señor?

Estaba ya casi a punto de correrse y derramarse a chorros cuando la voz de Gorka cortó en seco su orgasmo.

—Señor, es urgente. Tenemos que salir de aquí.

Maldiciendo, Lucas se liberó de la sujeción de Xiao-Xing, se cubrió con una toalla y abrió la puerta.

—¿Qué demonios sucede?

A pesar de la urgencia, Gorka no pudo evitar echar una mirada a la joven que se incorporaba cubriéndose los pechos con las manos.

—Son órdenes de Vallon. Tenemos que correr hacia el barco. Coge solo las armas y la armadura.

—¿Por qué?

—Nuestros anfitriones se habrán enfadado. Si esperamos hasta mañana, nos arrestarán.

Lucas se puso la ropa a toda prisa. Xiao-Xing parecía preocupada. Él la besó y le cogió la cara.

—Lo siento, amor mío. Tengo que irme.

Cogió la espada, se echó la armadura al hombro y salió corriendo. Maldiciones de hombres y quejidos de mujeres salían de todos los aposentos, anunciando una brusca separación de culturas.

Gorka corrió a través del complejo. Estallaron unos petardos lejanos, en algún lugar de la ciudad. Josselin les esperaba en las puertas.

—¡Id hacia el puente de la guardia del Ave Dorada!

La mirada de Lucas se fijó en el cuerpo de un soldado chino caído cerca de la entrada.

Josselin le dio un empujón.

—¡Sigue corriendo! ¡No dejes que nadie se interponga en tu camino!

Lucas y Gorka corrieron por las calles vacías, con las pisadas de los otros forasteros resonando tras ellos. No mucho antes, todos los edificios de Kaifeng estaban rodeados por murallas con puertas cerradas tras el toque de queda. Algunos vigilantes patrullaban las avenidas. Ahora las puertas y las murallas ya habían desaparecido, pero aún seguía en vigor el toque de queda. Las patrullas nocturnas seguían recorriendo las calles en busca de alguien que anduviera fuera de su alojamiento. Veinte golpes con la vara más fina era el castigo para los transgresores.

No pasó mucho rato antes de que Gorka y Lucas dieran con un pelotón de vigilantes. Los soldados les gritaron, y como los que huían no se detuvieron, tensaron sus arcos para reforzar la orden, y luego arrojaron flechas a sus pies. Lucas y Gorka pasaron corriendo. Un silbido sonó tras ellos, seguido de otros silbidos más.

Lucas se agarró el costado para calmar el flato.

—Faltan millas para el campo abierto. Tres murallas y puertas bloquean nuestra huida. Nunca lo conseguiremos.

—Vallon habrá pensado en alguna salida.

El puente apareció a la vista, ahora vacío, con las luces de unas pocas lámparas de aceite moteando el río.

—¡Por aquí! —gritó una voz.

Lucas se volvió hacia la derecha y vio dos sampanes grandes al pairo, así como una figura con turbante que esperaba en la orilla. Dio una palmada a Lucas al pasar.

—¡A los botes y quieto!

Lucas se agazapó en un bote, que ya estaba ocupado por media docena de forasteros, todos confusos y contrariados.

—Pero ¿qué demonios está pasando? —preguntó uno—. ¿A qué está jugando Vallon?

Lucas se incorporó.

—¡Como vuelvas a hablar así del general, te arranco el pellejo! No ordenaría jamás una fuga si no fuese necesario. ¡Estaos quietos como una madriguera de ratones!

Se hizo un silencio tenso, solo roto por los silbatos que chillaban y las trompetas que cacareaban. Un gran revuelo recorría toda la ciudad. Las ventanas de las casas empezaron a abrirse. La gente se preguntaba qué es lo que había alterado su descanso. Una luna casi llena corría por entre un veteado de nubes. Cuatro hombres más entraron en el bote de Lucas; otros cinco encontraron su lugar en una embarcación que estaba al costado. Entre sus jadeos, Lucas oyó más pasos precipitados; luego, una voz que le sonaba familiar, pero que no era capaz de situar.

—¿Ya está todo el mundo?

—Todos los que vienen —dijo Josselin—. Dos se han negado a marcharse. Uno estaba demasiado borracho para permanecer de pie. Las patrullas nocturnas lo cogieron anoche.

Se subió al otro bote. El hombre del turbante entró en la embarcación de Lucas y zarparon.

—Si no habéis cogido un remo antes, será mejor que aprendáis rápido. Tenemos que estar más allá de la última muralla antes de que los chinos averigüen cómo pensamos salir.

Lucas cogió un remo.

—Ya le habéis oído. Remad duro y rápido.

Los forasteros encontraron más o menos el ritmo y la ciudad empezó a alejarse. Lucas pensó en Xiao-Xing, la encantadora damita a la que no volvería a ver jamás. Buscó y tocó en la espalda al que había organizado todo aquel alboroto.

—Si alguien me saca de la cama en medio de la noche, me gustaría saber quién es.

El hombre se volvió y sonrió.

—Desde luego, Lucas. Me alegro de ver que hayas sobrevivido al viaje y más aún de ver que te has sobrepuesto a los demonios que te tenían apartado de tu padre.

—¡Wayland! ¿Cómo has llegado hasta aquí?

—Más tarde. Debemos seguir.

La confusión hizo obedecer a Lucas un rato.

—Pronto averiguarán que intentamos escapar y enviarán a la

caballería para asegurar el barco. No podremos ir más deprisa que los caballos.

—Vallon ha pensado mucho en nuestra huida. Si salimos de la ciudad, alcanzaremos el barco.

—¿Dónde está?

—Se ha adelantado con Hero y Aiken. Y ahora deja de protestar y sigue remando.

Al ver unas luces que oscilaban por delante, Lucas sacó la espada. Volvió a echarse atrás cuando vio que solo eran linternas que flotaban, colocadas en el agua por los trasnochadores. Viéndolas pasar, pensó de nuevo en Xiao-Xing. La punzada de dolor se fue diluyendo y convirtiéndose en la garra de un vago temor. Kaifeng había sido un refugio, el último oasis. ¿Qué harían ahora? ¿Adónde irían?

Varias veces en su viaje los vigías los vieron y dieron la voz de alarma. Sus gritos se mezclaron con las alarmas que se extendían por toda la ciudad. Por aquel entonces, los forasteros ya habían dejado atrás sus pensamientos de mujeres abandonadas y cálidos alojamientos. Ahora remaban para salvar su vida. Lo que habían perdido ya había desaparecido para siempre. Delante les esperaba un futuro desconocido.

Un pelotón de caballería los interceptó y les arrojó flechas sin misericordia. Dos de los remeros cayeron heridos, antes de que un almacén construido junto a la orilla bloqueara su persecución. La muralla exterior de la ciudad era muy grande. Soldados con antorchas corrían por sus fortificaciones. Se abrió un túnel entre la barrera.

Una flecha rebotó en la bancada junto a Lucas. Y luego el túnel se cerró en torno a ellos. Momentos más tarde habían salido. El paisaje ante ellos estaba vacío. El río Amarillo formaba un espejo en la base de unas nubes muy bajas.

—No estamos lejos ya —dijo Wayland.

Lucas oyó un relincho y vio a unos caballos en un punto oscuro en la orilla derecha.

—Hacia allí —dijo Wayland.

Vallon estaba de pie en la orilla.

—Montad y cabalgad hasta el barco.

Lucas se arrojó sobre un caballo. A un cuarto de milla por detrás, un río de antorchas emergía de la muralla de la ciudad.

—Ya vienen —dijo Vallon—. No os preocupéis de no forzar a vuestros caballos. No los volveremos a necesitar.

Y picó espuelas hacia la oscuridad. Lucas le siguió, concentrándose en apurar hasta la última gota de energía de su caballo. La llanura pasaba a toda velocidad. Huecos de sombras se extendían hacia el norte. El río aparecía ante ellos a la luz vacilante de la luna. Una llama parpadeó en la orilla.

—¡Id hacia la antorcha! —gritó Vallon.

Lucas llegó al espigón y se bajó del caballo. Gorka estaba de pie en la cubierta del *jifeng*, metiendo prisa a los soldados. Lucas subió por la pasarela corriendo. Se volvió y vio las luces de la caballería que les perseguía, que salpicaban la llanura tras ellos. Wayland fue el último en subir a bordo. Los sudorosos caballos que dejaron atrás brillaban en la oscuridad.

—¡Zarpad! —gritó Wulfstan.

El *jifeng* soltó amarras y se alejó empujado por la floja corriente. Todavía estaba cerca de la costa cuando los chinos llegaron a la orilla. Galoparon a lo largo del terraplén, lanzando flechas hasta que el barco estuvo fuera de su alcance.

—Qué cerca ha estado —dijo Lucas.

—No van a dejarnos escapar tan fácilmente —repuso Wulfstan.

Vallon recorría la cubierta de popa. Qiuylue estaba de pie tras él, vestida a la manera de los nómadas, con una túnica estrecha entallada por la cintura y unos pantalones de piel de cabrito. Josselin dio unas palmadas pidiendo silencio. Los murmullos de la tropa se apagaron. Habían embarcado cien forasteros en Constantinopla. Ahora, escuchando a Vallon, presto a anunciarles su destino, solo quedaban cincuenta y cuatro.

—Probablemente habréis oído los rumores de que había aceptado una comisión como comandante en un regimiento chino. ¿Quién entrará a mi servicio?

Lucas miró a su alrededor y levantó la mano.

—Solo un tercio de vosotros —dijo Vallon—. Es igual, porque no tengo intención alguna de unirme al ejército chino. Quiero irme a casa. ¿Quién quiere seguirme a través del Taklamakan?

—Creo que es una pregunta con trampa —murmuró Gorka.

La mirada de Vallon recorrió a los soldados.

—Un tercio también. ¿Y qué queréis hacer el resto?

Los soldados mantenían un obstinado silencio.

—Ya sé lo que queréis —dijo Vallon—. Queréis quedaros sin hacer nada en el Palacio de la Amistad con vuestras concubinas, y que os sirvan sin tener que moveros. ¿Realmente creéis que los chinos os permitirán seguir viviendo con tal lujo? Yo os diré lo que harán. Os reclutarán a la fuerza y os enviarán a algún puesto de la frontera como aquel agujero de mierda en el Tsaidam. O bien os enviarán a construir las murallas en el río Amarillo. Me han dicho que los huesos de un millón de hombres yacen en tales fortificaciones.

—¿Por qué huimos? —preguntó un soldado.

—Nos enviaron hasta aquí para entablar una relación de amistad mutua entre Bizancio y China. Por desgracia, el Hijo del Cielo no reconoce a ningún país como igual al suyo. Nos vamos solo con unas pocas palabras de amistad.

Nadie decía nada. Kaifeng no era más que un borrón rojizo en la llanura.

—Me encomendaron otra misión —dijo Vallon—: obtener la fórmula de un producto incendiario chino llamado la droga de fuego. No he descubierto la fórmula, pero Hero y Aiken consiguieron obtener un barril de ese compuesto. Desgraciadamente, el hombre que se lo proporcionó es un borracho que habla demasiado cuando se toma unas copas. La transacción fue descubierta. Si Wayland no hubiese tenido un informador en la armería, todos nos habríamos despertado esta mañana con una espada en la garganta. Y eso es todo. ¿Alguna pregunta?

—¿Adónde vamos?

—¿Y cómo demonios ha llegado Wayland hasta aquí?

—Ambas preguntas tienen la misma respuesta. Wayland navegó desde la India, y yo me propongo volver por el mismo camino. La perspectiva me horroriza menos que el pensamiento de volver por nuestros pasos a través de toda Asia. Con viento favorable, podemos llegar a la India a mediados del verano. Tal vez estaremos en casa a final de año. Tendremos muchas oportunidades de comerciar en el viaje, y encontraréis también muchas mujeres en los puertos en los que vayamos parando. Y pensad en las historias que podremos contar cuando estemos de vuelta en Constantinopla. En todas las tabernas nos dejarán beber gratis.

Gorka carraspeó y escupió.

—Demonios, sí, yo ya me estaba aburriendo de estar ahí siempre echado, sin hacer otra cosa que comer, beber y follar.

Un soldado se acercó a Vallon.

—¿Y por qué os habéis quedado vos con vuestra mujer, mientras nosotros nos hemos visto obligados a dejarlas atrás, sin tiempo siquiera para decirles adiós?

—Pasaré por alto tu insolencia —contestó Vallon—. Si hubiera dejado a Qiuylue allí, los chinos la habrían matado. Retiraos.

Vallon entró en su camarote y abrazó a su amante.

—Siento no haberte advertido. No ha habido tiempo.

—No tendrías que haberme traído.

—¿Habrías preferido la muerte?

—Vas a volver con tu familia. Me dijiste que en tu país, un hombre toma solo una mujer. No hay lugar en tu casa para otra mujer. Yo crearé discordia.

Vallon se sentó en su camastro.

—Te dejaré en tierra con el oro suficiente para que empieces una nueva vida. No puedes volver a Kaifeng, pero tienes a tu disposición cualquier otro sitio. Podrías volver a tu tierra natal. Si es la vida de la ciudad y sus comodidades lo que deseas, podrías ir al sur, a Hangzhou. Elijas lo que elijas, haré todo lo que esté en mi mano para concedértelo.

—Mi único deseo es permanecer a tu lado tanto tiempo como sea posible.

Al amanecer, no había señal alguna de que los estuvieran persiguiendo. Pero eso no significaba que estuvieran a salvo. El Estado empleaba a miles de corredores que entregaban mensajes por etapas de cientos de millas, día y noche. Incluso más rápidos eran los correos a caballo que galopando entre postas, eran castigados si no cubrían más de ciento cincuenta millas por día. Las rutas estratégicas también estaban unidas por torres de señales que transmitían mensajes por banderas o espejos. Por aquel entonces, las guarniciones chinas de río abajo debían estar trazando planes para interceptar a los fugitivos.

Sintieron cierto alivio cuando las nubes se espesaron y liberaron un chaparrón que duró todo el día. Convirtieron en un cenagal las carreteras más bajas junto a las orillas. Aunque soplaba una brisa ligera, el *jifeng* mantenía un buen ritmo. En aquella época del año, el río Amarillo estaba en su punto más alto, hinchado por el deshielo en las cabeceras de sus montañas. En algunos lugares, el hielo primaveral se había llevado los diques, creando lagos de veinte millas de ancho. Las filas oscuras de sauces y álamos eran la única indicación de dónde acababa el río y dónde empezaba la tierra. Wulfstan tenía solo un conocimiento nebuloso del curso bajo del río. Debería costar cuatro o cinco días llegar hasta el mar.

La tercera jornada amaneció claro. Vallon se asomó desde la proa, mirando hacia el sol naciente a través de los reflejos de la superficie. A cada lado del río, el verde húmedo de las tierras de cultivo llanas se mezclaba con el azul neblinoso de la distancia. Las aves zancudas se alzaban en nubes revoloteantes desde las barras de arena. Los patos subían desde los juncales y pasaban como proyectiles por el cielo. Mujeres con las piernas desnudas se inclinaban en largas filas para plantar las semillas. Un carro tirado por dos bueyes seguía la cinta pálida de una carretera hacia un pueblo.

Vallon había ordenado que se montara el sifón con fuego griego en la cubierta de proa. Wulfstan había aparejado el trabuquete en la popa, reforzando la cubierta para que soportara su peso y la fuerza de su retroceso. Como munición eligió unas cuarenta piedras de lastre que pesaban entre veinte y cien libras cada una.

Por la tarde, Vallon vio a Hero y a Wulfstan experimentando con droga de fuego, para determinar sus propiedades combustibles.

—Es demasiado fuerte —dijo Hero—. Hasta una chispa la inflama. Para poder usarla contra un enemigo, necesitaríamos algo que retrasara la ignición hasta el momento adecuado.

Wulfstan se rascó la frente con su muñón ganchudo.

—Cuando serví en la marina bizantina, usábamos el fuego griego para atacar las murallas de las ciudades. Para darles tiempo a retirarse, los zapadores prendían los barriles con unas velas que ardían despacio…, un poco como las barritas de incienso chinas. Los zapadores las llamaban «mechas».

—¿Y cómo se hacen?

—Con orina. Se hierve un galón de orina hasta que queda solo media pinta, se empapa una estopa en ella y se deja secar. Va ardiendo sin llama. Se corta esa estopa de la medida que se necesita, y puede variar el tiempo en el que prende la sustancia incendiaria.

—Venga, todos a orinar —ordenó Vallon.

Hicieron una balsa pequeña. Wulfstan llenó una vasija de barro hasta tres cuartas partes con droga de fuego y la apisonó, colocando hilas empapadas en fuego griego. En el almohadillado colocó una mecha de estopa.

—Alguien tendrá que encenderla cuando esté lejos del barco.

Vallon miró a su alrededor.

—Gorka.

—Sabía que me elegiríais a mí.

Ataron una cuerda a la balsa y la dejaron flotando a popa. Gorka y otro soldado bajaron al bote del barco y fueron derivando en su estela hasta llegar al alcance de la balsa. Mientras el otro soldado sujetaba la cuerda, Gorka encendió la mecha. Remaron rápidamente de vuelta hacia el barco y se unieron a Vallon, Wulfstan y Hero en la popa. Allí esperaron.

Y esperaron.

—¿Seguro que la habéis encendido bien? —dijo Wulfstan.
Gorka se enfadó.
—¡Si yo enciendo algo, lo enciendo!
Vallon esperó un rato más.
—Se debe de haber apagado. Remolcadla.
Los soldados habían tirado de la balsa hasta tenerla a veinte yardas cuando la olla explotó, haciendo llover fragmentos de arcilla sobre todos ellos.
—La mecha debía de ser demasiado larga —dijo Wulfstan.
Gorka se quitó un trocito de la frente. Estaba sangrando.
—O eso, o tu orina es demasiado floja.

Lucas bajó corriendo al camarote de Vallon y se quedó fuera, detenido por el sonido de la risa de su padre. El resentimiento le hizo abrir de par en par la puerta.
Vallon levantó la vista, con un brazo alrededor de Qiuylue.
—Podías haber llamado.
—Wayland ha visto buques a popa.
Vallon apartó el brazo de Qiuylue. Era sensible a las tensiones que había entre padre e hijo, así que se alejó. Lucas se quedó donde estaba.
—¿Sí? —dijo Vallon.
—Nos mentisteis. Los chinos no nos iban a arrestar. Os inventasteis esa historia para que el pánico nos hiciera huir.
—¿Qué te hace pensar eso?
—Wayland dijo que habíais pasado mucho tiempo arreglando nuestra huida. No se podía haber organizado lo de los caballos y los barcos con tan poco tiempo. Debíais de tenerlo planeado desde hacía días.
—Era la única forma de mantener unidos a los hombres. Ya visteis lo reacios que se mostraban a abandonar sus alojamientos. Si les daba a elegir, solo un tercio de ellos me habrían seguido.
Lucas rechinó los dientes.
—Yo levanté la mano…
—Por un deber militar, más que por devoción filial, sospecho. —Vallon se levantó y tocó el hombro de su hijo—. Un día mandarás un escuadrón. Cuando lo hagas, aprenderás que a veces es necesario mentir. —Buscó su espada—. Siento que tuvieras que dejar atrás a aquella chica.
La risa de Lucas era amarga.
—Pronto la olvidarás.

—Uno no se olvida nunca de su primer amor. Dejé un pedazo de mi corazón cuando abandoné a Xiao-Xing.

—El mío se desgarró en pedazos cuando maté a tu madre.

Lucas se quedó sin palabras. Sus ojos se llenaron de lágrimas.

—Eso no os impidió casaros con Caitlin. Y ahora habéis tomado otra amante.

—No puedo devolver a la vida a tu madre. Si solo hubiera una persona destinada a cada uno de nosotros, la vida sería una búsqueda larga y solitaria. Afortunadamente, siempre hay segundas oportunidades.

La garganta de Lucas se cerró.

—En todos los meses que han pasado desde que os dije que soy vuestro hijo, nunca habéis intentado justificar vuestro crimen.

—No estoy en posición de justificar ni explicar lo imperdonable.

—Así que esperáis que yo lo haga por vos.

—No. Nunca dejaría esa carga sobre los hombros de mi hijo. El peso es solo mío, y soy yo quien debe soportarlo.

Lucas apretó las manos.

—Lo he intentado. Quiero decir que Wayland y Hero me contaron cómo os traicionó Roland, y os dejó pudrir en una prisión mora. Sé que mi madre os fue infiel. Es que…

—Ella era tu adorada madre, y yo la maté. No te atormentes. Deja eso para mí. Yo no busco el perdón. Por eso no he buscado nunca a un confesor.

Lucas miró a Vallon con los ojos anegados en lágrimas.

—Os he vigilado muy de cerca desde que partimos de Constantinopla. A veces pensaba que actuabais como un monstruo; a veces me maravillaba cómo conseguíais pasar entre los peligros sin derramar sangre.

Vallon no parecía oírle. Se abrochó la hebilla de la espada.

—Me parece que he engordado. Salgamos y enfrentémonos a nuestro destino.

XLV

Desde atrás, a muchas millas a popa, tres siluetas rompían el paisaje del río, plano y vacío.

Vallon esperaba, midiendo su progreso.

—No parecen estar persiguiéndonos.

—No tienen que correr demasiado —dijo Wulfstan—. El mar está todavía a un par de días de distancia.

A mediodía, el convoy enemigo estaba lo suficientemente cerca para que los forasteros vieran a qué se enfrentaban. Uno de los barcos era un buque de tres cubiertas y cuatro palos, del doble de tamaño que el *jifeng*. El segundo contaba con tres palos. El tercero, que más parecía una torre flotante que un barco, no tenía vela, y, sin embargo, mantenía el mismo paso que los otros, sin ningún medio obvio de propulsión.

—He visto buques como ese en el sur —dijo Wayland—. Lo mueven unas ruedas de paletas como las de un molino. Algunos buques tienen media docena o más, cada par conectado por unos ejes con pedales que sobresalen, como radios planos..., un juego de pedales para cada uno de los pobres tipos que tienen que accionarlos.

—¿A cuántos soldados nos enfrentamos?

Wulfstan respondió.

—Ese buque de cuatro palos probablemente lleva cien soldados, e irán armados con todo tipo de armas: ballestas pesadas, catapultas de tracción, lanzallamas, granadas incendiarias... Un marinero que conocí en Kaifeng decía que la marina china no se enzarzaba con el enemigo enseguida. Por el contrario, tenían esos palos largos con bisagras en la base y un martillo con pinchos en la punta. Cuando llegaban a la altura adecuada, dejaban caer el martillo en el barco enemigo, manteniéndose a distancia segura mientras lo bombardeaban.

—Podríamos rendirnos ya.

—Lo que no tienen los chinos es un trabuquete de contrapeso. Puedo dejar caer una docena de piedras en sus cubiertas antes de que sus catapultas apunten bien. Sus aparatos incendiarios tampoco pueden equipararse a los nuestros. Queman mucho, y son rápidos, pero no se pegan y arden hasta los huesos como el fuego griego.

Vallon se volvió a los soldados.

—Recolocad el sifón en la popa.

Mientras estaban realizando su tarea, examinó el barco enemigo y vio lo vulnerable que podía resultar al fuego: una enorme tea flotante.

—¿Qué fue de los pellejos de las balsas?

—Están almacenados abajo —dijo Wulfstan—. Doscientos, los suficientes para cubrir toda la cubierta.

—Hazlo.

Llegó la tarde y el sol se puso por detrás de los barcos enemigos, ahora solo a una milla a popa. Los forasteros trabajaban en la oscuridad, forrando todo el junco de pellejos y cubriendo la popa con dos capas. Cuando las pieles estuvieron colocadas, las empaparon bien con agua. Las velas de listones y algodón no podían protegerlas contra el fuego, así que Vallon ordenó a sus hombres que arriaran la vela mayor y la dejaran bajo cubierta. La luna, a la que solo faltaba un día para estar totalmente llena, brillaba sobre los barcos de guerra chinos, que se acercaban tanto al *jifeng* que los forasteros oían el redoble de los tambores, así como los mensajes que, a gritos, los barcos intercambiaban entre sí.

—¿Por qué no nos atacan? —le preguntó Lucas a Vallon.

—Los ataques nocturnos son demasiado arriesgados. Voy a echar una siesta. Te sugiero que hagas lo mismo.

—Estoy demasiado nervioso para dormir.

Vallon se alejó, pero luego volvió.

—Me gustaría que mañana estuvieras a mi lado.

—No necesito que me cuiden.

Vallon se echó a reír.

—No pensaba en protegerte. Me estoy volviendo demasiado viejo para el combate. Me sentiré más seguro si tengo a una mano derecha fuerte y hábil a mi lado.

Lucas se sonrojó.

—Buenas noches… —dijo, como dejando una última palabra sin pronunciar.

Vallon se detuvo y notó un cosquilleo en la piel. «Dilo. Quizá no haya otra oportunidad; si muero mañana, abandonaré este mundo mucho más tranquilo sabiendo que mi hijo me reconoce como padre», pensó.

—Buenas noches, señor.

Antes de amanecer, Vallon había vuelto a la cubierta con la armadura completa. Los barcos de guerra todavía seguían en su estela, con la luz de la luna en sus velas. La poca brisa que soplaba procedía del sur, casi en ángulo recto con el progreso del *jifeng*. La luna se ahogaba en una niebla que salía humeante del río, mientras el sol se elevaba. Los vapores se consumieron pronto, y el sol empezó a calentar con fuerza. La corriente se había ido estancando; el cieno era tan espeso que casi parecía sopa. A un día de distancia del mar, al río parecía darle igual desembocar en él; las ramas iban dando tumbos en una superficie salvaje llena de juncos. Wayland, nombrado piloto de derrota, buscó el consejo de Vallon.

—¿Qué canal debemos tomar?

El río se bifurcaba en torno a una barra de arena. El canal de la izquierda tenía la mitad de la anchura que el de la derecha, menos de doscientas yardas de ancho y solo navegable en una tercera parte.

—Tomemos la corriente estrecha. Tenemos menos calado que nuestro enemigo. No podrán seguirnos sin arriesgarse a embarrancar.

El *jifeng* entró lentamente en el canal entre muros de juncos. Los forasteros esperaban, sudando con sus armaduras completas. Vallon se movió entre ellos, exhortándoles a tener valor. Hizo una breve visita a Qiuylue antes de tomar posiciones en la cubierta de popa.

Wulfstan vino desde atrás, caminando torpemente, tambaleándose de agarre en agarre, revestido con unos ropajes pesados hasta el suelo y con capucha, como si fuera miembro de alguna secta diabólica. Vallon le agarró.

—Estás borracho.

Wulfstan hipó.

—Y vos asustado, pero pronto estaré bien sobrio.

—¿Qué demonios es eso que llevas?

Wulfstan miró sus ropajes con orgullo.

—Asbesto. *Hajar al-fatila*, lo llaman los árabes, la «piedra de mecha», porque la llama no puede tocarla. Con esta ropa podría recorrer tranquilamente el Infierno y salir por el otro lado sin socarrarme siquiera.

—Ya vienen —dijo Lucas.

El ritmo de los tambores se había acelerado. Los gritos de guerra ahuyentaron las bandadas de aves silvestres, que echaron a volar llenas de pánico. El buque de cuatro palos embistió al *jifeng*. Unos recipientes de fuego ardían en la cubierta de proa. El sol brillaba sobre su popa forrada de hierro.

Cayó la primera andanada de pesados virotes de ballesta.

—¡Todos a cubierto! —ordenó Vallon. Él se dejó caer debajo del travesaño de popa con otra media docena de hombres.

Solo el equipo del trabuquete y el timonel permanecían en cubierta, protegidos en parte por fardos y pantallas de mimbre. Con su única mano, Wulfstan cargó una de las piedras más ligeras en la honda del trabuquete. Al retroceder para comprobar el alcance y apuntar, tropezó y cayó. Vallon corrió hacia él.

—Te mataré por esto.

Wulfstan le tendió la mano.

—Ayúdame. Este traje pesa una tonelada.

Llevaba la armadura por debajo de sus ropajes a prueba de fuego. Para ponerlo otra vez de pie necesitaron la fuerza de dos hombres. Él hizo crujir los nudillos y guiñó los ojos ante la batalla que se avecinaba.

—Todavía no —entonó suavemente—. Esperad a que yo lo diga.

Una docena de hombres que hacían funcionar la catapulta de guerra del enemigo tiraron de las cuerdas y lanzaron el primer proyectil. Quedó corto. Wulfstan buscó entre los pliegues hondos de su ropa y sacó una botella. La destapó con los dientes y bebió.

Vallon levantó su espada.

—Wulfstan, si sobrevives a la batalla, te azotaré yo mismo en persona.

Wulfstan tapó la botella y miró con reproche al general.

—Callad. Me estáis desconcentrando.

Otra piedra de la catapulta enemiga cayó en la estela del *jifeng*. Wulfstan se agachó, calculando la distancia.

—Esperad..., esperad... ¡Ahora!

El brazo lanzador se inclinó hacia el cielo, la honda se estiró como un látigo y el proyectil salió disparado formando una parábola. Se estrelló en la cubierta de popa del buque de guerra.

—¡Ahora utilizad esta otra! —gritó Wulfstan, señalando otra piedra.

Cinco veces el equipo que manejaba el trabuquete tiró piedras al buque de guerra antes de que las catapultas chinas estuvieran a su alcance. Vallon dio un respingo cuando una piedra rebotó en la cubierta, a su lado. El enemigo estaba a un centenar de yardas, y su comandante dirigía equipos de ballesteros que soltaban hordas de virotes tan pesados que astillaron el grueso travesaño, de dos pulgadas de ancho.

Superados en número y mal armados, los arqueros solo podían responder con tiros rápidos y esconderse luego, poniéndose a cubierto. Indiferente a los dardos mortales, Wulfstan siguió dominando la situación, entre trago y trago de licor.

—¡Cargad esa hija de puta! —dijo, señalando la piedra más grande del montón.

Dos hombres lucharon para levantar la piedra; uno de ellos cayó muerto mientras lo hacía, perforado por un virote que todavía tuvo la energía suficiente para enterrarse en el palo mayor.

La piedra cayó rodando por la cubierta de popa. Gorka saltó hacia delante y se arrojó sobre ella, antes de que cayera. Entre él y el otro cargador consiguieron meterla en la honda.

—La llamo «huevo de cuco» —dijo Wulfstan—. Porque uno no querría tenerla en su nido. —Bajó el brazo—. ¡Soltad!

Agachado detrás del travesaño, Vallon se quedó mirando el brazo lanzador, que subía y luego bajaba casi hasta detenerse, dificultado por su carga. La cuerda unida a la honda se extendió de una manera absurda, se tensó y luego lanzó el proyectil al espacio. Un globo, en lugar de un lanzamiento horizontal. Vallon oyó un ruido de algo que se rompía en la catapulta, pero tenía la atención puesta en el pequeño planeta que describía un arco bajo, y que se extendía hasta no más de cien pies y luego caía con estruendo en la cubierta de proa con un crujido hueco. Otro crujido al caer a la cubierta inferior.

Wulfstan abandonó la catapulta y se dirigió hacia Vallon. El buque de guerra solo estaba a cincuenta pies, a punto del abordaje. Filas de soldados corrían hacia la cubierta de proa, preparando sus arcos, dispuestos al abordaje.

Mirando hacia el travesaño, Vallon intentó animar a sus hombres.

—Vuestras vidas son preciosas para mí, así que no las vendáis baratas. —Se dirigió hacia la retaguardia—. ¡Arqueros, que cada tiro cuente!

Se agachó. Wulfstan le ofreció su botella. Vallon la apartó. Le habría dado un golpe a aquel borrachín si no hubiera visto la sangre que manchaba el bigote de Wulfstan.

—Estás herido…

Alguien gritó. Era Wayland.

—¿Qué? —gritó Vallon.

No pudo oír la respuesta entre el estruendo del barco chino.

Las órdenes de mando habían dado lugar a aullidos ansiosos. Levantó la cabeza.

—¡Por los dientes del Infierno!

Donde unos momentos antes la proa del barco chino se alzaba por encima de la popa del *jifeng*, ahora se inclinaba, hundiéndose mucho más. El barco retrocedía, ciando. Los soldados de la cubierta de proa se arremolinaban, confusos.

Vallon miró a Wulfstan.

—Tu último tiro lo ha conseguido. Toma otra botella.

Wulfstan tosió sangre.

—Ya he tomado mi última bebida.

Vallon no tuvo tiempo para averiguar si la herida del vikingo era grave. El barco de guerra, de proa pesada, se dirigía hacia la costa, dejando paso al segundo junco. Wulfstan se puso de pie con dificultad, apoyándose en el travesaño.

—Las cuerdas que sujetaban el eje de la catapulta se han roto. Solo tendremos tiempo de preparar el sifón.

El brasero ya estaba ardiendo. Wulfstan lo puso bajo el depósito de aceite. El viento se había parado. Ambos barcos iban flotando río abajo a la misma velocidad, separados solo por un estadio de distancia.

—Ahorrad flechas —ordenó Vallon.

Un zumbido de actividad a cada lado del junco enemigo atrajo su atención.

—¡Están aparejando remos! —gritó—. ¿Podemos hacer lo mismo?

Wayland levantó las manos.

—Mi potaje necesita hervir un poco más —dijo Wulfstan, entre jadeos y estertores—. Decidles a los arqueros que obstaculicen el avance chino.

Con más tiempo para apuntar, los arqueros lanzaron andanada tras andanada contra los remeros. Por cada hombre que mataban o herían, otro ocupaba su lugar. Vallon no pudo evitar admirar su valor y su disciplina.

—¡Nos estamos quedando sin flechas! —gritó Gorka.

—¡Guardadlas para la partida de abordaje!

El junco estaba ganando. Bajo su armadura, Vallon estaba empapado en sudor. Había ordenado a sus hombres que ocuparan sus puestos de combate no mucho después de amanecer. Ahora el sol ya estaba cerca del mediodía. El tanque de fuego griego chasqueaba con una intensidad creciente.

—¿Cuánto tiempo necesitarás?

—Yo diría que ya está. De hecho, si esperamos mucho más, volaremos por los aires.

—¿Cómo podemos frenar?

Wulfstan se limpió la sangre de la boca.

—Soltad un ancla improvisada a popa.

Al cabo de unos instantes, los soldados colocaron dos fanegas de lastre en una red asegurada al palo mayor con un cabo. Seis hombres la subieron por encima de la proa. En cuanto tocó fondo, arrastró, y redujo a la mitad la velocidad del *jifeng*.

Algo explotó en la cubierta de proa. Surgió el fuego y dos hombres aullaron, quemados. Sus compañeros los envolvieron en pellejos para sofocar las llamas.

—Cal viva —dijo Wulfstan.

El frenazo del *jifeng* cogió desprevenido al comandante del junco. Los remeros intentaron ciar, pero el barco llevaba demasiado impulso. El *jifeng* casi se había quedado quieto cuando el junco enemigo se deslizó a menos de diez yardas de distancia. Entonces Wulfstan abrió la válvula del sifón.

Agachado a solo diez pies de distancia, Vallon notó el calor calcinante de la materia incendiaria, que salpicó la proa del junco. A través del rugido presurizado oyó gritos. Al momento siguiente se vio arrojado hacia atrás mientras el junco colisionaba con la popa del *jifeng*. Goterones de fuego griego chisporrotearon en los pellejos húmedos.

Guiñando los ojos entre el humo, vio que el líquido incendiario había hecho presa de la proa del junco. Las llamas se alzaban formando jirones, como ardillas salvajes. Un fragmento de trinquete ardió en llamas, y el fuego alimentó al fuego, hasta que toda la cubierta de proa del junco se convirtió en un infierno.

La cejas de Vallon se chamuscaron con el calor. Conteniendo la respiración, empezó a cortar el cabo del ancla. Lentamente, el *jifeng* se fue separando del junco enemigo. Unas llamas de seis pies de altura se alzaron de los envoltorios de piel, colgando por encima de la popa. Wulfstan, con su traje a prueba de fuego, fue andando entre las llamas y cortó y quitó las pieles, que cayeron al río y siguieron ardiendo. Algunas llamas jugueteaban en la cubierta del *jifeng*. Los forasteros las fueron persiguiendo como si fueran ratas o trasgos, pero estas seguían volviendo a la vida.

—Usad arena y vinagre —ordenó Wulfstan.

Cuando hubieron apagado todos los fuegos, Vallon se quitó el yelmo y se echó agua en la frente, que tenía escaldada. El junco enemigo ardía envuelto en llamas desde la proa a la mitad. Su tripulación de marineros y soldados se habían ido retirando a popa y se quitaban la armadura. Vallon vio que algunas figuras saltaban al río agarrados a barriles y tablas, a cualquier cosa que flotase.

Wulfstan escupió sangre.

—Y van dos.

A través de aquella humareda tóxica, el tercer buque llegó agitando las aguas, arrojando espuma desde sus ruedas de paletas escondidas detrás de un falso casco, protegido por una pesada defensa de baluarte. Era el barco más feo y absurdo que Vallon había visto jamás. Mientras el junco tenía una proa empinada y una cubierta de proa baja y menguante, aquella monstruosidad tenía una torre cuadrada de veinte pies de alto, con un parapeto de madera con troneras para arqueros y ballesteros. Detrás de la torre y ocupando casi todo el resto del casco se encontraba una superestructura en forma de casa, con el tejado inclinado y unas paredes sin ventanas, solo con puertas…, una docena de ellas de diez pies de alto, cada una pintada con el dibujo de un tigre gruñendo.

Vallon buscó a Wulfstan.

—¿Qué demonios es eso?

Agarrándose el pecho con el gancho de su mano izquierda, Wulfstan se tambaleó.

—Esas puertas son escotillas y rampas de abordaje con bisagras en la parte de abajo. Detrás de cada tigre, media docena de hombres esperan a que el barco abarloe el nuestro. Cuando lo haga, dejarán caer las escotillas. En cuanto las rampas toquen nuestra borda, subirán.

—¿Se puede dirigir el sifón contra ellos?

—He vaciado el tanque. Solo me queda un barril, y no hay tiempo para cocinarlo.

El buque de ruedas de paletas adoptó un rumbo errático, pasó como un insecto acuático muy lejos del costado de estribor del *jifeng* y mantuvo su posición mientras su invisible comandante sopesaba la oposición y calculaba cómo y cuándo atacar. La ausencia de amenazas visibles ponía nerviosos a los forasteros, que se amontonaron al costado de babor del *jifeng*, poniendo la máxima distancia entre ellos y el enemigo oculto.

Vallon se puso de pie en el pasamanos de estribor y gritó a sus tropas:

—¿Por qué os escondéis como doncellas en su primer baile? No sois vírgenes. Ellos no son demonios. Son soldados iguales que vosotros, y nos han visto destruir dos barcos y matar a docenas de sus camaradas. —Le dio una palmada a Josselin—. Que formen dos pelotones en línea conmigo. Un pelotón de arqueros detrás.

Los forasteros se colocaron en formación. Lucas se acercó a Vallon.

—¿Dónde queréis que me ponga?

—Mi tobillo izquierdo es débil. Podrías colocarte en ese lado.

Lucas tomó posición, inhalando aire con aspiraciones fuertes pero controladas. Vallon le miró y todos los grilletes que rodeaban su corazón se rompieron. Con un rápido movimiento, abrazó a Lucas.

—Sea cual sea nuestro destino, quiero que sepas lo orgulloso que estoy de tener a mi hijo a mi lado.

—No querría estar al lado de nadie más. He encontrado mi lugar, aunque el viaje ha sido muy penoso.

—¿Cómo puedo aliviar tu sufrimiento? Dime. No tenemos mucho tiempo.

Lucas encorvó los hombros.

—Vuestra espada. Cada vez que la veo me acuerdo de aquella noche…

Vallon siseó.

—Claro. Tendría que haberlo pensado yo mismo. —Empezó a volverse—. Josselin, tráeme otra…

Lucas tiró de su brazo.

—No, ahora no. No con el enemigo a punto de atacar.

Vallon se volvió de nuevo hacia el enemigo.

—Eres un espadachín excelente, pero careces de experiencia en combate. Aquí tienes mi última lección. Matar es pecado mortal, hay que evitarlo de no ser absolutamente necesario. Pero cuando no hay otro remedio, matar es lo único que importa. Nada debe interferir entre la intención y la ejecución…, ni el pensamiento ni la ira ni la conciencia. El soldado que mata sin dudar triunfará nueve de cada diez veces. Mata a tu enemigo, y que sea Dios quien juzgue.

Aunque el barco de rueda de paletas tenía la gracia de un excusado, era sorprendentemente ágil y capaz de cambiar de dirección fácilmente. Se situó detrás del *jifeng* y luego aceleró con una velocidad que lo llevó a su mismo nivel. Solo veinte pies separaban a ambos barcos. Vallon miró la fila de sus soldados. Era demasiado frágil.

Wulfstan avanzó, tambaleándose.

—Tengo una idea. Usaré la droga de fuego.

—¿Cómo? No tenemos tiempo para encenderla. Y, aunque lo tuviéramos, probablemente nosotros volaríamos en pedazos con ella.

—Eso dejádmelo a mí.

Los ojos de Vallon miraron a su alrededor.

—Que alguien traiga el barril de droga de fuego.

Un soldado corrió abajo y volvió con el barril.

—Envuélvelo en una red y átamelo a mi gancho —dijo Wulfstan.

Mientras un soldado ataba el barril a su gancho, Wulfstan cogió el último barril de fuego griego.

—Este es el problema de tener solo una mano. Alguien tendrá que echármelo por encima y encenderlo.

Vallon abrió la boca.

—¡Wulfstan!

El vikingo se tocó un agujero bordeado de sangre seca que tenía en el traje de asbesto.

—Un virote me ha alcanzado en los órganos vitales. Sea como sea, voy a morir, así que podría hacer que mi muerte sirviera para algo.

Vallon tragó saliva. Miró a su alrededor y sus ojos cayeron en Gorka.

—Haz lo que dice.

—Señor, no puedo…

—Es una orden directa. Empapa su traje con fuego griego y prepárate para encenderlo.

Mientras Gorka vertía encima de Wulfstan el fluido incendiario, el barco de ruedas de paleta se iba acercando. Una docena de ballesteros saltaron del castillo de proa y dispararon sus proyectiles. Cayeron otros tres forasteros.

Wulfstan tosió un coágulo de sangre y tejido.

—En cuanto aborde, correré hacia la escotilla de popa. Que vuestros arqueros me despejen el camino.

Vallon se volvió en redondo.

—¿Lo habéis oído? Concentrad vuestros tiros en las dos escotillas de popa.

El otro barco se acercó, dispuesto para el abordaje. Vallon se aclaró la garganta.

—Sabéis lo que voy a decir a continuación, así que podríais decirlo por mí.

Los forasteros golpearon sus escudos con el pomo de sus espadas.

—¡Aquí o en el más allá!

Solo doce pies separaban a Vallon de los tigres rugientes. Diez pies…, ocho…

Las escotillas se abrieron de repente y resonaron contra el pasamanos del *jifeng*. Por cada rampa surgió una fila de soldados que llevaban hachas y espadas. Antes de que el primero saltara a cubierta, Vallon vio a sus soldados a cada lado, que iban cayendo entre una lluvia de virotes de la torre. Vio a Gorka, que acercaba una lámpara a las ropas de Wulfstan y (¡apenas podía dar crédito a sus ojos!) a Hauk Eiriksson y sus vikingos en primera fila del asalto.

Vallon señaló con su espada.

—¡Traidor! ¡Villano!

No tuvo más tiempo para pensar en la traición de Hauk. La primera oleada de soldados saltó a cubierta. El primero en enfrentarse a él fue un infante de marina chino que blandía un hacha de guerra. Vallon se inclinó bajo la hoja y ensartó a su atacante desde la entrepierna hasta el pecho. Antes de que el hombre hubiese caído, ya había retirado la espada y estaba buscando el siguiente objetivo. Por el rabillo del ojo vio a Wulfstan convertirse en una bola de llamas y humo negro y apestoso. La antorcha humana corrió a través de la cubierta e hizo una pausa en el pasamanos. Luego trepó por la rampa. Dos soldados retrocedieron para apartarse de aquella espantosa aparición. Wulfstan desapareció en el casco del barco de ruedas de paletas.

Vallon estaba en medio de una refriega. Esquivó a un soldado que blandía una alabarda y atacó a un hombre en la unión entre su cabeza y su hombro. Entonces apareció ante él Rorik, el vikingo gigante que había desafiado todas las leyes de la naturaleza recuperándose de una pierna gangrenosa en Turquestán. Vallon le llevó a la izquierda, luego a la derecha, luego a la derecha de nuevo. Cuando aquel tipo ya no sabía para dónde moverse, le mató con una rápida estocada directa al corazón.

Saltando hacia atrás, Vallon vio a Lucas, que estaba apurado entre dos espadachines. Se ocupó de uno de ellos con un golpe; el otro saltó y escapó, en busca de una oposición más fácil. La boca de Lucas se retorcía.

—Qué trabajo más caluroso y pesado.

—¡Quédate a mi lado!

Tras echar un vistazo, Vallon supo que estaban perdiendo la batalla. Grupos de infantería china se habían ido cerrando en torno a sus forasteros, que caían asesinados uno a uno. Vio a Hauk matar a Josselin, el centurión, un hombre amable que siempre había tratado con cortesía a los vikingos.

—¡Pagarás por esto en el Infierno! —gritó Vallon.

Hauk le oyó.

—Te guardo para el final.

Vallon no tuvo tiempo para responder. Dos hombres más le atacaron. Dominado por la rabia, cortó los brazos de la espada de ambos enemigos con un solo golpe. Lucas se había apartado. Vallon saltó hacia él.

—¡Espalda con espalda!

Una multitud de soldados los obligaron a retroceder. Vallon iba lanzando estocadas y mandobles, pero por cada hombre que mataba, otros dos se aprestaban a llenar el espacio que había dejado el caído. Su maltrecho tobillo izquierdo cedió y le falló.

—¡Padre!

Vallon volvió a ponerse en pie.

—¡No te preocupes por mí! —Esquivó a otro atacante, sabiendo que el siguiente o el otro sería el último.

—¡Detrás de ti! —gritó alguien.

Volviéndose en redondo, Vallon puso la cabeza en el camino de una maza que golpeó su yelmo. El mundo se volvió blanco, y luego todo negro.

Yacía despatarrado en la cubierta, intentando recuperar el control de sus miembros. Una mano le arrancó el yelmo y se encontró mirando la cara sonriente de Hauk Eiriksson.

La voz del vikingo parecía llegarle desde muy lejos.

—Nunca nos despedimos como es debido, Vallon, *el Viajero*.

Vallon tosió.

—Te he dicho adiós dos o tres veces, y siempre acababas volviendo, como un cachorro que busca a su amo.

—Esta vez no —respondió Hauk. Levantó la espada—. Qué cerca de la tumba. Qué lejos del Cielo.

Vallon no era demasiado consciente del estrépito de armas que continuaba a su alrededor.

—Si Lucas está vivo, no lo mates. Ni tampoco a Qiuylue.

—Me han contratado como mercenario y no puedo permitirme la piedad. Lucas se unirá a ti en el Infierno. En cuanto a tu puta, la usaremos esta noche..., y mañana la dejaremos. Cuando hayamos acabado con ella, ningún hombre querrá volver a acercarse a ella nunca más.

—¿Por qué tanto odio? —gruñó Vallon—. Después de todo lo que hicimos por ti... Después de todo lo que pasamos juntos...

Hauk se incorporó y echó atrás su espada.

—Hazle a un hombre orgulloso un favor que va en tu propio beneficio y te crearás un enemigo de por vida.

Vallon vio caer la espada. Todo se fundió en una luz roja y rugiente, un huracán que desmembró en pedazos el universo y le envió girando hacia un vórtice negro.

Desde muy lejos Vallon oyó gritos, una voz más cercana y más insistente que las demás. Algo le cogía la mano. Parpadeó y vio un rostro ennegrecido por el humo. Era Lucas, que le sacaba de debajo de un peso muerto. Se esforzó por liberarse y consiguió ponerse de rodillas. Lo que le había caído encima era el cuerpo de Hauk. Un trozo de madera irregular sobresalía de la parte de atrás de la cabeza del vikingo. Vallon se apoyó en su espada para levantarse. El barco de ruedas de paletas estaba a cierta distancia del *jifeng*, envuelto en una nube de humo, con casi toda su superestructura reventada.

A los chinos, aquella explosión les había quitado las ganas de luchar. Intentaban volver a su barco y no ofrecieron resistencia a los forasteros, que seguían propinándoles golpes como si estuvieran borrachos y exhaustos. El hueco entre los dos barcos iba aumentando. Muchos de los soldados enemigos cayeron al agua. Su armadura los fue hundiendo.

A Vallon le dolían los oídos. Los gritos de los hombres que se quemaban vivos llegaban desde el casco del otro barco. Miró a su alrededor, la carnicería de su propia cubierta. Vio a Lucas. Le tendió las manos y ambos cayeron uno en brazos del otro sin palabras. Las lágrimas se mezclaron en sus rostros, tiznados de hollín y salpicados de sangre.

Vallon rompió el abrazo y se quedó de pie sujetando a Lucas frente a él.

—Me has llamado «padre»...

—¡Cuidado, los fuegos! —gritó Gorka.

Una docena de llamas habían prendido. Probablemente, habrían quemado el barco si no hubiera estado envuelto en pellejos. Cuando se hubo extinguido hasta la última llama, Vallon miró al otro barco, que ardía en su estela.

—Que Dios te guarde, Wulfstan. Te has dado a ti mismo un funeral del que cualquier vikingo habría estado orgulloso.

Compungido, Vallon se dio la vuelta para contar las bajas que habían sufrido. Cualquier satisfacción por la victoria desapareció. Diecisiete muertos. Miró a su alrededor, todavía confundido por la explosión.

—¿Dónde está Wayland?

—Aquí —le llamó Aiken.

Wayland estaba apoyado en el costado de babor, sujetándose el brazo. Un virote de una ballesta sobresalía de él.

Vallon lanzó un suspiro de alivio.

—Gracias a Dios que no es peor.

Hero levantó la vista.

—Está envenenado.

Vallon no lo entendía.

—¿Veneno? ¿Qué veneno?

La mueca de Wayland era un rictus.

—Del tipo fatal.

Apartó la mano y le enseñó una sangre viscosa y negra que rezumaba de la herida.

De un estado de nublada conciencia, Vallon se vio arrojado a una realidad demasiado cruda para soportarla.

—¿No puedes hacer nada? ¿Y con agua? Intenta sangrarle... Que se mueva... —Se agachó para intentar ponerlo de pie.

—No... —dijo Wayland.

—¿Qué te duele?

El aliento de Wayland era rápido, como un jadeo.

—Noto como si una mano de hielo me apretara el corazón.

—¡No! —gritó Vallon—. ¡No te vas a morir! —Se dejó caer de rodillas y abrazó a Wayland contra su pecho.

—Lo siento —dijo Hero—. No puedo hacer nada.

Vallon vio cómo Wayland moría poco a poco. La sangre se retiró de su rostro, sus ojos se nublaron... Aunque estaba cerca, Vallon no pudo distinguir las palabras de Wayland, excepto la última, «Syth», que pronunció con una postrera nota de amor, culpa y dolor.

Su cabeza se arqueó hacia atrás y su cuerpo se convulsionó. Luego se relajó, muerto.

Hero se quedó de pie, con los ojos húmedos pero sereno, y recitó el tedeum. Lucas no paraba de sollozar. Los demás forasteros le miraban anonadados. Vallon apretó la cabeza de Wayland contra su pecho y levantó sus ojos llenos de dolor.

—Dejadme a solas con él.

Acunó el cadáver de su amigo como si estuviera meciendo a un niño para que se durmiera.

—No, tú no, Wayland. Cualquiera menos tú... Tú brillabas como el sol, con una luz que pensé que nunca se extinguiría. En nuestro primer viaje llegué a considerarte un hijo. Un ser lleno de virtudes y que siempre me llevaba la contraria. Y luego tú encontraste a mi hijo auténtico... Y ahora que él me llama padre, te hundes en el vacío... Wayland, ¿qué le voy a decir a Syth?

Los forasteros supervivientes entregaron los cuerpos de sus camaradas al mar, donde este, de un amarillo fangoso, se volvía azul y límpido. Los moribundos rayos del sol se extendieron como un abanico dorado sobre la costa, que se alejaba poco a poco. Después de los últimos ritos, Vallon se quedó solo ante la barandilla. Desenvainó su espada por última vez, la miró unos momentos y la arrojó por la borda. Desapareció en el océano sin salpicar apenas.

Los forasteros que quedaban estaban de pie en la cubierta de proa. Vallon se acercó cojeando.

Hero sujetaba una brújula.

—¿Reconocéis esto?

—Sí. Es ese misterioso aparato que señala siempre al sur, ese que me hizo volver en redondo cuando nos conocimos, hace muchos años. Si hubiera sabido adónde me llevaría, me habría librado de él.

—Este aparato no dicta el destino —dijo Hero—. Lo único que hace es indicar la dirección. Uno tiene que decidir cuál tomar.

Vallon se frotó un ojo con los nudillos.

—Wayland nos indicó el sur. Sur… y luego oeste. De vuelta a casa.

—Esta brisa nos lleva hacia el este —dijo Lucas.

—¿Y qué hay allí? —preguntó Gorka.

—Si continuamos hacia el este, llegaremos a Corea —dijo Aiken—. Y más allá se encuentra una isla llamada Nipón: la tierra del sol naciente.

—¡Señor…!

Vallon se volvió. Todos se giraron. Qiuylue había salido a cubierta vestida como Vallon la vio por primera vez, con un vestido decorado con grullas y pinos, símbolos de longevidad y fidelidad. Se había maquillado la cara y se había arreglado el pelo, que recordaba a una caracola.

Caminó hacia la popa. Nadie más se movió.

—¿Qiuylue?

Ella se volvió cuando estaba en el pasamanos de popa, le miró, juntó las manos e hizo una reverencia.

—¡Que alguien la detenga! —gritó Vallon.

El hombre que estaba más cerca se encontraba apenas a unos pies de distancia cuando ella se recogió los pliegues del vestido, se subió al travesaño, extendió los brazos como un ave que emprende el vuelo y saltó.

Agradecimientos

Saqué algunas de las escenas callejeras de Kaifeng de la obra *Festival de primavera en el río*, de Zhang Zeduan, una pintura en pergamino de principios del siglo XII que representa la sociedad de la capital china. Esta obra notable, de más de cinco metros de largo, no tiene rival en el mundo, en cuanto a la cantidad de información que da sobre una ciudad medieval. Al mismo tiempo que muestra los detalles arquitectónicos, presenta un fresco de la vida diaria de la metrópolis, incluidas escenas de comerciantes y contadores de cuentos, caravanas y barcos cargueros, pescadores y eruditos, luchadores y diseñadores de jardines, prestidigitadores y músicos, estudiantes y estibadores…

Como siempre, estoy muy agradecido a mi agente, Anthony Goff, y a sus colegas de David Higham Associates. Gracias también a Ed Wood y a Iain Hunt, mis editores en Sphere, por sus valiosas aportaciones.

Cuando se acercaba implacable la fecha de entrega, mi hija Lily se ofreció a leer la primera mitad del manuscrito. Aprecié muchísimo sus correcciones y sugerencias…, tanto por lo que daba a entender como por lo que expresaba.

Deborah, mi mujer, me proporcionó todos los fragmentos de latín y griego, incluida la traducción de la *Eneida*, de Virgilio. Por su ayuda y por sus ánimos, le estoy más agradecido de lo que puedo expresar con palabras.